Seit dem Tag, an dem der leblose Körper seiner Mutter aus dem Haus getragen wurde, lebt William Eng im Waisenhaus. Als er im Kino die schöne Sängerin Willow Frost sieht, ist er überwältigt. Täuschend ähnlich sieht sie seiner Mutter. Entschlossen, den fernen Filmstar aufzuspüren, läuft er fort, schlägt sich auf den Straßen Seattles durch, sucht sie in Theatern und Lichtspielhäusern. Er muss Willow Frost finden. Er muss beweisen, dass sie seine Mutter ist, und endlich erfahren, was damals passierte.
Vor dem Hintergrund der Großen Depression im Seattle der dreißiger Jahre hat Jamie Ford einen berührenden Roman über einen Jungen geschrieben, der nicht aufhört, an die Liebe seiner Mutter zu glauben, der alles wagt, um sie wiederzufinden.

Jamie Ford wuchs in der Nähe von Seattles Chinatown auf. Seine chinesischen Verwandten nannten ihn »Ji Mai«, was bald zu »Jamie« wurde. Er ist Absolvent der Sqaw Valley Community of Writers und lebt mit seiner Familie in Montana, USA.

Ulrike Thiesmeyer, 1967 in Düsseldorf geboren, übersetzt aus dem Englischen und Französischen und hat u.a. Nicholas Sparks, Kamila Shamsie und Suzanne Joinson ins Deutsche übertragen.

Jamie Ford im Berlin Verlag:

Keiko (978-3-8333-0952-6)

Jamie Ford

DIE CHINESISCHE SÄNGERIN

ROMAN

Aus dem Amerikanischen
von Ulrike Thiesmeyer

Berlin Verlag Taschenbuch

MIX
Papier aus verantwortungsvollen Quellen
FSC® C019821
www.fsc.org

August 2015

Umschlaggestaltung: ZERO Werbeagentur, München
unter Verwendung zweier Motive von
© Krit of Studio OMG/getty images und
FinePic®, München
Druck und Bindung: Druckerei C.H.Beck, Nördlingen
Printed in Germany
ISBN 978-3-8333-1025-6

www.berlinverlag.de

Dieses Buch ist für meine Mutter,
mit der ich immer sonntagabends telefoniert habe.

I lost the angel who gave me summer
the whole winter through.
I lost the gladness that turned into sadness,
When I lost you.

Irving Berlin, 1912

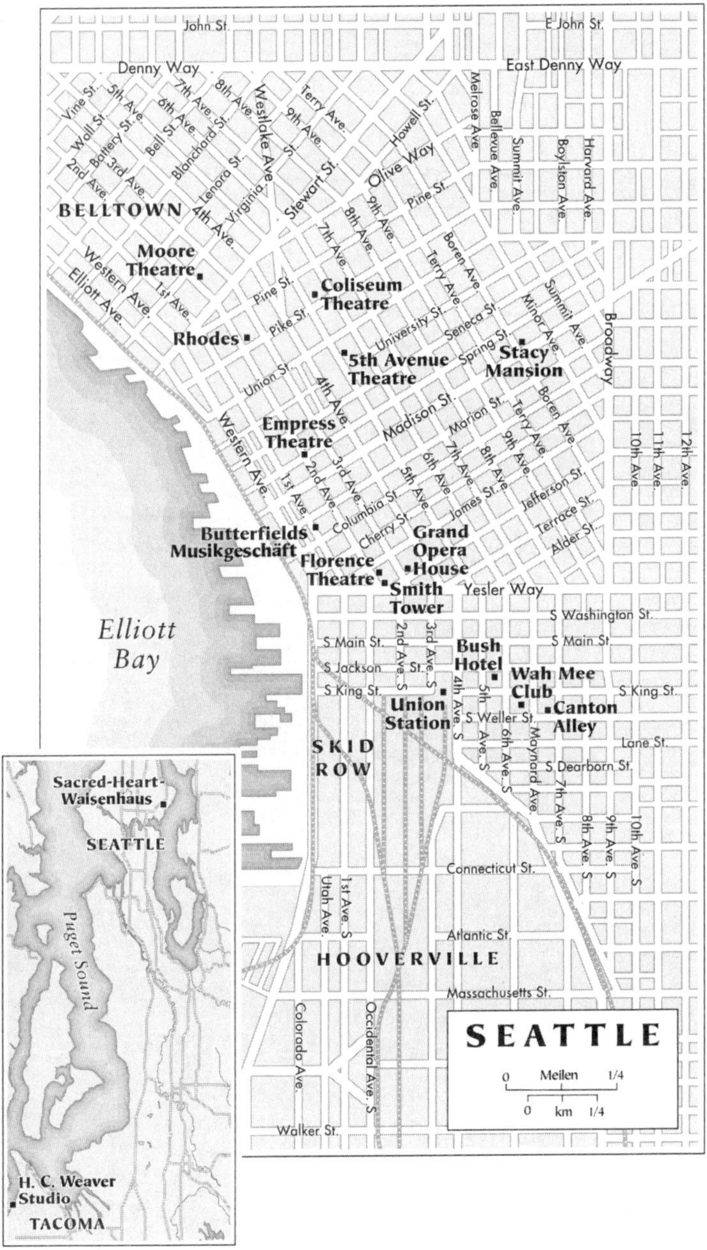
SEATTLE
0 Meilen 1/4
0 km 1/4
BELLTOWN
Moore Theatre
Coliseum Theatre
Rhodes
5th Avenue Theatre
Stacy Mansion
Empress Theatre
Butterfields Musikgeschäft
Grand Opera House
Florence Theatre
Smith Tower
Bush Hotel
Wah Mee Club
Canton Alley
Union Station
SKID ROW
HOOVERVILLE
Elliott Bay
John St.
E John St.
Denny Way
East Denny Way
Vine St.
5th Ave.
7th Ave.
8th Ave.
Westlake Ave.
Terry Ave.
Wall St.
Battery St.
6th Ave.
Bell St.
Blanchard St.
9th Ave.
Howell St.
Melrose Ave.
Bellevue Ave.
Summit Ave.
Boylston Ave.
Harvard Ave.
2nd Ave.
3rd Ave.
Lenora St.
Virginia St.
Stewart St.
Olive Way
Pine St.
4th Ave.
Western Ave.
Elliott Ave.
1st Ave.
Pike St.
University St.
Seneca St.
Spring St.
Boren Ave.
Minor Ave.
Broadway
Union St.
Madison St.
Marion St.
Columbia St.
Cherry St.
James St.
Jefferson St.
Terrace St.
Alder St.
10th Ave.
11th Ave.
12th Ave.
Yesler Way
S Washington St.
S Main St.
S Jackson St.
S King St.
S Weller St.
Lane St.
S Dearborn St.
2nd Ave. S
3rd Ave. S
4th Ave. S
5th Ave. S
6th Ave. S
Maynard Ave.
7th Ave. S
8th Ave. S
9th Ave. S
10th Ave. S
Connecticut St.
Utah Ave.
1st Ave. S
Atlantic St.
Massachusetts St.
Colorado Ave.
Occidental Ave. S
Walker St.
Sacred-Heart-Waisenhaus
SEATTLE
Puget Sound
H. C. Weaver Studio
TACOMA

SACRED HEARTS

(1934)

William Eng wurde von dem schnappenden Klatschen eines Ledergürtels geweckt. Dazu kreischten rostige Federn in seinem Bettgestell, ein ausgemustertes Stück aus Army-Beständen, auf denen die dünne, abgenutzte Matratze lag. Ohne die Augen zu öffnen, horchte er auf das Geräusch nackter Kinderfüße, die nervös über den kalten Holzboden huschten. Er hörte, wie Bettlaken schwungvoll zurückgezogen wurden, mit einem luftigen Rauschen, wie Segel, die sich im Wind blähten und bauschten. Und so ließ er sich, wie immer, von der günstigen Strömung seiner Fantasie woandershin treiben – weit weg von dem Sacred-Heart-Waisenhaus, in dem die Schwestern allmorgendlich die Bettlaken inspizierten und alle mit dem Gürtel züchtigten, die nachts ins Bett gemacht hatten.

Er hätte sich gern aufgerichtet, um sich am Fußende seines Betts aufzustellen, wie die anderen, aber das ging nicht, ihm waren die Hände gebunden – im wahrsten Sinne des Wortes: Sie waren links und rechts ans Bettgestell gefesselt.

»Sehen Sie, es funktioniert, ganz, wie ich gesagt habe«, sagte Schwester Briganti zu zwei Wärterinnen, deren dunkle Haut durch ihre gestärkten weißen Trachten noch dunkler wirkte.

Schwester Briganti hatte eine Theorie, was Bettnässen betraf: Sie führte es darauf zurück, dass Jungen sich nachts unsittlich berührten. Als Gegenmaßnahme fing sie an, Jungen zur Schlafenszeit ihre Schuhe an die Handgelenke zu binden. Als dies nichts nutzte, ging sie dazu über, ihre Hände ans Bettgestell zu fesseln.

»Es ist ein Wunder«, sagte sie, während sie das trockene Bettlaken zwischen Williams Beinen betastete und befühlte. Er beobachtete, wie sie sich bekreuzigte und dann innehielt, um an ihren Fingern zu schnuppern, wie auf der Suche nach Anzeichen, die ihren Augen und Fingern womöglich verborgen geblieben waren. *Amen*, dachte William, als ihm klar wurde, dass sein Bettzeug trocken war. Er wusste, dass Schwester Briganti, nicht anders als ein Waisenkind, sich angewöhnt hatte, stets auf das Schlimmste gefasst zu sein. Und sie wurde in dieser Erwartung nur selten enttäuscht.

Nachdem alle Jungen losgebunden waren, der letzte kleine Übeltäter bestraft worden und sein Wehgeschrei verstummt war, durfte William sich endlich waschen, ehe es Frühstück gab. Er starrte die lange Reihe identisch aussehender Zahnbürsten und Waschlappen an, die an Wandhaken hingen. Am Vorabend waren es noch vierzig gewesen, aber jetzt fehlte eine Garnitur, und sofort tuschelten die Jungen aufgeregt darüber, wer der Ausreißer sein mochte.

Tommy Yuen. William wusste die Antwort, als er sich im Waschraum umsah und kein Gesicht entdeckte, das seinem eigenen ähnelte. *Tommy ist wohl in der Nacht weggelaufen. Damit bin ich der einzige chinesische Junge, der noch im Sacred Heart übrig ist.*

Die Traurigkeit und Isolation, die er unwillkürlich empfand, wurde dadurch abgemildert, dass er heute Morgen immerhin keine Schläge mit dem Gürtel bekommen hatte. Und vollends verscheucht wurde sie durch das erwartungsvolle Lächeln der anderen Jungen, während sie sich das Gesicht wuschen.

»Herzlichen Glückwunsch zum Geburtstag, Willie«, sagte ein sommersprossiger Junge im Vorbeigehen. Andere sangen oder pfiffen »Happy Birthday« vor sich hin. Es war der 28. September 1934, Williams zwölfter Geburtstag – tatsächlich ihrer aller Geburtstag; anscheinend war es auf diese Weise leichter, den Überblick zu behalten.

Der 11. November wäre vielleicht passender, der Tag des Waffenstillstands, dachte William. *Da einige der größeren Kinder hier im Sacred Heart ihre Väter ja im Großen Krieg verloren haben. Oder der 29. Oktober, der Schwarze Dienstag, als das gesamte Land ins Elend gestürzt ist.* Seit dem großen Börsenkrach hatte sich die Zahl der Waisenkinder verdreifacht. Aber Schwester Briganti hatte entschieden, dass alle an dem Tag feiern sollten, an dem der ehrwürdige Papst Leo XII. sein Amt angetreten hatte – ein kollektiver Geburtstag, der mit einer Straßenbahnfahrt von Laurelhurst in die Innenstadt begangen wurde, wo jedem Jungen ein silberglänzendes Fünf-Cent-Stück ausgehändigt würde, um sich damit Süßigkeiten zu kaufen, ehe sie sich zur Feier des Tages einen Tonfilm im Moore Theatre ansehen durften.

Aber das ist noch nicht das Schönste, dachte William. *Das Schönste ist, dass wir an unseren Geburtstagen, und nur an unseren Geburtstagen, nach unseren Müttern fragen dürfen.*

Die Geburtstagsmesse war immer die längste des Jahres, länger sogar als die Messe an Heiligabend – für die Jungen zumindest. William bemühte sich, ruhig dazusitzen und nicht zu zappeln, während Pater Bartholomew sich langatmig und ohne ein Ende zu finden über die Heilige Jungfrau ausließ, als könnte *sie* die Jungen irgendwie von ihrem großen Tag ablenken. Die Mädchen saßen auf ihrer Seite der Kapelle, manche in Unkenntnis darüber, dass den Jungen heute ihr einziger Ausflug des Jahres bevorstand, während andere sie heftig darum beneideten. Unabhängig davon aber verwirrten die Ausführungen über die Heilige Maria bloß die jüngeren Neuzugänge im Waisenhaus, die größtenteils gar keine richtigen Waisenkinder waren – zumindest nicht so, wie die »Kleine Waise Annie« im Radio oder in den Comicstrips der Sonntagszeitungen dargestellt wurde. Anders als das kleine, wuschelköpfige Mädchen, das jede noch so missliche Lage mit einem übermütigen »Menschenskind!« kommentierte, hatten die meisten Jungen und Mädchen im Sacred Heart noch Eltern da draußen – irgendwo –, doch wo immer sie auch sein mochten, sie waren nicht in der Lage gewesen, ihre Kinder zu ernähren oder ihnen Schuhe zu kaufen. *So ist Dante Grimaldi zu uns gekommen*, überlegte William, während er sich in der Kapelle umsah. Nachdem Dantes Vater, ein Holzfäller, bei einem Arbeitsunfall ums Leben gekommen war, hatte seine Mutter ihn in der Spielwarenabteilung des Wonder Store, dem großen Woolworth an der Third Avenue, zurückgelassen und nicht mehr abgeholt. Sunny Sixkiller wiederum hatte seine Ma zum letzten Mal in der Kinderbuchabteilung der neuen Carnegie Library in Snohomish gesehen, während man Charlotte Rigg im Regen auf den Marmorstufen der St. James Cathedral gefunden hatte. Ihre Großmutter, so wurde gemunkelt, hatte eine Kerze für sie angezündet und war sogar noch zur Beichte gegangen, ehe sie sich durch einen Seitenausgang davonmachte. Dann gab es noch andere, die mehr Glück hatten. Ihre Mütter kamen und setzten ihre Unterschrift auf stoßweise Formulare aus Durchschlagpapier, um ihre Kinder den Schwestern im Sacred Heart anzuvertrauen oder dem St. Paul's Infant Home für Kleinkinder gleich nebenan. Immer versprachen diese Mütter, in einer Woche auf Besuch zu kommen, und manchmal hielten sie auch Wort. Meistens aber dauerte es länger, aus der Woche wurde ein Monat, ein ganzes Jahr mitunter, oder sie blieben sogar ganz aus. Aber trotzdem, die Mütter all dieser Kinder hatten gelobt (im Angesicht Schwester Brigantis und Gottes), eines Tages wiederzukommen.

Nach dem Abendmahl wartete William, noch immer mit der faden Oblate im Mund, die oben an seinem Gaumen haftete, mit den anderen Jungen in einer Schlange vor dem Schulbüro. Wie jedes Jahr an diesem Tag unterzog Schwester Angelini, die Priorin von Sacred Heart, die Jungen einer körperlichen und seelischen Begutachtung. Sofern sie den Anforderungen genügten, durften sie hinaus in die Öffentlichkeit. William bemühte sich, seine Nervosität in den Griff zu bekommen. Er nahm sich ein Beispiel an den anderen und ahmte ihr freudiges, erwartungsvolles Lächeln nach, um möglichst fröhlich und präsentabel zu wirken. Dann aber dachte er an das letzte Mal zurück, als er *seine* Mutter gesehen hatte. Sie lag in der Badewanne ihres Apartments im alten Bush Hotel. William war nachts aufgewacht und durch den Flur getappt, um sich ein Glas Wasser zu holen, und dabei hatte er bemerkt, dass sie schon seit Stunden im Bad war. Er wartete noch einige Minuten, aber um eine Minute nach Mitternacht schließlich spähte er durch das verrostete Schlüsselloch. Es sah aus, als würde sie in der Wanne mit den Klauenfüßen schlafen, mit dem Gesicht in Richtung Tür, eine nasse schwarze Haarsträhne haftete an ihrer bleichen Wange, geschwungen wie ein Fragezeichen. Ein Arm hing schlaff über den Rand der Wanne, von ihrer Fingerspitze tropfte langsam Wasser zu Boden. Von der Decke hing eine einzelne Glühbirne, die immer wieder an- und ausflackerte, während der Wind wehte. Nachdem er einige Zeit vergeblich geschrien und gegen die Tür gehämmert hatte, lief William über die Straße zu Dr. Luke, der oberhalb seiner Praxis wohnte. Der Arzt brach die Badezimmertür auf, hüllte Williams Mutter in Badelaken ein und trug sie zwei Etagen die Treppe hinunter auf die Straße in ein wartendes Taxi, um sie ins Providence Hospital zu bringen.

Er hat mich allein zurückgelassen, dachte William, während ihm das zart rosafarbene Badewasser vor Augen stand, das gurgelnd und gluckernd im Abfluss verschwand. Am Boden der Wanne hatte er ein Stück Ivory-Seife und ein einzelnes lackiertes Essstäbchen gefunden. In das breite Ende war zur Zierde schimmerndes Perlmutt eingelegt. Das schmale vordere Ende aber wirkte merkwürdig scharf, wie angespitzt, und er fragte sich, wie das Stäbchen hierher in die Wanne kam.

Da riss ihn Schwester Brigantis Stimme aus seinen Gedanken. »Du kannst jetzt hinein, Willie«, sagte sie mit einem Fingerschnipsen.

William hielt die Tür auf, während Sunny herauskam; seine Wangen waren kirschrot, und seine Ärmel glänzten feucht, weil er sich die Nase daran abgewischt hatte. »Nun bist du dran, Will«, brummte er ihm zu und schniefte. Er hielt einen Briefumschlag in der Hand, zerknüllte ihn, als wollte er ihn wegwerfen, zögerte dann aber und schob den Brief in die Tasche hinten an seiner Hose.

»Was steht drin?«, fragte ein anderer Junge, aber Sunny schüttelte nur den Kopf und ging durch den Flur davon, den Blick zu Boden gerichtet. Briefe von Eltern waren selten, nicht etwa, weil sie nicht kamen – es kam regelmäßig Post von Eltern ins Waisenhaus –, sondern weil die Schwestern sie den Jungen nicht aushändigten. Sie wurden aufbewahrt und als Belohnung für gutes Betragen ausgeteilt oder als kostbare Geschenke an Geburtstagen und religiösen Feiertagen, obwohl manche Geschenke besser waren als andere. Manche Briefe waren hoffnungsvolle Lebenszeichen von Familien, die ihr Kind noch immer wollten. Andere lieferten den schriftlichen Beleg, dass ein weiteres einsames Jahr bevorstand.

Mutter Angelini empfing William mit einem freundlichen Lächeln, als er hereinkam und sich setzte, aber das Buntglasfenster hinter ihrem Schreibtisch aus Eiche stand offen, und in dem Raum war es zugig und kalt. Die einzige Wärme, die William spürte, kam von der ledergepolsterten Sitzfläche des Stuhls, auf dem kurz zuvor noch ein anderer Junge mit dem ganzen Gewicht seiner Hoffnungen gesessen hatte.

»Herzlichen Glückwunsch zum Geburtstag«, sagte sie, während ihre spinnenhaften, runzligen Finger in einem dicken Hauptbuch blätterten, als würde sie nach seinem Namen suchen. »Wie geht es dir heute ... William?« Sie blickte auf und sah ihn über ihre staubige Brille hinweg an. »Es ist dein fünfter Geburtstag bei uns, nicht wahr? Wie alt bist also du dem Bibelkanon nach?«

Mutter Angelini erfragte das Alter der Jungen immer in Bezug auf die Bücher der Septuaginta. »*Genesis, Exodus, Leviticus* ...«, ratterte William geschwind herunter, bis zum *Zweiten Buch der Könige*. Er hatte das Verzeichnis nur bis zum *Buch Judith* auswendig gelernt, denn dann würde er achtzehn und könnte dem Waisenhaus Lebewohl sagen. Da es seinen persönlichen Exodus versinnbildlichte, hatte er das *Buch Judith* unzählige Male gelesen, bis er Judith als eine Art Vorfahrin empfand – eine heroische, tragische Witwe, von vielen umworben, die ihr ganzes restliches Leben unverheiratet blieb. Dieses spezielle Buch reizte ihn aber auch, weil es nur semioffiziell war, semikanonisch – eher Parabel als Wahrheit, wie die Geschichten, die er über seine eigene, lange verlorene Mutter gehört hatte.

»Gut gemacht, Master William«, lobte Mutter Angelini. »Gut gemacht. Zwölf ist ein wunderbares Alter – an der Schwelle zur Mündigkeit, zum Erwachsensein. Sieh dich nicht als Heranwachsenden. Sieh dich als einen jungen Mann. Das ist passender, findest du nicht?«

Er nickte, während er den Geruch von regennasser Wolle und

Mentholsalbe wahrnahm und sich bemühte, nicht auf einen Brief oder auch nur eine lumpige Postkarte zu hoffen. Ein Bemühen, bei dem er kläglich scheiterte.

»Nun, ich weiß, dass die meisten von euch auf Nachricht von draußen hoffen – darauf, dass Gottes Mysterien eure Eltern mit Arbeit gesegnet haben, und einem Dach über dem Kopf, und Brot, und einem warmen Feuer, und dass jemand kommt, um euch abzuholen«, sagte die alte Nonne mit zarter Stimme und schüttelte den Kopf, wobei die schlaffe Haut unter ihrem Kinn wackelte wie der Kehllappen eines Truthahns. »Aber …« Sie warf einen Blick auf ihr Hauptbuch. »Wir wissen, dass das in deinem Fall nicht möglich ist, nicht wahr, mein Lieber?«

Das ist anscheinend alles, was ich weiß. »Ja, Mutter Angelini.« William schluckte mühsam und nickte. »Aber da heute mein Geburtstag ist, wüsste ich einfach gerne mehr. Ich habe so viele Erinnerungen an die Zeit, als ich noch klein war, aber niemand hat mir je erzählt, was aus meiner Mutter geworden ist.«

Er war sieben, als er sie das letzte Mal sah. Seine Mutter hatte ihm mit undeutlicher Stimme zugeflüstert: »Ich bin bald wieder da«, als sie zur Tür hinausgetragen wurde, aber vielleicht hatte er sich das bloß eingebildet. Ohne jede Frage real war allerdings der Polizist, ein riesiger Berg von einem Mann, der am Tag darauf auftauchte. Er verzehrte eine Handvoll Butter-Mandel-Kekse seiner Mutter und war sehr geduldig, daran erinnerte William sich, während er seine Sachen packte. Dann war William in den Beiwagen am Motorrad des Polizisten geklettert, und sie fuhren zu einem Kinderheim. William hatte seinen alten Freunden zugewinkt, als würde er auf einem Festwagen in der Golden Potlatch Parade mitfahren, die einmal jährlich in Seattle abgehalten wurde, ohne sich darüber im Klaren zu sein, dass er ihnen für immer Lebewohl sagte. Eine Woche später kamen dann die Schwestern und nahmen ihn mit. *Hätte ich gewusst, dass ich unsere Wohnung nie wiedersehe, hätte ich ein paar meiner Spielsachen mitgenommen oder wenigstens ein Foto.*

William versuchte nicht hinzustarren, während Mutter Angelinis Zunge in ihrem Mundwinkel herumfuhr. Sie war in das Hauptbuch vertieft und in eine Karteikarte mit einem offiziell wirkenden Siegel, die auf die Seite geklebt worden war. »William, da du alt genug bist, werde ich dir erzählen, was ich kann, obwohl es mich schmerzt.«

Dass meine Mutter tot ist, dachte William geistesabwesend. Mit diesem wahrscheinlichen Ende hatte er sich schon vor Jahren abgefunden, als sie ihm erklärten, dass sich ihr Zustand verschlimmert hätte und sie nie wiederkommen würde. Genauso, wie er sich damit abgefunden hatte, dass sein Vater für immer unbekannt bleiben würde. Tatsächlich war William sogar verboten worden, jemals von ihm zu sprechen.

»Soweit wir wissen, war deine Mutter Tänzerin im Wah Mee Club – und ziemlich bekannt. Eines Tages aber nahm sie eine Suppe aus Bittermelone und Karottensamen zu sich, um sich, nun ja, krank zu machen. Als das nicht funktionierte, hat sie sich in die Badewanne gesetzt und versucht, eigenhändig ... einen bestimmten Eingriff bei sich vorzunehmen.«

Einen *Eingriff* vorzunehmen? Seine Mutter war Sängerin und Tänzerin gewesen. »Ich verstehe nicht«, flüsterte er, ohne ganz sicher zu sein, ob er mehr erfahren wollte.

»William, deine liebe Mutter wurde eilig ins Krankenhaus gebracht, aber sie musste stundenlang warten, und als sie endlich an die Reihe kam, war dem Arzt nicht ganz wohl dabei, eine Asiatin zu behandeln, besonders eine mit ihrem Ruf. Also hat er sie ins alte Perry Hotel überwiesen.«

William blinzelte und verstand ansatzweise, was damit gemeint war. Er kannte diese Einrichtung. An der Ecke Boren und Madison hatte er früher sogar oft mit anderen Kindern Fangen gespielt. Das unheilvoll wirkende Gebäude, daran erinnerte er sich, hatte ihm Angst eingejagt, sogar schon, bevor Gitter an den Fenstern angebracht wurden und das Haus auf den Namen »Cabrini-Sanatorium« umgetauft wurde.

Mutter Angelini klappte ihr Hauptbuch zu. »Leider hat sie dieses Haus niemals verlassen.«

Als William mit den anderen schließlich am Moore Theatre an der Second Avenue ankam, hatten die kleineren Jungen vor lauter Eifer, ihre fünf Cent in Clark-Schokoriegel oder Sahnebonbons umzusetzen, ihre Mütter und Väter bald wieder vergessen. Schon nach wenigen Minuten hatten sie alle klebrig verschmierte Münder und schleckten sich genüsslich geschmolzene Schokolade von den Fingern ab.

William versuchte unterdessen den Gedanken abzuschütteln, dass seine Mutter ihre letzten Lebensjahre in einer Nervenheilanstalt verbracht hatte – einer Klapsmühle, einem Irrenhaus. Wenn er weiter so viel vor sich hin träumte, hatte Schwester Briganti ihn mal gewarnt, würde er eines Tages noch an einem solchen Ort landen. *Das also ist ihr vielleicht passiert*. Er streifte durch das Foyer und sah sich die Filmplakate an, und dabei sehnte er sich nach seiner Mutter, denn er erinnerte sich gut daran, wie sie sich mit ihm alte Filmdramen und Stummfilme in winzigen, zweitklassigen Kinos angesehen hatte. Sie hatte ihren Arm um ihn gelegt, entsann er sich, während sie ihm ins Ohr flüsterte und Geschichten von seinen Großeltern erzählte, die Berühmtheiten der chinesischen Oper gewesen waren.

Er stand bei den Marmorsäulen im Foyer und bemühte sich, den Moment voll auszukosten, während er gierig die Silbermünze umfasst hielt, die er bekommen hatte. In den früheren Jahren hatte er gelernt, sein Geld nicht vorschnell auszugeben, sondern dem Duft schmelzender Butter und dem Knallen von Popcorn zu folgen. Er machte Sunny ausfindig, und sie warfen ihr Geld zusammen, um sich eine große Tüte Popcorn und dazu eine Orangenlimonade zu teilen. Während William vor der Tür des Kinosaals wartete, fiel ihm auf, dass noch hunderte weitere Jungen aus verschiedenen Missionsheimen, Einrichtungen und Besserungsanstalten hier waren. In ihren schäbigen, grau verwaschenen Uniformen sahen sie kränklich blass und eingeschrumpft aus, wie erstarrt in der Schlange stehend, ein Fresko von Lumpensammlern. Ihr Anblick machte William seltsam verlegen. Verglichen mit ihrer Kluft, die an Sträflingsanzüge erinnerte, kam er sich übertrieben feingemacht vor, sogar in seiner schlecht sitzenden Jacke und den gebrauchten Knickerbockern, die viel zu groß waren und ihm zwei Handbreit über die Knie schlotterten. Und wenn er sein Getränk schlürfte, drückte sich sein Kinn gegen den Knoten aus schwarzer Seide, der nur entfernte Ähnlichkeit mit einer Schleife hatte. Trotz all ihrer Unterschiede aber hatten sie alle denselben erwartungsvollen Glanz in den Augen, während sie sich aufgeregt und voller Vorfreude vor dem Eingang drängten. Wie die meisten Jungen aus dem Sacred Heart hatte William darauf gehofft, dass sie *Animal Crackers* von den Marx Brothers zu sehen bekommen würden oder einen Gruselfilm wie *White Zombie* – besonders, nachdem ihm zu Ohren gekommen war, dass das Broadway Theatre zehn Dollar Belohnung für jede Frau ausgelobt hatte, die es schaffte, eine Mitternachtsvorstellung durchzustehen, ohne ein Mal zu schreien. Leider hatten die Schwestern entschieden, dass *Pioniere des Wilden Westens* für ihre beeinflussbaren jungen Gemüter eher geeignet war.

Menschenskind, dachte William, *ich bin schon froh, einfach mal rauszukommen, froh, überhaupt mal einen Film zu sehen. Sogar ein kurzer Stummfilm wäre mir recht gewesen.* Sunny aber teilte seine Begeisterung nicht.

Als die leuchtend roten Türen endlich aufschwangen, legte Schwester Briganti ihm die Hand auf die Schulter und lotste Sunny und ihn eilig an ihre Plätze.

»Seid brav, ihr beiden, macht keinen Lärm, bleibt schön für euch und vermeidet jeden Blickkontakt mit den Platzanweisern«, flüsterte sie.

William nickte, verstand aber nicht ganz, was sie meinte, bis er nach oben schaute und sah, dass der Balkon voll farbiger Jungen und einiger junger Indianer wie Sunny war. Es musste noch einen Seiteneingang geben, in der Nebenstraße. *Bin ich ein Farbiger?*, überlegte William. *Und falls ja, welche Farbe habe ich dann?* Sunny und er teilten sich das Popcorn, und er ließ sich tiefer in den Sessel sinken, der mit violettem Samt bezogen war.

Die Saalbeleuchtung erlosch nach und nach, und die plüschigen

Vorhänge öffneten sich. Ein mechanisches Klavier erwachte zum Leben und begleitete Schwarz-Weiß-Trickfilme mit Betty Boop und Barnacle Bill. Für die kleineren Jungen, das wusste William, war das der beste Teil. Schon bei den Vorschauen und der Movietone-Filmrevue würden den meisten von ihnen die Augen zufallen. Den Hauptfilm dann würden sie größtenteils verschlafen und in Technicolor träumen.

Als endlich die Filmrolle mit der Revue anlief, gelang es William, mit den anderen zusammen mitzusingen, bei Musiknummern von Jackie Cooper und den Lane Sisters, und er lachte ausgelassen über die drolligen Faxen von Stepin Fetchit, wie die übrigen Zuschauer auch. Er lachte sogar noch unbändiger als die Jungen oben auf dem Balkon. Dann aber senkte sich Stille über das Publikum, als eine neue Künstlerin »Dream a Little Dream of Me« sang, wehmütig in die Kamera blickend. Zunächst dachte William, *Sie sieht aus wie Myrna Loy in* The Black Watch. Doch es war mehr als nur ein Schminkeffekt, sie war tatsächlich Chinesin, wie Anna May Wong, der einzige asiatische Filmstar, den er je gesehen hatte. Die älteren Jungen pfiffen anerkennend, angetan von ihrer aparten Erscheinung und honigsüßen Stimme, was ihnen einen scharfen Verweis von Schwester Briganti eintrug, die auf Lateinisch und Italienisch vor sich hin fluchte. William aber starrte wie gebannt auf die flackernde Leinwand und riss vor Staunen unwillkürlich den Mund auf, aus dem unbemerkt das Popcorn herauspurzelte, das er gerade hatte essen wollen. Die Sängerin wurde als Willow Frost vorgestellt – *ein Künstlername*, hätte William um ein Haar laut gesagt, gar keine Frage. Und das Beste war, Willow und Stepin und noch viele andere Movietone-Künstler würden LIVE IN EINEM THEATER IN IHRER NÄHE auftreten, in VANCOUVER, PORTLAND, SPOKANE und SEATTLE. Tickets JETZT erhältlich! BESORGEN SIE SICH EINS, EHE ALLE AUSVERKAUFT SIND!

Sunny stupste William in die Seite und sagte: »Mensch, was würde ich darum geben, diese Show zu sehen.«

»Ich ... *muss* sie mir ansehen«, mehr brachte William nicht heraus, noch immer auf das Nachbild auf der Leinwand starrend, während die Anfangsmusik von *Pioniere des Wilden Westens* ertönte, die nach und nach leiser wurde und immer weiter entfernt klang, wie Oklahoma.

»Träum weiter, Willie.«

Vielleicht bildete er sich das nur ein. Oder vielleicht träumte er wieder einmal vor sich hin. Aber für William stand fest, dass er *sie* persönlich treffen musste, weil er sie einst unter einem anderen Namen gekannt hatte – da war er sich ganz sicher. Bei ihren Nachbarn in Chinatown war sie als Liu Song bekannt, er aber hatte sie einfach nur *Ah-Ma* genannt. Er musste diese Worte noch einmal aussprechen. Er musste herausfinden, ob sie ihn wiedererkannte, wenn sie seine Stimme hörte – nach fünf langen Jahren.

Denn Willow Frost ist vieles, dachte William, *eine Sängerin, eine Tänzerin, ein Filmstar, aber zunächst und vor allem ist Willow Frost meine Mutter.*

FÜHLEN IST GLEICH GLAUBEN

(1934)

Als der Film zu Ende war, klatschte William höflich Beifall; wie alle anderen, bis auf die kleinen Jungen, die jetzt aus dem Schlaf aufschreckten und sich blinzelnd die Augen rieben, während die Saalbeleuchtung aufflammte. Sonnenlicht flutete herein, als die Platzanweiser die Doppeltüren öffneten. William und Sunny folgten den anderen, die geordnet zu Paaren das Kino verließen und zu der Straßenbahnhaltestelle ganz in der Nähe gingen, wo sie sich unter dem strahlend blauen Himmel, eine Seltenheit in Seattle, zusammendrängten. Die Temperatur war spürbar zurückgegangen, und Wolken zogen über die Olympic Mountains hinten am Horizont. William lachte, als Sunny eine Zigarettenkippe vom Boden auflas, so tat, als würde er sie paffen, und sogar Rauchringe mit seinem Atem zu formen versuchte, während ältere Jungen sich in die Mitte der Gruppe drängten, um Schutz vor dem scharfen Wind zu suchen, der weggeworfene Flugblätter und Handzettel die Straße hinabwehte wie Wüstengestrüpp und Distelwolle.

William konnte den Seetang riechen, der auf dem Watt des Puget Sound trocknete, doch er nahm auch ein Aroma von Meeresfrüchten und Brühe wahr, bei dem ihm das Wasser im Mund zusammenlief. Er sah sich um und entdeckte Schwester Briganti auf der anderen Straßenseite, wo sie gerade einen Schuhputzer zur Rede stellte, der Zeitungen an Männer austeilte, die Schlange standen, um eine kostenlose Suppe und etwas Brot zu ergattern. William zählte mindestens achtzig Seelen, ehe die Schlange sich um die Gebäudeecke herumwand. Die schweigenden Männer sahen aus, als hätten sie sich für den Kirchgang feingemacht, trugen Wollanzüge und Krawatten, aber unter ihren Hüten und Schals konnte er sehen, dass die meisten von ihnen sich seit Tagen oder Wochen nicht mehr rasiert hatten. *Ob zwischen diesen Männern wohl auch einige unserer Väter stehen?*, überlegte William.

»Das war der beste Film aller Zeiten«, stellte Sunny fest, den

Blick auf die hell erleuchtete Anzeige über dem Kinoeingang gerichtet. William wandte sich von Schwester Briganti und ihrem höflichen Disput ab und seinem Freund zu.

Bis auf die Prärieszenen mit tausenden Reitern hoch zu Pferde hatte ihn der Film furchtbar gelangweilt, zumal er in Gedanken ganz mit Willow und seiner Ah-Ma beschäftigt war. Er versuchte angestrengt, sich an ihr Gesicht zu erinnern, als sie schlafend in der Badewanne lag, und daran, wie sie aussah, als sie auf der Kinoleinwand gesungen hatte, voller Angst, dass er das eine oder das andere vergessen könnte. Seine Mutter war wie ein Geist, wie Sunnys Zigarettenrauch, der nur aus Atemwölkchen bestand. William sah sie deutlich vor sich, aber zugleich war sie für ihn nicht greifbar.

»War ganz in Ordnung, schätze ich«, murmelte er, ehe ihm einfiel, dass Sunny mal erwähnt hatte, dass er Cherokeeblut in den Adern hatte, wie einige der Figuren in dem Film. Aber wie konnte er einen Film gut finden, in dem Irene Dunne die Indianer als »schmutzige, dreckige Wilde« bezeichnete? Dann aber entsann William sich dunkel, wie Yancey, der Held des Films, den Stamm in Schutz genommen hatte, dem sein Land geraubt worden war.

»Freut mich, dass du etwas gefunden hast, das dir gefallen hat«, sagte William zu ihm und nickte abwesend, als ein gelbes Blatt Papier an seinem Schuh hängen blieb. Es war ein Handzettel für die Movietone-Revue, mit Bildern von Stepin, Willow und einem Komiker namens Asa Berger, auf dem die Daten ihrer Tournee im Nordwesten abgedruckt waren, darunter auch Vorstellungen in Seattle in zwei Wochen. Da beide seiner Manteltaschen Löcher hatten, faltete William den Zettel sorgfältig zusammen und steckte ihn in einen Riss im Futter des Mantels. Er rief sich die fröhliche Stimme seiner Mutter ins Gedächtnis, das Geräusch ihrer Absätze auf dem Holzboden, das süß duftende Parfüm, das seine Ah-Ma immer benutzt hatte. Ganz gegenwärtig und lebendig waren seine Erinnerungen auf einmal, wie ein schöner Traum, aus dem er auf gar keinen Fall aufwachen wollte.

Das Bimmeln einer Straßenbahnglocke weiter unten am Hügel holte ihn in die Gegenwart zurück. William blinzelte und beobachtete, wie Schwester Briganti mit einer Zeitung in der Hand über die Straße kam. Fluchend und kopfschüttelnd schlug sie Sunny den Zigarettenstummel mit einer raschen Handbewegung aus dem Mund und betrachtete angewidert die Zeitung, als würde sie Zeugin irgendeiner Todsünde. Dann riss sie das Blatt in kleine Stücke, die sie in einen überquellenden Abfallbehälter stopfte. »Herr im Himmel!«, schimpfte sie. »Erst die Gewerkschaften, jetzt die Kommunisten – ich hätte nie gedacht, dass es einmal so schlimm um uns stehen wü–«

William drehte sich um und folgte Schwester Brigantis Blick, die an ihm vorbei zu einem Plakatierer in einem abgerissenen Overall hinüberspähte. Der Arbeiter hatte ein riesiges vierteiliges Plakat mit Bildern von Willow und Stepin entrollt und war nun dabei, die vier Teile an die Seite eines mit Brettern vernagelten Backsteinhauses zu leimen. Zu zweit starrten sie den Mann und das gigantische Werbeplakat an, auf dem ein Schwarzer und eine Chinesin zu sehen waren. Gleich darauf drehte William sich um, und ihre Blicke trafen sich kurz. Rasch wandte sie sich ab, als ob sie sich irgendwie ertappt fühlte, klatschte sie geschäftig in die Hände und schnipste mit den Fingern, um sodann ihre Schützlinge aufzufordern, sich ordentlich hintereinander aufzustellen und gesittet in die Straßenbahn zu steigen.

Auf der Fahrt nach Hause blickte William aus dem Fenster und ließ Seattle an sich vorüberziehen, Haus für Haus, Block für Block. Die leer stehenden Gebäude übersah er ebenso wie die Leute, die mangels fester Bleibe im Park campierten. Stattdessen gab er sich ganz der Sehnsucht nach seiner Mutter hin, nach Willow, während er die Kinos und Theater zählte, an denen sie vorbeikamen – sechzehn insgesamt, ehe sie die Innenstadt hinter sich ließen. Wie einladend die Eingänge der Lichtspielhäuser wirkten, wie majestätisch in ihrer Farbenpracht! Wie Pforten zu einer Zauberwelt, in der das Flackern eines Filmprojektors den Geist seiner Mutter wieder zum Leben erweckt hatte. Er war so hingerissen, so tief in seine Neonträume versunken, dass er all die Barackensiedlungen kaum zur Kenntnis nahm, die Plakate, auf denen zu Streiks und Protestversammlungen aufgerufen wurde, und auch nicht die Missionsküchen dazwischen, die Brot an wandelnde Skelette mit struppigen Bärten verteilten.

»Willkommen daheim, Jungs«, sagte der Straßenbahnfahrer, als er abbremste, um sie kurz vor der Endstation der North Seattle Interurban Line aussteigen zu lassen. Er läutete eine Messingglocke, was nahezu allen an Bord ein gequältes Stöhnen entlockte, das kurzzeitig sogar das Surren des Elektromotors und das Knistern der blauen Funken übertönte, die oben aus dem Stromabnehmer schlugen.

Nachdem William die verschmutzten Stufen hinab aus der Straßenbahn gestiegen war, stapfte er mit Sunny und den anderen niedergeschlagen am Kloster und der heiligen Grotte vorbei und weiter den ansteigenden Weg hinauf, auf die viergeschossige Backsteinvilla zu, in der das Waisenhaus untergebracht war. Er trottete dahin wie die anderen, in dem Bewusstsein, dass der beste Teil seines Geburtstags nunmehr offiziell vorüber war. Etwas anderes, etwas Neues aber fing eben erst an.

»Da wären wir wieder, in unserer Villa auf dem Hügel«, ulkte Sunny.

William lachte nicht, noch immer ganz in Gedanken. Er wusste nur zu gut, dass dieses prächtige Haus in Wirklichkeit ein gütiges, liebevolles, blumengeschmücktes Gefängnis war, auch wenn es im Sacred Heart weder Wachtürme noch Stacheldraht noch kläffende Hunde gab. Einige der Jugendlichen wohnten sogar separat in einer Reihe kleiner Häuser im malerischen Craftsman-Stil, mit Verandaschaukeln und Saftröhren für Kolibris. Hier, vom höhergelegenen Scottish Heights aus, konnte er die Kohlefeuer im Süden riechen, er konnte die Schiffshörner und Zugpfeifen hören, konnte die Stadt sehen, wenn sie morgens aus dem Nebel auftauchte und abends in der Dämmerung versank. Der Panoramablick auf den Puget Sound und den Lake Washington aber war das Einzige, was ihn tagein, tagaus mit Seattle verband. *Und wenn es nach Schwes-*

ter Briganti geht, dachte er, *dürfen wir diese grüne, bewaldete Gegend erst wieder in einem Jahr verlassen.*

Als William an dem weißen Lattenzaun vorbeiging, der das Einzige war, was ihn von der Außenwelt und damit von Willow trennte, fiel ihm unwillkürlich auf, wie kinderleicht dieser Zaun zu überklettern wäre, selbst für ganz schmächtige Jungen. Aber die Tore waren niemals abgeschlossen. Weil es die Worte der Eltern waren, die dafür sorgten, dass bei den meisten Kindern hier erst gar keine Fluchtgedanken aufkamen – die Seidenfesseln des Versprechens einer Mutter: »Wenn du brav bist, komme ich an Weihnachten wieder her.« Diese magischen Worte, die ein glückliches Ende in Aussicht stellten, entwickelten sich schon im Januar zu Mühlsteinen, wenn die Fenster mit Eis überkrustet waren und die neuen Jungen aufhörten, die Tage zu zählen, und wieder anfingen, sich nachts in den Schlaf zu weinen. Nach fünf Jahren im Sacred Heart hatte William gelernt, nicht länger auf Weihnachtswunder zu hoffen – auf nichts Größeres zumindest als ein Paar gebrauchter Schuhe, einen gebundenen Katechismus und einen Strumpf, der mit Erdnüssen und einer reifen Mandarine gefüllt war.

Als er sich der Villa näherte, kamen die Mädchen vom Sacred Heart aus ihren Häuschen und Baracken geströmt, um sie zu begrüßen. Den Nachmittag über hatten sie die Gemeinschaftsbereiche mit Krepppapier und handgemalten Schildern geschmückt, und auf den Fensterbänken konnte er frisch gebackene Biskuitkuchen sehen (und riechen), die dort zum Auskühlen standen. Am 15. Juli würden die Jungen ihnen dieselbe Freude machen, denn an jenem Tag feierten die Mädchen ihren kollektiven Geburtstag, zu Ehren von Mutter Francesca Cabrini, der Gründerin des Waisenhauses. Die rührige, unermüdliche Nonne hatte einst davon geträumt, als Missionarin in Asien zu wirken. Aber dazu war es nie gekommen, sie verstarb irgendwo im Mittleren Westen, vor knapp zwanzig Jahren, lange vor Williams Geburt.

In einem Rollstuhl folgte ihnen der einzige Junge, der heute im Waisenhaus zurückgelassen worden war. Er hieß Mark *Soundso,* aber alle nannten ihn nur Marco Polio, obwohl seine spindeldürren, verkrümmten Beine die Folge einer Rachitis waren.

Marco und die Mädchen bestürmten sie mit Fragen, wie es im Kino gewesen war – viele von ihnen hatten noch nie im Leben eines von innen gesehen. Sie wollten alles über die Welt *da draußen* wissen.

»Wart ihr im Kuriositätenladen am Colman Dock und habt euch den Kieferknochen eines Wals angesehen?«, wollte ein Mädchen mit langen Zöpfen wissen.

»Habt ihr euch die Schaufenster bei Frederick & Nelson angeschaut?«, fragte eine andere. »Habt ihr einen Frango-Milchshake probiert?«, meldete sich Marco zu Wort, worauf die Mädchen aufgeregt *Oh* und *Ah* riefen. Im Vorjahr hatte ihnen nämlich ein freundlicher Dozent, der immer Schokolade und Blumen dabeihatte, Frango-Shakes spendiert.

»Und der Totempfahl am Pioneer Square, wart ihr dort auch?«, fragte ein Mädchen von ganz hinten, das sich dabei mit einem Winken bemerkbar machte. Worauf Sunny ein finsteres Gesicht zog und wieder einmal die Geschichte des geraubten Kultobjekts erzählte, obwohl ihm niemand zuhörte.

Alle bombardierten sie weiter mit Fragen, bis auf Charlotte, wie William auffiel, die mit der Hand am Geländer still auf der Veranda ihres Häuschens stand. In der anderen Hand hielt sie einen weißen Blindenstock, eine Schenkung vom Seattle Lions Club. Sie wandte ihr Gesicht der untergehenden Sonne zu und legte den Kopf etwas schräg, um besser hören zu können, was die Jungen und Mädchen unten in dem feuchten, grasbewachsenen Innenhof redeten.

»Ich wollte, ich wäre dabei gewesen«, sagte sie, das Gesicht noch immer der Sonne zugewandt, als William auf sie zuging. Ihre sommersprossigen Wangen waren vom frischen Wind ganz gerötet. »Ich würde alles darum geben, mal hier rauszukommen. Die Stadt selbst zu spüren, am eigenen Leib.«

William starrte das verblasste Blau ihrer milchigen Augen an, während ihr Haar im Wind mal nach hinten, mal nach vorne flatterte. »Im Kino gab es ein mechanisches Klavier, das wie von Zauberhand spielte, und eine riesige Wurlitzer-Orgel – die Musik war spitze«, sagte er. »Hätte dir sicher gefallen.«

Sie lächelte und nickte zustimmend. Wie Charlotte ihn jedes Mal erkannte, war ihm ein bisschen rätselhaft. Er trug so ziemlich die gleichen Schuhe und wusch sich mit derselben Seife wie die anderen Jungen auch, aber womöglich besaß er ja einen Gang, der unverwechselbar war. Einmal hatte er es sogar mit Anschleichen versucht, in der Grotte, doch sie rief bereits seinen Namen, als er noch ein ganzes Stück von ihr entfernt war. Vielleicht lag es auch daran, dass die anderen Jungen so zaghaft waren – die meisten gruselten sich nämlich vor ihren blicklosen Augen. Oder aber daran, dass die anderen Jungen überhaupt kaum je mit ihr sprachen.

»Ich habe dir was mitgebracht.«

Sie wandte sich seiner Stimme zu und streckte die Hand aus. Schloss dann die Finger um das Tütchen mit frischen Kaubonbons, das er hineingelegt hatte. Befühlte es und hielt es sich unter die Nase. »Pfefferminz«, sagte sie.

William nickte lächelnd. »Ja. Deine Lieblingssorte.« Letzte Woche hatte er beim Münzenwerfen mit den anderen Jungen genug Pennys gewonnen, um ihr eine kleine Kostprobe der Welt da draußen kaufen zu können.

»Herzlichen Glückwunsch zum Geburtstag.« Sie zuckte die Achseln. »Du weißt schon, was ich meine …«

»Ich weiß gar nicht mehr, wann mein richtiger Geburtstag ist«, gestand William, während ihm flüchtig die Erinnerung an eine Feier mit seiner Mutter durch den Kopf schoss, vor langer Zeit. »Schwester Briganti will es mir nicht verraten – sie sagt, wenn ich erst adoptiert werde, werde ich jenen Tag als meinen neuen Geburtstag feiern wollen.«

»Du hörst dich nicht so an, als würdest du ihr glauben«, sagte Charlotte. »Sie ist ein Werkzeug Gottes, da darf sie gar nicht lügen.« Charlotte wickelte ein Bonbon aus und bot es ihm an.

Er dankte ihr und steckte es sich in den Mund. Während er

auf dem süßen, weichen Pfefferminzbonbon herumkaute, meldete sich sein schlechtes Gewissen, weil er vor Aufregung in der Straßenbahn bereits drei Stück genascht hatte. In den letzten Jahren hatte er sich damit abgefunden, dass er wohl niemals adoptiert würde. *Eine weiße Familie würde mich nie haben wollen,* hätte William beinahe gesagt. *Und es ist zweifelhaft, ob eine chinesische Familie ein Kind adoptieren würde, das so viel Pech verheißt. Für mich kommt niemand.*

»Wie war dein Geburtstagsbesuch bei Mutter Angelini?«, fragte Charlotte mit einem Blinzeln.

William hob den Blick und stellte fest, dass der blaue Himmel inzwischen hinter einer Masse schwerer, grauer Regenwolken verschwunden war. »Keine Post«, seufzte er, wobei Charlotte aber wusste, dass er damit auch gar nicht ernsthaft rechnete. »Aber eine Geschichte über meine Mutter habe ich gehört.«

Kurz schwiegen sie beide, als von der Dampfkesselanlage gleich nebenan ein Pfeifen herüberdrang. Auch danach sagte Charlotte nichts. Aus Rücksichtnahme, wie er begriff, um ihm Gelegenheit zu geben, das Thema zu wechseln und über etwas Angenehmeres zu reden.

»Mutter Angelini meint es nur gut«, sagte William.

Charlotte runzelte müde die Stirn. »Sie hat mir dieses Jahr erzählt, wie ich mein Augenlicht verloren habe.« Sie schüttelte bedächtig den Kopf und strich sich das Haar hinter die Ohren. »Ich dachte immer, ich wäre so geboren worden, aber Mutter Angelini hat mir erzählt, dass die Krankenschwestern mir gleich nach der Geburt versehentlich einundfünfzigprozentige Silbernitratlösung in die Augen getropft haben, statt der normalen einprozentigen Lösung. Damit wollten sie wohl irgendeiner Krankheit vorbeugen, doch stattdessen haben sie mir die Augen verätzt. Aber das erklärt zumindest, warum ich von Farben träume, von Licht und von Tränen. Es ist eigenartig zu wissen, dass ich die Welt einmal gesehen habe, wenn auch nur einige Minuten lang, danach ein paar Jahre lang noch undeutliche Schatten, bis dann alles dunkel wurde. Und es erklärt außerdem, warum ich nicht weinen kann, egal, wie traurig ich bin. Weil meine Tränendrüsen von der Lösung so verbrannt wurden, dass sie versiegelt sind.«

Charlotte lebte auch schon länger als fünf Jahre hier, genau wie er, und William wusste, dass sie beide in etwa dieselben Erwartungen hatten – nämlich gar keine. Es war, als würde ihnen die Wahrheit Daumenschrauben anlegen, und ihnen beiden war die Einförmigkeit der Schwermut lieber als die aufreibende Berg- und Talfahrt aus immer neuer Hoffnung und unausweichlicher Enttäuschung.

»Mutter Angelini hat mir verraten, dass meine Mutter in ein Sanatorium gebracht wurde – eine Irrenanstalt. Gesagt hat sie es zwar nicht direkt, aber ich vermute mal, dass sie dort wohl gestorben ist.«

Charlotte hörte kurz auf zu kauen. Dafür, dass sie nicht sehen konnte, verfügte sie über eine außerordentlich feine Wahrnehmung.

»Aber … du glaubst ihr nicht, stimmt's?«

Wie könnte ich? William kratzte sich am Kopf und legte die Stirn in Falten. »Ich … ich habe sie heute gesehen – na ja, nicht leibhaftig, aber ich habe eine Frau im Kino gesehen – auf der Leinwand, die genauso aussah wie sie«, sagte er. »Ich weiß, wie sich das anhört – total verrückt. Ich hätte am liebsten Sunny davon erzählt, irgendwem – sogar Schwester Briganti. Aber niemand würde mir je glauben.«

»Ich glaube dir, William.«

»Wie kannst du das sagen?«

»Sehen ist nicht gleich glauben. *Fühlen* ist gleich glauben.«

Sie streckte die Hand aus und betastete seinen Mantel, bis sie die Stelle über seinem Herzen gefunden hatte, wo der Handzettel sicher verborgen war. »Ich fühle dich.«

DIE STIMME IM RADIO

(1934)

Anlässlich des Geburtstags der Jungen kamen alle Waisen in den Genuss eines freien Abends. Statt wie sonst Aufgaben im Haus, Putzdienst und Ähnliches verrichten zu müssen, durften sie ihn im Salon verbringen, wo aus dem Philco-Radiogerät statt Pater Coughlins Sendung auf CBS, die Schwester Briganti sonst am liebsten hörte, ausnahmsweise die *Amos 'n' Andy Show* von KGW in Portland ertönte. William fand es nett (wenn auch ein wenig beunruhigend), ihre Schulleiterin vergnügt glucksen und lachen zu hören, während sie der Show lauschte. Sonst machte sie immer ein finsteres Gesicht und nickte grimmig, wenn Pater Coughlin gegen die Kommunisten und Sozialisten wetterte, die, wie er sagte, das Land in den Ruin trieben und die wirtschaftliche Not noch verschärften. Er beobachtete, wie sie sich zurücklehnte und lächelnd die Augen schloss, obwohl sie eine Ausgabe von Coughlins Zeitung *Social Justice* auf dem Schoß liegen hatte. Auf dem Tischchen neben ihr standen zwei leere Flaschen Rainier-Bier. *Lebewohl, Prohibition*, dachte William. Alle wussten, dass Schwester Briganti auch während des »ehrenwerten Experiments« stets einen Geheimvorrat hatte, um sich zu besonderen Anlässen einen Schluck zu genehmigen. Seattle war schon immer eine neblige, verregnete Stadt gewesen, nach Verhängung der Prohibition aber war diese Gegend besonders feucht geblieben.

Wind und Regen prasselten gegen die Fenster, während William mit Charlotte auf dem Holzboden saß und an einem einfachen Puzzle der Heiligen Familie arbeitete. Er lauschte dem beruhigenden Knistern und Knacken des Kaminfeuers, dem gedämpften Geräusch der Würfel und Spielfiguren, während andere Kinder »Mensch ärgere dich nicht« spielten. Charlotte hatte die entscheidenden Eckstücke gefunden und die Ränder des Puzzles erfolgreich zusammengefügt, und William blieb es überlassen, sich auf die Mitte zuzuarbeiten. Bei Betrachtung der Schachtel, auf der die in Glasmalerei ausgeführte Szene abgebildet war, merkte er schon bald, dass ihnen eine Handvoll wichtiger Stücke fehlte. Doch er arbeitete trotzdem weiter, auf ein unvollständiges Bild hin. Während er die Leerstellen anstarrte, fragte er sich im Stillen: *Warum hast du mich verlassen? Warum hast du mir nie geschrieben?* All die Jahre hatte er gedacht, seine Mutter sei tot, das hatte ihm die Einsamkeit halbwegs erträglich gemacht. Natürlich hatte er gelitten und getrauert, aber dieser Kummer war längst nicht so herzzerreißend wie der Gedanke, dass seine Ah-Ma wohlauf und am Leben war und ihn zurückgelassen hatte wie einen streunenden Hund.

»Wie hat sie ausgesehen?«, fragte Charlotte. Sie rückte ein Stück zurück und kreuzte die Beine zum Schneidersitz, zupfte sorgsam ihren Rock zurecht und klopfte sich die Hände sauber. »Die Frau, die du auf der Kinoleinwand gesehen hast. Wie sah sie aus? War sie umwerfend hübsch, so wie du?«, scherzte sie.

William ging nicht auf Charlottes Flirtversuch ein und zuckte die Achseln, während er in den losen Puzzlestücken kramte. »Sie sah … chinesisch aus.« Dann erst fiel ihm ein, dass Charlotte ja gar nicht wusste, wie Chinesen aussahen, oder Schwarze oder Indianer oder Italiener – sie kannte ja nicht einmal ihre eigene Hautfarbe.

»Sie hatte strahlende Augen mit langen Wimpern und schulterlanges, am unteren Ende zu Locken gekräuseltes Haar. Und sie sah … reich aus. Aber meine Mutter war arm.« *Wir waren arm*, erinnerte sich William, *auch schon vor dem Börsenkrach und der großen Arbeitslosigkeit seither.* »Meine Mutter hatte … lange Finger mit seltsam runzligen Gelenken, wodurch ihre Hände viel älter aussahen als alles Übrige an ihr.« Er warf einen Blick auf seine Finger, die ganz ähnlich aussahen. »Und wenn sie auf dem Sofa einschlief, habe ich mich immer neben sie gesetzt und beobachtet, wie sich ihre Brust beim Atmen hob und senkte – einfach nur, um sicherzugehen, dass sie noch lebte. Sie sah so friedlich aus, aber sie war meine einzige Angehörige. Ich hatte immer Angst, sie zu verlieren. Mir graute bei dem Gedanken, allein zu sein. Aber bei der Lady heute habe ich vor allem ihre Stimme erkannt. Ihre Gesangsstimme.«

»Hat deine Mutter dir vorgesungen?«

William nickte bedächtig. »Hin und wieder, ja. Abends, wenn sie mich zu Bett brachte, hat sie mir chinesische Schlaflieder vorgesungen, die ich kaum verstehen konnte, oder ein britisches Lied, das anfing mit ›Ist unser liebes Schätzelein klein / Nicht süßer noch als Datteln und Zimtblüten fein?‹. Ich kann zwar noch die Melodie summen, aber den restlichen Text weiß ich nicht mehr. Das ist schon lange, lange her ...«

»Du kannst trotzdem von Glück sagen. Ich kann mich an meine Mutter kaum noch erinnern. Früher habe ich immer versucht, mir ins Gedächtnis zu rufen, wie ihre Stimme geklungen hat. So wie meine, vermute ich mal, aber klüger.«

Er wusste, dass Charlottes Mutter wenige Jahre nach ihrer Geburt gestorben war. Und von ihrem Vater sprach sie nie, genau wie William. Er hätte gern mehr erfahren, hatte aber im Waisenhaus gelernt, andere nicht mit Fragen zu löchern, wenn sie über gewisse Dinge nicht von sich aus reden wollten.

Als die *Amos 'n' Andy Show* zu Ende war, blickte er zu Schwester Briganti hoch, in der Erwartung, dass sie ihn und die anderen nun zu Bett scheuchen würde, aber sie war eingeschlafen. Ihr Kopf hing schlaff nach hinten über die Rückenlehne, und ihre franziskanische Ordenstracht war über den Sessel gebreitet wie ein Haufen brauner Schmutzwäsche. Er wechselte einen Blick mit Sunny, der mit Dante Grimaldi in der Ecke beim Flohspiel saß, und auch mit den anderen Kindern im Raum. Ohne es auszusprechen, waren sich alle einig: *Weiterspielen*.

William sortierte weiter Puzzlestücke, während der Ansager im Radio die hiesigen Firmen nannte, mit deren freundlicher Unterstützung die heutige Folge von *One Man's Family* präsentiert würde.

Schwester Briganti schnaubte zweimal vernehmlich, wachte aber nicht auf, als es in der Ferne donnerte und der Strom kurz aus und wieder an flackerte. Einige Kinder quietschten vor Schreck, während Sunny ein gespenstisches »Buuuh« ausstieß.

»Aber ehe es losgeht« – verkündete der Ansager mit launiger, einförmiger Stimme, die wegen des heranrollenden Gewitters mal leiser, mal lauter wurde –, »möchte ich Ihnen unseren heutigen, ganz besonderen Studiogast vorstellen, eine aufstrebende Leinwandkünstlerin, die mit Hollywood-Glitzer an ihren Schuhen heimgekehrt ist in unseren geliebten Nordwesten. Seit Bing Crosby und seine *Rhythm Boys* von Tacoma aus ihren Siegeszug angetreten haben, hat kein hiesiges Talent eine ähnliche Karriere hingelegt.«

William, der eben ein Puzzlestück aufgehoben hatte, erstarrte und blickte zum Radio hinüber.

»Und jetzt ist sie wieder da, um eine begrenzte Anzahl von Auftritten in unserer Gegend zu absolvieren, als Teil der Fox-Movietone-Revue. Meine Damen und Herren, heute bei uns zu Gast, die entzückendste Chinapuppe von allen, die asiatische Sensation aus Seattle, Weepin' Willow Frost.«

Das fasse ich nicht, dachte William und wagte kaum zu atmen, während Willow und der Ansager zunächst ein paar Höflichkeiten austauschten.

»Also, Miss Frost …«

»Bitte, sagen Sie einfach Willow zu mir.«

»Ah, dann also Willow«, sagte der Ansager. »Ihr Beiname macht mich neugierig, ›Weeping‹. Was hat es damit auf sich, könnten Sie uns dazu vielleicht aufklären?«

»Ach, diesen Spitznamen mag ich gar nicht«, erwiderte sie, höflich und bescheiden zwar, aber ohne ganz verbergen zu können, wie leid sie diese Frage offenbar war. »Weil dadurch der Eindruck entsteht, ich wäre immerzu traurig. Die Wahrheit aber ist, ein alter Freund …« Sie verstummte kurz. »Ein Bekannter von mir hat mir diesen Namen verliehen, nach einem Kurzauftritt in einer Nebenrolle. Ich hatte gerade unerfreuliche Neuigkeiten erhalten und kurz meinen Text vergessen. Mir kamen die Tränen, und als mir der Text dann wieder einfiel, weinte ich richtig. Ich schluchzte mich durch meinen gesamten Auftritt – zum Glück war es eine traurige Szene. Bei dieser Gelegenheit wurde ich entdeckt und konnte dann später meinen ersten Film drehen.«

»Manche würden das wohl Schicksal nennen«, sagte der Ansager. »Oder war es bloß gut geschauspielert?«

Eine kurze, betretene Stille trat ein. William wusste nicht recht, ob der Empfang durch das Wetter beeinträchtigt wurde oder ob es ihr tatsächlich unangenehm war, über ihren großen Durchbruch zu reden.

»Es war Glück. Einfach nur Glück«, sagte sie leise. »Ein Jahr später war ich in Studio City und drehte mit Ronald Colman und Tetsu Komai zusammen *Bulldog Drummond*. Und jetzt bin ich hier ...«

»Und jetzt sind Sie hier, und wir freuen uns sehr, Sie bei uns zu Gast zu haben.« In wieder munterem Tonfall wiederholte der Ansager noch einmal Willows Namen und die Buchstabenfolge des Radiosenders.

»Das ist sie«, flüsterte William Charlotte zu. Dann sah er quer durchs Zimmer zu Sunny hinüber, der seinen Blick erwiderte und einen Daumen in die Luft reckte, während im Radio jetzt ein Klavier erklang und Willow »Dream a Little Dream of Me« anstimmte.

»Das ist sooo langweilig«, maulte ein Junge auf der anderen Seite des Zimmers. »Kann nicht einer aufstehen und das Radio auf KJR schalten?«

»Ja, hören wir uns *The Shadow* an!«, schloss sich ihm ein anderer an.

»Selbst der Shadow weiß, wie sterbenslangweilig das ist«, spottete ein dritter Junge.

William ertrug es nicht länger. »Lasst ja die Finger von dem Radio«, brach es aus ihm hervor. »Bitte!«

»Hey, das hast du doch schon heute Nachmittag gehört ...«

»Ich möchte sie auch hören«, meldete sich Charlotte zu Wort und schwenkte dabei ihren Stock.

Dante aber stand bereits am Radio. Als er eben die Hand nach dem Drehknopf ausstreckte, um den Sender zu wechseln, sprang William auf und stieß ihn heftig beiseite. Dante stolperte über einen Hocker und landete mit lautem Gepolter am Boden. Einige Jungen lachten und auch ein paar Mädchen.

»Hey!«, jammerte Dante, während ihm Tränen in die Augen schossen. »Was sollte das denn?«

William beachtete ihn nicht. Sein Herz klopfte wie wild, während er vor dem Lautsprecher stand und gebannt lauschte.

»William Eng!«

Er brauchte sich gar nicht umzudrehen. Diese Stimme war unverwechselbar: Schwester Briganti, die offenbar von alldem Lärm aufgewacht war. William spähte über die Schulter und sah, wie sie rasch einen Blick auf ihre Armbanduhr warf und dann der Reihe nach ihre Schützlinge musterte, die alle noch nicht zu Bett gegangen waren.

»William – komm her!«, sagte sie streng. »Alle anderen – ab mit euch nach oben.«

Er spürte, wie sich ihre Finger in seinen Ellbogen gruben, während sie ihn unsanft in den Flur hinausbugsierte, fort von Charlotte, fort vom Radio. Schwester Briganti öffnete die Tür des Garderobenschranks, versetzte ihm einen Klaps auf den Hinterkopf und stieß ihn hinein.

»Wenn du dich nicht benehmen kannst, müssen wir dich von den anderen trennen ...«

»Es tut mir leid, es war keine Absicht«, protestierte er. »Ich wollte nur noch etwas länger die Radiosendung hören – bitte, lassen Sie mich weiter die Sendung hören.« *Ich muss Willow Frost hören.*

Schwester Briganti hielt inne und rieb sich mit der Hand über die Stirn, als würde sie sich seine Bitte tatsächlich durch den Kopf gehen lassen. Dann aber schlug sie wortlos die Schranktür zu. William starrte auf den dünnen Lichtstreifen, der unter der Tür hindurchdrang. Der kleine Lichtpunkt, wo sich das Schlüsselloch befand, erlosch gleich darauf, als er hörte, wie ein Schlüssel hineingesteckt und umgedreht wurde, um ihn über Nacht einzusperren. Er tastete im Dunkeln nach der Rückwand, fand sie und ließ sich davor zu Boden sinken, wobei er auf einem Haufen alter Schuhe und Galoschen landete. In dem Schrank roch es durchdringend nach Wollmänteln, feuchtem Leder und Mottenkugeln.

Er schlug mit dem Hinterkopf gegen die Wand, bis er wieder das Radio hören konnte. Der Empfang schwankte, wurde mal leiser und dann wieder lauter, während der Ansager jetzt sein Gespräch mit Willow fortsetzte.

»Sie sind also in der Nähe aufgewachsen, gleich nördlich von hier«, sagte der Ansager.

»Das stimmt, im Staat Washington – in der Chinatown von Seattle. Aber ich bin schon vor Jahren fortgezogen«, sagte sie. »Ich hätte nie gedacht, dass ich mal wieder herkommen würde, nicht in einer Million Jahren.«

»Nanu, wieso nicht?«

William lauschte angestrengt, um ihre Antwort auf keinen Fall zu verpassen. Hörte zunächst aber nur das Geräusch des Regens, der draußen gegen das Gebäude prasselte, während er das Ohr an die Tür presste und mit weit aufgerissenen Augen im Dunkeln wartete.

»Ich … ich hatte eben keinen Grund, wieder herzukommen, schätze ich. Ich hatte damals keinen Grund, hierzubleiben.«

Dann verstummte der Ton abrupt, als Schwester Briganti das Radio mit einem enttäuschenden Klicken ausschaltete. Nachdem sie auch das Licht im Salon gelöscht hatte, hörte William in der Finsternis ihre Schritte, die sich die Treppe hinauf ins Obergeschoss entfernten.

ZUSAMMEN ALLEIN

(1934)

Wie die meisten der Jungen hatte William schon die eine oder andere Nacht im Garderobenschrank zubringen müssen. Mitunter aus triftigen Gründen, wie damals, als er in der Kapelle mit Pennys herumgeschnipst hatte und von Schwester Briganti auf frischer Tat ertappt wurde. Nicht selten aber ereilte einen diese Strafe auch bloß, weil man zur falschen Zeit am falschen Ort gewesen war. Und eine Nacht im Garderobenschrank war noch eine recht glimpfliche Bestrafung, allemal besser, als in den Heizungsschuppen mit der Dampfkesselanlage gleich nebenan gesperrt zu werden. In dem Schuppen war es stickig warm, selbst im Winter, und es roch durchdringend nach Feuer und Schwefel, ganz wie in der Hölle, vor der die Schwestern sie so gern warnten. Noch dazu herrschte dort ein solcher Lärm, dass einen von außen niemand weinen oder schreien hörte. William erinnerte sich, dass Sunny einmal drei volle Tage da drüben eingesperrt war, weil er sich mit einem anderen Jungen geprügelt hatte. Seither war Sunny lammfromm und hatte sich nie wieder mit Schlägen zur Wehr gesetzt. Nicht mal, als er mit William ein altes Detektorradio zusammenbastelte, eine Spende der Pfadfinder, und Dante den Kasten im Vorbeigehen einfach umwarf, verbunden mit der höhnischen Bemerkung: »Ich habe einen neuen Namen für dich: Sunny Nichtskönner.« Dante lachte, während die Einzelteile – Drähte, Einstellknöpfe – in alle Richtungen flogen und die zerbrechliche kleine Diode, die für den Empfang unerlässlich war, in Stücke ging. Ohne dieses Bauteil funktionierte der Radiobausatz nicht. In der Annahme, dass nun eine Rauferei bevorstand, lief eins der Mädchen los, um eine Lehrerin zu holen, aber Sunny blieb ruhig. Starrte bloß wortlos aus dem Fenster zum Heizungsschuppen hinüber, aus dem schwarzer Kohlenrauch zum Himmel aufstieg.

Wie so viele Waisen jedoch hatte William schreckliche Angst vor dem Alleinsein. *Es ist ja nur diese eine Nacht*, versuchte er sich zu beruhigen. Seit fünf Jahren war er es gewohnt, mit zwei Dutzend Jungen in einem Saal zu schlafen; war es gewohnt, nachts um sich herum Schnarchen zu hören, Kichern, Tuscheln, das Quietschen alter Bettfedern. Hier aber war es ganz still, bis auf ein gelegentliches Knacken im Gemäuer des Gebäudes, das Ächzen von Rohrleitungen und das Geräusch von Fensterscheiben, an denen der stürmische Wind rüttelte. Geräusche der Leere, Akkorde der Einsamkeit, bei denen William in leise Panik geriet. Noch elender fühlte er sich, als ihn gleich darauf das gedämpfte Schlagen einer Standuhr zwei Etagen über ihm daran erinnerte, wie endlos lang diese Nacht noch dauern würde.

Willows Worte hallten ihm durch den Kopf: *Ich hatte keinen Grund hierzubleiben.*

Ohne in der Finsternis etwas sehen zu können, schob er die Schuhe und Stiefel beiseite. Zog zwei Wollmäntel zu sich herunter, um sich ein notdürftiges Schlaflager zu bereiten, wie ein Tier in der Wildnis. Die über ihm pendelnden Schatten jedoch, dazu das leise Klirren der Drahtbügel, hielten ihn vom Schlafen ab. Und es kam ihm so vor, als würde er Schritte hören oder ein leises Pochen. *Das ist bloß das Knarren der Dielen*, beruhigte sich William. *Das Gebäude ist noch nicht so alt und setzt sich erst.* Dass Schwester Briganti es sich mit seiner Bestrafung noch einmal anders überlegt hatte, war kaum zu erwarten – vermutlich würde sie ihn sogar ganz vergessen, bis jemand einen Regenmantel benötigte, oder bis er auf den Boden urinierte, je nachdem, was am morgigen Tag zuerst der Fall war.

Er zog einen weiteren Mantel herunter, um sich damit zuzudecken, als er ein unverkennbares Geräusch hörte: Der Schlüssel wurde gerade von außen ins Schloss gesteckt. Er streckte die Hand nach dem Türknauf aus und schreckte heftig zurück, als er spürte, wie sich der Knauf bewegte.

Die Tür öffnete sich. »William«, flüsterte eine Mädchenstimme.

»Charlotte?«, fragte er die Gestalt vor sich im Dunkeln. Dann spürte er ihre Hand an seinem Arm, als sie zu ihm in den Schrank gekrochen kam und sich neben ihn setzte, mit dem Rücken an der

Wand und angezogenen Knien, ihren Stock vor sich. Er steckte den Kopf in den dunklen Flur hinaus. Am hinteren Ende war ein schwacher Lichtschein zu erkennen: eine Nachtlampe, die heftig flackerte, während draußen der Regen prasselte und Blitze zuckten. Als er die Schranktür schloss, hörte er lautes Donnergrollen in der Ferne. »Was tust du hier? Wie bist du an den …?«

»Schwester B verwahrt den Schlüssel in der Kerzenschublade im Flur, ich höre immer, wie sie ihn hineinlegt«, sagte Charlotte mit bebender Stimme. »Ich … ich mag solche Nächte nicht, schon gar nicht drüben in meinem kleinen Haus. Wenn das Wetter nachts so schlimm ist, komme ich manchmal hierher, um mich zu verstecken.« Sie schniefte und wischte sich die Nase am Ärmel ihres langen Flanellnachthemds ab.

»Es … ist doch nur ein Gewitter«, sagte William. »Wir befinden uns in einem großen Haus. Es ist vollkommen sicher. Selbst, wenn der Strom ausfallen sollte …«

Da blitzte es. Charlotte war kurz in gleißendes Licht getaucht, das durch den Spalt unter der Tür hereindrang, und zog die Knie noch enger an die Brust, als ein gewaltiger Donnerschlag das Haus erzittern ließ. Er legte ihr einen Mantel um und merkte, wie sie dabei zusammenzuckte.

»Soll ich gehen, möchtest du lieber allein sein?«, fragte er, ohne recht zu wissen, wo er in diesem Fall hinsollte.

Sie schüttelte den Kopf. »Bitte bleib.«

»Fürchtest du dich vor der Dunkelheit? Es ist nicht so schlimm, wenn du Angst hast …« Da erst fiel ihm auf, was er für einen Unsinn daherredete. Er wollte sich entschuldigen, aber sie kam ihm zuvor.

»Nein, ich fürchte mich nicht vor der Dunkelheit.«

»Das Gewitter hört auch wieder auf, versprochen.«

»Vor dem Gewitter fürchte ich mich auch nicht.«

William schwieg verwirrt. Aber er war trotzdem froh, nicht allein zu sein, dass sie ihm in der Finsternis Gesellschaft leistete. Charlotte war von Anfang an seine beste Freundin gewesen, seine einzige Freundin, bis Sunny zu ihnen ins Heim kam. Er rückte näher, bis er direkt neben ihr saß, und sie lehnte sich an ihn und legte ihm den Kopf an die Schulter. Dann richtete sie sich wieder auf, um ihren Blindenstock oben an die Kleiderstange zu hängen, und bot ihm eine Hälfte des Mantels an. Als er sie beide darin einhüllte, merkte er, wie ihre Schultern bebten. Sie war ganz durchnässt, bibberte und zitterte.

»Wovor hast du dann solche Angst?« *Abgesehen von dem Gewitter, den Lehrerinnen, den Schlägen …*

Stille. Er spürte, wie sie bedächtig den Kopf schüttelte. Hörte sie ganz tief ein- und wieder ausatmen, als wäre sie unendlich erschöpft.

»Meine Mutter hat früher bei Stromausfall immer Kerzen angezündet und gesungen«, sagte er. »Das Donnern, hat sie mir erklärt, ist Applaus und die Blitze sind das Rampenlicht des Himmels. Ich bin zu ihr ins Bett gekrochen, und sie hat mich im Arm gehalten, bis ich eingeschlafen war.«

»Du bist so ein Glückspilz, William.«

Kurz kam es ihm tatsächlich so vor. Damals ebenso wie jetzt, weil er nicht mehr allein war.

»Nachdem meine Mutter gestorben war«, flüsterte Charlotte, »hatte ich nur noch meinen Vater. Bei Gewitter kam er nachts immer in mein Zimmer – ›nur, um sicherzugehen, dass mir nichts fehlte‹. Er sagte kaum ein Wort. Sehen konnte ich ihn natürlich nicht, aber ich wusste, wer es war.«

William schwieg. Er verstand nicht ganz, was sie damit sagen wollte. Wobei er sich immer schon gefragt hatte, was eigentlich aus ihrem Vater geworden war. Ehe er nachfragen konnte, wechselte sie das Thema.

»Ich muss hier fort – möglichst bald.«

»Wieso? Du bist doch schon länger hier als ich …« *Und wer würde dich aufnehmen?*

»Sie wollen mich abschieben«, erwiderte sie. »Weil ich hier nicht länger hingehöre, sagen sie. Sie werden mich in eine spezielle Schule für Leute wie mich schicken. Es sei an der Zeit, sagt Schwester B, dass ich unter meinesgleichen komme.«

William schluckte und nagte an der Unterlippe. Er dachte an die letzten Jahre zurück. Immer im Sommer waren Bauern aus dem Yakima Valley ins Sacred Heart gekommen, um die kräftigsten Jungen oder, hin und wieder, die hübschesten Mädchen zu adoptieren. Ein blindes Mädchen, das wurde ihm in diesem Moment schlagartig klar, würde niemals von jemandem adoptiert, egal, wie hübsch sie sein mochte.

»Aber wo willst du hin?«, fragte er. »Vielleicht ist diese spezielle Schule ja gar nicht so schlimm. Da könntest du lernen, mit deinen Fingern zu lesen ...«

Er spürte, wie sie den Kopf schüttelte.

»Nein, ich weiß über diese Schule Bescheid. Mein Vater hat mir immer gedroht, mich dorthin zu schicken, wenn ich nicht gehorchte oder es wagen sollte, schlecht über ihn zu reden. Dort stecken sie einen in einen Raum und lassen einen den ganzen Tag über Besen binden. Mehr bringen sie einem da nicht bei, bis man zu alt ist, um noch irgendwas anderes machen zu können. Und wer sich weigert oder sich beklagt, den schicken sie ins Gefängnis.«

Immerhin, das war das Gute am Sacred Heart: Einen Verweis aus dem Heim hatten die Kinder auch bei noch so schlimmem Fehlverhalten nicht zu fürchten, zu dieser Maßnahme griff Schwester Briganti nur in den seltensten Fällen. William war allerdings gerüchtehalber zu Ohren gekommen, dass der Staat der Schule für jedes Kind einen Festbetrag zahlte. Ein gut gefülltes Waisenhaus war für die Schwestern also alles andere als eine Tragödie.

William wusste nicht, wie er Charlotte trösten sollte. Falls die Schwestern der Ansicht waren, dass sie an einer Blindenschule besser aufgehoben war, musste sie sich mit dieser Entscheidung wohl abfinden. Und wo konnte sie auch sonst hin? Andere Möglichkeiten hatte sie nicht.

Charlotte atmete tief ein und stieß langsam die Luft wieder aus.

»Ich will mit *dir* fortgehen«, sagte sie.

»Und wo soll ich hingehen?«, fragte er, obwohl er eine ungefähre Ahnung hatte – einen wehmütigen Traum, eine Hoffnung, einen noch nicht gefassten Plan.

»Ich will mit dir fortgehen, um *sie* zu finden.«

»Wen? Willow?«, fragte William, während ihm der süße Blumenduft von Charlottes Shampoo in die Nase stieg, eine wahre Wohltat in dem muffigen Schrank. Nach all den Jahren im Schlafsaal mit den anderen Jungen, in dem es ziemlich streng nach Schweiß roch, wurde ihm auf einmal bewusst, wie sehr ihm der tröstliche Duft von Parfüm fehlte, der Duft von zu Hause.

»Ja. Deine Mutter.«

»Ich weiß ja nicht mal, wer diese Frau wirklich ist. Vielleicht hat Schwester Briganti recht, vielleicht ist einfach nur die Fantasie mit mir durchgegangen.« *Diese Fata Morgana begegnet vermutlich jedem einmal*, dachte William. *Und einsamen, traurigen Kindern fällt es besonders schwer, aus ihren freudigen Träumen zu erwachen.*

Charlotte zog einen weiteren Mantel herunter, breitete ihn über sie beide und schmiegte sich an ihn. Er hörte dem Regen zu und dem Geräusch ihrer Atemzüge, bis er den Eindruck hatte, dass sie eingeschlafen war.

Dann aber regte sie sich noch einmal. »Denk darüber nach, Willie. Wir haben beide nichts, und niemand will uns«, murmelte sie. »Mit anderen Worten, wir haben nichts zu verlieren.«

William starrte ins Dunkel und grübelte vor sich hin. Entsprach diese Dunkelheit Charlottes Wahrnehmung der Welt? Nein, sie sah vermutlich überhaupt nichts. Stattdessen nahm sie die Welt durch ihre Vorstellungskraft wahr – was sicher entschieden besser war als das wirkliche Leben.

Er lauschte ihren Atemzügen, bis sie eingeschlummert war. Aber sie schlief unruhig, zuckte immer wieder heftig. Und hin und wieder jammerte sie leise vor sich hin.

SCHWEINE WERDEN GEFÜTTERT
(1934)

Als William aufwachte, war Charlotte fort, ganz wie seine Mutter, sodass er sich unwillkürlich fragte, ob sie in der Nacht überhaupt da gewesen war. Ein Hausmeister ließ ihn aus dem Schrank, und nachdem er seine müden Beine gereckt und gestreckt hatte, humpelte William in seinen Schlafsaal. Den ganzen restlichen Tag über plagten ihn Rückenschmerzen.

Er war heilfroh, an jenem Abend wieder in seinem Bett schlafen zu dürfen. Die ganze Woche träumte er dort von der Movietone-Revue, Nacht für Nacht, und nach dem Wecken bei Sonnenaufgang suchte er schlaftrunken nach den traurigen Melodien von Liedern, deren Text er längst vergessen hatte. Während er die verregneten Tage zählte, die Morgen, an denen sein Bettlaken trocken geblieben war, und das Datum im Kalender näher rückte, an dem Willow Frost (als seine Mutter wagte er sie nicht zu bezeichnen) in der Stadt auftreten würde, dachte er über Charlotte und ihren Wunsch nach, aus dem Waisenhaus fortzulaufen. *Hier gibt es nichts. Und es wird nie jemand kommen, um uns zu sich zu nehmen, niemals.* Sie hatte recht, das wusste er. Aber trotzdem zögerte er.

Er drehte sich noch einmal im Bett herum und starrte Willows Bild an; dann setzte er sich auf und kratzte sich am Kopf, während die anderen sich schon die Zähne putzten und ankleideten. Einige Jungen hatten auf ihren Nachtschränkchen prächtige, gerahmte Fotografien stehen, die sie zusammen mit ihren Eltern zeigten. William aber besaß nur das knittrige Foto von dem Handzettel, für das er einen Rahmen aus Eisstielen und Kitt gebastelt hatte und das nun neben seinem Bett stand. Wenn er die Frau auf dem Foto betrachtete, war er davon überzeugt, dass sie die gleichen Augen hatten, das gleiche Kinn. Seiner Erinnerung nach war die Nase seiner Ah-Ma nicht ganz gerade, sondern leicht nach links gebogen. Nachprüfen konnte er das leider nicht, da Willow sich auf dem

Porträtfoto von ihrer Schokoladenseite präsentierte, im Hollywood-Stil von hinten beleuchtet, aber ihm hatte sich diese leichte Krümmung unvergesslich eingeprägt. Umgekehrt fragte er sich, wie sie ihn wohl in Erinnerung hatte. Er war noch klein, als sie ihm entrissen wurde, und erinnerte sich entsprechend an weniger. Sie aber war eine Mutter. *Wie könnte eine Mutter vergessen?*, fragte er sich. *Wie könnte eine Mutter ihr Kind zurücklassen, einfach so?*

Nach dem Frühstück suchte er seine Bücher zusammen und hastete zu seinem Klassenzimmer, in dem in ordentlichen Reihen fünfunddreißig Kinder saßen, links die Jungen, rechts die Mädchen, je zwei an einer Schulbank. Bis auf Marco, der ganz froh zu sein schien, einen eigenen Platz ganz für sich zu haben – und sei es nur sein Rollstuhl, der in einer Ecke im vorderen Teil des Raums stand.

William zwängte sich auf eine Bank ganz hinten neben Dante, der doppelt so groß und kräftig war wie er, aber auch so unbeholfen und tapsig wie ein riesiger Hund, der sich seiner Größe gar nicht richtig bewusst war. »Tut mir leid wegen neulich Abend«, flüsterte William. »Box mich ruhig gegen den Arm, wenn du Revanche willst.«

»Nicht nötig.« Dante schüttelte den Kopf. »Eine Nacht im Garderobenschrank ist Strafe genug. Eher zu viel des Guten, wenn du mich fragst.«

Dante war es seit Neuestem leid, von den Schwestern *Danny* genannt zu werden. »Zu irisch«, hatte er gesagt und wollte fortan lieber *Sawyer* genannt werden, zum Gedächtnis an seinen verstorbenen Vater. Dafür, dass er der große, kräftige Sohn eines Holzfällers war, weinte Dante ziemlich viel.

Statt Schwester Seeley zuzuhören, die sie in Rechnen unterrichtete, starrte William aus dem Fenster, hinaus auf das Gelände von Sacred Heart, auf das sich der Herbst herabsenkte wie eine Decke aus nassen Magnolienblättern. In Gedanken überschlug er, wie er und Charlotte es anstellen könnten, auszureißen und zum 5th Avenue Theatre zu gelangen, zum Pantages oder zum Palace

Hippodrome – wo auch immer Willow bald auftreten würde. Betreten hatte er noch kein einziges dieser Theater, ihre Werbeplakate an den Straßen aber hatte er schon oft bestaunt, mochten sie auch noch so alt und verblichen sein: All die Eistanzpaare, die darauf abgebildet waren, Tierdressuren, Zauberkünstler mit glitzernden Westen und Kinderstars wie Dainty June Havoc – der Liebling des Varietés –, er konnte sich gar nicht daran sattsehen. *Der Eintritt kostet in der Regel fünfundzwanzig Cent*, überlegte William. Willows Show aber könnte etwas teurer sein. Er hatte einen ganzen Dollar in kleinen Münzen angespart, die er unter einem Stein in der Grotte verborgen hatte. Aber da eine Übernachtung selbst in den billigsten Absteigen inzwischen einen Vierteldollar kostete und sie ja auch noch die Straßenbahnfahrt bezahlen mussten, würden sie in der Stadt keine Woche über die Runden kommen. *Und der Winter steht auch vor der Tür.*

»Du zerbrichst dir immer noch den Kopf über diese Show, stimmt's?«, flüsterte Sunny herüber, der in der Bankreihe gegenüber saß. William schüttelte den Kopf. »Wenn sie dich erwischen, fliegst du hier raus, darauf kannst du Gift nehmen. Dann verkaufen sie dich an eine Armenfarm, mit der verglichen das hier der reinste Himmel auf Erden ist.«

Himmel, manche fühlen sich sogar wohl hier. Eine bedrückende Erkenntnis, bei der sich William die Frage aufdrängte, wie schlecht das Leben dieser Kinder gewesen sein mochte, ehe sie hierherkamen. Aber als chinesischer Junge war er ohnehin ein Außenseiter. Er wusste, dass er nicht hierhergehörte. Das gaben ihm die anderen täglich zu verstehen, sei es durch Blicke, sei es durch die Anrede »Schlitzauge«, sei es durch ihre angeekelten Blicke, als er ihnen verriet, dass gegrillte Hühnerfüße sein Leibgericht waren. Auch Tommy Yuen hatte es gewusst. Das hier war nicht ihre Art von Paradies. *Obwohl, Sunny hat vermutlich recht.* Vergangenen Monat erst hatten sie von der Entscheidung des Stiftungsrates erfahren, alle farbigen Kinder aus dem Waisenhaus zu entfernen und auf die King-County-Armenfarm zu schicken, unten am Duwamish River. Dort müssten sie bis zu ihrem einundzwanzigsten

Lebensjahr Landarbeit verrichten, ohne die Möglichkeit, bei einer Pflegefamilie unterzukommen oder adoptiert zu werden.

William gruselte es vor der Armenfarm, obwohl er sie nur aus dem Kopfkino seiner Fantasie kannte, angeregt durch die Geschichten, die Schwester Briganti ihnen bisweilen erzählte. »Die Armenfarm ist keine Wohlfahrtseinrichtung, sondern ein Sündenpfuhl. Wenn ihr dorthin geschickt werdet, wird euer Name in der Zeitung abgedruckt, damit alle Welt davon erfährt«, hatte sie gesagt. »Wenn ihr euer Nachtgebet sprecht, dankt dem Herrgott dafür, dass ihr nicht neben erwachsenen Männern schlafen müsst – Säufer, Rumtreiber, Tagediebe –, die fluchen wie die Kesselflicker, sich prügeln und nichts als Unheil stiften. Oder neben einem verwilderten alten Landstreicher, der nicht mehr ganz bei Verstand ist. Die stehlen euch die Schuhe, während ihr schlaft, nur um sich aus dem Leder eine Suppe zu kochen.«

William kehrte blinzelnd in die Gegenwart zurück, als Schwester Seeley das Wort an ihn richtete. Dass er vor sich hin träumte, war ihr offenbar nicht entgangen.

»Willie«, sagte sie. »Komm doch bitte zur Tafel und löse diese Gleichung für uns.« Sie stemmte eine Hand in die Hüfte und reckte ihm mit der anderen ein Stück Kreide entgegen.

William stand auf und ging nach vorne. Während er benommen die Tafel anstarrte, beschäftigte ihn noch immer die Frage, wie um alles in der Welt er draußen zurechtkommen sollte, ob mit oder ohne Charlotte. *War es das Risiko wert?* Er stand mit der Kreide in der Hand da und dachte voller Sehnsucht daran zurück, wie seine Mutter ihm damals, als er in der zweiten Klasse war, immer bei den Hausaufgaben geholfen hatte. Sie war so fröhlich gewesen, so zufrieden und so unglaublich stolz. Und er meinte sich zu erinnern, diese Gefühle geteilt zu haben. Ob er wohl diese Art von Liebe und Zuneigung überhaupt noch erkennen würde? Heute war alles ein einziges Durcheinander. Er betrachtete die Tafel. Irgendwie war aus dem Leben eine Gleichung mit vielen Unbekannten geworden, und in Mathematik war William eine ziemliche Niete.

»Wir sollten es tun – von hier weglaufen«, flüsterte Charlotte William beim Mittagessen zu, halb fordernd, halb bittend. »Du und ich, wir beide zusammen.« Sie sprühte nur so vor Eifer, vor naiver, weltfremder Zuversicht – einem kleinen Kind nicht unähnlich, das den Mount Rainier in achtzig Meilen Entfernung aus den Wolken ragen sieht und begeistert ausruft: »Da sollten wir hochklettern!«

William teilte ihre Zuversicht nur bedingt. Hier im Sacred Heart war er froh über jede Minute, die er mit seiner Freundin verbringen konnte, aber draußen in der richtigen Welt müsste er ihr die Augen ersetzen, sich um sie kümmern – sie beschützen. Sie war seine beste Freundin, doch er war sich nicht sicher, ob er einer solchen Verantwortung gewachsen wäre. *Ich weiß ja nicht mal, wie ich für mich selbst sorgen sollte.* Hätte es doch bloß jemanden gegeben, an den er sich wenden konnte. Aber alle Angehörigen seiner Ah-Ma waren der Spanischen Grippe zum Opfer gefallen, und die einzigen Verwandten, an deren Namen er sich erinnern konnte, waren schon vor Jahren fortgezogen.

»Hast du irgendwen, der uns helfen könnte?«, fragte William, während er beobachtete, wie sie den Rand ihres Tellers befühlte und ihn ein Stückchen im Uhrzeigersinn weiterdrehte. Dann verzehrte sie einen Bissen und wischte sich mit der Serviette das Kinn ab.

»Ich habe ein paar Verwandte«, sagte sie. »Aber ich bin das *weiße Schaf* der Familie.«

Er musterte stirnrunzelnd Charlottes helle Haut und ihr rotes Haar, verstand aber trotzdem nicht ganz.

»Ich bin die einzige Normale. Mein Vater und all seine Brüder sitzen auf McNeil Island hinter Gittern.« Bei diesen Worten lächelte sie und versenkte ihren Löffel in ihre Portion Holzapfelpudding. William wusste nicht recht, worüber sie sich so freute: darüber, dass ihr Vater im Gefängnis saß oder einfach nur über ihren Nachtisch. »Und meine Oma ist völlig mit der Pflege meines Opas ausgelastet, der nicht mehr ganz richtig im Kopf ist, seit er am Krieg gegen die Spanier teilgenommen hat. Keine Ahnung, ob sie uns helfen würde. Zu essen würde sie uns bestimmt geben, aber dann würde sie uns wahrscheinlich sofort wieder hierher zurückbringen.«

Außerhalb der Mauern des Waisenhauses, das schärfte Schwester Briganti ihnen immer wieder ein, gab es viele Kinder, die hungern mussten, obwohl sie arbeitsfähige Eltern hatten – so schlecht waren die Zeiten für jedermann. William senkte den Blick auf sein Sandwich und verzog unwillkürlich das Gesicht. *Tomate.* Seit August hatte er tagein, tagaus mittags Tomatensandwich gegessen. Demnächst würden sie zu Zucchini wechseln, wie immer in den Wintermonaten, bis er auch dieses Gemüse nach einer Weile gründlich satthatte und sich nach Tomaten zurücksehnte. Verglichen mit dem Frühstück aber wirkte das Mittagessen geradezu bunt und abwechslungsreich: Jeden Morgen gab es Haferbrei. Er mochte die warme Pampe nicht, zumal er morgens bei der Ausgabe der Vorletzte war und aus seiner Portion immer mühsam die Rüsselkäfer herausfischen musste, die sich unten am Topfboden sammelten. Sunny, der das Schlusslicht der Schlange bildete, lehnte seinen Haferbrei eines Morgens ab. Er hätte keinen Hunger, erklärte er den Schwestern mit trotzigem Blick. Das trug ihm eine Tracht Prügel wegen Widerspenstigkeit ein, und am nächsten Tag bekam er zur Strafe eine doppelte Portion. Er löffelte sie herunter, ohne die Käfer herauszufischen, und erbrach kurz darauf alles mitten auf die Tracht einer Schwester. Die Frage, ob er das absichtlich getan hatte, stellte William Sunny lieber nicht.

William schüttelte den Kopf. »Ich weiß nicht – mir gefällt's hier ebenso wenig wie den anderen, aber das Leben da draußen scheint ja wirklich kein Zuckerschlecken zu sein.« *Und wer weiß, was uns blüht, wenn wir erwischt werden? Schwester Briganti würde uns vermutlich dazu verdonnern, tausend Rosenkränze zu beten und uns danach trotzdem ins Armenhaus abschieben.*

»Tja, ich haue ab, William – notfalls auch allein, ohne dich. Und ich komme nicht zurück.« Sie schwieg kurz, als würde sie seine Reaktion abwarten. »Niemals.«

William biss von seinem Sandwich ab und kaute auf dem trockenen Brot herum. »Aber … wie willst du denn leben? Was hast du vor, willst du Blei aus den Schornsteinen klauen? Auf der Straße Obst verkaufen?« Ein blindes Mädchen wie sie, das ausreißen wollte, davonlaufen – es schien töricht, vollkommen aberwitzig. Aber dennoch, allen Zweifeln zum Trotz, war er tief beeindruckt von ihrem Mut, ihrer buchstäblich blinden Entschlossenheit. Sie wollte sich nicht damit abfinden, ihr restliches Leben lang Besen zu binden oder Knöpfe an Mäntel annähen zu müssen. *Und wenn schon ein Mädchen ohne Augenlicht so gar keine Angst hatte …*

»Wir finden schon etwas.« Sie starrte ins Nichts, aber ihr Lächeln schien der ganzen Welt zu gelten.

Oder jemanden, dachte William. *Falls Willow wirklich meine Ah-Ma ist, muss sie mich doch wieder zu sich nehmen, oder?* Wahrscheinlich ging sie davon aus, dass er längst von einer anderen Familie adoptiert worden war, überlegte William. *Warum sonst würde sie mich hier schmoren lassen? Wenn sie erkennt, dass ich ihr lange verschollener Sohn bin, schicken wir Mutter Angelini eine Bildpostkarte von uns beiden, abgelichtet vor dem Hollywood-Schriftzug*. William malte sich aus, wie die betagte Priorin in ihrem Büro vor Schreck vom Schlag getroffen würde und an Ort und Stelle ihr Leben aushauchte. Dann aber kam ihm ein schrecklicher Gedanke. Nagende Zweifel stiegen in ihm auf, Ängste, die knapp unter der dünnen Oberfläche der Hoffnung schlummerten und die er krampfhaft zu verscheuchen suchte – die bange Sorge, am Ende womöglich herausfinden zu müssen, dass sie mit ihm nichts zu tun haben wollte.

Ehe Charlotte ihre Argumentation weiter vertiefen konnte, kam Schwester Briganti herein, mit einem Lineal in der Hand, worauf alle Gespräche im Speisesaal verstummten. Sie glitt vorüber und flötete dabei vergnügt die Worte »*Porci pinguescunt porcis adepto mactatos*« vor sich hin. Was so viel bedeutete wie, *Schweine werden fett, und fette Schweine schlachtet man*, und eine Warnung vor Trägheit und Ermahnung zum Fleiß sein sollte. Doch sie äußerte dieses lateinische Sprichwort immer nur im Speisesaal, sehr zu ihrer eigenen Belustigung, als wäre es ein Scherz, den nur sie und der Heilige Geist verstanden.

»Nach dem Essen habe ich eine ganz besondere Überraschung für euch«, verkündete sie. »Also esst schön alles auf, meine Ferkelchen. Trödelt nicht. Bummelt nicht. Damit ihr das nicht versäumt.«

Aufgeregtes Getuschel erhob sich, Teller wurden eilig sauber gekratzt. William hörte ein Motorengeräusch, ein Lastwagen offenbar, der die Auffahrt vor der Schule heraufrumpelte. Wie aufs Stichwort ertönte eine Hupe.

»Wahrscheinlich ein rollendes Schlachthaus«, sagte Sunny im Vorbeigehen. »So eins habe ich mal gesehen, damals bei uns im Reservat. Man treibt Schweine eine Rampe hoch, und dann wird ihnen mit einem großen Fallbeil der Kopf abgeschlagen.«

»Uuuh …«, gruselte sich ein Mädchen am Nebentisch, das Sunnys Bemerkung gehört hatte.

William wusste bei Sunny nie so recht, ob er etwas ernst meinte oder bloß Spaß machte, weil er beim Sprechen nie eine Miene verzog. Auch als er William gleich darauf scherzhaft gegen den Arm boxte, lächelte er noch immer nicht.

»Wenn ihr eure Teller leer gegessen habt, dürft ihr nach draußen kommen«, verkündete Schwester Briganti mit einem Fingerschnipsen, schob sich dann das Lineal in den Ärmel und rauschte zur Tür hinaus. William verdrückte eilig den Rest seines Sandwiches und spülte es mit einem Emailbecher warmer Milch herunter, die aus Trockenpulver angerührt war. Er stand auf und spürte eine Hand an seiner Schulter. Charlotte hakte sich bei ihm ein und ließ sich von ihm durch die Vordertür hinausführen, zusammen mit den übrigen Kindern. Alle waren so aufgeregt, dass sie nicht einmal ihre Mützen und Mäntel holten, ehe sie ins Freie drängten.

Draußen im Hof stand mit laufendem Motor ein riesiger Lastwagen mit dem Schriftzug KING COUNTY auf der Tür. Er ähnelte einem Omnibus, hatte aber statt Fenstern auf beiden Seiten verschlossene Rollläden. William beobachtete, wie aus dem hinteren Teil eine geheimnisvolle Rampe ins vermooste Gras heruntergelassen wurde, wie der Landungssteg eines Dampfers.

Er erklärte Charlotte, was vor sich ging, und sie nickte immer wieder und nestelte an ihrem Stock herum. Dann merkte er, wie ihm jemand gegen den anderen Arm tippte.

»Siehst du, ich hab's ja gesagt.« Sunny grunzte und schnaubte wie ein Schwein.

William war klar, dass er bloß herumalberte, aber der Lastwagen machte ihn trotzdem nervös. Im Stillen hoffte er, dass es irgendeine fahrende Truppe war, ein Blasorchester vielleicht oder ein Puppentheater, wie es von Wohltätigkeitsorganisationen wie der Junior League betrieben wurde.

Schwester Briganti gab dem Fahrer ein Zeichen, der daraufhin den Motor ausschaltete.

Die Tür der Fahrkanzel öffnete sich, und zu Williams Verblüffung kam eine junge Frau mit kurzem braunem Haar zum Vorschein, die lächelnd in die Runde winkte und sie alle der Reihe nach über ihre Brille hinweg ansah. Sie streifte ihre Fahrerhandschuhe ab und rückte ihren Hut zurecht.

»Da wir nicht in die Bücherei können«, erklärte Schwester Briganti, »hat sich die Bücherei bereit erklärt, zu uns zu kommen – mit ihrem Bücherbus. Das hier ist Miss Fredericks.«

William verstand nicht ganz, bis die Bibliothekarin die Rollläden öffnete und dahinter hunderte Bücher zum Vorschein kamen. Sogar Trittleitern gab es für die kleineren Kinder. Manche klatschten und jubelten so laut, dass sie die Vögel aus den Bäumen im Hof aufschreckten. Dann stieg Miss Fredericks die Rampe hoch und kehrte mit einem Metallkarren auf quietschenden Rollen zurück, in dem sich Bilderbücher befanden. Eine der Schwestern übernahm den Karren und schob ihn auf das Kleinkinderheim zu, während alle sich der Reihe nach anstellten und auf Zehenspitzen hochreckten, um ihrem Vordermann neugierig über die Schulter zu spähen. William vergaß seine Mutter vorübergehend, während er zwischen zahllosen anderen Namen, die er nicht kannte, auch Bücher von Defoe, Dickens, Hawthorne und Longfellow entdeckte. Und es gab ganze Regalreihen, in denen ausschließlich Bücher von Oliver Optic, Horatio Alger und sogar die Bände der Hardy Boys standen. Broschüren über Laster der modernen Zeit gab es ebenfalls. Schwester Briganti blätterte in einem Exemplar namens *Orgien der Hanf-Esser*, ehe sie sich einem Büchlein über Abstinenz zuwandte. Bis zum vergangenen Jahr war die Prohibition in Kraft gewesen. Solange William denken konnte, war Alkohol im Land komplett verboten. Umso mehr verwirrte es ihn, als er bei der Heiligen Kommunion zum ersten Mal Wein zu trinken bekam – was er sich seinerzeit damit erklärte, dass Gott wohl persönlich gewisse Ausnahmen bestimmt hatte.

Williams Aufregung wuchs, während die Warteschlange langsam kürzer wurde und ein Kind nach dem anderen selig lächelnd mit einem Buch in der Hand davonzog, um sich einen Platz zum Lesen zu suchen. William war in seinem Leben erst einmal in der öffentlichen Bücherei gewesen, bei einem Ausflug, und obwohl er bei diesem Besuch nichts ausleihen durfte, hatte sich ihm der Anblick der Bücher, die dort auf Regalen bis hoch hinauf zur Decke standen, unvergesslich eingeprägt. *Die Bücherei ist wie ein Süßwarenladen, in dem alles umsonst ist.*

Sunny, Charlotte und er traten einen Schritt näher.

»Such du bitte etwas für mich aus, William«, sagte Charlotte und tippte mit ihrem Stock auf. »Ich fände es schön, wenn du mir vorliest.«

William klopfte ihr leicht auf den Arm. »Mache ich, versprochen«, sagte er. Da packte ihn jemand von hinten am Hemd, so unsanft, dass beinahe sein Kragenknopf abgesprungen wäre.

Schwester Briganti zog ihn und Sunny beiseite. »Ihr macht erst in der Küche sauber«, sagte sie streng und zog die Augenbrauen in die Höhe, während sie sie zum Speisesaal zurückbugsierte.

»Ja, Ma'am«, antworteten sie im Chor. Während sie davongingen, drehte William sich noch einmal um. Charlotte stand auf ihren Stock gestützt da und starrte mit trauriger Miene in Richtung Bücherbus. Die Bibliothekarin lächelte ein wenig gequält und ignorierte sie geflissentlich.

Im Waisenhaus mussten alle Kinder abwechselnd die anfallenden Hausarbeiten erledigen: Böden kehren und wischen, Toiletten schrubben, Geschirr spülen und Wäsche waschen. In der allgemeinen Aufregung hatte William ganz vergessen, dass er heute die Küche zu säubern hatte. Während Sunny sich eine Schürze umband und mit dem Abwasch anfing, brachte William den Abfall nach draußen. Beide arbeiteten sie schneller als sonst, vor Angst, die wunderbare Bücherei auf Rädern könnte wieder wegfahren, ehe sie fertig wurden.

William zerrte die Mülleimer hinaus auf den Hof hinter dem Hauptgebäude, um den Abfall dort in verschiedene Behälter zu sortieren. Der eine war für normalen Abfall bestimmt, in den anderen kamen Kartoffelschalen, abgenagte Äpfel und andere Essensreste, die regelmäßig von Bauern aus der Gegend abgeholt und an ihre Schweine verfüttert wurden. Vor Begeisterung über den Bücherbus kam William fast zu dem Schluss, dass es im Sacred Heart doch eigentlich gar nicht so übel war. *Vielleicht wäre es sicherer, wenn ich ihr bloß schreibe*, überlegte er. *Wenn sie erfährt, dass ich hier bin, kommt sie mich sicher abholen. Liebe Willow Frost …*

Als er gleich darauf den einen Behälter öffnete, fiel ihm ein wohlvertrautes Gesicht auf einem zerknitterten Stück Papier ins Auge – sein Foto von Willow, halb begraben unter Eierschalen und feuchtem Kaffeesatz. Nachdem er es mit einem Stock herausgeangelt hatte, wischte er das Bild an seinem Hemdzipfel sauber, tupfte es sorgfältig trocken und strich die Knitter glatt, so gut es ging. Schwester Briganti war mit dem glamourösen Foto wohl nicht einverstanden und hatte es deshalb zerknüllt. *Sie muss es mit dem Abfall heute Morgen weggeworfen haben.* William faltete das noch feuchte Bild vorsichtig zusammen und steckte es in die Hosentasche. Dann schlich er in den Schlafsaal und betrachtete die leere Stelle auf seinem Nachttisch, wo sein selbstgebastelter Bilderrahmen gestanden hatte. Er ließ sich am Fußende seines Betts nieder, zog den Zettel heraus, der noch nach fauligem Obst roch, und starrte die seltsame, geheimnisvolle Frau auf dem Bild an. »Warum, Ah-Ma?«, flüsterte er, während der Geist seiner Mutter zurückstarrte.

AUFBRUCH

(1934)

Es war ein kalter, regnerischer Samstagnachmittag, den William größtenteils auf einer Trittleiter verbrachte, weil er die Fenster im dritten Stock putzen musste. Die Haut an seinen Fingern war schon ganz schrumpelig, weil er immer wieder den Schwamm in den Holzkübel mit Essigwasser tunkte, das er regelmäßig erneuerte. Nachdem er wieder ein Fenster geputzt hatte, wischte er das Glas mit altem Zeitungspapier trocken und bewunderte die Aussicht auf die Stadt, die sich von hier oben bot. Er starrte durch den Nebel in Richtung Chinatown und versuchte dabei, sich an die Gerüche im Tai Tung Restaurant zu erinnern, an den Geschmack des Sesams auf öligen Chow-Fun-Reisnudeln und an den Klang der Stimme seiner Mutter. *Ich muss hier fort*, entschied William. Die Vorstellung, dass Willow in die Stadt kam und dann wieder verschwand, ehe er Gelegenheit hatte, ihr in die Augen zu sehen und nach Antworten auf die Fragen zu suchen, die ihn so quälten, machte ihn schier verrückt. Während William das Panorama hoher Gebäude betrachtete, die aus dem Dunst emporragten, fiel ihm im Glas sein Spiegelbild ins Auge – die Form seines Gesichts, sein Kinn, das dem der geheimnisvollen Frau ähnelte, die er auf der Kinoleinwand gesehen hatte. Er beobachtete, wie sich das Licht in dem blank polierten Glas veränderte, und dabei versuchte er seine Zukunft zu erraten wie eine Wahrsagerin, die in eine Kristallkugel blickt und in undeutlichen Schatten greifbare Formen zu erkennen sucht. Da tauchte unvermutet Schwester Briganti im Flur auf und ließ ein Donnerwetter vom Stapel, weil er schon wieder träumte und trödelte. Und obendrein hatte er auch noch seine Hose mit Druckerschwärze verschmutzt, als er sich die Hände am Stoff abgewischt hatte.

William säuberte sich und traf Charlotte nach dem Abendbrot im Studierzimmer. Sie brauchte jemanden, der ihr ihre Hausaufgabe in Geschichte vorlas, wozu William sich bereit erklärt hatte, wie üblich, obwohl er nach wie vor seine Mühe mit den längeren Wörtern und komplizierten, westlich klingenden Namen hatte. Beim Vorlesen sah er sich im Raum um. Er wusste, dass er Charlottes einzige Hoffnung auf Hilfe war, weil alle anderen sich ihr gegenüber so eigenartig benahmen. Wenn andere ihr etwas vorlasen, taten sie das mit betont lauter Stimme, als ob sie taub wäre, oder umschrieben den Inhalt mit einfachen Worten, als hielten sie sie für schwachsinnig. Während er jetzt neben Charlotte saß, dachte William daran, wie es schon oft gelaufen war, wenn Jungen neu ins Sacred Heart kamen: Jeder Neuankömmling drehte sich interessiert nach ihr um, wenn er ihr rotblondes Haar bemerkte, nur um sofort auf Abstand zu gehen, sobald er ihren Stock und diese weit aufgerissenen, milchigen Augen sah, die niemals fanden, wonach sie Ausschau hielten.

»Wann willst du es tun?«, fragte Charlotte.

»Sollten wir nicht lieber weiter an Geschichte arbeiten?«

»Dieser Ort hier wird Geschichte sein, wenn wir erst fort sind.«

Nach kurzem Zögern klappte William mit einem Achselzucken das Buch auf seinem Schoß zu und vergewisserte sich mit einem vorsichtigen Blick in die Runde, dass niemand sie belauschte. »Nun, der Zeitung zufolge gastieren die Movietone Players ab nächsten Freitag im 5th Avenue Theatre. Ich denke, wir sollten die beste Gelegenheit abpassen, das günstigste Wetter, aber je später in der Woche, desto besser.«

Charlotte nickte.

William wollte vor allem vermeiden, dass sie sich bis zur großen Premiere allzu lange in der Stadt durchschlagen mussten. Außerdem blieben ihm so noch ein paar Tage, um bei jeder Mahlzeit Verpflegung abzuzwacken, Kräcker, kleine Brötchen und Brotkrusten. Er hatte bereits einen Vorrat beisammen, eingewickelt in ein Seihtuch aus der Küche, der für sie beide etwa eine Woche lang reichen würde. Richtig satt essen könnten sie sich zwar nicht, aber verhungern würden sie ebenso wenig, jedenfalls nicht sofort.

»Aber wie wir uns allein durchschlagen sollen, weiß ich immer noch nicht.« *Wir brauchen Geld,* dachte William. *Länger als eine Woche halten wir nicht durch …*

»Wenn es sein muss, bettle ich«, sagte Charlotte mit Nachdruck. »Dazu bin ich nicht zu stolz.«

So weit könnte es durchaus kommen. William dachte an die Straßenbahnfahrt zurück nach ihrem Ausflug ins Kino, an die vielen abgerissenen Männer mit Schildern, auf denen geschrieben stand: »Suche Arbeit«, »Habe Hunger«, »Obdachlos, ich suche eine Bleibe«. Sunny hatte mal von einem Job erzählt, für den ihn der Hausmeister eines Mietshauses im Stadtzentrum engagiert hatte: Er sollte zweimal am Tag eine Runde durchs Haus drehen und an jeder Wohnung schnuppern, ob unter der Tür eventuell Gasgeruch hervordrang. Die Leute hatten keine Arbeit und hungerten. Die allgemeine Not wurde so schlimm, dass hunderte Menschen in der Stadt keinen Ausweg mehr sahen und sich aus Verzweiflung das Leben genommen hatten. William dachte an den blassen, schlaffen Körper seiner Mutter in der Badewanne zurück und schauderte. Nein, zu dem Job wäre er niemals imstande. Mit etwas Glück könnten sie Zeitungen verkaufen – damit verdienten anscheinend die meisten Jungs in seinem Alter ihr Geld. Dante hatte mal als Zeitungsjunge gearbeitet. Es war furchtbar, seiner Aussage nach, immerzu hätte er mit den anderen Jungen Revierstreitigkeiten austragen müssen. Als er eines Tages mal zu spät zur Arbeit kam, standen andere Jungen in einem Halbkreis beisammen und pinkelten mit vereinten Kräften auf sein Zeitungsbündel. Das gab den Ausschlag, an dem Tag warf er den Job hin.

»Ich habe ungefähr einen Dollar gespart«, sagte William. »Und du? Wie viel hast du?«

»Vier Dollar und fünfzig Cent.«

William fuhr ruckartig zurück. »Wie hast du denn so viel zusammenbekommen?«

»Meine Oma schickt mir jedes Jahr zum Geburtstag einen Dollar. Ich habe den größten Teil gespart – wofür soll ich hier auch Geld ausgeben?«

William sah sie mit großen Augen an. Er wusste nicht, worüber er sich mehr wundern sollte – dass Charlotte so viel Geld ihr Eigen nannte oder dass Schwester Briganti es ihr tatsächlich überlassen hatte.

Die ganze Woche wartete William ab, lauerte auf die beste Gelegenheit. Am Donnerstagmorgen dann fiel ihm auf dem Weg zum Unterricht auf, dass die anderen Kinder die Bücher bei sich trugen, die sie ausgeliehen hatten. Mit einem Lächeln fiel ihm ein, dass der Bücherbus am Nachmittag wieder vorbeikommen würde. Er hielt es vor Ungeduld kaum aus, als er in Schwester Brigantis Religionsstunde saß und ihrem Geschwafel über Moses und den Exodus zuhörte. Als sie sich endlich zur Tafel umdrehte, gab er dem Jungen neben sich ein klein zusammengefaltetes Zettelchen, mit der Bitte, es an Charlottes Tischnachbarin weiterzureichen. Auf dem Zettel wurde das Mädchen gebeten, ihr zuzuflüstern: »Machen wir während der Bücherei die Fliege. Ich erwarte dich mittags in der Grotte.«

William behielt das Mädchen im Auge, während sie leise seine Botschaft übermittelte. Dann sah sie ihn an und zuckte etwas verwirrt die Achseln. Charlotte wandte einfach nur ihr Gesicht der Bankreihe zu, in der die Jungen saßen, nickte langsam und unterdrückte ein Lächeln, als Schwester Briganti sich mit einem Räuspern wieder zur Klasse umwandte.

William stahl sich vom Mittagessen davon, um seinen Rucksack und ein paar Habseligkeiten aus dem Schlafsaal zu holen – Mütze, Schal, Fäustlinge und ein Paar Socken zum Wechseln. Was er nicht mitnehmen konnte, verbarg er in Sunnys Regalfach, zusammen mit einem kurzen Brief, in dem er ihm auf Wiedersehen sagte und versprach, ihm baldmöglichst zu schreiben. Dann begab er sich in die Grotte und holte sein Erspartes aus dem Versteck dort. In einer rostigen Kohlenpfanne kokelte noch ein einzelner Kegel Weihrauch vor sich hin. Er dachte an seine schon so lange verschollene Mutter, an Willow und Charlotte. Kurz erwog er sogar, sich hinzuknien und ein halbherziges Gebet zu sprechen, aber dann wedelte er den Rauch beherzt beiseite und trat wieder aus der Grotte hinaus ins Freie. Von Staats wegen war William getauft worden, als er noch klein war, doch welcher Glaube auch immer durch diese seltsame Zeremonie vermittelt werden sollte, er hatte ihn nie gefunden.

Da hörte er ein leises Pochen und wandte sich um. Es war Charlotte, die sich mit ihrem Stock den Pfad entlang auf ihn zutastete. Nach fünf Jahren hatte sie gelernt, sich auf dem Schulgelände relativ mühelos zurechtzufinden, vorausgesetzt, sie verließ nie die backsteingepflasterten Wege. Charlotte hielt sich gern in der Grotte auf, das war allgemein bekannt, es würde also kaum Verdacht erregen, falls sie jetzt von jemandem gesehen worden war.

»Ich bin hier«, flüsterte William, während er mit der Hand Kiefernnadeln von einer Steinbank fegte. Sie setzten sich zusammen hin und waren beide froh, dass es nicht allzu kalt war und auch nicht regnete.

»Bist du bereit hierfür?«, fragte sie.

Er schüttelte spontan den Kopf – und war froh, dass sie seine Zweifel nicht sehen konnte. »Wenn du bereit bist, bin ich es auch.«

Sie nickte und lächelte. Strahlte, als wäre es der schönste Tag in ihrem Leben.

»Wir warten, bis alle von dem Bücherbus abgelenkt sind«, erklärte William. »Dann machen wir uns durch das Tor davon und laufen zur nächsten Straßenbahnhaltestelle. Ich weiß leider nicht, wann die nächste Straßenbahn kommt, aber wenn wir einfach immer in Richtung Süden laufen, auf die Stadt zu, sammelt sie uns bestimmt irgendwo unterwegs an der Strecke auf – wir sollten nur zusehen, dass wir uns so weit wie möglich entfernen, für den Fall …«

»Für den Fall, dass Schwester B uns suchen kommt. Meinst du, sie bemerkt überhaupt, dass wir nicht mehr da sind?«

William wusste keine Antwort darauf. Tommy Yuens Verschwinden neulich war nie mit einer Silbe erwähnt worden, es schien niemanden zu interessieren. *Vielleicht gibt es ja zu viele Schafe in der Herde*, hatte William überlegt. *Wen schert es da schon, wenn mal das eine oder andere abhandenkommt?*

Beide hoben den Blick zum Himmel, als Vögel flatternd über sie hinwegzogen. Ein Schwarm Sturmvögel, wie William feststellte, unterwegs nach Süden. Dann stoben aus den Bäumen ringsumher Dutzende kleinerer Vögel auf und brachten sich hastig in Sicherheit, weil sich nun das unverkennbare Röhren eines Dieselmotors näherte. William hörte, wie unten auf der Straße eine Bremse quietschte. Perfektes Timing.

»Der Bücherbus ist da, duck dich«, sagte er.

Als der Bücherbus in den Hof rumpelte und anhielt, linste William durch das Laub der Hecke und sah, wie eine Horde Kinder jubelnd die Schultreppe hinunterstürmte. Er konnte Schwester Briganti hören, die ihre Schützlinge anherrschte, sich nicht aufzuführen wie wilde Tiere. Sie schnipste hektisch mit den Fingern und forderte sie auf, sich ordentlich in einer Reihe anzustellen.

»Das ist unsere Chance«, sagte William und stand auf, um über die Hecke zum Schuleingang und zu dem nicht versperrten Tor hinüberzuspähen – dem einzigen Hindernis zwischen ihnen und der Welt *da draußen*. Mit Bestürzung musste er feststellen, dass das Tor nicht unbewacht war: Eine Schwester stand direkt daneben, während eine weitere und ein Aufseher am Zaun entlangschritten, als würden sie etwas – oder jemanden – suchen. Er verlor jede Hoffnung.

»Worauf warten wir, was ist los?«, fragte Charlotte.

Das darf nicht wahr sein. Das ist nicht fair. William antwortete nicht sofort, während er zu begreifen versuchte, was er da sah.

»Am Tor sind Schwestern«, sagte er völlig entgeistert. »Hast du irgendwem erzählt, dass wir wegwollen? Hast du dich vielleicht versehentlich verplappert …?«

»Ich habe es keiner Menschenseele gesagt – Ehrenwort. Wem hätte ich denn davon erzählen sollen?«

William rieb sich über die Schläfe. *Es ist wohl meine Schuld*, sorgte er sich beim Gedanken an den Brief, den er im Unterricht hatte weitergeben lassen. Das Mädchen, das Charlotte seine Botschaft zugeflüstert hatte, hatte es vermutlich jemand anderem gesagt, der es weitergetratscht hatte, bis ihr Plan schließlich einer der Betreuerinnen zu Ohren gekommen war.

»William Eng!«, schallte die laute Stimme einer Frau durch die Bäume, offenbar vom Schulgebäude her.

»Es ist Schwester B«, flüsterte Charlotte erschrocken, einer Panik nahe.

Williams Herz schlug wie wild. Spontan dachte er daran, einfach auszureißen. Zwischen den Bäumen hindurch zum Zaun zu spurten, hinüberzuklettern und davonzurennen, so schnell es nur ging. *Von den Nonnen wird mich keine mehr einholen können und der Hausmeister vermutlich auch nicht. Aber was wird dann aus Charlotte?*, überlegte er. *Ich kann sie nicht zurücklassen.*

»Nicht weiter schlimm«, sagte Charlotte leise.

»Und ob, das wirft alles über den Haufen ...«

Sie griff nach Williams Hand. »Wir erzählen ihr einfach, wir hätten uns hier getroffen, an der Grotte, um ein bisschen ungestört zu sein.«

»Aber wozu?« William runzelte verwirrt die Stirn.

Sie starrte in seine Richtung und stemmte die andere Hand in die Hüfte. Dann zog sie die Augenbrauen in die Höhe. »Du weißt schon – wofür Jungen und Mädchen sich schon mal zu zweit wegstehlen.«

William verstand, worauf sie anspielte, und lief rot an. Nur gut, dass sie sein Gesicht nicht sehen konnte.

Er war schon drauf und dran, ihrem Plan zuzustimmen, als er einen Blick durch die Bäume warf und Miss Fredericks erspähte, die Bibliothekarin, die gerade den Karren mit Bilderbüchern auf das Kleinkinderheim zuschob. Und er sah auch Schwester Briganti, die auf dem backsteingepflasterten Weg in ihre Richtung marschiert kam.

Wir schaffen das. »Eine Möglichkeit haben wir noch. Vertraust du mir?«

»Natürlich.«

»Dann habe ich eine andere Idee. Komm, wir kriechen durch die Hecken.« Er fasste sie am Handgelenk, und zusammen ließen sie sich auf Hände und Knie nieder. Er schärfte ihr ein, sich an seinem einen Knöchel festzuhalten und ihm zu folgen, und so bahnten sie sich wie Karnickel auf allen vieren nacheinander einen Weg durch die beiden dichten Hecken, bis sie unweit der Zufahrtspiste zwischen Tor und Schule herauskamen.

»Laufen wir jetzt weg?«, fragte Charlotte, während sie sich Laub und Nadeln vom Pullover abklopfte. Dann umfasste sie fest ihren Stock und wollte sich hügelabwärts in Bewegung setzen, aufs Tor zu.

»Nein, wir fahren.« Er nahm ihre Hand und geleitete sie eilig zur Schule zurück, dorthin, wo der Bücherbus stand.

Schwester Briganti war inzwischen an der Grotte angelangt, er hörte ihre Stimme. »William Eng – ich weiß, dass du hier irgendwo steckst. Und Miss Rigg, dich werde ich auch finden, dass du es nur weißt, und dann …«

Charlotte legte sich die Hand vor den Mund und kicherte, als Schwester Briganti wütend auf Italienisch zu schimpfen begann. »*Ho il mio occhio su di te e* Malocchio *troppo!*«

Das einzige Wort, das William verstand, bezog sich irgendwie auf den bösen Blick. Er malte sich aus, wie die Heiligenstatuen in der Grotte entsetzt das Gesicht verzogen und sich die Ohren zuhielten.

Da Miss Fredericks gerade fort war und die meisten Kinder sich auf der anderen Seite des Bücherbusses aufhielten, gelang es William, Charlotte unbemerkt durch die Fahrertür in den Bus zu lotsen. Die Rollläden waren auf der gegenüberliegenden Seite hochgezogen, und die anderen Kinder waren ganz auf die Bücher in den Regalen konzentriert oder schon in eine spannende neue Lektüre vertieft, Geschichten von Seeräubern oder entflohenen Sklaven – alle außer Sunny, der ganz hinten in der Schlange stand und ungeduldig wartete. William sah, wie sein Freund völlig verdattert die Augen aufriss, als ihre Blicke sich durch das Fenster auf der Beifahrerseite hindurch trafen. *Bis dann, Sunny*, dachte William, während er sich einen Finger vor die Lippen hielt, und führte Charlotte in den hinteren Teil des Fahrzeugs, hinter die großen Regale, wo weitere Kisten und Kästen voller Bücher standen. Er machte einen großen Behälter auf Rollen ausfindig, der nur zur Hälfte mit gebundenen Büchern gefüllt war, und kletterte mit Charlotte zusammen hinein. Sie wühlten sich durch die Bücher bis zum Boden durch, wo sie sich mit unbequem ineinander verdrehten Beinen hinhockten, und bedeckten sich, so gut es ging, mit Ausgaben von *Knallkopf Wilson*, *Der Prinz und der Bettelknabe* und *Die Abenteuer des Huckleberry Finn*. Nachdem sie sich in ihrem Versteck so weit eingerichtet hatten, hielt William den Atem an und wartete. Er hatte Herzrasen vor Angst und Aufregung.

»Das ist ein Abenteuer, über das man ein Buch schreiben könnte«, flüsterte Charlotte.

Noch ehe er ihr zustimmen konnte, hörte William, wie die Bibliothekarin mit ihrer Bücherkarre die Rampe heraufpolterte. Er nahm Charlottes Hand, und sie duckten sich unter den Bänden, so tief es nur ging. Dann prallte die Bücherkarre mit einem Bums gegen den Behälter, und William hörte, wie Miss Fredericks eine Sperre an den Rollen der Karre arretierte. Die Bibliothekarin brummte etwas von einem Kaffee vor sich hin, den sie jetzt erst mal bräuchte, schob dann die Rampe in den Bücherbus zurück und schloss die Tür am Heck, sodass sie mit einem Mal im Dunkeln saßen. William schob die Bücher beiseite, damit sie beide besser Luft bekamen und etwas mehr Platz hatten, um ihre Beine entwirren zu können, obwohl ihre unbequeme Lage Charlotte nichts auszumachen schien.

Er lugte über den Rand des Behälters und sah, wie die Bibliothekarin sich vorne ans Steuer setzte. Nachdem sie den lärmenden Motor angelassen hatte, steckte sie sich eine Zigarette an und warf das Streichholz aus dem Fenster, das sie gleich darauf hochkurbelte. William biss die Zähne zusammen, als er hörte, wie sie mit wenig Feingefühl den Gang einlegte. Dann setzte sich der Bus mit einem Ruck in Bewegung, und Zigarettenrauch zog nach hinten, während das Fahrzeug die kreisförmige Auffahrt umrundete und sich den abschüssigen Zufahrtsweg hinab von Sacred Heart entfernte, auf die Straße zu, die in die Stadt führte.

An der Wand fiel William ein Plakat mit der Aufschrift BÜCHER SIND FENSTER ZUR WELT ins Auge. *Fenster?*, dachte er. *Das hier ist eine Ausgangstür auf Rädern.* Als der Bücherbus schließlich auf die Straße abbog und sein Tempo beschleunigte, fühlte William, wie Charlotte seine Hand drückte.

»Schwester Briganti«, flüsterte sie, »hat mal gesagt, dass in allen großartigen Geschichten über Liebe und Aufopferung eine Moral enthalten ist – dass es bei uns liegt, die Lehre zu erkennen, die darin verborgen ist.«

Ob in dieser Geschichte auch eine Moral enthalten war, wusste William nicht. Und es war ihm, offen gesagt, auch egal. Er würde Willow Frost finden. Ein glückliches Ende, das war alles, was er sich wünschte.

NARBEN AUF DER FIRST AVENUE

(1934)

William kletterte aus dem verstaubten Behälter und musste sich zwingen nicht zu niesen, als er sich auf dem Boden ganz hinten im Bus niederließ. Um den Niesreiz zu verscheuchen, atmete er bewusst langsam ein und aus und nahm dabei einen intensiven Geruch von Papier, Leim und Druckerschwärze wahr. Er spähte aus dem hinteren Fenster, während sie an den stattlichen Backsteingebäuden der University of Washington vorbeifuhren, dann über den hügeligen Broadway, auf dem es immer auf und ab ging, und schließlich in die Pike Street einbogen, die ins Geschäftsviertel von Seattle führte. Verblüfft stellte er fest, dass in der Stadt wesentlich mehr Betrieb herrschte als an seinem Geburtstag. Doch es waren nicht nur Autos und Lastwagen unterwegs, sondern vor allem eine Menschenmenge, zahlreiche Männer, manche in Uniform, die durch die Straßen zogen und den Verkehr nahezu zum Erliegen brachten. Charlotte tastete sich an seinem Arm hinauf und tippte ihm auf die Schulter, dann deutete sie hinter sich zu Miss Fredericks, die an einer Kreuzung angehalten hatte und gerade mit einem Verkehrspolizisten redete. William spitzte die Ohren: Sie erkundigte sich gerade danach, ob es eine bessere Möglichkeit gab, zum Boeing Field zu gelangen. Den neuen Flughafen hatte William selbst noch nie gesehen, aber früher, als er noch klein war, war er mit seiner Mutter des Öfteren per Straßenbahn den weiten Weg zur Rennbahn hinausgefahren, dem Meadows Racetrack. Er erinnerte sich dunkel an sich kräuselnden Zigarrenrauch und den scharfen Geruch schweißbedeckter Pferde an heißen Sommertagen. Einmal hatte seine Mutter auf ein riesiges rotes Gebäude auf der anderen Seite des Flusses gezeigt, das aussah wie eine übergroße Scheune.

»Da drüben bauen sie Flugzeuge«, hatte sie erklärt, sehr zu seiner Verwunderung. »Manche können sogar auf dem Wasser landen. Dann geht das so …«

Sie hob die flache Hand in die Höhe, ließ sie schräg nach unten sausen und gab dabei ein zischendes Geräusch von sich. Schwester Briganti hatte ihnen einmal erzählt, dass Charles Lindbergh vor Jahren mal dort gelandet war, aber im Stillen zweifelte William daran. *Ich weiß nicht, wem oder was ich noch glauben soll.*

Der Bücherbus setzte sich wieder in Bewegung, und Miss Fredericks bog in eine Nebenstraße ein, in der sich aber ebenfalls Autos und Menschen drängten. William warf einen Blick aus dem hinteren Fenster und erschrak: Ein Polizist zu Pferde kam auf sie zugaloppiert, im Mund eine Trillerpfeife, aus der er einen gellenden Pfiff ertönen ließ. *Au weia, der hat uns gesehen.* William sah sich panisch in alle Richtungen um, nach einem besseren Versteck, einem Ausgang, irgendwas, aber da ritt der Polizist schon an dem Bus vorbei, um sich dann in langsamem Trott durch die Menschenmenge auf der Straße zu bewegen. William hörte ein raues Gebrüll aus unzähligen Kehlen. Er drehte sich zu Charlotte um, die ebenso beunruhigt schien wie er selbst.

»Was ist los?«, flüsterte sie.

»Keine Ahnung, aber vielleicht sollten wir jetzt besser abhauen.« *Solange wir noch können.* »Ich glaube nicht, dass die Karre hier noch groß vorwärtskommt.«

William merkte, wie Miss Fredericks mit dem Bücherbus rechts ranfuhr und am Straßenrand haltmachte. Sie hupte und stellte sich dann draußen aufs Trittbrett, vermutlich, um sich ein besseres Bild von der Lage zu machen.

»Jetzt ist es günstig.« William öffnete die Tür am Heck – und war kurz überwältigt von der kompakten Menschenmasse, die sich auf ihn zuwälzte, tausende Männer, die in abgetretenen alten Schuhen an ihnen vorbei in Richtung Pike Street marschierten. Die Männer, die den Zug anführten, trugen große Transparente, auf denen ihre Forderungen zu lesen waren: *WIR FORDERN GELD STATT GUTSCHEINE – MEHR KALORIEN IN DEN LEBENSMITTELRATIONEN, WENIGER MADEN – BAUT ENDLICH DIE U-BAHN, GEBT UNS ARBEIT UND BROT.* Die Passanten auf den Bürgersteigen, vorwiegend Geschäftsleute in feinen

Anzügen und Damen in eleganten Faltenröcken, machten den Männern eilig Platz.

William war Charlotte beim Aussteigen behilflich, streifte sich seinen Rucksack über und fasste sie dann an ihrer freien Hand, während sie sich vorsichtig mit ihrem Stock vorwärtstastete. Bei aller Erregung hatten die Männer auf der Straße glücklicherweise noch den Anstand, einem blinden Mädchen auszuweichen, manche tippten sich sogar an die Mütze, obwohl sie diese freundliche Geste ja gar nicht sehen konnte. Sie versuchten, sich einen Weg durch die Wogen von Menschen zu bahnen, die ihnen entgegenfluteten, aber es war aussichtslos, ganz so, als wären sie kleine Fische, die gegen eine reißende Strömung anzuschwimmen versuchen. *Ein Protestzug offenbar*, überlegte William. *Wir können von Glück sagen, dass er noch nicht in Krawalle ausgeartet ist.* Er nahm Charlotte am Arm, drehte sie um und ließ sich mit ihr in dem Strom von Körpern mittreiben, bis sie auf die Hauptstraße kamen. Dort schob er sie beide langsam seitwärts zum Bürgersteig hin, auf dem heftiges Gedränge herrschte. Um sie außer Gefahr zu bringen, aber auch, um sich selbst einen besseren Überblick zu verschaffen, geleitete er sie die Treppe vor dem Eingang eines Mietshauses hinauf. Er sah Veteranen in Uniform, darunter nicht wenige Invaliden, die im Krieg einen Arm oder ein Bein verloren hatten und die nun an Krücken vorüberhumpelten und wütend die Sondervergütungen einforderten, die man ihnen versprochen hatte. Dann ertönte der gellende Pfiff einer Trillerpfeife, der das Chaos wie von Zauberhand in geordnete Bahnen lenkte. Die Demonstranten stimmten gemeinsam ein kämpferisches Lied an: »Fallt nicht auf die Worte der Bosse rein, ihre Versprechen sind alle gelogen. Wir armen Leute müssen einig sein, sonst sind wir für immer betrogen.«

»Es ist eine Protestdemonstration – massenhaft wütende Leute«, sagte William. »Soldaten, die ausstehende Zahlungen einfordern, und alle möglichen Männer, die Arbeit verlangen. Frauen sind auch dabei.«

Von seinem Posten oben auf der Treppe aus hielt William auf der breiten Geschäftsstraße Ausschau nach einer Pension, doch in beiden Richtungen sah er nur Banken, Schuhgeschäfte, Drogerien und ein Durcheinander von Imbissrestaurants, Würstchenwagen und Verkaufsständen, an denen es Popcorn gab. Da fiel ihm eine große Werbetafel mit einem Plakat ins Auge, das er auf Anhieb wiedererkannte. Es war das Plakat, das er an seinem Geburtstag gesehen hatte.

»Komm mit, ich habe etwas entdeckt.« Mit diesen Worten führte er Charlotte die Treppe hinunter und durch die Menge zu dem gemalten Plakat, auf dem in bunten Farben Stepin Fetchit, Willow Frost, Asa Berger und ein Damenorchester namens *Die Naiven* zu bewundern waren. Während William sich in die Veranstaltungsorte und Termine vertiefte, machte Charlotte sich von ihm los und ging ein paar Schritte auf einen Eingang zu, aus dem das Klimpern eines mechanischen Klaviers ins Freie drang.

William blickte zu dem Schild hoch, das über der Tür hing. »*Le Petit*«, sagte er. »Ein Kintopp-Salon.«

»Lass uns reingehen.«

Nach kurzem Zögern zuckte William die Achseln und führte sie durch die Schwingtüren.

»Es riecht nach kandierten Äpfeln«, sagte Charlotte mit einem Lächeln.

Und nach Zigarettenqualm, dachte William, während seine Augen sich langsam an das schummrige Licht in dem Salon gewöhnten, dessen Wände mit roter Samttapete bespannt waren. Es gab reihenweise kleine Vorführräume, in denen Komödien und Abenteuerfilme gezeigt wurden, aber auch Filme nur für Erwachsene, über das, »was der Butler sah«. Sogar einen speziellen Sportsalon gab es, mit Mutoskopen aus glänzendem Messing, auf denen man für einen Cent die Runde Jack Dempsey gegen Gene Tunney boxen sehen konnte. William erinnerte sich, vor Jahren schon einmal in einem ähnlichen Kintopp-Salon gewesen zu sein. Der Salon damals jedoch war gerade erst neu eröffnet und gedrängt voll mit Besuchern, Kinder und Erwachsene, die vor einem Moviola Schlange standen und ungeduldig warteten, bis sie endlich an der Reihe waren. Hier gab es zwar modernere Geräte, aber es herrschte gähnende Leere.

»Mal wieder ein Protestzug da draußen, wie fast jeden Tag«, ließ sich ein Mann hinter einem Tresen vernehmen, auf dem fein säuberlich Bonbongläser aufgereiht standen, Tüten mit Popcorn und Schachteln mit kandierten Erdnüssen. »Wir können froh sein, dass die Silver Shirts heute nicht aufgekreuzt sind, um Ärger zu machen. Das fehlt uns noch, einfache Leute, die sich auf der Straße die Nasen blutig schlagen. Über zehn Jahre ist der Generalstreik jetzt her, und heute? Heute ist alles noch viel schlimmer als damals.« Dann wechselte er unvermittelt das Thema. »Braucht ihr Kleingeld, Kinder?« Er schüttelte leicht seine Schürze, in der Münzgeld klimperte. »Müsst ihr wechseln?«

»Ich kann ja nicht, William. Aber du solltest schon, finde ich …«

William ließ seinen Blick umherschweifen. »Ich glaube nicht, dass wir dafür Geld übrig haben …«

»Gönn dir mal was. Du kannst sehen, ich nicht. Tu es mir zuliebe, na komm.«

William gab sich seufzend geschlagen und kramte ein paar Cent heraus. Er kaufte Charlotte eine Portion Zuckerwatte, und sie hakte sich bei ihm unter und begleitete ihn, als er an den Vorführräumen vorbeiging und die sonderbaren Titel der Filme und Wochenschauen vorlas, die dort zu sehen waren.

»Tut mir leid, Kleiner, aber an neueren Streifen haben wir nur Arbeitsfilme da – die kriegen wir von Onkel Sam nämlich umsonst.« Der Inhaber stippte die Finger in eine Büchse Bartwachs vor sich auf dem Tresen, lehnte sich dann zurück und zwirbelte mit Hingabe die Enden seines buschigen Schnurrbarts in die Höhe.

Es gab einen Kurzfilm namens *Give a Guy a Job*, von und mit Jimmy Durante. William entschied sich dagegen. Er wandte sich zu dem Mann um. »Haben Sie vielleicht auch Filme mit der Dame von dem Plakat, das draußen hängt?«

»Meinst du Willow?«, erwiderte der Mann. »Dachte mir schon, dass du so was fragen würdest.«

Wieso, weil ich Chinese bin?, dachte William im Stillen.

»Wo doch heute in allen Boulevardblättern über sie berichtet wird.« Der Inhaber zeigte ihm die Titelseite des *Seattle Star*, auf dem ein Foto von Willows Ankunft am Vortag in der Union Station prangte: Gehüllt in einen voluminösen Pelzmantel wurde sie von Willis Sayre, einem führenden Theaterkritiker, und einer Abordnung Würdenträger der Stadt Seattle feierlich in Empfang genommen. Zwei Polizisten auf Motorrädern flankierten sie, und Stepin Fetchit saß hinter einem der Uniformträger und schnitt eine ulkige Grimasse für den Fotografen. Alle wirkten völlig bezaubert von ihr. William ging es nicht anders, während er das Foto betrachtete. Sie sah seiner Mutter wirklich ungeheuer ähnlich. *Sie sieht aus wie ich,* dachte William voller Sehnsucht. *Und ich sehe aus wie sie.*

Die Stimme des Inhabers riss ihn aus seinen Gedanken. »Ihre neuen Filme habe ich nicht da, aber wirf mal einen Blick in das Gerät da hinten. Im Abspann wird sie zwar nicht aufgeführt, aber Weepin' Willow hat in dem Streifen, glaube ich, eine kleine Statistenrolle. Probier's mal aus.«

William spürte, wie Charlotte ihm aufmunternd den Arm drückte.

Er überflog den Aushang an dem Gerät. »Ist ja nur drei Minuten lang.« Dann stellte er sich auf die Trittstufe, warf ein Fünf-Cent-Stück in den Münzschlitz und drehte langsam an der Kurbel, während in dem Gerät ein Licht aufflammte und der Filmtitel in Schwarz-Weiß vor seinen Augen flimmerte. »*Der gelbe Pirat*«, sagte er.

»Siehst du sie schon?«, fragte Charlotte.

Noch nicht. William gab ihr keine Antwort. Er war ganz in die einfache Geschichte eines chinesischen Kaufmanns versunken, der seine Fracht verkaufte und dann, als komischer Bandit verkleidet, zurückkehrte und den Versuch unternahm, dem Kunden die Waren wieder zu stehlen. Dabei scheiterte er allerdings kläglich und wurde getötet, und seine Tochter fiel in die Hände eines amerikanischen Schiffskapitäns – wie Willow allerdings sah sie nicht aus.

Es gab in dem Streifen nur drei Hauptdarsteller und eine Handvoll Nebenfiguren, die, wie es schien, von den immer selben Akteuren verkörpert wurden, bloß in wechselnden Kostümen, und Frauen kamen nur ganz vereinzelt vor. William starrte angestrengt die vorbeiflimmernden bewegten Bilder an und zwang sich möglichst nicht zu blinzeln, während er einen weiteren Blick auf die Frauen zu erhaschen versuchte, die im Hintergrund kurz auftraten und wieder verschwanden. Dann war der Film auch schon zu Ende.

»Und, hast du sie gesehen?«

»Ich weiß nicht«, murmelte William und rieb sich die tränenden Augen. »Es ging alles so schnell, und manche Szenen waren zu verschwommen. Ich weiß nicht, was ich gesehen habe.«

»Dann sieh es dir noch mal an«, sagte der Mann.

William fragte sich unwillkürlich, ob das bloß ein Trick war, um ihnen Geld aus der Tasche zu ziehen. Ob Trick oder nicht, es funktionierte jedenfalls. Mit Charlottes Einwilligung sah er sich den kurzen Streifen noch fünfmal an und erhaschte jedes Mal einen kurzen Blick auf eine Frau im Hintergrund, die aussah wie eine Person, die er mal gekannt hatte. Ganz sicher aber war er sich nicht. Je mehr er sich wünschte, in den Schauspielerinnen seine Ah-Ma zu erkennen, desto mehr begannen sie ihr zu ähneln. Weil seine Einbildung jedes Mal Züge von ihr, die sich ihm eingeprägt hatten, auf die Figuren übertrug, die im Hintergrund kurz durchs Bild huschten. Ehe seine Fantasie endgültig mit ihm durchgehen konnte und die Frauen in dem Film ihm noch zuwinkten und das Wort an ihn richteten, beendete er das Experiment.

William und Charlotte wussten noch immer nicht, wo sie die Nacht zubringen sollten. Als könnte er Gedanken lesen, reichte ihnen der Mann zum Abschied noch eine kleine Karte über den Tresen, auf der zu lesen stand: »All ihr, die ihr mühselig und beladen seid, kommt zur 354 Rockwell Street, Schwester Marys Missionsheim.«

»Nichts für ungut, ihr beiden«, sagte er. »Aber im Missionsheim seid ihr vermutlich am besten aufgehoben, falls ihr ein Bett für die Nacht braucht.«

William starrte auf die Karte, während sie die Straße entlanggingen.

»Ich glaube nicht, dass wir dahin sollten, William«, sagte Charlotte. »Keine gute Idee. Die Schwestern in dem Missionsheim werden sicher auf uns aufmerksam und schicken uns ins Waisenhaus zurück.«

William hatte zwar seine Zweifel daran, ob man sie im Sacred Heart überhaupt zurückhaben wollte, stimmte ihr aber zu, dass dieses Heim für sie wohl zu riskant war. Also stapften sie die ärmliche Skid Row hinunter, dort, wo sich die First Avenue um den Pioneer Square herumwand. Durch einen Dunst aus Staub und Kohlenrauch konnte er die Straße erkennen, die sich wie ein Fluss auf die Wattflächen im Süden der Stadt ergoss. Dort hausten die Ärmsten der Armen in einer Elendssiedlung aus hunderten notdürftig aus Treibholz und Teerpappe zusammengezimmerten Hütten und Baracken. Über die Straße war ein Transparent gespannt, das die folgende handgemalte Aufschrift trug: WILLKOMMEN IN HOOVERVILLE, WO DAS LEBEN EIN EINZIGER KAMPF IST. Der Wind, der nach Norden wehte, trug von der Siedlung einen unguten Geruch herüber, nach Sägemehl, Urin und Verzweiflung.

Dort wollen wir auf gar keinen Fall landen, dachte William beklommen. *Pioneer Square ist schon schlimm genug.* Gepflegte Geschäftsleute in Anzug und Hut waren hier nicht mehr zu sehen; die Gegend wurde hauptsächlich von Gestrauchelten bevölkert, arbeitslosen Fabrikarbeitern und bankrottgegangenen Kleinbauern, die sich auf offener Straße betranken, wüst herumkrakeelten und sich in den Rinnstein erbrachen.

Charlotte rümpfte zwar die Nase über die üblen Gerüche, aber sie beklagte sich nicht.

Da fiel William eine glänzende Limousine ins Auge, die inmitten all des Elends herausstach wie eine schimmernde Perle in einer fauligen Auster. Am Steuer saß ein alter Chauffeur in Uniform, der stoisch geradeaus blickte, während das Nobelautomobil vorüberglitt, unterwegs stadteinwärts. Hinten im Fond saßen teuer gekleidete Kinder aus reichem Hause, die sich die Augen zu Schlitzen langzogen und mit Fingern auf ihn und Charlotte zeigten, als wären sie Affen im Zoo. William sah ihnen nach und blickte sich dann um. Ringsumher schien ihn jedenfalls niemand als Fremdkörper zu empfinden, als verirrten Asiaten. Die Leute, die in den Straßen und Gassen hier ihr Leben fristeten und zugrunde gingen, nahmen in ihrer Hoffnungslosigkeit kaum noch etwas um sich herum wahr, und ihre Hauptsorge war vermutlich, wo sie ihre nächste Mahlzeit herbekommen sollten.

Während am Himmel Wolken aufzogen, überquerte William mit Charlotte die Kreuzung an der King Street. Er überlegte, ob sie versuchen sollten, ein Zimmer in Chinatown zu finden – irgendwo, wo er sich auskannte, vielleicht sogar im Bush Hotel? Aber diese Häuser in der Nähe des Bahnhofs waren für sie vermutlich unerschwinglich. Also marschierte er weiter, wobei er Absteigen, die sich in der Nähe anrüchiger Varietés oder Tätowierstudios befanden, links liegen ließ und mit einem Stirnrunzeln die vielen Schilder mit der Aufschrift INDIANER UNERWÜNSCHT registrierte. Dass man ihn irrtümlich für einen Indianerjungen hielt, war nämlich schon vorgekommen, deshalb fragte er sich jetzt, ob sich wohl jemand beschweren und dafür sorgen könnte, dass sie vor die Tür gesetzt wurden. Die meisten Einrichtungen, in denen man für wenig Geld übernachten konnte, wie *Father Divine's Mission*, das *Boatman Hotel* oder das *Ragdale Home for Working Men*, nahmen keine Frauen oder Kinder auf. Dasselbe galt umgekehrt für die Frauenheime. Mehr aus Verzweiflung und weil bereits die Sonne unterging, entschied William sich schließlich für eine Billigpension an der Ecke First und Yesler, die weniger anspruchsvoll war, was die Gästeauswahl betraf.

»Wie viel kostet es?«, fragte Charlotte.

William las ihr den Aushang vor. »Ein Zimmer kostet fünfundzwanzig Cent, ein Bett fünfzehn Cent und eine Hängematte fünf Cent. Entscheide du, was ist dir am liebsten?«

Sie nahm seinen Arm und hielt inne, wie zum Zeichen, dass sie seinen unausgesprochenen Gedanken teilte – nämlich, dass sie beide nicht allein sein wollten. »Teilen wir uns ein Zimmer.«

Von der Straße aus führten einige Betonstufen nach unten in eine winzige Loge im Souterrain des Gebäudes. Dort saß ein alter Mann mit einem runzligen, wettergegerbten Gesicht und dicken Tränensäcken unter den Augen hinter einer Glasscheibe, schlürfte Kaffee und legte mit einem alten Kartenspiel eine Patience. William schob einen glänzenden Vierteldollar unter der verschmierten Glasscheibe hindurch. »Ein Zimmer bitte. Für eine Nacht.«

Der Mann sah auf und stutzte heftig. Dann nickte er, als würde er im Geist der Liste von Fremden, die in diesem Haus schon zu Gast waren, einen chinesischen Jungen und ein blindes Mädchen hinzufügen. Er nahm den Vierteldollar, betrachtete ihn kurz prüfend und schob William dann einen Schlüssel entgegen. »Normalerweise dürfen Jungs und Mädchen bei uns nicht zusammen in einem Zimmer übernachten, aber da sie ja …« Der Mann deutete auf Charlottes Augen und wedelte mit der Hand vor ihrem Gesicht herum, wie um auf Nummer sicher zu gehen. »Zimmer siebzehn.« Damit wandte er sich wieder seinem Kartenspiel zu.

»Es mag nichts Besonderes sein«, sagte Charlotte mit einem Lächeln. »Aber es ist ein Dach über dem Kopf.«

Bis morgen, dachte William. *Und dann?* Den ganzen Tag hatten sie nur im Hier und Jetzt verbracht, ohne sich über die Zukunft groß Gedanken zu machen. Als wären sie sich beide über eine sehr reale Möglichkeit im Klaren: Sollte es ihnen nicht gelingen, zu Willow vorzudringen – oder sollte sie, falls es ihnen gelang, gar nicht diejenige sein, für die William sie hielt – oder schlimmer noch, sollte sie ihn kurzerhand abweisen, wäre alle Hoffnung dahin, und sie würden beide auf der Straße landen. Müssten sich mit anderen Straßenkindern um ein paar Essensreste balgen. Müssten im Freien schlafen, in Hauseingängen und Toreinfahrten, mit ihren Schuhen an den Füßen, damit sie ihnen im Schlaf nicht gestohlen werden konnten.

Während sie eine unbeleuchtete, mit Unrat übersäte Treppe ins Kellergeschoss hinunterstiegen, kam William der Gedanke, dass diese Absteige allerdings kaum besser war. Die Zimmer waren immer wieder neu unterteilt worden, bis in den entstandenen Zellen gerade noch genug Platz für ein Bett und einen Spind war. Und die Trennwände reichten nicht einmal bis ganz zur Decke hinauf: Die Lücke oben war stattdessen mit Hühnerdraht überbrückt worden, sodass alle in diesen Verschlägen, aus denen das tuberkulöse Husten von Männern und Frauen zu hören war, aber auch das Weinen eines Babys, ein und dieselbe Luft atmeten. Und diese Luft roch miefig und muffig, nach Zigaretten und Körperausdünstungen aller Art. Als sie an einem Gemeinschaftsbad vorbeikamen, fiel William ein Hinweisschild ins Auge, das mit einem Kalender zusammen an die Tür genagelt war: Bei Flut sollte auf keinen Fall die Klospülung betätigt werden, da die Toilette sonst verstopfte. *Da können wir ja von Glück sagen, dass gerade Ebbe herrscht.*

»So schlimm ist es auch wieder nicht«, sagte Charlotte. »Das überstehen wir schon. Ist ja nur für eine Nacht.«

William war da weniger zuversichtlich.

»Außerdem, Schwarze und Indianer sind noch übler dran, vergiss das nicht.«

»Du hörst dich ja fast schon wie Schwester Briganti an«, erwiderte William eingedenk der Schauergeschichten über *die Ärmsten der Armen*, welche die Nonne ihnen so gerne und oft zu erzählen pflegte. Geschichten von Familien, die in fensterlosen Löchern schlafen mussten, ohne Heizung, ohne Decken. Wo Männer mit offenen Geschwüren an den Beinen, denen Läuse über den Körper krabbelten, selbstgebrannten Gin tranken, um sich warmzuhalten.

William grauste bei der Vorstellung. Dann kamen sie bei ihrem Zimmer an, und hier schauderte er erst recht. In Zimmer 17 baumelte eine einzelne Glühbirne behelfsmäßig von der Decke. Die Wände waren mit Schmierereien und obszönen Zeichnungen aller Art bedeckt, teils mit Bleistift oder Tinte gekritzelt, teils ins Holz eingeritzt. William hörte ein langgezogenes Heulen irgendwo in der Nähe. Anscheinend eine Katze, die gerade Mäuse jagte – oder Ratten.

»Du findest es hier bestimmt schrecklich, und das ist es wahrscheinlich auch«, sagte Charlotte, »aber mach dir keine Gedanken, William. Es ist ja nur vorübergehend.«

Zum ersten Mal, solange er Charlotte kannte, fühlte William sich ihr gegenüber fast schon im Nachteil: Weil er an einem Ort wie diesem dazu verdammt war, sehen zu können.

Er verriegelte die Tür, und sie nahm seine Hand und tastete mit ihrem Stock umher, bis sie ihr gemeinsames Bett gefunden hatte. Die dünne, von Motten zerfressene alte Steppdecke, die das einzige Stück Bettwäsche bildete, starrte vor Schmutz und roch so ekelerregend, dass Charlotte sie kurzerhand zurückschlug und in die Ecke stopfte. William packte das Brot und die Kräcker aus, und sie aßen beide ein wenig davon. Danach hockten sie sich vollständig bekleidet auf das quietschende Bett und kauerten sich zusammen, Gesicht an Gesicht. Sogar ihre Mützen behielten sie an und deckten sich mit ihren Mänteln zu.

»Bereust du es schon, mit mir hergekommen zu sein?«, fragte William niedergeschlagen.

Charlotte streifte ihren linken Fäustling ab und nahm seine Hand, schlang ihre Finger in die seinen, damit sie einander Trost und Wärme spenden konnten. »Im Gegenteil. So glücklich wie jetzt habe ich mich lange nicht mehr gefühlt. Ich wüsste nicht, wo ich jetzt lieber wäre.«

William begriff immer noch nicht, warum sie so guter Dinge war.

Sie hockten in ihrem winzigen Verschlag und lauschten ins Dunkel. Schnarchen war zu hören, Atemzüge, Husten und das rhythmische Quietschen von Matratzenfedern, irgendwo in einem anderen Teil des Kellergeschosses.

»Wir finden sie, William. Das musst du spüren.«

Da mochte er ihr nicht widersprechen. *Aber was, wenn sie mich nicht haben will?* Diese Ängste jedoch behielt er für sich, wappnete sich innerlich für eine letzte, endgültige Zurückweisung. Er dachte an den seltsamen kurzen Film zurück, den er am Nachmittag in dem Kintopp-Salon gesehen hatte, versuchte sich an ihr Gesicht auf der Leinwand im Moore Theatre zu erinnern – doch vor lauter Schmerz darüber, von ihr im Stich gelassen worden zu sein, verschwamm ihr Bild dabei vor seinen Augen, verzerrte sich. *Was, wenn ich ihr ganz egal bin?*

»Ich war noch klein, als meine Mutter gestorben ist«, sagte Charlotte. »Aber ich weiß noch genau, wie es war, wenn sie mich im Arm gehalten hat – ich habe mich geborgen gefühlt, glücklich und zufrieden. Mir war ja nicht mal bewusst, dass ich nicht sehen konnte; meine ganze Welt bestand nur aus diesen Gefühlen.«

Sie drückte seine Hand.

»Was ist *deine* früheste Erinnerung?«, fragte Charlotte. »An deine Mutter, meine ich.« Sie rückte näher, sodass sich ihre Knie berührten.

William schloss die Augen und dachte angestrengt nach. Klänge stellten sich als Erstes ein und dann Gerüche. »Meine früheste, richtige Erinnerung«, fing er an, »ist, dass ich auf dem Rücken liege und zu einer metallverkleideten Zimmerdecke hochschaue, vermutlich in unserer Wohnung im Bush Hotel. Mir war schön warm, und ich war noch nass von einem Bad in der Küchenspüle, und das Handtuch fühlte sich an meiner Haut kalt und rau an. Ich erinnere mich an einen scharfen Geruch nach Ammoniak oder Waschmittel, der mir in der Nase kitzelte, und ich konnte nicht aufhören zu kichern und mit den Beinen zu strampeln, während meine Ah-Ma mir mit einem Ohrenstäbchen den Bauchnabel säuberte.«

»Was für eine zauberhafte Erinnerung.«

Er lächelte.

»Sie sagte dann immer auf Chinesisch: ›Sei nicht so ein Zappel-Wurm.‹ Was sie sonst noch zu mir gesagt hat, habe ich vergessen oder es ist mir abhandengekommen, wie fast mein gesamtes Kantonesisch. Und ich erinnere mich daran, dass im Radio Musik lief und an das Fenster – es war dunkel draußen, bis auf den Mond. Es muss also abends gewesen sein, vor meiner Schlafenszeit. Ah-Ma hat mich aufgerichtet, und dann hat sie mir mit ziemlicher Mühe dieses Nachthemd über den Kopf gezogen und gezerrt, das wohl zu klein war, denn ich erinnere mich gut daran, wie es danach in meinen Ohren geklopft hat. Wobei ich nicht mal weiß, ob das tatsächlich passiert ist. Ich war noch klein. Es ist so lange her. Eigentlich kann ich mich an kaum etwas erinnern. Vielleicht bilde ich mir das alles auch nur ein.«

William hielt inne und räusperte sich. Dann redete er weiter, etwas stockender als zuvor.

»Aber da ist noch eine andere Erinnerung, die ich nie vergessen habe, Jahre später, ich war schon etwas größer ... fünf dürfte ich damals gewesen sein, ich bin mir nicht ganz sicher ... sie half mir gerade beim Anziehen, und da klopfte es an der Tür. Sie wandte sich ab und ging davon. Eine Männerstimme schrie etwas ... auf Chinesisch, und meine Mutter schrie zurück, sogar noch lauter. Glas ging zu Bruch, ich hörte es klirren. Dann drehte sich meine ganze Welt auf die Seite, die Decke wurde zur Wand, und die Wand wurde zum Boden. Ich bin mit dem Kopf irgendwo gegen geschlagen, und alles wurde schwarz. Ich wollte schreien, aber ich bekam keinen Ton heraus, weil ich keine Luft kriegte.«

»Wer war dieser Mann?«, fragte Charlotte.

War es mein Vater? »Ich ... keine Ahnung«, sagte William ausweichend. Er kaute kurz auf der Unterlippe. »Aber immer, wenn ich an diesen Tag zurückdenke, berühre ich die Narbe seitlich an meinem Kopf, bis heute.« Er hob ihre Hand in die Höhe und führte ihre Finger an eine kleine Einkerbung an seiner Schläfe, direkt unter dem Haaransatz.

»Das beweist mir, dass diese Erinnerung echt ist«, erklärte er. »Weil ich noch immer diese Narbe habe.«

Er schloss die Augen und spürte, wie Charlotte mit ihren weichen Fingerkuppen behutsam über seine alte Wunde fuhr, die er bisher so sorgsam verborgen hatte.

»Wir haben alle unsere Narben, William. Du. Ich. Willow auch, und zwar mehr als genug, da bin ich mir sicher.«

Sie hauchte ihm sanft einen Kuss auf die Narbe und wünschte ihm dann gute Nacht.

DIE SAMTKORDEL

(1934)

Am Morgen darauf waren sie beide schon früh auf den Beinen. William schaltete das Licht an. Da sich jedoch gleich darauf im Zimmer nebenan lautstarker, unflätiger Protest erhob, knipste er die Glühbirne eilig wieder aus und suchte im grauen Schein der Morgendämmerung ihre kümmerliche Habe zusammen. Charlotte war ihm beim Binden seines Halstuchs behilflich und zauberte mit ihren geschickten Fingern eine perfekte Schleife, wie er selbst sie nicht einmal bei hellem Tageslicht zustande brachte. Eilig verließen sie kurz darauf die elende Absteige und stiegen die kalte Treppe zur Straße empor, wobei sie zuvor einige Tauben verscheuchen mussten, die auf den Stufen nach Ungeziefer pickten. Jetzt am Morgen waren die Bürgersteige nicht so belebt wie am Abend zuvor, aber dafür lagen überall, in Torwegen und auch unter einigen Sträuchern in der Nähe, schlafende, schnarchende Männer jeden Alters, die im Freien übernachtet hatten. Sie hatten alte Zeitungen unter ihre Jacken gestopft, um sich notdürftig gegen die kalte, feuchte Luft des Puget Sound zu schützen. Wie sie es fertigbrachten, weiter so tief und fest zu schlafen, war ein Rätsel, zumal jetzt eine Abordnung der Heilsarmee unter dem dröhnenden Klang ihrer Basstrommeln vorbeimarschierte. Die Männer und Frauen in ihren sonderbaren Uniformen stellten sich in einem Halbkreis auf dem Platz auf, und dann schmetterten die Blasinstrumente eine markerschütternde Hymne, die William mit viel Mühe als »Solemnize Our Every Heart« identifizierte. Charlotte strahlte über das ganze Gesicht, während sie zusammen auf einer Bank saßen und dem Klang der Hörner, Trompeten, Becken und Posaunen lauschten. Schon ehe das Lied zu Ende war, ging eine stämmige Frau mit einem Tamburin unter den Zuhörern herum und bat um eine Spende für die Ärmsten der Armen. William und Charlotte gaben ihr beide je einen Vierteldollar, auch wegen der abgerissenen

Männer, die auf der Straße schliefen, weil sie keine feste Bleibe hatten.

Sie brachen auf in Richtung Innenstadt. Unterwegs machten sie in einer Snackbar halt und bestellten sich Weetabix mit Sahne, bestreut mit Salz, und teilten sich eine heiße Schokolade. William allerdings trank nur wenige Schlückchen davon und rührte auch die Frühstücksflocken kaum an, weil er vor Aufregung nichts herunterbekam. Er sah sich nervös in dem Lokal um, in stiller Sorge, dass Erwachsene sich misstrauisch fragen könnten, warum er und Charlotte nicht in der Schule waren. Dann aber sah er aus dem Fenster und bemerkte etliche Kinder ihres Alters, viele sogar jünger, auf der Straße, die sich als Schuhputzer verdingten, Zeitungen austrugen oder den Gehweg vor Geschäften kehrten. *Die öffentliche Schule kostet nichts,* überlegte William, *aber sogar das ist inzwischen ein Luxus, den sich viele nicht mehr leisten können.*

Nachdem William sich bei einem Fremden am Tresen nach dem Weg erkundigt hatte, nahm er Charlotte an die Hand und verließ mit ihr die Snackbar. Ihr Ziel, das 5th Avenue Theatre, war eigentlich so gut wie gar nicht zu verfehlen. Es war im neuen Skinner Building untergebracht, und als William schon aus drei Blocks Entfernung die blinkende, rote und gelbe Neonreklame erspähte, die gut und gern vier Stockwerke hoch war, drückte er Charlotte aufgeregt die Hand. Oben auf dem Dach leuchteten inmitten hoher Rundfunkantennen die Schriftzüge der Radiosender KOMO und KJR, über die NBC Red und NBC Blue ihre Programme sendeten. Als sie an dem Gebäude ankamen, verschlug es ihm aber erst recht den Atem: Der Eingang des Theaters war im chinesischen Stil gestaltet. Schmuckornamente aus Gold und Jade umrahmten die massiven, weinroten Doppeltüren mit den Messingbeschlägen, und links und rechts der Treppe davor waren zwei wuchtige, vergoldete Wächterlöwen postiert, die ihn und Charlotte um mindestens dreißig Zentimeter überragten.

»Sind wir hier richtig?«, fragte Charlotte.

William schaute zu der großen Leuchtanzeige hoch, auf der zu lesen stand: HIER AUS SEATTLE, WEEPING WILLOW FROST,

SOWIE: STEPIN FETCHIT, DER FAULSTE MANN DER WELT, MIT ASA BERGER UND DEN MOVIETONE PLAYERS, MUSIKALISCH BEGLEITET VON DEN NAIVEN. Stepin war zwar ein größerer Star und hatte schon in etlichen Filmen mitgewirkt, als Lokalheldin jedoch wurde Willow die Ehre zuteil, an erster Stelle genannt zu werden.

»Auf jeden Fall«, erwiderte William. Ihm war ganz entfallen, dass das 5th Avenue Theatre ein chinesisches Theater war, zumindest von außen. Irgendwie schien es also ganz passend, dass Willow hier auftreten würde. Aus dem asiatischen Rahmen fallen würde eher das Publikum.

William trat mit Charlotte zu einem der Wächterlöwen und führte ihre Hand an die Kugel, die dieser im Maul hielt. »Da soll man mit der Hand dran reiben, das bringt Glück.«

»Kann ich mir auch etwas wünschen?«

»Wenn du möchtest.«

Charlotte schloss die Augen und runzelte kurz die Stirn. Dann lächelte sie.

»Wir sollten uns wohl besser anstellen«, sagte William mit Blick auf die Leute, die bereits in einer Schlange vor dem Kartenschalter warteten, der noch nicht geöffnet hatte. William machte große Augen, als er feststellte, dass in dem Theater auch Filme gezeigt wurden – einige mit Willow, die meisten aber, wie *Show Boat* und *The Galloping Ghost*, mit Stepin Fetchit. Es gab auch einen Episodenfilm, in dem einige der anderen Künstler mitwirkten, die zweimal täglich live hier im Theater auftreten würden, einmal nachmittags und dann wieder abends. So gerne sich William diese Filme auch angesehen hätte, er wusste, dass sie mit ihrem Geld sparsam umgehen mussten. Deshalb sagte er Charlotte nichts davon, als er sich mit ihr in die Warteschlange vor der Kasse einreihte und bei einer blonden Frau Karten zu je dreißig Cent für die Nachmittagsvorstellung erstand, halb so viel wie der Eintritt für die Abendvorstellung.

Während er die Plakate und Porträtfotos von Willow anstarrte, dramatisch geschminkt und in aufwendiger Robe, grübelte er, was er zu ihr sagen sollte. *Wird sie sich an mich erinnern? Und falls nicht, werde ich dann gezwungen sein, sie um Antworten anzubetteln?* Sie war berühmt, er war ein Niemand. Zweifel stiegen in ihm auf, und er fragte sich mit jäher Beklommenheit, was er tun sollte, wenn sie gar nicht seine Ah-Ma war. *Was dann?* Dann wäre er zwar weiter allein auf der Welt, aber immerhin bliebe ihm der Schmerz einer Zurückweisung erspart. Und dieser Gedanke hatte etwas seltsam Tröstliches.

Den Tag über kosteten William und Charlotte die Freiheit aus, die sie im Waisenhaus all die Jahre so bitter entbehrt hatten. Wie Hunde, die sich von ihrer Leine losgerissen hatten, streunten sie neugierig durch die Stadt und zogen von einem Geschäft zum anderen. Sie streiften in einem großen Zigarrenladen umher, bis man sie wegen Herumlungerns vor die Tür setzte. Und sie besuchten die riesige Spielwarenabteilung im Untergeschoss des Bon Marché, wo Charlotte hellauf entzückt die plüschigen Teddybären berührte und drückte. Bei Best's Apparel probierten sie sogar Hüte auf, bis ein Kunde William für einen Indianer hielt und einen Wachmann alarmierte, der sie kurzerhand hinausjagte. Es machte ihnen weiter nichts aus. Trotz der Arbeitslosigkeit und Verelendung, die dazu geführt hatte, dass in der Stadt ganze Straßenzüge mit Brettern vernagelt waren, herrschte im Geschäftsviertel lebhaftes Treiben, Lärm und Gerüche aller Art bestürmten sie von allen Seiten. Und in fast jedem Block gab es Lichtspielhäuser, mitunter drei oder vier nebeneinander, in denen Tonfilme gezeigt wurden, Wochenschauen, Trickfilme, aber auch Stummfilmdramen. Das Filmgeschäft schien die einzige Branche zu sein, die nicht von der Krise betroffen war.

Als sie wieder beim 5th Avenue Theatre eintrafen, hatte William sich in seinen Schuhen, die eine Nummer zu klein waren, die Füße wund gelaufen, und seine Beine fühlten sich nach dem stundenlangen Pflastertreten bleischwer an. Je näher jedoch mit jeder verstreichenden Minute der Beginn der Vorstellung heranrückte, desto mehr traten diese Beschwerden in den Hintergrund, bis er sie kaum noch wahrnahm. Während sie warteten, warfen andere Leute in der Schlange ihnen immer wieder schiefe Blicke zu oder tuschelten miteinander, als würden sie an ihm, dem Jungen mit den asiatischen Gesichtszügen, und an Charlotte, dem rothaarigen Mädchen mit dem weißen Blindenstock, irgendwie Anstoß nehmen. William kümmerte sich nicht weiter darum.

Und als sich die verzierten Türen endlich öffneten, senkte sich Schweigen über die Menge.

»Was ist los?«, flüsterte Charlotte.

»Es ist …« William blinzelte und bekam vor Staunen den Mund nicht mehr zu. »Es ist …« Er war sprachlos, im wahrsten Sinne des Wortes. Während sich die Menge noch bewundernd umsah, nahm William Charlottes Hand und trat mit ihr durch den Eingang in eine andere Welt. Sie sanken im weichen Teppich des Foyers ein, wo sie von Platzanweiserinnen in chinesisch angehauchten Kostümen aus roter, blauer, grüner und goldener Seide in Empfang genommen wurden. Die Wände waren mit schimmernden Bändern in Scharlachrot und Jadegrün geschmückt. Und als sie den gewaltigen Theatersaal betraten, fühlte William sich wie in eines der Märchen versetzt, die seine Ah-Ma ihm früher immer erzählt hatte: Es war, als würde er in den Palast des Kaisers von China eintreten. Als er nach oben schaute, entrang sich ihm unwillkürlich ein andächtiges »Oh«: In der Mitte der hohen, kunstvoll gestalteten Decke prangte, aus Holz geschnitzt, ein riesiger vergoldeter Drache mit fünf Klauen. Aus dem aufgerissenen Maul des Ungeheuers hing ein prächtiger, perlenverzierter Leuchter im chinesischen Stil.

»Ich höre viele Leute, die nach Luft schnappen. Danach zu urteilen ist dieser Raum wohl ziemlich eindrucksvoll«, sagte Charlotte und drückte seine Hand. »Ich kann diesen Raum spüren – wie es hier riecht, wie sich die Luft bewegt, wie unsere Stimmen sich anhören. Er muss riesengroß sein.«

Draußen in der Warteschlange hatte William jemanden sagen hören, dass das 5th Avenue Theatre fast dreitausend Plätze hatte, aber dass der Saal so gewaltig sein würde, hätte er sich nie vorstellen können. Das Innere ähnelte dem Himmelstempel in Peking, den er einmal in einer Ausgabe des *National Geographic* gesehen hatte. Die Gestaltung kam ihm vor wie eine Bestätigung, wie ein Zeichen, dass Willow ihm tatsächlich von höheren Mächten gesandt worden war.

Es ist der atemberaubendste Ort, den ich je gesehen habe!, dachte William. »Es ist alles voller fantastischer … Verzierungen«, sagte er. Während er Charlotte zu ihren Sitzen geleitete, überlegte er, wie er diese Farbenpracht einem blinden Mädchen begreiflich machen sollte. »Die Vorhänge sind aus dunkelblauem Samt, wie der Himmel bei Nacht, und oberhalb der Bühne ragen die goldenen Pfeifen der Orgel in die Höhe. Der Saal ist riesengroß, aber mit feinen Ornamenten in jeder Ecke. Und es ist alles … chinesisch.«

»Wie deine Mutter.«

Wie Willow. William hatte noch nie zuvor etwas so Exotisches, Majestätisches gesehen, nicht einmal früher in Chinatown. »Und die Leute, die hier sind, um sich die Vorstellung anzusehen, sind alle … weiß.« Der scheinbare Widerspruch machte ihn merkwürdig stolz.

Charlotte schloss die Augen und lächelte glücklich, während die Orgel ertönte und jeden Winkel des Theaters mit Klang erfüllte. »Jetzt kann ich es mir vorstellen«, sagte sie.

William beobachtete, wie sich die Sitzreihen im Saal nach und nach füllten, bis annähernd auf den letzten Platz. Er hatte das Gefühl, zwischen zwei Welten zu schweben: hier seine bescheidene Kindheit, das Waisenhaus, das Elend am Pioneer Square – dort das Zauberreich der Bühne mit all seinem dekadenten Luxus, seiner verschwenderischen Pracht. Die anderen Leute im Publikum trugen zumeist Anzüge und Kleider, aber übertrieben feingemacht mit Pailletten und glitzerndem Schmuck war eigentlich niemand. Manche waren ähnlich ärmlich gekleidet wie er in seiner alten Jacke und der kümmerlichen Schleife. Eines aber war ihnen allen gemeinsam: die fiebrige Spannung, die aufgeregte Vorfreude. Das Theater war Zuflucht und Zerstreuung zugleich – eine festliche, willkommene Ablenkung von der grimmigen, kalten Wirklichkeit da draußen auf den Straßen.

Während die Saalbeleuchtung nach und nach erlosch und das Publikum Beifall klatschte, hatte William kurz den Eindruck, dass sie alle in Charlottes Welt übergewechselt waren, die nur aus Klang und Musik und grenzenlosem Raum bestand. Dann aber flammte ein Scheinwerfer auf und tauchte einen flotten Burschen im schwarzen Frack in helles Licht.

»Meine Daaamen, meine Heeerren, liebe Kinder aller Altersstufen, egal in welcher Form, welcher Größe, welchem Geschmack, egal wie nüchtern oder angesäuselt …«

William erkannte ihn auf Anhieb von den Plakaten wieder, noch ehe er sich als Asa Berger vorstellte. Nachdem er ein paar Witze gerissen hatte, fing er an zu singen und zu tanzen, während sich der Vorhang hob und *Die Naiven* zum Vorschein kamen, die ihn musikalisch begleiteten. William wusste nicht recht, was er von dem nur aus Mädchen bestehenden Orchester halten sollte. Sie spielten zwar fantastisch, waren dabei aber mitunter auch seltsam komisch. Eins der Mädchen etwa, das ein elfenbeinfarbenes Akkordeon spielte, stolzierte dabei in glitzernden hohen Schuhen auf der Bühne auf und ab.

Auf die Damenkapelle folgte eine Zaubernummer, die als *Magie, mal krumm, mal gerade* angekündigt wurde. Ein Zauberer namens Blackstone ließ einen Vogelkäfig verschwinden, sodass Pete, sein humorvoller Assistent, am Ende mit einem Kanarienvogel in den Händen dastand, der quäkend Protest erhob. Ihr letztes Kunststück bestand darin, eine Glühbirne aus einer Tischlampe emporschweben zu lassen. Die leuchtende Kugel flog in der Luft über dem Publikum dahin, während die Musiker im Orchestergraben »I Know That You Know« spielten. Während William Charlotte schilderte, was gerade vor sich ging, sagte ein Mann hinter ihnen: »Wie er *das* hinkriegt, daran rätselt selbst Thomas Alva Edison bis heute, habe ich gehört.« Zauberei machte William nervös. Er hoffte, dass es sich bloß um einen Trick handelte, eine Illusion.

Auf Blackstone folgte ein Duo, das den Schlager »Indian Love-Call« vortrug, aus dem erfolgreichen Musical *Rose-Marie*. Ein breitschultriger Mann, der wie ein Mountie – ein Angehöriger der kanadischen berittenen Polizei – kostümiert war, kam auf einem Holzpferd auf die Bühne geritten und bezirzte mit seinem Gesang eine blonde Frau, die wie eine Indianerin zurechtgemacht war. William musste unwillkürlich an Sunny denken, dem diese Darbietung vermutlich ganz und gar nicht gefallen würde.

Danach kam eine Beine werfende Truppe von Tänzerinnen, die als »Hot Cotton« angekündigt wurde. William zählte insgesamt sechzehn langbeinige Damen mit großen, federgeschmückten Hüten und in bodenlangen Tutus, die nahezu durchsichtig waren. Die Männer im Saal johlten und pfiffen vor Begeisterung.

Asa Berger betrat zwischendurch immer wieder die Bühne, um die nächste Nummer anzukündigen. Die Zuschauer im Saal schrien vor Lachen und amüsierten sich glänzend über seine Witze und Scherze, die sich William allerdings nicht immer unmittelbar erschlossen.

»Nun, Leute«, fing der Conférencier schließlich an, »es ist so weit. Der große Moment ist gekommen, Sie wieder mit einer Puppe hier aus der Stadt bekannt zu machen, die das Außerordentliche vollbracht hat, das nahezu Unmögliche – seit zwei Monaten tourt sie jetzt kreuz und quer durchs Land und hält es dabei mit *mir* aus!«

»Jetzt kommt sie«, flüsterte Charlotte.

Jetzt kommt sie. William saß da und wagte kaum zu atmen, während Asa scherzte und das Publikum lachte, das alles untermalt von einem Trommelwirbel, der lauter und immer lauter wurde …

»Hier ist sie – die Künstlerin, auf die Sie alle schon so ungeduldig warten. Die Sie bisher nur auf der Kinoleinwand erleben und im Radio hören konnten und die sich heute endlich, endlich auf der großartigsten Bühne der Westküste die Ehre gibt. Meine Damen, meine Herren, bitte begrüßen Sie die eine, die einzige, die unnachahmliche Miss … Willow … Frost!«

Charlotte klatschte und jubelte wie wild, sehr viel ausgelassener als die übrigen Zuschauer, die eher höflich applaudierten. William saß da wie versteinert und starrte die schlanke Gestalt an, die nun in einem fliederfarbenen Abendkleid und mit Blumenschmuck im Haar auf die Bühne kam. Sie fing an zu singen, eher leise und verhalten, woraufhin das Publikum verstummte und ihr aufmerksam lauschte, während das Orchester ihrer Führung folgte.

»Mach dich frei, Süße!«, johlte ein Seemann dazwischen, und sein Kumpel schloss sich mit der Frage an, »Wie viel nimmst du für eine private Tanzvorführung?«, woraufhin ein Platzanweiser sie freundlich, aber bestimmt aufforderte, die Störungen zu unterlassen.

Hätte ich doch bloß an der Kasse ein Opernglas ausgeliehen, dachte William bedauernd, denn von seinem Platz in der Mitte des Parketts aus konnte er ihr Gesicht nicht richtig erkennen. Ihre Haltung aber, ihr Gang kamen ihm irgendwie vertraut vor. Sie wirkte ungeheuer elegant, und hinzu kam, dass sie die einzige Chinesin der Truppe war, die hier in diesem chinesischen Theater auftrat – in moderner Kleidung jedoch, vor einem modernen Publikum. Während sie ihre Version von »Dream A Little Dream« sang, wurde ihre Stimme nach und nach lauter, raumgreifender, bis die klaren, kräftigen Noten jeden Winkel des Theaters erfüllten und die Leute vor Begeisterung anfingen, zu jubeln und zu klatschen. William musste einmal ganz tief durchatmen.

»*Das* ist sie?«, flüsterte Charlotte.

Das ist sie. William stellten sich die Härchen im Nacken auf, als er ihre Stimme wiedererkannte. Und als das Lied zu Ende war, saß er wie betäubt da und sah zu, wie Willow Kusshändchen ins Publikum warf und winkte, während die Leute noch immer begeistert applaudierten. Dann führte Asa sie auch schon von der Bühne.

Das ist sie, gar keine Frage. Das muss sie sein.

Asa kehrte wieder zurück, stolperte aber schon nach wenigen Schritten über eine dunkle Gestalt, die auf der Bühne lag und schlief, etwas außerhalb des Scheinwerferkegels, der dem Conférencier folgte. Das Publikum schrie vor Lachen, als Stepin Fetchit sich aufrichtete, ausgiebig gähnte, sich auf die Beine rappelte und dann den Staub von seiner Kleidung klopfte. In seinem Aufzug, er trug einen langen Mantel aus Waschbärenfell und dazu einen Strohhut, gab er eine ebenso elegante wie komische Erscheinung ab. »Mensch, hat die Show wirklich schon angefangen?« Stepin kratzte sich am Kopf. »Mein Hotel ist direkt gegenüber, auf der anderen Straßenseite. Also habe ich mir ein Taxi bestellt. Als ich dem Fahrer gesagt habe, er soll mich zum 5th Avenue Theatre bringen, hat er gemeint: ›Aber das ist doch gleich da drüben.‹ Und darauf ich nur: ›Schon klar, also geben Sie Gas, damit ich nicht zu spät komme!‹« Das Publikum lachte und klatschte, während er sich zum Klang einer kratzigen Posaune aus seinem langen Mantel schälte. Darunter trug er einen mit lila Pailletten besetzten Frack, dessen Frackschöße bis auf den Boden hinabreichten.

»Wie gefällt Ihnen mein Aufzug?«, fragte Stepin, während das Publikum klatschte und anerkennende Pfiffe durch den Saal gellten. »Den habe ich Rudy Valentino abgekauft.« Die Männer stöhnten auf, die Frauen aber jubelten. »Den Frack hat er an seinem Hochzeitstag getragen. Er und die Braut trugen beide *Lavendel-Lila*!« Das Publikum tobte vor Lachen, aber William verstand den Witz nicht. »Bruder, tut das gut, hier zu sein – wir sind eben erst mit dem Zug angekommen. Und Zug fahre ich für mein Leben gern, müssen Sie wissen, das ist viel besser als das Reisen bei uns im Süden. Wissen Sie, wie wir unten im Süden reisen?«

Asa rief von hinter der Bühne aus: »Nein, wie reisen Sie denn im Süden?«

Stepin spannte das Publikum geschickt auf die Folter und antwortete erst nach einer kurzen Kunstpause. »Nachts. Zu Fuß. Möglichst schnell. Durchs *Unterholz*! So reist man als Farbiger unten im Süden …«

Das Publikum lachte und amüsierte sich glänzend über die Witze und Slapstick-Einlagen des Komikers, bewunderte seine

Tanzkünste, war überrascht, ihn singen zu hören, und verlangte begeistert nach mehr. Er ließ sich nicht lumpen und dirigierte zwischendurch sogar das Orchester, führte die Musiker durch ein Potpourri, das von Mozart bis zu Ragtime reichte.

William aber lächelte nicht. Stepins Auftritt bekam er nur ganz am Rande mit, weil er unentwegt zur Seite der Bühne starrte, in der Hoffnung, vielleicht noch einen Blick auf Willow Frost zu erhaschen, auf seine Ah-Ma, wer immer sie auch sein mochte.

Zum großen Finale kamen noch einmal alle Künstler zurück auf die Bühne, Willow eingeschlossen. William konnte es noch immer nicht ganz fassen, sie leibhaftig gesehen und gehört zu haben, zusammen mit den anderen lebenden, atmenden Filmstars – Gestalten von der Kinoleinwand, die vor seinen Augen über die Bühne schritten oder glitten wie Gespenster aus seinen wiederkehrenden, verblassten Tagträumen. Dann senkte sich raschelnd der Vorhang.

Das Licht im Saal ging an, und die Platzanweiserinnen öffneten die Türen, aber William saß weiter da und blickte unverwandt zur Bühne. *Du musst noch einmal zurückkommen*. Erst als Charlotte ihm die Hand an den Arm legte, verließ er widerstrebend mit ihr den Saal. Als sie aus dem Theater ins Freie traten, hatte sich auf dem Gehweg vor dem Eingang in der Zwischenzeit ein Mann mit einem Wägelchen postiert, der Blumensträuße feilbot und Autogrammjägern erklärte, wo sich der Bühneneingang befand, seitlich in einer Nebenstraße nämlich. Nach kurzem Zaudern, schließlich hatten sie wenig Geld, gab William sich einen Ruck und kaufte dem Mann ein Sträußchen in Lila und Blau ab.

»Die duften wundervoll«, sagte Charlotte. »Für deine Mutter?«

»Für Willow«, sagte er. Dann führte er seine Freundin um das Gebäude herum zum Bühneneingang, der bereits von einer Traube Reportern und anderen Fans umlagert wurde, viele davon ebenfalls mit Blumensträußen oder sogar stilvoll verpackten Präsenten im Arm. Zusammen warteten sie geduldig hinter einem Portier und einer dicken Samtkordel, die als Absperrung diente.

William konnte hören, wie die Musiker im Theater ihre Instrumente für die Abendvorstellung stimmten, während oben am Himmel ein Postflugzeug vorbeibrummte. Dann brandete Applaus auf, und Jubel empfing die Künstler, die nun aus dem Bühneneingang ins Freie strömten, die Musiker, *Die Naiven*, die Tänzerinnen – sie alle lächelten und winkten, umarmten einheimische Bekannte, die auf sie gewartet hatten, und nahmen dankend Präsente in Empfang, ehe sie zu einer Reihe wartender Taxis geleitet wurden. William hörte ein Klirren, als würde Glas zu Bruch gehen, und dann kam Asa Berger durch die Tür gestolpert. Aber er war ein Profi und hatte sich im Nu wieder gefangen, posierte für die Fotografen und drückte die Hände, die ihm über die Samtkordel hinweg entgegengestreckt wurden. William berührte den Komiker am Ärmel und nahm selbst aus dieser Entfernung wahr, dass er stark nach Alkohol roch. Bis auf ihn und Charlotte aber, die ebenfalls die Nase rümpfte, schien das niemand um sie herum zu bemerken. Als der Komiker zur Tür zurückwankte, lächelte William unsicher, denn vielleicht spielte er ja nur den Tollpatsch, weil das zu seiner Rolle dazugehörte? Der Mann hielt die Tür auf, und Willow kam heraus, gefolgt von Stepin. William bekam sofort heftiges Herzklopfen vor Aufregung, und er rieb sich die Augen, während in der schmalen Gasse ein wahres Blitzlichtgewitter losbrach und die Reporter die Stars der Show mit Fragen bestürmten.

Sie ist hier!, dachte William. *Genau hier, so dicht vor mir, dass ich sie fast berühren könnte.*

Er und Charlotte konnten ihren Platz ganz vorne an der Samtkordel nur mit Mühe behaupten, so groß war der Ansturm blasser Frauen mit rubinroten Lippen, die nun aufgeregt nach vorne drängten, um den charmanten schwarzen Entertainer aus der Nähe anzuhimmeln, nicht zu vergessen die vielen weißen Verehrer, die der scheuen chinesischen Schauspielerin ihre Blumen überreichen wollten. William beobachtete, wie Willow mehrere Sträuße in Empfang nahm und dabei jedem einzelnen Überbringer mit einem bezaubernd liebenswürdigen Lächeln für die Aufmerksamkeit dankte. Die Sträuße reichte sie jeweils an Asa weiter, der bald beide Arme voller Blumen hatte und zum Spaß so tat, als würde er unter der Last schier zusammenbrechen.

Als Willow sich zum Gehen wandte, rief William laut: »Warten Sie!« Er stellte sich hinter der Samtkordel auf die Zehenspitzen und winkte wie wild, um auf jeden Fall Blickkontakt zu der Frau herzustellen, die sich nun noch einmal umwandte und warmherzig lächelte, als freue sie sich besonders, einen jungen chinesischen Fan mit Blumen zu erblicken. »Oh, Winden! Das sind meine Lieblingsblumen – woher wusstest du das?«

Sie stand direkt vor ihm, aber es hatte ihm die Sprache verschlagen. *Ich wusste immer, dass du es bist. Weißt du denn nicht, wer ich bin?* William brachte kein Wort heraus. Er vermochte kaum einen klaren Gedanken zu fassen. Dies war sein großer Moment, doch jetzt war er wie gelähmt, aus Furcht davor, von ihr abgewiesen zu werden. War es besser, weiter zu hoffen, zu träumen, statt für alle Zeit enttäuscht zu werden? Voller Verzweiflung sah er zu ihr hoch, und da geschah es – ihr strahlendes Hollywoodlächeln erlosch, und aus ihrem perfekt geschminkten Gesicht sprach auf einmal nur noch tiefe, schmerzliche Traurigkeit. Zögerlich nahm sie die Blumen in Empfang, die William ihr reichte, und ließ ihn nicht aus den Augen, während sie die blauen Blüten an die Nase hob, um daran zu schnuppern.

Ein Reporter meldete sich zu Wort. »Miss Frost, darf ich Ihnen noch eine Frage stellen?« Beim Sprechen kritzelte er in einem kleinen Notizbuch herum. »Wie fühlt es sich an, wieder in Seattle zu sein?«

Willow gab keine Antwort. Sie rührte sich nicht. Sie schloss kurz fest die Augen, schlug sie dann wieder auf und blickte himmelwärts, während ihr Tränen über die zarten Wangen liefen. Sie verbarg ihr Gesicht halb hinter den Blumen und schniefte leise, während sie sich verstohlen die Nässe abwischte.

Alle Umstehenden verstummten, selbst die plappernden Reporter, und warteten gespannt auf ihre Antwort, als wäre diese dramatische Pause nichts als die Ruhe vor einem Sturm aus Gesang,

Melodie und herzzerreißendem Drama – als wäre ihr ganzes Leben bloß eine Schauspielvorstellung.

»Es ist …« Sie schien nach den richtigen Worten zu suchen. »Alles so, *unglaublich* …«

»Und aus welchem Grund genau, Miss Frost?«, wollte ein anderer Reporter wissen.

William schaute ihr direkt in die Augen, während sie ihn ansah. Sie stand so dicht vor ihm, dass er in dem trüben Haselnussbraun sein hoffnungsvolles Spiegelbild erblickte. Das Einzige, was ihre beiden Welten voneinander trennte, war die Samtkordel.

»Wegen der Menschen«, sagte sie. »Nicht nur die Fans, sondern die vertrauten …«

»Wann haben Sie Seattle verlassen?«

»Vor fünf Jahren.«

»Und, haben Sie noch Familie hier in der Gegend?«

O ja, Ah-Ma. Ich bin nie fortgewesen. Ich war die ganze Zeit hier.

William ließ sie nicht aus den Augen, während sie langsam, wie geistesabwesend den Kopf schüttelte und fast unhörbar vor sich hin flüsterte: »Wie konnte ich nur …«

»Miss Frost«, brachte sich der Reporter in Erinnerung.

»Könnten Sie die Frage noch einmal wiederholen?«, sagte sie, während sie sich weitere Tränen abwischte.

»Ich hatte nach Ihrer Familie gefragt. Sie sind ja hier in der Stadt aufgewachsen. Und da habe ich mich gefragt, ob Ihre Angehörigen auch zu Ihren Vorstellungen kommen wollen – es würde mich interessieren, was sie dazu meinen –, Ihre Familie, Freunde, Verwandten. Die müssen doch unglaublich stolz sein auf Sie, auf Ihren Erfolg. Miss Frost?«

Charlotte neigte sich an Williams Ohr. »Bitte sie um ihr Autogramm«, flüsterte sie.

William blinzelte, einmal, zweimal, als würde er aus einem Traum erwachen. Dann zog er den zusammengefalteten, knittrigen Handzettel aus der Tasche, auf dem Willows Foto prangte, und reichte ihn dem Filmstar. Gebannt sah er dabei zu, wie sie das

Foto kurz betrachtete und dann mit einem verschnörkelten Füllfederhalter schwungvoll ihren Namen daraufsetzte. Sie reichte ihm den Zettel zurück und hielt kurz inne, als ein Reporter ein Foto von dem Filmstar und dem kleinen Jungen machte, die einander über die dicke, rote Absperrkordel aus Samt hinweg ansahen. William nahm das Bild mit beiden Händen in Empfang und sah dann zu der Frau hoch, die noch immer dastand und ihn unverwandt anblickte. Erst als der Fahrer des wartenden Taxis ungeduldig hupte und den Motor aufröhren ließ, riss sie ihren Blick von ihm los. Asa tippte mahnend auf seine Armbanduhr und fasste Willow am Ellbogen, um sie mit sich fortzuziehen.

Hastig äußerte sie ein paar letzte Worte. »Das war die beste Vorstellung meines Lebens. Eine, die ich niemals je vergessen werde, solange ich lebe. Und sollten im Publikum auch Freunde oder alte Fans gesessen haben, hoffe ich sehr, dass sie mir verzeihen können … dafür, dass ich so lange fortgewesen bin.«

Als sie sich umdrehte und davonging, fand William endlich seine Stimme wieder. »Ah-Ma?«

Sie blieb noch einmal stehen, während ihre Gefährten, Asa und Stepin, bereits ins Taxi einstiegen.

»Du warst wundervoll«, sagte William auf Chinesisch.

Willow ließ den Kopf vornübersinken. Es fing an zu regnen, und dicke, schwere Tropfen klatschten auf ihr Cape und ihren Glockenhut. Nach einem letzten Blick zurück stieg sie ins Taxi ein und wischte sich eine weitere Träne ab, als sich der Wagen in Bewegung setzte. Dann waren sie fort.

William blickte dem Taxi nach und hatte das Gefühl, langsam zu versinken. Wie eine Statue, die draußen im Watt aufgestellt worden war, wo nun die Strömung nach und nach den Sand fortspülte, auf dem sie stand. Während sich die Schar der Reporter, Gratulanten und Autogrammjäger um sie herum allmählich zerstreute, stand er in Gedanken versunken da, Hand in Hand mit Charlotte, und rätselte, was genau da gerade geschehen war.

»Und, war sie es?«, fragte sie. »Ist Willow tatsächlich deine … du weißt schon …?«

William atmete tief durch und seufzte. Dann betrachtete er Willows Autogramm, das in chinesischen Schriftzeichen geschrieben war. Er durchforstete sein Gedächtnis, während er langsam mit dem Finger an dem Schriftzug entlangfuhr, bis er den Namen entziffert hatte, der dort stand: *Liu Song*.

DER GREENROOM
(1934)

William und Charlotte saßen allein in der menschenleeren Gasse und warteten. Die letzten Fans und Reporter waren längst fort, hatten sich nach und nach in alle Richtungen zerstreut, als hätten sie alle ein festes Ziel, jemanden, zu dem sie heimkehrten, eine Aufgabe, um die sie sich kümmern mussten. Für William aber kam es nicht in Frage, sich vom Fleck zu rühren. Er saß auf dem schmutzigen, gesprungenen Pflaster vor dem Bühneneingang, mit dem Rücken an die Tür gelehnt, und wartete. *Ich kann nirgendwo anders hin.*

»Sie kommt wieder her«, sagte Charlotte. »Heute Abend ist ja noch eine Vorstellung und morgen und übermorgen auch. Wir müssen nicht hierbleiben, wir können doch eine Stunde vor der Abendvorstellung wieder herkommen. Da hätten wir noch jede Menge Zeit, um …«

»Ich gehe hier nicht fort.« William verschränkte trotzig die Arme vor der Brust. Tatsächlich hatte er anfangs den verwegenen Plan gefasst, sich in die Garderobe seiner Ah-Ma zu schmuggeln und dort auf sie zu warten. Er hatte gegen die Tür gehämmert, in der Hoffnung, ein Bühnenarbeiter würde ihn vielleicht hören und sie ins Theater lassen. Stattdessen war ein wütender alter Hausmeister aufgetaucht, der sie barsch aufforderte, sich wegzuscheren, und sogar seinen Wischmopp schwang, um sie zu verscheuchen. Das Rumoren und Poltern, das noch eine Zeit lang aus dem Inneren des Theaters zu vernehmen war, verstummte schließlich, und dann war es in dem Gebäude ebenso still wie in der trostlosen Gasse.

»Wir können doch hier nicht ewig warten«, widersprach Charlotte sanft. »Was, wenn man uns wegen Bummelantentum verhaftet oder, schlimmer noch, wegen Landstreicherei? Dann würden wir sicher getrennt.«

William hörte nur mit halbem Ohr zu. Er betrachtete die Risse im Asphalt, aus denen Moos und Büschel von strohig verdorrtem Gras wucherten. Folgte dem gewundenen Zickzack der Risse mit seinem Blick bis zum mit Unrat verschmutzten Ende der Gasse, wo sie in die Hauptstraße einmündete. Dort schlurfte gerade eine Gruppe älterer Männer mit Protestschildern vorbei, die sie auf ihre Schultern gestützt in die Höhe hielten. Williams Englisch war nicht perfekt, aber sogar ihm fielen die Schreibfehler auf, mit denen die Texte auf den Schildern gespickt waren. Die Männer selbst sahen abgerissen und schäbig aus, als hätten sie seit Wochen nicht mehr ihre Kleidung gewechselt. Ihre verhärmten Gesichter, unrasiert und von Wind und Wetter gegerbt, verrieten nur zu deutlich, wie elend sie ihr Leben fristeten. *Kein Mensch wird uns überhaupt bemerken*, überlegte William. *Wir sind unsichtbar – ohne Wert, niemand kümmert sich um uns.*

Um sich die Zeit zu vertreiben, unterhielten sich William und Charlotte die nächsten Stunden über Speisen und Lieder, über ihre Familien, über unerfüllte Wünsche. Sie hielt sogar seine Hand, strich sich das Haar hinter die Ohren und lehnte ihren Kopf an seine Schulter, während William beobachtete, wie die länger werdenden Schatten im Lauf des Nachmittags über die Mauern aus rotem Backstein und die gelb lackierte Feuerleiter wanderten, bis die Gasse schließlich komplett in Dämmerlicht versank und alle Farben um sie herum wie ausgelöscht waren. Hin und wieder fielen ihnen die Augen zu, mal nur einem von ihnen, mal beiden, und sie dösten vor sich hin, inmitten der strengen Gerüche, die ringsumher von streunenden Hunden und Menschen hinterlassen worden waren. Immer wieder jedoch wurden sie unsanft aus dem Schlummer gerissen, mal durch Sirenengeheul, mal durch das Bimmeln einer Straßenbahn – und schließlich durch das Geräusch einer Autotür, die zugeschlagen wurde.

William spähte blinzelnd die Gasse hinab und sah eben noch ein gelbes Taxi, das vorne auf der besonnten Straße davonfuhr. Er stupste Charlotte an und merkte dann, dass sie bereits hellwach war.

Ein Mann in einem langen Mantel kam auf sie zu, den Hut tief ins Gesicht gezogen. Als er bei ihnen ankam, schob er seinen Hut zurück, aber in der Gasse war es so dämmrig, dass William sein Gesicht nicht richtig erkennen konnte.

»Wen haben wir denn hier?«, sagte der Mann und wedelte mit der Hand vor Charlottes blicklosen Augen hin und her. »Lasst mich raten, ihr seid eine neue Shownummer – Schlitzauge und Blindschleiche.«

Es ist der Komiker. William erkannte seine Stimme wieder. *Asa – Soundso …*

»Sind Sie das, Mr Berger?«, fragte Charlotte schüchtern.

»Mal sachte, Süße. Mein Vater ist Mr Berger. Meine Freunde sagen Asa zu mir. Du darfst mich … Sir Handsome Bloodworth den Dritten nennen, Lord der Gassen, Sultan des Schlendrians und obendrein der Schutzpatron kleiner blinder Ausreißerinnen und verirrter Himmelsgeschöpfe – nichts für ungut, Kleine.«

Der Mann redete so rasend schnell, dass William Mühe hatte, ihm zu folgen. Er half Charlotte auf die Beine, und sie klopften sich die Kleidung sauber. William knöpfte seine Jacke zu und rückte seine Schleife gerade. »Fängt etwa die Vorstellung schon an? Wie spät ist es denn –«

»Wieso, sucht ihr beide Arbeit?«, fiel Asa ihm ins Wort. »Oder macht ihr bloß eine Tour durch Seattle, um euch die schönsten Gassen und Schmutzecken anzusehen?« Er breitete die Hände aus und sah sie an, als würde er Gelächter oder Applaus erwarten. Das einzige Geräusch jedoch, das in der Gasse zu hören war, war das Maunzen einer gut genährten rotgetigerten Katze, die auf einer überquellenden Mülltonne saß. Der Komiker schüttelte den Kopf, verdrehte die Augen gen Himmel und murmelte etwas vor sich hin, in einer Sprache allerdings, die William unbekannt war.

»Wir warten auf Willow«, stieß Charlotte hervor, während sie sich an Williams Arm festklammerte.

»Sie ist meine Mutter. Deshalb hat sie auch geweint, als sie mich gesehen hat«, ergänzte William scheu, mit so viel Nachdruck etwa wie ein Ballon, aus dem zischend die Luft entweicht. *So erkläre ich mir das zumindest.* Er zog ihr Foto mit dem Autogramm aus der Tasche und zeigte es dem Komiker.

»Wow.« Asa schnaubte. »Ein überzeugender Beweis. Obwohl da auch stehen könnte, ›Sonntags Chopsuey gratis‹, soweit ich das überblicke. Was hast du noch aufzuweisen? Vergiss nicht, Kleiner, Willow ist immerhin Schauspielerin – Tränen gehören zu ihrer Masche dazu. Weinen kann sie jederzeit, auf Kommando sozusagen.«

William wusste nicht, was er darauf antworten sollte.

»Hör mal, Junge, mit so was haben wir ständig zu tun. Ich meine, Stepin kommt ziemlich gut an bei den Damen, wie du weißt, und meine Wenigkeit lässt auch nichts anbrennen, was Affären des ... äh, Affären des ... ach, scheiß drauf, was Affären anbelangt. Will sagen, er und ich, wir sind es, die ständig auf der Hut vor wutschnaubenden Vätern und gehörnten Ehemännern sein müssen, aber Willow Frosty mit Kindern? Das ist absurd. Äh, eine Frage, ganz ernsthaft – seid ihr beide irgendwie verwandt miteinander? Worauf ich hinauswill, ist, weiß die kleine blinde Waise hier, dass sie nicht aus dem Fernen Osten stammt? Und damit meine ich nicht Long Island.«

Wieder wusste William nichts zu erwidern und zuckte verlegen die Achseln.

»Wir sind beide von hier ...«, schaltete sich Charlotte ein. »Aus dem Sacred-Heart-Waisenhaus ...«

»Ich bin aus Chinatown. Meine Mutter war Liu Song Eng – ihr Name bedeutet übersetzt Weide, *Willow*. Wir haben im Bush Hotel an der South Jackson gewohnt. Meine Mutter wurde vor fünf Jahren weggebracht, und ich wurde in ein Waisenhaus geschickt ...«

Asa täuschte ein übertriebenes Gähnen vor. »Ja, ja, für solche rührseligen Geschichten habe ich eine Schwäche. Wenn ihr umsonst reinwollt, in Ordnung, kommt mit rein. Aber wenn ihr Märchen erzählen wollt, sucht euch dafür einen anderen Dummen. Bis zur Vorstellung könnt ihr euch gern hinter der Bühne rumtreiben – dann heißt es Abmarsch für euch, meine kleinen irischen Zwillinge. Aber erzählt bloß keinem, dass ich euch reingelassen habe, sonst kommt noch das verrückte Gerücht auf, ich wäre ein liebes Kerlchen oder so.« Er entnahm seiner Brieftasche zwei Freikarten, die er William in die Hand drückte, und hämmerte dann mit der Faust gegen die Tür. Als nicht sofort jemand kam, trat er sogar mehrmals mit dem Fuß dagegen.

Endlich öffnete ein kräftiger Mann in einem schäbigen schwarzen Pullover, warf einen Blick auf die Uhr und begrüßte Asa mit einem gebrummten »Guten Abend«. Dann rückte er einen Stuhl vor die offene Tür, ließ sich darauf nieder und beäugte William und Charlotte mit misstrauischem Blick.

»Darf ich vorstellen, Chuckles, der Portier – eine echte Stimmungskanone, der Bursche.« Mit diesen Worten scheuchte Asa sie durch die Tür und führte sie durch einen Korridor. »Dort ist die Treppe nach oben in den Zuschauerraum, wenn ihr nachher zu euren Plätzen wollt. Falls ihr Typen ganz in Schwarz seht, geht in Deckung, die dürfen euch hier nicht erwischen – das sind Bühnenarbeiter, alle gewerkschaftlich organisiert. Hier ist der Greenroom, das ist der Aufenthaltsraum für uns Künstler. Am besten setzt ihr euch da rein und wartet, aber nichts klauen, hört ihr, Finger weg von den silbernen Löffeln. Ich ziehe mich jetzt in mein Büro zurück, ich brauche meine Medizin.«

Medizin, dachte William. Er blickte Asa nach, der in eine Garderobe auf der anderen Seite des Korridors ging und sich dort auf einen Stuhl fallen ließ. In dem Raum mit der goldgemusterten Tapete und dem Kristalllüster oben an der Decke wirkte der Komiker seltsam fehl am Platz. Asa machte eine Flasche Whiskey mit einer Geschenkschleife am Hals ausfindig, kippte den Inhalt einer Tasse – kalter Kaffee vermutlich – in einen Papierkorb, schraubte die Flasche auf und schenkte sich mit sichtlich zitternder Hand ein. Dann hob er die Tasse an die Lippen. William konnte sehen, wie der Adamsapfel des Mannes bei jedem Schluck auf und ab hüpfte. Danach stellte er die Tasse vor sich ab, warf einen Blick in den Spiegel, drehte sich zu William um und sah ihn kurz mit traurigen, blutunterlaufenen Augen an. Dann stand er auf und knallte die Tür zu.

William und Charlotte setzten sich in den Greenroom, der

allerdings gar nicht grün war. Auf einem großen, mit Blumen geschmückten Tisch standen Erfrischungen bereit, Körbe mit frischem Obst und Brötchen sowie ein silbernes Teeservice und eine große Kanne frischer, dampfender Kaffee. Sie wagten es nicht, irgendetwas anzurühren, aus Angst, dass jeden Augenblick jemand auftauchen und sie umgehend vor die Tür befördern würde. Als aber ein Bühnenarbeiter mit einem Clipboard hereinkam und fragte, zu wem sie gehörten, hielten sie die Eintrittskarten in die Höhe, die Asa ihnen gegeben hatte. Der Mann schien zunächst misstrauisch, doch als er Charlottes weißen Stock sah, erweichte sich sein Blick, und er ging achselzuckend seiner Wege. *Danke, Charlotte*, dachte William. *Einem blinden Mädchen traut niemand etwas Böses zu.* Charlotte fragte, ob er ihr nicht etwas vorlesen könnte, aber der einzige Lesestoff, den er finden konnte, war eine alte Zeitung. In der Schlagzeile auf der Titelseite ging es um eine hiesige Highschool-Schülerin namens Frances Farmer, die mit einem Aufsatz namens »Gott stirbt« eine Reise nach Russland gewonnen hatte. William nickte zustimmend, hielt es aber für rücksichtsvoller, seiner blinden Freundin diesen Artikel zu ersparen.

Er lehnte sich auf dem Stuhl zurück und beobachtete die Abfolge von Theatermitarbeitern und Künstlern, die kurz im Raum Station machten und wieder hinauseilten. Einige erkannte er von der Nachmittagsvorstellung wieder, aber es waren auch neue Leute dabei, ein Bauchredner etwa mit einer Dudelsack spielenden Puppe und ein älterer Mann, der einen Schimpansen im Frack an der Hand führte. Jedes Mal, wenn draußen im Korridor Unruhe zu vernehmen war, bekam er Herzklopfen und rechnete damit, als Nächstes seine Ah-Ma zu sehen, aber jedes Mal vergeblich. Als er schließlich vom Theatersaal her hörte, wie sich bereits die Musiker einzuspielen begannen, kroch Angst in ihm hoch: Würde Willow sich womöglich gar nicht blicken lassen? Dann hörte er von der Gasse her das zischende Knallen aufflammender Kamera-Blitzlichter, dazu Gelächter. Er stand auf und warf einen Blick in den Korridor – doch wieder war es nicht Willow, sondern ein Schwarzer in einem gut geschnittenen Anzug.

William wusste den Mann erst nicht einzuordnen. Ein Platzanweiser womöglich? Da aber erkannte er ihn. »Sie sind Mr Fetchit, nicht wahr?« Der Mann, fiel ihm auf, hatte ein Programmheft von der Rennbahn in Longacres unter den Arm geklemmt, zusammen mit einer Ausgabe des *Ulysses*.

»Für dich Lincoln.« Er wechselte einen Händedruck mit William. »Lincoln Perry, das ist mein richtiger Name. Sag mal, wusstest du, dass es hier in der Stadt ein Restaurant namens Coon Chicken Inn gibt? Coon, das andere Wort für Nigger? Schade. Dachte eigentlich, die Leute hier oben im Nordwesten wären zu anständig für so was.« Er wandte sich kurz ab und fluchte. »Und du, bist du Akrobat oder so was? Mann, ich hoffe ja mal nicht, dass du heute Abend auch auftrittst – Kinder stehlen einem immer die Schau. Schon übel genug, dass ich mir die Bühne mit diesem verdammten Affen teilen muss …«

»Wir sind wegen Willow hier«, meldete sich Charlotte zu Wort und schwenkte dabei ihren Stock in der Luft.

Stepin sah erst sie und dann William mit hochgezogenen Augenbrauen an. »Ach ja?«, sagte er. »Nun, sie ist hier. Obwohl ich nicht glaube, dass sie sich hier im Greenroom blicken lassen wird. Sie ist nicht gerade in Hochstimmung, kommt manchmal vor bei ihr. Wenn sie so niedergeschlagen ist wie jetzt, lassen wir sie alle in Ruhe. Sie ist in ihrer Garderobe.« Stepin deutete den Flur hinab. »An eurer Stelle würde ich sie aber lieber nicht stören. Betreten auf eigene Gefahr.«

»Sie ist hier?«, rief William.

»Ja, seit etwa einer halben Stunde, unten im Keller. Da sind nämlich die Garderoben der Damen, falls ihr euch schon gefragt habt, warum hier so wenige Ladys auftauchen.«

»Aber Asa hat gesagt, wir sollen hier warten …«

Stepin winkte ab. »Der Mann weiß doch die Hälfte der Zeit nicht mal, wie er mit Nachnamen heißt. Er ist damals mit einem schlimmen Granatenschock aus dem Krieg heimgekehrt – ist erst mit dem Croix de Guerre ausgezeichnet worden, für besondere Tapferkeit in den Schützengräben, und hat dann Jahre in der

Klapsmühle verbracht. Jetzt feuert er auf der Bühne eine witzige Bemerkung nach der anderen ab, peng-peng-peng. Passt schon irgendwie, denke ich.«

Charlotte schaltete sich wieder ein. »Geh zu ihr, William. Geh einfach hin.«

William bedankte sich bei dem Mann, versprach Charlotte, bald wieder zurück zu sein, und flitzte los. Wie es sich traf, strömten eben die federgeschmückten Tänzerinnen in ihren glitzernden Korsagen die Treppe herauf, die ihn nicht weiter beachteten, während er sich an ihnen vorbeidrängte und dabei fieberhaft überlegte, was er zu ihr sagen sollte. Der Keller, fiel ihm auf, war nicht mit Teppich ausgelegt, und von dem nackten Zementboden schien Kälte abzustrahlen. Er hastete durch den Korridor, vorbei an Ständern mit Garderobe, an Requisiten und Bühnenaufbauten, die an der Wand abgestellt waren, und entdeckte eine Tür am hinteren Ende, auf die ein Stern gemalt war. Darunter stand mit Kreide *Willow*. William zog sich die Jacke gerade und atmete noch einmal tief durch. Die Luft hier roch intensiv nach Puder und Tabak. Dann klopfte er behutsam an. *Keine Antwort.* Er klopfte noch einmal, lauter diesmal. *Noch immer keine Antwort.* Nachdem er sich zur Sicherheit noch einmal im Korridor umgesehen hatte, fasste er sich ein Herz und öffnete die Tür. Rostige Scharniere knarrten, sodass seine Ankunft nicht unbemerkt bleiben konnte. Er warf einen Blick in den fensterlosen Raum und sah, dass die Schauspielerin an einem Schminktisch saß und durch einen Nebel von Qualm ihr Spiegelbild anstarrte. Die Zigarette in ihrer Hand war fast ganz zu Asche heruntergebrannt. Vor ihr auf dem Tisch stand ein Aschenbecher, er war randvoll.

»Tut mir leid, Asa, Schatz, ich kann heute Abend nicht auf die Bühne«, hörte er Willow sagen. »Für kein Geld der Welt gehe ich da raus, egal, was sie mir zahlen. Bitte sag ihnen, sie sollen das mit der Schauspielergewerkschaft klären. Ich kann in dieser Stadt nicht auftreten – das Regenwetter schlägt mir auf die Stimme.«

Aber deine Stimme klingt doch einwandfrei. William stand in der offenen Tür und starrte sie an. Sie trug ein anderes Kleid als am Nachmittag, wie ihm auffiel, saß ansonsten aber barfuß da. Ernüchtert stellte er fest, dass ihr glitzernder Schmuck aus der Nähe seltsam unecht aussah, wie buntes Glas. Auch ihre Zobelstola wirkte irgendwie tot, wie ein lebloses Stück brauner Teppich. Sie starrte in den beleuchteten Spiegel, der von etlichen Sprüngen durchzogen war. Ihre glamouröse Erscheinung schien wie zerknittert und verblasst, abgenutzt und fleckig, ganz wie das Foto in seiner Jackentasche.

»Wer bist denn *du*?«, fragte sie unvermittelt, als sie im Spiegel seiner schemenhaften Gestalt gewahr wurde. *Ich hatte keinen Grund, hierzubleiben.* Wieder einmal hallten ihm ihre Worte aus dem Radiointerview durch den Kopf. »Ich …« *Fürchte mich davor, herauszufinden, warum du mich damals zurückgelassen hast.*

William hörte eiliges Getrappel auf dem abgenutzten Holzboden direkt über ihnen, das Klappern hoher Absätze, das Klicken von Steppschuhen. Er beobachtete, wie sie die Zigarette im Aschenbecher ausdrückte und sich langsam zu ihm umwandte. Als ihre Blicke sich trafen, war es, als würden sie beide auf die Trümmer eines gebrochenen Versprechens blicken. Mit ihrem Glamour war auch ihre Anmut verschwunden. Ihr dunkles Augen-Make-up hob sich stark von ihrer blassen Haut ab. Diese Frau – seine Mutter, die noch nicht dreißig war – wirkte unendlich müde, als wäre sie eine Million Jahre alt. Während sie ihn unverwandt ansah, rann ihr eine einzelne schwarze Träne über die Wange, bis hinab zu ihrer bebenden Oberlippe, wo sie zitternd verharrte.

»Du bist es tatsächlich«, sagte Willow, »nicht wahr?« Sie atmete tief durch, einmal, zweimal, um nicht aus der Fassung zu geraten. »Groß bist du geworden …«

»Ja, ich bin's, William«, bestätigte er nickend. »William Eng.«

Sie wich heftig zurück, wie nach einer Ohrfeige. »Sag bitte nicht diesen Namen.«

»William?«

Sie schüttelte langsam den Kopf. »Nein. Eng.«

»Aber du bist doch Liu Song *Eng*, richtig?«

Sie biss sich auf die Unterlippe. »So möchte ich auch nicht genannt werden.«

»Wie soll ich dich dann nennen … Willow? Sie haben mir gesagt, du wärst tot, aber jetzt bist du hier – du bist doch meine Mutter, oder? Du bist meine Ah-Ma.«

Er hatte die Worte kaum ausgesprochen, da glitt sie auch schon lautlos vom Stuhl herunter und kauerte sich auf ein Knie hinab, streckte ihm die ausgebreiteten Arme entgegen, mit sonderbar schlaffen Händen jedoch, als würde sie nach etwas greifen, dass sie nicht zu fassen wagte – als könnte all ihre Hoffnung mit Gift versetzt sein.

William ließ sich in ihre Arme sinken. Ein Wirbelwind von Erinnerungen stürmte auf ihn ein, ihr unverwechselbarer Duft, ihre Umarmung, das fürchterliche Zittern ihres Körpers, während sie schluchzte, die Wärme ihrer Tränen an seiner Wange, seinem Hals, der Schmerz, der ihm so grässlich vertraut war.

Sie fuhr mit den Fingern durch das Haar an seinem Hinterkopf, während er krampfhaft die Tränen zurückhielt. »Es tut mir leid, William … es tut mir leid … so unendlich leid.« Sie wiegte ihn in ihren Armen vor und zurück, ganz wie früher immer, als er noch klein war.

Er spürte, wie sie ihn auf die Wange küsste, auf sein Ohr. »Es tut mir so leid. Ich habe jeden Tag an dich gedacht, mich gefragt – bei wem du gerade bist, ob du dich noch an mich erinnerst.«

»Aber wie hätte ich dich vergessen sollen?«, fragte William.

Sie ließ ihn los, rückte behutsam seinen Kragen zurecht und berührte die Knöpfe an seinem Hemd, als hätte sie ihn selbst angekleidet und würde jetzt letzte Hand anlegen, um ihn hinaus in die Welt zu schicken. Sie legte ihm sanft die Hand an die Wange. »Die Person, die ich damals war, William, die ist tot. Die Person, die du gekannt hast, ist begraben unter Kummer und Scham. Liu Song, die Mutter, die ich war, sie hatte nie eine Chance. Sie hatte nicht mal eine Wahl. Also ließ ich sie sterben. Und übrig blieb nur die Person auf der Filmleinwand, auf der Bühne, Willow, die einfach immer weitermachte …«

Aber du bist beides. »Willow ist doch bloß ein Künstlername.«

»Nur so habe ich überlebt, William. Willow war meine Rettung.«

Ja, aber vor wem? »Warum bist du dann nicht zurückgekommen? Hierher, zu mir?«

Nach kurzem Zögern wies sie ihn mit einer Handbewegung an, die Tür zu schließen. Forderte ihn danach auf, sie zur Sicherheit noch zu verriegeln. Sie angelte eine weitere Zigarette aus der Packung und steckte sie sich zwischen die Lippen, hielt aber dann inne und legte sie wieder beiseite. »Es gibt so vieles, was du nicht weißt. Du warst nur ein kleiner, kleiner Junge.«

William dachte kurz an seine Jahre im Waisenhaus – Jahre voller Einsamkeit, Jahre voller Sehnsucht. Dann rief er sich ihr überlebensgroßes Abbild auf der Kinoleinwand vor Augen, die Filmplakate, ihren glamourösen Lebensstil. *Du hast alles.*

Seit William die Hoffnung hegte, dass Willow tatsächlich seine Mutter war, hatte er sich diesen Moment immer wieder ausgemalt: die Freudentränen, die Umarmung, ihr künftiges gemeinsames Leben. Die Wirklichkeit sah ganz anders aus. Sie weinte nicht vor Freude, so viel stand fest. »Was konntest du mir denn nicht erklären?«

»Ich wusste nur, dass ich dir nicht das ekelhafte Leben zumuten konnte, das ich damals geführt habe – das würde ich niemandem wünschen. Und ich konnte dir nicht das Leben zumuten, das ich jetzt führe, zu deinem eigenen Schutz. Nicht mal einen anständigen Namen konnte ich dir geben. Ich konnte dir nichts geben, was wirklich wichtig war.«

»Aber jetzt hast du doch alles.« William deutete auf die Garderobe um sie herum, auf das Theater selbst. »Du bist reich – berühmt! Alle lieben dich. Was fehlt dir noch?«

»Mir fehlt, worauf es am meisten ankommt.«

Dein Sohn, dachte William. *Ich bin hier, direkt vor dir.*

Sie flüsterte es so leise, dass er sie kaum verstehen konnte. »Vergebung.«

»Was gibt es denn noch zu vergeben?«, fragte William, ehe ihm gleich darauf ein schrecklicher Gedanke kam. Dass sie sich vielleicht selbst nicht vergeben konnte.

Sie winkte ihn näher zu sich. Dann nahm sie seine Hände und betrachtete sie eingehend. Nachdem er im Sacred Heart jahrelang in der Wäscherei gearbeitet und Putzarbeiten aller Art verrichtet hatte, waren seine langen, runzligen Finger nicht eben glatter geworden – sie hatten noch immer die gleichen Hände, alte Hände. Seine Hände jedoch waren warm, im Gegensatz zu ihren, die eiskalt waren. Er spürte, wie sie ihn losließ. Dann blickte sie auf ihre eigenen Hände hinab, fast so, als würde sie in ihren Handflächen lesen wie auf einer Karte, um sich zu orientieren.

Und dann, während irgendwo über ihnen Musik zu spielen begann, irgendwo in weiter Ferne, fing sie an zu sprechen. Erzählte ihm von Familie und von Vätern.

LIEDER

(1921)

Liu Song Eng war unterwegs nach Hause. Sie kam von der Arbeit bei Butterfield's, einer Musikalienhandlung, bei der sie sich jeden Tag nach der Schule als Werbesängerin etwas Geld dazuverdiente. Vor dem Laden zu stehen und zu singen war eigentlich kein schlechter Job. Für jedes Blatt Musiknoten, das dank ihrer bemerkenswert kräftigen Altstimme einen Käufer fand, erhielt sie fünfundzwanzig Cent. Nicht so angenehm war das Interesse, das ihr Aussehen mitunter bei Passanten erregte, besonders, wenn sie das raffinierte gelbbraune Hängerkleid ihrer Mutter trug. Matronenhafte Frauen fixierten sie blinzelnd und spitzten missgünstig die Lippen. Erwachsene Männer blieben wie angewurzelt stehen, wenn sie eine volltönende, tränenreiche Ballade von Mamie Smith hörten, die aus Liu Songs siebzehnjährigem Körper drang, und gafften sie ungeniert an, musterten sie langsam von oben nach unten. Selbst die überkorrekten Polizisten, die in Seattle Streife liefen, schienen gerne in der Nähe stehen zu bleiben, nestelten an ihren Schlagstöcken herum und witzelten über die steife Brise, wenn sie wieder einmal Mühe hatte, den kalten Wind daran zu hindern, ihr das dünne Kleid hochzuwehen. Der alte Mr Butterfield saß unterdessen im Laden, wo es schön warm war, rauchte seine Pfeife und begleitete sie an einem alten Klavier, das, im Gegensatz zu den Pianolas, nicht zum Verkauf stand. Er hätte diese Arbeit auch einem der neuen selbstspielenden Klaviere überlassen können, aber Liu Song hatte den Verdacht, dass ihm das Klavierspielen ebenso viel Freude bereitete wie ihr das Singen. Ihrem Eindruck nach war der einsame alte Mann mit seiner Musik geradezu verheiratet. Er war ein lebenslanger Junggeselle und sprach nur selten über Frauen und wenn, dann äußerte er sich nur über ihre Schuhe.

»Mach nicht dieselben Fehler wie ich, Liu Song. Hüte dich davor, mit einem Mann irgendwo allein zu sein – egal mit welchem –, solange du noch unverheiratet bist.« Das waren die letzten Worte, die ihre Mutter je zu ihr gesagt hatte.

Liu Song zuckte die Achseln, als ihr dieser Ratschlag jetzt in den Sinn kam. Ihr war nicht bange davor, mit ihrem Chef allein zu sein, doch graute ihr bei dem Gedanken, allein, ohne ihre Familie, sein zu müssen. Während sie über die Straße ging, schloss sie den Knopf oben an ihrem Mantelkragen. Sie wickelte sich ihren Lieblingsschal um den Hals und rümpfte kurz die Nase, weil die Wolle nach dem Kirsch-Vanille-Tabak roch, den Mr Butterfield in seiner Pfeife zu rauchen pflegte. Sie sehnte sich nach der Stimme ihrer Mutter, nach ihrem tröstlichen Klang. Liu Song wusste zwar, dass ihre Mutter früher auf der Bühne gesungen hatte, konnte sich aber nicht entsinnen, sie jemals selbst singen gehört zu haben, nicht mal ein trauriges Schlaflied.

Als Liu Song um die Straßenecke nach Chinatown einbog, sah sie schon von Weitem ihren Stiefvater. Er stand mit zwei anderen Geschäftsleuten vor der Quong Tuck Company, sie rauchten und redeten miteinander. Auch aus zwei Blocks Entfernung war er mühelos zu erkennen, an den modischen, teuren Oxford Bags nämlich, die er trug. Wieder einmal ging ihr durch den Kopf, als sie die Straße überquerte, dass er mit seiner untersetzten Statur und dem feisten Kugelbauch in der schlabbrig weiten englischen Hose einfach nur eine lächerliche Figur abgab, zumal im Vergleich zu den beiden Geschäftsleuten in ihren dreiteiligen Anzügen.

»Hallo, Onkel Leo«, grüßte sie ihn freundlich im Vorbeigehen.

Ihrem Stiefvater missfiel der Gedanke, eine Tochter zu haben, deshalb hatte er von Anfang an darauf bestanden, dass sie *Onkel* zu ihm sagte. Er schnipste wortlos den Rest seiner Zigarette in den Rinnstein und spuckte auf den Bürgersteig, dann kehrte er ihr den Rücken zu und setzte seine Unterhaltung mit den beiden Männern fort.

Du bist nicht mein Onkel, dachte Liu Song finster, *und auch nicht mein Vater. Du bist bloß ein Wäschereibesitzer.*

Liu Songs richtiger Vater war ein Star der kantonesischen Oper gewesen und hatte hier in Seattle ein eigenes Theater geleitet. Seine

Kompanie aber war ins Trudeln geraten, als er an der Spanischen Grippe erkrankte und nicht mehr auftreten konnte. Trotz Quarantäne starb er an der Grippe – derselben Krankheit, die auch ihre Brüder dahinraffte und ihre Mutter zum Krüppel machte.

Sie hätte ihn für ihr Leben gern einmal auf der Bühne erlebt, aber Mädchen hatten damals keinen Zutritt zur Oper – brave Mädchen zumindest. Und sie liebte die Geschichten, die er zu erzählen pflegte.

»Einmal, im siebten Monat, ich war noch ein Lehrjunge damals, reiste unsere Truppe in ein abgelegenes Dorf und gab dort eine aufwendige Vorstellung«, hatte ihr Vater ihr oft erzählt. »Am nächsten Morgen aber war das Dorf spurlos verschwunden – wir standen auf einer leeren Wiese. Wir hatten für Gespenster gesungen und gespielt!«

Diese Geschichte über das Gespensterdorf hatte sie immer am liebsten gemocht. Wenn sie selbst sang, zu Hause, in der Schule oder vor Butterfield's, stellte sie sich manchmal vor, dass sein Geist ihr dabei zusah, zustimmend nickte oder Verbesserungsvorschläge machte.

Liu Song ging noch ein Stück die Canton Alley hinab, bis sie beim East-Kong-Yick-Gebäude ankam, in dem sie mit ihrer Familie wohnte. Das Erste, was sie in der Wohnung empfing, war ein erstickender Geruch nach Kampfer – der sie nachdrücklich daran erinnerte, dass der einzige wirkliche Geist in ihrem Leben ihre bettlägerige Mutter war. Die wunderschöne Frau, die Liu Songs Vater gerne *Meine fröhliche Göttin* genannt hatte, hatte während der Grippeepidemie ihr Gehör verloren, als ihre Trommelfelle infolge eines Fiebers irreparabel geschädigt wurden. Sie konnte nicht mehr singen, konnte kaum sprechen und kommunizierte nur noch selten mit der Außenwelt. Dass Onkel Leo sie überhaupt geheiratet hatte, grenzte an ein Wunder, aber andererseits war sie nach wie vor sehr schön, und Chinesinnen waren in Seattle rar gesät, also hatte er sich ihrer angenommen. Liu Songs Mutter hatte gekocht, geputzt und auch sonst alle Erwartungen erfüllt, die Onkel Leo an eine gehorsame Ehefrau stellte, bis auf eine: Sie gebar ihm keinen Sohn. Als es mit ihrer Gesundheit weiter bergab ging, verabreichte Onkel Leo ihr selbst die verschiedensten Heilmittel, nur mit dem Erfolg, dass sie eine Reihe heftiger Krampfanfälle erlitt. Mit jedem Anfall trübte sich ihr Geist ein wenig mehr ein – bis sie am Ende all ihre Erinnerungen verloren hatte. Ihre Mutter glich einer Wildblume, die langsam verkümmerte, weil sie in ein Beet aus Sand verpflanzt worden war. Sie hatte all ihre Lebenskraft eingebüßt und schien rapide zu altern, lange vor ihrer Zeit.

Liu Song streifte ihren Mantel ab und warf dabei einen Blick in das Schlafzimmer, das ihre Mutter sich mit Onkel Leo teilte. »Wie geht's dir heute, Ah-Ma?«, fragte sie, wie jeden Tag. Eine rein rhetorische Frage natürlich, aber sie hielt daran fest, um so etwas wie einen beruhigenden Anschein von Normalität zu erzeugen. Liu Song ging in die Küche und setzte den Teekessel auf, ehe sie zu ihrer Mutter zurückkehrte, die wach war und sich im Bett aufzusetzen versuchte. Liu Song sah, wie der Blick ihrer Mutter kurz verwirrt umherflackerte, als wüsste sie nicht, wo sie sich befand. Dann aber sah sie Liu Song an und lächelte. Sie schloss die Augen und spitzte fordernd die Lippen.

Liu Song kam ihrem Wunsch nach und begrüßte sie mit Küsschen links und rechts. Dann fuhr sie sich mit dem Daumen über die Lippen und verrieb ihrer Mutter etwas von ihrem Lippenstift auf den fahlen Wangen, um ihr ein wenig Farbe ins Gesicht zu zaubern.

»Hast du was gegessen?«, fragte Liu Song. Pantomimisch stellte sie dar, wie sie mit imaginären Essstäbchen Reis aus einer imaginären Schale zum Munde führte.

Ihre Mutter schüttelte erst langsam den Kopf und nickte dann, mit weit aufgerissenen Augen.

Liu Song ging in die Küche und kehrte mit einer Schale kaltem Reis und einem Löffel zurück. Sie lächelte gerührt, als ihre Mutter die heftig zitternden Hände nach der Schale ausstreckte. Obwohl noch vergleichsweise jung, war ihre Ah-Ma längst nicht mehr in der Lage, selbständig zu essen, so gern sie es auch versucht hätte.

»Ich mache das schon, Ah-Ma. Schon gut, lass mich das machen.«

Als ihre Mutter die Arme vor der Brust kreuzte und mit den

Händen ihre Oberarme umfasste, um ihrer Zuckungen Herr zu werden, sah Liu Song, dass ihre Handgelenke ganz rot und aufgescheuert waren – offenbar war sie wieder mit Seilen festgebunden worden. Liu Song zog das fleckige Laken unten am Fußende des Betts in die Höhe und stellte fest, dass die Fußknöchel ihrer Mutter ebenso wund gerieben waren. Und auch das Messing der Bettpfosten sah aus wie poliert.

»Wer war das?«

Liu Song hatte angeboten – nein, sogar mit Nachdruck darauf bestanden –, die Schule abzubrechen, um ihre Mutter fortan den ganzen Tag zu Hause zu pflegen, aber das hatte Onkel Leo abgelehnt. *Er* würde sich um sie kümmern, sagte er, wie immer schon, mit allerlei seltsamen Kräutermixturen, die null Wirkung zeigten. Als Dr. Luke endlich auf Hausbesuch kam, untersuchte er ihre Mutter und stellte fest, dass sie an Veitstanz litt – ein Leiden, das bei Frauen ihres Alters äußerst selten auftrat. Ihre seltsamen Krämpfe aber, ihre Zuckungen und ihr Schütteln hielten unverändert an – bis sich ihr Zustand so weit verschlimmert hatte, dass ihr medizinisch nicht mehr zu helfen war. Eine Krankenschwester, die regelmäßig vorbeikam, um nach ihr zu sehen, hatte ihre Besuche schließlich eingestellt.

»Hat Onkel Leo dich festgebunden?«

Liu Song berührte vorsichtig die Handgelenke ihrer Mutter, die noch versuchte, sie ihr zu entziehen.

»Hat er dir das angetan?«, fragte sie erneut, aber ihre Worte fielen auf taube, verängstigte Ohren. Liu Song suchte eine Dose mit kühlender Creme heraus und rieb die wunde Haut ihrer Mutter behutsam mit der Salbe ein, die nach Zaubernuss roch. Dann wiederholte sie ihre Frage, wobei sie auf ein gerahmtes Foto ihres Stiefvaters zeigte, das an der Wand hing. Vor Jahren hatte an der Stelle noch das Porträt ihres richtigen Vaters gehangen. Ihre Mutter starrte das Foto mit leerem Blick an, dann sah sie auf einmal zur Tür, blinzelte heftig und verzog die zitternden, rissigen Lippen zu einem Lächeln. Ein eigenartiger Laut entrang sich ihr, irgendwo zwischen Lachen und Aufschluchzen.

»Raus mit dir«, sagte Onkel Leo, der jetzt mit einer Flasche Kampferöl in der Tür auftauchte. »Ich muss deiner Mutter ihre Arznei geben.«

»Sie muss erst was essen«, widersprach Liu Song und deutete auf ihre abgemagerte Mutter, die kaum noch neunzig Pfund auf die Waage bringen mochte. »Siehst du nicht, dass sie kurz vorm Verhungern ist?«

»Lass das Essen hier. Ich füttere sie dann.«

Liu Song starrte Onkel Leo an. Genau dieser Mann hatte erst kürzlich das hiesige Go-Hing-Fest mitorganisiert – ein Volksfest, bei dem Spenden zur Linderung der Hungersnot in China gesammelt wurden.

»Mach mir einen Tee.« Er funkelte sie zornig an, während aus der Küche das Pfeifen des Teekessels herüberdrang. »Tu, was ich dir sage, Liu Song *Eng*.« Seinen Nachnamen, mit dem sie nun belastet war, gebrandmarkt wie ein wehrloses Tier, hob er ganz besonders hervor.

Liu Song wandte sich wieder ihrer Mutter zu, die bedächtig nickte, während sie ihre zitternden, verwundeten Arme ausstreckte, um ihre Tochter zu umarmen und eng an sich zu ziehen.

»Es t-t-t-tut … mir leid«, flüsterte ihre Mutter ihr mühsam ins Ohr.

Das Pfeifen des Teekessels wurde immer schriller.

Liu Song spürte, wie ihre Ah-Ma sie wieder losließ und ermattet die Luft ausstieß. Dann sank sie ins Kissen zurück und schloss die Augen, ganz fest, als wollte sie die Welt um sich herum komplett aussperren. Als Liu Song sich vom Bett erhob, um in die Küche zu gehen, wurde sie gewahr, dass ihr Stiefvater sie noch immer anstarrte, unverhohlen ihre Figur begutachtete, die sich unter dem Kleid ihrer Mutter abzeichnete. Dann trat er mit einem Grunzen beiseite, um sie durchzulassen, und schloss die Schlafzimmertür, sobald sie hinaus war.

BLUMENMÄDCHEN

(1921)

Nach dem Unterricht war Liu Song wie üblich von der Franklin Highschool aus mit der Straßenbahn zu Butterfield's gefahren. Dort stand sie jetzt unter einem undichten Regenschirm und versuchte, ein neues Lied zu singen: »*Blue days, all of them gone …*«

Sie stockte jedoch, als ihr Blick auf das regenüberströmte Schaufenster fiel, in dem sich ihre Gestalt widerspiegelte. Unglaublich, wie sehr sie ihrer Mutter ähnelte, zumal in dem Kleid. Wann hatte ihre Ah-Ma es das letzte Mal getragen? Sie wusste es nicht mehr. Sie wusste nur, dass ihre Mutter heute ein stummer, geistig umnachteter Schatten ihrer selbst war, der, im wahrsten Sinne des Wortes ans Bett gefesselt, nun langsam, aber sicher dem Hungertod entgegensiechte.

Mr Butterfield spielte im Laden unterdessen weiter den Refrain von »Blue Skies«, dann die Überleitung und wieder den Refrain. Liu Song versuchte mühsam, weiterzusingen: »*Nothing … nothing … nothing but bluebirds all day long. Never saw the sun shining so bright …*« Dann brach sie ab, ließ den Schirm sinken und spürte den Regen auf ihrem Gesicht.

»Entschuldigung, Mr Butterfield.«

Der alte Mann hörte auf zu spielen und erhob sich von dem Klavier. Es stand ganz vorne an der Ladentür, verborgen hinter dem roten Samtvorhang seitlich im Schaufenster, bei dessen Gestaltung Liu Song ihrem Arbeitgeber seinerzeit zur Hand gegangen war. Die Auslage bestand aus Trommeln der Firma Leedy, glänzenden Blechblasinstrumenten und einer lebensgroßen Skulptur von Nipper, dem Hund, der auf dem bekannten Werbeplakat vor einem Grammophontrichter »His Master's Voice« lauschte und als Maskottchen der Victor Talking Machine Company fungierte. Der Keramikhund, der ein Ohr für alle Zeit lauschend aufgestellt hatte, starrte mit schräg gelegtem Kopf in Richtung eines neuen Phonographen der Marke Victrola in einem teuren Chippendale-Kabinett. Mr Butterfield ließ zunächst seine Knöchel knacken und klopfte dann seine Taschen nach seinem Zigarrenetui ab. »Gönn dir eine Pause, meine Liebe«, sagte er. »Heute Nachmittag ist ohnehin nicht viel los.«

Liu Song postierte sich in der Ladentür und beobachtete die Automobile, die auf der Straße vorüberrollten, darunter nicht wenige Fords des Modells T. Das Knattern der Motoren und das Quäken der Hupen erschreckte zwei Pferde, die vor eine alte Kutsche mit abblätterndem Farbanstrich gespannt waren. Der Kutscher lenkte sein Gefährt an den Rand der Straße, um die Autos vorbeizulassen.

Voller Wehmut dachte Liu Song an ihren Vater zurück, der ebenfalls stolzer Besitzer eines Autos gewesen war. Es war ein laubgrüner Landaulet mit gasbetriebenen Scheinwerfern, ein altes Modell, in dem sie sonntagsnachmittags wilde, holprige Ausfahrten in den Norden der Stadt zu unternehmen pflegten, zum Green Lake und nach Ballard. Liu Song erinnerte sich gut daran, wie sie immer auf dem Kotflügel gesessen und Eiscreme geschleckt hatte. Heute gehörte der Wagen Onkel Leo. Er fuhr ihn nur selten und wenn, klappte er nie das Verdeck herunter, nicht mal im Sommer, wenn die Sonne schien. Während Liu Song ihren Erinnerungen nachhing, hatte sie das Gefühl, immer tiefer und tiefer im Treibsand der Vergangenheit zu versinken.

Da holte Mr Butterfields Stimme sie in die Gegenwart zurück. »Ich habe frischen Kaffee«, rief er aus dem Hinterzimmer nach vorne. »Und ein Fläschchen Kognak, falls du etwas zum Aufwärmen brauchst.«

Liu Song schüttelte den Kopf. Ihre Eltern hatten ihr Alkohol immer streng untersagt, schon vor der Prohibition. Und von irgendwelchem Fusel, den vermutlich jemand bei sich zu Hause im Keller selbst gebrannt hatte, würde sie erst recht die Finger lassen. Sie tat so, als hätte sie nichts gehört, und reagierte nicht auf Mr Butterfields Angebot.

Als sie die Straße entlangspähte, um Ausschau nach potenziellen Kunden zu halten, fiel ihr ein vertrautes Gesicht ins Auge –

Mildred Chew, ihre beste Freundin, die mit ihrer Mutter unterwegs war, sichtlich bestrebt, immer wieder Pfützen auszuweichen.

Liu Song lächelte und winkte ihr zu. Sie und Mildred hatten viel gemeinsam: Als Töchter eingebürgerter Eltern waren sie beide von Geburt an Amerikanerinnen. Sie konnten es sich beide nicht leisten, nachmittags die Schule der wohltätigen Chong Wa Association zu besuchen, um ihr Kantonesisch zu verbessern, sondern mussten arbeiten. Und beide beneideten sie ihre Mitschüler aus reichem Hause, die ihre Freizeit nach der Schule im Dugdale-Field-Baseballstadion verbrachten, wo sie sich zwei Spiele der Seattle Indians hintereinander ansahen und gemütlich Popcorn und Erdnüsse knabberten, während ihre mittellosen Altersgenossen darauf angewiesen waren, das Spiel von einer Anhöhe außerhalb des Stadions aus zu verfolgen.

Mildred winkte nicht zurück. Und ihre Mutter zog ein finsteres Gesicht.

Als sie vor dem Geschäft stehen blieben, sagte Liu Song: »*Nei hou ma?*«

Mildreds Mutter, die an die dreißig Zentimeter kleiner war als Liu Song, überging ihren höflichen Gruß. Sie stand da und schüttelte den Kopf, während sie sie scharf von oben bis unten musterte.

»Entschuldige bitte, Liu –«, fing Mildred auf Englisch an.

Ihre Mutter brachte sie mit einer Handbewegung zum Schweigen und legte dann auf Hoisan los: »Mir ist zu Ohren gekommen, dass du die Tochter dieser *Opernsängerin* bist.« Sie spie die Worte in ihrem breiten Dialekt geradezu aus, als würde schon der Gedanke an Liu Songs Mutter ihr einen üblen Geschmack im Mund verursachen. »Dort, wo ich herkomme, sind die einzigen Frauen, die sich mit dem Theater abgeben, *Kurtisanen*. Und du selbst stehst hier und produzierst dich schamlos auf der Straße.«

Liu Song konnte ihr nicht ganz folgen. Die Kanton-Oper, *Yuet Kek*, erfreute sich bei den meisten Chinesen hier großer Beliebtheit. Aber sie entsann sich gewisser düsterer Geschichten, die ihr Vater ihr erzählt hatte. Dass die kantonesische Oper von der Qing-

Dynastie verboten worden war, als er noch klein war, dass viele Sänger und Schauspieler massakriert worden waren. Sie fragte zwar nie nach, aber sie ahnte, dass ihre Eltern aus diesem Grund in ihrer Lehrzeit auf Tournee nach Amerika gekommen und nie nach China zurückgekehrt waren. Weil sie wussten, dass gewisse feindselige Haltungen sich nur langsam wieder wandelten – auch nach Jahrzehnten oder tausenden von Meilen, auch noch, nachdem die Mandschu das Verbot lockerten und die Peking-Oper im Norden wieder gestatteten.

Liu Song mochte nicht mit der Mutter ihrer Freundin streiten. Sie verneigte sich höflich. »Ich verkaufe nur Musiknoten, blattweise ...«, sagte sie, erst auf Englisch, dann auf Chinesisch.

»Du solltest daheim sein und dich um deine Familie kümmern, statt hier auf der Straße herumzustehen wie die Blumenmädchen drüben in der Paradise Alley.« Mildreds Mutter deutete mit dem Daumen in Richtung der South Washington Street, wo die berühmt-berüchtigte Lou Graham ihr Bordell betrieben hatte, bis man sie aus der Stadt jagte. Heute standen an der Ecke dort Mädchen herum, manche kaum älter als Liu Song, die stark parfümiert und in Kleidern aus dünnem Crêpe de Chine Blumen feilboten. Aber es war ein offenes Geheimnis, dass diese Mädchen in Wahrheit etwas ganz anderes offerierten.

»*Dui m'ji*«, sagte Liu Song. »Entschuldigung, falls ich Sie verärgert habe ...«

»Halte dich künftig von meiner Mildred fern – *sie ist ein gutes Mädchen!*«

Liu Song war kurz sprachlos. Ein Auto fuhr vorbei, und der Fahrer sah zu ihr herüber und pfiff anerkennend.

Mildreds Mutter stemmte die Hände in ihre knochigen Hüften, legte den Kopf schräg und sah sie mit hochgezogenen Augenbrauen an. »Mildred braucht keine Freundinnen wie dich in deinem ... *Hängerkleidchen.*« Sie wedelte mit der Hand vor sich in der Luft herum, wie um einen üblen Geruch zu vertreiben, drehte sich dann schroff um und stürmte davon. Dabei trat sie voll in eine schlammige Pfütze und fluchte auf Hoisan vor sich hin.

Mildred ließ ihre Schultern unglücklich nach unten sacken und flüsterte: »Es tut mir leid.« Dann verabschiedete sie sich mit einem Winken und folgte eilig ihrer Mutter.

Als Liu Song sich nach der Arbeit auf den Heimweg machte, hatte der Regen zwar aufgehört, aber der Himmel war noch immer dunkelgrau bewölkt. In den Straßen flammten nach und nach die Gaslaternen auf und beleuchteten ölige Regenbögen, die auf der schmutzigen Brühe in den Rinnsteinen und mit Laub verstopften Gullys schillerten.

Mit ihrer Tirade hatte Mildreds Mutter ihr in gewisser Weise die Augen geöffnet. Jetzt wurde Liu Song einiges klar, vor allem über ihre chinesischen Mitschüler, mit denen sie in der Schule zu Mittag aß, die zwar nett und höflich waren, aber doch einen gewissen Abstand zu ihr hielten. Und nun wusste sie auch, warum sie sich nur selten nach ihrer Familie oder ihrer kranken Mutter erkundigten – was Liu Song anfangs darauf zurückführte, dass viele von ihnen selbst Angehörige zu beklagen hatten, die der Grippe zum Opfer gefallen oder im Krieg umgekommen waren. Aber keine ihrer Klassenkameradinnen war jemals bei ihr zu Hause gewesen oder hatte irgendwie Interesse an einem solchen Besuch geäußert. Und sie selbst war noch nie zu einer ihrer Partys oder Zusammenkünfte eingeladen worden.

»Die sind nur neidisch, weil du so hübsch und begabt bist«, hatte ihre Mutter in Chinesisch auf eine kleine Schiefertafel geschrieben, kurze Zeit, nachdem Liu Song auf die Franklin Highschool gewechselt war.

Vielleicht hat sie recht, hatte Liu Song gedacht. Kleinliche Eifersüchteleien waren an der Highschool schließlich an der Tagesordnung. Als sie aber weder zu dem ersten Tanztee noch später zum Winterfestmahl eingeladen wurde, schwante ihr, dass es für das ablehnende Benehmen der anderen ihr gegenüber noch andere, unausgesprochene Gründe geben musste.

Nur Mildred kam sie zu Hause besuchen. Nur Mildred hatte sich in den letzten paar Jahren privat mit ihr getroffen. Aber vermutlich auch nur, wie Liu Song auf einmal klar wurde, weil Mildred erst in der Mittelstufe von der Main Street School an die Franklin gewechselt war und keine Menschenseele kannte.

Liu Song war inzwischen in die Canton Alley eingebogen. Unterwegs stellte sie sich vor, wie schön es wäre, zu Hause von den altvertrauten Wohlgerüchen empfangen zu werden, wie früher immer, wenn ihre Mutter in der Küche stand und kochte. Sie sehnte sich danach, die Stimme ihrer Mutter zu hören und zu spüren, wie es sich anfühlte, wenn sie ihr mit behutsamer Hand die noch feuchten Haare nach dem Waschen zu Zöpfen flocht. Hätte sonst etwas darum gegeben, mit jemandem sprechen können, der ihren Schmerz und ihre Einsamkeit verstand. Liu Song war eine Außenseiterin, allein ihrer ungewöhnlichen familiären Herkunft wegen. Sie schien nirgendwo recht dazuzugehören, dabei verlangte es sie so sehr nach Zuspruch, nach Bestätigung. Ihre Stimme war ihre Stärke, für die meisten Leute in ihrer Nachbarschaft aber stellte ihre Begabung eher eine Art Krankheit dar, einen Makel, der dafür sorgte, dass sie für die Ehe nicht geeignet war. Und ohne einen Ehemann zählte eine chinesische Frau so gut wie nichts. Galt als wertlos, als Ausschuss.

Als Liu Song bei ihrem Haus ankam, erlebte sie eine unschöne Überraschung: Die Haustür ging auf und Onkel Leo kam ihr entgegen. Er trug einen großen Karton vor sich her, der bis zum Rand mit Sachen gefüllt war, die ihrer Mutter gehörten.

»Hier, schaff das zum Müll«, sagte er. »Deine Ah-Ma wird diese Dinge nicht mehr brauchen. Und verkaufen kann ich den Kram auch nicht. Wer würde den Plunder schon haben wollen?«

Liu Song starrte den Karton fassungslos an. Ganz oben lag ein alter Seidenschal, der nach dem Fliederparfüm ihrer Mutter duftete. Daneben eine alte Bürste voller Haare ihrer Mutter – in den letzten Tagen waren sie ihr büschelweise ausgegangen –, deren Anblick ihr die Endgültigkeit von Onkel Leos gefühllosem Vorgehen fast schockartig zu Bewusstsein brachte. Mit zitternden Fingern berührte Liu Song ein Kleid. Ihre Mutter, sie erinnerte sich gut daran, hatte es an dem Tag getragen, als sie das Haus zum letzten Mal aus eigener Kraft verlassen konnte – es schien eine halbe Ewigkeit her zu sein. Materiell gesehen waren die Dinge wertlos, mochten sie auch noch so kostbare Erinnerungen bergen. Die Wertsachen ihrer Mutter hatte Leo wohl aussortiert, wenn nicht sogar bereits am Spieltisch verzockt.

»Aber … das alles gehört meiner Familie«, stammelte Liu Song. Und wäre beinahe in Schluchzen ausgebrochen, als ihr gleich darauf bewusst wurde, dass sie nicht gesagt hatte, *hat meiner Mutter gehört*. Liu Song spürte eine Enge in der Brust und hatte einen dicken Kloß im Hals, fast so, als hätte sie ihre Ah-Ma bereits verloren.

Onkel Leo stellte den Karton unsanft auf dem Pflaster ab. Er zupfte seine Hosenträger zurecht und blähte unwillig die Nasenflügel. »Na schön«, blaffte er. »Wenn du irgendwas behalten willst, such es dir heraus. Genau *ein* Teil. Alles Übrige aber …« Er winkte verächtlich ab. »Bringt nur Unglück.«

Liu Song hob den Karton auf und trug ihn langsam ums Haus herum zu den Mülltonnen, während Onkel Leo hinter ihr die Haustür zuknallte. In dem schmalen Durchgang stellte sie mit Bestürzung fest, dass zwischen dem Abfall vom Vortag am Boden weitere Sachen ihrer Mutter verstreut lagen, die Überbleibsel ihrer Familie, mit denen gute und schlechte Erinnerungen verbunden waren.

Dein Aberglaube wird uns noch beide heimsuchen, Onkel, dachte Liu Song.

Sie stellte den Karton ab und kniete sich auf den nassen, vermoosten Asphalt, zwischen Apfelsinenschalen, Fischgräten und Zigarettenkippen, um die Habe ihrer Mutter durchzugehen, die Onkel Leo dort bündelweise entsorgt hatte. Andächtig, fast so, als wären sie lebendig, betastete sie die Sachen, die mal ihrer Mutter gehört hatten – ihre Blusen und Hüte, Schuhe, Unterkleider, Bücher, den billigen Nippes und Flitterkram, der zu ihren Bühnenkostümen gehörte.

Wenn du irgendwas behalten willst, such es dir heraus. Genau ein *Teil.*

Liu Song nickte, als sie inmitten all des Unrats den ramponierten alten Koffer entdeckte, in dem ihre Mutter ihre Theatersachen aufbewahrte – Theaterschminke, diverse Kopfputze, Satinschuhe und Bühnenschmuck aller Art. Eilig wischte sie das rissige Leder sauber, das mit feuchtem Kaffeesatz verschmutzt war.

Der Koffer, einst ein Verlobungsgeschenk ihres Vaters, trug die Stempel mehrerer Einlaufhäfen – Seattle, Vancouver, Los Angeles und San Francisco –, Erinnerungen an eine Zeit, als ihre Eltern kaum zwanzig Jahre jung waren. Damals waren sie mit einer Truppe von einhundertdreißig weiteren Künstlern von Stadt zu Stadt gereist, um vor einem Publikum aufzutreten, das aus chinesischen Arbeitsmigranten, aber auch gebildeten, wohlhabenden Weißen bestand, die Lust auf etwas Exotik hatten. Liu Song kramte einen Karton durch und machte das letzte Bühnenkostüm ihrer Mutter ausfindig, ein elegantes Gewand aus schwerer, bestickter Seide, besetzt mit langen Quasten, schimmernden Pailletten und Silberperlen. Sie faltete das Kleid sorgfältig zusammen und legte es mit in den Koffer, in den sie anschließend noch ein kleines Fotoalbum und alte Briefe hineinpackte, bis nichts mehr hineinging. Am Ende war der Koffer so vollgestopft, dass sie sich auf den Deckel knien musste, um ihn schließen und zuschnallen zu können. Die Überlegung, ob sie vielleicht noch mehr mitnehmen sollte, verwarf sie gleich wieder, weil Onkel Leo, falls er dahinterkam, die Sachen vermutlich ohnehin verbrennen würde. Seiner abergläubischen Auffassung nach brachte es Unglück, derlei persönliche Dinge weiter im Haus aufzubewahren. Weil der Geist der Besitzerin nach ihrem Ableben unwiderstehlich davon angezogen werden und auf die Erde zurückkehren könnte.

In der Wohnung empfing sie ein penetranter Geruch nach getrockneten Kräutern, abgebrannten Räucherstäbchen und dem unvermeidlichen Kampferöl. Ihre Mutter lag noch genauso im Bett wie am Morgen, als Liu Song sich von ihr verabschiedet hatte. Während sie die Laken und Kissen neu ordnete, damit ihre Mutter sich nicht wund lag, redete Liu Song mit ihr, als könnte sie sie hören – als bestünde auch nur der Hauch einer Chance, dass sie aus ihrem Dämmerzustand wieder in die Welt der Lebenden zurückkehrte. Ihr fiel auf, dass überall im Zimmer, auf der Fensterbank, auf der Kommode, auf dem Nachttisch, runde Spiegel verteilt standen – Spiegel, die ihren Eltern einst als Sinnbild einer perfekten Ehe galten und nun dazu zweckentfremdet wurden, unerwünschte Geister fernzuhalten. Onkel Leo traf Vorkehrungen für alle Fälle. Was auch immer ihrer Mutter geschehen mochte, ob gut oder schlecht, würde widergespiegelt, vergrößert.

Liu Song drückte ihr Gesicht an die Wange ihrer Mutter, um ihre Temperatur zu prüfen. Sie glühte förmlich, als hätte sie Fieber, und der Atem ihrer Ah-Ma, der ihr übers Ohr strich, ging sehr flach. Liu Song richtete sich wieder auf und schloss müde die Augen, um nicht in die Spiegel sehen zu müssen.

DIE PRACHT DER TRAUER

(1921)

Liu Song weinte nicht, als Onkel Leo sie eine Woche darauf morgens mit den Worten weckte: »Deine Mutter ist jetzt im Himmel.« Sie gab keinen Laut von sich, als sie vom Tisch aus beobachtete, wie der Bestattungsunternehmer mit einem Gehilfen einen Sarg aus Kiefernholz in die Wohnung trug, während das Frühstück vor ihr kalt wurde. Sie vergoss keine einzige Träne, nicht einmal, als sie den zerbrechlichen Körper ihrer toten Mutter in das Gewand einhüllte, das sie eigens für diesen traurigen Anlass beiseitegelegt hatte, ein elegantes Kleid aus elfenbeinfarbener Seide, das ihr jetzt drei Nummern zu groß schien. Sie tat alles, was von einer gehorsamen, liebenden, pflichtbewussten Tochter erwartet wurde – ruhig und ohne viel Aufheben. Sie kämmte ihrer toten Mutter vorsichtig die noch verbliebenen Haare und schminkte sie sorgfältig. Sie kleidete sich in Schwarz für die bevorstehende Totenwache und hängte einen dunklen Kranz an die Tür. Sie entzündete den ganzen Tag über immer wieder frische Räucherstäbchen, um ihrer Mutter Reichtümer ins Jenseits zu schicken. Und sie zerbrach den Lieblingskamm ihrer Mutter, um ihr eine Hälfte in den Sarg zu legen und die andere als Andenken zu behalten. Das Weinen überließ sie den berufsmäßigen Klageweibern, die Onkel Leo engagiert hatte, drei verhutzelte, zahnlose Greisinnen, die für ihre Fähigkeit berühmt waren, stundenlang laut zu schluchzen und zu jammern und dabei sogar echte Tränen zu vergießen.

Während sie im Wohnzimmer saß und das Heulen und Wehklagen auszublenden versuchte, dachte Liu Song an ihren Vater und ihre Brüder zurück. Eine solche zeremonielle Totenwache war keinem von ihnen bereitet worden, aber sie hatten ja nicht einmal eine würdige Bestattung erhalten. Ohne Sarg waren sie zur letzten Ruhe gebettet worden, weil es zu dem Zeitpunkt in der Stadt keine Särge mehr gab. Stattdessen waren ihre Körper zusammen mit anderen in einem Lastwagen vom alten Rathaus aus, das vorübergehend als Leichenhalle diente, zu einem Armenfriedhof irgendwo südlich der Stadt gekarrt worden, knapp jenseits der Bezirksgrenze. Dort wurden sie ohne besondere Zeremonie in einem großen, anonymen Massengrab beigesetzt, wie so viele andere, die die Influenza dahingerafft hatte.

Ihr Vater, erinnerte sich Liu Song, war ein umsichtiger Mensch gewesen. Er hatte stets darauf geachtet, dass er und seine Familie nie ohne Schutzmaske vor die Tür gingen. Zwei Tage nach dem Waffenstillstandstag aber, an dem sich auf den Straßen die Menschenmassen drängten und das Ende des Krieges mit einem großen Besäufnis feierten, hatte er starkes Fieber bekommen und angefangen, Blut zu husten. Ihre Brüder waren zwei Wochen danach gestorben, worauf ihre Onkel und Tanten in blinder Hast all ihr Hab und Gut verkauften und mit ihren Kindern, Liu Songs Cousins und Cousinen, aus der Stadt flüchteten, um sich in Reno im Staat Nevada und in Butte in Montana niederzulassen. Einige kehrten sogar nach China zurück. Nur sie blieb auch weiterhin mit ihrer verwitweten Mutter in der Stadt, in der nach wie vor der Tod umging, alleingelassen mit ihrer Trauer, Panik und Verzweiflung.

Jetzt war sie endgültig allein, fühlte sich einsam wie noch nie, während Verwandte, Freunde und Geschäftspartner von Onkel Leo sich in der Wohnung einfanden, um der Toten die letzte Ehre zu erweisen. Für Liu Song waren diese Leute Fremde, und diese Fremden scheuten sich nicht, in ihrem Beisein ganz offen zu reden.

»Nicht mal einen Sohn hat sie ihm geboren«, stellte eine Frau vorwurfsvoll fest.

»Wie schrecklich es sein muss«, ergänzte eine andere, »eine Tochter zu erben, die nicht vom eigenen Blut ist, von einer schändlichen Mutter mit so viel Unglück! Welche Frau würde Leo jetzt noch heiraten wollen – wo ihm nun immer die Geister *ihrer* Familie anhängen?«

»Vielleicht schickt er die Tochter ja weg – verheiratet sie rasch mit irgendjemandem«, entgegnete ein Mann. »Sie ist zwar zu groß und hat zu runde Augen, aber es gibt ja so wenige Mädchen hier, dass er für sie eine nette Mitgift kassieren könnte.«

Liu Song dachte an die letzten Worte ihrer Mutter zurück, ihre letzte Warnung, und überlegte, was wohl schlimmer wäre: hier allein mit Onkel Leo zusammenleben zu müssen oder mit irgendeinem Unbekannten verheiratet zu werden, den ihr Stiefvater wahllos bestimmt hatte. Sie blickte das gerahmte Porträt ihrer Mutter an, fand jedoch keine Antworten und nur wenig Trost.

»Ah, seht sie euch nur an.« Eine Frau zeigte auf Liu Song. »Sie ist ja so dünn, sicher ist sie eine miserable Köchin. Niemand wird sie haben wollen, und Leo wird wahrscheinlich verhungern – der arme Mann.«

Der arme Mann, dachte Liu Song bitter.

Sie hörte Gelächter und Fluchen und sah aus dem Fenster: Unten auf der Straße stand Onkel Leo mit einem Grüppchen Männer in Hemd und Hosenträgern zusammen, sie würfelten. Ihr Onkel hockte auf einem Knie da, vor sich einen ganzen Stapel Silberdollars und ein dickes Bündel Geldscheine, und kaute auf einer Zigarre herum. Er würfelte ein weiteres Mal und lächelte, während die anderen Männer aufstöhnten und kopfschüttelnd ihre Brieftaschen aufklappten, um weitere Geldscheine herauszuholen.

Nach altem Brauch, so viel wusste Liu Song, musste bei einer Totenwache immer mindestens eine Person über Nacht wach bleiben, um auf den Toten aufzupassen. Und sie wusste auch, dass Männer sich in solchen Nächten gern die Zeit mit Kartenspielen wie Poker, Pharo und Cribbage oder mit Mah-Jongg vertrieben, um wach zu bleiben. Und obwohl Onkel Leo äußerst traditionell eingestellt und obendrein sehr abergläubisch war, hatte sie noch nie gehört, dass der Ehemann einer Verstorbenen diese Aufgabe übernahm und noch dazu so viel Spaß daran hatte.

Sie ließ den Kopf in die Hände sinken und rätselte nicht zum ersten Mal, wie ihre Mutter so einen Mann bloß hatte heiraten können. Dank Mildreds Mutter aber war ihr eines endlich klar geworden: Für die meisten Chinesen, auch hier in Amerika, stand eine Schauspielerin etwa auf derselben Stufe wie eine Prostituierte.

Wahrscheinlich hätte ihre Mutter niemals irgendwo Arbeit gefunden, nicht mal als Hausangestellte. Welche Wahl also blieb ihr da noch? Sie hängte ihre Bühnenkarriere an den Nagel, verpfändete ihre Träume und verlor zum Schluss sogar ihre Stimme.

»*Hahng'wúih?*«, sprach sie jemand an. Und wechselte dann ins Englische. »Ich hoffe, es stört Sie nicht, wenn ich mein Amerikanisch etwas erprobe?«

Liu Song spähte durch ihre Finger nach unten und erblickte ein Paar auf Hochglanz gewienerte Budapester. Dann hob sie den Kopf: Vor ihr stand ein Mann in einem dunklen Wollanzug und mit einer gestreiften Krawatte, ein Aufzug, der ihn älter erscheinen ließ, als er seinem jungenhaften, glattrasierten Gesicht nach zu urteilen tatsächlich war. Sie blinzelte und rieb sich etwas verklebte Wimperntusche aus dem Augenwinkel. »Verzeihung?«

Der junge Mann sprach fließend Englisch, aber mit einem eigenartigen Akzent. »Sie müssen Liu Song sein. Das sehe ich an der Ähnlichkeit. Ihre Frau Mutter war die schönste Frau in ganz Chinatown. Und auch, wenn Sie mir die Bemerkung gestatten wollen, die begabteste.«

Zu ihrer Verblüffung bot ihr der seltsame Mann an, ihr eine Tasse Tee einzuschenken. Als Liu Song mit beiden Händen die warme Porzellantasse von ihm in Empfang nahm, fiel ihr auf, dass seine weißen Hemdmanschetten offen waren. Aus Ehrerbietung vor der Toten hatte er seine Manschettenknöpfe abgelegt und trug auch sonst keinerlei Schmuck. Sehr im Gegensatz zu den älteren Frauen im Raum, die mit Geschmeide aus Jade behängt waren, verzierte Hutnadeln trugen und sich mit spitzenbesetzten Taschentüchern mit Monogramm an den Augen herumtupften.

»Darf ich mich vorstellen, ich bin Colin Kwan.« Er stieß die Luft aus und sah sie an, bekümmert und voller Anteilnahme. »Mein … aufrichtiges Beileid zu Ihrem schmerzlichen Verlust.«

Liu Song sah den Mann an. »*Do zé*«, sagte sie und fügte dann mit einem ernsten Nicken hinzu, »Danke«.

»Wir sind uns zwar nie begegnet, aber ich war einer der Ersatzsänger Ihres Vaters. Ich bin aus Hongkong hergekommen. Ich habe hier bei ihm gelernt.« Colin räusperte sich, nahm dann seinen Hut ab und drehte ihn verlegen in den Fingern herum. »Es … ist leider nicht ganz so gelaufen, wie ich es mir erhofft hatte.«

Liu Song lud ihn ein, sich zu setzen, und dankte ihm, als er ihr Tee nachschenkte. Aus dem Augenwinkel musterte sie verstohlen seine chinesischen Gesichtszüge, sein dunkles Haar, das sauber gescheitelt und mit Pomade zurückgekämmt war. »Ihr Akzent ist sehr ungewöhnlich …«

»Ah, das. Mein Englischlehrer in Hongkong war Brite, aus Bristol in England. Mag sein, dass ich eher englisch klinge, wenn ich mein Amerikanisch spreche, ja?«

Liu Song nickte erneut und lächelte ein wenig über den melodiösen Tonfall seiner Stimme. Sie sah sich im Zimmer um und kam zu dem Schluss, dass sie beide vermutlich als Einzige hier gut genug Englisch sprachen, um sich in dieser Sprache unterhalten zu können. Und diesen Gedanken fand sie irgendwie tröstlich.

»Der Mann war ein hervorragender Lehrer. In der kurzen Zeit aber, die ich mit Ihrem Vater zusammengearbeitet habe, habe ich wesentlich mehr gelernt. Und ich hatte das große Glück, den bemerkenswerten Auftritt Ihrer Mutter im Grand Opera House zu erleben. Ehe es dann abgebrannt ist, natürlich.«

Liu Song spürte einen kleinen, schmerzhaften Stich. »Ihren *einzigen* Auftritt.«

»Ja, richtig. Trotzdem, es war … überwältigend. Bahnbrechend.«

»Ich wollte, ich hätte auch dabei sein können.«

Liu Song erinnerte sich gut an jenen Abend, der jetzt vier Jahre zurücklag: Sie war mit ihren Brüdern zu Hause geblieben, als ihre Mutter, als erste Frau überhaupt, die in Seattle in einer chinesischen Oper auftrat, auf der Bühne erschien, inmitten eines Kaleidoskops farbenprächtiger Flaggen aus Seide und umherwirbelnder Schwerter.

»Es war die Idee meines Vaters. Er war so begeistert, als er die Filmversion von *Zhuangzi prüft seine Frau* gesehen hat, in der Yan

Shangshang die junge Dienerin gespielt hat. Er wollte den Film noch übertreffen, indem er die Witwe Zhuangzis durch eine echte Frau verkörpern ließ.«

Kurz senkte sich Stille herab, und Liu Song fragte sich, ob Colin die beißende Ironie wohl ebenfalls bewusst war. Ihre Mutter hatte eine Frau gespielt, deren Mann seinen Tod vortäuscht, um ihre Treue auf die Probe zu stellen, um zu sehen, ob sie sich wieder verheiraten würde. Liu Song trank noch ein Schlückchen Tee und starrte dann in ihre halb geleerte Tasse; beobachtete, wie in dem Päonientee kleine Partikel umherkreisten, ehe sie sich unten am Boden der Tasse sammelten.

Die Klageweiber brachen in neuerliches lautes Weinen und Wehklagen aus; eine der drei zerriss sogar ihr Gewand.

Liu Song sah Colin an, der vor Schreck auf seinem Stuhl zusammenzuckte. Er fächelte sich mit seinem Hut Luft zu und klopfte sich mit der anderen Hand leicht gegen die Brust, wie um sein Herz zu beruhigen. Liu Song musste sich ein Lachen verbeißen. Sie lehnte sich auf ihrem Stuhl zurück und merkte, wie ihre Anspannung nachließ, während sie langsam die Luft ausstieß und sich daran erinnerte, wie es sich anfühlte, glücklich zu sein. Es war ein ungewohntes Gefühl, denn seit dem Tod ihres Vaters hatte es in ihrem Leben wenig Grund zur Freude gegeben.

»Ich habe ein paar Dinge für Ihre Mutter mitgebracht, aus Ehrerbietung für Ihren Vater.« Er griff in eine Aktentasche aus Leder und brachte eine kleine Statuette zum Vorschein, die Kaiser Tang Xuanzong darstellte, den Schutzheiligen der chinesischen Oper. Er hielt sie ihr kurz hin, und sie nickte zustimmend und sah dann zu, wie er das Tonfigürchen auf den Schrein neben dem Sarg stellte, zu den anderen Opfergaben in Form von Speisen, Geld und kokelndem Räucherwerk.

»Und dies hier noch. Ich habe sie schon seit einiger Zeit, aber es wäre mir lieber, wenn sie jetzt wieder in den Besitz Ihrer Familie zurückkehrt.« Er streckte ihr eine Opernmaske entgegen, die er mit beiden Händen umfasst hielt. »Sie gehörte einst …«

»Meiner Mutter.« Liu Song nahm ihm die Maske vorsichtig ab

und betrachtete kurz die dramatischen Gesichtszüge, die kunstvoll in Rot, Grün und Schwarz darauf gemalt waren.

»Diese Maske hat sie getragen …«

»Als Zhuangzis Frau«, beendete Colin ihren Satz mit einem höflichen Lächeln.

Liu Song berührte die Holzmaske, als würde sie über die Wange ihrer Mutter streicheln. Sie hob sie an ihre Nase und meinte sogar kurz, das Parfüm ihrer Mutter zu riechen oder zumindest die fetthaltige Schminke, mit der sie ihre Augen zu umranden pflegte.

»Der Gewandmeister wurde krank«, erklärte Colin. »Daher bot ich an, sie mit nach Hause zu nehmen und neue Riemen an der Rückseite anzubringen. Ich wollte gern alles tun, um mich Ihrem Vater zu empfehlen. Dann aber kam der Brand dazwischen – ich weiß, dass Ihr Vater nach einem neuen Theater suchte …«

»Und dann brach hier die Grippe aus, und die Stadt wurde unter Quarantäne gestellt.«

Colin nickte mit ernstem Stirnrunzeln. »Ich konnte ihm die Maske nicht mehr zurückgeben. Ich habe Briefe an Leo geschrieben – an Ihren Stiefvater. Schrieb ihm, dass ich etwas in meinem Besitz hätte, das Ihrer Mutter gehörte. Aber entweder haben ihn die Briefe nie erreicht oder er hat sich nie die Mühe gemacht, mir zurückzuschreiben.«

Liu Song kannte die Antwort. Sie dankte ihm und entschuldigte sich dann kurz, um an den offenen Sarg zu treten und die Hände ihrer Ah-Ma zu betrachten. Ihre langgliedrigen, einst so feinen, anmutigen Finger wirkten jetzt alt, wie verdorrt. Liu Song streckte eine Hand in den Sarg, um sie zu berühren, hielt aber dann in der Bewegung inne. Teils, weil ihr auf einmal schmerzlich die Abwesenheit von Körperwärme zu Bewusstsein kam, aber auch, weil ihr mit Schrecken auffiel, dass der Lieblingsring ihrer Mutter nicht mehr an ihrem Finger steckte – der Ring, den Liu Songs Vater ihr damals zu ihrer Hochzeit geschenkt hatte. Der Ring, den ihre Mutter weiter getragen hatte, da Onkel Leo ihr bei ihrer Eheschließung keinen neuen geschenkt hatte.

Liu Song stand mit der Maske in der Hand da. Ihr Herz pochte wie wild, während sie vor stiller Wut mit den Zähnen knirschte. Dann bekam sie auf einmal heftige Gewissensbisse und fragte sich mit einem unwilligen Kopfschütteln, warum sie noch keine einzige Träne geweint hatte. Was war sie bloß für eine schändliche, pflichtvergessene Tochter? Eigentlich hätte sie auf Knien vor dem Sarg kauern müssen, untröstlich schluchzend und jammernd und sich vor Kummer die Haare ausraufend. Stattdessen huschte sie unbemerkt hinaus, wie ein Gespenst unter lauter Schatten, und zog sich in ihr Zimmer zurück. Dort verbarg sie die Maske in dem Koffer unter ihrem Bett, in dem sie noch andere Erinnerungsstücke aufbewahrte, ein Foto ihres Vaters, die Lieblingsbrosche ihrer Mutter, eine leere Flasche Rasierwasser, die einst ihrem Bruder gehört hatte, und weitere Kleinigkeiten aus einem Leben, das nicht mehr das ihre war.

Bei ihrer Rückkehr ins Wohnzimmer stellte sie mit Bestürzung fest, dass der junge Mann fort war: Sein Stuhl war verwaist, seine Teetasse leer getrunken. Sie fühlte sich einsamer denn je.

Die meisten Besucher waren mittlerweile fort oder verabschiedeten sich gerade. Nur einige Männer waren noch da, die Onkel Leo als Sargträger bestimmt hatte, zahnlose Greise, die in seiner Wäscherei arbeiteten. Keiner von ihnen war Liu Song oder ihren Eltern je begegnet, und entsprechend unbeteiligt standen sie auch im Zimmer herum, mit stoischer, unbewegter Miene – was aber durch die Klageweiber mehr als wettgemacht wurde, die alle drei hysterischer denn je weinten und schrien und schluchzten, als der Sarg nun langsam geschlossen wurde. Onkel Leo verzog das Gesicht, hielt sich die Ohren zu und gähnte.

Liu Song warf einen letzten Blick auf das Gesicht ihrer Mutter und trat dann zurück.

»Lebwohl, Ah-Ma«, flüsterte sie leise.

Alle Anwesenden drehten sich um, da es großes Unglück brachte, dabei zuzusehen, wie ein Sarg zugenagelt wurde. Alle bis auf Liu Song, die wie betäubt dastand und zuschaute, wie ein weißhaariger Mann in einem alten Anzug immer und immer wieder einen kleinen Hammer schwang. Irgendwie fühlte sie sich bei dem Hämmern an das rhythmische Quietschen von Bettfedern erinnert.

Liu Song beobachtete, wie ein Nagel nach dem anderen ins Holz geschlagen wurde.

Ich bin schon so in Unglück gehüllt, was kann mir da noch Schlimmeres widerfahren?, dachte sie. *Jetzt, wo ich ganz allein bin auf der Welt und niemanden mehr habe, den ich noch verlieren könnte. Ich habe nichts mehr.*

Liu Song starrte den Sarg an und malte sich aus, wie ihre Mutter, die darin lag, noch einmal die Augen aufschlug, die voller Tränen waren. Meinte ihre rissigen Lippen vor sich zu sehen und ihre geschwächte Stimme zu hören, die sie verzweifelt beschwor: »Lauf davon, Liu Song. Lauf davon.«

DIE GROSSE MUTTER

(1921)

Nachdem der Sarg mit Liu Songs Mutter ins Grab hinabgelassen und mit Erde zugeschaufelt worden war, ging Onkel Leo mit seinen Angehörigen und Freunden in ein Restaurant essen. Da er es nicht für nötig gehalten hatte, Liu Song ebenfalls zu diesem Leichenschmaus einzuladen, blieb sie auf dem Friedhof zurück und pflückte Wildblumen, die sie auf dem winzigen Marmortäfelchen ablegte, das die Grabstelle ihrer Mutter markierte. Während sie die großen, reich verzierten Grabsteine der umliegenden Gräber betrachtete, rief sie sich vor Augen, wie ihre Mutter ausgesehen hatte, damals an jenem Abend, als sie zu ihrem Auftritt aufbrach: so strahlend, so lebensprühend, überlebensgroß; als gäbe es keine Bühne, die sie nicht hätte beherrschen können. Jetzt aber gab es kein Publikum mehr, das applaudierte, bis sie noch einmal vor den Vorhang trat, um sich zu verbeugen. Jetzt würde ihre Ah-Ma für alle Zeit hinter den Kulissen bleiben, verscharrt in einem Grab an einem regendurchnässten Abhang, eine längst vergessene Kleindarstellerin.

Liu Song machte sich im Regen allein auf den Heimweg, die King Street entlang, vorbei an den Lokalen dort mit der bunten Neonreklame und den herabbaumelnden Lampions. Als sie zum Twin Dragons Restaurant kam, konnte sie durch das regenüberströmte Fenster Onkel Leo und seine Angehörigen sehen. Sie saßen an runden Tischen, die reich mit Speisen gedeckt waren, angerichtet auf drehbaren Servierplatten. Anstatt – wie nach einer Beerdigung üblich – Tofu, gekochtes Huhn und Tsa Tsai, das sogenannte Himmelsgemüse, gönnten sich die Trauernden jedoch einen wahren Festschmaus, bestehend aus Entenbraten mit Ingwer und Schnittlauch, fettigem Kabeljau, der am Stück serviert wurde, und terrinenweise Ochsenschwanzsuppe. Alles lachte, die Stimmung war fröhlich. Liu Song hörte es von der Küche her brutzeln und zischen, wo in einem gusseisernen Wok offenbar weitere

Köstlichkeiten zubereitet wurden, in Sesamöl, dessen Duft bis zu ihr auf die Straße herausdrang, aber sie verspürte keinen Appetit. Ihr Magen war vor Kummer wie zugeschnürt.

Wieder zu Hause, schaltete sie kein Licht an. Im Dunkeln streifte sie sich eilig ein Nachthemd über, verkroch sich in ihr Bett und zog sich die Decke über den Kopf. Malte sich aus, sie würde unter Schaufeln voller Erde begraben, während von ihrem regennassen Haar Feuchtigkeit in das Kissen unter ihrem Kopf sickerte. Sie zog die Knie an und kauerte sich so eng zusammen, dass sie ihr Herz schlagen spürte, fühlte, wie ihr das Blut durch die Beine pulsierte. Ihre Trauer lastete auf ihr, war wie ein dunkler Knoten tief in ihrer Brust, der sich einfach nicht lösen wollte, und sie schlug sich immer wieder ins Gesicht, kniff sich sogar fest in die Wangen, in der Hoffnung, sich so endlich ein paar Tränen zu entlocken. Sie hatte hilflos mit ansehen müssen, wie ihre Mutter nach und nach davongeglitten war, Stückchen für Stückchen, Berührung für Berührung, Erinnerung für Erinnerung. Die letzten vier Jahre hatte Liu Song in einem Zustand ständiger Trauer verlebt – vielleicht hatte sie ja bereits alle Tränen vergossen, die für ein ganzes Leben hätten reichen sollen.

Während sie langsam eindöste, dachte sie über den Trost der Erde nach, in der ihre gesamte Familie nun begraben lag. Dann kam ihr unversehens der seltsame junge Mann in den Sinn – der Ersatzsänger ihres Vaters. Sie fragte sich, wie alt er wohl war, um die fünfundzwanzig vielleicht, womöglich zu alt für sie. Dass er sie noch einmal besuchen würde, damit rechnete sie eher nicht. Warum sollte er? Sie aber spielte durchaus mit dem Gedanken, ihn ausfindig zu machen – nur, um ihn mal auf der Bühne zu erleben, natürlich. So viel durfte sie sich wohl zubilligen. Sich in schulmädchenhafter Verliebtheit irgendwelche Hoffnungen auf ihn zu machen war natürlich töricht, das wusste sie, aber die Theatergemeinde in der Stadt war überschaubar, konkurrierte eifersüchtig miteinander und verfügte über gute Beziehungen – in der Zeitung war sogar die Rede davon gewesen, dass der Bau eines chinesischen Opernhauses in Planung war. Falls Colin Kwan in der Stadt war, könnte sie ihn finden. Das würde doch nicht zu verzweifelt wirken, oder? Dann endlich schlief sie ein. Sie träumte von ihrem Vater, stark und leidenschaftlich, angetan mit der Maske und dem Kostüm einer Qing Yi, einer vornehmen Adligen, die Anmut und Tugend ausstrahlte. Und sie fantasierte im Traum davon, dass ihre Eltern den jungen Ersatzsänger als Lehrer für sie, Liu Song, nach Amerika geholt hatten – und als künftigen Gatten, für eine arrangierte Ehe, die auf der Bühne geschlossen würde, in drei Akten und einer Zugabe. Doch sosehr sie sich auch wünschte, dass diese Handlung ein glückliches Ende nahm, wusste sie doch, sogar im Traum, dass diese Geschichte nur tragisch enden konnte.

Kein Mann würde sie haben wollen, jetzt, wo sie ganz ohne Familie dastand. Wären ihre Eltern noch am Leben gewesen, hätten sie ihr von einer Heirat mit einem jungen Mann, der gebürtig aus China war, ohnehin streng abgeraten, weil sie dadurch Gefahr lief, ihren Status als amerikanische Staatsbürgerin zu verlieren. Hinzu kam, dass die Mandarin sprechenden Jungen an ihrer Schule sie immer hochnäsig von oben herab behandelt hatten, während die kantonesischen Männer es eigentlich nur auf Bräute abgesehen hatten, die in China geboren und ganz im traditionellen Sinn erzogen waren, zu Unterwürfigkeit und Gehorsam nämlich. Sie entsprach schon rein äußerlich nicht dem Geschmack ihrer Landsleute, die sie zu groß oder zu dünn fanden; sie hatte zu runde Augen oder war zu hässlich, zu modern, zu *amerikanisch*. Und eine schändliche Bühnenkünstlerin wollte erst recht niemand zur Schwiegertochter.

Aber das hier ist ja erst der erste Akt, dachte sie, noch immer träumend.

Im Halbschlaf sann sie darüber nach, wie es wohl wäre, Colin vor einem ausverkauften Haus auftreten zu sehen – vielleicht würde sie sich das Rampenlicht ja eines Tages sogar mit ihm teilen, im Moore Theatre oder im Palace oben im Norden, in Vancouver, wo sie ihren Vater zum ersten Mal auf der Bühne erlebt hatte. Beim Gedanken an Jupiterlampen und plüschige Samtvorhänge versetzte es ihr einen kleinen Stich vor Sehnsucht nach ihrer Mutter, nach ihrer Familie. Und wenn sie sich Colin auf einer Bühne vorstellte, sah sie sogleich auch ihren Vater vor sich und dann ihren Onkel. Ganz benommen vor Traurigkeit, spürte sie den Atem eines Fremden an ihrem Hals und drehte den Kopf zur Seite, davon überzeugt, dass sie noch immer träumte – bis sie gleich darauf merkte, wie jemand ihr die Bettdecke wegzog, und einen unangenehmen Geruch wahrnahm, eine Mischung aus Bier, Ingwer und Sesamöl. Sie fühlte, wie feiste Stummelfinger an ihrem Nachthemd herumzerrten, es grob entzweirissen. Fühlte eine schwielige Hand, die sich auf ihren Mund drückte, während ein Mann sich auf Knien gewaltsam zwischen ihre Beine drängte. *»M'h'goi bong ngóh!«* Ihr Hilfeschrei verlor sich gedämpft hinter seiner Hand, während sie ihn verzweifelt abzuwehren versuchte. Liu Song starrte voller Entsetzen zu der in Schatten getauchten Metalldecke hoch. Sie war wie gelähmt vor Schock und Grauen, vor namenloser, erstickender Demütigung, vor Ekel und würgendem Abscheu vor den kratzigen Bartstoppeln an seinem Kinn, vor seinen behaarten Beinen, den verschwitzten Falten seiner ungewaschenen Haut. Sie spürte, wie er an dem breiten Gummiband ihres Bindengürtels herumzerrte, kurz innehielt und ihn dann einfach grob beiseiteschob. Der Hysterie nahe, schlug und trommelte sie wie von Sinnen mit beiden Händen auf ihn ein, doch sie war kaum größer als ihre zierliche Mutter, es war aussichtslos. Dann spürte sie einen stechenden, reißenden Schmerz, aber sie konnte nicht schreien. Also schloss sie die Augen und versetzte sich in Gedanken an einen anderen Ort – stellte sich vor, sie wäre jemand anderes, eine Schauspielerin in einem Stummfilm. Sie war Pearl White in *Perils of Pauline*, lag hilflos gefesselt auf einem Eisenbahngleis, während durch dichte Schwaden von Rauch eine Dampflokomotive heranschnaufte, scheinbar unaufhaltsam, immer bedrohlicher vor ihr aufragend. Dann blendete die Szene aus, und alles wurde schwarz.

Nach einer halben Ewigkeit, so kam es ihr vor, hörte das Bett auf zu wackeln. Onkel Leo stöhnte auf und erhob sich dann, völlig außer Atem. Er hüllte sich in seinen Bademantel und schlüpfte in seine Pantoffeln. »Bleib im Bett liegen. Steh ja nicht vor Sonnenaufgang auf.« Er betatschte ihren Arm und befühlte ihr Haar, wie um sicherzugehen, dass sie ihm in der Finsternis nicht entschlüpft war.

Liu Song schloss die Augen. Sie rührte sich nicht und gab keinen Laut von sich.

Nachdem sie gehört hatte, wie er die Tür hinter sich schloss, lag sie wie gelähmt da und redete sich ein, dass sie sich das alles nur eingebildet hatte. Aber dafür waren die Schmerzen in ihrem Körper zu real. Schließlich zog sie die Bettdecke hoch bis an ihr Gesicht, schleuderte sie aber sofort wieder von sich, weil sie widerlich penetrant nach Onkel Leo roch. Zitternd drehte sie sich auf die Seite, schlang die Arme um ihr Kopfkissen und drückte es an sich, während sie sich zusammenrollte.

Sie schlug noch einmal die Augen auf. Durch die Vorhänge sah sie am Himmel den nicht mehr ganz vollen Mond stehen, von dem fahl schimmerndes Licht in ihr Zimmer fiel. Es erhellte die Decke über ihr, sprenkelte hie und da die Wände. Sie senkte den Blick und sah, dass der Spiegel, der immer auf ihrem Nachttisch stand, umgestürzt und auf dem Holzboden zerbrochen war. Glitzernde kleine Splitter, das sprichwörtliche Unglück, lagen um ihr Bett verstreut, als ob eine winzige Sternschnuppe zur Erde hinabgerast und beim Aufschlag in tausend Stücke zerschellt wäre.

Liu Song wurde äußerst unsanft aus dem Schlaf gerissen. Sie merkte, wie jemand gegen ihr Bett trat, und schlug dann widerwillig die Augen auf, als sie Schläge an ihrer Wange spürte.

»Aufwachen«, forderte eine heisere Frauenstimme.

Liu Song sah sich verwirrt in ihrem schummrigen Zimmer um. Durch die zugezogenen Vorhänge drang schwach das Licht der Morgensonne herein. *Vielleicht war es nur ein Traum – ein Albtraum*, dachte sie.

»Bist du das, Ah-Ma?«, flüsterte Liu Song.

Die Frau wich einen Schritt zurück.

»Ah-Ma?«

Die Frau schüttelte den Kopf.

»Leo hat mir erzählt, wie faul und ungehorsam du bist. Kein Wunder, dass deine Mutter gestorben ist. Sie könnte noch leben, wenn du dich besser um sie gekümmert hättest. Jetzt steh auf und beseitige diese Unordnung, und dann mach uns Frühstück.«

Liu Song setzte sich im Bett auf, langsam und unter Schmerzen. Verwirrt musterte sie die stämmige, untersetzte Frau, die vor ihr stand. Ihr dunkles, von grauen Strähnen durchzogenes Haar war zu einem straffen Dutt frisiert, sie war stark geschminkt. Aber auch diese Schminke konnte nicht ihre tiefen Falten verbergen, ihre Akne-Narben und unschönen Leberflecken.

Die Frau neigte sich zu ihr vor, so dicht, dass Liu Song ihren Tabakatem riechen und die dunklen Flecken auf ihren Zähnen und dem geschwollenen Zahnfleisch sehen konnte.

»Wasch dich«, sagte die Frau. »Und sieh zu, dass du die Blutflecken aus deinem Laken entfernst.«

Liu Song hüllte die Bettdecke um sich. »Wer sind Sie?«

Die Frau setzte ein hochnäsiges Lächeln auf.

»Ich bin Leos erste Frau, aus Kanton. *Deine* Mutter war nur seine Zweitfrau.«

Liu Song begriff zunächst gar nichts, als ihr die Frau eine fleischige Hand entgegenreckte, die eher an die Hand eines Metzgers erinnerte, mit ungepflegten, schmutzigen Fingernägeln. Stolz präsentierte sie Liu Song den Ehering aus Gold und Jade, der einst ihrer Mutter gehört hatte.

»Von jetzt an bin *ich* die große Mutter. Aber du darfst Tante Eng zu mir sagen.«

GERUPFT
(1921)

Onkel Leo saß am Küchentisch, als wäre es ein ganz normaler Morgen wie jeder andere. Er war in eine Ausgabe des *Seattle Post Intelligencer* vertieft, um sein Englisch zu verbessern, und qualmte dabei eine verbogene Zigarette. Dann hustete er, räusperte sich lautstark und beugte sich herüber, um einen Schleimklumpen ins Spülbecken zu spucken, obwohl Liu Song dort gerade den Abwasch erledigte, während sie darauf wartete, dass das Wasser für den Congee endlich kochte. Ihre Mutter hatte den klebrigen Reisbrei immer mit Zwiebeln und eingelegtem Tofu zubereitet, Onkel Leo aber mochte ihn am liebsten ohne alles, ganz schlicht. *Weil er außer seiner Chesterfield vermutlich ohnehin nichts schmecken kann*, überlegte Liu Song, während sie schweigend ihrer Arbeit nachging. Was hätte sie auch sagen sollen? Sie zog es vor, stumm zu leiden. Jederzeit darauf gefasst, dass Tante Eng auftauchte, sah sie immer wieder nervös zur Tür.

Unterdessen las Onkel Leo sich halblaut den englischen Zeitungstext vor und schimpfte dabei vor sich hin. »William Hearst kauft ein Blatt auf und verdoppelt dann den Preis«, brummte er. Beim hiesigen Wohlfahrtsverband, der Ning Yung Association, hätte er umsonst Zeitungen lesen können, aber dort wollte er sich nicht blicken lassen.

Als er eben die Seiten umblätterte, hörte Liu Song eine Frau, die unten auf der Straße auf Kantonesisch vor sich hin schnatterte, begleitet von einem schrecklichen Quäken, das unvermittelt verstummte. Dann hörte sie das Knarren der Fliegengittertür und schrubbte eilig weiter an den Töpfen herum. Als ihre sonderbare neue Stiefmutter wieder in die Küche kam, sah Liu Song, dass sie ein langes Messer in der Hand hielt, dessen Klinge, ebenso wie ihre Hände, voller Blut war, an dem hie und da Flaumfedern klebten. Liu Song trat beiseite, als Tante Eng vor sich hin murmelnd auf sie zukam und das Messer ins Spülwasser fallen ließ. Nachdem sie sich die Hände im Wasser gesäubert hatte, wischte sie sie am Stoff ihrer weiten Hose trocken.

»Wenn du mit dem Frühstück fertig bist, musst du einen großen Topf voll Wasser erhitzen, damit du das Huhn rupfen kannst. Erledige das draußen vor der Tür und füttere ja keine streunenden Hunde.«

»Das Huhn?«, fragte Liu Song.

»Es hängt unten in der Straße«, bestätigte Tante Eng. »Wenn es restlos in den Eimer ausgeblutet ist, nimmst du es aus, kochst es kurz und dann rupfst du es. Rupf, rupf, rupf. Steck die Federn in einen Sack, die können wir noch gebrauchen.«

Liu Song kannte China nur vom Hörensagen. In ihrem Leben hatte sie bisher nur die Westküste der Vereinigten Staaten bereist, in beide Richtungen, war aber noch nie jenseits der Berge gewesen, in Yakima oder Ellensburg – ähnlich ländliche Gegenden wie Kanton oder Taishan, in denen Kinder ihres Alters von früh auf lernten, Vögel auszunehmen und verzehrfertig zu machen.

»Aber ich muss doch zur Schule …«

Tante Eng warf Leo einen Blick zu und fluchte auf Kantonesisch vor sich hin.

»Mit Schule ist jetzt Schluss«, sagte er. »Jetzt, wo deine Ah-Ma nicht mehr lebt, können wir diesem Unfug endlich ein Ende setzen. Schule!«, schnaubte Onkel Leo abfällig. »Du bist ein Mädchen. Mit dir vertun die Lehrer bloß ihre Zeit, die sollen sich besser auf die Jungen konzentrieren. Ich habe angerufen und ihnen gesagt, dass du nicht mehr kommst. Was soll überhaupt aus dir werden, was willst du anstellen mit deinem Leben? Ha?«

»Ich bin nicht zur Schule gegangen«, erklärte Tante Eng stolz. »Und sieh mich an.«

Liu Song wusste nicht recht, ob Onkel Leo und seine resolute Frau eine Antwort von ihr erwarteten. Beide sahen sie mit strenger, unfreundlicher Miene an. Am Ende senkte sie stumm den Blick zu Boden.

»Wenn du das Huhn gerupft und gesäubert hast«, fuhr Onkel Leo hinter seiner Zeitung fort, »kannst du zu deinem Musikgeschäft abschwirren. Ich habe Butterman, oder wie er heißt, mitgeteilt, dass du fortan Vollzeit arbeiten kannst, vorübergehend zumindest. Warum er dafür so dankbar war, wird mir immer ein Rätsel sein. Aber beeile dich hinterher, damit du beim Abendessen helfen kannst.«

Liu Songs Eltern hatten beide acht Jahre lang die Schule besucht, gefolgt von einer langen Lehrzeit am Theater. Auf Bildung legten sie großen Wert. Die Schule abzubrechen, keinen Abschluss zu machen, das hätten sie ihrer Tochter niemals erlaubt. Und Liu Song würde ihre Mitschülerinnen vermissen, sogar jene, die sie eher reserviert behandelten, vor allem jedoch Mildred. Die Lehrer, die Bücherei, selbst das Getratsche der Mädchen in der Schultoilette, all das würde ihr schmerzlich fehlen. Mit Schrecken wurde ihr klar, dass sie nicht einmal ihren Spind würde ausräumen können. Sich nicht mal ordentlich verabschieden konnte.

Tief bekümmert suchte Liu Song ein schwarzes Band heraus und knotete es sich ums rechte Handgelenk – zum Zeichen der Trauer. Trauer um den Verlust ihrer Mutter und ihrer Familie, ihrer Kindheit und ihrer Unschuld.

Wenigstens habe ich einen Job, dachte sie. *Einen Ort, an den ich flüchten kann, weit, weit weg von hier.*

Liu Song litt bei jedem Schritt Schmerzen, als sie später in den alten französischen Pumps ihrer Mutter unterwegs zu Butterfield's war. Sie war innerlich wund, und auch ihre Finger waren wund, nachdem sie mühselig das Huhn gerupft hatte. Hinterher zitterten ihre Hände so sehr, dass sie sich kaum hatte schminken können. Während sie sich die Wimpern tuschte, konnte sie nur mit Mühe die Tränen zurückhalten. Dieser abstoßende, feist grinsende Kerl hatte sich ihr gewaltsam aufgezwungen – hatte sie geschändet, brutal ihrer Unschuld beraubt. Und doch zerbrach sie sich den ganzen Morgen den Kopf darüber, ob sie womöglich eine Mitschuld trug. Hatte sie irgendetwas getan, womit sie dieses Unheil heraufbeschworen hatte? Hatte sie auf irgendeine Weise den Unmut ihres Stiefvaters erregt? Sie schüttelte unwillig den Kopf, um diese absurden Gedanken zu verscheuchen. *Er* hatte ihr das angetan, er war der einzig Schuldige. Sie hatte damit nicht das Geringste zu tun. Und mochte er geschäftlich noch so erfolgreich sein, in ihren Augen war er kein Mensch. Hinzu kam, seine viehischen Triebe hätte er ohne Weiteres in der Nachbarschaft ausleben können, dort gab es genug Frauen mit lockerem Lebenswandel, die sich dick anmalten und in ordinär kurzen Kleidern zur Schau stellten, um wahllos mit Männern anzubandeln.

Niedergeschlagen setzte sie ihren Weg fort, tief in Gedanken versunken. Eine Frage quälte sie besonders: »Wer wird mich jetzt noch wollen?« Doch kein Gott erbarmte sich, um ihr Antwort zu geben, nur Hundegebell drang an ihr Ohr, aus einer Gasse, an der sie gerade vorbeikam, das Bimmeln einer Straßenbahn und die raue Stimme eines Mannes in Arbeitslatzhose, der auf einer Obstkiste stand und irgendwelche Parolen brüllte – es ging um die Einheit der Arbeiterklasse, um Revolution, um Trotzkismus. Untermalt wurde das Ganze durch Klaviermusik, die hohl und blechern aus dem Lautsprecher eines Radios plinkerte, im Schaufenster von Grayson's Appliance.

All das nahm Liu Song nur ganz am Rande wahr, während sie die Straße entlangging. Noch immer fand sie es völlig unvorstellbar, später zurück in die Wohnung zu kommen, ohne dass ihre Ah-Ma sie dort erwartete. Wie hatte sie sie bloß im Stich lassen können? Bei aller Trauer und Sehnsucht fühlte sie kurz eine irrationale Wut in sich aufsteigen. Solange sie denken konnte, war es in ihrer Familie immer lebhaft und turbulent zugegangen, zu Hause, auf der Bühne, hinter der Bühne. Beim Gedanken daran, wie schrecklich es für ihre Mutter gewesen sein musste, auf einmal Witwe zu sein, während in der Stadt die hysterische Angst vor der Spanischen Grippe grassierte, krampfte sich ihr kurz das Herz zusammen. Aber genau deswegen, überlegte Liu Song, hatte ihre Mutter ja Onkel Leo geheiratet. Aus reiner Verzweiflung, weil sie *jemanden* brauchte, egal wen. Er verfügte fortan über all ihr Hab und Gut, über ihre kümmerlichen Ersparnisse. Und sie fand in ihm einen Versorger – einen Geschäftsmann statt eines Künstlers. Aber wusste sie bei der Heirat, dass er bereits eine Frau hatte? Spielte das irgendeine Rolle? Manche Männer hatten Gattinnen daheim in China, von denen sie jahrzehntelang getrennt lebten. Wenn sie sich hierzulande mit einer anderen Frau verheirateten, dann aus reiner Notwendigkeit. Um einen Sohn zu bekommen, einen Stammhalter, das war für sie das Wichtigste. Ihre Ah-Ma aber wurde schwer krank und blieb ihm den ersehnten Erben schuldig. Und Tante Eng war unübersehbar in einem Alter, in dem sie längst keine Kinder mehr bekommen konnte.

Immer wieder kam es vor, dass Männer bei ihrem Anblick innehielten und sich interessiert nach ihr umsahen, aber Liu Song wich ihren Blicken aus, lächelte nicht. Im Gehen zerrte sie verstohlen an ihrem Kleid herum, das ihr auf einmal viel zu kurz vorkam. Sie fühlte sich, als wäre sie nackt. Kam sich vor wie ein billiges, ordinäres Abbild ihrer Mutter, deren Anmut und schlichte Schönheit in ihrer Gestalt wie in einem Zerrspiegel zu grotesken Proportionen verzogen waren, als ihr klar wurde, dass es nicht wenige Männer gab, die sie wollten – allerdings nur für den Augenblick, nicht für ein Leben lang.

Bei Butterfield's angekommen, betrachtete sie sich kurz traurig im Schaufenster. Mit ihrer Ponyfrisur, den langen Haaren, die offen ihr Gesicht umrahmten, sah sie nach wie vor aus wie ein tugendhaftes junges Mädchen. Aber was war sie jetzt? Sie war nichts. Sie gehörte Onkel Leo und Tante Eng.

Ich muss fort, dachte sie. *Aber wo kann ich hin? Und wer außer meinen Stiefeltern würde von meinem Verschwinden auch nur Notiz nehmen?* Hass keimte in ihr auf. Wobei dieser Hass aber vor allem ihr selbst galt, weil sie so tief gesunken war.

Ein winziger Hoffnungsschimmer glomm in ihr auf, brachte etwas Licht in ihr verdüstertes Herz. Aber es war die reine Verzweiflung, das war ihr nur zu bewusst. Sie dachte an den sonderbaren, freundlichen jungen Mann, der zu der Totenwache ihrer Mutter erschienen war. Colin hielt ihre Eltern weiterhin in Ehren. Er war der Einzige, der zu ermessen vermochte, was sie verloren hatte.

»Dreh dich mal um!« Es war eine laute Männerstimme, die sie jäh aus ihrer Versunkenheit riss.

Vor Aufregung bekam sie spontan Herzklopfen, aber dann sah sie, widergespiegelt im Schaufensterglas, wer da nach ihr gerufen hatte: ein Mann mit einem Megafon, oben auf dem offenen Oberdeck eines Doppeldeckerbusses.

»Hey, Chinesenmädchen, dreh dich mal um, damit wir dich besser sehen können!«

Liu Song wandte sich langsam um und sah sich einem Bus voller Leute gegenüber, die eine Stadtrundfahrt unternahmen und unterwegs zur King Street waren. Zwischenstopps wurden dabei in der Regel nicht eingelegt, die reichen weißen Touristen ließen sich einfach nur im Schritttempo durch das Viertel kutschieren, während ein Stadtführer sie auf die seltsamen, fremdartigen Mysterien von Chinatown aufmerksam machte, die alten Lotterie- und Glücksspielhäuser an der Washington Street, Import-Export-Geschäfte, Läden, in denen es allerhand Kuriositäten gab, dazu die Siedlung, die nur von Japanern bewohnt wurde. Liu Song nestelte verlegen an den Knöpfen ihres Kleides herum – sie kam sich vor wie ein Tier im Zoo, das in seinem Käfig von Besuchern angegafft wurde.

»Also, meine Damen und Herren, *das* hier bekommt man nicht alle Tage zu sehen«, verkündete der Stadtführer, »ein hübsches junges Chinesenmädel in einem modernen Kleid – wenn das nicht die Wucht in Tüten ist!«

»Die sieht ja aus, als wollte sie in dem Fetzen zu einer Knutschparty gehen«, mäkelte ein Mann, offenbar in dem Glauben, Liu Song könnte ihn nicht verstehen; das kannte sie, so etwas passierte ihr öfter.

Sie wandte sich um und wollte in den Laden gehen, lief aber Mr Butterfield in die Arme, der mit einem Zigarillo zwischen den Lippen im Eingang stand und sich das schüttere Haar zurückkämmte.

»Sing etwas.« Er lächelte wie um Verzeihung heischend. »Warum nicht, wenn die schon mal hier haltmachen?«

»Hey, Mister«, rief eine Frau vom Bus herüber, »spricht sie auch Englisch?« Es war eine Frage, dic Liu Song ständig zu hören bekam, obwohl sie sich kleidete wie ein ganz normales amerikanisches Mädchen. Ihr Vater war dies auch dauernd gefragt worden, selbst dann noch, als er sich längst von seinem traditionellen Zopf getrennt hatte.

»Das ist *die* Gelegenheit, uns einen Namen zu machen. Für künftige Stadtrundfahrten. Also, bleib hier und sing.« Mr Butterfield nahm ihr rasch ihren Mantel ab, eilte in den Laden und spielte den Anfang von »When I Lost You«.

Als Liu Song die Augen schloss und zu singen begann, verebbte das Geplapper der Touristen nach und nach. Und als sie die Augen wieder öffnete, sah sie, dass die Männer sie mit offen stehenden Mündern anstarrten, zur leisen, aber unübersehbaren Beunruhigung der Frauen – ihrer Ehefrauen, Schwestern und Mütter –, die ihr aber gleichwohl ebenfalls andächtig lauschten. Die Touristen saßen da und hörten schweigend zu, während Liu Song voller Hingabe Irving Berlins Erfolgsballade vortrug, die vom Tod und dem Verlust geliebter Angehöriger handelte.

Ein Zeitungsreporter auf dem Busoberdeck stand auf und hielt eine Blitzlichtlampe in die Höhe, die aufflammte, als er mit seiner Speed Graphic rasch ein Foto machte. Liu Song sah kurz bunte Sternchen und nahm den Geruch von verbranntem Magnesium wahr, während der Mann die Filmplatte aus dem Apparat zog und in eine Kameratasche steckte, um dann eine frische Platte einzulegen und ein weiteres Foto zu machen.

Mr Butterfield verließ sein Klavier, noch ehe sie zu Ende gesungen hatte. Er hastete zu dem Bus hinüber und stieg hoch auf das Oberdeck mit den Touristen, um ihnen Musiknoten zum Kauf anzubieten und Visitenkarten zu verteilen, wobei er immer wieder voller Stolz darauf hinwies, dass er Liu Songs Talente in Chinatown entdeckt habe und dass sie eines Tages sicher mal ein Star würde.

Liu Song zog sich in den Laden zurück, um sich zu sammeln und etwas auszuruhen, während der Busfahrer draußen ungeduldig den Motor aufheulen ließ. Sie lehnte sich an den langen Verkaufstresen aus Eiche, den Mr Butterfield stets spiegelblank polierte, und merkte auf einmal, wie sicher und geborgen sie sich hier fühlte: inmitten der bis an die Decke reichenden Regalfächer voller Musiknoten und Partituren, nicht zu vergessen das verschnörkelte Stilregal an der Wand hinter dem Tresen, auf dem alte Wachswalzen für Phonographen aufgereiht standen, Pathé-Schellackplatten und perforierte Notenrollen für selbstspielende Klaviere. Sie hob den Blick und betrachtete die gerahmten Porträts von Irving Berlin und Al Jolson, die oben an der Wand hingen, und ein altes Plakat der englischen Burlesk-Sängerin Marie Lloyd gleich daneben. Mr Butterfield kamen jedes Mal die Tränen, wenn er über sie sprach. »Man wollte sie damals des Landes verweisen, wegen Gefährdung der öffentlichen Sitten«, hatte er einmal erzählt. »Aber sie machte unbeirrt weiter, auch wenn sie bald immer nur noch sehr kurz auftrat, weil ihre Stimme immer schwächer wurde.« Ein zweimaliges Hupen holte Liu Song in die Wirklichkeit zurück. Draußen fuhr eben der Bus mit den Touristen weiter, und Mr Butterfield kehrte ins Geschäft zurück, mit leuchtenden Augen zählte er das Bündel Geldscheine, das er soeben eingenommen hatte.

»Gut gemacht, Schätzchen – du hast sie umgehauen.« Er umarmte sie und gab ihr einen Kuss auf die Wange. »Sage und schreibe dreißig Dollar haben wir verdient und das bloß mit einem einzigen Lied! Stell dir bloß vor, wenn dieser Bus jetzt jeden Tag bei uns anhält. Du wirst deinen Onkel sehr, sehr stolz machen. Und reich noch dazu.« Er trat ans Klavier und spielte die ersten Takte eines Triumphmarsches, während sie einen Schritt zurückwich.

»Meinen Onkel?«

»Leo.«

»Ich weiß, wie er heißt.« Liu Song blickte kurz aus dem Fenster, ehe sie sich wieder Mr Butterfield zuwandte.

Ihr Arbeitgeber zählte ihren Gewinnanteil ab und steckte das Geld dann in einen Reißverschlussbeutel, den er unter der Ladentheke aufbewahrte.

»Jetzt, wo du Vollzeit hier arbeitest, hat er den Wunsch geäußert, dass ich deinen Lohn direkt an ihn auszahle. Weil er das Geld für dich sparen will, hat er gesagt. Er würde dir dann später was davon abgeben.«

Liu Song stand kurz eine Schreckensvision vor Augen: Sie selbst im Bett liegend, an Händen und Füßen ans Gestell gefesselt, wie ihre Mutter, ihre arme, liebe Ah-Ma. Auf einmal kam ihr ein furchtbarer Verdacht: Hatte Onkel Leo ihre Ah-Ma möglicherweise vergiftet, mit dem Kampferöl, das er ihr tagein, tagaus einflößte? Er schwor auf Hausmittel, so viel wusste sie. Hatte das Öl ihr geholfen oder hatte es das Unvermeidliche eher noch beschleunigt?

Mr Butterfield schloss schwungvoll die Kasse, ließ seine Hosenträger schnappen und zündete seinen Zigarillo wieder an. Dann wurde er unvermittelt ernst. »Ach ja – ich habe die schlechten Neuigkeiten gehört.« Er deutete auf das schwarze Band an ihrem Handgelenk. »Tut mir sehr leid, das mit deiner Mama, was für eine Tragödie. Sie war sicherlich eine zauberhafte Frau – bei einer Tochter wie dir, auf jeden Fall. Falls ich irgendwas für dich tun kann, falls du dir freinehmen möchtest, sag einfach Bescheid.«

Liu Song dankte ihm.

»Na, wenigstens hast du noch deinen Onkel. Klingt ganz so, als hätte er große Pläne für dich, Täubchen.«

Liu Song graute davor, wieder nach Hause zurückzumüssen. Statt die Straßenbahn zu nehmen, trödelte sie langsam zu Fuß die Second Avenue hinab, wie ein Verurteilter auf dem Weg zur Hinrichtung. Unterwegs kam sie an alten Nickelodeons vorbei, die ihre Pforten schlossen, weil sie nicht mehr gefragt waren, und an Dutzenden neuer Filmtheater mit Namen wie »Bijou«, »Odeon« oder »Dream«. Ein Kino erregte ihr besonderes Interesse, denn der Leuchttafel über dem Eingang zufolge lief dort ein Film namens *The Red Lantern*, eine Geschichte aus der Zeit des Boxeraufstands. Liu Song blieb stehen und bestaunte das Plakat im Schaukasten, auf dem eine schlanke Frau mit einem Kopfputz im Stil der Peking-Oper zu sehen war. *Ah-Ma*, dachte sie, während sie die Finger an das kalte Glas legte. Bei näherer Betrachtung aber stellte sie fest, dass es sich bei der Schauspielerin um eine Weiße handelte – eine Russin namens Alla Nazimova. Tatsächlich hatten alle Darsteller des Films westliche Namen.

Schon als sie klein war, hatte Liu Song von der Bühne geträumt. Ihre gesamte Vorstellungswelt kreiste nur ums Theater, weil ihr Vater zu Hause von kaum etwas anderem redete. Jetzt aber veränderte sich die Bühne. Die Bilder hatten laufen gelernt, und diese bewegten Bilder liefen dem herkömmlichen Theater zunehmend den Rang ab. Selbst hiesige Varietétheater wie das Alhambra hatten ihr Programm umgestellt und zeigten heute Filme, weil das kostengünstiger war. Ins Alhambra war Liu Song regelmäßig mit Mildred gegangen, um sich den neuesten Film aus der Reihe *The Hazards of Helen* anzusehen und dabei geröstete Melonenkerne zu knabbern. Die abenteuerlustige Helen geriet jede Woche aufs Neue in Lebensgefahr: Mal drohte ihr die Verbrennung auf dem Scheiterhaufen, mal sollte sie Löwen zum Fraß vorgeworfen werden, mal sah es so aus, als würde sie gleich unter den Eisenspitzen eines Burgtores zermalmt, mal drohte sie von einer Kreissäge zerteilt zu werden. Immer jedoch wurde sie in letzter Sekunde gerettet und kam wie durch ein Wunder mit heiler Haut davon.

Liu Song seufzte. Hätte sie in ihrem Leben doch nur ähnlich viel Glück haben können.

SCHWARZ-WEISS

(1921)

»Du bist spät dran.«

»Wir hatten heute im Musikgeschäft sehr viel zu tun«, sagte Liu Song. Auf eine Entschuldigung verzichtete sie und beobachtete stattdessen, wie Onkel Leo ein Schriftband an ihrer Wohnungstür anbrachte. Auf dem roten Band stand in goldenen chinesischen Schriftzeichen eine traditionelle Begrüßungsformel zu lesen, mit der der Geist ihrer Mutter hereingebeten wurde – sie wurde noch einmal willkommen geheißen, ehe sie ihre letzte Reise ins Reich der Geister antrat. Mittig über dem Türsturz hatte er zusätzlich ein Büschel getrocknetes Wurmkraut und eine geschälte Zwiebel aufgehängt, zur Abwehr böser Dämonen.

Onkel Leo lag eigentlich gar nichts an ihrer Mutter, das wusste Liu Song. Als durch und durch traditioneller Mensch aber wollte er um jeden Preis den Schein wahren. Er war nun einmal der abergläubischen Überzeugung, sein Wohl und Wehe hänge von der Befolgung gewisser Riten ab. Zur Sicherheit zelebrierte er also die vorgeschriebenen Trauerrituale, obwohl seine erste Frau bereits bei ihnen eingezogen war. Ein Familienmensch aber war er deswegen noch lange nicht. Er war Geschäftsmann – ein Wäschereibesitzer, der immer schmutzige Hände hatte.

»Gestern Abend ist es sehr gut gelaufen. Vielleicht habe ich heute Abend ja wieder so viel Glück.« Er zog seine Hose hoch, klimperte mit dem Münzgeld, das er in den Taschen hatte, und machte sich auf den Weg in den Wah Mee Club, um dort den Abend über zu trinken und zu spielen.

Als Liu Song in die Wohnung kam, trug Tante Eng bereits das Abendessen auf. Das Huhn, das sie morgens gerupft hatte, war gebraten und zerlegt worden. Es duftete so verlockend, dass Liu Song das Wasser im Mund zusammenlief, aber der Appetit verging ihr im Nu, als sie die seltsamen fremden Leute sah, die schon um den Tisch herumsaßen und bereits Mahlzeit hielten; ungeniert schmatzend, schlürfend und sich die Finger abschleckend, mit denen sie ihr Fleisch zum Mund geführt hatten. Fassungslos beobachtete Liu Song, wie diese Leute von dem guten Seladongeschirr ihrer Eltern aßen und sich mit den Lieblingsessstäbchen ihrer Mutter gierig Reis in den Rachen schaufelten.

»Du hast nicht gekocht. Also bekommst du auch nichts zu essen«, sagte Tante Eng, die sich nun ebenfalls zu Tisch setzte.

Die Besucher musterten Liu Song, als wäre *sie* der fremde Eindringling in *ihrem* Zuhause.

»Meine Schwestern und meine Neffen«, erklärte Tante Eng. »Sie haben mich auf der Reise aus Vancouver hierher begleitet. Meine Schwestern schlafen heute in deinem Zimmer. Ihre Söhne teilen sich die Couch.«

Liu Song stand hilflos und mit knurrendem Magen da, während die fremden Gäste sie weiter angafften. Dann endlich wandten sie sich wieder ihrem Essen zu und unterhielten sich angeregt. Leo, darüber war man sich einig, konnte froh sein, dass Tante Eng nun endlich zu ihm in die Vereinigten Staaten hatte kommen können. Dem Zustrom chinesischer Arbeitskräfte war durch den *Chinese Exclusion Act* vor gut zwanzig Jahren ein drakonischer Riegel vorgeschoben worden: Waren bis dahin noch jährlich zehntausende aus China nach Amerika gekommen, betrug die Zuwanderung von dort heute annähernd Null. Onkel Leo hatte Glück, seine Einwanderungsunterlagen waren seinerzeit bei dem großen Erdbeben 1906 in San Francisco restlos verbrannt. Nach einem dreitätigen Verhör auf Angel Island fand er sich mit hunderten anderen chinesischen Arbeitsmigranten auf den Stufen vor dem wieder errichteten neuen Rathaus ein und posierte als sogenannter *Papiersohn* – sprich er behauptete, in den Vereinigten Staaten geboren zu sein. Nach längerem juristischen Hin und Her erhielt er am Ende die vollwertige Staatsbürgerschaft. Und als US-Bürger war er berechtigt, seine erste Frau nachkommen zu lassen, die bei ihren Schwestern wohnte, bis Liu Songs Mutter schließlich verstorben war.

Bei der Vorstellung, dass Onkel Leo sich vielleicht bei jedem

Anfall, jedem Fieberschub ihrer Mutter insgeheim die Hände gerieben hatte, wurde Liu Song speiübel. Offenbar hatte er nur auf ihren Tod gelauert; daraus, wie sehr es ihn verdross, für ihre kranke Mutter sorgen zu müssen, hatte er schließlich nie ein Geheimnis gemacht. Liu Song zog sich in ihr Zimmer zurück. Nachdem sie sich wieder etwas beruhigt hatte, bezog sie ihr Bett frisch und suchte Decken für die Kinder heraus. Dann ging sie ins Wohnzimmer und setzte sich still auf einen Stuhl, während Tante Eng und ihre Schwestern Mah-Jongg spielten, schwatzten und Huangjiu tranken, aus feinen Porzellantassen, die ihre Mutter einst zur Hochzeit geschenkt bekommen hatte. Die Frauen unterhielten sich über den Krieg, über Hungersnöte und den Sturz der Mandschu und über Familienangehörige, die sie in China zurückgelassen und seit Jahren nicht mehr gesehen hatten. Danach kamen Onkel Leos Geschäfte an die Reihe. Er hatte Handwäschereien in Portland und Olympia eröffnet und kürzlich sogar einen gebrauchten Lieferwagen angeschafft, um Wäsche von Kunden abholen und wieder zurückbringen zu können, machte sich aber trotzdem Sorgen darüber, dass er wegen der neuartigen, per Handkurbel betriebenen Waschmaschinen Kunden verlieren könnte. Die Frauen schwatzten und rauchten und rülpsten und vertilgten in einem fort gekochte Erdnüsse, deren nasse Schalen sie einfach auf den Boden warfen. Als der Reiswein restlos ausgetrunken war, erhoben sich alle und wankten zu Bett. Liu Song kehrte stillschweigend die Schalen auf dem Boden zusammen und verspeiste hungrig die letzten Erdnüsse, die noch in der Schale zurückgeblieben waren. Dann streifte sie sich ihr Nachthemd über und legte sich auf dem kalten Holzboden schlafen, gleich neben der zischenden Heizung; fröstelnd rollte sie sich unter dem dünnen Laken zusammen, das ihr als Decke diente, und horchte auf das Schnarchen der Kinder, die auf der Couch schliefen. Sie hatte grässliche Albträume, und als sie am Morgen aufwachte, hatte sie rätselhafte blaue Flecken an den geheimsten Stellen ihres Körpers und roch nach Onkel Leo.

Mr Butterfield behielt recht. Gleich zweimal kam der Doppeldeckerbus am Tag darauf vorbei. Einmal vormittags, einmal nachmittags, jedes Mal voll besetzt mit Touristen, die sich an Liu Songs Stimme gar nicht satthören konnten. Einige stiegen sogar vom Bus herunter und ließen sich von ihr die Musiknoten signieren, die sie gekauft hatten.

Eine elegant gekleidete Dame mit blondem Haar reichte ihr ein in Leder gebundenes Büchlein und einen Stift. »Nur deinen Namen, Liebes«, sagte sie. Als Liu Song ihren Namen auf Chinesisch zu Papier gebracht hatte, sah die Dame sie mit einem kleinen Stirnrunzeln an. »Nein, deinen *richtigen* Namen. Wie lautet dein Name auf Englisch?«

Nach kurzem, verwirrtem Zögern schrieb Liu Song den Namen *Willow* in das Büchlein, gleich unter ihre chinesische Unterschrift. Im Stillen überlegte sie, ob ihre Ah-Ma wohl Ähnliches erlebt hatte, an dem Abend ihres umjubelten großen Auftritts. Und auch, ob sie an jenem Abend wohl eine Vorahnung hatte, was für eine schlimme Wendung ihrer aller Schicksal bald schon nehmen sollte.

Später, nach Ladenschluss, zählte Mr Butterfield das Geld, das er eingenommen hatte, und summte dabei vergnügt vor sich hin. »Bei dem reißenden Absatz müssen wir künftig die doppelte Menge Musiknoten bestellen«, sagte er, ließ sich auf einen alten lederbezogenen Klavierhocker plumpsen und schraubte seine Taschenflasche auf. Er bot sie Liu Song an, die mit einem höflichen Lächeln den Kopf schüttelte.

»So lange an einem Stück habe ich nicht mehr in die Tasten gehauen, seit ich ein junger Spund war«, sagte er. »Wer weiß? Wenn wir so weitermachen, Kleine, werde ich am Ende vielleicht sogar ein paar der neuen Pianolas von Welte los.«

Liu Song nahm ein Staubtuch und fing an, eins der großen Instrumente abzuwischen. »Zahlen Sie mir in dem Fall auch eine Umsatzbeteiligung?«, fragte sie.

Mr Butterfield genehmigte sich einen weiteren Schluck. »Missy, wenn wir eins der mechanischen Klaviere verkaufen, gebe ich dir zehn Prozent ab und weitere zehn Prozent von jeder Rolle Musik, die wir dazu verkaufen. Aber um in die Gehaltsklasse aufzusteigen, solltest du vielleicht deinen Rock ein Stückchen kürzen. Dein Verkaufserfolg beruht nicht nur auf deiner Stimme, weißt du.«

Liu Song zog es vor, auf seine Bemerkung über ihre Rocklänge nicht weiter einzugehen, und spielte ein paar Noten auf dem Klavier. Richtig spielen konnte sie eigentlich gar nicht, ihr Repertoire beschränkte sich auf ein paar Jazznummern, die sie in der Nachbarschaft gehört und sich selbst beigebracht hatte. Sie klimperte eine Weile vor sich hin, ließ ihr Spiel auf einem offenen Akkord ausklingen und verließ dann den Laden.

Unterwegs zur Straßenbahnhaltestelle sann sie über die Möglichkeit nach, fünfundzwanzig Dollar pro verkauftem Pianola zu verdienen – für die Deluxe-Ausführung sogar fünfzig, genug, um ausziehen und sich eine eigene Bleibe mieten zu können, zumindest vorübergehend. Sie überlegte, ob sie sich wohl auf eigene Faust wieder bei der Schule anmelden könnte, oder war dafür die Einwilligung eines Erziehungsberechtigten erforderlich? Und würden Onkel Leo und Tante Eng sie überhaupt ziehen lassen? Sie spürte eine dumpfe Beklemmung in der Brust, im Magen. Die Vorstellung, ganz allein zu sein, auf sich gestellt, behagte ihr nicht, aber noch mehr graute ihr davor, weiter mit Onkel Leo unter einem Dach leben zu müssen. Und selbst wenn es ihr gelang, Mr Butterfield zum Absatz seiner mechanischen Klaviere zu verhelfen, fiel ihr mit Verspätung ein, würde das Geld ja ohnehin direkt an ihren Onkel gehen. Entmutigt ließ sie sich an der Haltestelle auf die Bank aus kaltem Metall plumpsen, neben einem Mann, der ganz in eine Zeitung vertieft war, den *Seattle Star*. Sie warf einen Blick zur Seite. Das Kleid auf der Rückseite der Zeitung kam ihr bekannt vor – es sah aus wie das Kleid ihrer Mutter, das sie gerade anhatte. Bei näherem Hinsehen stellte sie fest, wer da auf dem Foto zu sehen war: sie selbst, beim Singen vor dem Schaufenster bei Butterfield's. Im selben Moment ließ der Mann langsam die

Zeitung sinken. Seine Augen, sein sanftes Lächeln – sie erkannte ihn auf Anhieb wieder.

»Nicht schlecht für ein Schwarz-Weiß-Foto«, sagte Colin mit seinem seltsamen Akzent, faltete die Zeitung zusammen und reichte sie ihr. »In Kinemacolor aber würden Sie noch hübscher aussehen.«

Liu Song hatte bisher nur einen Film in Farbe gesehen – *The Gulf Between*, mit Grace Darmond. Ihr Vater hatte mit ihr damals eine Nachmittagsvorstellung besucht, sie erinnerte sich gut an die traurige Geschichte eines jungen Mädchens, das sich in einen jungen Mann aus reichem Hause verliebt, dessen Familie die Liaison am Ende torpediert. Liu Song hatte Herzklopfen vor Freude. Sie konnte ihr Glück kaum fassen, Colin hier so unverhofft über den Weg zu laufen, sorgte sich aber gleichzeitig im Stillen, ob es klug war, solche Gefühle für ihn oder überhaupt jemanden zu hegen, zumal nach dem Verlust so vieler Menschen, die ihr lieb und teuer gewesen waren. Sie wagte es kaum, zu hoffen, zu träumen, aus Angst vor einem weiteren Verlust – selbst eine Zurückweisung von ihm wäre vermutlich mehr gewesen, als sie hätte ertragen können.

»*Ngóh mh'mhing?*« Liu Song war erschöpft, nachdem sie den ganzen Tag gesungen hatte, und bekam kaum ein Wort über die Lippen. Sie wechselte zu Englisch. »Was machen Sie denn hier?« Sie schüttelte den Kopf. »Verzeihung, das klingt furchtbar unhöflich …«

»Nun, abgesehen von meiner amerikanischen Aussprache, an der ich arbeiten will, musste ich Sie einfach mit eigenen Augen sehen – nein, mit eigenen Ohren hören, meine ich. Nach der Lektüre dieses schmeichelhaften Artikels hier im *Star* wollte ich Sie unbedingt besuchen. Und offen gesagt, ich finde, Sie haben sogar Ihre Mutter übertroffen – möge ihr Geist in Frieden ruhen.«

Liu Songs Lächeln erlosch, sie senkte den Blick auf ihre leeren Hände. »Ich kann noch immer nicht ganz glauben, dass sie tot ist. Für sie ist es besser so, gewiss. Aber …«

»Noch mal, es tut mir entsetzlich leid, Liu Song.«

»Meine Eltern …«

»Sind *stolz* auf Sie.«

Liu Song hörte das Bimmeln einer Glocke. Es war eine Straßenbahn, die eben haltgemacht hatte und nun weiterfuhr. Langsam wurde es spät, und ihr Magen knurrte, aber sie wollte nicht nach Hause. Im Stillen war sie heilfroh, dass Onkel Leo nicht den *Seattle Star* las, sondern den *Post-Intelligencer*.

»Ich kannte Ihre Eltern recht gut, deshalb weiß ich, dass es ihrem Wunsch entsprechen würde, wenn Sie eine Laufbahn auf der Bühne einschlagen, als Sängerin, Schauspielerin, egal was. Sogar hier.« Er tippte auf die Zeitung. »Das ist ein guter Anfang. Der Geist Ihrer Mutter, würde ich sagen, war schon ziemlich umtriebig.«

Liu Song empfand kurz heftige Sehnsucht nach ihrer Ah-Ma. Chinesischem Glauben zufolge kehrt der Geist eines Verstorbenen nach sieben Tagen noch einmal auf die Erde zurück, ehe er endgültig ins Jenseits eingeht. Vielleicht hielt ihre Mutter ja tatsächlich ihre schützende Hand über sie.

»Und was ist mit *Ihren* Eltern? Ihrer Familie, daheim in China, Ihrer Ehefrau?« Die Frage kam Colin ungelegen, das entging Liu Song nicht. Er hob stirnrunzelnd den Blick zum wolkenverhangenen Himmel und stieß langsam die Luft aus. Sie musterte verstohlen seine Hand. Einen Ehering trug er nicht, aber Ringe waren in China auch nicht so verbreitet, dort wurde mehr Wert auf die Mitgift gelegt. Statt eines Rings war es durchaus üblich, dass man sich zur Hochzeit mit einem Haushaltsgerät oder einem Auto beschenkte.

»Ah, meine Eltern«, fing Colin an. »Mein Vater ist Bankier. Und Mutter ist Hausfrau. Ihre Haut ist so weiß wie Schnee – sie geht kaum je ins Freie, glaube ich. Weil sie den ganzen Tag meine Brüder und Schwestern umsorgt und meine Großeltern. Ich bin der erstgeborene Sohn, also wird von mir erwartet, beruflich und auch sonst in die Fußstapfen meines Vaters zu treten – zu heiraten, mich um meine Mutter zu kümmern, um meine Geschwister …«

Liu Song war erstaunt, das zu hören.

»Aber jetzt sind Sie hier«, sagte sie.

Er nickte langsam. »Ja, stimmt. Ich bin hier. Ich träume immer schon davon, auf der Bühne zu stehen – wollte immer schon Schauspieler werden.« Es klang fast wie um Verzeihung heischend. »Zunächst mal in der Oper, wie Ihr *loudau* – er war einer der ersten Bühnenkünstler, die ich je kennengelernt habe. Ihr Vater hat mich ermutigt – im Scherz natürlich, aber ich habe seinen Zuspruch durchaus ernst genommen. Und ich habe immer viel gelesen, schon als Kind. Habe Englisch gelernt. Aus geschäftlichen Gründen, hat mein Vater gedacht, aber ich hatte andere Pläne. Während andere junge Männer in meinem Alter auf Brautschau waren, um sich eine brave, gehorsame Frau zu suchen, bin ich so viel wie möglich ins Theater und ins Kino gegangen. Ich wollte sein wie Chai Hong in *An Oriental Romeo*.«

»Und dann haben Sie Ihre Familie verlassen?«, fragte Liu Song, verblüfft darüber, dass ein junger Mann wie er es wagte, mit solchen Traditionen zu brechen. Bei ihr war es etwas anderes – sie war Amerikanerin. Den meisten in China geborenen Söhnen aber, die sie kannte, wäre es nie in den Sinn gekommen, ihre Familie zu verlassen. Wer sollte sich denn um ihre Mutter kümmern, wenn ihr Vater einmal nicht mehr lebte?

»Ich sei verdorben worden, haben meine Eltern gesagt. Weil es in Filmen immer nur um Lasterhaftigkeit und Sünde ginge. Entschuldigung, Sie müssen jetzt schlimme Dinge von mir denken.« Colin blickte verlegen auf seine glänzenden Schuhe hinab. »Zu meinem neunzehnten Geburtstag hat mein Vater mich geschäftlich nach Amerika geschickt, allein. Pro forma hat er mich als Teilhaber in ein chinesisch-amerikanisches Unternehmen eingekauft, damit ich als Kaufmann nach Belieben kommen und gehen, das Land verlassen und ungehindert wieder einreisen konnte. Ich habe mich um seine geschäftlichen Angelegenheiten gekümmert, habe alles getan, was von mir erwartet wurde. Die Reise war also ein voller Erfolg. Und dann … habe ich ihm einen Brief geschrieben und mitgeteilt, dass ich nicht vorhätte, wieder nach Hause zurückzukommen. Dass mein jüngerer Bruder an meine Stelle treten sollte.«

Er schwieg kurz. Ein schmerzlicher Ausdruck huschte ihm übers Gesicht.

»Das war vor zwei Jahren«, fuhr er fort. »Eines Tages, so hoffe ich, kann ich als berühmter, oder zumindest anerkannter, Schauspieler nach Hause zurückkehren. Um halbwegs mein Gesicht zu wahren – damit sie mir verzeihen. Ich weiß. Eine törichte Hoffnung, nicht wahr? Mein Vater – er ist ein sehr wohlhabender Mann. Aber selbst als sein ältester Sohn ist mir *ein* schlichter Luxus stets versagt geblieben. Der Luxus, zu ... *träumen* – etwas Eigenes zu machen, aus eigenem Antrieb. Hier aber kann ich meinen Traum leben.« Er wischte sich mit den Händen über die Hosenbeine.

»Sogar mit dem Einkommen eines Schauspielers?«

»Sogar mit dem Einkommen eines Schauspielers.« Colin lachte. »Also habe ich Ihren Vater aufgesucht, und er hatte die Güte, mich als seine zweite Besetzung anzustellen. Sogar Ihren Onkel habe ich mal kennengelernt. Er war gekommen, um sich den Auftritt Ihrer Mutter anzusehen. Er war fasziniert von ihr – so ging es allen.«

»Er ist nicht mein richtiger Onkel.« Beim Gedanken an den Kerl drehte sich Liu Song vor Ekel der Magen um. »Er hatte schon eine andere Frau, in einem Dorf in der Nähe von Kanton. Meine Mutter hat er nur geheiratet in der Hoffnung, sie würde ihm einen Sohn schenken. Jetzt ist seine erste Frau hier, und ich bin die Dienstmagd, das Stiefkind.« *Die Zuchtstute.*

»Dann ergeht es Ihnen ja wie Ye Xian.« Colin lächelte.

Liu Song schüttelte den Kopf. Das Einzige, was sie mit dem chinesischen Aschenputtel gemeinsam hatte, war die böse Stiefmutter. Alles andere aber, der goldene Pantoffel, der zaubermächtige Fisch, der sie mit prächtiger Kleidung versah, und auch das Frühlingsfest, bei dem sie ihren Prinzen fand, fehlte. »In meinem Märchen gibt es kein glückliches Ende.«

»Dann sollten Sie von zu Hause fortgehen«, erwiderte er, als wäre das so einfach.

»Und wo soll ich hin?«

Colin holte tief Luft und atmete langsam wieder aus. »Es geht Ihnen nicht gut zurzeit, ich weiß. Aber Sie könnten es machen wie ich und einfach Ihrem Herzen folgen – wer weiß, wo es Sie hinführt?«

Er sah sie mitfühlend an. Seine Anteilnahme war Balsam für Liu Songs Seele.

»Das hier ist *Gum Shan* – der goldene Berg. Ihr Vater wusste das«, sagte er leise. »Aber das Gold steckt nicht mehr in den Bergen. Es liegt auf der Straße. Sie haben es selbst erlebt – wie diese Leute Sie heute angehimmelt haben. Hier können Sie sein, wer immer Sie sein wollen – es geht nur darum, was man kann und wie man sich präsentiert. Und danach zu urteilen, wie Sie singen, wie Sie sich geben, wissen Sie, glaube ich, genau, was ich meine. Ich für meinen Teil bin immer dann ganz ich selbst, wenn ich in die Rolle eines anderen schlüpfe. Wäre ich dagegen gezwungen, in die Fußstapfen meines Vaters zu treten und Bankier zu werden wie er – das wäre der wahre Mummenschanz, da müsste ich permanent schauspielern und blenden, weil es mir so gar nicht entspricht.«

Liu Song hing förmlich an seinen Lippen.

»Wobei, zugegeben, ein großer Opernsänger bin ich eigentlich nicht. Eine so verheißungsvolle Zukunft steht mir auf der Bühne, glaube ich, nicht bevor. Aber die Zukunft liegt auch ganz woanders.«

Er blickte die Second Avenue hinab, und Liu Song folgte seinem Blick.

»Das Tillicum, das Clemmer, das Melbourne, das Alaska Theatre – es gibt in Seattle bereits achtzig Filmtheater, und von Monat zu Monat, fast schon im Wochentakt, werden es mehr«, sagte er. »*Dort* liegt die Zukunft.«

Die Zukunft, dachte Liu Song. Malte sich diese Worte als Filmtitel aus, der in riesigen Lettern auf einer leuchtenden Anzeigetafel stand, mit ihrem Namen gleich darunter. Zum ersten Mal seit dem Tod ihrer Mutter schöpfte sie wieder so etwas wie Hoffnung.

Dass sie, vielleicht, möglicherweise, eben doch zu etwas Höherem berufen war, als ein Leben als ungeliebtes Stiefkind und Einkommensquelle für Onkel Leo zu fristen oder als Magd und Kindermädchen für Tante Eng und ihre habgierige, schmuddelige Sippschaft.

»Die Zukunft.« Liu Song nickte versonnen. »In Schwarz-Weiß.«

DES TEUFELS ANTEIL
(1921)

In der Zukunft kannst du sein, wer immer du sein willst.

Dieser Gedanke ließ Liu Song den ganzen Heimweg über nicht mehr los. Auch über Colin dachte sie nach, der aus Liebe zum Theater seinem Vater und seiner Familie so radikal den Rücken gekehrt hatte, sich aber jetzt vom Theater löste und ihr von den Möglichkeiten beim Film vorschwärmte – einer noch ungewissen Zukunft entgegeneilte, mutig und mit ausgestreckten Armen, aber allein.

Liu Song wusste, was es bedeutete, allein zu sein. Seit Jahren schon war ihr Leben geprägt von Kummer, Verzweiflung und Hoffnungslosigkeit, bis hin zur völligen Abstumpfung. Jetzt war ihr, als würde sie die Welt auf einmal mit neuen Augen sehen, mit den Augen ihrer Mutter.

Was würde mein Vater davon halten?, fragte sie sich. Ihre Eltern waren ganz begeistert von Filmdramen gewesen und für ihr Leben gern ins Kino gegangen, trotz des modernen Publikums, trotz der ungewöhnlichen Filmstoffe.

Die Vorstellung, bei einem Film mitzuwirken, schien Liu Song verwegen und unschicklich, nicht anders als das Wagnis ihrer Mutter, auf der Bühne aufzutreten. Als sie jedoch an einem Kino vorbeikam, in dem *The Devil's Claim* gezeigt wurde, und die vielen Menschen sah, die geduldig in einer Schlange vor der Kasse warteten, um Eintrittskarten zu erstehen, verschob sich ihre Perspektive wie ein Kaleidoskop, und sie bestaunte die neuen Farben, Formen und Muster der Zukunft, die sie in ihrer Fantasie vor sich sah. Besonders, als sie das riesige Filmplakat bemerkte, auf dem der schneidige Sessue Hayakawa zu bewundern war. Ihr Vater hatte Hayakawa einmal in einer Theateraufführung von *Die Drei Musketiere* gesehen, auf Japanisch, und war restlos begeistert.

»Er hat nicht den unterwürfigen Kuli gespielt. Seine Gesten waren so dramatisch, so poetisch, dass man wie in den Bann geschlagen war, auch ohne die Sprache zu verstehen – das ist wahre Schauspielkunst«, hatte ihr Vater gesagt.

Dass Hayakawas Englisch vermutlich nicht ganz perfekt war, spielte beim Stummfilm keine Rolle; hier sprachen Mimik und Gestik ganz für sich. Worauf es auf der Leinwand ankam, war einzig sein gutes Aussehen, sein tiefsinniges Charisma und sein stechender, durchdringender Blick, bei dem selbst biedere, gesetzte Amerikanerinnen in Scharen dahinschmolzen. Er hatte schon in Dutzenden Filmen mitgespielt, und Liu Songs Vater zufolge war er ähnlich berühmt wie Douglas Fairbanks und Charlie Chaplin.

Colin erinnerte sie an Hayakawa, aber nicht nur, weil er ähnlich mysteriöse Augen und ein ähnlich perfektes Lächeln hatte. Während sie über Colin nachsann, wusste sie nicht zu entscheiden, was ihr an ihm besser gefiel, sein Ehrgeiz – seine Entschlossenheit, seine Träume zu verwirklichen – oder seine stille Melancholie, dass er es sichtlich bedauerte und darunter litt, sich seinen Pflichten als Sohn entzogen zu haben. Sein Konflikt war real, er betrauerte ihn ganz offen. Und er machte keinen Hehl daraus, dass er für seine Träume einen hohen Preis zu bezahlen hatte. Es war eine sonderbare Art von Redlichkeit, die sie irgendwie an ihren Vater erinnerte.

Der kalte Wind trug einen Geruch nach regendurchnässtem Ruß herüber, als Liu Song zu den mit Brettern zugenagelten Überresten des alten Opera House kam. Die äußere Backsteinhülle hatte den Brand so weit überstanden, alle Bauteile aus Holz aber, das Dachgebälk, die Bühne und der Parkettboden, waren restlos in Flammen aufgegangen. Jetzt wurde die Ruine wieder hergerichtet, um künftig als Parkhaus zu dienen.

Liu Song blieb stehen und starrte die Backsteinmauer vor sich an, an der noch die Überreste eines Plakats hingen, auf dem *Zhuangzi prüft seine Frau* beworben wurde. Die Farben waren über die Jahre ausgebleicht, wodurch Zhuangzis Witwe noch unglücklicher wirkte. Der Ausdruck ihrer Maske brachte ihren Gram zum Ausdruck, die Not ihrer gequälten Seele, die so unerbittlich auf die Probe gestellt wurde. Auf dem Plakat war das Gewand dargestellt, das ihre Mutter getragen hatte, das Gewand, das Liu Song heute unter ihrem Bett aufbewahrte. Während sie das Plakat anstarrte, dachte sie über die Präsenz ihrer Mutter nach – über den umtriebigen Geist ihrer Ah-Ma, wie Colin es ausgedrückt hatte. Liu Song war froh, nun die Maske zu besitzen, die ihre Mutter damals getragen hatte. Im Nieselregen stand sie da und betete stumm vor der Ruine des Theaters, ganz ähnlich wie Ye Xian, die vor den Trümmern ihrer Vergangenheit gebetet hatte, in der Hoffnung auf neue Kleider und ein neues Leben. »Ah-Ma, du hast damals die Farben der Krankheit und Verzweiflung getragen«, murmelte Liu Song bei der Erinnerung daran, was die Farben auf der Bühne versinnbildlichten; ihre traditionelle Bedeutung hatte sie einst ihr Vater gelehrt.

Liu Song ging weiter. Unterwegs kam sie erst an einem buddhistischen Gotteshaus vorbei und dann an einem Shinto-Tempel, denn inzwischen befand sie sich in der japanischen Siedlung. Beim Cherry-Land-Blumenladen kam ihr spontan der Lieblingstee ihrer Mutter in den Sinn, der aus den Samen einer blauen Blume aufgegossen wurde. An der Weller Street machte sie also einen Abstecher in den Murakami-Store und schlenderte durch die Gänge, vorbei an Kisten und Kästen voller Trockenwaren. Sie war auf der Suche nach den besagten Samen, doch vielleicht erhoffte sie sich ja auch, dass ihr Gebet irgendwie erhört wurde. Stattdessen fand sie etwas anderes, das durchaus genügte – Keramikfarben nämlich. Liu Song ging das Sortiment langsam durch und nahm schließlich zwei Gläschen aus dem Regal, eins mit Gold-, eins mit Silberfarbe. Sie hatte gerade genug Geld dabei, um beide bezahlen zu können.

Hochzufrieden bog sie anschließend in die Canton Alley ein. Während sie auf ihr Haus zuging, dachte sie: *Du wirst bald wieder auftreten, Ah-Ma. Und dabei wirst du die Farben tragen, die dir zustehen.*

Als sie in die Wohnung trat, schlug ihr eine Wolke von Gestank entgegen, nach Zigarettenqualm, Flatulenz und Schweißfüßen. Tante Engs Schwestern waren immer noch da. Sie hatten sich mittlerweile häuslich eingerichtet, hatten ihre tropfende Wäsche an den Leinen aufgehängt, die quer über die schmale Straße gespannt waren, während ihre Kinder aus der Zeitung Papiermännchen ausschnitten und die Schnipsel dabei achtlos auf den Boden fallen ließen. Einer der Jungen hatte sich in dem Tiergeschäft ein Stück die Straße hoch sogar eine Schildkröte gekauft, die er nun in Liu Songs Zimmer herumkrabbeln ließ. *Vielleicht lässt Tante Eng sie ja in den Kochtopf wandern, wenn ich Glück habe*, überlegte Liu Song.

Das Chaos in der überfüllten Wohnung ging Liu Song gegen den Strich, aber sie ließ sich nichts anmerken. Schweigend verrichtete sie alles, was von ihr verlangt wurde, ohne ein Widerwort, wie Ye Xian. Sie half beim Kochen und umsorgte Tante Engs Angehörige. Sie spielte mit den Kindern, die ihre Geduld auf eine harte Probe stellten: Es waren ungezogene Bälger, die nichts vom Teilen und Abgeben hielten und sofort brüllten wie am Spieß, wenn sie nicht ihren Willen bekamen. Was Liu Song jedes Mal einen scharfen Rüffel von Tante Eng und ihren Schwestern eintrug, die ihr vorwarfen, sie könne nicht mit Kindern umgehen. Liu Song ging sogar noch mal los, um im Laden eine Dose Kautabak zu besorgen, für eine von Tante Engs Schwestern, die den gemahlenen Tabak kaute und die widerlich riechenden Überreste anschließend in eine alte Kaffeebüchse spuckte.

Onkel Leo, das war das einzig Positive, hatte für ihre lauten, schmuddeligen Hausgäste ebenfalls nicht viel übrig. Nach der Arbeit kam er nur kurz nach Hause, um zu essen, sich zu rasieren und mit reichlich Bay-Rum-Rasierwasser seinen Körpergeruch zu übertünchen. Nach dem Entzünden einiger Räucherstäbchen vor seinem Familienschrein und einem kurzen Gebet, damit ihm das Glück hold sein möge, verließ er sodann eilig das Haus, um an einem Treffen der wohltätigen Eng Suey Sun Association teilzunehmen oder im Wah Mee Club Poker zu spielen. Meist blieb er die ganze Nacht fort und kehrte erst kurz vor Morgengrauen zurück. Manchmal suchte er sie dann noch auf, aber sie stellte sich jedes Mal schlafend – obwohl sie innerlich tausend Tode starb, während er sich an ihr verging.

Liu Songs Los, im Haushalt Mädchen für alles spielen und nachts die Zudringlichkeiten Onkel Leos über sich ergehen lassen zu müssen, währte zum Glück nur wenige Tage. Dann folgte sie Tante Eng und ihrem Anhang zum Bahnhof an der King Street, beladen mit dem Gepäck der lieben Gäste. Statt noch mit auf dem Bahnsteig zu warten, kehrte sie umgehend nach Hause zurück, wo Onkel Leo, offenbar angetrunken, gerade damit beschäftigt war, den Holzboden mit Puder einzustäuben. Sieben Tage waren inzwischen seit der Beerdigung ihrer Ah-Ma verstrichen. Der alte Aberglaube schrieb vor, dass sie diesen Tag schlafend im Bett verbrachten und ihr Zimmer erst wieder verließen, nachdem der Geist ihrer Mutter diese Welt endgültig verlassen hatte – nachdem ihre Ah-Ma ihre letzte Reise angetreten hatte. Liu Song akzeptierte diesen Brauch. Sie begrüßte ihn sogar. Tatsächlich hatte sie diesem Tag schon die ganze Woche entgegengefiebert.

In ihrem Zimmer zog sie leise den Koffer unter ihrem Bett hervor und nahm die Sachen ihrer Mutter heraus. Liu Song betrachtete prüfend die Opernmaske, die sie sorgfältig neu bemalt hatte. Die einstige Bemalung, in Grün, das für mangelndes Urteilsvermögen stand, und Blau, Sinnbild für Scharfsinn und Treue, war nun mit metallisch schimmerndem Silber und Gold übertüncht. Silber und Gold waren die Farben des Mysteriums, die Farben einer zürnenden Gottheit, eines rasenden Dämons – oder eines Geistes, der auf Rache sann.

Liu Song betrachtete weiter die Maske, während sie darauf wartete, dass Tante Eng nach Hause kam und sich zu Bett begab. Sie biss sich auf die Zunge, als sie das betrunkene Gelächter ihrer Stiefeltern hörte. Die beiden hatten hörbar ihren Spaß, während sie die letzten Flaschen Starkbier aus dem Vorrat ihres Vaters leerten. Früher hatte es dieses Getränk in ihrem Haushalt nur an einem einzigen Tag im Jahr gegeben, zur Feier des Neuen Jahrs nämlich.

Als sie sicher war, dass Onkel Leo und Tante Eng sich zu Bett begeben hatten und schliefen, nahm Liu Song das schimmernde weiße Gewand ihrer Mutter aus dem Koffer. Es hatte sehr lange, fließende Ärmel und war mit dramatischen roten Stickereien verziert. Sie kleidete sich an, ganz in Ruhe, voller Sorgfalt und Ehrfurcht, achtete auf jedes kleine Detail, als würde sie eine Rüstung anlegen, ehe sie in den Kampf zog. Sie türmte sich das lange Haar zu einer Hochfrisur auf, wie sie von Ehefrauen getragen wurde, und umrandete sich die Augen mit fettiger schwarzer Schminke. Damit ihre Augen obendrein weit offen gehalten wurden, legte sie sich einen Lederriemen um die Stirn, den sie ganz stramm zog, wie sie es oft bei ihrem Vater gesehen hatte, und dann am Hinterkopf verknotete. Über den Riemen stülpte sie den glitzernden Kopfputz ihrer Mutter, den sie anschließend am Leder festhakte. Zum krönenden Abschluss band sie sich die Dämonenmaske um und trat vor ihren Frisierspiegel, um sich anzusehen. Statt sich über den Anblick zu amüsieren, wie sie es eigentlich erwartet hatte, überlief sie spontan eine Gänsehaut. Eine Fremde blickte ihr aus dem Spiegel entgegen, mit im Lampenschein rötlich funkelnden Augen, die sie nicht wiedererkannte. Sie war nicht länger Liu Song. Und auch nicht Ye Xian, das Aschenputtel. Sie war nicht bloß eine Tochter, die mit den Sachen ihrer Mutter Verkleiden spielte. Nein, sie *war* jetzt ihre Mutter und sei es nur für diese eine Nacht. Und ihre Mutter war ein Geist. Ein sehr zorniger Geist.

Im Wohnzimmer öffnete sie die Klappe des gusseisernen Ofens und schürte das Feuer, bis es wieder richtig brannte. Mit einem Räucherstäbchen, das sie anschließend in den Halter steckte, zündete sie der Reihe nach alle Kerzen im Zimmer an. Schließlich ging sie in die Küche und suchte das längste und schärfste Tranchiermesser heraus – das Messer, mit dem ihre Mutter früher immer Schweinekeulen entbeint hatte. Liu Song hielt das Messer vor sich in die Höhe und sah, wie sich die Farben ihres Gewandes in der glänzenden Klinge widerspiegelten – sie wirkten wie Blut und Feuer.

Liu Song verbarg das Messer sorgsam unter dem langen, weit aufschwingenden Ärmel und schlich dann an der Wand im Flur entlang zur Wohnungstür. Von dort trat sie mit ihren bloßen Füßen vorsichtig auf den mit Puder bestäubten Boden, um von der Tür bis zum Schlafzimmer ihrer Stiefeltern eine Spur von gespenstischen Fußabdrücken zu hinterlassen. Sie atmete tief durch, lauschte noch einmal kurz auf das Knacken und Zischen der frisch entzündeten Kerzen und öffnete dann die Schlafzimmertür. Das Anklopfen schenkte sie sich.

Liu Song hatte das Gefühl, bei ihrem Auftritt nicht allein zu sein: Es war, als würden sie und ihre Mutter als Verkörperung der Witwe Zhuangzis in einem Körper vereint ins Zimmer schreiten. Im diffusen Schein des Feuers, der hinter ihr in den dunklen Raum flutete, warf ihre Gestalt einen spinnenartigen Schatten auf das Bett, und ihre langen Ärmel streiften flüsternd über den Boden. Tante Eng wachte als Erste auf und stieß eine Art spitzes Quieken aus, wie ein verängstigtes, in die Enge getriebenes Schwein. Dann glitt Liu Song, ihre Mutter, die *Witwe* zu dem Messinggeländer am Fußende des Betts. Sie konnte Onkel Leos Fahne riechen, als er kerzengerade im Bett in die Höhe schoss, als würde er aus einem bösen Traum aufschrecken, nur um jetzt in einem realen Albtraum zu landen. Sein Gesicht verzerrte sich vor Angst, er verzog panisch den Mund, während sein vom Alkohol benebelter, abergläubischer Verstand verzweifelt zu begreifen versuchte, was er da vor sich sah. Die Witwe zog gemächlich ihren langen Ärmel hoch und brachte das Messer zum Vorschein. Stumm deutete sie mit der spitzen Klinge auf Tante Engs weichen Bauch, ehe sie leise ums Bett herum zu Onkel Leo glitt und ihn mit starr aufgerissenen Augen fixierte. Die Witwe wirbelte ihren Ärmel in die Höhe, bis ihre andere Hand zum Vorschein kam, packte Leo am Schopf und riss seinen Kopf zurück, um die kalte Klinge des Messers an das weiche Gewebe gleich unter seinem Kinn zu drücken. Er wurde kreidebleich und wagte nicht zu atmen.

»Du wirst meine Tochter nie wieder anrühren«, raunte ihm die Witwe drohend auf Kantonesisch durch die Dämonenmaske hindurch zu. »Du wirst nicht mit ihr *sprechen*. Du wirst sie nicht *ansehen*«, zischte sie. »Du wirst ihr alles geben, was ihr *zusteht – und mehr*. Und du wirst vor dem nächsten Neumond *mein ... Zuhause ... verlassen*, sonst werde ich *dich* an dieses Bett fesseln und dir jeden Abend Kampferöl einflößen, bis du mir in die Geisterwelt folgst. Und ich schwöre, bei deinem Blut und beim Blut deiner Familie, dir keine Ruhe zu lassen, bis du aus dieser Wohnung verschwunden bist.«

Die Witwe richtete ihren Blick auf Tante Eng, die nur noch ein wimmerndes Häuflein Elend war, und girrte mit hoher, schriller Stimme: »*Ich bin nur die Zweitfrau*.« Sie ließ den Arm vorschnellen und berührte die Lippen der Frau mit der Messerspitze. »Für dich aber bin ich immer noch die *Große Mutter*.«

Liu Song entkleidete sich und setzte sich dann auf ihr Bett. Ihr Herz raste wie wild, sie hatte Mühe, sich zu beruhigen. Mit grimmiger Freude rief sie sich vor Augen, wie Onkel Leo und Tante Eng sich angstschlotternd zusammengekauert hatten, als sie das Zimmer verließ. Ihre Tapferkeit war nur gespielt gewesen, eine Rolle, die sie zwar beflügelt, aber emotional ausgelaugt hatte. Sie war froh gewesen, als sie die Maske endlich ablegen konnte, die sie auf einmal als erstickend empfand, und betrachtete jetzt die Öffnungen in dem dünnen Holz, die ihr wie ein Widerhall der inneren Leere vorkamen, die sie empfand. Dann hob sie den Blick und spähte in ihrem dunklen Zimmer umher, halb in der Erwartung, in einer der Ecken ihre Mutter und ihren Vater stehen zu sehen oder ihre Brüder, lautlos applaudierend oder beifällig nickend. Durch die Wände konnte sie Onkel Leos erregte Stimme hören, das Schluchzen von Tante Eng.

»Gut gemacht, Liu Song«, hätte ihr Vater ihr nun wohl zugeflüstert.

»Zugabe«, hätte ihre Mutter vielleicht hinzugefügt, während sie sich die Tränen abwischte.

Liu Song ließ sich auf die Matratze sinken und drückte ihr Gesicht in das Gewand, das sie getragen hatte; in dem Stoff haftete noch das Fluidum ihrer Mutter, er roch nach ihrer Haut, ihrem Parfüm – ihrer Essenz. Sie fehlte ihr so sehr. Liu Song krallte die

Finger in ihr Kissen und kniff die Augen zu, aber sie konnte noch immer nicht weinen. Bloß eine Sturzflut von Gefühlen schwappte in ihr hoch – Wut, Verlassenheit, die Angst vor dem Alleinsein, dazu die Last des emotionalen Mühlsteins, der ihr um den Hals gebunden war und sie immer tiefer in die trüben Fluten brennender, beißender Einsamkeit hinabzog. Sie wollte, sie hätte weinen können, jammern und wehklagen, die ganze Nacht. Stattdessen rollte sie sich auf ihrem Bett zusammen und horchte in der Dunkelheit auf ihren rasenden Herzschlag, der sich nach und nach wieder beruhigte, wie das Ticken einer überdrehten Uhr, die langsam in ihren normalen Takt zurückfand.

KOPF ODER ZAHL

(1921)

Am Morgen darauf fehlte von Onkel Leo und Tante Eng jede Spur. Ihre Sachen aber, Kleidung und so weiter, hatten sie in der Wohnung zurückgelassen, als wären sie Hals über Kopf geflüchtet. Liu Song empfand ihre Einsamkeit als seltsam tröstlich, während sie barfuß durch die stillen, verlassenen Zimmer streifte. Ob ihre List aufgegangen war, wusste sie nicht. Vielleicht hatten ihre Stiefeltern ja mittlerweile durchschaut, dass sie es war, die den nächtlichen Spuk veranstaltet hatte. Weil sie jetzt wieder nüchtern waren und nicht mehr so leicht zu erschrecken wie in der Nacht, als sie beide noch benebelt von ihrem Umtrunk waren. Aber was spielte das für eine Rolle. Hauptsache, sie waren erst mal fort, und Liu Song erhielt als Verkörperung der Witwe Zhuangzis eine Atempause. Kurz keimte in ihr die wehmütige Hoffnung auf, dass der Geist ihrer Mutter tatsächlich zurückgekehrt war und die beiden gepackt hatte, um sie mitzunehmen in die Welt der Geister, mochten sie noch so sehr schreien und kreischen, strampeln und um sich schlagen.

Liu Song lächelte vor sich hin, während sie ein Hom Bao vom Vortag zum Frühstück verzehrte. Nie zuvor hatte ihr eine gedämpfte Teigtasche mit Schweinefleischfüllung so gut gemundet. Sie trank noch eine Tasse heißen schwarzen Tee und ging dann zur Arbeit, wo sie die Zuhörer mit ihrem fröhlichen Gesang mehr denn je begeisterte und einen ganz besonderen Erfolg verzeichnete: Ein wohlhabendes Ehepaar kaufte Mr Butterfield endlich eins der Pianolas ab, nur der erste Verkauf von vielen, wie er hoffte. Und dazu hatte sie nicht einmal ihren Rock kürzen müssen. Um sich erkenntlich zu zeigen, zahlte ihr Arbeitgeber Liu Song die Prämie sofort in bar aus und schickte sie eine Stunde eher als sonst nach Hause. Auf dem Heimweg machte sie sich im Stillen auf eine Auseinandersetzung mit Onkel Leo gefasst. Vielleicht würde er sie ja sogar vor die Tür setzen. Ja, sie hoffte beinahe, ihre

Kleidung und sonstige Habe bereits unten beim Abfall vorzufinden, das hätte sie nicht weiter schockiert. In der Canton Alley aber schien alles beim Alten. In der Wohnung allerdings brannte kein Licht, und die Wäscheleine wirkte merkwürdig verwaist, bis auf einen Star, der flügelschlagend und pfeifend darüber hinweghopste. Die Wohnungstür war nur angelehnt. Als Liu Song hindurchtrat, waren Tante Eng und Onkel Leo noch immer fort, so viel war klar. Unseligerweise aber auch alles andere, was sich in der Wohnung befunden hatte: das neue Radio, das Geschirr, die Töpfe und Pfannen, die Teppiche und sämtliches Mobiliar. Alles bis auf Liu Songs Bett war restlos fortgeschafft worden. Sogar die Speisekammer und die Küchenschränke hatten ihre Stiefeltern leer geräumt. Was sie an Essbarem nicht mitgenommen hatten, lag wie Abfall am Boden verstreut, nur eine halb leere Packung nicht mehr ganz frischer Salzkräcker hatten sie für Liu Song zurückgelassen. Kopfschüttelnd drehte sie eine Runde durch die Wohnung, in der nur hie und da leere Kisten und Kartons auf dem kahlen Holzboden herumstanden. Verwunderlich eigentlich, dass sie nicht auch noch die Lichtschalter und Tapeten mitgenommen oder die Kupferrohre unter dem Spülbecken ausgebaut hatten.

Ich habe erreicht, was ich mir gewünscht habe, Onkel, dachte sie. *Und du hast dafür alles mitgenommen, was nicht niet- und nagelfest war.*

Dann kam Liu Song ihr Koffer in den Sinn. Sie stürzte mit Herzklopfen in ihr Zimmer und kniete sich hin, um einen Blick unter ihr Bett zu werfen. Legte sich dann bäuchlings auf den kühlen, staubigen Holzboden und atmete erleichtert auf, als sie sah, dass der Koffer ihrer Mutter noch da war. Sie zog ihn unter dem Bett hervor und klappte ihn auf, wobei sie sich aber mit der Überlegung beruhigte, dass ihr abergläubischer Stiefvater es vermutlich nicht gewagt hatte, ihn anzurühren. Nicht auszudenken, wenn er oder Tante Eng den Koffer aufgemacht und die Maske entdeckt hätten …

Liu Song wischte sich den kalten Schweiß von der Stirn und richtete sich dann auf, um einen Blick in ihren leer geräumten

Schrank zu werfen. Ihre Kleidung lag in einem unordentlichen Haufen am Boden. Sie hatten sämtliche Sachen, die ihrer Mutter gehört hatten, hinausgeworfen und alles mitgenommen, was irgendwie von Wert war – restlos.

Nicht mal einen einzigen Kleiderbügel habt ihr mir dagelassen, dachte Liu Song. Da hörte sie ein Klopfen an der Wohnungstür. Sie stand eilig auf, vergewisserte sich, dass ihr Geld nach wie vor vorne in ihrem Ausschnitt steckte, wo sie es verwahrt hatte, und klopfte sich den Staub vom Kleid, so gut es ging. Falls es der Hauswirt war, hätte sie eben genug Geld, um ihm eine Monatsmiete auszuhändigen. Obwohl sie nicht ganz sicher war, wie er es aufnehmen würde, dass sie als lediges Mädchen künftig allein hier wohnte. Das war nämlich allgemein verpönt, und Liu Song ging davon aus, dass der Mann um den guten Ruf seines Mietshauses besorgt war. Schon schlimm genug, dass alleinstehende Chinesinnen von der Polizei automatisch als Prostituierte eingestuft wurden, aber ein Hauswirt …

»Hallo?«, rief eine Stimme von der Tür her, die sie auf Anhieb wiedererkannte. »Liu Song?«

Sie eilte ins Wohnzimmer, zutiefst beschämt über die Unordnung. »Colin?«

Er öffnete die Tür und nahm seinen Hut ab. Warf einen Blick ins Zimmer, musterte rasch den Fußboden, die leere Zunderbüchse am Ofen, die ausgeräumten Schränke. »Darf ich … eintreten?«

»Bitte sehr.« Liu Song spürte, wie sie vor Verlegenheit rot anlief. »Es tut mir sehr leid. Ich wollte, ich könnte Ihnen einen Stuhl anbieten oder eine Tasse Tee. Bitte lassen Sie mich erklären …«

»Das ist nicht nötig …«

»Es ist nur so, mein Onkel und seine Frau … sie haben alles mitgenommen …«

»Beruhigen Sie sich, das stört mich nicht. Wirklich«, sagte Colin, während er sich umsah und lächelnd das Chaos musterte. »Vom überstürzten Auszug der beiden habe ich schon gehört.«

»Was haben Sie gehört?«

Colin drehte wortlos eine alte Obstkiste auf die Seite und bot sie Liu Song mit einer Handbewegung höflich als Sitzgelegenheit an. Sie ließ sich auf der Holzkiste nieder, versuchte ihr knittriges Kleid glatt zu streichen, ohne viel Erfolg allerdings, und konnte sich kaum sattsehen an dem reizenden jungen Mann, der sich auf einem Knie vor ihr niederkauerte. Sein Anzug wirkte perfekt gebügelt, und sein Haar saß tadellos, trotz des windigen Wetters draußen. Er kauerte so dicht vor ihr, dass sich ihre Zehen fast berührten. So dicht, dass sie sein Rasierwasser riechen konnte. Er hob eine leere Tabakdose vom Boden auf, schnupperte kurz daran und legte sie dann wieder beiseite. Sah sich in der verwüsteten Wohnung um, in der überall Abfall verstreut lag, ganz gelassen, als fände er das Chaos nicht weiter schlimm – als handelte es sich nur um eine kleinere Unannehmlichkeit, die ohne Weiteres in den Griff zu bekommen war.

»Ihr Stiefvater ist heute Nachmittag im Wah Mee Club aufgetaucht. Ich war zufällig dort und habe mitbekommen, wie er allen vorgejammert hat, dass er nicht länger Ihr Onkel sein will.«

Liu Song hob die Hand an den Mund und musste ein Grinsen unterdrücken, während sie daran dachte, was der Kerl ihr angetan hatte, wie schlecht er ihre Mutter behandelt hatte. »Tatsächlich?«

Colin nickte. »Er kam rein und redete darüber, wie jung und schön Sie seien – wobei er sich allerdings weit unfeiner ausdrückte. Und da es in Chinatown ja so wenige junge, unverheiratete Mädchen gäbe, dafür aber hunderte, wenn nicht tausende arbeitende Männer, die eine Frau suchten, äußerte er die Auffassung, dass sich doch jemand finden müsste, dem Sie etwas wert sind.«

Liu Songs Lächeln erlosch. Was sie da hörte, machte sie fassungslos. Davon, dass Eltern ihre jüngeren Söhne als Arbeitskräfte an andere Familien verkauften, hatte sie schon gehört, aber dass eine Tochter die Familie wechselte, kam eigentlich nie vor – jedenfalls hier in Amerika – und in ihrem Viertel schon gar nicht. Außer bei arrangierten Ehen. Sie schluckte mühsam, ehe sie sich dazu überwand, zu fragen: »Hat er mich … mit irgendeinem Mann verlobt?«

»Leider war es sogar noch schlimmer.«

Was kann denn noch schlimmer sein?, überlegte Liu Song. *Ich bin verkauft worden wie eine Kuh.*

»Weil niemand auf sein Angebot einging, Sie ihm gegen ein Ehegeld abzukaufen, hat er Sie als Spieleinsatz ausgelobt«, sagte Colin, hörbar widerstrebend, als empfände er diese Wahrheit als schlimme Beleidigung. »Bei einer Runde Kopf oder Zahl – und er hat Sie verloren.«

»Jemand hat mich *gewonnen*?«, fragte Liu Song ungläubig. »Bei einem Münzwurf?«

Sie sah Colin an, entsetzt und völlig entgeistert, bis er erst nach kurzem Zögern erneut nickte. Er löste seinen Schal ein wenig, nestelte verlegen an seinem Hut herum.

»Aber deshalb bin ich ja direkt hergekommen«, sagte er. »Der Mann, der Sie gewonnen hat, war ein älterer Herr aus Guangdong, ein Witwer, der hocherfreut schien, bald eine neue, junge Frau zu haben. Er würde mit Ihnen nach China fahren, hat er gesagt, um dort ganz traditionell zu heiraten.«

»Niemals!«, widersprach Liu Song erregt. »Vorher fliehe ich. Er wird mich niemals finden …«

»Das wird nicht nötig sein.« Colin zuckte leicht mit den Schultern.

»Wie können Sie da so sicher sein?«

»Weil.« Colin drohte hörbar die Stimme zu versagen. Er räusperte sich und sprach auf Englisch weiter. »Weil sich ein anderer Herr zu Wort gemeldet und ein besseres Angebot gemacht hat. Dieser Mann bot dem Witwer doppelt so viel Geld, wie dieser ursprünglich gesetzt hatte, und als das nicht reichte, bot er ihm dreimal so viel, viermal und zum Schluss fünfmal so viel. Bis der alte Lüstling endlich nachgab und stattdessen das Geld nahm. Ihr Onkel schien ziemlich verärgert darüber, Sie um weniger Geld verwettet zu haben, als Sie tatsächlich wert sind.«

Was ich tatsächlich wert bin? Liu Song hätte am liebsten geschrien und geweint, doch sie beherrschte sich. Stattdessen stand sie auf und überlegte, wie sie am besten schnellstmöglich die Stadt verlassen konnte – aber sie hatte ja kaum Geld. »Und wer ist dieser … *Herr*?« Das letzte Wort spie sie geradezu aus.

Colin erhob sich ebenfalls. Drückte sich seinen Hut ans Herz und blickte sie direkt an. »Deshalb bin ich hier. Ich wollte nicht, dass Sie es irgendwie auf der Straße erfahren und falsche Schlussfolgerungen ziehen. Sie sind frei, können tun und lassen, wonach Ihnen der Sinn steht, das versichere ich Ihnen. Auch welchen Mann Sie sich erwählen und zu welchem Zeitpunkt, bleibt ganz allein Ihnen überlassen.«

Liu Song schüttelte verständnislos den Kopf.

»Denn dieser törichte Herr war … ich«, sagte Colin.

Liu Song verschlug es kurz die Sprache. Sie wusste nicht recht, was er damit sagen wollte oder wem genau sie was schuldig war. »Es … tut mir leid …«

»Das konnte ich einfach nicht zulassen«, fuhr Colin fort. »Deshalb habe ich eingegriffen. Was Sie hoffentlich nicht als unschicklich empfinden. Sie sind ein unverheiratetes Mädchen, und auf keinen Fall wollte ich …«

»Ich bin …«, fing Liu Song an und verstummte dann, ganz überwältigt von Freude, Dankbarkeit und leiser Verwirrung über seine stockend vorgetragene Erklärung. »Vielen Dank. Ich kann Ihnen alles zurückzahlen – ich habe ein wenig Geld, und ich werde weiterarbeiten. Ich zahle Ihnen alles zurück, bis auf den letzten Penny …«

»Sie schulden mir nichts. Ich habe noch etwas Geld von meinem Vater, obwohl er mit meiner Berufswahl nicht einverstanden ist. Und da ich so großen Respekt vor Ihrem *loudau* hatte – wirklich, es war das Mindeste, was ich tun konnte. Ich stehe tief in seiner Schuld. Ihrem Vater habe ich mein erstes Engagement beim Theater zu verdanken.«

Liu Song war noch immer völlig verwirrt. »Ich fühle mich noch nicht bereit, zu heiraten …«

Colin lächelte ihr beruhigend zu. »Und darum bitte ich Sie auch gar nicht. Was aber nichts mit Ihnen persönlich zu tun hat. Ich bin mir sicher, Sie werden einen Mann finden, der Ihrer würdig ist.

Apropos heiraten, den hier hat Ihr Onkel mit Ihnen zusammen verschachert.« Colin griff in seine Jackentasche und streckte ihr dann die Hand entgegen: Es war der Ring ihrer Mutter.

Liu Song war zwar erleichtert, doch gleichzeitig wurde ihr speiübel. Sie nahm Colin den Ring ab und dankte ihm, empfand aber zugleich das Bedürfnis, das Schmuckstück gründlich in kochendem Wasser zu reinigen. Sie betrachtete kurz ihr verwischtes Spiegelbild in dem verschmierten Gold und steckte sich den Ring dann an ihren rechten Ringfinger.

Colin wechselte rücksichtsvoll das Thema und bot an, ihr beim Aufräumen behilflich zu sein. Er verschwand kurz eine Treppe höher, wo der Hausmeister in einem Schrank sein Reinigungszubehör aufbewahrte, kehrte mit einem Besen und einer Kehrschaufel zurück und fing an, die Abfälle auf dem noch immer mit Puder bestäubten Boden zusammenzufegen. Er lachte und klatschte Beifall, als Liu Song ihm erzählte, wie sie die Maske ihrer Mutter neu bemalt hatte und welchen Streich sie ihren Stiefeltern gespielt hatte. Sie machten sich zusammen über Onkel Leo und seinen rückständigen Aberglauben lustig. Plauderten über Musik und Filme, über ihre Familien und darüber, wie sehr sie ihnen fehlten, über schöne Zeiten in ihrem Leben und auch über persönliche Tiefpunkte, über Momente des Kummers und der Reue. Als es langsam Abend wurde, warf Colin einen Blick auf die Uhr und erklärte, er müsse jetzt gehen.

»Ich sollte wirklich nicht hier sein, jetzt, wo Ihre Stiefeltern ausgezogen sind«, sagte er unten an der Haustür zu ihr. »Ich möchte auf keinen Fall, dass hier in der Nachbarschaft irgendwelche Gerüchte aufkommen. Kommen Sie erst mal alleine zurecht? Vielleicht sollten Sie sich eine Mitbewohnerin suchen?«

Liu Song nickte, obwohl ihr nicht ganz klar war, was das für Gerüchte sein sollten. Seine Körpersprache aber verriet ihr, dass er es wirklich eilig hatte, sich noch vor Einbruch der Dunkelheit zu verabschieden. Dann hob sie den Blick und begriff, als sie die rot glühenden Punkte weiter oben im Dunkel sah: Es waren die Zigaretten der vielen Männer, die in den Etagen über ihr wohnten. In den obersten beiden Stockwerken des Hauses war das Freeman Hotel untergebracht, eine Billigpension, in der lauter unverheiratete Männer hausten, Arbeiter aus der Konservenfabrik und Waldarbeiter, Wäschereigehilfen und Garköche, die abends zusammen auf der Feuerleiter herumsaßen, rauchten und über die Dinge redeten, die sie sich am meisten wünschten, Geld und Frauen. Liu Song war lange Zeit so mit der Sorge um ihre Mutter ausgelastet, dass sie an die Männer da oben eigentlich nie einen Gedanken verschwendet hatte und wenn, dann hatte sie sie einfach nur als Nachbarn empfunden, Landsleute, die ihre Sprache sprachen, genau wie die anderen Familien, die hier in der Straße wohnten. Diese arglose Sicht der Dinge fiel jäh von ihr ab, als ihr klar wurde, dass diese einsamen Männer, die da zu ihr hinabsahen, vermutlich ziemlich oft über sie nachdachten. Bei dem Gedanken lief es ihr kalt über den Rücken, und sie fröstelte in der kühlen Abendluft.

»Heißt das, ich sehe Sie nicht wieder?«, fragte sie Colin. Sie ließ ihn wirklich ungern ziehen, war aber bemüht, sich das nicht allzu sehr anmerken zu lassen.

Er antwortete nicht sofort. »Nein. Das heißt nur, dass wir uns besser nicht in Ihrer Wohnung treffen sollten, um den Hühnern und Hennen hier in der Gegend keinen Anlass zu Klatsch und Tratsch zu liefern.« Er deutete mit einer Kopfbewegung zu den anderen Wohnungen in der Straße. »Und auch nicht den Geiern.« Er sah nicht nach oben, aber sie wusste auch so, wer gemeint war.

»Wie wär's mit Freitag?«, fragte Liu Song prompt, erstaunt über ihre eigene Kühnheit. Aber sie wollte ihn einfach noch nicht gehen lassen, um nicht allein zu sein. Weil sie sich von ihm irgendwie beschützt fühlte. »Neulich ist mir auf dem Heimweg ein Plakat für eine Frühvorstellung im Moore Theatre ins Auge gefallen. Ein ganz neuer Film, er könnte Ihnen gefallen, glaube ich.«

Zu ihrer Freude fragte er nicht mal, wie der Film hieß, sondern sagte sofort Ja.

Liu Song war noch nie in einem Kino gewesen, in dem Filme in Erstaufführung liefen, weil ihre Familie sich nur die zweitklassigen Häuser leisten konnte, in denen Streifen vom Vorjahr gezeigt wurden. Bei Colin aber wollte sie nicht geizig erscheinen. Außerdem, ins Kino zu gehen und ihren Eintritt selbst zu bezahlen, war ja keine Verabredung im eigentlichen Sinne, beruhigte sie sich selbst, als ihr die mahnenden Worte ihrer Mutter in den Sinn kamen – dass sie darauf achten sollte, niemals irgendwo mit einem Mann allein zu sein, egal mit welchem.

Colin tippte sich an den Hut. »Perfekt. Treffen wir uns also am Freitag am Moore Theatre. Zur Frühvorstellung.«

LIEBESKRANK

(1921)

Als Liu Song am Moore Theatre eintraf, erwartete Colin sie dort bereits, mit zwei Eintrittskarten in der Hand. Bei ihrem Anblick nahm er seinen Hut ab und fächelte sich Luft zu, obwohl der Abend eher kühl war.

»Ist das Kleid neu?«

Liu Song lächelte zurückhaltend, merkte aber, wie sie gleichzeitig errötete. »Ich habe diese Woche ein großes Pianola verkauft, können Sie sich das vorstellen? Also habe ich mal ein bisschen über die Stränge geschlagen und mir ein paar ganz neue Sachen geleistet. Sehe ich elegant aus?« Feine Strümpfe und ein Paar modische Stöckelschuhe hatte sie sich ebenfalls zugelegt. Bisher hatte sie immer Kleidung ihrer Mutter aufgetragen, es war das erste Mal in ihrem Leben, dass sie Garderobe besaß, die ihr wirklich richtig passte. Sie nagte nervös an der Unterlippe und hörte sofort wieder auf, aus Sorge, ihr Lippenstift könnte verschmieren. Eigentlich hatte sie gehofft, dass sie sich in ihrem neuen Aufzug erwachsener vorkommen würde, aber jetzt fühlte sie sich eher unsicher und gehemmt, zumal im Beisein der anderen Kinobesucher, die ausschließlich Weiße waren. Verlegen senkte sie den Blick auf die fransenbesetzte Schärpe, die um ihre Hüften geschlungen war; sie flatterte leise im Wind und verschob sich leicht bei jedem Schritt, den sie tat.

Colin schien es kurz die Sprache verschlagen zu haben. »Ich … glaube nicht, dass es dafür in der englischen Sprache den passenden Ausdruck gibt«, sagte er. »*Nei hei leng*, mehr kann ich dazu nicht sagen.«

Du siehst auch schön aus, dachte Liu Song. *Ich wollte, ich könnte es dir sagen.*

Sie konnte sich kaum vorstellen, dass er in ihr mehr sah als ein linkisches, problembeladenes Mädchen von niedriger Geburt – ein Mädchen, das nur das provinzielle Kantonesisch seiner Eltern sprach und noch dazu ohne Abschluss von der Schule abgegangen war.

»Sie sind weit mehr, als Ihnen bewusst ist«, sagte er, als hätte er ihre Gedanken gelesen. »Ihre Zukunft …« Er stieß einen Pfiff aus. »Hoffentlich ist es mir vergönnt, diese Zukunft noch mitzuerleben.«

Liu Song fiel etwas anderes ein. »Haben Sie nach dem Film schon was vor?« Gleich darauf wurde ihr peinlich bewusst, wie forsch und unschicklich diese Frage klang. Ihre Eltern waren zwar modern eingestellt und kleideten sich westlich, hatten aber gleichwohl Wert auf eine traditionelle Erziehung gelegt. Und gemäß der Tradition war es schlicht undenkbar, dass ein Mädchen einen Jungen – geschweige denn einen Mann – zu irgendetwas einlud.

»Es ist nur so, ich habe noch eine Verpflichtung später«, fügte sie hastig hinzu. »Mr Butterfield hat dieses Pianola neulich an einen der Eigentümer des Stacy Mansion verkauft – um den Verkauf zu besiegeln, hat er zugesagt, dass ich bei der Einweihung singen würde, die heute Abend stattfindet. Ich dachte, es wäre vielleicht besser, wenn mich jemand hinbegleitet …«

»Ah, natürlich. Deshalb also das feine Kleid«, sagte Colin und nickte zustimmend.

Im Kino gab Colin dem Platzanweiser ein Trinkgeld, der sie daraufhin zu zwei Plätzen oben auf dem Balkon führte, ganz vorne in der ersten Reihe. Liu Song war hellauf entzückt. Von hier oben hatte sie nicht nur freie Sicht auf die Leinwand, hoch über dem voll besetzten Parkett, sondern konnte direkt in den Orchestergraben sehen, wo gerade ein siebenköpfiges Orchester seine Instrumente stimmte und ein Organist seine Finger dehnte. Colin sagte, er hätte irgendwo gelesen, dass die befrackten Musiker aus Russland stammten und zu den bestbezahlten der Stadt zählten.

Das aufgeregt schwatzende Publikum verstummte, sobald der Dirigent die Eröffnungsfanfare ertönen ließ und die Beleuchtung im Saal erlosch. Liu Song starrte mit großen Augen in die Finsternis, während Musik den Saal erfüllte, und hatte das Gefühl, an einen ganz anderen Ort entführt zu werden. Dann hob sich der Vorhang und der Lichtstrahl eines Projektors durchschnitt hell das Dunkel, wobei Staubteilchen sichtbar wurden, die träge in der Luft umherwirbelten wie Glitzerstaub in einer Schneekugel. Das Orchester spielte die schwungvolle Ouvertüre, und da erschienen auf der Leinwand die Worte *Bits of Life*, gefolgt vom Vorspann.

»Es ist ein Episodenfilm«, flüsterte sie. Es war ein ganz neues Wort, mit dem sie Colin zu beeindrucken hoffte. »Vier Filme in einem.«

Colin nickte lächelnd. »Sie sind ja jetzt schon eine richtige Expertin.«

Liu Song hatte an jedem der kurzen Filme ihre Freude. Hin und wieder sah sie Colin verstohlen an, der das Geschehen auf der Leinwand mit einer Ernsthaftigkeit verfolgte, die über die Schlichtheit der gebotenen Unterhaltung weit hinausging.

Sie sah, wie er sich beim Anblick der chinesischen Kostüme und Kulissen auf seinem Sitz vorlehnte. Lon Chaney verkörperte Chin Chow, die Hauptfigur. Sicher, er war ein recht bekannter Schauspieler, aber Liu Song fand, dass er trotz der Schminke und des angeklebten Barts hölzern und wenig überzeugend wirkte. Nur gut, dass seine verruchte Ehefrau von einer neuen Schauspielerin namens Anna May Wong verkörpert wurde, die ihrem berühmteren Kollegen locker die Schau stahl.

Sie lehnte sich zu Colin hinüber. »Das Beste haben sie für den Schluss aufgespart.«

Beim Anblick der chinesischen Aktrice musste Liu Song unwillkürlich an ihre Mutter denken – nicht an die Kranke jedoch, die im Bett ihrem Tod entgegensiechte, sondern an die stolze Frau, die auf der Bühne einen Triumph gefeiert hatte, und sei es nur an einem einzigen Abend.

»Wissen Sie, das könnten Sie sein da oben«, flüsterte Colin. Als ihre Hände sich auf der Armlehne zufällig berührten, zuckten sie beide verlegen zurück, gerade in dem Moment, als Anna May auf der Leinwand starb. Das strahlende chinesische Starlet verdrehte die Augen, sog dramatisch und mit weit geblähten Nasenflügeln die Luft ein, während die Musik sich zu einem Crescendo steigerte. Dann schlossen sich flatternd ihre Augenlider, und sie brach zusammen. Der Vorhang senkte sich, und die Zuschauer applaudierten und jubelten. Colin erhob sich sogar, um im Stehen Beifall zu klatschen.

Hinterher ließen sie sich von einem Taxi zum Stacy Mansion bringen. Colin führte sie am Türsteher vorbei in den Salon, wo einige der jüngeren Männer ihn erkannten und freundlich begrüßten. Liu Song staunte nicht schlecht, sie war ziemlich beeindruckt. Die jungen Männer, alle in blauen Clubjacken, plauderten über Rennyachten und Ruderwettkämpfe, aber auch übers Schauspielern und über das Theater, über Filmdramen und übers Filmemachen.

»Sie finanzieren Filme. Mit Vereinsgeldern«, sagte Colin hinterher.

»Sind Sie hier Mitglied?«, fragte sie.

»Nein.« Er lachte belustigt. »Als Mitglied muss man gewisse Voraussetzungen erfüllen, die ich leider nicht erfüllen kann. Aber im Untergeschoss gibt es eine nette Gastwirtschaft, die auch Nichtmitgliedern offensteht, den Rathskeller. Hochprozentiges gibt es dort natürlich nicht mehr, aber es ist trotzdem ein guter Ort zum Sehen und Gesehen-Werden, wenn Sie verstehen, was ich meine?«

Liu Song verstand ihn und doch auch wieder nicht. Zumindest nicht aus eigener Erfahrung. Orte wie diesen hier kannte sie nur von außen – das Stacy, das Carkeek Mansion, den Seattle Tennis Club, diese Treffpunkte der guten Gesellschaft mit ihren Eisengitterzäunen und Zierhecken, die von Besitzern schicker Sportwagen und eleganten Damen frequentiert wurden, die mit Perlen und Diamanten behängt waren und feine Nerzstolen trugen. Auf einmal genierte sie sich für ihr ärmliches Kleid, das gerade einmal drei Dollar gekostet hatte; selbst die Mädchen an der Garderobe waren besser gekleidet als sie. Hätten die Männer und Frauen in diesem Club sie herablassend aufgefordert, ihnen doch rasch eine Fusselbürste zu bringen oder ein Feuerzeug, oder den Humidor, der im Rauchsalon der Herren stand – es hätte sie nicht gewundert.

»Ah, Sie müssen Liu Song sein – was für ein cleverer Name. Ungemein passend, finden Sie nicht?« Ein Mann mit einem tadellos getrimmten, silbergrauen Vollbart und einer Brille mit Goldrand nahm ihre Hand und führte sie an seine Lippen. »Gestatten, Marty Van Buren Stacy. Freut mich sehr, dass Sie sich bereit erklärt haben, meinem bescheidenen kleinen Etablissement heute Abend die Ehre zu erweisen, herzlichen Dank.«

»Ich …« Liu Song war ganz überrumpelt von seiner freundlichen Begrüßung, rätselte kurz, wie er sie erkannt hatte. Und kam sich gleich darauf ziemlich dumm vor, als ihr bewusst wurde, dass sie ja die einzige Chinesin im Raum war – vermutlich die erste, die den Club je betreten hatte. »Vielen Dank.«

»Und Master Colin, wie schön, Sie mal wiederzusehen. Ich kann nicht sagen, dass es mich überrascht, dass Sie unsere junge Sängerin heute Abend begleiten. Wie heißt es doch so schön, Gleich und Gleich gesellt sich gern.«

Liu Song beobachtete staunend, wie Colin sich mit größter Selbstverständlichkeit unter der Crème de la Crème von Seattle bewegte, als wäre er einer von ihnen. Hinter seinem bescheidenen Auftreten verbarg sich offenbar größerer Reichtum, als er anfangs hatte durchblicken lassen – nicht, dass das für sie eine Rolle gespielt hätte. Wenn, dann vertiefte sein gehobener Stand eher noch die kulturelle und gesellschaftliche Kluft, die sie trennte. Wahrscheinlich hatte er auch weit umfassendere familiäre Pflichten, als er angedeutet hatte. Zu Hause in China war er vermutlich eine Art Prinz, aus einer Familie mit Generationen von Dienstboten, die ihre Herrschaften von vorne bis hinten bedienten. Gesellschaftlich war er für sie so gut wie unerreichbar, und dass er sie heute hierher begleitete, war ein unglaubliches Entgegenkommen seinerseits. Hinzu kam, dass er in einem Club wie diesem hier zwar ein gewisses Ansehen genießen mochte, aber dennoch niemals voll und ganz akzeptiert würde – was er vermutlich als demütigend empfand. *Er muss meinem Vater wirklich viel zu verdanken haben,* dachte Liu Song, *dass er mich heute herbegleitet hat und sich hier mit mir sehen lässt.*

»Wir haben schon einen Raum vorbereitet, extra für Sie«, sagte Mr Stacy jetzt.

Liu Song sah Colin an, der nicht überrascht schien.

»Sie bleiben doch noch zum Abendessen, nicht wahr?«, sagte Mr Stacy. »Und nach dem Dessert, wenn alle Gäste vollzählig erschienen sind, erfreuen Sie uns noch mit Ihrer zauberhaft schönen Stimme, ja?«

»Wir fühlen uns geehrt«, sagte Colin. »Vielen Dank für Ihre Großzügigkeit.«

Ein Oberkellner geleitete sie in ein Speisezimmer im hinteren Teil der Villa. Es war elegant möbliert, und der Tisch war edel für zwei gedeckt, mit Blumen und einem silbernen Kerzenhalter; die Tapete aber war schon alt und dunkel vom Rauch, und die Wandtäfelung war voller Risse.

Der Kellner rückte Liu Song zuvorkommend den Stuhl heraus und breitete ihr eine feine Leinenserviette über den Schoß. Sie fühlte sich seltsam nackt, weil sie nicht einmal Abendhandschuhe trug. Nachdem der Kellner ihnen die Speisekarten gereicht hatte und hinausgegangen war, sah sie zu Colin hinüber, der irgendwie verärgert wirkte.

»Stimmt irgendwas nicht?«, fragte sie schüchtern, in der stillen Sorge, dass ihm ihr Kleid jetzt peinlich war oder dass ihre Tischmanieren irgendwie zu wünschen übrig ließen.

»Es ist nichts«, sagte er. »Alles bestens.«

»Nein, wirklich. Seien Sie nur ganz offen zu mir …«

Er legte die Speisekarte aus der Hand. »Haben Sie es noch nicht bemerkt?«

»Was bemerkt?«

»Dass wir hier im Speisezimmer der Dienstboten sitzen.« Er musterte angewidert die Tapete, den abgenutzten Teppich, der voller Brandlöcher war. »Zu einem Club wie diesem haben wir normalerweise keinen Zutritt – jedenfalls nicht in die normalen Räumlichkeiten, deshalb hat man für uns jetzt hier gedeckt, in diesem … Zimmer …«

Es schockierte Liu Song nicht sonderlich. Sie war bereits hocherstaunt, als die Käufer des Pianolas auf Mr Butterfields Angebot eingegangen waren. Was sie sich aber damit erklärt hatte, dass Talent, das bisschen, über das sie verfügen mochte, womöglich alle gesellschaftlichen Schranken zu überwinden vermochte – vielleicht sogar die Schranken zwischen den Rassen.

»Es ist ja nur für einen Abend«, sagte sie unbefangen. »Die bekommen mich zu einem Fünfhundert-Dollar-Pianola dazu. Das Pianola können sie am Ende behalten. *Sie* bekommen mich schon für viel weniger.«

Colin fand sein Lächeln wieder und vertiefte sich dann in die Speisekarte. »Nun, was wollen wir essen?«

Liu Song hätte gedacht, dass sie in ihrem Leben schon genug exotische Speisen verzehrt hatte – verglichen mit westlichen Essgewohnheiten zumindest. Ihre Mutter kochte chinesisch, und so war sie mit schwarzen Soleiern und würzig marinierten Hühnerfüßen aufgewachsen, mit gedörrtem, salzigem Tintenfisch und allen möglichen getrockneten Pilzen. Was jedoch die Kellner hier im Stacy Mansion unter silbernen Servierhauben zum Vorschein brachten, überraschte sie immer wieder aufs Neue – eine kulinarische Herausforderung nach der anderen. Sie verspeisten Schildkrötensteaks, Räucheraal und Froschschenkel, und Liu Song probierte sogar die *escargots*, deren buttriger, aromatischer Geschmack ihr vorzüglich mundete – bis Colin ihr verriet, worum es sich tatsächlich handelte. Sie war sich sicher, dass sie prompt ebenso grün anlief wie das Gericht aus Weinbergschnecken, die in Knoblauchbutter schwammen und mit frischer Petersilie bestreut waren. Sie drückte sich die Serviette an den Mund und versuchte, jeden Gedanken an die fetten Bananenschnecken zu verdrängen, die im Sommer über die Gehwege in ihrem Viertel krochen und dabei eine schleimige Spur auf dem Pflaster hinterließen. Ihr war so übel, dass sie das Stück Ingwer-Sahne-Torte, das es zum Nachtisch gab, kaum anrührte.

Bei dem Gedanken, in einem so vornehmen, luxuriösen Rahmen zu singen, vor scheinbar so bedeutenden Menschen, bekam sie schweißnasse Hände. Sie versuchte, nicht an ihre kahle, leer geräumte Wohnung in der Canton Alley zu denken, wo sie heute Nacht unter einer Bettdecke schlafen würde, die sie in einem Gebrauchtwarenladen gekauft hatte. Insgeheim quälte sie die leise Sorge, dass es sich bloß um einen grausamen Streich handelte, den man ihr spielte – laden wir die arme kleine Chinesin zu uns ein, führen wir ihr unseren verschwenderischen Luxus vor Augen und lachen wir dann über unseren Gläsern mit Kognak und Portwein in uns hinein, wenn sie im Rampenlicht steht und keinen Ton herausbringt.

»Das schaffen Sie schon.« Colin schien nicht entgangen zu sein, dass sie vor Nervosität verzagt an der Unterlippe nagte. »Sie sind doch die Tochter Ihrer Mutter. Sie werden Ihr Publikum begeistern, das ist Ihre Aufgabe.«

Bei der Erwähnung ihrer Mutter schöpfte sie frischen Mut; erinnerte sich daran, wie es sich angefühlt hatte, ihr Bühnengewand zu tragen und dazu die Witwenmaske. Dann hörte sie, wie im Salon drüben eine Glocke geläutet wurde und die Gespräche dort, die gedämpft die ganze Zeit bis zu ihnen herübergedrungen waren, nach und nach verstummten, und sofort wurde ihr vor Aufregung furchtbar flau zumute. Sie hörte, wie Mr Stacy das Wort an seine Gäste richtete, die ihm applaudierten und beifällig lachten.

Der Kellner kam mit einem Glas Mineralwasser auf einem kleinen Tablett herein. »Sie sind gleich dran«, sagte er.

Liu Song stand auf, fuhr sich noch einmal mit der Zunge über die Zähne und blickte Colin fragend an, der ihr mit einem Nicken bestätigte, dass mit ihrem Aussehen so weit alles in Ordnung war. Nachdem sie das Wasser getrunken hatte, führte sie der Kellner einen Flur hinunter in den hinteren Teil des Gebäudes, wo sich die Dienstbotentreppe befand. Sie stieg eine Etage höher, wobei sie an einer farbigen Hausangestellten vorbeikam, die eine selbstgedrehte

Zigarette rauchte und sie schweigend anstarrte. Dann kehrte sie in den vorderen Teil des Hauses zurück, um die breite, geschwungene Vordertreppe hinabzuschreiten, ihrem großen Auftritt entgegen. An die fünfzig Augenpaare starrten ihr entgegen – Clubmitglieder, ihre Gäste, Begleitpersonen und diverse Verwandte, alle in feiner, eleganter Abendgarderobe und die ruhige, gelassene Selbstsicherheit ausstrahlend, die stets mit großem, ererbtem Reichtum einherzugehen pflegt. Ganz hinten im Raum entdeckte sie Colin, der ihr zulächelte und aufmunternd zuwinkte.

»Meine Damen und Herren«, verkündete Mr Stacy, »aus dem geheimnisvollen, mystischen Fernen Osten, die bezaubernde Miss Liu *Song* Eng.«

Sie knickste und winkte scheu, obwohl sie im Stillen erbleichte, nicht nur wegen des Nachnamens ihres Onkels, sondern auch wegen der vermeintlichen Heimat, die ihr angedichtet wurde. Tatsächlich war sie noch nie in China gewesen, hatte Amerika zeit ihres Lebens noch nie verlassen. Sie kannte die Westküste ein wenig, das war alles. Sie blickte zu Colin, der nur die Augenbrauen hochzog und die Achseln zuckte, und rief sich in Erinnerung, was ihr Vater immer über die bezwingende Magie der Bühne erzählt hatte. Wo das Unwirkliche Wirklichkeit wird. Also lächelte sie, ohne die Frauen in der Menge zu beachten, die jetzt miteinander tuschelten und mit dem Finger auf sie zeigten.

Sie atmete tief durch, während sich Stille über den Raum senkte. Mr Stacy zwinkerte ihr zu, schlenderte dann mit seiner Zigarre in der Hand an einem alten Harmonium vorbei und entfernte die Abdeckung, die das stattliche Pianola bislang verhüllt hatte, worauf ein verzücktes Raunen durch den Raum ging. Liu Song nahm den intensiven Geruch von Holzpolitur wahr. Das tastenlose Reproduktionsklavier glänzte so sehr, dass sie sich darin widergespiegelt sah. Und Mr Stacy benötigte nicht einmal jemanden, der die Pedale betätigte. Er drückte einfach nur auf einen Knopf, der die Blasebälge im Inneren des Instruments aktivierte, und diese wiederum bewegten den Zylinder, worauf das Pianola wie von Zauberhand »A Pretty Girl Is Like A Melody« zu spielen begann.

Liu Song fing an zu singen, mit zunächst noch leiser, verhaltener Stimme, die jedoch von Refrain zu Refrain an Volumen gewann, je mehr sich ihr Selbstvertrauen festigte. Danach sang sie »A Good Man Is Hard To Find«, und bei der schwermütigen Klage »My Heart Is Sad And I'm All Alone« blickte sie Colin eindringlich an.

Die Zuhörer waren hingerissen von ihrer Stimme, die sie umso mehr verblüffte, da sie noch so jung war. Man bat sie, ein weiteres Lied zu singen, und nachdem der Zylinder ausgewechselt worden war, bot sie ihnen eine traurige, gefühlvolle Version von »Till We Meet Again«. Die hohen Noten sang sie mit einer Intensität, als würde sie noch den letzten Tropfen Kummer aus ihrem leidgeprüften Herzen wringen – den Kummer darüber, erst ihren Vater verloren zu haben, dann ihre Mutter und am Ende noch ihre Unschuld. Voll Sehnsucht starrte sie Colin an. Mochte er auch zum Greifen nah sein, so blieb er doch für immer außerhalb ihrer Reichweite.

Hinterher lobte man sie in den höchsten Tönen und machte ihr überschwängliche Komplimente, die sie mit bescheidenem Nicken in Empfang nahm. Sie traute den freundlichen Worten nicht ganz – *zu viel Wein*, dachte sie im Stillen. Sicherlich hatte man hier im Club irgendwo ein Weinfass verborgen. Dann aber fiel ihr die Prohibition ein, und sie überdachte ihre Zweifel noch einmal. Sogar Mr Stacys Gattin schüttelte ihr demonstrativ die Hand und lud sie ein, jederzeit wieder einmal hier aufzutreten – sicher bloß eine höfliche Geste. Das konnte sie nicht wirklich ernst meinen. Andererseits, auch sie empfand ja eine gewisse innere Distanz. Liu Song war zwar glücklich über ihren Erfolg, aber auch durcheinander, fühlte sich in gewisser Weise akzeptiert, aber dennoch so mutterseelenallein – der umschwärmte Mittelpunkt, solange sie auf der Bühne stand, im Leben jedoch weiter ganz auf sich gestellt.

In dem Taxi, das sie und Colin unter einem bewölkten, sternenlosen Himmel zur King Street Station zurückfuhr, schonte sie ihre Stimme. Sie wusste nicht recht, was sie von dem ganzen Abend halten sollte. Wollte er tatsächlich mit ihr zusammen sein? Oder fühlte er sich nur ihrem Vater gegenüber verpflichtet, trug er bloß irgendeine Schuld ab, indem er sich um sie kümmerte? Sie hätte ihn gern gefragt, fürchtete sich aber zu sehr vor seiner Antwort.

Unter seinem Schirm begleitete er sie noch nach Hause, vorbei an dem alten Hop-Sing-Tong-Gebäude und dem neuen Eastern Hotel. An der Einmündung der Canton Alley blieb er stehen. Aus der Ferne hörte sie das langgezogene Geheul einer Katze, und draußen vom Puget Sound her hallte leise das Nebelhorn eines Schiffs herüber. Colin ließ den Schirm sinken, damit sie einander im flackernden Schein der Straßenlaternen ansehen konnten. Der Regen hatte inzwischen nachgelassen, es hing nur noch eine Art feiner Sprühnebel in der Luft, der ihre Wangen und Haare und Wimpern benetzte.

»Sie sind ein Naturtalent«, sagte er. »Ich muss alles lernen, mir mühsam erarbeiten, aber Ihnen – Ihnen liegt das im Blut. Sie sind wie eine Sonnenblume. Sobald Sie im Rampenlicht stehen, erwachen Sie richtig zum Leben.« Er sah sie an, als würde er irgendeine Reaktion erwarten. »Haben Sie die Gesichter der Leute gesehen? Anfangs hat man Sie, glaube ich, eher als Kuriosität betrachtet, als kleines *Amuse-Bouche* für Zwischendurch, aber am Ende des Abends hat jeder dieser Männer Sie begehrt – und die Frauen wären gern an Ihrer Stelle gewesen.«

Sie sah hoch in den nieseligen Nachthimmel, ein wenig verlegen, weil sie sein Französisch nicht verstand, aber dennoch geschmeichelt von seinen charmanten Worten. »Darauf habe ich gar nicht so sehr geachtet.«

Er schüttelte etwas Nässe aus seinem Schirm. »Nun, ich schon. Es war nicht zu übersehen, glauben Sie mir …«

Sie behielt ihn im Auge, während er seine Krawatte lockerte und beiseitetrat, um erst ein schwarzes Pärchen und dann noch eine Schar betrunkener älterer Chinesen vorbeizulassen, die vermutlich gerade aus irgendeiner Spielhölle heimkehrten.

»Ich hätte eine Bitte an Sie. Aber ich geniere mich ein bisschen, zumal nach Ihrem grandiosen Auftritt heute Abend.« Er schob sich den Hut mit dem Knauf seines Spazierstocks in die Höhe. »Na ja, ich gehöre dem Ensemble der Chinese Opera Company hier in Seattle an, und ich liebe die Arbeit dort, aber nebenher bemühe ich mich schon länger um größere Rollen, vor einem größeren Publikum. Und wie es sich trifft, habe ich tatsächlich eine Rolle ergattert, in einem Musical im Empress Theatre. Es würde mir sehr viel bedeuten, wenn Sie mir den Gefallen erwiesen, zur Premiere zu kommen – um mir zuzusehen und um mir Glück zu bringen.« Er sah sie kurz schüchtern an und reichte ihr dann eine Visitenkarte mit seiner Adresse und Telefonnummer. »Vielleicht können Sie mir hinterher ein paar Tipps geben, was ich besser machen kann.«

»Klar, warum nicht«, neckte sie ihn. »Ich kann Ihnen gern zusehen.«

»Liu Song.« Beim Sprechen bildete sein Atem dichte Wölkchen. »Ich weiß, wir haben uns nicht gerade unter den glücklichsten Umständen kennengelernt. Und ich … möchte Ihnen auf keinen Fall zu nahe treten. Es ist nur so … dass …«

Dass du mich gern küssen möchtest? Sie bemühte sich, ihre Gedanken in sein Hirn zu übertragen – oder in sein Herz, wo immer ihre Botschaft zuerst empfangen würde. Sie fühlte, wie ihr das Blut heiß ins Gesicht schoss, und ihr Magen krampfte sich zusammen. Und dass ihre Hände sich auf einmal kalt und klamm anfühlten, lag nicht nur an der kühlen Abendluft. Sehnsüchtig sah sie zu ihm hoch, voller Hoffnung. Dann fühlte sie seine Hand an ihrem Arm, während er mit der anderen Hand seinen Hut abnahm und sich zu ihr vorneigte. Sie konnte seine Nervosität riechen, spürte schon die Wärme seiner Haut. In ihren Ohren klingelte es.

Dann hielt er unvermittelt inne. »Fehlt Ihnen was?«

Sie fühlte sich schwindelig und trat einen Schritt zurück. Murmelte eine Entschuldigung und wandte sich verlegen ab. Und hastete dann so geschwind die Straße entlang, dass sie sich beinahe einen Absatz abgebrochen hätte. An ihrem Haus angelangt, schloss sie eilig die Tür auf und ging hinein, ohne sich noch einmal umzusehen. In ihrer Wohnung schleuderte sie die Schuhe von ihren Füßen. Ohne Licht anzuschalten, stürzte sie in Richtung Küche, wobei sie sich unterwegs den Mantel von den Schultern streifte und achtlos zu Boden fallen ließ. In der Küche dann krampfte sich alles in ihr zusammen, und sie erbrach sich heftig in die Spüle – den Aal, die Schildkröte, den kleinen Happen Ingwer-Sahne-Torte, alles. Immer und immer wieder zog sich ihr Magen zusammen, bis sie am Ende nur noch Wasser und Galle erbrach. Als der Würgereiz endlich nachgelassen hatte, drehte sie den Wasserhahn auf und ließ sich zu Boden sinken, wo sie ihre Stirn an das wohltuend kühle Abflussrohr unter der Spüle drückte. Während sie im Dunkeln dahockte und sich das Kinn abwischte, blickte sie stumpf zu den mit dünnen Gardinen verhängten Fenstern und rätselte, was Colin jetzt von ihr denken mochte. Was um alles in der Welt da gerade schiefgelaufen war.

CHINESISCHE FLITTERWOCHEN
(1921)

»*Schwanger?*«, fragte Mr Butterfield. »Bist du sicher?«

Liu Song litt seit Wochen unter ständiger Übelkeit. Zuerst hatte sie gedacht, es läge am Essen oder dass sie sich nur deshalb jeden Morgen und bis in den Nachmittag hinein übergeben musste, weil sie so verliebt in Colin war. Jeden Abend beim Schlafengehen hatte sie seine Karte geküsst und dann unter ihr Kopfkissen geschoben, in der Hoffnung auf süße Träume. Da die Brechattacken sich aber tagtäglich wiederholten und das wochenlang, kam sie gezwungenermaßen zu der Einsicht, dass ihre Übelkeit andere Ursachen haben musste. Sie fühlte sich anders, schwindelig und matt. Hatte öfter Gelenkschmerzen. Und ihre Blutung war ausgeblieben. Wäre ihre Mutter noch am Leben gewesen, hätte sie vermutlich einen mit Urin getränkten Streifen Papier verbrannt, um aus dem Geruch des Rauchs zu schließen, ob womöglich ein Kind unterwegs war. Liu Song machte sich erst gar nicht die Mühe. Sie wusste es auch so.

Warum sie es ausgerechnet Mr Butterfield anvertraute, wusste sie nicht recht. Vielleicht, weil ihr jeden Morgen übel war, wenn sie mit der Straßenbahn zu seinem Geschäft fuhr. Oder weil er der einzige Mensch war, den sie jeden Tag sah. Irgendwann, so viel war klar, würde sie nicht mehr in das Kleid ihrer Mutter passen – sie könnte die Wahrheit nicht für immer verheimlichen. Letzten Endes aber hatte sie wohl einfach nur das Bedürfnis, sich Luft zu machen, es sich von der Seele zu reden, ihre Not mit jemandem zu teilen – und er war zufällig in der Nähe, als in ihr alle Dämme brachen.

Mr Butterfield ließ sich auf einen Hocker sinken und fuhr sich eine Weile mit der Hand über die Glatze, ehe er einen Flachmann zum Vorschein brachte. Er goss etwas von dem süß riechenden Brandy in eine Tasse, beinahe, so kam es Liu Song kurz vor, als wollte er auf ihr Wohl trinken. Aber nein, er nahm eine

Corona aus seinem Zigarrenetui, die er kurz in die Tasse stippte. Dann schnitt er die Spitze ab und schnupperte an dem feuchten, zusammengerollten Tabak, ehe er den Stummel im Abfalleimer verschwinden ließ. »Ganz ehrlich, das hätte ich nicht von dir erwartet. Für die Sorte Mädchen hätte ich dich eigentlich nicht gehalten – wie kannst du nur etwas so Unüberlegtes tun? Du hattest eine so verheißungsvolle Zukunft vor dir.« Sein Tonfall war vorwurfsvoll, aber auch ein wenig betrübt. Er stöhnte, als wäre er bitter von ihr enttäuscht.

Seine Worte trafen sie tief. Und erinnerten sie an so viele andere Pflichten, die sie im Leben hatte – sie musste Reue und Scham empfinden, sie musste so tun, als wäre sie stark, sie musste den Verlust ihrer Eltern und Brüder verkraften, sie musste weiteratmen, musste auftauchen, um wieder Luft zu bekommen –, weil in ihr das Baby ihres Onkels heranwuchs.

Sie haben mich draußen im Regen singen lassen, für lumpiges Kleingeld, dachte Liu Song, auf einmal erbost, obwohl ihr klar war, dass sie kein Recht hatte, auf Mr Butterfield böse zu sein. Sie war seine Angestellte, eine Partnerin sogar, in gewisser Weise. Jetzt aber kam sie sich ganz klein vor, als würde sie vor ihm immer mehr und mehr zusammenschrumpfen. Sie fühlte sich benutzt. Fühlte sich wie ein Nichts.

»Es tut mir leid …« Sie hätte ihm gern von Onkel Leo erzählt, wusste aber nicht, wie. Ihr war, als würde sie immer tiefer in der Grube der Scham versinken, in die sie gestürzt war. »Es war nur ein paarmal.«

Mr Butterfield verdrehte grummelnd die Augen. »Ja, das sagen Mädchen immer.« Er schüttelte den Kopf und zündete seine Zigarre an. »Und wer ist der Verehrer, dem du das zu verdanken hast? Steht er wenigstens zu dir, wie es sich gehört? Oder ist er so ein Strolch, der sich aus dem Staub macht und das Weite sucht, sobald er die frohe Kunde vernommen hat? Wie alt bist du jetzt – sechzehn? Siebzehn? Die Hälfte der Mädchen in der Stadt werden mit fünfzehn verheiratet, Liebes; es wäre also keine Schande, wenn ihr beide zum Gericht geht und die Sache regelt …«

»Das geht nicht.« Liu Song hielt den Blick gesenkt, wagte es nicht, ihn anzusehen.

»Und warum nicht, wenn ich fragen darf?«

Sie blickte auf, sah Mr Butterfield kurz an, der sie gespannt und voller Neugier anstarrte, und wandte den Blick eilig wieder ab. Konzentrierte sich stattdessen auf die Uhr, die oben an der Wand hing, und beobachtete, wie der Sekundenzeiger auf dem Ziffernblatt vorrückte. Ihre Wangen glühten, sie spürte, wie ihre Unterlippe zitterte. Sie hätte gern geweint, aber ihre Augen blieben trocken, wie üblich.

»Er ist schon verheiratet«, flüsterte sie. Leos Schande war jetzt ihre Schande.

Liu Song beobachtete, wie ihr Chef seine Zigarre ausdrückte und den Kopf schüttelte. Dann lehnte er sich zu ihr vor und sah sie mit aufgerissenen Augen an. »Ich falle aus allen Wolken. Das habe ich nicht kommen sehen, ehrlich nicht. Liu Song, Schätzchen, du bist doch wirklich immer für eine Überraschung gut ...«

»Es tut mir unendlich leid ...«

»Junge Dame, als lebenslanger Junggeselle kenne ich mich schon ganz gut mit Frauen aus, das kannst du mal glauben, aber ... dass du es so faustdick hinter den Ohren hast, hätte ich nie für möglich gehalten.« Er las sich ein paar Krümel Tabak von der Zungenspitze und spuckte dann in einen Abfalleimer. »Ich fasse es einfach nicht. Eigentlich müsste ich dich jetzt auf der Stelle feuern, ist dir das klar? Genau das würde ein vernünftig denkender Geschäftsmann in so einer Lage tun. Und zwar mit Fug und Recht. Das fehlt mir gerade noch, dass wir deinetwegen ins Gerede geraten und sich die Leute über meinen Laden das Maul zerreißen.«

Liu Song schüttelte den Kopf. »Außer Ihnen weiß niemand davon. Nicht mal er.«

Mr Butterfield stürzte seinen Brandy auf einen Zug herunter. Er lehnte sich zurück, und Liu Song konnte sehen, wie sich seine Wangen langsam rosig färbten. Sie hatte den Eindruck, als würde er vor ihren Augen um Jahre altern.

»Dürfte wohl keinen Sinn haben, es ihm jetzt noch zu sagen.

Dann wäre nicht nur dein Ruf ruiniert, sondern seiner gleich mit.« Erst nach kurzem Zögern redete Mr Butterfield weiter. »Willst du das Kind denn austragen? Es gibt schon Mittel und Wege, wie du dich aus dieser misslichen Lage befreien könntest.«

Mit ebendieser Frage quälte Liu Song sich bereits seit Wochen herum. Hatte oft über alte Geschichten von Frauen nachgedacht, die kleine Mengen Gift schluckten oder Stricknadeln benutzten, um sich von einer ungewollten Schwangerschaft zu befreien. Und richtige Angehörige hatte sie schließlich keine mehr – wobei sie sich jedoch Sorgen machte, dass Onkel Leo und Tante Eng, falls sie von ihrer Schwangerschaft erfuhren, Anspruch auf das Kind erheben könnten. Für die Mutter des Neugeborenen aber würden sie sicherlich keine Verwendung haben. Sie malte sich aus, wie die beiden ihr das Kind wegnahmen, das wäre ihr in gewisser Weise sogar ganz recht gewesen. Doch es meldete sich noch eine andere Stimme in ihr zu Wort. Und bei allem Abscheu vor ihrem Stiefvater-Onkel, bei allem Ekel vor dem, was er ihr angetan hatte, beharrte diese Stimme darauf, dass das Kind trotzdem auch ein Teil von *ihr* wäre – und damit ein Teil ihrer verstorbenen Eltern. Dieses Kind würde ihr einziger leiblicher Angehöriger sein – mit ihm wäre sie weniger allein auf der Welt. Und an diesen Gedanken klammerte sie sich, alles Weitere, die scheußliche, grässliche Wahrheit, versuchte sie mit aller Macht auszublenden.

»Ich will es behalten.« Die Entscheidung brachte ihr keinen Trost.

Mr Butterfield schien erleichtert, fast so, als hätte sie sich mit dieser Antwort in seinen Augen wieder ein wenig reingewaschen. »Hättest du mal mit so viel Willensstärke Nein gesagt, Liebes, dann wäre all das nie passiert.« Er schüttelte wieder den Kopf, noch immer fassungslos. »Na ja, wenn es nicht mehr zu übersehen ist, du weißt schon …« Er deutete auf seinen Bauch, zog seine Weste nach vorn. »… wirst du wohl nicht mehr länger hier arbeiten können. Das ist ein herber Rückschlag, das steht mal fest. Wirklich jammerschade, dass ich dich eine Zeit lang werde beurlauben müssen, aber wohl leider unumgänglich. Meine guten

Kunden dürfen auf keinen Fall den Eindruck gewinnen, ich würde ein solches Verhalten irgendwie billigen – und auf meinen guten Ruf muss ich achten, das ist leider so. Wer weiß, am Ende denken sogar noch welche, ich wäre der Vater, weil ich dich hier im Laden unsittlich belästigt habe.« Der Gedanke schien ihn zu amüsieren, er lachte in sich hinein.

Liu Song blinzelte vor Empörung. Sie jedenfalls fand dieses Gespräch nicht sonderlich lustig und schon gar nicht zum Lachen.

Er reichte ihr ein Taschentuch. Sie nahm es zwar an, aber weinen konnte sie noch immer nicht.

»Wird schon alles gut, Süße. Irgendwie wird sich alles finden«, beruhigte er sie. »Und wenn es so weit ist, ich kenne da eine Einrichtung, wo man sich um dich kümmert, bis das Kind da ist. Die helfen dir, den schwierigen Teil hinter dich zu bringen, und beraten dich, wie es danach weitergehen soll. Die helfen dir wieder auf die Beine, keine Sorge.«

Der schwierige Teil, dachte Liu Song. Schwierig würde es vor allem, das alles Colin zu erklären, den sie seit Wochen nicht mehr gesehen oder gesprochen hatte.

»Danke«, sagte sie, mit einem stillen Aufatmen – zum einen, weil sie sich endlich jemandem anvertraut hatte, aber auch, weil ihr Chef eine Einrichtung kannte, in der ihr geholfen würde. Denn in die Krankenhäuser der Weißen würde sie nicht aufgenommen, das wusste sie.

»Das erklärt wohl auch, warum dein Onkel Leo sich bei mir gemeldet hat. Ich solle dir deinen Lohn künftig direkt aushändigen, hat er gesagt.« Mr Butterfield holte den Reißverschlussbeutel unter dem Tresen hervor, in dem sich Liu Songs Verdienst der vergangenen paar Wochen befand, und reichte ihn ihr. »Hat dich wohl rausgeworfen, was?«

Liu Song wog den gut gefüllten Beutel in der Hand. Das Geld stand ihr zu, sie hatte jeden Penny davon ehrlich verdient. Dennoch konnte sie sich nicht recht darüber freuen. Das Geld kam ihr auf einmal vor wie die Münzen, die die Blumenmädchen in den schummrigen Hauseingängen auf der Paradise Alley verdienten.

Diese Dollarscheine schienen auf einmal wie eine eindeutige Botschaft an sie: Hau ab, verzieh dich, lass dich nicht mehr blicken.

»Ja, so ähnlich«, sagte sie knapp.

Nach der Arbeit ging Liu Song zu Fuß nach Hause, um Geld zu sparen, aber auch, weil so schönes Wetter war. Sie schlenderte an Bäckereien vorbei, aus denen süße Wohlgerüche ins Freie strömten, und an billigen Imbisslokalen, in denen Köche mit viel Lärm und Geklapper in der Küche hantierten und Speisen in heißem Öl brutzelten. Sie trottete über den rissigen Gehweg an der King Street, wo sie an Nudelfabriken vorbeikam, an Würstchenwagen und an den Schaufenstern des Yick-Fung-Lebensmittelladens, reich bestückt mit allerlei chinesischen Köstlichkeiten, die für sie leider unerschwinglich waren. An der Canton Alley angelangt, sah sie sich zunächst vorsichtig in der Straße um, auf der Hut vor neugierigen Nachbarn und Passanten, und eilte dann rasch zu ihrem Haus. Als sie die Wohnungstür hinter sich ins Schloss fallen ließ, war ihr ganz flau vor Hunger, und bei dem Gedanken, dass die Küchenschränke ebenso leer waren wie der Eisschrank, knurrte ihr Magen nur noch lauter. Dann aber bemerkte sie den Briefumschlag, der unter der Tür durchgeschoben worden war, hob ihn auf und dachte nicht länger ans Essen. Mit heftigem Herzklopfen riss sie den Umschlag auf und zog den Brief heraus, der auf edles Papier geschrieben war:

Liebe Liu Song,

ich muss Sie vielmals um Verzeihung bitten. Mein Benehmen bei unserem letzten Treffen war sehr dreist und unverschämt, besonders nach allem, was Sie seit dem Verlust Ihrer lieben Mutter haben durchstehen müssen. Ich kann verstehen, warum Sie sich seither nicht bei mir gemeldet haben. Ich hätte respektieren sollen, dass Sie nach wie vor um Ihre Mutter trauern. Ich hoffe inständig, Sie können mir meine Torheit verzeihen, und würde mich glücklich schätzen, wenn ich die Sache bei Ihnen wiedergutmachen dürfte.

Wie schon erwähnt, habe ich eine kleine Rolle in einer Wiederaufführung von *A Chinese Honeymoon* im Empress Theatre gelandet. Es ist eine sehr bescheidene Produktion, die nur ein paar Wochen laufen wird, aber für mich ist es eine seltene Gelegenheit. Und die Premiere ist heute Abend.

Ich habe eine Eintrittskarte für Sie an der Kasse hinterlegt, auf Ihren Namen, nur für den Fall, dass Sie Lust haben, mich wiederzusehen. Seien Sie nochmals versichert, dass mir mein Benehmen aufrichtig leidtut.

Mit freundlichen Grüßen
Colin K.
FR 324

Auch seine Telefonnummer hatte er dazunotiert, aber Liu Song hatte leider kein Telefon. An die Tür gelehnt, ließ sie sich langsam zu Boden sinken. Wieder einmal kam ihr die kahl geräumte Wohnung vor wie ein Sinnbild für ihr leeres, trostloses Leben. Tag für Tag musste sie es ertragen, wenn sie morgens durch Chinatown lief, dass Männer sie ungeniert anstarrten und ihr hinterherpfiffen, seien es Filipinos, die in der Konservenfabrik arbeiteten, seien es chinesische Fischhändler. Männer, die doppelt so alt waren wie sie und sie mit den schmutzigen, klebrigen Fingern ihrer Fantasie nackt auszogen. Und auch bei Butterfield's musste sie sich den ganzen Tag über angaffen lassen, mal lüstern, mal missbilligend, bewundernd, hoffnungsvoll, interessiert. Colin dagegen schien der einzige Mensch zu sein, der ihr mit Zartgefühl, Zuneigung und Respekt begegnete. Er war alles, was sie sich wünschte. Alles, was sie brauchte.

Sie berührte ihren gewölbten Bauch und rief sich in Erinnerung, dass ihre Einsamkeit bald ein Ende haben würde. Wie sollte sie es Colin bloß beibringen? Wie konnte sie ihn mit dieser Neuigkeit belasten? Am Morgen nach ihrem gemeinsamen Abend hatte sie zur nächsten Telefonzelle laufen wollen, um ihn anzurufen, aber es ging ihr so schlecht an jenem Tag, sie hatte vor Schmerzen kaum gehen können. Und mit jedem Tag, der mit der immer gleichen, zermürbenden Übelkeit anfing, die erst nach Stunden endlich nachließ, wuchsen in ihr die Zweifel, und ihre Selbstachtung schwand dahin, bis sie kaum noch in den Spiegel sehen mochte. In einer Gesellschaft, die vor allem auf Jugend und Schönheit fixiert war, waren ihre Reichtümer nur noch Gaukelei und ihre Unschuld hohler Schein. Enttäuschung, Peinlichkeit und Schande, das war alles, was sie ihm noch zu bieten hatte.

Aber auch nach stundenlanger Grübelei glomm in ihr noch ein hartnäckiger letzter Hoffnungsschimmer, der sich nicht ersticken lassen mochte. Also erhob sie sich schließlich, wie ein Geist, der erst nach Sonnenuntergang sein Unwesen treibt. Bei Anbruch der Dunkelheit verließ sie das Haus und begab sich im Nieselregen zum Empress Theatre an der Second Avenue Ecke Spring Street. Dort starrte sie hinauf zu dem verschnörkelten Vordach aus grünlich verfärbtem Messing, auf das in goldenen Lettern *A Chinese Honeymoon* gepinselt war. Aus Erzählungen ihres Vaters wusste sie, dass sich dieses Musical beim weißen Publikum großer Beliebtheit erfreute und in tausenden Theatern weltweit aufgeführt worden war. Er selbst hatte nicht allzu viel davon gehalten. Die Handlung war ihr wohlbekannt: Es ging um Liebespärchen, die in China versehentlich gegen das Gesetz verstoßen, weil sie sich in der Öffentlichkeit küssen.

Nachdem Liu Song ihren Namen genannt hatte, reichte ihr die Matrone, die an der Theaterkasse saß, wortlos eine Eintrittskarte. Colin hatte ihr einen Platz vorn in der ersten Reihe reserviert, doch sie zog es vor, sich auf einen dunklen Eckplatz ganz hinten zu setzen. Das Empress Theatre war winzig, aber der dreihundert Plätze fassende Saal war voll besetzt mit Besuchern, die sich halblaut unterhielten und geröstete Mandeln knusperten, aus rosa Papiertütchen, die plötzlich silbern wirkten, als die Beleuchtung erlosch. Liu Song verfolgte durch den Nebel ihrer Einsamkeit und Niedergeschlagenheit, wie Colin auf der Bühne auftauchte, als Diener im Palast des lächerlichen Hang Chow, dem Kaiser von Ylang Ylang, einem erfundenen Land für eine erfundene Geschichte. Den Kaiser spielte ein weißer Schauspieler, der für seine Rolle gelblich geschminkt worden war. Liu Song fand, dass er eher einer haarlosen Katze ähnelte als einem Menschen. Dennoch ruhten aller Augen im Saal auf diesem Kaiser, während Liu Song die ganze Zeit nur Colin anstarrte. Sie fühlte sich ihm so nah, während sie mit Herzklopfen dasaß und ihm zusah. Colins Rolle war klein, fast eine Statistenrolle, aber sie war trotzdem stolz auf ihn.

In der Pause fand Liu Song ein Programm, das jemand weggeworfen hatte, und entdeckte Colins Namen ganz unten in der Liste der Darsteller. Sie fuhr mit dem Finger unter den Buchstaben entlang, während sie die Namen durchging, einen nach dem anderen. Er war der einzige Chinese, der bei der Aufführung mitwirkte, selbst Soo Soo, das Bauernmädchen, das mit Hang Chow vermählt wurde, wurde von einer Weißen gespielt. *Das könnte ich sein*, dachte Liu Song. Und als die beiden Schauspieler sich auf der Bühne schließlich küssten, angestrahlt von einem hellen Scheinwerfer, schloss Liu Song die Augen und stellte sich vor, sie und Colin würden diese Rollen spielen. Und obwohl sie es nur vor ihrem inneren Auge sah, konnte sie den Anblick kaum ertragen. Es war keine Eifersucht – Colin gehörte ihr schließlich nicht. Beim Anblick des sich küssenden Pärchens auf der Bühne aber sehnte sie sich umso mehr nach ihm und fühlte sich noch wertloser als zuvor. Wie könnte ein Mann wie Colin sie je akzeptieren? Sie, die benutzt und dann im Stich gelassen worden war – ausrangiert, weggeworfen.

Nachdem das Stück mit einer Schlussfanfare zu Ende gegangen war, flüchtete Liu Song. Verließ den Saal, in dem jetzt Applaus und Jubel aufbrandeten, während Blumensträuße in Richtung Bühne flogen, für das glückliche Paar dort, das wie eine Vision wirkte, wie eine Fata Morgana in der Wüste – die Verkörperung all dessen, was sie niemals sein könnte und niemals selbst haben würde. Schon ehe die Schauspieler noch einmal vor den Vorhang getreten waren, war sie zur Tür hinaus. Draußen auf der Straße riss sie sich die Schuhe von den Füßen und rannte im Regen nach Hause, ohne darauf zu achten, dass sie sich die Strümpfe zerriss, während sie blindlings durch Pfützen platschte und Autos auswich, die bei ihrem Anblick wütend hupten und ihre Scheinwerfer aufblendeten. Schließlich stolperte sie in ihre leere Wohnung, wo sie sogleich die gewohnten Schatten der Furcht, des Zweifels und der Reue überfielen. Nein, sie könnte es nicht ertragen, Colin von ihrem Zustand zu erzählen, und sie wollte sich auch nicht damit quälen, dass sie ihn noch einmal wiedersah. Sie zerriss erst die Theaterkarte, dann seine Visitenkarte und zum Schluss noch seinen Brief – einfach alles, was sie an den Mann erinnerte, der für sie unerreichbar war. Schwer atmend stand sie an der Spüle und merkte erst jetzt, wie sehr sie in ihrem Kleid, das ihr klatschnass am Körper klebte, vor Kälte zitterte. Sie schaltete den Herd an, um sich etwas zu wärmen, und setzte einen kleinen Topf Reis auf. Dann hockte sie sich in der nur schummrig erhellten Küche auf den Boden, hielt krampfhaft die Tränen zurück und zwang sich, darüber nachzudenken, welchen Namen sie ihrem Baby geben wollte. Sie hoffte, dass es ein Junge würde, ein Junge, der ganz allein ihr gehörte.

UNZUSTELLBARE BRIEFE
(1934)

William hörte Beifall und Jubel im Theatersaal über ihnen aufbranden, während er seine glamouröse, jetzt ein wenig schmuddelige Mutter anstarrte, diese zierliche, schmale Person, die noch so jung war und doch so müde und ausgelaugt schien. *Du hast mir das Leben geschenkt*, resümierte er im Stillen. *Du hast mich geliebt, aber du hast mich fortgegeben. Und ich glaube, ich weiß warum*. Er verzog das Gesicht bei dem Gedanken. *Mein Vater war … dein Stiefvater*. Bei ihrem Wiedersehen von einer solchen Lawine der Wahrheit überrollt zu werden, damit hatte er eigentlich nicht gerechnet, aber zumindest begriff er nun, wie zwiespältig ihr Verhältnis zu ihm sein musste. Er hatte im Sacred Heart so oft erlebt, wie Mütter auf Besuch kamen und wieder verschwanden, und dabei jedes Mal gedacht: *Wenn Sie Ihr Kind wirklich liebten, würden Sie es nicht hier zurücklassen, allein und auf sich gestellt – auf keinen Fall.*

Was sagt das über mich aus?, grübelte William. *Oder fällt das nur auf meinen Onkel Leo zurück, über den nie gesprochen wurde und das mit gutem Grund.*

»Mein Vater war also ein schlechter Mann.« *Wie Charlottes Vater.*

»*Vater* ist eine zu großzügige Bezeichnung.« Sie versank kurz in Nachdenken, schien aber keinen Ausdruck zu finden, der ihren Ekel angemessen wiedergegeben hätte. Nach einem flüchtigen Blick in den Spiegel schlug sie beschämt die Augen nieder. »Ich war nicht viel besser. Ich wusste nicht, was ich tun sollte. Ich wollte nur dein Bestes, aber ich war jung und dumm«, sagte Willow. »Verlassen aber wollte ich dich auf keinen Fall, nie und nimmer …«

Da klopfte es an der Tür und jemand rief Willows Namen. Gleich darauf klopfte es abermals, noch hartnäckiger, und William hörte eine weitere Stimme, Asa offenbar.

Sie bedeutete William mit einer Handbewegung sitzen zu bleiben und ging zur Tür, um zu öffnen. Er horchte, während seine Mutter mit dem Komiker und einem Inspizienten diskutierte, der etwas von Vertragsbruch sagte und von den juristischen Folgen, die das für sie haben könnte.

»Ich muss gehen, William.« Sie griff nach einem Taschentuch und fing an, sich die schwarz verschmierte Wimperntusche von den Wangen zu reiben. »Ich muss gehen, aber es dauert nur ein paar Minuten. Versprich mir, dass du hierbleibst. Ich bin gleich wieder da …«

»Ich bleibe hier. Versprochen.«

Sie schloss die Tür. William saß da und hörte der Musik des Orchesters zu, die hier unten nur gedämpft zu vernehmen war. Während er wartete, fragte er sich, ob Willow wieder dasselbe Lied singen würde oder etwas anderes, weil sie es sich anders überlegt hatte, wie schon so oft im Leben. Da hörte er eine Art Unruhe draußen im Flur. Gleich darauf wurde wieder an die Tür geklopft.

Als er die Tür öffnete, stand Charlotte vor ihm. Sie sah blass und aufgewühlt aus. »Es tut mir leid, William.« Sie war nicht allein, hinter ihr standen Schwester Briganti und zwei Männer aus dem Sacred Heart, die William kurzerhand an den Armen packten, um ihn durch den Flur zu zerren und die Treppe hochzubugsieren. Er war wie gelähmt vor Schock und Angst, verspürte einzig den Drang, sich loszureißen und davonzulaufen.

William war der Verzweiflung nahe. »Das war meine Mutter«, bestürmte er Schwester Briganti, die Charlotte am Arm gefasst hielt, während sie das Theater durch den Bühneneingang verließen. Als sie von der Gasse auf die Hauptstraße kamen, zeigte er aufgeregt zu der Anzeigetafel über dem Haupteingang. »Willow Frost ist meine Ah Ma!«

Schwester Briganti winkte ein Taxi herüber und runzelte die Stirn. Erst nach kurzem Zögern sagte sie: »Ich weiß, William.« Ihre Worte krachten zu Boden wie ein umstürzender Baum, dessen Geäst aus Halbwahrheiten und Lügen dabei splitternd zu Bruch ging.

William war fassungslos. »Was soll das heißen: Sie *wissen* es?«, stammelte er, während er die korpulente Nonne entgeistert ansah. Ihr mimisches Repertoire war ihm wohlvertraut, ihre verschiedenen Mienen, die Frömmigkeit und Freude zum Ausdruck brachten, Missbilligung oder Zorn, sogar Hochmut, einen Gesichtsausdruck wie jetzt aber hatte er noch nie bei ihr gesehen. *Wie soll man das nennen?*, überlegte er. *Nicht traurig, eher zweifelnd.*

»Ich wusste, dass du herkommen würdest, William«, sagte Schwester Briganti. »Seit ich sie neulich auf der Kinoleinwand und dann auf diesem verwünschten Plakat gesehen habe, wusste ich, dass du so etwas Unüberlegtes anstellen würdest.« Sie schüttelte den Kopf. »Jetzt kommst du wieder mit ins Waisenhaus.«

»Aber warum denn?«, fragte Charlotte. »Er hat doch eine Mutter – das war *sie*!«

Schwester Briganti schüttelte abermals den Kopf. »Weil deine Mutter keinen Umgang mit dir haben soll, William, und du umgekehrt mit ihr auch nicht. Es ist besser so. Komm wieder mit nach Hause, dann erzähle ich dir, warum sie dich weggegeben hat.«

Heimische Gefühle aber wollten nicht in William aufkeimen, als sie wieder im Sacred Heart eintrafen. Obendrein quälte ihn der Gedanke, wie seine Ah-Ma in ihre Garderobe zurückkehrte, nur um feststellen zu müssen, dass er nicht mehr dort war. *Meint sie vielleicht, ich wäre abgehauen, aus Rache dafür, weil sie mich verlassen hat? Oder denkt sie, ich wollte nichts mit ihr zu tun haben, dass sie mir egal ist?* Er malte sich aus, wie sie ihn erst überall im Theater suchte und dann aufgab, womöglich in der Annahme, ihn mit der Wahrheit über seinen Vater zutiefst beschämt zu haben. Eines stand fest, er musste auf jeden Fall zu ihr zurück, zurück ins Theater. Wobei ihn jedoch die Sorge hemmte, dass Charlotte jetzt umgehend fortgebracht werden könnte, in eine Blindenschule oder eine ähnliche Einrichtung, weit weg von hier. Zu seinem Erstaunen jedoch erlaubte man ihr, allein in ihr kleines Haus zurückzukehren. Sie umarmte William zum Abschied noch einmal und gab ihm einen Kuss auf die Wange.

»Vielen Dank«, flüsterte sie ihm ins Ohr.

»Wofür?«

»Dafür, dass du mich mitgenommen und nicht im Stich gelassen hast. Danke, dass du auf mich aufgepasst hast.« Sie lächelte traurig. »Ich weiß, dass du sie wiederfinden wirst – deine Mutter.«

Wie wenig du weißt.

»Das ist nur noch eine Frage der Zeit. Und wo du jetzt weißt, dass sie es tatsächlich ist, solltest du alles tun, was nötig ist, auch ohne mich.«

William dankte ihr seinerseits. Charlotte war immer eine Freundin für ihn gewesen, eine gute Kameradin, mehr nicht. Etwas in ihrem Verhältnis aber hatte sich verändert, und ohne sie spürte er in seinem Herzen eine schmerzliche Leere. Wobei es ihn überraschte, dass in ihm überhaupt noch Raum für andere Empfindungen war, so aufgewühlt, wie er nach dem Wiedersehen mit seiner Ah-Ma war. Eine verwirrende Mischung aus Freude, Zorn und Verbitterung erfüllte ihn. *Auch Liebe? Ja.* Seine Gefühle und Erinnerungen wirbelten in ihm umher wie Treibgut, so heftig, dass es William vorkam, als müsste er Wasser treten, um nicht zu ertrinken.

Er wurde umgehend zu Schwester Brigantis Büro gebracht; wie ein zum Tode Verurteilter stapfte er durch den langen Korridor im Verwaltungstrakt, vorbei an grimmig blickenden Porträts von Abraham Lincoln und Teddy Roosevelt, die es jedoch mit seiner gestrengen Schulleiterin nicht aufnehmen konnten. Sunny und ein paar andere, die hier im Trakt gerade den Fußboden wischten, schienen teils erfreut, William wiederzusehen, teils eher enttäuscht. Überrascht aber waren sie alle. *Schön, euch wiederzusehen, Jungs. Leider werde ich nicht allzu lange bleiben.*

Er wurde aufgefordert, sich in Schwester Brigantis Büro zu setzen und dort auf sie zu warten. Also saß er da und starrte die Bücher in ihrem Regal an, ohne recht zu wissen, ob ihm nun Ärger bevorstand oder nicht – doch es war ihm irgendwie auch egal. Willow war Liu Song – seine Ah-Ma. Mit anderen Worten, er hatte nun jemanden, zu dem er hinkonnte, einen Grund, von hier zu verschwinden, wenn auch vielleicht nur vorübergehend. Im Stillen hoffte er, dass man ihn rauswarf – damit rechnete er sogar. Vorher aber wollte er Antworten.

Er wartete und wartete, bis er endlich Schwester Briganti hörte, die draußen im Flur mit irgendwem auf Italienisch herumzankte. Dann kam sie herein, schwer beladen mit Ordnern und Unterlagen.

William platzte schier vor Ungeduld. »Woher wussten Sie, dass das meine Mutter war?«, fragte er, noch ehe sie an ihrem Schreibtisch Platz genommen hatte. »Woher wussten Sie, dass sie noch lebt?«

»Das habe ich auf demselben Weg erfahren wie du, William.« Schwester Briganti stieß erschöpft die Luft aus. »Ich habe sie im Kino wiedererkannt, ich habe sie im Radio gehört –«

»Nein«, fiel William ihr ins Wort. »Woher wussten Sie, dass *sie* es war?«

Schwester Briganti ließ sich auf ihrem Sessel ihm gegenüber nieder. Nachdem sie ihre Unterlagen geordnet hatte, vielleicht auch ihre Gedanken, nahm sie eine Rolle Minzbonbons aus der Schreibtischschublade und bot sie ihm wortlos an. Er schüttelte den Kopf und beobachtete, wie sie sich gleich zwei Bonbons genehmigte. Statt sie langsam im Mund zergehen zu lassen, kaute sie die Bonbons sofort klein. Sie lehnte sich auf dem lederbezogenen Sessel zurück und berührte wie in Gedanken den Rosenkranz, der auf ihren breiten Kragen drapiert war.

»Das wusste ich … weil es meine heilige Verantwortung ist, die Bürde der Wahrheit für eure Familien zu tragen; und diese Verantwortung nehme ich sehr ernst.« Sie blickte William an und rückte dabei auf dem Sessel herum, als fände sie keine bequeme Sitzposition. »Deswegen wusste ich immer schon, wer deine leibliche Mutter ist.«

»Wie?«, fragte William. *Machen Sie es mir doch nicht so schwer.*

Sie schlug einen der Ordner auf, der voller Briefe war. Er lehnte sich vor und ging die Umschläge durch; sie waren alle geöffnet worden, und sie waren alle an ihn adressiert. Abgeschickt worden waren sie in San Francisco, Los Angeles, New York, auf den meisten aber stand eine Absenderadresse hier in Seattle, wie er mit einem heftigen Pochen in den Schläfen und plötzlicher Übelkeit feststellte. Er hielt sie sich an die Nase und schnupperte an dem Papier, wie in der Hoffnung auf einen Duft, der ihn an früher erinnerte. »Sie war hier.« Er ging die Poststempel durch. »Das ganze erste Jahr … war sie hier …« *Sie war nur wenige Meilen von hier. Warum ist sie nicht hergekommen?* William erinnerte sich an die vielen schönen Stunden mit seiner Mutter. Nichts ergab hier irgendeinen Sinn. *Ist sie fortgegangen, um Schauspielerin zu werden?*

»Es tut mir leid, William.«

»Was? Dass Sie mich angelogen haben …«

»Sieh dich vor, junger Mann. Ich habe dich nie belogen, William. Kein einziges Mal«, fauchte sie, während sie die Hand auf die Briefe legte. »Gut, die Wahrheit habe ich dir vorenthalten, das schon. Aber nur zu deinem eigenen Besten, weil deiner Mutter am Ende das Sorgerecht für dich entzogen wurde. Und sie hat gegen die Vorwürfe, die gegen sie erhoben wurden, keinen Widerspruch eingelegt. Sie hat bereitwillig diese Dokumente unterzeichnet und dich damit abgegeben. Sie hatte nicht vor, jemals zurückzukommen, jedenfalls nicht hierher.« Schwester Briganti schlug den nächsten Ordner auf, der allerlei abgestempelte Dokumente enthielt. »Bedauerlich ist nur, dass sie dich nicht gleich nach deiner Geburt zur Adoption freigegeben hat. Sie war so selbstsüchtig, zu glauben, sie könnte dir ein richtiges Heim bieten. Aber damit hat sie alles nur schlimmer für dich gemacht.«

»Aber … wie … warum?«

Schwester Briganti hüstelte und räusperte sich. Dann schnipste sie ungeduldig mit den Fingern, woraufhin eine Novizin, die anscheinend schon draußen gewartet hatte, mit einem kleinen Tablett hereinkam, um ihr eine Tasse Kaffee sowie Sahne und Zucker zu servieren. Schwester Briganti blickte gepeinigt drein, während sie ihren Kaffee umrührte, mit einem angelaufenen Silberlöffel, dessen leises Klirren eine Weile das einzige Geräusch war, das in dem stillen Raum zu vernehmen war. Dann legte sie den Löffel beiseite und saß da, ohne ihren Kaffee zu trinken.

Schließlich hielt er es nicht mehr aus. »Warum?«

»*Sie wollte dich nicht*, deshalb hat sie dich abgegeben. Sie führt jetzt ein anderes Leben.«

Er deutete auf die Karten und Briefe. »Das glaube ich Ihnen nicht.«

Sie schüttelte nur den Kopf. Dann stand sie auf, wandte sich zu dem Regal an der Wand hinter ihr um und zog ein altes Gesangbuch heraus, hinter dem sie eine angebrochene Packung Zigaretten, Marke Fatima, sowie eine Schachtel Streichhölzer zum Vorschein brachte. Sie steckte sich eine an und setzte sich wieder hin, nahm einen tiefen Zug und pustete den Rauch gemächlich in Richtung Fenster, das einen Spalt weit offenstand.

»Sie dürfen mich nicht zwingen, hierzubleiben«, sagte William. »Das ist ungerecht.«

Schwester Briganti rauchte eine Zeit lang schweigend ihre Zigarette. »Du kannst noch mal weglaufen, wenn du das wirklich willst. Aber leichter wirst du es da draußen nicht haben. Falls du von der Polizei aufgegriffen wirst und man feststellt, dass du keinen festen Wohnsitz hast, wirst du verhaftet. Dann wirst du einem Richter vorgeführt, einem, der möglicherweise weniger nachsichtig ist als ich, und der steckt dich dann in eine Besserungsanstalt – eine Einrichtung, in der sie dir abends die Schuhe abnehmen, damit du über Nacht nicht wegläufst. Wo es auch schon mal vorkommt, dass du in einen dunklen Keller gesperrt wirst, bei Wasser und Brot. Wo man Jungen wie dich als *widerspenstig* oder *unverbesserlich* einstuft und in die *Strafbaracke* schickt. So gut wie hier im Sacred Heart wird es dir in der Besserungsanstalt nicht ergehen. Willst du das? Mutter Cabrini hatte immer eine Schwäche für den Fernen Osten, genau deshalb wirst du hier so gut behandelt. Und dafür solltest du dankbar sein.«

Wofür – für die Schläge? Dafür, dass ich nachts ans Bett gefesselt werde? Dafür, dass Sie die Briefe meiner Mutter in einem Ordner neben Ihrem Schreibtisch unter Verschluss halten? William starrte sie an, wütend, verletzt, vor allem aber verwirrt. Dann stützte er die Ellbogen auf den Tisch und legte seinen Kopf in die Hände. Er wählte seine Worte mit Bedacht, und er sprach betont leise. »Ich wünsche mir doch nur, was sich jeder wünschen würde …«

»Und was wäre das? Eine perfekte Familie? Eine Mutter? Einen Vater?«

William schüttelte den Kopf. »Willow – meine Mutter – sie hat mir verraten, wer mein Vater ist, was er war. Der ist mir egal. Ich möchte nur die Wahrheit wissen.«

Schwester Briganti lehnte sich auf ihrem Sessel zurück, der unter ihrem Gewicht hörbar ächzte. Sie pustete Rauch aus. »Aber deiner Mutter war dein Vater nicht egal. Genau deshalb hat sie ja überhaupt zugestimmt, dass du hierher ins Sacred Heart kommst. Weil sie wusste, dass er dich hier nie finden würde.«

VÄTER

(1934)

William saß mit Charlotte auf der alten Verandaschaukel, die zu ihrem Häuschen gehörte. Sie teilten sich eine alte Wolldecke zum Schutz gegen die Kälte. Das Gras war längst nicht mehr sommerlich grün, sondern eher stumpf braun, wie ungewaschenes Haar, und oben am Himmel zog ein Schwarm Gänse dahin, immer mal wieder im Nebel verschwindend, unterwegs nach Süden, um den Winter in milderen, gastlicheren Gefilden zu verbringen. William ließ einen Fuß nach unten baumeln und stieß sich immer wieder leicht vom Boden ab, um die Schaukel in sacht schwingende Bewegung zu versetzen. Das Quietschen und Knarren der rostigen Aufhängungen erinnerte ihn an das gemächliche Ticken eines Metronoms, das den Takt vorgab, ähnlich unwandelbar und einförmig wie der Lebensrhythmus hier im Sacred Heart.

»Sie war also schwanger?«, fragte Charlotte. »Mit dir?«

William, der in Richtung Innenstadt starrte, zu der Terrakottapyramide oben auf dem Smith Tower, die hinten am Horizont eben noch zu erkennen war, nickte geistesabwesend. »Ja, ich denke schon. Sie wusste es nicht sofort. Heute gibt es da einen Test, den man machen kann, hat Schwester Briganti gesagt, aber damals musste sie wochenlang warten, ehe sie Gewissheit hatte. Sie arbeitete in so einem Musikgeschäft, und ihr Boss sorgte dafür, dass sie in ein Heim für ledige Mütter ging. Dort bin ich dann zur Welt gekommen.

Ich hätte noch Glück gehabt, hat Schwester Briganti gesagt – da chinesische Frauen in normalen Krankenhäusern nicht aufgenommen werden, entbinden sie ihre Kinder normalerweise unten am Hafen. Sie hat auch erzählt, dass die Babys in dem Heim, in dem ich geboren wurde, meist gleich zur Adoption freigegeben oder den Müttern weggenommen werden. Meine Ah-Ma aber hat aus irgendeinem Grund beschlossen, dass sie mich behalten wollte.«

Weil sie außer mir sonst keine Familie mehr hatte, nehme ich an.

»Aber nun verstehe ich wenigstens, wieso sie nie über meinen Vater gesprochen hat. Ich weiß noch, wie ich mal bei uns im Radio eine Ansprache von Präsident Wilson gehört habe, zum Vatertag. Ich war noch klein. Ich habe meine Buntstifte rausgesucht und mich hingesetzt, um für meinen Vater ein Bild zu malen – wahrscheinlich dachte ich, er würde auf Besuch kommen oder so was. Meine Ah-Ma hat mich gelobt und gesagt, das Bild wäre sehr schön, als ich es ihr gezeigt habe. Später am Abend aber habe ich gesehen, wie sie es an eine Kerze gehalten und verbrannt hat.«

Charlotte nickte. »Das kann ich gut verstehen.«

»Dass sie es verbrannt hat?«

Charlotte antwortete nicht sofort. »Dass sie dir nichts erzählt hat. Du kannst wirklich froh sein, dass sie dich behalten hat. Die meisten ledigen Mütter hätten nichts mit dir zu tun haben wollen und dich sofort zur Adoption freigegeben. Ein paar der älteren Mädchen hier waren auch schon mal schwanger, die haben mir entsetzliche Geschichten erzählt. Sie muss dich wirklich sehr lieb gehabt haben, William. Du musst etwas ganz Besonderes sein.«

Vielleicht früher mal, dachte William betrübt. Es fiel ihm nicht leicht, sich mit seiner sonderbaren Situation abzufinden – mit seiner ungewöhnlichen Herkunft und den Folgen, die sich daraus ergaben. Dass er wusste oder eben nicht wusste, wer sein Vater war. *Damals war diese Frage für mich sehr wichtig. Ist sie das heute immer noch?*

»Und das alles hat Willow dir erzählt?«

William nickte. »Aber sie hat mir bestimmt auch einiges verschwiegen.« Er wusste nicht mehr, was Schein war und was Wirklichkeit. Über die Jahre hatte er sich, aus Erinnerungen und Halbwahrheiten schöpfend, geleitet von seinen Wünschen, Träumen und Hoffnungen, alle möglichen Geschichten zurechtgereimt. Er hatte immer gedacht, seine Ah-Ma wäre nicht mehr am Leben. Stattdessen hatte sie ihn aus freien Stücken abgegeben und, Schwester Briganti zufolge, am Ende einfach vergessen, als wäre er tot. Und dennoch war seine Mutter, sehr zu Schwester Brigantis Leidwesen, auf wunderbare Weise wieder aufgetaucht. Irgendwie aber war die Person auf der Leinwand, auf der Bühne oder im Radio auch wieder nicht seine Mutter, zumindest nicht die Ah-Ma, die er einst gekannt hatte. *Seine* Ah-Ma war Liu Song, während Willow nur ein Faksimile war – eine aufwendig geschminkte Schauspielerin in teuren Kleidern, die eine Show abzog.

Was für eine Art Bastard bin ich?

William kaute kurz auf der Unterlippe. »Alles Weitere hat Schwester Briganti mir erzählt. Wie meine Ah-Ma mich zur Welt gebracht und dann ein paar Jahre großgezogen hat. Sie hat auch angedeutet, warum meine Mutter immer so oft außer Haus war – hat etwas von wechselnden Männerbekanntschaften erzählt und dass meine Ah-Ma, wenn sie mich schon abgeben musste, auf keinen Fall wollte, dass ich zu ihrem Onkel Leo komme.« Er blickte auf seine leeren Hände hinab. »Das wäre alles, was ich wissen müsste, hat sie gesagt.«

»Was ist denn noch unklar?«

»Warum sie mich nie hier rausgeholt hat.« *Oder war ich für sie ein solcher Klotz am Bein? Hat sie mich weggegeben, um jemanden heiraten zu können? Oder um sich vollauf ihrer Karriere als Schauspielerin widmen zu können?* »Na ja, heute ist sie berühmt. Da wird wohl für einen Bastard kein Platz im Rampenlicht sein.«

Da merkte William, wie Charlotte sich plötzlich aufrichtete. Er drehte sich um und sah Sunny, der mit einem Zettel in der Hand auf sie zugerannt kam. Am Ende musste er kurz stehen bleiben, um zu verschnaufen, und legte die letzten paar Meter im Schritttempo zurück.

»Es kommt jemand für dich vorbei«, stieß Sunny hervor, mit weit aufgerissenen Augen.

William und Charlotte, wie auch alle anderen Kinder hier, kannten diesen Tonfall – dem elektrischen Knistern nicht unähnlich, das vor einem Gewitter in der Luft zu flirren schien, die heftige Aufregung, die sich nur bei der Ankündigung einstellte, dass eine Mutter oder ein Vater vorbeikommen würde. Die meisten Kinder jedoch hatten gelernt, daran keine allzu großen Hoffnungen zu knüpfen, denn nicht selten kamen Eltern auch nur vorbei, um ihrem Kind endgültig und für alle Zeit Lebewohl zu sagen. Dann und wann aber, oft ohne Ankündigung (weil Eltern für solche Überraschungen offenbar eine Schwäche hatten), zog eins der Kinder das ganz große Los und wurde aufgefordert, seine Sachen zu packen, womit eines unmissverständlich klar war: Es kam wieder zurück nach Hause.

Williams Herz tat einen Sprung vor Freude, in der Hoffnung, dass es Willow war – seine Ah-Ma.

»Für wen kommt jemand?«, fragte Charlotte aufgeregt.

»Es ist dein Vater«, sagte Sunny. »Ist das zu fassen?«

»Mein Vater? *Onkel Leo*?«, brach es aus William hervor, völlig entgeistert. Unvermittelt stieg Wut in ihm auf, aber auch eine merkwürdige Neugier, die Art morbide Neugier, die man bei der Zeitungslektüre empfindet, wenn man Meldungen über einen Schiffsuntergang liest, ein Eisenbahnunglück oder eine Schießerei unter verfeindeten Gangsterbanden. »Aber Schwester Briganti hat doch gesagt, hier würde er mich nie finden. Wie könnte er …«

»Nicht *dein* Vater«, keuchte Sunny, der vornübergebeugt dastand, die Hände gegen die Knie gestützt, weil er noch immer außer Atem war. Dann zeigte er auf Charlotte. »Ihrer.«

William stieß die Luft aus, halb erleichtert, halb enttäuscht. Immerhin, es gab Hoffnung für seine Freundin. Er berührte sie am Arm, während sie reglos dasaß und ins Nichts starrte. Sie verzog unwillig das Gesicht und stand auf. Als sie nach ihrem Stock griff, fiel ihm auf, wie sehr ihre Hand zitterte, und gleichzeitig stieg ihr die Röte in die blassen Wangen.

Charlotte äußerte nur ein einziges Wort. »Wann?«

»In ein paar Tagen. Er kommt auf Besuch, um mit den Schwestern alles zu regeln. Um dich am Ende wieder mit nach Hause zu nehmen. Ist das zu fassen?«

»Ich dachte, dein Vater wäre …« *Wie soll ich sagen, ein Widerling, ein Verbrecher?* Aus Rücksicht auf Charlotte ließ William das Wort »Gefängnis« in Sunnys Gegenwart lieber unerwähnt.

»Er ist wohl entlassen worden, William«, sagte sie. »Tja, alles Gute hat einmal ein Ende. Alles Schlechte aber hört niemals auf.«

»Freust du dich denn nicht?«, fragte Sunny. »Genau davon träumen doch alle hier. Das sind tolle Neuigkeiten – und du hast es wirklich verdient.«

Charlotte tastete mit ihrem Stock herum, bis sie damit Sunnys Bein streifte. »Sehr lieb, dass du das sagst. Aber wenn du ein Mädchen wärst und meinen Vater hättest, würdest du das anders sehen.«

»Aber …«, stammelte Sunny. »Das bedeutet, dass du jetzt nach Hause kommst.«

»Ist schon gut«, sagte William. *Zu Hause, das ist ein Märchen, ein Märchen von der Sorte, in der Kinder sich im Wald verirren und von einem Unhold gefunden werden, der sie nicht rettet, sondern kocht und auffrisst.*

»Du kannst Schwester B ausrichten, dass ich keinen Vater habe«, sagte Charlotte mit fester Stimme. »Und dass ich nirgendwohin gehe.«

Nach dem Abendbrot saß William mit Charlotte vor der Kapelle, in der der Knabenchor gerade ein lateinisches Kirchenlied einstudierte, das er nicht kannte. Das Lied klang schwermütig, wie ein Trauermarsch – es sollte wohl feierlich wirken, schien aber viel zu getragen. Die Stimmen der Jungen jedenfalls, die den Kirchenraum erfüllten, versetzten ihn in traurig-andächtige Stimmung. William war Charlotte dabei behilflich, eine Kerze für ihre Mutter anzuzünden. Er zündete auch eine für seine eigene Ah-Ma an und eine für Charlotte, wovon er ihr allerdings nichts erzählte. Es fiel ihm nicht leicht, sich in ihre Lage zu versetzen, die er vor allem durch die Brille seiner eigenen Kümmernisse und Sehnsüchte betrachtete. Das Geschenk, das sie erhalten hatte, mochte zwar beschädigt sein, aber die meisten hier im Sacred Heart hätten es trotzdem mit Kusshand in Empfang genommen. Hätte seine Mutter ihn zurückgewollt und sei es nur für einen Besuch, einen Nachmittag lang, er hätte sich Hals über Kopf in diesen Morast gestürzt. Aber er wusste natürlich, dass Charlottes Situation mit der seinen nicht zu vergleichen war. So wenig wie Äpfel und Birnen – oder wie

Äpfel und eine Sorte Früchte vielmehr, die ebenso fremdartig wie giftig war.

»Hast du Schwester Briganti gesagt, dass du ihn nicht sehen willst?«, fragte William. *Weil wir ja alle wissen, wie mitfühlend diese Frau ist. Im Vergleich zu ihr wirken Kakteen geradezu anschmiegsam.*

Charlotte nickte erst und zuckte dann die Achseln. »Aber sie kann nichts machen. Er ist mein Vater. Meine Mutter lebt nicht mehr. Er hat jedes Recht dazu. Ich habe gefragt, wie es mit meiner Großmutter aussieht – habe praktisch darum gebettelt, bei ihr leben zu dürfen, aber sie hat in der Sache kein Mitspracherecht. Mein Vater hat seine Strafe wegen Alkoholschmuggels abgesessen, und jetzt kann er noch mal neu anfangen. Ja, schön wär's.«

»Aber hast du es ihr gesagt?«, hakte William vorsichtig nach. Er wusste, wie sehr Charlotte sich vor ihrem Vater fürchtete – als wäre zwischen ihnen irgendetwas Grässliches vorgefallen. Sie sprach nie darüber, und William traute sich nicht, sie danach zu fragen.

»Eltern sind nun mal nicht perfekt, hat Schwester B gesagt, und dass ich bloß störrisch und eigensinnig wäre – dass es manchmal vorkäme, dass Kinder sich an das Leben hier gewöhnen und dann nicht mehr in die normale Welt zurückwollten. Ich solle dankbar sein, ihn wieder in meinem Leben zurückzuhaben.«

Menschen ändern sich, überlegte William. *Auf Willow zumindest trifft das zu. Vielleicht hat Charlottes Vater sie ja vermisst und möchte nun alles bei ihr wiedergutmachen.* William bemühte sich, die Dinge positiv und optimistisch zu sehen, aber andererseits, wenn Charlotte mit ihrem Vater nichts zu tun haben wollte, hatte sie dafür wohl triftige Gründe, und er glaubte ihr.

»Schwester B hat gemeint, ich solle einfach beten«, sagte Charlotte. »Als hätte das je einem von uns geholfen.«

William hatte es versucht. Aber der katholische Glaube mit all seinem Prunk und Pomp war für ihn noch immer ein in Latein gehülltes Mysterium, mit Zeremonien, die sich ihm nicht erschlossen. Er konnte zwar alle Gesten und Riten ausführen, die von ihm erwartet wurden, wie ein gelehriger Maina-Vogel, aber das war nun mal der Preis, den er hier zu zahlen hatte. Innerlich ließ ihn das alles völlig kalt.

Charlotte zog eine lange Kette mit Glasperlen aus der Tasche, an der ein großes Kreuz hing. »Sie hat mir einen neuen Rosenkranz geschenkt. Es sei ein ganz besonderes Stück, hat Schwester B gesagt, das sie immer verschenkt, wenn ein Waisenkind eine neue Familie gefunden hat oder ein Kind wieder nach Hause zurückkann, zu seinen Eltern.«

William sah sich den Rosenkranz näher an. Die teuer wirkende Kette war solide verarbeitet – ein Andenken, das ein Leben lang halten sollte.

Charlotte seufzte. »Das wäre der Schlüssel zu meinem Seelenheil, hat sie gesagt.«

William hörte kurz dem Chor zu.

»Vielleicht solltest du in den Orden eintreten«, sagte er dann, um die traurige Stimmung etwas aufzuhellen. »Nonne werden. Dann lassen sie dich sicher hierbleiben, jede Wette.« *Schwester Charlotte.*

Sie lachte nicht. Aber sie schien ihm den Scherz auch nicht übel zu nehmen. Er meinte sogar ein Lächeln zu sehen, das ihr um die Mundwinkel zuckte. Dann strich sie sich das lange, erdbeerblonde Haar hinter die Ohren. Und dabei fiel ihm zum ersten Mal richtig auf, wie hübsch sie eigentlich war – vielleicht, weil sie bald nicht mehr hier sein würde. Das Scheinwerferlicht seiner Mutter hatte ihm vor Augen geführt, wie lang der Schatten war, den seine Traurigkeit über sein Leben geworfen hatte, und was in diesem Dunkel alles verborgen lag. Charlotte, begriff er auf einmal, war immer dagewesen, ein blindes Mädchen, das hoffte, *er* würde endlich die Augen öffnen und in ihr mehr sehen als bloß eine Freundin. Er beobachtete sie, ihre behutsamen, vorsichtigen Bewegungen, um sich ihr Bild ganz tief in sein Herz einzuprägen, damit er nie vergaß, wie sie aussah. Sogar ihre Sommersprossen versuchte er zu zählen. Die fand er besonders interessant, weil Sommersprossen in Chinatown so gut wie unbekannt waren. Die Leute dort hatten höchstens Muttermale oder Leberflecken, denen eine mal Glück, mal Unglück verheißende symbolische Bedeutung zugeschrieben wurde. Falls darin ein Körnchen Wahrheit steckte, versprachen die bräunlichen Flecken, mit denen Charlottes Nase und Wangen gesprenkelt waren, ihr eine ganze Menge davon – ob nun im Guten oder im Bösen.

Er griff nach ihrer Hand und flocht seine Finger in die ihren, die weich und warm waren.

»Sehr schade, dass du fortgehst«, sagte er.

Sie hielt seine Hand ganz fest umfasst.

»Ich werde dich nie verlassen, William. Versprochen.«

Das Gerücht von Charlottes Weigerung, sich von ihrem Vater abholen zu lassen, sprach sich in Windeseile herum und war abends sogar Thema im Schlafsaal. Die älteren Jungen reagierten mit Neid und Ablehnung, während die Kleinen zutiefst verwirrt waren, weil eine solche Weigerung für sie schlicht unvorstellbar war.

»Was glaubt die denn, wer sie ist?«, fragte Dante, als das Licht ausgeschaltet worden war.

Die Antworten ließen nicht lange auf sich warten.

»Vielleicht ist sie ja nicht nur blind, sondern auch blöd.«

»Ihr Vater hat Alkohol geschmuggelt, habe ich gehört …«

»Die ist doch geistig zurückgeblieben – sollte ohnehin besser in ein Heim unter ihresgleichen.«

»… ich habe euch ja gesagt, dass sie hochnäsig ist.«

Wohl kaum, dachte William. *Sie ist der freundlichste Mensch, den ich kenne.*

»Sie sieht eben nicht, was sie sich entgehen lässt«, sagte jemand. Der dümmliche Witz war ein voller Erfolg, viele kicherten und prusteten gedämpft.

Sunny bewarf William, der zu schlafen versuchte, mit einer Socke. »Wenn ihr mich fragt, ich glaube eher, sie hat Gelbfieber«, sagte sein Freund leise.

William reagierte nicht. Weil er nicht recht wusste, was er Sunny anvertrauen konnte oder sollte. Im Sacred Heart wurde auch so schon genug getratscht und getuschelt, da sollte er vielleicht lieber ganz den Mund halten.

»War nur Spaß«, flüsterte Sunny. »Aber dass ihr beide zusammen abgehauen seid, hat ganz schön für Gesprächsstoff gesorgt. Du kannst froh sein, dass du mich hast, deinen Freund Sunny Der-die-Wahrheit-erkennt. Die Mädchen waren nicht so verständnisvoll, habe ich gehört. Haben Charlotte ganz schön zugesetzt, sie ohne Ende aufgezogen und ihr alles Mögliche unterstellt. Weil sie mit einem Jungen auf und davon ist, noch dazu – na ja, einem Asiaten und so weiter, du weißt schon.«

William bekam umgehend Gewissensbisse: Dass Charlotte seinetwegen in Verruf geraten könnte, diese Möglichkeit hatte er gar nicht in Erwägung gezogen. Ihm war es nur um jenen Nachmittag an der 5th Avenue gegangen, alles Weitere war für ihn nebensächlich. Er war rücksichtslos gewesen, das sah er nun ganz deutlich, hatte nur an sich gedacht. Auch jetzt beschäftigte ihn eigentlich nur die Frage, wie er es anstellen konnte, so bald wie möglich wieder wegzulaufen und zu seiner Ah-Ma zu kommen, ehe sie die Stadt verließ. Ob er noch einmal den Mut aufbringen würde, weitere Antworten von Schwester Briganti einzufordern. Doch Charlotte ging jetzt erst mal vor und sei es nur für ein paar Tage. Das war er ihr schuldig.

»Halb so wild. Die sind bestimmt alle nur neidisch«, sagte Sunny. »Wer würde nicht gern mal eine Weile hier rauskommen, sich die Welt da draußen ansehen? Und dafür, dass sie blind ist, ist sie doch sehr nett anzusehen. Ich hätte dasselbe gemacht.«

William hatte keine Lust zum Reden. Um seinem Freund einen Wink zu geben, drehte er sich also auf die andere Seite und wartete ergeben im Dunkeln, dass Sunny endlich die Luft anhielt.

»Ich kann verstehen, warum sie ihren Vater nicht sehen will.«

William drehte sich wieder herum. Im fahlen Mondlicht, das durch die hohen Fenster in den Saal fiel, zeichnete sich nur umrisshaft Sunnys Gestalt im Bett neben ihm ab, sein Gesicht konnte er leider nicht erkennen. »Wie meinst du das?«

»Erst fand ich das auch rätselhaft«, sagte Sunny. »Aber mir

geht's nicht anders – ich würde meinen Vater auch nicht sehen wollen. Meine Mutter hat mich in der Bibliothek abgeladen und gesagt, sie wäre gleich wieder da. Aber mein Dad, der taugt überhaupt nichts – der hat mich schon vorher im Stich gelassen. Manche Väter sind so. An viel kann ich mich nicht erinnern …«

An Leo kann ich mich überhaupt nicht erinnern. Ich erinnere mich ja kaum an den Mann, den meine Mutter Colin nannte.

»Davon hast du mir ja nie erzählt«, sagte William.

»Weil ich davon überhaupt noch nie jemandem erzählt habe.«

»Magst du mir noch mehr verraten?«

Sunny schwieg eine Weile. Als er weiterredete, fiel William sein veränderter Tonfall auf, er sprach ganz leise und schniefte immer wieder.

»Mein Vater hatte Arbeit gefunden, in einer der Konservenfabriken hier draußen. Aber dann ist er mit einer Frau auf und davon, auf Nimmerwiedersehen. Er hat nichts mehr von sich hören lassen, hat uns nie geschrieben. Nichts. Also ist meine Mutter mit mir nach Seattle gefahren, um in der Stadt nach ihm zu suchen. Aber irgendwann ist uns das Geld ausgegangen, und weil uns keiner aufgenommen hat, mussten wir auf der Straße schlafen. Das Leben im Freien ist ihr nicht gut bekommen, sie bekam eine Hüftentzündung und konnte sich nicht mehr um mich kümmern, deshalb musste sie sich von mir trennen. Sie hat noch gesagt, ich soll meinem Dad nicht böse sein dafür, dass er uns sitzen gelassen hat, und dass ich das alles verstehen würde, wenn ich erst größer wäre, aber ich habe ihn dafür gehasst – und ich hasse ihn noch immer. Ich hasse auch seinen Namen – so sehr, dass ich mich bis heute weigere, ihn auszusprechen. Früher im Reservat, als ich noch klein war, habe ich mir immer gewünscht, ich hätte einen anderen Namen, so was wie Sunny Goes Ahead oder Sunny Not Afraid. Als ich hierher zu den Nonnen kam, habe ich also seinen Namen abgelegt und mich stattdessen Sixkiller genannt. Damit die anderen Kinder Angst vor mir haben und sich nicht mit mir anlegen. Den Namen habe ich mal in einem Buch gelesen. Ein Cherokee-Name, eigentlich nicht ganz passend, weil ich aus dem Crow-Reservat bin. Aber wo ich herkomme, spielt jetzt keine Rolle mehr, den Unterschied kapiert hier ja sowieso niemand. Ich bin eben auch nur ein weiterer Prärie-Nigger.«

William ließ sich die Worte seines Freundes eine Weile durch den Kopf gehen.

»Tut mir leid, Sunny.«

»Ist schon gut, Will. Jetzt weißt du, wie es ist. Und Charlotte, sie versteht das wahrscheinlich besser als irgendwer sonst. Ich meine, ihr Vater war im Gefängnis und alles, aber er hat noch viel Schlimmeres auf dem Kerbholz, habe ich gehört. Er hat so komische Sachen gemacht – hat sie geküsst, wenn sie nachts im Bett lag und schlief. Wie krank ist das, bitte schön?«

William merkte, wie ihm bei der Vorstellung speiübel wurde.

»Unsere Eltern können wir uns leider nicht aussuchen.« Sunny seufzte. »Wenn das möglich wäre, würden manche von uns es vielleicht vorziehen, nie geboren zu sein.«

CHARLOTTES AUGEN

(1934)

Der Morgen darauf war düster und trostlos. Es nieselte, und die Sonne ließ sich nicht blicken, war verborgen hinter einer dichten, kränklich fahlen Wolkendecke. Unterwegs zum Unterricht fröstelte William im kalten Oktobernebel, der vom Puget Sound her aufstieg. Der Horizont war im Nebel kaum auszumachen, der Himmel eine einzige Masse von grauem Dunst.

Als William ins Schulgebäude kam, reichte ihm jemand einen Briefumschlag, auf dem sein Name stand. Er erkannte Schwester Brigantis Schrift sofort. Der Brief enthielt eine lange Liste mit Putz- und Reinigungsarbeiten, die er zu erledigen hatte, ehe er wieder am Unterricht teilnehmen durfte. Offenbar sollte er erst gründlich den Besen und die Kohlenschaufel studieren, das Waschbrett und die Scheuerbürste, ehe er wieder aus Büchern lernen durfte.

Soll ich damit von den anderen Kindern ferngehalten werden oder nur von Charlotte?, grübelte William, während er den Korridor im ersten Stock des Schulgebäudes wischte und mit dem Mopp Seifenlauge auf dem Holzboden verteilte. Als er gerade einem besonders hartnäckigen dunklen Fleck zu Leibe rückte, Schuhcreme offenbar, dachte er über seinen Vater nach, dem er nie begegnet war. Und er entsann sich, wie erschrocken und seltsam abwesend seine Mutter ihn angesehen hatte, bei ihrer ersten Begegnung nach langer Zeit, am Bühneneingang des Theaters. War sie eine Schauspielerin, grübelte er, die gelegentlich auch in die Rolle einer Mutter schlüpfte – oder eher eine Mutter, die nun einmal Schauspielerin war? Er hatte sie als Löwin in Erinnerung, doch in der Wirklichkeit schien sie zahm, demütig, wie in einen Käfig gesperrt.

Er wrang gerade den Mopp über dem Eimer aus, als er aufgeregtes Tuscheln hörte, dazu ein scharrendes Geräusch, als würden Metallstühle über einen Holzboden geschoben. Er warf einen Blick in einen nur halb besetzten Klassenraum, wo Schüler an Zusatzprojekten im Fach Geschichte arbeiteten. Alle hatten ihre Tische verlassen, auf denen aufgeschlagene Bücher und Hefte lagen, und drängten sich jetzt an den Fenstern, um nach draußen zu sehen.

»Was ist denn?«, fragte William von der Tür aus.

»Komm rein und sieh selbst«, erwiderte Dante, ohne sich umzudrehen. »Das dürfte *er* sein da unten – der Witzbold ist einen Tag eher gekommen.«

»Wer?«, fragte William, während er auf das Fenster zuging.

Dante drehte sich kurz zu ihm um. »Charlottes Papa.«

»Er ist ein Ex-Knacki, den sie nach Aufhebung der Prohibition wieder auf freien Fuß gesetzt haben, habe ich gehört«, sagte ein anderer Junge. »Er kommt gerade aus dem Gefängnis, Walla Walla oder Sing Sing …«

»So schaurig sieht er gar nicht aus«, meinte ein Mädchen.

William sah nach unten in den Hof, wo ein auffallend schlanker Mann neben einem Chrysler DeSoto mit Weißwandreifen stand und gerade lächelnd mit Schwester Briganti plauderte. William fand auch nicht, dass er aussah wie ein Unhold oder Verbrecher; er trug zwar keinen Hut, aber immerhin Anzug und Krawatte. Eigentlich, alles in allem, sah er aus wie ein ganz normaler Vater.

William hastete ins Erdgeschoss und stellte sich mit zu dem Dutzend Gaffern, die bereits am Haupteingang herumstanden – mehrheitlich Jungen, die den Gedanken aufregend fanden, dass ein richtiger Verbrecher dem Sacred Heart einen Besuch abstattete.

»Schaut ihm nicht in die Augen«, raunte einer.

»So gefährlich sieht er auch wieder nicht aus«, widersprach ein anderer.

»Ist er das, ist das wirklich Charlottes Vater?«, fragte William. Aber eigentlich benötigte er gar keine Antwort, denn als der Mann gleich darauf auf die breite Doppeltür zukam, war seine Ähnlichkeit mit ihr nicht zu übersehen. Seine Nase, die Wangenknochen, das Haar, sogar sein Lächeln, all das erinnerte frappierend an Charlotte. William wusste nicht, ob er diese Ähnlichkeit beruhigend finden sollte oder eher verstörend. Er hatte mit einem bulligen Glatzkopf in einem verschwitzten blauen Arbeitshemd gerechnet, tätowiert und mit Narben übersät. Hatte sich Mr Rigg als unrasierten Brutalo vorgestellt, der auf einem alten Zigarrenstumpen herumkaute. Dieser Mann aber wirkte recht sympathisch. Er trug zwar alte Schuhe, aber die Schnürsenkel immerhin waren neu. Und er hatte einen hübschen braunen Plüschteddy dabei.

»Ah, du bist wohl William«, sagte der Mann, als er die Treppe heraufkam, und streckte ihm die Hand entgegen.

William schüttelte sie geistesabwesend. Der Händedruck des Mannes war warm und feucht und lasch.

»Die Schwester da draußen hat mir gerade noch von dir erzählt – dass du Charlottes Spießgeselle bist. Wie in dem Reim mit den blinden Mäusen – ›seht nur, wie sie laufen …‹.«

William war kurz unsicher, ob das ein Scherz sein sollte oder ein Vorwurf, bis der Mann gleich darauf lächelte. Dabei kam sein Gebiss zum Vorschein, und William fiel auf, dass bei einem seiner Schneidezähne eine Ecke fehlte. Von diesem kleinen Makel abgesehen jedoch war er ein gutaussehender Mann, der einen freundlichen, angenehmen Eindruck machte.

»Jungen und Mädchen«, verkündete Schwester Briganti mit wichtiger Miene, »das ist Mr Rigg – er ist gekommen, um unsere liebe Charlotte zu besuchen. Und wenn es den Heiligen gefällt, verlässt sie uns nächste Woche und kann wieder nach Hause. Beten wir für sie, dass es so kommt.«

Ich werde eher darum beten, dass diesem Mann irgendwas Schweres auf den Kopf fällt. Schwester Briganti wirkte ungeheuer selbstzufrieden, fand William. Als sähe sie sich mit dieser Ankündigung am Ziel ihrer Mission, dem Zusammenfügen von Familien-Puzzles, ohne Rücksicht darauf, wie wenig die Stücke zusammenpassten. *Und was ist mit mir?*, dachte William, während er den sommersprossigen Fremden mit dem kurzen rötlichen Bart anstarrte. *Was ist mit meiner Familie?*

Die anderen Kinder sahen den seltsamen Mann mit dem glänzenden Auto mit großen Augen an, fast ehrfürchtig, als wäre er so etwas wie der Heilige Christophorus, der Osterhase und der Weihnachtsmann in einer Person. Manche streckten die Hand aus und berührten scheu den Teddybären, als der Mann lächelnd an ihnen vorbeiging.

Charlotte aber befand sich nicht unter den fröhlichen Kindern, die so leicht zu beeindrucken waren.

»William«, sagte Schwester Briganti, »lauf doch rasch mal rüber und sag Mr Riggs Tochter, dass ihr Vater hier ist und sie in Kürze besuchen wird.«

Danke, dass ich ihr die Hiobsbotschaft überbringen muss. William sah ihr nach, während sie mit Charlottes Vater den Flur hinab zu ihrem Büro ging. Mr Rigg wandte sich noch einmal um und runzelte besorgt die Stirn.

William wusste, dass Eltern sich erst einer Befragung unterziehen mussten, ehe sie ihre Kinder wieder mitnehmen durften. Er hatte schon einige Male erlebt, wie Väter und Mütter, zur großen Enttäuschung ihrer Kinder, an dieser Hürde gescheitert waren. Zu oft tauchten Eltern in sichtlich verwahrlostem Zustand auf, verlaust oder mit Alkoholfahne, um ihre Söhne oder Töchter zurückzufordern, nur um dann mit leeren Händen wieder abziehen zu müssen. Mitunter mussten Eltern sogar ihre Wohnung in Augenschein nehmen lassen, ehe sie ihre Kinder zurückerhielten. Lauter womöglich begründete Vorsichtsmaßnahmen, die aber trotzdem ungerecht anmuteten, zumal Adoptiveltern nicht einmal annähernd so gründlich unter die Lupe genommen wurden: Diese Leute brauchten nur hier aufzutauchen und ein paar Dokumente zu unterzeichnen, schon durften sie ihre neuen Kinder mitnehmen, in ein unbekanntes Zuhause, wo sie mit Fremden zusammenleben mussten.

Wobei, es mögen Fremde sein, überlegte William, *aber sie haben noch nie ein eigenes Kind in fremde Obhut gegeben.* Ein Faktor, der offenbar zu ihren Gunsten sprach.

Die Neuigkeit von Mr Riggs Eintreffen hatte sich wie ein Lauffeuer herumgesprochen und bildete das Gesprächsthema sämtlicher Mädchen, denen William unterwegs im Flur und draußen vor dem Schulgebäude begegnete. Ihrem Tonfall nach zu urteilen, schienen sie Charlotte alle heftig zu beneiden. Mr Riggs Besuch und ihr bevorstehender Abschied erinnerten alle daran, wie viel sie verloren hatten und wie sehr sie sich danach sehnten, selbst wieder nach Hause zu können, zu ihren Eltern und Geschwistern. Die Hoffnung, zu ihrer Familie zurückzudürfen, war wie ein dünner Streifen Sonnenlicht am Horizont unter einem Himmel, der immerzu mit dicken grauen Regenwolken überzogen war.

Auch die Jungen, denen William unterwegs begegnete, schienen völlig aus dem Häuschen. William aber war nicht zum Lächeln zumute, er kam sich vor wie ein Postbote, der die Nachricht vom Tod eines lieben Angehörigen zu überbringen hatte. Er stieg die Stufen zu Charlottes Veranda hinauf und hörte ihre Stimme herausdringen, noch ehe er angeklopft hatte.

»Die Tür ist offen«, rief sie. »Bitte sag mir, dass du es bist, William?«

Beim Eintreten fiel ihm auf, dass es in Charlottes Behausung weder Lampen noch Vorhänge gab. Wozu auch, sie lebte ja in permanenter Finsternis.

»Er ist hier, nicht wahr«, stellte sie fest. Sie stand am offenen Fenster und ließ ihren Rosenkranz durch die Finger gleiten, als würde sie die Perlen zählen. »Es ist Jahre her, aber ich habe seine Stimme sofort erkannt.«

William war ratlos, was er sagen sollte. »Er hat ein Auto.«

»Ja, er taucht in einem Auto auf und damit legt er uns alle aufs Kreuz.«

William schüttelte den Kopf. Schwester Briganti hatte mal erwähnt, dass alleinstehende Mütter eine monatliche Unterstützung vom Staat erhielten. Er wusste nicht recht, ob das auch für Väter galt – vermutlich nicht, aber vielleicht würde bei Charlottes Vater ja eine Ausnahme gemacht, weil sie blind war und ihre Mutter nicht mehr lebte.

»Er sieht eigentlich ganz nett aus«, sagte William, um die Wogen ein wenig zu glätten.

»Du kennst ihn nicht. Ich schon. Er ist kein ehrenhafter Mensch«, widersprach Charlotte. »Stell dir vor, dein Onkel Leo würde hier auftauchen und dich mitnehmen wollen – weil er nach all den Jahren auf einmal einen Sohn haben und Vater spielen will. Wie würdest du dich da fühlen?«

Wäre das so viel schlimmer, als hier schmoren zu müssen? William wusste keine Antwort auf ihre Frage. Er hatte Charlotte die Geschichte von seiner Mutter und Onkel Leo erzählt, die Möglichkeit aber, dass Leo unvermutet hier auftauchen könnte, überhaupt nicht in Betracht gezogen. Vermutlich würde er weglaufen – aber das hatte er ja ohnehin vor, ungeachtet aller Risiken. Weil er seine Ah-Ma unbedingt noch einmal wiedersehen musste. Selbst wenn sie ihn nicht zurückwollte, er musste mit ihr sprechen, weil ihm so viele Fragen auf den Nägeln brannten, auf die er eine Antwort brauchte. Doch er wollte auch Charlotte nicht im Stich lassen, vorläufig jedenfalls nicht. »Vielleicht, wenn du fortgehst ...«

»Ich gehe hier nicht fort, William, das habe ich dir doch schon gesagt.«

Er berichtigte sich. »*Falls* du fortgehst.« Er hielt kurz inne, aber diesmal widersprach sie nicht. »Und falls du dann irgendwo in der Stadt wohnst, kann ich dich besuchen kommen. Ich haue ja sowieso wieder ab. Weil ich unbedingt noch mal zu Willow muss. Wenn sie mich wieder zu sich nimmt, kann ich dir vielleicht helfen ...«

Da klopfte es an der Tür. Charlotte erstarrte förmlich.

»Klopf, klopf. Jemand zu Hause?« Mr Rigg trat ins Zimmer. »Da ist sie ja, mein Ingwerschneckchen. Sieh mal einer an – bist ja richtig groß geworden, während ich nicht hingeguckt habe.«

»Du konntest ja auch gar nicht hingucken«, sagte sie.

»Na denn, da sind wir ja schon zu zweit«, sagte Mr Rigg.

Charlotte wich einen Schritt zurück und stieß gegen ein altes Sofa. Schien sich in dem Häuschen, das ihr so vertraut war, auf einmal nicht mehr zurechtzufinden. Sie setzte sich und blickte starr vor sich hin, als würde sie sich gerade in einen dunklen Winkel ihrer Kindheit zurückversetzen. William entfernte sich langsam in Richtung Tür, als Mr Rigg auf sie zutrat und ihr den Stoffbären entgegenhielt.

»Ich hab dir was mitgebracht. Das ist ein echter Steiff«, sagte er. »War nicht billig, weißt du, aber einen besseren Teddy gibt es gar nicht. Du kannst seine Arme und Beine bewegen und alles. Hier …«

Sie zuckte zusammen, als er mit dem Stofftier über ihre Wange strich. Dann nahm sie den Teddy von ihm in Empfang und berührte sein weiches Fell. Betastete seine Schnauze und den Kopf, der sich vor- und zurückbewegen ließ. Streichelte über seine Ohren und machte den Knopf ausfindig, der zum Nachweis der Echtheit in das eine Ohr gestanzt war. William atmete im Stillen auf, als sie den Bären an ihr Gesicht hob und an dem weichen, samtigen Plüsch schnupperte. Mr Rigg wandte sich zu William um, runzelte wieder die Stirn und nickte, wie um zu sagen: *Na also – ein Vater kennt doch seine Tochter*. Dann hielt er ihm die Tür auf. Im Hinausgehen sah William sich noch einmal zu Charlotte um, die nun mit einem Lächeln die Augen des Teddys betastete. Auf einmal aber knirschte sie mit den Zähnen, rupfte dem Stofftier die Glasaugen heraus und schleuderte sie zu Boden, wo sie mit einem Klicken davonhüpften. Ehe sich die Tür schloss, sah William noch die Fäden und Fetzen von Füllstoff, die zwischen Vater und Tochter in der Luft schwebten.

DIE AMSEL

(1934)

Beim Frühstück rührte William seinen Haferbrei nicht an. Stocherte bloß mit dem Löffel in der klumpigen Masse herum und beförderte einen gekochten Rüsselkäfer nach dem anderen zutage, den er anschließend wieder unterrührte, während er auf Charlotte wartete. Am Vorabend hatte er noch auf der Treppe des Hauptgebäudes Posten bezogen, um abzuwarten, bis sie oder ihr Vater herauskam. Etwa eine halbe Stunde vor Sonnenuntergang, es war schon sehr düster und dämmrig, hatte Mr Rigg ihr Haus endlich verlassen, zufällig um dieselbe Zeit, als Schwester Briganti ins Freie kam, um die Jungen hereinzurufen, die sich noch draußen aufhielten, und nach oben in ihren Schlafsaal zu scheuchen. William bekam in der Nacht vor Unruhe kaum ein Auge zu. Und wenn er zwischendurch eindöste, träumte er schlecht – von umhertanzenden Schatten, undeutlichen Schemen, die mal einem imaginären Onkel Leo ähnelten, mal einem schmallippigen, böse blickenden Mr Rigg und mal der frommen und doch so hartherzigen Schwester Briganti. Sie wirbelten lachend umher, während Willow dazu ein trauriges Schlaflied sang, eine wehmütige Weise, an die er sich noch von früher erinnerte.

»Isst du das noch?«, fragte Dante.

William schüttelte den Kopf, woraufhin der kräftigere Junge ihre Schalen austauschte und zunächst sorgsam alle Käfer aus dem Haferbrei heraussuchte, um sich den Rest dann mit gesundem Appetit einzuverleiben. William behielt unterdessen die Tür im Auge. Ein Mädchen nach dem anderen kam herein, aber Charlotte ließ sich noch immer nicht blicken. Hatte ihr Vater sie vielleicht schon mit nach Hause genommen? Oder war sie in der Nacht davongelaufen? Beides schien möglich. *Vielleicht hat Mr Rigg ihr etwas angetan …*

William standen schon die schlimmsten Schreckensbilder vor Augen, als die Tür aufging und Charlotte hereinkam. Sie sah aus wie immer. Nachdem sie sich eine Schale Haferbrei und einen

Löffel besorgt hatte, tastete sie sich mit ihrem Stock bis zu seinem Tisch vor und setzte sich ihm gegenüber hin.

»Geht's dir gut?«, fragte William und merkte sogleich, wie lächerlich unangebracht die Frage war. Ungefähr so, als würde man den Überlebenden eines Eisenbahnunglücks, den man gerade übel zugerichtet und voller Wunden, bedeckt mit Splittern und Scherben, aus den Trümmern geborgen hat, fragen: »Geht es Ihnen gut, Mister?«

»Ich bin blind, William«, erwiderte sie. »Aber ich sehe trotzdem, was um mich herum vorgeht.«

»Tut mir leid, ich wollte bloß …«

»Er kommt morgen zurück«, sagte sie. »Ich soll meine Sachen packen.«

William schwieg kurz betroffen. Das ergab doch alles keinen Sinn. Seine Ah-Ma war Willow Frost, ein Filmstar, und dennoch wurde ihm jeder Kontakt zu ihr untersagt. Charlottes Vater dagegen war ein verurteilter Verbrecher, der fünf Jahre hinter Gittern gesessen hatte. Jetzt war er mit einem billigen Haarschnitt hier aufgekreuzt und galt auf einmal als Vater des Jahres.

»Wir sollten einfach wieder abhauen«, sagte William. »Uns irgendwo verstecken, wo sie uns nicht finden können. War doch gar nicht so schlecht letztes Mal …« *Bis auf die Bettwanzen.*

»Die finden uns. Schwester B weiß schließlich, wo sie dich wieder suchen müsste. Und mich kann die Polizei jederzeit wieder aufgreifen, unerkannt unter die Menge mischen kann ich mich ja nicht direkt«, sagte sie. »Hier komme ich gut klar, weil ich mein Haus in- und auswendig kenne. Weil ich genau weiß, wie viele Schritte ich hier von Gebäude zu Gebäude, von Klassenzimmer zu Klassenzimmer zurücklegen muss. Aber da draußen … da wäre ich für dich bloß ein Klotz am Bein.«

»Ich rede mit Schwester Briganti. Ich werde versuchen, das irgendwie rückgängig zu machen.«

»Zu spät, William. Die Sache ist nun mal entschieden. Mein Vater kommt mich abholen, und ich kann nichts dagegen unternehmen. Tut mir leid.«

»Was tut dir leid, du kannst doch nichts dafür?«

»Es tut mir leid, dass ich deine Stimme nicht mehr so oft hören werde, wie ich gern würde«, sagte sie.

William beugte sich über den Tisch und nahm ihre Hände. Ob irgendwelche Klatschbasen herübersahen und sich jetzt das Maul über sie zerrissen, war ihm egal. Er sah, wie es um Charlottes blassblaue, weit aufgerissene Augen herum zuckte. Wäre sie dazu in der Lage gewesen, hätte sie jetzt geweint, das wusste er.

»Du bist mein bester Freund, William – mein einziger Freund –, der Einzige hier, der mich nie blöd behandelt hat. Du bist der beste Mensch, den ich kenne. Du bist lieb und großzügig und rücksichtsvoll, bei dir hat mein Herz immer Trost und Ruhe gefunden … und … na ja, ich weiß nicht recht, wie ich es ausdrücken soll …«

Du wirst mir sehr fehlen.

Sie drückte kurz fest seine Hände und ließ sie dann los. »Ich hoffe, du siehst deine Mutter wieder.«

William saß in Schwester Brigantis Büro und wartete. Er hatte seine häuslichen Pflichten in Rekordzeit erledigt und war dann sofort hergekommen, um seine Schulleiterin, die noch mit Unterricht und anderen Besprechungen zu tun hatte, auf jeden Fall abzupassen. Nach zwei Stunden kam sie endlich herein, schwer bepackt mit Unterlagen, die sie ächzend auf den Tisch wuchtete.

»Möchtest du noch mehr Wahrheiten erfahren, Master Eng?«, fragte sie. »Mehr Geschichten? Mehr Antworten? Ich wusste, dass du noch mal herkommen würdest. Jungen haben ja eine Vorliebe für alles Düstere …«

William hatte sich noch immer nicht ganz von Charlottes liebenswürdigen, herzzerreißenden Worten erholt. Diese Art Zuneigung, die über bloße Freundschaft oder Freude an der Gesellschaft des anderen weit hinausging, hatte er so bisher nur bei seiner Ah-Ma erlebt. Es war eine Zuneigung, die sich echt und aufrichtig anfühlte, und damit schien sich alles verändert zu haben. Auf einmal meinte er in den grauen Wolken einen rosigen Schimmer zu entdecken, den er bislang noch nie wahrgenommen hatte: Alles roch besser, sogar der Regen. Auch Musik klang ganz anders, als wäre jede hohe Note eigens nur für ihn geschrieben. Er freute sich jetzt schon aufs Schlafengehen, um in der Nacht in süßen Träumen schwelgen zu können, von sich und Charlotte an einem anderen, besseren Ort, einem Ort voller Hoffnung und Möglichkeiten. Und gleichzeitig konnte er den Gedanken nicht ertragen, dass an Charlottes Platz im Klassenzimmer schon bald ein anderes Mädchen sitzen würde. Dass sie nie wieder auf die Veranda vor ihrem Haus treten würde, auf der die verwaiste Schaukel traurig im Wind hin- und herschwang.

»Es ist wegen Charlotte«, sagte er.

Schwester Briganti stutzte leicht und sah ihn erstaunt an. »Was ist mit ihr?«

»Sie wissen, dass ihr Vater ihr etwas angetan hat.« William formulierte es nicht als Frage, sondern als Feststellung. »Sie dürfen nicht zulassen, dass er sie mit nach Hause nimmt …«

»William, ich gebe nichts auf Klatsch und Tratsch. Aber ich glaube, dass Familien nicht immer einfach sind, und wir leben in harten Zeiten. Ich weiß außerdem, dass ein blindes Mädchen bei seinem Vater allemal besser aufgehoben ist als in den Heimen und Einrichtungen, die es für Menschen wie sie sonst gibt. Ich weiß, dass du dir Sorgen machst, und auch sie hat mir gegenüber diese Sorgen zum Ausdruck gebracht. Aber.« Das Wort hing kurz zwischen ihnen in der Luft wie das Fallbeil einer Guillotine, das nun gleich herabsausen würde, vor einer Meute zerlumpter Gaffer, die das unausweichliche Ende kaum erwarten konnten. »Die Welt ist nicht nur schwarz und weiß, William. Und sosehr ich mir auch wünschen würde, dass die Welt ein besserer, himmlischerer Ort wäre, bin ich leider dann und wann gezwungen, mich schweren Herzens für das kleinere von zwei Übeln zu entscheiden. Charlotte ist noch nicht volljährig und daher nicht befugt, Entscheidungen in eigener Sache zu treffen. Sie hat einen Vater, der sie gern wieder zu sich nehmen würde, anders als deine Mutter. Er hat seine früheren Missetaten mit einer langen Haftstrafe abgebüßt, und er hat mir versichert, dass er nur die besten Absichten verfolgt. Und sie ist beinahe alt genug, um zu heiraten, sofern sie das wünscht. Hoffen wir also, dass sie mit sechzehn einen passenden Bräutigam findet, dann steht einem besseren Leben für sie nichts mehr im Wege.«

Und bis dahin? Soll sie bis dahin alles stumm über sich ergehen lassen? »Er benutzt sie nur. Um Geld zu kassieren«, sagte William.

Schwester Briganti nickte versonnen. »Mag sein, dass sein neu erwachtes Interesse an Charlotte auch damit etwas zu tun hat. Mir hat er das Gegenteil versichert, und ich bin nun mal gezwungen, Menschen in erster Linie nach dem Eindruck zu beurteilen, den sie nach außen hin vermitteln. Über die Absichten zu richten, die jemand in seinem Herzen verfolgt, das steht mir nicht zu – nur Gott allein weiß, wie aufrichtig Mr Riggs Beweggründe sind, und nur Gott vermag über Seine Kinder zu richten.« In diesem Stil ging es weiter, sie fand und fand kein Ende.

Wieso sollten wir nicht *richten dürfen?*, fragte sich William im Stillen. *Man bringt uns bei, zu gehorchen, zu folgen, auf dem Pfad zu wandeln, der von dem Licht jener beschienen wird, die älter sind als wir – klüger, erfahrener, fester im Glauben. Aber was ist mit Eltern, die uns im Stich lassen – dürfen wir Kinder über sie nicht richten? Soll ich ernsthaft so tun, als wäre ich selbst schuld an der Leere in meinem Herzen – als wäre ich irgendwie unfähig, die Blutung der Wunde zu stoppen, die meine Mutter mir zugefügt hat? Man kann nicht von Kindern erwarten, ihre klaffenden Wunden selbst zu nähen, ohne dass schreckliche Narben zurückbleiben.*

Schwester Briganti hatte ihren Vortrag noch immer nicht beendet, als er wortlos aufstand und hinausging. Sie rief seinen Namen und schickte ihm irgendetwas auf Italienisch hinterher, was er nicht verstand. Aber es interessierte ihn auch gar nicht.

William verspürte keinen Appetit, während er im Speisesaal saß und auf Charlotte wartete. Alle Kinder um ihn herum kannten nur ein Thema, das sie gehässig und voller Neid durchhechelten, nämlich die Tatsache, dass ihr Vater sie am morgigen Tag abholen würde. William hätte die Jungen, die ihm gegenübersaßen, am liebsten aufgefordert, endlich still zu sein, aber sie war ja noch nicht hier, und wenn sie auftauchte, würden sie mit ihrem Gerede schon von selbst aufhören. Sie mochte blind sein, aber hören konnte sie sehr gut, das wusste er, besonders das Gekicher und die Häme, das verletzende Gelächter von Kindern, deren einzige Freude darin bestand, anderen ihr Glück madig zu machen.

William wartete und wartete, bis auch das letzte Kind sein Abendbrot vor sich stehen hatte. Da von Charlotte nach wie vor jede Spur fehlte, kam ihm kurz der Gedanke, ob sie womöglich weggelaufen war, eine für ein blindes Mädchen wie sie vollkommen übergeschnappte Verzweiflungstat, wie er mit einem Kopfschütteln überlegte. Schließlich überließ er seine Portion dem wie immer hungrigen Dante und ging nach draußen, um an dem Hang, der zu Charlottes Häuschen hinaufführte, Blumen zu pflücken. Die Wiese dort war übersät mit Wildblumen aller Art, Hundszahn etwa und lila Prärielilien. Vielleicht, hoffte er im Stillen, schlief sie ja nur, oder packte, oder machte sonst irgendwas. Hauptsache, er fand ihren Raum nicht leer und verlassen vor, weil sie sich ohne Abschied auf und davon gemacht hatte, ganz allein, eine Blinde. Sie ahnte ja gar nicht, wie bezaubernd schön sie aussah, zumal in den Augen jener Elendsgestalten, die sich in den Straßen der Großstadt herumdrückten.

Als William mit dem Blumenstrauß in der Hand behutsam an ihre Tür klopfte, erhielt er aus dem stillen Haus keine Antwort.

Sie ist also schon fort. Ist ganz allein weggelaufen.

Er war nicht bereit, sie aufzugeben. Sofort fing er an, Pläne zu schmieden, nahm sich vor, sie irgendwie auf dem Pioneer Square ausfindig zu machen, wenn er das nächste Mal fortlief – ob nun vor einer weiteren Unterredung mit seiner Mutter oder danach, er wusste es nicht, einerlei. Aber er musste Charlotte wiedersehen, um jeden Preis. Er musste mit ihr reden, ihr versichern, dass er sie nicht vergaß, dass er sie nicht im Stich ließ. Vielleicht hatte sie ihr Versprechen nicht einhalten können, aber das bedeutete ja nicht, dass er ihr nicht seinerseits etwas versprechen konnte. Etwas, das sie sich offenbar schon lange wünschte und ersehnte, ohne dass er es in seiner Verblendung bemerkt hätte.

Er rief ihren Namen und klopfte noch einmal. Ließ seinen Blick suchend umherschweifen, durch den Innenhof, durch den Garten. Spähte nach unten zur Grotte. Und hob dann den Blick zu der großen schwarzen Amsel, die oben auf dem Dach des Häuschens saß und laut krächzte, wie um ihn zu verspotten. Der Vogel legte den Kopf schräg, starrte ihn an und krächzte noch einmal. Dann erhob er sich laut flatternd in die Lüfte, um davonzufliegen.

Nervös und zögerlich öffnete William die Tür und warf einen Blick ins Haus. Es dauerte kurz, bis seine Augen sich an die Dunkelheit gewöhnt hatten, aber dann entdeckte er in dem Raum nach und nach verschiedene Sachen – Charlottes buntes Strickgarn, ihre Spielsachen, ihre Nippesfiguren aus Glas –, alles noch dort, wo es hingehörte. Nichts fehlte, nicht mal ihre Schuhe. Er sah sie, ihr Lieblingspaar – ihr einziges Paar, aus Lackleder, schon ziemlich abgetragen, mit angelaufenen Silberschnallen. Die Schuhe, das war das Seltsame, standen jedoch nicht auf dem Boden, sondern hingen einige Zentimeter darüber. Da bemerkte er den umgekippten Hocker und stürzte auf die Knie – direkt vor den zierlichen Schuhen, die fast unmerklich vor und zurück schwangen, ganz langsam, gemächlich. Er beobachtete das stille Pendeln, als wären ihre Füße die Zeiger einer Uhr, die stehen geblieben war. Deren leises Ticken verstummt war, wie ein Herzschlag, weil das Uhrwerk im Inneren auf einmal reg- und leblos verharrte.

»Charlotte«, flüsterte er in der Finsternis und ließ die Blumen fallen. *Warum konntest du dein Versprechen nicht einhalten?*

Ihre Schuhe, ihre Strümpfe, ihr Kleid … die süße blinde Charlotte baumelte an dem Dachbalken oben unter der Decke. Und zwar an dem Rosenkranz, den sie um den Balken und um ihren schlanken Hals geschlungen hatte – und damit auch um Williams gebrochenes Herz.

TRÄNEN

(1934)

William hatte in seinem Leben erst an zwei Beerdigungen teilgenommen, an die er sich erinnern konnte, beide hier im Sacred Heart. Bei der ersten wurde eine Nonne beigesetzt, die mit achtundachtzig Jahren an Altersschwäche verstorben war, bei der zweiten ein Kleinkind, das unbeaufsichtigt ins Freie gelaufen und in einem Brunnen ertrunken war. Was sich William beide Male stark eingeprägt hatte, war der unverwechselbare Geruch von Kiefernholz, der auch jetzt wieder in der Luft lag, ausgehend von dem eilig gezimmerten Sarg, dessen Holz aus den Wäldern rings um das Waisenhaus stammte. Beim Betrachten einer Gruppe Kiefern draußen vor dem Fenster malte er sich aus, wie die Bäume ringsumher immer näher rückten und sie schließlich einschlossen, das Waisenhaus in eine Art riesigen Sarg verwandelten, in dem sie ihr Leben zu fristen hatten, den Blicken aller schutzlos preisgegeben wie Charlotte in ihrem offenen Sarg. Es störte ihn sehr, dass man entschieden hatte, den Leichnam seiner Freundin so offen aufzubahren. Beim Anblick ihres leblosen Körpers kam ihm unwillkürlich in den Sinn, wie oft er sich in all den Jahren die Beerdigung seiner Mutter vorgestellt hatte. Als kleiner Junge hatte er immerzu Angst davor, sie zu verlieren, auf einmal allein zu sein. Jetzt war seine Ah-Ma wieder da, und dennoch hatte er sich noch nie so einsam gefühlt. Er hätte es nie für möglich gehalten, dass man auch um jemanden trauern konnte, der noch am Leben war.

Als er an Charlottes Sarg vorbeiging, um ihr die letzte Ehre zu erweisen, fielen ihm die schwarz-bläulichen Verfärbungen an ihrem Hals ins Auge, die die Perlen des Rosenkranzes in ihrer Haut und dem weichen Gewebe darunter hinterlassen hatten und nur notdürftig mit weißem Puder abgedeckt worden waren. Ihre Augen waren halb offen, weil Schwester Briganti es abgelehnt hatte, ihre Augenlider mit Münzen zu beschweren, aus Sorge, jemand könnte sie stehlen. Während William einen letzten Blick auf das milchige Blau warf, das unter den Lidern hervorlugte, wurde ihm klar, dass Schwester Briganti vermutlich richtig gehandelt hatte. Viele der Kinder hatten zwar Mitleid mit Charlotte, aber Freunde hatte sie keine. *Bloß mich.*

»Tut mir sehr leid, Willie«, sagte Sunny, der gleich hinter ihm ging, als sie an Charlottes Sarg vorbei waren und die Stufen hinunter zu der vordersten Kirchenbank gingen, auf der bereits einige Jungen saßen.

William erwiderte nichts darauf. Er saß einfach nur da und starrte an Pater Bartholomew vorbei, der eine gewohnt langweilige Predigt über Eltern und Kinder hielt. Sah vorbei an dem alten Priester in seinen prächtigen Gewändern zu den bunt bemalten Fenstern in seinem Rücken, auf die Umrisse der Bäume, die sich draußen im Wind bewegten und durch das Glas hindurch schattenhaft zu erkennen waren.

»Sie hat geweint, habe ich gehört«, flüsterte Sunny.

William nickte. *Ja, Blut.* Noch jetzt verzog er bei dem Gedanken unwillkürlich das Gesicht. Es war ein grausiger Schock gewesen, beim Blick nach oben die dunklen Spuren auf den Wangen seiner lieben Freundin zu sehen, die von den Winkeln ihrer aufgerissenen Augen ausgingen. Charlottes zu Lebzeiten versiegelte Tränendrüsen waren durch den Druck beim Erhängen aufgeplatzt.

Während Pater Bartholomew predigte, sah William sich verstohlen in der Kapelle um. Charlottes Vater saß in der Bank gegenüber, und neben ihm kniete Schwester Briganti, mit andächtig gesenktem Haupt und gefalteten Händen, in denen sie ihren Rosenkranz hielt. Wenn sie betete, wie jetzt gerade, schien sie immer am glücklichsten. William starrte sie an, empört über die fast heitere Gelassenheit, die sie ausstrahlte. *Sehen Sie mich an,* hätte er am liebsten geschrien. *Lassen Sie mich Ihre Augen sehen.* Er benötigte eine Bestätigung, irgendeinen Hinweis darauf, dass sie sich ihrer Mitverantwortung für Charlottes Tod bewusst war, dass sie zumindest einen Hauch von Reue verspürte. Doch je mehr Wut er auf sie empfand, desto heftiger verstärkte sich seine eigene Scham.

Weil er sich genauso verloren fühlte in der moralischen Grauzone zwischen den Sünden der Tat und denen der Untätigkeit.

»Ihr Vater sieht aus wie ein Geist«, sagte Sunny.

Inzwischen wurde im ganzen Waisenhaus darüber getuschelt, was zwischen Charlotte und ihrem Vater früher vorgefallen sein musste, und innerhalb weniger Stunden hatte William neue Wörter wie *Missbrauch, Belästigung* und *Inzest* gelernt – Wörter, die nur zu genau zu dem passten, was seine Ah-Ma ihm von Onkel Leo erzählt hatte. Sofern es noch Zweifel an Charlottes Geschichte gegeben hatte, waren diese durch ihren Freitod endgültig ausgeräumt worden. Alle in der Kapelle starrten immer wieder zu Mr Rigg hinüber. Nicht der grässlichen Untaten wegen, die sie ihm im Stillen zutrauten, sondern weil er so gar nicht aussah wie ein Monster. Er wirkte eher zahnlos, unschädlich gemacht und gramgebeugt. Er war absolut kein anständiger Vater gewesen, er hatte auf ganzer Linie versagt, und jetzt würde Charlotte zu Grabe getragen, allein, für alle Zeit verwaist.

»Nicht zu fassen, dass er hier ist«, sagte William. »Sie hat ihn gehasst.«

Da erhob sich der Mann plötzlich, als könnte er die vielen vorwurfsvollen Blicke nicht länger ertragen. Wischte sich mit einem Taschentuch die Tränen aus den Augen, trat noch einmal an den Sarg, um mit unbewegter Miene einen letzten Blick auf seine tote Tochter zu werfen, und verließ dann, als eben der Chor zu singen begann, die Kapelle.

»Ach, bekäme ich den Kerl doch bloß mal zu fassen.« Sunny schüttelte den Kopf. »Hinterher könnten mich alle Sunny Sevenkiller nennen.«

Kaum hatte sich die Tür der Kapelle mit einem dumpf hallenden Geräusch geschlossen, wandten sich alle Augen Schwester Briganti zu; selbst Pater Bartholomew schien seine Worte nur noch an sie zu richten, an sie ganz allein. Alle schauten sie an, während sie dasaß, reglos wie eine Statue, und mit versteinerter Miene vor sich hin starrte, als würde sie in dem leeren Raum vor sich nach Trost oder Absolution suchen.

William dachte an Willow – an seine Ah-Ma. Dass es Eltern gab, die ihre Kinder völlig im Stich ließen, konnte er sich nicht vorstellen. Die Begegnung mit Charlottes Vater hatte ihm zumindest eine Tatsache unmissverständlich vor Augen geführt – dass selbst Ungeheuer ihre Kinder vermissen konnten. Denn kein Mensch, das ist die unangenehme Wahrheit, ist nur schlecht oder nur gut. Egal ob Mütter und Väter, Söhne und Töchter oder Ehemänner und Ehefrauen. Das Leben wäre sehr viel einfacher, wenn es so wäre. Nein, tatsächlich trug jeder – Charlotte, Willow, Mr Rigg, sogar Schwester Briganti – eine verwirrende Mischung in sich: aus Liebe und Hass, Freude und Kummer, Sehnsucht und Vergessen, fehlgeleiteter Wahrheit und schmerzhafter Täuschung.

INDIAN SUMMER

(1934)

William streifte seine Schuhe ab und streckte sich auf dem weichen Bett aus warmem Gras aus, direkt über der Stelle, an der Charlotte begraben lag, zwei Meter unter ihm. Das Rasenstück war für die Beerdigung abgetragen und hinterher über dem Grab wieder ausgerollt worden. William faltete die Hände auf seinem Schoß und zog die Füße zusammen, während er sich auszumalen versuchte, wie es wäre, eingezwängt in einem Sarg zu liegen, der intensiv nach Kiefernholz und Leim roch. Die Farbe des Himmels über ihm, ein blasses Blau, erinnerte ihn an Charlottes Augen. Die Sonne war aus ihrem vorzeitigen Winterschlaf noch einmal zurückgekehrt, und nur ein paar dünne Wolkenschleier waren zu sehen, die sich über den Himmel spannten wie ein feines Gespinst aus Zuckerwatte. William schloss die Augen und fühlte die Wärme der Sonne auf seinen Augenlidern. Da jedoch hörte er Gänse quäken, schlug die Augen auf und begriff beim Anblick der nach Süden ziehenden Vögel, dass dieses schöne Wetter nicht von Dauer sein würde. Und Charlotte würde für immer in der finsteren Erde liegen. Sie fehlte William entsetzlich, deshalb war er hierhergekommen, um ihr so nahe wie möglich zu sein. Noch immer konnte er kaum fassen, dass sie tot war, nachdem sie wenige Tage zuvor noch seine Hand gehalten hatte. Er hatte das Gefühl, ihr gegenüber irgendwie versagt zu haben, quälte sich mit der Sorge, ob es nicht eine Art Verrat wäre, wenn er sie hier zurückließ. Wer würde sich an sie erinnern? Wer würde ihr Grab pflegen? Doch wie hatte Willow es einmal ausgedrückt: *Ich hatte keinen Grund hierzubleiben.*

Seine Ah-Ma, das wusste er aus dem *Seattle Star*, würde noch mindestens eine Woche in der Stadt sein. Aber wo sie sich aufhalten würde und in wessen Gesellschaft, das wusste er nicht, obwohl natürlich immer noch der Bühneneingang des Theaters in der Gasse als Anlaufstelle blieb. Und falls er dort nicht fündig würde, gab es Chinatown. Dort, so hoffte er, würde er sie finden. Weil in jenem Viertel die Knochen und Gebeine der Vergangenheit begraben lagen. Seine Ah-Ma, so vermutete er, würde es ebenfalls dorthin ziehen, um in alten Erinnerungen zu schwelgen, sich wehmütig der Nostalgie hinzugeben.

Die Erzählungen seiner Mutter hatten in ihm manch dunkle Erinnerung geweckt. Daran etwa, wie es war, sieben Jahre alt zu sein und mitten in der Nacht in der leeren Wohnung aufzuwachen. In solchen Nächten öffnete er immer das Fenster und setzte sich draußen auf das kalte Eisengitter der Feuerleiter, wo ihm der Wind kalt über die nackten Füße und Knöchel strich. Zum Schutz gegen die feuchte Kälte der Winternächte in Seattle hüllte er sich immer in eine Decke ein und hockte in der nasskalten Luft, die überallhin kroch und vor der auch Backstein und Mörtel, Ziegel und Holz keinen Schutz boten, bis seine Finger und Zehen im Mondlicht ganz weiß und grau gefroren waren. Er erinnerte sich an jene Nächte nach dem Börsenkrach, wenn er beim Blick nach unten auf der Straße Obdachlose sah, die unter Bergen von Mänteln lagen – übelriechende Männer, die in Grüppchen beisammenhockten und Abfall verbrannten, um sich am Feuer zu wärmen.

Allein aber fühlte er sich in jenen Nächten eigentlich nie, weil er sich immer darauf verlassen konnte, dass seine Mutter nach Hause zurückkehren würde. Er saß da und horchte auf die Rhythmen, die aus den Clubs und Cabarets ins Freie drangen, die unten die Straße säumten. Damals wusste er noch nicht, wie sich diese Musik nannte, aber später erfuhr er, dass diese munteren Klänge von einem Klavier und einer kratzigen Posaune erzeugt wurden, die aktuelle Tanzmusik spielten, Cakewalk und Ragtime und Schlager à la Tin Pan Alley. Die Lautstärke der Songs wechselte ständig zwischen Plärren und Flüstern, sie brandeten auf und verebbten wieder, kamen und gingen, ein bisschen wie der Empfang eines Radios an einem stürmischen Abend. Mit der Zeit aber begriff er, was es mit diesem eigenartigen Rhythmus auf sich hatte; es war lediglich der Türsteher, der Gäste hinein- und herausließ und dabei

Musik in die Nacht herausdringen ließ wie Rauchsignale. William beobachtete von oben, wie Männer und Frauen, trotz der Prohibition sichtlich betrunken, auf wartende Taxis zuwankten oder sich die Straße hinunter entfernten, wobei sie ihre Krawatten zurechtrückten und ihre Kleider ordneten. Ihr Gang mochte aufrecht und gemessen sein, als würden sie gerade sonntags zur Kirche gehen, aber sie hatten doch einen unmerklichen Drall nach links oder rechts, als würde ihnen das Pflaster langsam unter den Füßen weggleiten.

William fragte sich, ob es diese Clubs heute wohl noch gab. So viel hatte sich seither verändert. So viele Läden und Geschäfte hatten seither dichtmachen müssen. Das Glück war nun einmal launisch, es kam und es ging auch wieder. Mit der Vorstellung von guter oder schlechter Gesundheit konnte er nichts anfangen, Glück aber – das war leicht zu verstehen. Ihm war aufgefallen, wie sehr sich ihre Lage gebessert hatte, als für seine Ah-Ma immer öfter Geschenke eintrafen – Blumensträuße in Blau oder Lila, Topfpflanzen und Körbe voll frischem Obst. Und feine Delikatessen in rosaroten Schachteln – ach, herrliche Delikatessen. Bei der Erinnerung an die pikante, zähe Süße der windgetrockneten Entenwurst lief ihm noch jetzt das Wasser im Mund zusammen. Etwas so Gutes hatte er seither nie wieder gegessen.

Und auch die Kleidung seiner Ah-Ma begann sich zu verändern.

Das blaue Kleid, erinnerte er sich, das sie tagein, tagaus trug, das sie jeden Abend von Hand wusch und im Badezimmer über Nacht zum Trocknen aufhängte, wurde auf einmal durch ein geblümtes Kleid mit Spitzenkragen ersetzt. Kurz darauf kam ein weiteres neues Kleid hinzu und dann noch eins. Und in der Zimmerecke stapelten sich immer neue Hutschachteln auf, so viele, dass sie sich zu einem wahren Berg türmten. Also tat William das, was jeder vernünftige kleine Junge tun würde: Er kletterte an dem Stapel in die Höhe, bis die Schachteln zu Boden polterten, und dann drehte er sie um und hämmerte mit seinen Essstäbchen auf ihnen herum, als ob es Trommeln wären.

Seine Ah-Ma schimpfte dann immer mit ihm und nahm ihm die Stäbchen aus der Hand. Worauf er sich zu Boden plumpsen ließ und in Tränen ausbrach, bis sie ihn schließlich mit lustigen Grimassen wieder zum Lachen brachte und ihm einen Schuhkarton mit leeren Garnspulen reichte, die er als Bauklötzchen benutzte.

Dann war da noch der fremde Mann. William erinnerte sich undeutlich an Colin. Anfangs hatte er gedacht, er wäre sein Vater oder zumindest ein lieber, väterlicher Freund. Colin lächelte immer und war immer liebenswürdig – er wurde nie laut, scherzte und lachte immerzu. Durch das Prisma der Erinnerung betrachtet, schien er der vollendete Gentleman, mit guten Manieren, anständig und nicht arm. Sie hatten oft Ausfahrten in Colins schickem Auto unternommen. William saß immer hinten auf dem Rücksitz und beobachtete, wie der Schal seiner Mutter im Wind flatterte. Colin schien eigentlich immer schon dagewesen zu sein, von Anfang an, aber weil er stets nur besuchsweise kam und wieder ging, war William letzten Endes zu dem Schluss gelangt, dass er nicht sein Vater sein konnte. Trotzdem war er von früh an ein fester Bestandteil von Williams Erinnerungen, lief sozusagen am Rande immer mit. Und das jahrelang. Seine Ah-Ma und er schienen in jener Zeit alles zu haben – Gesundheit, Glück, ein Gefühl von Geborgenheit.

Dann aber wendete sich ihr Glück erneut. Das Erste, woran William das bemerkte, war sein leerer Magen – als sie immer seltener frische Lebensmittel im Haus hatten, keine hübsch verpackten Delikatessen mehr angeliefert wurden und er immer öfter hungrig zu Bett gehen musste. Auch frische Blumen wurden keine mehr gebracht, und die Blumen, die noch in Vasen in ihrer Wohnung standen, welkten dahin und starben schließlich. Wenn er das Fenster öffnete, wehten im Luftzug vertrocknete Blütenblätter über den Tisch und verteilten sich auf dem Boden. Um diese Zeit bemerkte er auch, dass seine Kleidung ihm immer zu klein schien, wie übrigens auch seine Schuhe. Seine Ah-Ma aber war eigentlich immer bemüht, so zu tun, als wäre alles in

Ordnung. Aus ihrem Verzicht wurde eine mütterliche Tugend, eine Tugend, die er nach und nach begriffen hatte. Dass liebende Mütter ihr Fleisch stillschweigend für ihre Kinder aufopferten, wie bei einem rituellen Selbstmord, aber ganz langsam, von Tag zu Tag, von Stunde zu Stunde, von Mahlzeit zu Mahlzeit. Und deswegen nickte er auch jedes Mal pflichtergeben, wenn seine Ah-Ma beteuerte, wie satt sie sei, dass sie keinen Hunger habe. Verdrängte jeden Abend sein schlechtes Gewissen und verzehrte auch noch ihre Portion des bescheidenen Mahls, das sie zubereitet hatte.

Und er erinnerte sich an den beißenden Geruch von Mottenkugeln, mit denen seine Ah-Ma ihrer beider Kleidung zu schützen versuchte, die zunehmend schäbig und abgetragen war. Sie nähte Flicken auf die abgewetzten Knie seiner Hosenbeine und stopfte seine löchrigen Socken. Was Unglück bedeutete, begriff er erst, als es in ihrer Wohnung immer kälter wurde, selbst bei geschlossenen Fenstern. Oft schlief er nachts bei seiner Mutter im Bett, eng an sie gekuschelt, um sich zu wärmen. Und wenn sie abends arbeitete, was, als er etwas größer war, eigentlich jeden Abend der Fall zu sein schien, nahm er seine Bettdecke und sein Kissen und legte sie auf die Heizung, die allerdings nie richtig heiß war, sondern nur lauwarm. Bibbernd stand er daneben und hüpfte von einem Fuß auf den anderen, während er abwartete, bis sich das Bettzeug etwas erwärmt hatte. Danach wickelte er sich die muffig riechende Decke um die Schultern und legte sich auf den Boden wie eine Raupe in ihrem seidigen Kokon, den Rücken an das Metall der Heizung gedrückt, bis er sich wieder warm und behaglich fühlte.

Wenn er das Ohr auf den Fußboden drückte, daran erinnerte Williams sich gut, konnte er Musik hören, die im Nachbargebäude spielte – ein Klavier, ein Schlagzeug, sogar Blechbläser und dazu die Geräusche von Leuten, Stimmen, Gelächter, auch Streitigkeiten.

Dann kehrte seine Ah-Ma irgendwann zurück, mitunter schniefend, weil ihr vor Kälte die Nase lief.

»Wie war die Arbeit im Club?«, fragte er dann. »Oder warst du heute Abend auf der Bühne?«

William erinnerte sich daran, wie sie einmal den Kopf schüttelte und die Stirn runzelte. »Es war nur eine Party«, sagte sie, als sie sich zu ihm auf den Boden legte und neben ihm zusammenrollte. »Mit jemandem, den ich mal gut kannte.«

William merkte, wie sie die Decke um sie beide hüllte, und rückte beiseite, damit sie ihren Kopf mit auf sein Kissen legen konnte. Sie roch merkwürdig, nach kaltem Rauch und Schweiß und altem Parfüm.

»Ich würde auch gern mal auf eine Party gehen«, sagte er, wobei er an so etwas wie Geburtstagspartys in der Nachbarschaft dachte. Bei einer richtigen feinen Party war er noch nie gewesen, aber er hatte schon Leute gesehen, die in den Restaurants und Clubs feierten. »Ich werde auch brav sein …«

»Es ist keine Party für kleine Jungs«, sagte sie mit auf einmal tränenerstickter Stimme.

Was ist denn, Ah-Ma? Diese Worte waren ihm durch den Kopf gegangen, aber er hatte sich nicht getraut, sie laut zu äußern. Es kam öfter vor, dass er sie zum Weinen brachte, vor allem, wenn er zu viele Fragen stellte. Warum, war ihm nicht ganz klar.

»Das kommt nur vom Wetter, ich bin bloß erkältet«, beruhigte sie ihn, als könnte sie seine Gedanken lesen. »Es ist nichts. Es wird schon alles wieder gut.« Doch als sie gleich darauf die Arme um ihn schlang, konnte er ihr Schluchzen spüren. Und zum ersten Mal im Leben, das war ihm unvergesslich, bekam er richtig Angst.

»Na, wartest du auf Lazarus?«

William schlug ruckartig die Augen auf und sah blinzelnd nach oben: Es war Sunny, der vor ihm stand und ihm die Aussicht auf den Himmel verstellte. Dieser war inzwischen von Orange und Rosa durchzogen. *Ich bin wohl eingeschlafen*, dachte er benommen, als sein Freund in die Hocke ging und sich neben ihm im Gras ausstreckte.

»Ich kannte sie zwar nicht so gut wie du, aber mir fehlt sie auch.« Sunny deutete mit dem Kopf zu der schmucklosen Holztafel, die aus der Erde ragte. Mit frischer Farbe stand darauf Charlottes Name.

William erwiderte nichts. Diese Tafel, das wusste er, war nur als vorübergehende Lösung gedacht, bis ein Familienangehöriger oder ein edler Spender für einen richtigen Grabstein aufkam. Doch während er auf dem Friedhof umherblickte und Dutzende ähnlicher Holztafeln zählte, die meisten schon ganz verwittert und verblasst, wurde ihm klar, dass er wohl auch diese Hoffnung zu Grabe tragen musste.

»Du hast dich vor den Putzarbeiten gedrückt, heute ist doch Samstag«, sagte Sunny. »Aber ich glaube nicht, dass es Schwester Briganti aufgefallen ist. Sie ist schon den ganzen Nachmittag bei Pater Bartholomew, zu einem Beichtgespräch.«

Wir alle müssen Buße tun, dachte William. Er empfand Schuldgefühle, weil er Charlotte alleingelassen hatte. Wie zum Ausgleich für seine mangelnde Gläubigkeit, die er selbst bedauerte, neigte er ohnehin zu Anfällen heftiger Reue und Zerknirschung. Was Schwester Briganti betraf, war er sich nicht ganz sicher, ob sie zu ähnlichen Gefühlen imstande war.

»Du hast auch das Abendbrot verpasst.«

»Hab keinen Hunger«, sagte William, während sein Magen gleichzeitig ein leises Grummeln vernehmen ließ, ein zarter Wink, dass er durchaus noch etwas anderes empfinden konnte als Traurigkeit. Er hatte am Morgen gefrühstückt, vor der Beerdigung, seither hatte er nichts mehr zu sich genommen. Und endgültig den Appetit verschlagen hatte es ihm, als er erfuhr, dass Charlottes Vater all ihre Habe zurückgelassen hatte, als er Sacred Heart verließ. Worauf die Schwestern, in ihrer sonderbaren, großzügigen Weisheit, ihre Sachen unter den Waisen verteilt hatten wie Vogelfutter. William biss sich auf die Zunge bei der Vorstellung, wie gehässige Mädchen an den Überbleibseln von Charlottes Existenz herumpickten, bis nichts mehr davon übrig war.

»Tut mir leid, Willie«, sagte Sunny, während er einzelne Grashalme ausrupfte und in der warmen spätsommerlichen Brise davonsegeln ließ. »Aber deine Mutter ist da draußen – du gehörst gar nicht hierher. Mir wär's zwar lieber, wenn du bleibst, und du wirst mir echt fehlen. Trotzdem, hau besser noch mal ab. Du musst zu deiner Mutter, solange sie noch hier in der Stadt ist. Ich jedenfalls würde mir diese Gelegenheit nicht entgehen lassen.«

Damit rannte Sunny bei ihm offene Türen ein, doch William war nicht ganz klar, wie er eine weitere Flucht bewerkstelligen sollte. Von seinem bisschen Ersparten war kaum noch etwas übrig, und ohne Charlottes Hilfe würde er nicht weit kommen. Er hatte davon gehört, dass Straßenkinder sich etwas Geld verdienten, indem sie Fährpassagieren am Colman Dock mit ihrem Gepäck behilflich waren oder für wohlhabende Leute an Kinokassen oder vor der Oper Schlange standen. Eine trostlose Aussicht zwar, aber versuchen könnte er es auf jeden Fall.

Da fiel sein Blick auf Schwester Briganti, die langsam und feierlich durch den bemoosten Innenhof in Richtung Grotte schritt. In der Hand hielt sie ihren Rosenkranz.

»Hast du mir zugehört, Willie? Du gehörst hier nicht her.«

William stand auf, klopfte sich die Hose sauber und half dann Sunny auf die Beine. Er starrte zu dem Ort hinüber, an dem er und Charlotte sich so oft getroffen hatten. Von den Bäumen dort, die sich leise im Wind wiegten, trudelten braune Blätter in die Tiefe, so sachte und federleicht wie Distelwolle.

William marschierte los in Richtung Haupttor. »Keiner von uns gehört hierher.«

William saß an der Haltestelle unweit vom Waisenhaus und wartete auf die Straßenbahn. Sein Geld reichte gerade noch für eine Fahrt bis in die Stadt, Umsteigen in Richtung Innenstadt war leider nicht mehr drin. Das störte ihn nicht. Er hatte mit dem Ort hier abgeschlossen. Seine Mutter, seine geliebte Ah-Ma war da draußen – irgendwo. Ob sie ihn zurückhaben wollte, ob sie ihn vermisste, ob sie sich in ihrer glamourösen Neon- und Glitzerwelt überhaupt noch an die schönen Zeiten mit ihm erinnerte, all das schien völlig nebensächlich. Er wusste nur, dass er dringend etwas brauchte, um die klaffende Leere in seinem Herzen zu füllen, diesen Hohlraum, der wie ein Einfallstor zu einem besonders zarten, empfindlichen Nerv fungierte – wo Wärme und Kälte ihm gleichermaßen wehtun konnten.

Als er in Richtung Waisenhaus blickte, sein Zuhause in diesen letzten fünf Jahren, sah er die schwarze und weiße Gestalt Schwester Brigantis, die zielstrebig auf die Haltestelle zumarschiert kam. Einen Fluchtreflex verspürte er sonderbarerweise nicht, und er mochte auch nicht lange diskutieren oder betteln – er spürte nur den Sog, der ihn heimwärts zog, zu seiner Ah-Ma, der Person, die für ihn als Kind sein Ein und Alles gewesen war, bis sie ihn aufgegeben hatte. Er wandte sich mit einem Achselzucken ab, in der verwegenen Hoffnung, Schwester Briganti würde ihn vielleicht in Ruhe lassen, obwohl er im Stillen schon darauf gefasst war, dass sie ihn gleich grob am Ohr packen, von der Bank hochziehen und wieder zurück ins Waisenhaus zerren würde. Er horchte sehnsüchtig in die Ferne auf das Bimmeln einer Glocke, das Knistern von Funken oben an der Oberleitung, das Surren von Rädern auf rostig braun verfärbten Schienen. Doch er hörte nur das Geräusch von Schritten und gemurmelte Worte auf Italienisch, die er als Gebet identifizierte.

Amen, dachte er, während er mit heftigem Herzklopfen dasaß und merkte, wie ihm vor Anspannung fast übel wurde. Auf einmal kamen ihm die Worte: *Lauf davon, Liu Song. Lauf davon!*, in den Sinn. Ja, genau das hatte sie getan. Seine Mutter war vor allem davongelaufen. *Sie ist auch vor mir davongelaufen.*

Da hörte William ein Flattern: Ein Schwarm Vögel, der auf der Oberleitung gesessen hatte, erhob sich soeben in die Lüfte. Das Kabel zitterte ein wenig, weil sich gerade eine Straßenbahn näherte. William drehte sich um und erblickte Schwester Briganti, die direkt vor ihm stand und mit gespitzten Lippen zu ihm herabsah. Sie reichte ihm einen Briefumschlag, in dem sich Fahrkarten und ein kurzer Brief befanden.

»Der Brief ist von deiner Mutter. Ich hatte erst meine Bedenken, ob ich ihn dir geben soll, aber nach dem, was … mit Charlotte passiert ist …« Sie blickte kurz in Richtung Friedhof. »Heb dir eine Karte für die Rückfahrt auf.« Damit wandte sie sich ab und stapfte davon. »Bedanken kannst du dich bei mir, wenn du wieder zurück bist.«

Niemals werde ich mich bei Ihnen bedanken. Und ich komme auch niemals mehr zurück. William schluckte seine Worte herunter und faltete den Brief auseinander. Es standen nur wenige Worte darin: *Ich warte im Bush Hotel auf dich.*

ZUHAUSE

(1934)

William war jahrelang nicht mehr in Chinatown gewesen, doch er fühlte sich auf Anhieb wieder heimisch. Jedes Gesicht, das ihm unterwegs begegnete, kam ihm vor wie ein lange verschollener Verwandter, jeder Häuserblock schien ihn willkommen zu heißen. Gierig sog er Eindrücke aller Art in sich auf, die lang verschüttete Erinnerungen in ihm zum Leben erweckten: den strengen, süßlichen Geruch frischer Austernsoße etwa oder das silbrige Glitzern von Fischschuppen im Rinnstein, während zahnlose Greise mit blutbefleckten Schürzen die Gehwege mit Wasser abspritzten. Und die King Street hatte sich in seiner Abwesenheit kaum verändert. Aus den Gassen drang das altvertraute Geschrei und Gelächter, irgendwo in der Ferne klagte ein Saxofon, Schulkinder der japanischen Baptistengemeinde, die Geld für Arme sammelten, sangen ihre Lieder, und auch das Prasseln von Mah-Jongg-Spielsteinen aus Elfenbein fehlte nicht, das ihn immer schon an das Geräusch von Regen erinnert hatte. Das Einzige, was fehlte, war die behandschuhte Hand seiner Mutter, die seine Hand umfasst hielt, wie früher immer, wenn sie zum Atlas Theatre unterwegs waren. Das Klicken ihrer Absätze auf dem Pflaster, während sie Pfützen auswichen, in denen Zigarettenkippen und Taubenfedern schwammen.

Diesmal aber war William allein. Am Bush Fireproof Hotel angelangt, das aussah, als würde es leer stehen, machte er halt und horchte auf das Schnaufen und Rumpeln der Züge am Bahnhof zwei Blocks weiter weg.

Die Backsteinfassade kam ihm nicht mehr ganz so imposant vor wie früher, aber das Gebäude wirkte dennoch wie ein monumentaler Grabstein auf ihn. Schließlich hatte sein gesamtes früheres Leben hier ein Ende gefunden. Er atmete tief ein und nahm eine Fülle von Gerüchen wahr: Diesel, Schuhcreme, Tabak und das metallische Aroma von Blut, das aus der Fleischerei ein Stück die Straße hochdrang. Und mit jedem Geruch kehrten weitere Erinnerungen aus seiner Kindheit zurück, die über die Jahre von der Holzseife und beißenden Lauge im Sacred Heart nahezu weggewaschen worden waren.

William trat in das Gebäude und fragte den Mann an der Rezeption, ob er sich mal umsehen dürfe.

»Klar, nur zu«, sagte der Mann durch eine Wolke von Zigarettenrauch. »Ist nicht leicht, heutzutage Mieter zu finden, nach diesem ärgerlichen Vorfall damals.«

William stutzte kurz. Dann fiel es ihm ein, er hatte in der Zeitung davon gelesen. Anderthalb Jahre zuvor war ein Wanderarbeiter namens Marcelino Julian in dem alten Hotel und der Umgebung Amok gelaufen, er hatte dabei sechs Männer getötet und ein Dutzend weiterer verletzt. Die Not in diesen schweren Zeiten hatte ihn zum Äußersten getrieben. William stieg die Treppe hoch und gab sich alle Mühe, beim Anblick der dunklen Flecken auf dem Teppich an nichts Böses zu denken.

Die Nummer ihres alten Apartments wusste er nicht mehr, aber seine Füße fanden wie von selbst den Weg zu der Treppe, die er so oft zum Spaß bäuchlings hinuntergerutscht war, wobei er sich die Haut am Teppich wund scheuerte, und zu dem Flur mit dem schillernden Vinylfußboden, dessen Farbe mit jedem Schritt von Silber zu Gold wechselte. Nachdem er ein Stück durch den stillen Flur gegangen war, fand er die Tür, die zu seiner früheren Wohnung gehörte. Es kam ihm vor, als käme er lediglich von der Schule nach Hause, fünf Jahre zu spät. Sein Leben war auf merkwürdige Abwege geraten, aber es war ihm gelungen, den Weg zurückzufinden. Er warf einen Blick auf den Brief, den Schwester Briganti ihm gegeben hatte, ob aus Sorge oder Schuldgefühl war unklar, aber was spielte das für eine Rolle. Der Brief, der eigentlich keiner war, enthielt nur die Angabe »Bush Hotel«, keine Apartment-Nummer, keine weitere Botschaft. Aber er verstand auch so. Seine Ah-Ma hatte immer gewusst, wo er war. Und sie hatte ihm oft geschrieben, aber ihre Briefe waren ihm verschwiegen und vorenthalten worden, bis jetzt, da sich die Umstände geändert hatten. *Habe ich das deinem Tod zu verdanken?*, hätte William Charlotte jetzt gefragt, wenn das irgendwie möglich gewesen wäre. *Hat deine letzte Antwort auf die Frage deines Vaters bei der frommen Schwester B ein Umdenken bewirkt?*

William klopfte nicht an. Stattdessen legte er die Hand an das kühle Metall des Türknaufs und drehte ihn: Die Tür war nicht verschlossen, und er trat ein. Der Raum war vollkommen leer, bis auf einen alten Teppich und ein paar leere Bierflaschen, die in einer Ecke standen. Es roch nach Staub und Katzenurin, und den Spinnweben oben an der Decke nach zu urteilen war das Apartment schon längere Zeit nicht mehr bewohnt, vielleicht schon seit ihrem Auszug nicht mehr. Ohne Möbel, Bilder an den Wänden, Vorhänge an den Fenstern und blaue Blumen in einer Vase wirkte es größer, als er es in Erinnerung hatte – eine leere Schachtel, in der einst ein Zuhause, ein Leben, eine Familie bequem Platz gefunden hatten. Aller Anzeichen des Lebens entkleidet, mutete ihre einstige Wohnung an wie ein Mausoleum, eine leblose Höhle, die zu der Leere in seinem Magen passte. Das einzige Zuhause, das er je gekannt hatte, war nur noch ein leerer, vergessener Ort, aus dem sogar die Geister entflohen waren, weil es ihnen hier zu trostlos und öde war.

»Hallo«, sagte William zaghaft, erhielt jedoch keine Antwort.

Nur das Geräusch seiner Schuhsohlen auf dem knarrenden Holzboden war zu hören, als er einen Blick ins Schlafzimmer warf. Auch hier nur kahle Wände und ein offen stehender Kleiderschrank mit einem einzigen Kleiderbügel darin, der so still und reglos an der Stange hing, dass es William schien, als wäre er bloß gemalt. Durch das gesprungene Fenster strömte helles Tageslicht auf den Fußboden, der dick mit Staub bedeckt war, und William spürte einen leisen Niesreiz.

Vielleicht ist sie gar nicht hier. Vielleicht hat Schwester Briganti sich nur einen üblen Scherz mit mir erlaubt.

»Willow?«, fragte er und schniefte. Da nahm er aus dem Augenwinkel eine Bewegung wahr, aber es war nur eine Schar Tauben, draußen auf der Feuerleiter. Sie schlugen heftig mit den

Flügeln und wuselten gurrend auf dem engen Raum umeinander, ohne sich um ihn zu kümmern.

Er schluckte und öffnete zaghaft die Badezimmertür. Er betätigte den Lichtschalter, aber nichts tat sich. Es dauerte kurz, bis seine Augen sich an die Dunkelheit gewöhnt hatten, und dann blieb ihm vor Schreck das Herz stehen: In der Wanne mit den Löwenfüßen konnte er den schattenhaften Umriss einer Gestalt ausmachen. Es war eine Frau – sie hatte den Kopf zurückgelegt, und ihre nackten Knie ragten über den staubigen, schmutzigen Wannenrand in die Höhe.

»Ah-Ma?«

Die Schattenfrau holte tief Luft, zu Williams großer Erleichterung, und er trat näher. Sie trug eine helle Bluse und einen passenden Rock. In der Wanne befand sich kein Wasser. Es war, als wollte sie nur in Erinnerungen baden. Ihre Pelzstola verhüllte ihre Brust, und ihr Hut lag am Fußende der Wanne, beim Ausguss. William hörte ein Baby weinen, in einem anderen Apartment den Flur hinunter, aber ganz kurz nur, dann war es wieder still. Vielleicht hatte er sich das verzweifelte, hilflose Jammern auch nur eingebildet.

»Ah-Ma?«, fragte er noch einmal.

Sie sagte nichts. Blinzelte nur ein paarmal. Im Schummerlicht konnte William das schwach glimmende Weiß ihrer Augen sehen und auch das unverkennbare Schimmern von Tränen.

»Tut mir leid, dass ich neulich nicht mehr da war, als du zurückgekommen bist«, sagte William und merkte, dass er diese Worte eigentlich gern von ihr gehört hätte. Aber sie sagte noch immer nichts, saß einfach nur in der Wanne und starrte die kahle Wand an, als würde sie sich dort einen alten Film ansehen.

Dann endlich brach sie ihr Schweigen. »Hier ist es passiert.«

Ich weiß, was hier passiert ist. William verzichtete darauf, die Worte auszusprechen.

»Hier hat sich unser Leben verändert«, fuhr sie fort. »Hier habe ich dich verloren.«

WILL
(1924)

Liu Song schlug ihre Bettdecke zurück und wankte schlaftrunken zu dem Kinderbett hinüber, in dem ihr zweijähriger Sohn William auf wackligen Beinchen am Gitter stand und weinte. Sie spürte in der Dunkelheit, wie er seine Händchen nach ihr ausstreckte. Sie hob ihn hoch und schob einen Arm unter den Babyspeck seiner molligen Oberschenkel. Drückte ihn an sich und neigte sich über ihn, mit der Nase in seinem flaumweichen Haar, das von seinem Bad noch nach Fliederseife und frischer Sheabutter duftete.

»Ah-Ma«, sagte er mit seiner Kleinkinderstimme.

»Schhhh …«, flüsterte sie, während sie spürte, wie er mit seinen weichen Kinderfingern ihre Wange berührte, ihre Nase, ihre Lippen. Sie wusste, dass er sie an ihrer Stimme und an ihrem Duft erkannte, doch er musste immer auch ihr Gesicht berühren, besonders, wenn es dunkel war, um auf Nummer sicher zu gehen. Liu Song spürte, wie er vor Erleichterung tief ein- und wieder ausatmete. Sein Körper erschlaffte jäh, als wäre er im Traum vor irgendetwas davongelaufen und als hätte der Sandmann ihn jetzt doch endlich eingeholt.

Liu Song stand kurz da und überlegte, ob sie ihn in sein Bett zurücklegen sollte. Sie wiegte ihn gerne in den Armen, wenn er so friedlich schlummerte wie jetzt, ganz anders als gleich nach seiner Geburt, als sie ihn zum ersten Mal im Arm gehalten hatte, warm und feucht und brüllend, im Lebanon Home for Girls.

Es freute sie, als sie sein Geburtsgewicht erfuhr, gut 3800 Gramm, acht Pfund und acht Unzen, zwei Glückszahlen hintereinander für eine ledige Mutter, die sonst nur Trauer und Unglück kannte. Während der Schwangerschaft hatte sie sich oft Sorgen darüber gemacht, ob sie in der Lage sein würde, sich um ihn zu kümmern, doch als sie ihn zum ersten Mal in den Armen hielt, seinen Atemhauch spürte und sein Jammern hörte, fühlte es sich ganz und gar richtig an, Mutter zu sein, und sie wusste, dass sie ihn nie wieder loslassen wollte.

Auf die Frage der Hebamme hatte sie erwidert: »Er heißt William.« Danach hatte sie sich mit ihrem neugeborenen Sohn im Arm auf dem Gebärstuhl zurückgelehnt und sich gefragt, was die Geister ihrer Mutter und ihres Vaters wohl von einem so westlich klingenden Namen halten mochten. Sie bedauerte kurz, dass sie sich keinen Besuch bei einer Wahrsagerin leisten konnte, um Williams Geburtsdatum bewerten zu lassen und um zu erfahren, welches der fünf Elemente seinen Namen ergänzte. Und sie blickte himmelwärts, in der Hoffnung auf irgendein Omen oder Zeichen, doch das Einzige, was sie oben an der metallverkleideten Decke sah, waren bräunliche Rostflecken und staubige Spinnweben in den Ecken.

Liu Song klang noch immer Mr Butterfields Warnung in den Ohren. Das schon etwas heruntergekommene Entbindungsheim im Norden von Seattle, in dem sie sich befand, sei bei den meisten Leuten als *letzte Zuflucht für willensschwache junge Frauen* verschrien, hatte er gesagt. Dem wollte Liu Song mit dem Namen »Will« etwas entgegensetzen, als Demonstration des Willens sozusagen. Außerdem war der schlichte Name nicht allzu weit von Willow entfernt, der anglisierten Fassung von Liu Song. Will würde eine Art Familienname sein. Als die Schwestern Liu Song in den Aufwachraum verlegten, hatte sie mit sechs anderen Mädchen und ihren Neugeborenen in einer Reihe gleichartiger Betten gelegen, beinahe Ellbogen an Ellbogen, weil der Raum so klein war. Sie alle sahen matt und erschöpft aus, waren sichtlich benebelt vom Äther. Einige bluteten noch oder litten grässliche Schmerzen. Das Wort »willensschwach« aber traf auf keine von ihnen zu. Jedenfalls jetzt nicht mehr. Liu Song hatte es bis hierher geschafft, ganz wie die anderen. Sie war gestolpert, hingestürzt und dann auf allen vieren über eine unsichtbare Ziellinie in Richtung Mutterschaft gekrochen, hinter der schon eine neue Herausforderung wartete – eine, die in Tagen, Wochen, Monaten und Jahren gemessen wurde. Der Preis jedoch, der in Tücher gewickelt an ihrer Brust lag, erfüllte sie mit Genugtuung, damals wie heute.

Nachdem sie eine Weile mit ihrem schlafenden Sohn auf dem Arm auf und ab gegangen war, ließ Liu Song sich leise auf ihrem Bett nieder. Sie kroch wieder unter die Decke und ließ sich aufs Kissen zurücksinken, ganz vorsichtig, um ihn nicht zu wecken. Sie fuhr mit der Hand über seinen weichen Flanellschlafanzug und spürte etwas Nässe an ihrer Wange, weil er ein wenig sabberte.

»William Eng«, flüsterte sie. »Was fange ich nur mit dir an?«

Sie hasste den Nachnamen, mit dem sie beide gebrandmarkt waren. Und obwohl sie gelogen und der Hebamme gesagt hatte, sie wüsste nicht, wer der Vater sei, entsann sich Liu Song dunkel, während der qualvollen Wehen Leos Namen gebrüllt zu haben – sie hatte ihn mitsamt Tante Eng verwünscht und nach ihrer Ah-Ma geschrien, während sie halb besinnungslos vor Schmerzen und benebelt vom Äther einen Jungen zur Welt brachte. In die Geburtsurkunde trug der Arzt den Namen Leo Eng *in loco parentis* ein, an Eltern statt, ein hässlicher Schönheitsfehler auf dem ansonsten so makellosen und feierlichen Dokument.

»Eines Tages«, flüsterte Liu Song, »richte ich dir eine richtige Geburtstagsfeier aus.«

Da er Flüssigkeit in der Lunge hatte, durfte William das Lebanon Home noch nicht sofort verlassen. Er sollte einige Wochen zur Pflege dableiben, aus denen nach und nach Monate wurden. Liu Song blieb ebenfalls, um ihn in der Zeit selbst stillen zu können – damit er ganz gesund werden konnte.

Während Liu Songs außerplanmäßig langem Aufenthalt wurde von ihr erwartet, dass sie sich mit um die neuen Mädchen kümmerte, die verängstigt und allein in das Heim kamen. Keine von ihnen schien es zu stören, dass Liu Song Chinesin war, während sie sich bemühte, ihnen die Angst vor dem Weg zu nehmen, den sie selbst gerade erst zurückgelegt hatte. Aber das fiel ihr immer schwerer, je öfter sie miterleben musste, wie benommene junge Mütter darüber belehrt wurden, dass ihr befleckter Ruf ihr Kind nur belasten würde – dass eine ledige Mutter gar nicht *geeignet* war, ihr Kind selbst großzuziehen. Sie hörte dabei zu, wie ihnen ein schlechtes Gewissen eingeredet und allerlei Schreckensszenarien ausgemalt wurden, bis sie sich schließlich dazu übertölpeln ließen, ihr Kind per Unterschrift zur Adoption freizugeben. Traurig und verwirrt beobachtete sie, wie Woche für Woche geheimnisvolle Ehepaare im Heim auftauchten und es mit einem Neugeborenen im Arm wieder verließen, das nicht selten den Armen seiner hysterisch weinenden jungen Mutter entrissen worden war. Aber diese Kleinen schienen immer noch zu beneiden im Vergleich zu den Kindern, die niemand haben wollte. Jene wenigen ohne alle Aussichten, von Müttern, die sie wirklich nicht haben wollten, von Müttern, die im Kindbett gestorben waren, solche, die blind oder ohne Arme zur Welt gekommen waren – diese Kinder wurden von grimmig blickenden Betreuern abgeholt und fortgebracht, wohin, war Liu Song unbekannt. Immer und immer wieder wurde sie Zeugin dieser Tragödie und wunderte sich im Stillen, warum *ihr* niemand Vorhaltungen machte, dass sie den Sünden des Fleisches erlegen war, dass sie Schmach und Schande über ihre Familie brachte und gegen alle guten Sitten verstoßen hatte – und fragte sich, warum niemand kam und versuchte, *ihr* William abzunehmen. Zunächst führte sie es darauf zurück, dass ihr Sohn eben kränkelte; dann sah sie zufällig ihr Spiegelbild im blanken Metall einer Bettpfanne und begriff, was der wahre Grund dafür war – ein chinesisches Kind wollte niemand adoptieren.

Liu Song schloss die Augen und kam zu dem Schluss, dass ihr Unglück Williams Glück gewesen war. Ihrem Leid war letzten Endes Freude entsprossen. Und das würde sie eines Tages feiern. Williams angeschlagener Gesundheit wegen hatte Liu Song ihm keine richtige Feier mit roten Eiern und Ingwer ausrichten können, wie es dreißig Tage nach der Geburt eines Kindes eigentlich Brauch war. Andererseits jedoch, wenn sie das Lebanon Home frühzeitig hätte verlassen können, wäre diese Feier eine ziemlich triste, einsame Angelegenheit geworden. Weil ihre Familie daran nur in Geisterform hätte teilnehmen können. Wenn sie die Feier demnächst ausrichtete, überlegte sie, während sie langsam eindöste, wäre William immerhin inzwischen alt genug, um sich die Yi-Mein-Nudeln, die für die Verheißung eines langen Lebens standen, selbst mit den Händchen in den Mund zu schaufeln.

Um Punkt fünf Minuten nach sechs wachte Liu Song wieder auf – ohne eigenes Zutun allerdings. Jeden Morgen um diese Uhrzeit fuhr der Shasta Limited in die Union Station ein und ließ bei seiner Ankunft einen gellenden Pfiff ertönen, der weithin durch die ganze Nachbarschaft hallte. Das Signal der Dampfpfeife war so laut und durchdringend, dass es Liu Songs Fenster in leise klirrende Bewegung versetzte und das aus zwei Blocks Entfernung. Sie sah William an, der nur lächelte und gähnte und sich wohlig räkelte, als sie ihn leicht in die Nase zwickte. Nachdem sie ihm die Windeln gewechselt hatte, nahm Liu Song ihn mit in die Küche, wo er auf dem Boden spielte, während sie einen Topf Reis vom Vorabend noch einmal aufwärmte und gesüßte Kondensmilch mit einem Tropfen Vanille-Extrakt in die klumpige Masse einrührte. Eine Stunde später hatten sie gefrühstückt und verließen mit geputzten Zähnen und ordentlich gekämmten Haaren das Haus.

Während Liu Song William in seinem gebrauchten Kinderwagen von Sturgis die King Street entlangschob, kam Chinatown ihr unwillkürlich vor wie eine voll erblühte Blume, die ihre Blätter in alle Richtungen streckte. Dennoch war ihr auf Schritt und Tritt bewusst, dass sie hier als junge, unverheiratete Mutter eine absolute Außenseiterin war. Und unterwegs in die Innenstadt, zu Butterfield's, war sie ein asiatisches Gesicht unter lauter Weißen, die jedes Mal höchst erstaunt waren, dass sie so gut Englisch sprach. Viele waren ganz entzückt über ihren Akzent, für den sie sich bislang immer entschuldigt hatte. Und ihre Stimme galt inzwischen als exotisch, raffiniert und mysteriös, nicht zuletzt dank Mr Butterfield, der für sie unermüdlich die Werbetrommel rührte. Als sie nach Williams Geburt wieder zu arbeiten anfing, hatte er ihr großzügig das Gehalt erhöht, ihre Kommission pro verkauftem Blatt Musiknoten verdoppelt, und dieses Einkommen hatte sie auch bitter nötig. Im Lebanon Home hatte man ihr dabei geholfen, eine finanzielle Beihilfe für ledige Mütter zu beantragen, doch da sie den Fragebogen wahrheitsgemäß ausgefüllt und angegeben hatte, dass sie nicht vorhatte, William in die Sonntagsschule zu schicken, war ihr Antrag abgelehnt worden. Unglücklicherweise, denn Liu Song wusste nicht einmal, was unter einer Sonntagsschule zu verstehen war. Sie hatte angegeben, dass sie William, wenn er das Kindergartenalter erreichte, nachmittags in die chinesische Schule schicken wollte, aber das war für ihr Anliegen nicht hilfreich gewesen. Hinzu kam natürlich, dass man sie als unverheiratete Chinesin automatisch mit Argwohn betrachtete und der Prostitution verdächtigte.

Um alles noch schlimmer zu machen, hatte sie in der Zeit, in der sie im Lebanon Home war, ihre Wohnung verloren. Mr Butterfield war gottlob so freundlich gewesen, ihr eine andere Bleibe zu suchen: Er hatte ihre bescheidene Habe in ein teilmöbliertes Zimmer im Bush Fireproof Hotel geschafft, an der Ecke Sixth und Jackson. Dort fühlte Liu Song sich absolut sicher, denn das sechsstöckige Hotel war von William Chappell erbaut worden, der als ehemaliger Angehöriger der freiwilligen Feuerwehr eine Menge von Brandschutz verstand. Das moderne Gebäude hatte 255 Zimmer, 150 davon mit eigenem Bad. Liu Song wohnte nun seit fast zwei Jahren dort, zu einem Preis von 1,25 Dollar am Tag. Das Apartment war ziemlich klein, kleiner als ihr altes Zuhause in der Canton Alley, dafür aber immerhin frei von den bitteren Erinnerungen, die dort in jede Ecke, jeden Winkel eingeschrieben waren.

»Komm einfach wieder bei mir arbeiten, Liebes, das reicht mir als Dank«, hatte Mr Butterfield gesagt. »Sobald du dich dazu wieder in der Lage fühlst. Die Kunden fragen schon seit Monaten nach dir. Ich habe geschwindelt und erzählt, du wärst in Kalifornien und würdest da durch die Varietés tingeln.«

Liu Song hatte durchgerechnet, dass sie ihre Schulden bei Mr Butterfield voraussichtlich bis zu Williams erstem Geburtstag beglichen haben würde. Dann aber nahm sie einen Wochenendjob als Tänzerin im Wah Mee Club an und konnte ihn so schon nach einem halben Jahr ausbezahlen. Die beliebte Flüsterkneipe an der

Maynard Alley bot ein Umfeld, in dem ihr Ruf ihr sogar zum Vorteil gereichte. Eigentlich hatte sie auf eine Chance als Sängerin gehofft, aber mit der Bezahlung konnte sie einstweilen auch so zufrieden sein. An einem Samstagabend, nachdem im Hafen Zahltag gewesen war, verdiente sie mit dem Verkauf von Tänzen mehr Geld als die ganze Woche über im Musikgeschäft. Dort aber erlaubte Mr Butterfield ihr, William zur Arbeit mitzubringen. Er hatte für den Kleinen sogar eine Ecke im Hinterzimmer frei geräumt, wo er schlafen konnte, während sie auf der Straße stand und Lieder sang. Und wenn er nicht müde war, war der Laden für ihn das reinste Wunderland.

Besonders gern saß er bei Mr Butterfield auf dem Schoß. »Wollen wir nun einen Song für deine Mama spielen?«, fragte ihn der ältere Mann, während Williams kleine Füße auf seinen eigenen lederbeschuhten Füßen ruhten, die die Pedale eines kleinen Pianolas bedienten. »Schneller treten«, sagte Mr Butterfield. »Während dieser Passage jetzt wieder langsamer … und am Ende drehen wir dann noch mal richtig auf.« Die Pedale trieben das mechanische Klavier nicht nur an, sondern akzentuierten auch die Musik, formten sie sozusagen. Die Klaviertasten bewegten sich zwar von selbst, aber William leistete dennoch einen kleinen Beitrag dazu, das Lied zu spielen. Danach lief er jedes Mal nach draußen und umarmte Willow stürmisch. »Das war ich«, sagte er jedes Mal stolz. »Ich habe es für dich gespielt.«

Eine Viertelstunde singen, eine Viertelstunde Pause, so sah Willows Arbeitstag aus – sie konnte sich also, das war der große Vorteil ihrer Arbeit bei Mr Butterfield, ihren Lebensunterhalt verdienen und gleichzeitig ein Auge auf ihren Sohn haben. Ihr Wochenendjob im Club dagegen machte besondere Arrangements erforderlich, mit besonderen Freundinnen.

Liu Song trank eine Tasse Tee, während sie dabei zusah, wie William vor Müdigkeit nach und nach die Augen zufielen, bis er eingeschlafen war. Dann hörte sie, wie die Wohnungstür geöffnet wurde. Sie begrüßte Mildred mit einem Lächeln.

»Ein neues Kleid? Steh auf, lass dich ansehen!«, sagte Mildred auf Chinesisch.

Liu Song stand folgsam auf und strich sich ihr Cheongsam glatt. Das sittsam hochgeschlossene lange Kleid aus Seide brachte ihre Figur höchst wirkungsvoll zur Geltung. »Zu asiatisch? Zu auffallend? Zu freizügig?«, fragte sie.

»Zu schade.« Mildred schüttelte den Kopf. »Ich wollte, ich wäre auch so groß wie du.«

Ihre alte Freundin legte Hut und Mantel ab und warf einen Blick auf William, der inzwischen leise schnarchte. »Wie groß er schon ist«, hauchte sie. Mildreds Augen waren groß und ausdrucksstark, was durch den auffälligen grünen Lidschatten, den sie trug, noch betont wurde.

Liu Song nickte stolz und goss ihrer Freundin eine Tasse Tee ein.

Als sich an der Franklin Highschool das Gerücht verbreitete, dass Liu Song die Schule nur deshalb verlassen hatte, weil sie schwanger geworden war, hatte Mildred diesem Gerede tapfer Paroli geboten. Sie war auch die Einzige gewesen, die Liu Song damals im Lebanon Home besuchen kam, entgegen den Wünschen ihrer Mutter. Und als Liu Song den Job im Wah Mee Club annahm, bot Mildred hilfsbereit an, abends auf William aufzupassen, wenn sie nicht da war. Geld wollte sie dafür eigentlich nicht haben, aber Liu Song bestand trotzdem darauf, sie fürs Babysitten zu bezahlen. Liu Song verkniff sich die Frage, ob Mildreds Mutter wusste, dass sie wieder Freundinnen waren. Ähnliches Taktgefühl durfte sie bei Mildred leider nicht erwarten.

»Wie war deine Verabredung letzte Woche?«

Liu Song atmete tief durch und war bemüht, sich ihren Abscheu nicht anmerken zu lassen. Mildred hatte für sie am vergangenen Donnerstag ein Treffen mit einem gewissen Harold eingefädelt, dem Spross einer prominenten chinesischen Familie, der gerade die Highschool abgeschlossen hatte. Aber wie so vielen Männern, egal welchen Alters, ging es Harold weniger um eine harmlose Verabredung. Vielmehr hatte er sich eine unvergessliche Nacht erhofft.

»Genauso wie alle anderen«, sagte Liu Song nur.

William, das war das Traurige, war für die meisten Männer der einzige Grund, warum sie sie um eine Verabredung baten. Nicht, weil sie etwas mit ihrem Sohn zu tun haben wollten, sondern, wie Harold mehr oder weniger hatte durchblicken lassen: »Hey, das Feld ist bereits umgepflügt worden – warum das Land nicht hin und wieder bestellen?«

»Du bist zu wählerisch.« Mildred nahm eine Marlboro aus ihrer Packung. Wie so viele Frauen bevorzugte sie diese Marke, weil das rote Band am Filter unschöne Lippenstiftspuren kaschierte. Sie ging zum Herd hinüber, bückte sich und steckte die Zigarette an der Zündflamme an. »Hast du mal in den Spiegel gesehen in letzter Zeit? Du könntest jeden Mann haben, den du willst …«

»Ich will aber nicht *jeden* Mann.«

Mildred lächelte zwar, verdrehte dabei aber die Augen, wie um zu sagen, *Wie du willst.*

Kurz blieb es still, während Mildred einen tiefen Zug von ihrer Zigarette nahm. Sie warf einen Blick auf ihre rot lackierten Fingernägel und sah dann wieder Liu Song an.

»Und, wirst du mir irgendwann verraten, wer der Vater ist?«

Liu Song suchte ihre Handtasche und Handschuhe zusammen. »William hat keinen Vater.«

»Oh, alles klar«, spöttelte Mildred. »Du hast ihn unter einem Berg von Steinen gefunden, wie in der Geschichte vom Affenkönig. Wenn er gelernt hat, auf einer Wolke zu fliegen, sagst du mir dann Bescheid? Da könnte ich viel Geld für die Straßenbahn sparen.«

»Er hat mich«, erwiderte Liu Song. »Mehr braucht niemand zu wissen.« Sie gab ihrem schlafenden Sohn ein Küsschen auf die zarten, halb geöffneten Lippen. Dann stemmte sie eine Hand in die Hüfte und blickte ihre Freundin streng an. »Und lass ja nicht irgendwelche Jungen vorbeikommen. Das würde deine Mutter nicht gutheißen …«

»Meine Mutter würde so manches nicht gutheißen.« Mildred

kicherte und stieß demonstrativ einen perfekten Rauchring aus. Er hing zwischen ihnen in der Luft wie ein unerfüllter Wunsch.

Liu Song schob die Hand durch den Ring und wedelte den Rauch auseinander. Sie zog eine Augenbraue in die Höhe und sah ihre Freundin schweigend an.

»Gut. Es kommen keine Jungen vorbei. Versprochen.« Mildred seufzte und ließ sich mit einem chinesischen Fluch auf das abgewetzte Sofa plumpsen. »Ich werde ein Buch lesen oder so was.«

DER WAH MEE CLUB

(1924)

Der Wah Mee Club war gleich um die Ecke, nur einen Block entfernt, eingebettet in die Mitte der Maynard Alley. Liu Song aber erschien das whiskeygetränkte Etablissement himmelweit entfernt von der übrigen Stadt und auch von Chinatown. Denn anders als die imposante (und alkoholfreie) Luck Ngi Music Society oder der Yue Yi Club mit der leuchtenden Neonreklame über dem Eingang und der geschniegelten Hauskapelle – Musiker aus Hongkong mit pomadig zurückgekämmten Haaren in identischen Jacken, die auf einer goldgeschmückten Bühne standen und neben traditionellen Saiteninstrumenten wie dem Yehu auch Tenorsaxofon spielten –, konnte der Wah Mee Club leicht übersehen werden. Der einzige Hinweis auf die Existenz des Nachtclubs war eigentlich der nicht abreißende Strom von Besuchern, der ihn frequentierte. Und auch heute Abend wieder strebten Männer in hellen Scharen in den Club, manche in traditionellen Seidenjacken mit Drachenstickerei, die überwiegende Mehrheit aber in westlichen Anzügen, mit Krawatte und Filzhut auf dem Kopf.

An der Einmündung der Gasse in die Hauptstraße stand ein uniformierter Schutzmann, der sich jedes Mal grüßend an die Mütze tippte, wenn Passanten vorbeikamen. Bei seinem Anblick kam Liu Song spontan eine Geschichte in den Sinn, die Mr Butterfield ihr mal erzählt hatte, von einem Kaufmann namens Roy Olmstead – der sogenannte Rum-König von Seattle, der mit der illegalen Einfuhr von Alkohol aus Kanada ein Vermögen gemacht hatte. Seine Frau, Elise, moderierte eine beliebte Kindersendung im Radio, in der sie, so wurde gemunkelt, verschlüsselte Hinweise darauf gab, wo man jeweils abends seinen Durst löschen konnte. Angesichts der vielen Leute, die unter dem wachsamen Auge der hiesigen Polizei in die Gasse strebten, folgerte Liu Song, dass Miss Elise wohl wieder einmal eine ihrer Geschichten über die Himmelsgötter von Chinatown erzählt hatte.

Als Liu Song am Fenster des Clubs vorbeikam, das aus Glasbausteinen bestand, konnte sie dahinter undeutlich die Umrisse sich bewegender Körper erkennen. Die Figuren wirkten verschwommen und verzerrt, als befänden sich die Gäste unter Wasser. Am Eingang dann betätigte Liu Song den Drehknopf der Klingel. Als ein bulliger Schatten das Licht verdunkelte, spähte sie durch das einzige klare Fensterchen zwischen den Glasbausteinen und winkte. Gleich darauf öffnete ein untersetzter, kräftiger kleiner Mann die schwere, massive Holztür. Musik und Gelächter drangen aus dem Club ins Freie, zusammen mit Wolken von Zigarettenrauch und einem fast erstickenden Geruch nach schalem Bier.

»Süße Willow.« Der Mann sprach ein stark ländlich gefärbtes Kantonesisch. Er trug einen dunkelgrünen Anzug und weiße Lederschuhe, und die Art, wie er ihren Namen sagte, klang eher wie eine Feststellung als wie eine Begrüßung. Mit ihr zusammen winkte er auch einige Gäste herein, Chinesen und Filipinos, warf noch einen Blick die Gasse hinauf und hinunter und schloss die Tür dann wieder.

Liu Song meldete sich bei der Geschäftsführerin und trug sich dann in ihre Tanzkarte ein, direkt unter dem Datum und der Uhrzeit. Die dreiköpfige Musikkapelle spielte bereits einen bekannten Schlager, als sich zwei weiße Matrosen bei ihr zu einem Tanz anmeldeten, Preis je fünfundzwanzig Cent, wobei manche Männer allerdings noch Trinkgeld gaben. Liu Song kam der Tanzaufforderung bereitwillig nach, plauderte ein wenig mit den beiden Navy-Matrosen und bemühte sich, so zu tun, als fände sie ihr Gerede wirklich interessant. An manchen Abenden, wenn sie der Verstellung überdrüssig war, tat sie so, als spräche sie kein Englisch. Überhaupt sah sie sich weniger als Tänzerin denn als Schauspielerin, die eine Rolle spielte, und zwar jeweils für einen einzigen Zuschauer. Das vereinfachte manches.

Der zweite Matrose tanzte mit ihr einen Foxtrott, bei dem sie sich in einem großen, ausgreifenden Kreis um die Tanzfläche herumbewegten. Bei der zweiten Runde fiel ihr zu ihrem Schrecken ein älterer Mann mit Halbglatze in Oxford Bags ins Auge, der am Geländer des kleinen, handbemalten Tischs stand, an dem mit Würfeln Craps gespielt wurde. Seine Hemdsärmel waren hochgekrempelt, und seine Hosenträger hingen achtlos herunter. Eine nicht angezündete Zigarette baumelte ihm von der Unterlippe, während er immer wieder zwei Würfel gegen die Rückwand des Spieltischs springen ließ, bis die anderen Spieler schließlich aufstöhnten. Der Mann riss zornig die Hände in die Höhe und fluchte, erst auf Kantonesisch und dann, merklich lauter, noch auf Englisch, als würde eine Sprache nicht ausreichen, um seinem Unmut Ausdruck zu verleihen.

Onkel Leo, dachte sie. Liu Song hatte ihn ein-, zweimal auf der Straße gesehen, von Weitem, und es bisher jedes Mal geschafft, ihm aus dem Weg zu gehen. Sie beobachtete kurz den Croupier, der die Jetons auf dem Tisch zusammenharkte und nach Farben geordnet zu Stapeln in Grün, Schwarz und Rot aufhäufte, ehe sie wieder zu dem Spieler sah. Aber es war nicht mehr Leo, an seiner Stelle stand dort nun ein ganz anderer Mann, ein schlichter Gast, der aussah, als hätte er viel Pech im Leben.

Als der Tanz vorbei war, dachte Liu Song darüber nach, wie sehr ihr vor dem unvermeidlichen Wiedersehen mit ihrem versoffenen Stiefvater graute. Schon oft hatte sie sich ausgemalt, wie er sich von dem Craps-Tisch zur Tanzfläche umdrehte und in seiner weiten Hose nach einem Feuerzeug kramte. In ihren Albträumen forderte er sie dann jedes Mal auf, ihm Feuer zu geben. Musterte ihre schlanken Knöchel und ließ seinen Blick lüstern an ihr hinaufwandern, bis er ihr am Ende in die Augen sah.

Liu Song sah noch einmal den Fremden am Spieltisch an, diesen Mann, der nicht ihr Onkel war. Sie hatte noch immer grässliche Angst – wovor? Das war ihr nicht ganz klar. Dass die Leute allein durch Onkel Leos Gegenwart von ihrer Schande erfahren könnten? Oder davor, dass er ihr nach der Arbeit auflauern und sie gewaltsam mit sich zerren könnte, dorthin, wo er jetzt wohnte?

Dass er von Williams Existenz erfuhr? Vor Angst krampfte sich kurz ihr Magen zusammen.

Sie stand da wie erstarrt, als der Mann näher kam. In ihren Stöckelschuhen war sie ein ganzes Stück größer als er, trotz seiner schicken Lederschuhe. Als er zu ihr hochspähte und finster die Stirn runzelte, wurde ihr kurz speiübel, weil sie sich an Onkel Leos Körpergeruch erinnert fühlte. Auch dieser Mann hier roch nicht gut, ungewaschen, nach schlechten Träumen. Im Vorbeigehen pustete er Rauch in ihre Richtung, aber sie vermochte sich noch immer nicht vom Fleck zu rühren, als wäre sie in einer Art Trance. Eine Hostess reichte ihm Hut und Mantel, und Liu Song erfasste heftiger Schwindel, während sie zusah, wie Onkel Leo seine Hosenträger wieder hochschnappen ließ, dann in seine Jacke griff und eine Brieftasche herausholte. Er klappte sie auf, um ihr zu zeigen, dass sie vollkommen leer war. Dann wühlte er kurz in seiner Hosentasche und brachte eine silberne Geldscheinklammer zum Vorschein, die ebenfalls leer war.

»Mein Pech beim Würfelspiel ist dein Glück«, sagte er mit einem Achselzucken. »Hätte ich gewusst, dass es hier so bezaubernde Tänzerinnen gibt wie dich, hätte ich wohl noch zehn oder zwanzig Cent aufgespart. Denn mehr bist du nicht wert.« Er spuckte vor ihr aus. »Der Geist deiner Mutter ist mir egal, und auch du bist mir egal. Das Einzige, worauf es mir ankommt, ist …«

Liu Song blinzelte, und Onkel Leo war wieder fort. An seiner Stelle stand ein verwirrt blickender Mann vor ihr. Er zuckte mit den Schultern und tippte sich wortlos an den Hut. Sie blickte ihm nach, als er davonwankte und am Türsteher vorbei hinaus in die Nacht verschwand, ohne sich noch einmal umzusehen. Da erst bekam sie wieder normal Luft und spürte, wie langsam das Gefühl in ihre erstarrten Gliedmaßen zurückkehrte. Ihr war, als wäre sie aus einem bösen Traum erwacht, begriff nicht ganz, was da gerade passiert war. Im Geist malte sie sich immer aus, dass alles anders wäre, falls sie ihrem Stiefvater noch einmal über den Weg lief. Dass sie dann stärker wäre, ihn vielleicht sogar auslachen könnte, für all seine Schwächen und Unzulänglichkeiten. Aber schon die allzu lebhafte Erinnerung an ihn war zu viel für sie gewesen. Es bestürzte sie, wie sehr sie ihn nach wie vor fürchtete, wie gelähmt und hilflos sie sich gefühlt hatte – ängstlich, aber seltsam unbeteiligt. Die letzten paar Male, die sie ihn gesehen hatte, war Onkel Leo betrunken gewesen; und wenn es nach ihr ginge, hätte er gern immer betrunken sein können. Denn wenn er nüchtern war, daran erinnerte sie sich gut, war sein Zorn weitaus fürchterlicher.

Liu Song machte an diesem Abend früher Schluss, obwohl sie noch einige Namen auf ihrer Tanzkarte stehen hatte. Aber das kümmerte sie nicht. Ihre einzige Sorge galt William, sie musste zu ihm, sich überzeugen, dass ihm nichts fehlte. Sie hastete nach Hause, so schnell es in ihren Stöckelschuhen nur ging, und wäre auf dem nassen, ölverschmierten Pflaster um ein Haar ausgerutscht. Im Bush Hotel jagte sie die Treppe hoch und stürzte in ihr Apartment, sehr zu Mildreds Überraschung.

Sie war über der Lektüre einer Filmzeitschrift, *Picture Play*, eingeschlafen. Jetzt richtete Mildred sich blinzelnd auf dem Sofa auf, ordnete mechanisch ihr Haar und warf einen Blick auf die Uhr. »Du bist aber früh wieder da. War nichts los oder hast du was vergessen? Ist irgendwas passiert?«

»Nein, es war nichts«, log Liu Song. »Ich hatte bloß so ein komisches Gefühl …«

»Ich hatte dir doch versprochen, es kommen keine Jungs vorbei«, sagte Mildred und gähnte. »Und diesmal war es auch mein Ernst. Ehrlich …«

Liu Song ging an Mildred vorbei ins Schlafzimmer, wo sie William in seinem Bettchen vorfand, nur noch halb zugedeckt zwar, aber tief und fest schlafend. Er wirkte so friedlich, ganz sorglos und unbekümmert. Sie horchte auf seine leisen Atemzüge und berührte ihn leicht an der Wange, die sich weich und warm anfühlte, tröstlich irgendwie.

Sie stieß erleichtert die Luft aus. »Es tut mir leid, William.«

Er schnaufte leise und spitzte die Lippen, als würde er gerade irgendetwas träumen.

»Entschuldige, dass ich nicht immer hier sein kann. Aber dir wird nichts Schlimmes zustoßen, keine Sorge. Ich werde alles tun, um dich zu beschützen.«

TANZKARTE

(1924)

Es dauerte Monate, bis Liu Song sich wieder etwas beruhigt hatte. Bis dahin machte sie sich tagein, tagaus wegen Onkel Leo verrückt und hatte nachts lähmende Albträume von ihm. Wochenlang schlief sie vorsichtshalber mit William an ihrer Seite und sah sich auf der Straße auf Schritt und Tritt nervös um, wenn sie mit ihm unterwegs war. Und auch im Wah Mee Club war sie die nächsten Wochenenden über furchtbar unruhig und angespannt. Ihr Stiefvater aber hatte sich kein einziges Mal mehr dort blicken lassen, zumindest nicht an den Abenden, an denen sie dort arbeitete. Vielleicht hatte er hier zu viel Pech im Spiel, überlegte Liu Song. Oder, wer weiß, vielleicht war er in seiner Wäscherei zu stark eingespannt. Einmal hatte sie ihn wieder von Weitem auf der Straße gesehen, konnte aber noch rechtzeitig kehrtmachen und flüchten, ehe er sie bemerkte. Sie war froh, ihm nicht mehr begegnen zu müssen, denn selbst wenn sie sein Gesicht nie wiedersah, würde ein Teil von ihm immer in ihrer Nähe sein. Es kam einem Wunder gleich, wie sie William im Arm halten konnte, wie sie ihn baden, ihm vorsingen und ihn von ganzem Herzen lieben konnte, ohne von schlechten Erinnerungen an die Vergangenheit heimgesucht zu werden – *William* kam einem Wunder gleich. Sein sanftmütiges Wesen, seine blitzenden Augen, sein kleiner Geist schenkten ihr die Liebe, die sie für ihn empfand, verzehnfacht zurück. Je inniger sie ihn liebte, desto inniger fühlte sie sich von ihm zurückgeliebt. Oft fragte sie sich, ob ihre Ah-Ma ihrem *loudau* wohl ähnliche Gefühle entgegengebracht hatte. Dann dachte sie daran, wie ihre Ah-Ma Onkel Leo geheiratet, wie sie sich ein zweites Mal auf dem Altar der Ehe geopfert hatte, als bloße Zweitfrau noch dazu. *Das hat sie nur für mich getan*, dachte Liu Song, während ihr Tränen der Reue und Dankbarkeit in die Augen schossen. So sah wahre Liebe aus. Nicht das schwül schmachtende, augenverdrehende Drama, das Filmstars auf der Leinwand vorgaukelten, sondern wirkliche, bedingungslose, herzzerreißende Liebe – genau die Art Liebe, die sie auch für William empfand.

Liu Song lächelte, als sie seine kleine Hand in dem Fäustling in der ihren spürte. In den anderen Fäustling hatte sie ein Loch geschnitten, das er geschickt zu nutzen verstand. Es sah zum Knuddeln aus, wie er gedankenverloren an seinem Daumen lutschte, während sie zusammen zum Markt liefen, mit seiner Mütze auf dem Kopf, unter der ein Büschel seiner schwarzen Haare hervorlugte. Den Kinderwagen hatte sie heute zu Hause gelassen, in der Hoffnung, die zusätzliche Bewegung würde ihn ermüden. Der lange Fußmarsch auf seinen Stummelbeinchen schien die beste Garantie dafür, dass er die Nacht durchschlafen würde – oder zumindest die erste Stunde, die sie außer Haus war. Mildred hatte eine wichtige Verabredung und könnte heute erst später vorbeikommen. Liu Song war nicht glücklich darüber, aber es ging leider nicht anders. Sie müsste William zu Bett bringen und notgedrungen allein lassen, bis Mildred eintraf.

So unwohl ihr bei dem Gedanken auch war, sie hatte ihn schon einmal allein gelassen, als Mildred anrief und sagte, sie würde sich ein paar Minuten verspäten, und es war nichts passiert. Und außerdem war der Wah Mee Club ja gleich um die Ecke, und ihre Nachbarin, eine ehrwürdige, großmütterliche Witwe, hatte zugesagt, im Club anzurufen und Bescheid zu geben, falls William aufwachte und weinte und nicht von selbst wieder einschlief. Liu Song hätte sie gern gebeten, die eine Stunde lang auf ihren Sohn aufzupassen, aber die alte Frau war leider ein bisschen wirr im Kopf.

Am Abend also, als draußen über dem Puget Sound der Vollmond am Himmel aufging, brachte Liu Song William zu Bett und verdrängte ihre Sorge und ihr schlechtes Gewissen, so gut es eben ging. Sie entfernte die Lockenwickler aus ihrem Haar, schminkte sich und verließ dann schweren Herzens das Apartment. Draußen im Flur blieb sie noch kurz stehen, in der Erwartung, ihn hinter der verschlossenen Tür rufen zu hören, doch sie hörte nur das Rauschen von Wasser in den freiliegenden Leitungsrohren, als jemand im Stock über ihr die Toilettenspülung betätigte. Nachdem sie noch eine Minute in der Stille gelauscht hatte, machte sie sich seufzend auf den Weg in den Club.

»Süße Willow, dein Typ ist sehr gefragt heute«, sagte der Türsteher zur Begrüßung. »Ein Herr hat dich für den ganzen Abend gebucht.«

Sie erschrak ein wenig und spähte in den nur schummrig erhellten Club, in dem sich Chinesen und Chinesinnen drängten, auch eine Handvoll japanischer Pärchen war darunter sowie ein paar koreanische Trinker und Spieler. Die Tische und Bars waren voll besetzt. »Einer der Stammgäste?«, fragte sie und berührte nervös die Perlenknöpfchen an ihrer Bluse.

»Jemand, der im Voraus angerufen hat.« Der Türsteher zuckte die Achseln. »Er wolle deine Tanzkarte komplett buchen, hat er gesagt. Das würde ihn aber ein nettes Sümmchen kosten, habe ich gesagt – kein Problem, damit war er einverstanden.«

Obwohl sie eine Flüsterkneipe betrieben, in der illegal Alkohol ausgeschenkt wurde und allerlei Glücks- und Kartenspiele wie Fan Tan, Pharo und Blackjack gang und gäbe waren, legten die Besitzer des Wah Mee Wert darauf, dass ihr Club in anderer Hinsicht *sauber* war. Tänzerinnen, die dabei erwischt wurden, wie sie Männern noch »ein kleines Extra nebenher« anboten, wurden umgehend gefeuert. Wobei Liu Song aber vermutete, dass diese Sorte Mädchen rasch anderswo eine feste Anstellung fanden.

»Ich verstehe nicht«, sagte sie.

»Er hat ausdrücklich nach dir verlangt«, erklärte der Türsteher. »Und er hatte einen komischen Akzent, schien aber ansonsten harmlos. Er sitzt da drüben an der Bar, sieh doch selbst.«

Liu Song kam spontan Onkel Leos stark akzentgefärbtes Kantonesisch in den Sinn. Während sie in dem Raum ängstlich nach ihm Ausschau hielt, überlegte sie fieberhaft, wie sie ihrer Chefin erklären sollte, warum sie aus dem Club hatte flüchten müssen – notfalls würde sie den Job auch an den Nagel hängen. Doch als sie durch den dicken Zigarrenrauch in Richtung Bar spähte, erkannte sie den Herrn. Er hatte sich dem Anlass entsprechend gekleidet, trug ein schwarzes Hemd mit einer weißen Krawatte und

Gamaschen, und sein Haar war etwas länger als früher. Ihre Erleichterung war grenzenlos, als sie Colins strahlendes Lächeln sah. Sie bekam Herzklopfen vor Freude, die jedoch umgehend in Verlegenheit umschlug. Aus Furcht, ihm über den Weg zu laufen, hatte sie die Kinos der Stadt konsequent gemieden, sogar von einem Besuch des neu eröffneten China Garden Theatre, in dem Peking-Opern aufgeführt wurden, hatte sie deswegen abgesehen. Sie schämte sich dafür, den Kontakt zu ihm damals so plötzlich und ohne jede Erklärung abgebrochen zu haben. Und sie wusste nicht, wie sie ihm das Geheimnis erklären sollte, das zu Hause auf sie wartete, ein Geheimnis, das Schlafanzüge mit Füßlingen trug und Ah-Ma zu ihr sagte.

Da Colin ihr jedoch zuwinkte und aufrichtig erfreut schien, sie zu sehen, ließ ihre Befangenheit etwas nach. Die dumpfen Zweifel aber und das Gefühl einer sich anbahnenden Katastrophe blieben. Es war, als würde sie bei herrlichem Sonnenschein auf einer Yacht stehen und gleichzeitig spüren, wie ihr das Wasser um die Füße rann, weil das Boot leckgeschlagen und im Sinken begriffen war. Sie musste sich beherrschen, nicht vor Nervosität auf der Unterlippe zu kauen, als er auf sie zugeschlendert kam. Sie mochte ihn ungern ein weiteres Mal enttäuschen, doch als sie den Job hier im Club annahm, war ihr vollauf klar, dass sie mit solchen Begegnungen rechnen musste. Chinatown war überschaubar – ein kleines Dorf in einer großen Stadt. Sie konnte von Glück sagen, dass sie sich so lange vor ihm hatte verbergen können.

»Woche für Woche gehe ich ins Kino und rechne damit, dass Ihr Gesicht mir von der Leinwand aus zulächelt«, sagte Colin. »Wir haben uns lange nicht gesehen. Ich dachte, Sie hätten die Stadt verlassen. Mr Butterfield hat gesagt, Sie wären für eine Weile nach Kalifornien gegangen.«

Wohl kaum, dachte sie. »Dasselbe habe ich von Ihnen auch gedacht. Ich war die ganze Zeit … hier«, gestand sie traurig ein, während sie um sich deutete. »In meinem Leben hat sich einiges verändert …« Liu Song verstummte verlegen. Fühlte sich außerstande, weiterzureden.

»Mein Glückwunsch.« Colin legte ihr sanft die Hand an den Arm, wie um die Sorge zu zerstreuen, die ihr offenbar ins Gesicht geschrieben stand. »Ich habe Sie letzte Woche auf der Straße gesehen, von einem Geschäft aus. Mit dem Kinderwagen, den Sie vor sich herschoben, haben Sie ausgesehen wie der wunderschöne Geist Ihrer Ah-Ma. Erst dachte ich, dass Sie vielleicht für irgendwen als Kindermädchen arbeiten, aber dann habe ich gesehen, wie Sie den Kleinen im Arm hielten.« Er nahm ihre Hand. »Und ich erkenne wahre Liebe, wenn ich sie sehe.«

Liu Song wagte kaum zu atmen.

Jemand drehte das Grammophon hinter der Bar auf, und ein alter Song, ein langsamer Two Step, ertönte, zusätzlich zu dem Geräusch von Würfeln, dem Klirren von Gläsern und dem Stimmengewirr der Gäste, die sich in allen möglichen Sprachen und Dialekten unterhielten. Jede Wendung des Glücks an den Spieltischen, ob zum Guten oder zum Schlechten, wurde mit lauten Ausrufen kommentiert. Liu Song war froh über den Lärm, denn er übertönte das Klingeln in ihren Ohren.

»Erst war ich traurig.« Colin trank einen Schluck von seinem Drink. »Aber immerhin begriff ich endlich, warum Sie damals einfach so verschwunden sind. Wobei ich nie einen Ehemann sehe …«

»Ich bin nicht …« Liu Song zögerte. »Ich bin nicht verheiratet. Und war es auch nie.«

»Schon gut, ich verstehe – glauben Sie mir. Das Leben ist kompliziert. Ich weiß …«

»Ich wollte es Ihnen ja sagen, aber ich wusste nicht, wie.« Liu Song atmete tief durch. »Ich war damals an dem Abend im Empress Theatre, als Sie in *A Chinese Honeymoon* aufgetreten sind. Es ging mir danach so schlecht, ich war so traurig. Ich weiß wirklich nicht, wie ich Ihnen das erklären soll …« Sie redete sehr schnell und hastig, wie um es hinter sich zu bringen, kurz und schmerzlos.

»Sie sind mir keine Erklärung schuldig, Liu Song. Oder soll ich Willow sagen? Apropos, das wäre ein toller Künstlername für eine Filmkarriere.« Er bestellte sich einen weiteren Bronx-Martini und eine Traubenlimonade für sie. »Ich wollte Sie einfach nur wiedersehen. Ich war in Vancouver und Idaho, habe dort in zwei Filmen von Nell Shipman mitgewirkt, in kleinen Statistenrollen als Halbblut. Sie hat ihre eigene Produktionsfirma gegründet, in der Nähe von Coeur d'Alene, ziemlich beeindruckend. Und ich habe auch eine Rolle in einem Film namens *Balto's Race to Nome* ergattert. Die Handlung spielt eigentlich in Alaska, aber wir haben in der Nähe von Mount Rainier gedreht, und ich soll einen Eskimo darstellen. Na ja, für die Filmleinwand wird die Ähnlichkeit wohl ausreichen. Es ist alles ziemlich aufregend.«

Sie saßen an der Bar so dicht zusammen, dass ihre Knie sich berührten, während sie sich unterhielten. Als die Geschäftsführerin vorbeikam, reichte Colin ihr Liu Songs Tanzkarte sowie einen Zehn-Dollar-Schein. Colin lächelte, während er ihr von seinen Hoffnungen und Freuden erzählte. Sie plauderten eine Stunde und zwei weitere Drinks lang, bis ein Musikertrio eintraf und eine eigenwillige Version von Ragtime zu spielen begann. Colin geleitete sie auf die Tanzfläche, und Liu Song genoss es aufrichtig, zur Abwechslung mit jemandem wie ihm Foxtrott zu tanzen, statt wie sonst immer mit irgendwelchen Fremden, ob nun Matrosen auf Landgang oder reiche Kerle, die am liebsten nur über sich selbst und ihr Geld redeten. Sie musste sich nicht zu höflicher Konversation zwingen. Musste sich nicht verstellen wie eine Schauspielerin, die eine Rolle spielte. Sie tanzte, bis ihr die Füße schmerzten. Worauf Colin ihr behutsam die Schuhe auszog und hinter ihrem Rücken in der Hand hielt, während sie ihm den Arm um die Taille schlang und sich an seine Brust schmiegte, mit dem wohligen Gefühl, dass er sie festhielt und trug, mit allem, was auf ihr lastete. So drehten sie gemächlich eine Runde um die Tanzfläche, obwohl die Musiker inzwischen etwas Schnelleres angestimmt hatten. Ihr war, als hätte sie in seinen Armen auch einschlafen können, so sicher und geborgen fühlte sie sich bei ihm. Jetzt verstand sie, was William empfand, wenn er sanft und liebevoll in den Schlaf gewiegt wurde, und sie verstand auch, warum er so glücklich und zufrieden wirkte, wenn er eingeschlummert war. Nie zuvor hatte sie sich so wunderbar beschützt gefühlt, so gut aufgehoben. Obwohl sie sich im Stillen wunderte, warum Colin ihr so gar keine Fragen zu William stellte.

Nach dem ersten Set der Band regte Colin an, etwas frische Luft zu schnappen. Also gingen sie nach draußen und beobachteten das bunte Treiben in der Gasse, die Männer und Frauen, die dem Club zustrebten oder ihn gerade verließen. Manche lachten oder lächelten, andere wankten stolpernd davon.

»Es ist ein schöner Abend. Wir könnten noch ein wenig in meinem Auto herumfahren«, schlug Colin vor. »Es sei denn natürlich …«

Liu Song sah sich zum Club um.

»Entschuldigung«, sagte er. »Gibt es da noch jemanden …«

»Nein«, fiel Liu Song ihm ins Wort. »Überhaupt nicht. Es ist nur so, meine Schicht …«

»Ich habe doch für all deine Tänze bezahlt. Du kannst gehen, wann du willst.«

Liu Song schaute zum Türsteher, der Colins Aussage mit einem Nicken bestätigte.

Colin bot an, sie in seinem neuen Chrysler nach Hause zu fahren, obwohl sie ja gleich um die Ecke wohnte. »Wir machen einen kleinen Umweg«, sagte er, als er ihr die Wagentür öffnete. Fürsorglich legte er ihr eine Autodecke gegen die Kälte um die Schultern, unnötigerweise eigentlich, denn der Wagen verfügte über eine Heizung. Er fuhr los, aus Chinatown hinaus, vorbei am Fotoatelier Aiko und dem Schusterladen von Cesare Galletti. Sie blickte sich um, während sie das Gewitter der Neonreklamen hinter sich ließen. Nachdem sie sich mit der Überlegung beruhigt hatte, dass Mildred ja mittlerweile bei William war, entspannte sie sich, während sie nach Norden fuhren und einmal den Green Lake umrundeten, vorbei an hübschen Siedlungen neu erbauter Häuser im Tudorstil. Es kam ihr vor, als würden sie an einer Festparade teilnehmen, in der er sie stolz zur Schau stellte, er als Grand Marshal und sie als Narzissenkönigin. Dennoch, so wohl sie sich auch fühlte, im Stillen machte ihr leise Unruhe zu schaffen. Weil sie, örtlich gesehen, noch nie so weit von William entfernt gewesen war.

Auf ihre Bitte hin kehrte er wieder um, und sie fuhren zurück in Richtung Innenstadt. Unterwegs kamen sie an dem imposanten Coliseum Theatre vorbei. »Das ist das erste Theater, das nur für Filme erbaut worden ist. Ich würde dich gern mal dorthin einladen. Es ist unbeschreiblich«, sagte er beiläufig. »Eines Tages wirst du da oben auf der Leinwand zu sehen sein. Mit einem einzigen Augenaufschlag die Herzen brechen – davon bin ich überzeugt.«

Erst gab sie sich betont kühl und unbeteiligt, aber dann konnte sie seinen Komplimenten nicht länger widerstehen und lächelte geschmeichelt. Doch als sie wieder in Chinatown waren, keimte in ihr die stille Sorge auf, ob dieser gemeinsame Abend wohl eine Art Vertrag war, den sie noch die ganze Nacht hindurch erfüllen müsste. Und von Block zu Block, von Straße zu Straße steigerte sich ihre Nervosität, weil ihr in diesem Moment klar wurde, dass sie zu allem bereit wäre, worum er sie bitten würde. Als sie schließlich am Bush Hotel ankamen, erwies sich ihre Sorge allerdings als unbegründet.

Er stieg aus, öffnete ihr galant die Tür und war ihr beim Aussteigen behilflich. Sie reckte sich in die Höhe, gab ihm einen Kuss auf die Wange und bedankte sich für den schönen Abend und dafür, dass er sie nach Hause gebracht hatte. Er bedrängte sie nicht, betatschte sie nicht und machte auch keine Andeutungen, sondern lächelte nur im Schein der Straßenlaternen, während Zecher an ihnen vorbeiwankten und aus den Dutzenden Clubs, die noch offen waren, Musik ins Freie drang, die in allen Richtungen auf der Straße widerhallte. Er zeigte hinauf zum abnehmenden Mond, der hinter der Spitze des Smith Towers hervorlugte, des Wolkenkratzers, der wie ein Obelisk über der Skyline von Seattle in den Himmel ragte.

»Da würde ich gerne mal mit dir hin.«

»Wohin? Zum Mond?«

Er lachte. »Nein, auf die Aussichtsplattform da oben. Ich war noch nie dort, aber der Blick soll phänomenal sein, habe ich gehört. Hättest du Lust dazu? Nicht nur du, sondern du und …«

»William«, sagte sie stolz. »Mein Sohn heißt William. Er ist zwei – fast zweieinhalb inzwischen. Er kann schon laufen … sprechen …«

»Hättest du Lust, mit William zusammen mal mit mir da hochzufahren?«

Liu Song war kurz verwirrt. Sollte das eine Verabredung sein? Eine seltsame Geste der Freundschaft? Mit einer ledigen jungen Mutter wie ihr wollten unverheiratete Männer in Colins Alter gemeinhin nichts zu tun haben.

»Dich gibt es nur im Paket. Ich wüsste nicht, wie ich dich dazu einladen und den Kleinen außen vor lassen sollte. Ich würde ihn gerne kennenlernen. Vorausgesetzt, du hast nichts dagegen?«

Liu Song war spontan zum Weinen zumute. Sie staunte selbst über die Gefühle, die auf einmal in ihr aufwallten, und merkte, wie ihr das Blut heiß in die Wangen schoss. Sie lächelte und nickte, während ihr vor Freude und Aufregung regelrecht schwindelig wurde. Eigentlich hatte sie sich geschworen, William von irgendwelchen Männerbekanntschaften fernzuhalten; jetzt aber wusste sie auf einmal gar nicht mehr, warum. »Das fände ich sehr schön.«

»Wie wär's mit Samstag? Ich komme mittags vorbei und hole euch ab.«

Er tippte sich noch einmal an den Hut, stieg ins Auto ein und fuhr davon. Sie sah ihm nach. Warum, rätselte sie, war sie ihm eigentlich so lange aus dem Weg gegangen? Ihr blutete schier das Herz beim Gedanken an die letzten Jahre, die sie ohne ihn verbracht hatte. Hätte sie doch bloß die Zeit irgendwie zurückdrehen können, um diese Jahre mit ihm nachzuholen.

DER WUNSCHSESSEL

(1924)

Am Samstag badete Liu Song William in der Küchenspüle. Sie wusch sein Haar mit Babyshampoo und brachte ihm bei, wie man Seifenblasen macht, die, getragen von der Wärme, die von ihrer Heizung abstrahlte, durch die Luft schwebten und an der kalten Scheibe ihres Wohnzimmerfensters zerplatzten, wo sie runde, regenbogenfarben schillernde Spuren auf dem Glas hinterließen. Sie musste darüber lächeln, wie William jedes Mal übermütig lachte und im Wasser planschte, wenn eine weitere Blase zerplatzte.

Hinterher trocknete sie ihn ab und küsste seine kleinen, perfekten Füßchen, während sie ihm ein altes chinesisches Wiegenlied vorsang. Sie konnte sich kaum noch an den Text erinnern, aber das störte William nicht, er erfand eifrig seine eigenen Wörter dazu, während er mitzusingen versuchte. Dann zog sie ihm seine besten Sachen an, eine dunkelblaue Latzhose und ein weißes Hemd, und dazu Babyschühchen aus Leder, die sie mit einer Doppelschleife zuband. Sie selbst wollte natürlich auch gut aussehen, wofür sie unter anderem die Unbequemlichkeit in Kauf genommen hatte, in der Nacht mit Lockenwicklern im Haar zu schlafen, noch wichtiger aber war ihr, dass William einen präsentablen Eindruck machte. Sie wollte als stolze, verantwortungsbewusste Mutter ernst genommen werden – nicht zuletzt, um das erniedrigende Stigma abzuschütteln, das ihr als Unverheiratete nun einmal anhaftete. Dass sie als Sängerin schief angesehen wurde, daran hatte Liu Song sich gewöhnt – auf diese seltsame Mischung aus Bewunderung und krasser Verachtung war sie ihr Leben lang vorbereitet worden. Die Schande jedoch, eine unverheiratete Mutter zu sein, ließ sich nicht so ohne Weiteres verbergen oder austilgen. Und darüber, wer Williams Vater war, schwieg Liu Song sich eisern aus, das hatte sie weder Mr Butterfield noch Mildred je anvertraut.

Liu Song stand gerade vor dem Spiegel und zwickte sich in die Wangen, als sie ein Klopfen an der Tür hörte. William fing an zu plappern und nach ihr zu rufen, und sie hob ihn lächelnd hoch und setzte sich ihn seitlich auf die Hüfte. Nach einem letzten Blick in den Spiegel ging sie zur Tür und öffnete. Colin war halb hinter einem Strauß blauer Winden verborgen.

»Ich habe damals gesehen, wie dein Vater deiner Mutter genau solche Blumen geschenkt hat, nach ihrem großen Auftritt. Es waren ihre Lieblingsblumen, glaube ich.«

Liu Song nickte. »Sehr aufmerksam von dir. Mondblumen wie diese waren ein Witz zwischen meinen Eltern. Als sie sich in ihrer Lehrzeit kennenlernten, waren sie so bettelarm, dass sie sich fast ausschließlich von selbstgepflücktem Wasserspinat ernährten. Die Blüten dieses Sumpfkohls sehen genauso aus wie Winden, aber Winden duften natürlich viel besser.«

»Komm, lass uns tauschen.« Colin reichte ihr lächelnd die Blumen und nahm ihr dafür William ab, der den fremden Mann erstaunt anblickte. Sie schnupperte kurz an den süß duftenden Blüten und suchte dann eine Vase heraus, während sie aus dem Augenwinkel beobachtete, wie Colin ihrem Sohn seinen Hut aufsetzte. Er war ihm natürlich viel zu groß, sein Köpfchen verschwand fast vollständig darin, und nur noch sein lächelnder Mund lugte unter der Krempe hervor.

Auf dem Weg nach draußen erklärte Colin, dass er im Wagen hergekommen sei – er wohnte in einem Haus in Beacon Hill zur Miete, im Südosten der Stadt. Das schöne warme Wetter aber lud zum Spazierengehen ein, und so übernahm er es galant, den Kinderwagen zu schieben, während sie die Straße entlanggingen. Liu Song blickte immer wieder verstohlen zur Seite, wenn sie an spiegelnden Schaufenstern vorbeikamen. Auf den ersten Blick wirkten sie wie eine perfekte kleine Familie. Sie hatte sich entschieden, heute den Jade-Ring ihrer Mutter an der rechten Hand zu tragen, und ihr Ebenbild im Fensterglas sah aus wie eine untadelige, tugendhafte Ehefrau.

Aber, auch das fiel ihr im Vorbeigehen auf, sie selbst lächelte nicht – aus Scheu davor, sich allzu große Hoffnungen zu machen. Glück war in ihrem Leben bislang eher Mangelware gewesen, und sie misstraute weniger Colins Absichten als ihrem eigenen Geschick. Sie hatte fast ihr Leben lang nur Pech gehabt, mit einer Ausnahme, dem lächelnden kleinen Jungen mit dem rabenschwarzen Haar nämlich, der friedlich an seinem Daumen nuckelte und jedes Mal fröhlich winkte, wenn ihnen auf dem Gehweg Leute begegneten. Um ihre wahren Gefühle zu kaschieren, um sich nicht anmerken zu lassen, wie glücklich und geborgen sie sich fühlte, beschränkte Liu Song sich also auf unverbindliches Geplauder, während sie keuchend und schnaufend den First Hill hinaufstapfte, bei den Einheimischen auch als »Profanity Hill« bekannt, weil Fußgänger auf der steilen Straße manchen Fluch ausstießen, bis sie endlich oben angelangt waren. Colin pfiff vergnügt vor sich hin, während er den Kinderwagen ohne Mühe den steilen Hang hinaufschob.

Als sie schließlich am Smith Tower ankamen, spähte Liu Song in die Höhe und merkte, wie ihr beim Anblick der Wolken, die gemächlich an der Spitze des höchsten Gebäudes westlich des Mississippis vorbeizogen, kurz furchtbar schwindelig wurde. Sie atmete tief durch, um sich wieder zu fangen, und wollte dann in ihre Handtasche greifen. Colin stoppte sie mit einem Lächeln und bezahlte ihren Eintritt mit einem Zwanzig-Dollar-Schein.

Der Besuch des Wolkenkratzers verhalf William zu der ersten Aufzugfahrt seines Lebens. Er machte große Augen und hielt Liu Songs Hand fest umklammert, während sie durch die Fenster der messingverzierten Fahrstuhltüren verfolgten, wie draußen hinter den Gittertüren ein Stockwerk nach dem anderen vorüberzog, eine Etage nach der anderen mit rauchgeschwängerten Büros und Korridoren – bevölkert von wichtig wirkenden Geschäftsmännern.

Liu Song war ein wenig flau zumute, als sie im fünfunddreißigsten Stock aus dem Fahrstuhl ausstiegen. Das bislang höchste Gebäude, das sie aus eigener Anschauung kannte, hatte lediglich sechs Stockwerke gehabt. Bei der atemberaubenden Aussicht hinunter auf die Stadt, den Puget Sound und die Olympic Mountains hinten am Horizont bekam sie unwillkürlich weiche Knie.

»Nun seht euch das an«, sagte Colin. »Vor dreißig Jahren ist ein Luftschiffer namens Professor Pa Van Tassell mit einem von der Seattle Gas Company mit Gas befüllten Ballon in die Lüfte aufgestiegen und übers Wasser hinausgetrieben. Aus sechshundert Metern Höhe ist er dann abgesprungen, mit einem Fallschirm.«

Liu Song dachte erst, er hätte sich diese Geschichte nur ausgedacht, um sie auf den Arm zu nehmen.

»Nein, wirklich. Er ist wohlbehalten gelandet, unweit vom Strand.« Colin hakte sich bei ihr unter und schob den Kinderwagen mit einer Hand, während ein Wärter in einer roten Uniform mit Goldepauletten Besucher willkommen hieß, die das berühmte »Chinesische Zimmer« besichtigen wollten. »Manchmal muss man sich einfach vom Wind treiben lassen, wohin er einen auch wehen mag.«

Liu Song sah sich staunend in dem großen Raum um, der mit chinesischen Möbeln ausgestattet war, und bewunderte kurz die handgeschnitzte Decke. »Wusstest du von diesem Raum?«, fragte sie Colin verblüfft.

»Ja.« Er nickte. »Aber ich wollte ihn unbedingt mal mit eigenen Augen sehen.«

»Möchten Sie mal im Wunschsessel Platz nehmen?«, fragte ein weiterer Wärter und deutete auf einen prunkvollen Thron in der Mitte des Raums, von dem aus sich eine grandiose Aussicht auf den Mount Rainier bot. Liu Song ging näher auf den Thron zu. In die Rückenlehne war das Abbild eines Drachen geschnitzt, der die Welt verschlang, während die Armlehnen Schlangenform hatten. Flankiert wurde der Sessel von einem Paar grimmiger Löwen aus glänzend poliertem Rosenholz. »Alles, was Sie hier sehen, war eine Schenkung an die Familie Smith«, erläuterte der Wärter. »Von Ihrer kaiserlichen Hoheit Cixi, der Kaiserin von China. Aber das ist Ihnen ja sicher alles bekannt.«

Liu Song lächelte höflich. Über chinesische Geschichte wusste sie nicht allzu viel, entsann sich aber, dass die Kaiserinwitwe ihrem Vater zufolge eine Konkubine gewesen war, die ihren Rang dem Status ihres Sohnes verdankte – dem rechtmäßigen Erben des Kaisers. Außerdem förderte und unterstützte sie die chinesische Oper. Dafür, wie auch noch aus zahllosen anderen Gründen, war Cixi gehasst und geliebt worden. Liu Song konnte gut nachvollziehen, wie sich das anfühlte.

Colin wandte sich Liu Song zu und sagte: »Nach Ihnen, Eure Majestät«, aber William, dem mittlerweile klar geworden war, wie hoch oben sie sich in der Luft befanden, hatte das dringende Bedürfnis, von seiner Mutter in den Arm genommen zu werden.

»Du zuerst«, sagte sie. »Ich bestehe darauf. Außerdem bin ich wohl kaum von edler Geburt.«

Sie beobachtete, wie Colin sich zunächst verbeugte und den Touristen draußen auf der Aussichtsplattform huldvoll zuwinkte, als ob sie seine Ehrengäste wären. Dann ließ er sich auf dem Sessel nieder. Auch der Wärter konnte sich ein Schmunzeln nicht verkneifen.

»Was hat es mit dem Namen ›Wunschsessel‹ auf sich?«, fragte Liu Song. Sie setzte William wieder ab, der ein wenig im Raum umherlief und sich furchtsam der Aussichtsplattform mit dem glänzenden Messinggeländer näherte, die sich draußen in der frischen, salzigen Luft einmal um das Gebäude herumwand. Er kam eilig zurück und nahm ihre Hand, während sie zu Colin hinübersah.

»Er heißt Wunschsessel«, erwiderte der Wärter, »weil einer Legende zufolge jeder, der sich hineinsetzt, innerhalb eines Jahres heiratet. Die Tochter der Smiths hat als Erste dort gesessen. Und ein Jahr später hat sie geheiratet, hier in diesem Raum.«

Liu Song bemühte sich, nicht zu erröten, während Colin sie von dem Sessel aus unverwandt ansah.

»Aber wer weiß«, fuhr der Wärter fort und löste damit die befangene Stille, »da Sie beide ja schon verheiratet sind, passiert Ihnen vielleicht irgendwas anderes Schönes.«

Liu Song sah Colin an, und er lächelte; so blickten sie einander schweigend an, bis William schließlich die Stirn runzelte, auf Colin zeigte und aufgeregt fragte: »Dadda?«

Hinterher aßen sie noch im Brooks-Brothers-Restaurant zu Mittag, neugierig begafft von den anderen Gästen, aber das machte Liu Song nichts aus. Danach spazierte Colin mit ihnen zurück zum Bush Hotel. Liu Song lud ihn ein, doch noch auf einen Tee mit hochzukommen, aber er lehnte mit einem höflichen Lächeln ab.

»Würde ich sehr gern, wirklich, aber du bist eine unverheiratete Frau mit einem Kind. Ich möchte mich nicht länger aufdrängen als nötig. Außerdem muss er doch bestimmt sein Schläfchen machen.«

Liu Song war ein wenig enttäuscht, als er sie auf die Wange küsste und sich dann mit einem Winken verabschiedete. Sie fand es schade, dass der zauberhafte Nachmittag, den sie zusammen verbracht hatten, nun so abrupt endete, musste sich aber eingestehen, dass er recht hatte. Er sorgte sich um sie, wollte sie davor bewahren, sich in einem unbedachten Augenblick mehr Probleme aufzuhalsen, als sie handhaben könnte. Der grauhaarige chinesische Geschäftsführer des Hotels etwa hatte seinerzeit, als sie ihr Apartment bezog, automatisch vermutet, sie wäre die Geliebte eines reichen Mannes. Nur deswegen hatte er sie wohl überhaupt als Mieterin angenommen. Trotzdem, sie war ihm dankbar, dass er sie mit ihrem Sohn hier wohnen ließ. Auch wenn sie sich ständig seiner Angebote und Offerten erwehren musste, ihre Miete bei ihm *abzuarbeiten*.

Allein unter lauter chinesischen Junggesellen, die in der Nachbarschaft wohnten, war sie heilfroh, William zu haben. Seine bloße Gegenwart und sein goldiges Lächeln sorgten in der Regel dafür, dass Männer mit weniger ehrenhaften Absichten sie in Ruhe ließen.

Als Liu Song durch den Flur auf ihr Apartment zuging, fiel ihr auf, dass die Tür nur angelehnt war. Erst überlegte sie, ob sie wieder nach unten gehen und den Geschäftsführer holen sollte, für den Fall, dass es ein Einbrecher war, aber dann fiel ihr ein, dass ja noch jemand einen Schlüssel zu ihrer Wohnung besaß. Liu Song stieß vorsichtig die Tür auf und atmete erleichtert auf, als sie Mildred sah, die im Badezimmer vor dem Spiegel stand und sich gerade die Lippen bemalte, in einem leuchtenden Himbeerrot. Ihre Freundin presste kurz die Lippen zusammen, begutachtete ihr Werk und verstaute den Lippenstift dann in einem kleinen, paillettenbesetzten Abendhandtäschchen. Sie drehte sich zu Liu Song um und spitzte den Mund zu einem Kuss.

»Entschuldige, Willow, dass ich hier so reingeplatzt bin. Aber ich habe wieder eine Verabredung, und meine Mutter hat mir verboten, geschminkt außer Haus zu gehen. Wie sehe ich aus?«

Mildred war die Einzige, die sie außerhalb des Clubs Willow nannte. Sie war inzwischen in der Oberstufe der Highschool und fand diesen Namen wahnsinnig modern und erwachsen obendrein, als wäre ein Kind zu haben noch nicht erwachsen genug. Liu Song musterte prüfend Mildreds Augen-Make-up, ihren Lidstrich und die schwarz getuschten Wimpern. Sie hob die Hand, um das Rouge ein wenig zu verreiben, das ihre Freundin sich auf die Wangen gepinselt hatte.

»Kenne ich den Glücklichen?«, fragte sie auf Chinesisch.

»Er heißt Andy Stapleton«, erwiderte Mildred auf Englisch. »Falls es dich interessiert. Nicht, dass es dich wirklich was angeht.« Sie lächelte und klimperte mit den Wimpern. »Er ist ein fabelhafter Tänzer – er kann Charleston, den Lindy Hop *und* Tango.«

Liu Song befühlte kurz Williams Windel und brachte ihn dann zu Bett. Sie wandte sich wieder Mildred zu und musterte sie eingehend. »Und du meinst also, deine Mutter würde sich nur über die Schminke aufregen?« Liu Song wusste, dass viele Mädchen in Mildreds Alter bereits fest einem Bräutigam versprochen waren. Verabredungen mit jungen Männern, noch dazu zum Tanzen, waren eine westliche Sitte, die für brave chinesische Mädchen normalerweise nicht in Frage kam.

»Er ist also ein *Gweilo*«, stellte Liu Song fest, als könnte sie durch das Aussprechen dieser offenkundigen Tatsache ihre Freundin irgendwie zur Vernunft bringen.

Mildred stemmte die Hände in die Hüften und machte eine wegwerfende Kopfbewegung. »Oh, Willow, sei doch nicht so grob. Er ist kein rundäugiger Teufel. Er ist ein *sai yan*. Ein Amerikaner. Mit Herren wie ihm tanzt du jedes Wochenende im Club.«

»Ich halte aber Abstand dabei – das ist ein großer Unterschied. Und ich habe keine Eltern mehr, die mich dafür verurteilen könnten. Außerdem habe ich ein Kind, das ich ernähren und kleiden muss.«

»Ich will doch nur meinen Spaß haben. Darf ich das nicht? Gerade du, hätte ich gedacht, würdest mir deswegen am wenigsten Vorwürfe machen. Ich werde besser aufpassen …«

»Du kannst ihn niemals heiraten«, stellte Liu Song fest. Nicht, weil sie Streit wollte, sondern um ihre liebe Freundin durch gutes Zureden vor dem emotionalen Abgrund zu bewahren, an dessen Rand sie sich gerade bewegte. Es gab Gesetze, die gemischtrassige Ehen verboten, das wussten sie beide. Ihre Eltern hatten ihr Geschichten von eigensinnigen jungen Chinesinnen erzählt, die mit ihrem weißen Freund durchbrannten. Selbst in Staaten wie hier, Washington, in denen es solche Vorschriften nicht gab, konnten Richter oder Friedensrichter Anträge auf eine Heiratserlaubnis jederzeit und ganz nach eigenem Ermessen abschmettern. In einer überschaubaren Gemeinschaft, in der ein Mädchen im Nu ins Gerede geraten konnte, watete Mildred leichtsinnig immer tiefer in den Ozean. Planschte unbeschwert im Wasser, ohne sich einen Begriff von den mächtigen Wellen zu machen, die sie davonreißen konnten. Genau deshalb war Liu Song so dankbar dafür, Colin zu haben. Er war perfekt für sie. Er akzeptierte, wer sie war, was sie erlebt hatte und was sie eines Tages zu werden hoffte. Mehr noch, er ermutigte sie sogar – unterstützte sie bei allem, was sie tat.

»Hast du mir zugehört?«, hakte Liu Song nach. »Du kannst niemals einen *sai yan* heiraten.«

Mildred tupfte sich mit einem Papiertuch an den Lippen herum. »Prima!« Sie lachte. »Weil ich ohnehin nicht vorhabe, zu heiraten – niemals. Sieh dich um. Wir haben nicht mehr 1824, sondern 1924. Ich bin gebürtige Amerikanerin, genau wie du. Und ich möchte mich amüsieren, wie jedes andere moderne Mädchen auch – einfach nur meinen Spaß haben, mich austoben und machen, was ich will, egal wann und egal mit wem. Was meine Eltern davon halten, interessiert mich nicht. Die sind so was von rückständig. Ich aber nicht. Und das ist der entscheidende Unterschied. Findest du nicht?«

Liu Song war hier geboren, aber von ihren Eltern ganz traditionell erzogen worden, genau wie Mildred. Sie war amerikanische Staatsbürgerin, Colin nicht. Dennoch war er in vieler Hinsicht moderner als sie. Ihre Beziehung war schon irgendwie verwirrend. Sie dachte an den Wunschsessel und an eine mögliche Heirat. Da er Ausländer war, könnte sie ihn ebenfalls nicht heiraten, ohne ihre Staatsangehörigkeit zu verlieren. Falls das geschah (wie sie im Stillen zu hoffen wagte), was würde dann aus William? Welchen Preis müsste er womöglich dafür zahlen?

Eine Woche darauf, Liu Song wollte gerade das Hotel verlassen, um zur Arbeit zu gehen, fing der Geschäftsführer sie morgens in der Eingangshalle ab und reichte ihr einen Brief. Mit einem unguten Gefühl im Magen riss sie den Umschlag auf, während der Mann sie nicht aus den Augen ließ. Schon länger machte ihr die dumpfe Sorge zu schaffen, dass ihr wegen ihrer ungewöhnlichen Lebensumstände das Mietverhältnis gekündigt werden könnte oder Schlimmeres. Zu ihrer Erleichterung aber enthielt der Umschlag etwas ganz anderes: zwei Eintrittskarten für das Coliseum Theatre nämlich, für eine Vorführung von *Der Dieb von Bagdad* mit ihrer Lieblingsschauspielerin Anna May Wong, am Mittwoch. Ein Brief lag nicht bei, aber Liu Song wusste auch so, von wem die Karten waren. Kichernd hielt sie sie vor dem Geschäftsführer in die Höhe, der sich wortlos abwandte und davonging, vor sich hin grummelnd und sich am Kopf kratzend.

Am Mittwochabend ließ sie wieder Mildred vorbeikommen,

um auf William aufzupassen. Im Gegenzug durfte ihre Freundin das Telefon im Flur benutzen, um ihren Liebsten anzurufen und ungestört mit ihm zu plauschen. Liu Song gab William, der auf dem Boden saß und mit einem Schuhkarton voller Buchstabenklötzchen spielte, einen Kuss. Sie half ihm dabei, die Wörter K-A-T-Z-E und V-O-G-E-L zu bilden. Er war ein solcher kleiner Sonnenschein, immer fröhlich, und wenn er mal einen Wutausbruch hatte, was nur ganz selten vorkam, lachte Liu Song nur darüber. Sein Verhalten in solchen Momenten, halsstarrig und gleichzeitig bedürftig, erschien ihr typisch männlich – er wusste nicht, was er wollte, und auch wenn er es wusste, hätte er es nicht erkannt, selbst wenn es direkt vor seiner Nase gewesen wäre.

Liu Song ging an der Hotelrezeption vorbei, die Treppe hinunter und zur Tür hinaus. Dort lief sie Colin praktisch in die Arme, der sie schon neben seinem Wagen erwartete. Eigentlich hatte sie zu Fuß zum Kino laufen wollen, doch wie so oft bei ihren Unternehmungen hatte er vorausgeplant und überließ nichts dem Zufall.

»Das wäre doch nicht nötig gewesen«, sagte Liu Song.

»Ich könnte ja neben dir herfahren und dir durchs Fenster ein Ständchen bringen. Oder du mietest dir drüben auf der Straße einen Packard und folgst mir.«

Sie schüttelte den Kopf, als er ihr die Tür öffnete. Der Wagen war bereits angenehm vorgeheizt, und die Ledersitze fühlten sich weich und glatt an.

»Wer passt auf den Herrn im Hause auf?«

»Eine Freundin.«

Die Antwort hing kurz zwischen ihnen in der Luft, wie ein ungebetener Gast, der sich hinten auf dem Rücksitz fläzte und ihnen den schönen Abend verdarb.

Liu Song kam seiner Nachfrage zuvor. »Sie heißt Mildred Chew. Ich habe seinerzeit Fernunterricht genommen und kurz nach Williams Geburt meinen Schulabschluss gemacht. Aber sie geht noch zur Highschool. Wir haben Kontakt gehalten, und inzwischen sind wir eng befreundet. Sie passt immer auf William auf. Aber du wolltest mich eigentlich etwas anderes fragen, habe ich recht?«

»Was meinst du denn, was ich dich fragen wollte?«

Sie hielten an einer roten Ampel an. Liu Song sah aus dem Fenster, musterte sehnsüchtig die Männer und Frauen, die Pärchen und Familien, die draußen auf der Straße unterwegs waren, geschäftig, zielstrebig, als hätten sie alle ein Heim, in dem sie erwünscht und sogar geliebt waren.

»Na ja, ich wundere mich schon länger, warum du noch nie gefragt hast, wer Williams Vater ist.« Liu Song bereute es im Stillen, das Gespräch in diese Richtung gelenkt zu haben. Früher oder später aber, so viel war klar, müsste sie das heikle Thema ohnehin zur Sprache bringen. Sie hatte sich darüber viel den Kopf zerbrochen und entschied, dass es besser wäre, Colin jetzt reinen Wein einzuschenken, statt noch wochenlang um den heißen Brei herumzureden. Auch auf die Gefahr hin, ihn damit in die Flucht zu schlagen. »Du hast noch nie gefragt, ob ich noch Kontakt zu ihm habe. Du hast das Thema überhaupt noch nie angesprochen …«

»Das habe ich auch künftig nicht vor. Wer dieser Mann auch sein mag, es ist doch offensichtlich, dass du mit ihm nichts mehr zu tun hast. Du hast einen hübschen, gesunden kleinen Sohn, der dich mit Stolz erfüllt. Du bist eine gute Mutter. Du bist jung und hast Talent, und damit stehen dir für die Zukunft alle Türen offen. Manchmal ist es besser, die Vergangenheit ruhen zu lassen. Und mit diesem Teil deines Lebens hast du ja offenbar abgeschlossen. Ich wüsste nicht, warum ich die Gebeine eines anderen Mannes wieder ausgraben sollte. Und es geht mich ja auch eigentlich nichts an …«

»Aber …« Liu Song war sich darüber im Klaren, dass sie ihm mit jedem Wort eine Gelegenheit gab, den Wagen anzuhalten, sie an irgendeiner Nebenstraße abzusetzen und ohne einen Blick zurück davonzufahren, aber sie redete trotzdem weiter. »Du stammst aus einer begüterten Familie. Du bist freundlich und liebenswürdig. Du siehst blendend aus, ohne dir dessen überhaupt bewusst zu sein. Du bist Schauspieler – es gibt etliche Mädchen, die sich darum reißen würden, dass du ihre Tanzkarte ausfüllst. Warum …«

»Warum du?« Er antwortete mit einer Gegenfrage. »Warum nicht du?«

Da erst wurde Liu Song klar, was ihre Eltern zeitlebens so eng zusammengeschweißt hatte. Als Schauspieler und Bühnenkünstler gehörten sie beide einer Welt an, die nur von wenigen geschätzt wurde. Und auch sie selbst war immer eine Außenseiterin gewesen, unter ihren Mitschülern ebenso wie in der traditionell geprägten chinesischen Gemeinschaft, in der sie lebte. Colin ging es vermutlich ganz ähnlich. *Aber was ist mit William,* fragte sie sich, *was für einen Ruf würde er erben? Welche Last bürde ich ihm auf?*

Liu Song vergaß ihre Sorgen, als sie am Coliseum eintrafen, denn einen solchen Filmpalast hatte sie noch nie gesehen. Sie sah sich staunend in der prächtigen Lobby mit der hohen Kuppeldecke um, von der Vogelkäfige aus Messing herabbaumelten. Dutzende Singvögel zwitscherten und gurrten, während die Orchestermusiker ihre Instrumente stimmten, begleitet vom Klang der gewaltigsten Orgel, die sie je gesehen oder gehört hatte.

»Die Orgel hier ist das größte Musikinstrument der Welt«, sagte Colin, als sie ihre Plätze gefunden hatten. »Ganz angemessen eigentlich für den teuersten Film aller Zeiten. Zwei Millionen Dollar hat man in die Produktion gesteckt, stell dir das mal vor.«

Es schien ungeheuer viel Geld. Liu Song fiel es schwer, sich diese Summe auch nur vorzustellen. Vielleicht könnte Colin seine reiche Familie ja doch beeindrucken, wenn er in einer Branche arbeitete, in der solche Summen an der Tagesordnung waren.

In der Dunkelheit lauschten sie der schwelgerischen Musik, die den Saal erfüllte und sie in ein fernes, märchenhaftes Land entführte, wo Männer an Zauberseilen in die Höhe kletterten, Pferde fliegen konnten und Douglas Fairbanks mit nacktem Oberkörper auf einem fliegenden Teppich durch die Lüfte segelte. Der schönste Teil aber, der Moment, der sich Liu Song am tiefsten einprägte, war die Eröffnungsszene, als sie spürte, wie Colin seinen

Arm um sie legte. Sie konnte den Wollstoff seines Anzugs riechen, den Duft seines Rasierwassers. Freude durchströmte sie, aber auch leise Zweifel und eine unbestimmte Furcht, während auf der Filmleinwand ein alter Zauberer zu sehen war, der auf einem Hügel saß und Rauch zum Himmel aufsteigen ließ, wo zwischen den Sternen die Weisheit zu lesen stand: »Das Glück muss man sich verdienen«.

DOUBLES

(1924)

Liu Song atmete tief durch und bemühte sich, ihrer Unruhe Herr zu werden. In dem fremden Stadtviertel, in dem sie sich befand, roch es nach Kiefern, Benzin und Bleichmittel – viel Bleichmittel. Der beißende Geruch kitzelte sie in der Nase und erinnerte sie an Onkel Leos Wäscherei, eine Erinnerung, die ihr alles andere als willkommen war, während sie auf Colin wartete. In den vergangenen zwei Wochen hatte er sich weiter dann und wann mit ihr getroffen, in letzter Zeit aber machte er sich rar. Er war so lange bei einer hiesigen Filmproduktion vorstellig geworden, bis er schließlich eine kleine Rolle gelandet hatte, und er hatte sie eingeladen, ihn am Drehort zu besuchen. Komparsen wurden immer benötigt, und er hatte den Produzenten erzählt, sie sei eine erfahrene Darstellerin – obwohl sie bisher nur auf dem Bürgersteig vor Mr Butterfields Geschäft gesungen hatte, vor einem Publikum, das aus Passanten und Autofahrern bestand.

Immer wieder schlug Liu Song verlegen die Augen nieder, wenn Autofahrer bei ihrem Anblick anerkennend auf die Hupe drückten. So stand sie an der Ecke Virginia und Third Avenue und wartete, bis Colin endlich eintraf.

»Ah … riechst du das?«, sagte er und lächelte, während auf der Straße Lieferwagen vorbeirumpelten.

Liu Song rümpfte die Nase. Sie war zum ersten Mal hier in der Gegend, der sogenannten Film Row von Seattle am nördlichen Ende von Belltown, wo die Straßen von langen Reihen behaglicher Bürogebäude aus Backstein und kleinen Lagerhäusern gesäumt waren.

»Das ist unsere Zukunft.« Colin atmete den Geruch nach Chemikalien, der in der Luft lag, genüsslich ein, ehe er langsam wieder ausatmete.

Liu Song hätte gehofft, dass ihre gemeinsame Zukunft etwas weniger giftig roch.

»Nitrozellulosefilm. Das ist der Geruch von Geld. Ein paar kleine Produktionsfirmen haben hier ihren Sitz«, erklärte Colin, während sie die Straße entlanggingen. »In den meisten dieser Gebäude aber sind nur Verwaltungsbüros und Filmverleihe untergebracht – wo die größeren Studios ihre Filmrollen lagern, alle bis auf den U.S. Army Motion Picture Service und die Kodascope Library, die ihren Sitz an der Cherry Street haben. Die Behörden haben dafür gesorgt, dass diese Verleihe alle hier auf einem Fleck konzentriert sind, aus Sicherheitsgründen – wegen der Brandgefahr, weißt du, Film ist nämlich leicht entflammbar.«

Auf dem Straßenabschnitt zwischen dem William Tell Hotel und dem Jewel Box Theatre fielen Liu Song die Filmverleihe von Columbia Pictures, Universal und MGM ins Auge, zusammen mit vielen anderen Verleihen. Nach zwanzig hörte sie auf zu zählen.

»Was ist denn?«, fragte Colin, als er ihren besorgten Gesichtsausdruck bemerkte.

Wo soll ich da anfangen?, dachte Liu Song. Ihre Zweifel hatten sich verfestigt. »Ich bin mir nicht sicher, ob das die richtige Arbeit für mich ist.« Sie dachte kurz an ihre Mutter. »Die Bühne ist mir von frühauf vertraut, aber diese Filmemacherei ist mir nicht ganz geheuer.«

»Auf der Bühne hat man nur eine Chance, seinen Text fehlerfrei aufzusagen, seine Tanzschritte genau richtig hinzubekommen«, beruhigte Colin sie. »Beim Film dagegen können sie die Kamera immer wieder neu laufen lassen, bis alles perfekt ist. Vertrau mir. Das schaffst du schon.«

Liu Song hätte seine Zuversicht liebend gern geteilt. Colin hatte hier und da schon kleinere Rollen gespielt, im ganzen Nordwesten. Er hatte sie ermuntert, auch für Filme vorzusprechen. Doch im Gegensatz zu ihr wusste er wenigstens schon, was ihn erwartete. Liu Song überspielte ihre Nervosität, so gut es ging. »Ist das Studio, für das du arbeitest, auch hier?«

»Es ist nicht direkt ein Studio«, erklärte Colin. »Die hiesigen Gewerkschaften produzieren kleinere Filme und Kurzfilme, um ihre Anliegen voranzubringen. Seit Upton Sinclair Drehbücher für die Eisenbahnergewerkschaft schreibt, sind solche Arbeitsfilme schwer in Mode. Dieser hier heißt *The New Disciple*. Es ist ein politischer Film im Gewand einer Liebesgeschichte. Ich habe zwar nur eine kleine Statistenrolle, aber es ist ein richtiges Filmdrama – ein richtiger Film. Wenn auch nicht an einem richtigen Set gedreht wird. Trotzdem, für dich dürfte es eine wunderbare Gelegenheit sein, dich in alles einzuarbeiten.«

Als sie um die Ecke bogen, sah Liu Song eine vielköpfige Menschenmenge, die sich vor einem großen Schaufenster drängte. Auf dem Ladenschild prangte die Aufschrift: ALLE WEGE FÜHREN ZU RHODES. Rhodes war das größte Kaufhaus der Stadt, und das Schaufenster war so dicht umlagert, dass Liu Song nicht sehen konnte, was genau die Menge dort bestaunte. Vielleicht, vermutete sie zunächst, hatte der Laden eine neue Lieferung Radiogeräte erhalten, die immer beliebter wurden. Als sie jedoch die Straße überquerten und näher kamen, sah sie, dass das Schaufenster wie ein Wohnzimmer hergerichtet war, mit einem Sofa und Sesseln, Lampen, Topfpflanzen und sogar einer hohen Kulissenwand mit gardinenbehängten Fenstern und einem Kamin im Hintergrund. Statt Schaufensterpuppen war eine hemdsärmelige Filmcrew zu sehen, die gerade Lampen und riesige Reflektoren aufbauten. Ein Kameramann war dabei, mit einem Maßband die Entfernung von der Linse einer großen Filmkamera bis zur Mitte des Sets zu messen. Colin betrat mit ihr das Geschäft, und Liu Song sah sich mit großen Augen um, als er sie durch die Haushaltswarenabteilung in eine Ecke führte, die mit einer Kordel abgetrennt worden war. Ein Wachmann stoppte sie, trat jedoch beiseite und tippte sich höflich an die Hut, nachdem er Colins Namen auf seinem Clipboard gefunden hatte. Ein Produktionsassistent lotste sie in einen geschäftigen Bereich hinter dem Set, wo sie sich auf einer Bank niederließen, neben anderen Komparsen und Kleindarstellern, die dort bereits Platz genommen hatten.

Liu Song deutete auf zwei Personen, die ganz in der Nähe mit dem Rücken zu ihnen auf hohen Klappstühlen aus Segeltuch saßen und gerade von einem Maskenbildner geschminkt wurden. Sie sah Colin fragend an

»Das sind die Stars«, flüsterte er. »Pell Trenton und Norris Johnson.«

Da bemerkte Liu Song ihre Namen, die mit Fettstift auf die Rückenlehnen der Stühle geschrieben waren. Selbst von hinten konnte sie Pells stattliche, breitschultrige Statur bewundern, und Norris' elegant frisiertes Haar und ihr langes Abendkleid.

»Ich bin so froh, dass du hier bist«, sagte Colin. »Da bin ich nicht mehr ganz so nervös.«

Liu Song lächelte gequält. Leider konnte sie das Kompliment nicht zurückgeben. »Bei wie vielen Filmen hast du jetzt schon mitgespielt?«

»Fünf«, sagte Colin. »Jedes Mal als Komparse. Heute spiele ich einen Diener im Haus eines reichen Mannes. Im Nachspann werde ich zwar nicht genannt, aber immerhin bin ich eine ganze Weile auf der Leinwand zu sehen. Vorausgesetzt natürlich, dass ich nicht auf dem Boden des Schneideraums lande, wenn sie den Film zusammenschneiden. Und hinzu kommt: Ich kann eine weitere Rolle in meinem Lebenslauf angeben.«

Der Produktionsassistent tauchte wieder auf und rief: »Doubles, wir brauchen Lichtdoubles.« Liu Song hatte keine Ahnung, was damit gemeint war. Colin nahm lächelnd ihre Hand und zog sie mit in die Höhe, winkte dem Assistenten zu und sagte eilig, dass sie das übernehmen würden.

»Was müssen wir denn jetzt machen?« Liu Song fühlte sich entsetzlich hilflos. »Ich habe doch keine Ahnung, wie ...«

Colin erklärte ihr alles im Flüsterton, während sie auf das Set geführt wurden. »Der Regisseur hat nach Doubles verlangt. Sie brauchen zwei Komparsen vor der Kamera, für einen Probedurchlauf. Wir springen bloß für ein paar Minuten ein, damit der Kameramann das Timing und die Brennweite der Linse einstellen kann. So lange, bis dann der Film laufen kann. So sehen die Stars vor der Kamera taufrisch aus statt schon halb geschmolzen. Macht Spaß, du wirst sehen. Achte bloß darauf, nicht direkt in die Scheinwerfer zu sehen, die können sehr schädlich für die Augen sein. Miriam Cooper hat sich die Augen verbrannt, weil sie auf dem Set von *Kindred of the Dust* zu lange in die Scheinwerfer geschaut hat.«

Liu Song war so aufgeregt, dass sie ihm nur mit halbem Ohr zuhörte. Sie fragte sich, ob ihrer Mutter vor ihrem ersten Auftritt auf einer Bühne wohl ähnlich zumute gewesen war. Aber der Vergleich passte eigentlich nicht so richtig, weil das Publikum hier aus einer eher desinteressiert wirkenden Filmcrew bestand. Für diese Leute waren sie und Colin bloß Platzhalter, lebende Statuen, die sie mit gleichmütigem Blick betrachteten, während sie Lichter und Reflektoren umherrückten und Entfernungen maßen.

Liu Song spürte die Hitze, die von den Scheinwerfern abstrahlte. Dann setzte ihr kurz das Herz aus, als sie sah, wie der Regisseur, ein schlaksiger großer Mann mit einem winzigen Megafon, auf seinem Sessel Platz nahm, gleich neben einem Herrn mit olivenfarbiger Haut und einem dünnen Oberlippenbärtchen, der durch die Kamera spähte.

»Hey, Chopsuey, du sprichst doch Englisch, oder?«, fragte der Regisseur.

»Und Französisch, Latein und ein bisschen Italienisch«, erwiderte Colin. »*Va bene*?«

»Na toll, ein Aristokrat«, sagte der Kameramann. »Tretet zwei Schritte zurück, Eure Majestät.«

Colin lächelte und deutete auf die beiden Stellen, die mit einem X aus Klebeband am Boden markiert waren. »Hier müssen wir uns hinstellen«, erklärte er Liu Song. Sie traten gemeinsam zurück, während fünf weitere Komparsen, die im Hintergrund standen, so taten, als würden sie leise plaudern und lachen.

»Die Kamera läuft nicht, keine Sorge«, beruhigte Colin sie. »Wir brauchen bloß so zu tun, als ob, es kann nichts passieren. Aber es ist eine gute Übung für eine größere Gelegenheit, die sich sicher bald ergeben wird.«

Liu Song hatte schon vor ganzen Omnibussen voller Fremder gesungen. Sie war bei vielen Produktionen ihres Vaters dabei gewesen, hinter den Kulissen, diese Art von Darbietung war ihr also wohlvertraut. Filmemachen dagegen war neu und fremdartig und dennoch unwahrscheinlich faszinierend. Sie atmete tief durch, schluckte mühsam und nickte, während sie sich fragte, was Colin noch alles in petto haben mochte.

»Nur ein weiterer Auftritt.« Colin berührte sie am Arm und lächelte ihr aufmunternd zu. »Fürs Erste. Das ist erst der Anfang für uns. Eines Tages wird William dich auf der Kinoleinwand sehen, in einem richtigen Film. Stell dir nur vor, wie stolz er auf dich sein wird.«

FÜRSORGE

(1924)

Als Liu Song am Morgen darauf zu Butterfield's kam, fand sie im Laden eine fremde Frau vor, die auf dem Klavier spielte und dabei ein Lied vor sich hin summte. Ihr Haar war in einem hellen Lachsrosa getönt und zu einem so straffen Dutt frisiert, dass es schien, als wären ihre Augenbrauen in einem Ausdruck permanenter Verwunderung in die Höhe gezogen. Sie hatte eisblaue Augen, und ihre ungeschminkten Lippen waren wie ein schmaler Schlitz, der die Falten auf ihrem Gesicht in eine nördliche und eine südliche Hälfte teilte. Die Melodie, die sie spielte, war ein Wiegenlied, Liu Song aber erschien sie eher wie ein Trauermarsch.

Die Frau bemerkte sie und trat von dem Klavier zurück. »Hallo. Ich bin Mrs Peterson.« Mit diesen Worten reichte sie Liu Song ihre weiß behandschuhte Hand, wechselte einen flüchtigen Händedruck mit ihr und ließ sofort wieder los, als würde sie andere Menschen ungern berühren. »Ich arbeite beim Bund für Kinderfürsorge, und ich würde Ihnen gern ein paar Fragen stellen, wenn ich darf?«

Liu Song fühlte sich hilflos, völlig überrumpelt. Wie kam diese Frau hierher, steckte Onkel Leo dahinter? Hatte er irgendwie von Williams Existenz erfahren? »Habe ich da eine Wahl?«

»Nein.« Mrs Peterson musterte sie kalt. »Eine Wahl haben Sie nicht.«

Da teilte sich der Vorhang, hinter dem sich das kleine Hinterzimmer befand, und Mr Butterfield kam zum Vorschein. Er hielt lächelnd eine Tasse Tee in die Höhe, auf einer nicht dazu passenden Untertasse. »Ah, Liu Song, hast du unseren speziellen Gast also schon kennengelernt.« Er reichte die Tasse Mrs Peterson, die blinzelnd das von Kaffee verfärbte Porzellan musterte. Nach einem kleinen Anstandsschlückchen stellte sie die Tasse beiseite.

»Wenn Sie wegen William hier sind«, sagte Liu Song in ihrem besten Englisch, »kann ich Ihnen versichern, es geht ihm gut. Er ist rund und gesund, wächst und gedeiht. Ein fröhlicher Junge.«

Die Frau sah sich neugierig im Geschäft um, ehe ihr Blick wieder auf Liu Song landete. »Es handelt sich um reine Routine. Es ist meine Aufgabe, bei ledigen Müttern nach dem Rechten zu sehen, wenn ihr Kind das Alter erreicht hat, in dem seine sittlich-moralische Prägung beginnt. Dem Staat geht es nicht nur darum, dass eine Mutter ihr Kind ernährt und kleidet und ihm die Windeln wechselt. Seine besondere Sorge gilt dem sozialen Umfeld, in dem es aufwächst, ob es von seiner Mutter angemessen betreut wird.« Mrs Peterson räusperte sich. »Und wie es um ihre Lebensumstände bestellt ist.«

»Ich jedenfalls kann nur Gutes über sie sagen«, warf Mr Butterfield ein. »Liu Song ist eine sehr verantwortungsbewusste junge Frau. Sie ist fleißig und sparsam obendrein.«

»Und darüber sind Sie sicherlich froh, da Sie ja von ihren Talenten profitieren.« Mrs Peterson klappte eine Kladde auf und fing an, sich mit kleiner, sehr akkurater Handschrift Notizen zu machen. »Ihre Aussagen nehme ich gern zu Protokoll, wenn auch unter dem Vorbehalt, dass Sie natürlich nicht unvoreingenommen sind.«

Liu Song sah ihren Arbeitgeber an und blinzelte, in der Hoffnung, ihm irgendwie verständlich zu machen, wie dankbar sie ihm war, für den Job ebenso sehr wie für seinen Versuch, ein gutes Wort für sie einzulegen.

»Sie sind Asiatin. Chinesin, vermute ich mal. Wo sind Sie geboren?«

Liu Song erklärte, dass ihre Mutter sie mithilfe einer Hebamme zu Hause zur Welt gebracht hatte, hier in Seattle. Eine Geburtsurkunde konnte Liu Song nicht vorlegen, aber ihre Mutter hatte sie zwei Monate nach ihrer Geburt amtlich registrieren lassen, im Bezirksgericht von King County.

»Haben Sie Familie? Irgendwelche Angehörigen, mit denen ich mich unterhalten könnte? Menschen, die Ihnen zur Seite stehen und Sie unterstützen, auch bei der Erziehung des kleinen …« Die Frau warf einen Blick auf ihre Unterlagen.

»William«, ergänzte Liu Song eilig. »Und nein, meine Mutter ist leider schon vor Williams Geburt verstorben. Was meine übrige Familie betrifft … mein Vater und meine Brüder sind damals der Grippe zum Opfer gefallen, und meine anderen Verwandten sind alle verzogen.« Beim Sprechen wurde Liu Song mit Schrecken bewusst, wie allein auf der Welt sie im Grunde war. William bedeutete ihr alles. Sie hatte Colin wirklich furchtbar gern, aber ihre Gefühle für ihn waren nichts im Vergleich zu der Liebe, die sie für ihren Sohn empfand. Für Colin würde sie leben, für William aber wäre sie notfalls auch bereit zu sterben.

Liu Song setzte sich aufrecht hin und bemühte sich um ein möglichst freundliches Lächeln. Im Stillen bedauerte sie es, sich nicht etwas sittsamer gekleidet zu haben. Sie gab sich größte Mühe, Mrs Peterson keinerlei Angriffsfläche zu bieten, während sie auf ihre Fragen geduldig Auskunft gab. Obwohl ihr Englisch gut war und sie den Wortlaut der Fragen mühelos verstehen konnte, bat sie vorsichtshalber immer wieder darum, dass die Frau ihre Frage wiederholte, um auf keinen Fall eine falsche Antwort zu geben. Mr Butterfields zweimaliger Versuch, sich hilfsbereit einzuschalten, wurde jedes Mal höflich zurückgewiesen.

»Nun, es ist schön zu sehen, dass eine junge Frau wie Sie sich auf ehrliche Weise ihren Lebensunterhalt verdient. Ganz seriös ist Ihre Tätigkeit zwar nicht, aber immerhin legal. Und den Zeitungsausschnitten nach zu urteilen, die mir Ihr Brötchengeber vor Ihrem Eintreffen gezeigt hat, haben Sie ja anscheinend eine Begabung fürs Singen.« Mrs Peterson schüttelte den Kopf, war aber dennoch gezwungen, ihr widerwillig Anerkennung zu zollen.

Liu Song dankte ihr erleichtert, trotz der leisen Kränkung, die sie empfand.

»Also.« Mrs Peterson klappte ihre Kladde zu und erhob sich. »Wie Sie Ihren Lebensunterhalt bestreiten, wäre ja nun geklärt. Nun muss ich noch Ihre Wohnung in Augenschein nehmen, ich bräuchte also Ihre Adresse. Bei der Gelegenheit würde ich auch gern Ihren Sohn kennenlernen. Wann passt es Ihnen?«

Genau davor hatte Liu Song gegraut. Sie verdiente genug Geld, um Ausgaben für Miete, Essen und Kleidung bestreiten zu können, aber davon abgesehen besaß sie nicht viel – ein Bett, eine Lampe, ein altes Sofa voller Löcher und Risse, die sie mit Nähgarn notdürftig ausgebessert hatte. William schlief in einem Kinderbett aus dritter Hand, und an der Kommode, in der sie seine Sachen aufbewahrte, fehlten alle Griffe bis auf einen. Spielsachen hatte er zwar, aber nicht besonders viele.

»Wie wäre es mit nächster Woche?«, fragte Liu Song.

»Wie wäre es mit morgen?«, gab Mrs Peterson zurück. »Je eher, desto besser.«

EIN BISSCHEN SCHWANGER

(1924)

Mrs Peterson fand sich tags darauf bei ihr ein, volle zwanzig Minuten früher als vereinbart. Mit einer Finte genau dieser Art aber hatte Liu Song im Stillen gerechnet und entsprechende Vorkehrungen getroffen. Sie hatte eigens eine halbe Ente besorgt, die nun im Backofen vor sich hin schmorte und in der kleinen Wohnung für einen heimeligen Wohlgeruch sorgte. Ihre Möbel und Ziergegenstände wirkten zwar zusammengewürfelt, aber zumindest sauber, schlicht und bescheiden – genau der Eindruck, den sie zu vermitteln hoffte.

»Das schaffst du schon«, hatte Colin sie beruhigt. »Sei einfach ganz du selbst.«

»Und was ist, wenn ich den Ansprüchen nicht genüge?«, hatte sie verzagt zurückgefragt.

»Du bist Schauspielerin – spiel einfach deine Rolle.«

Liu Song war sich nicht sicher, was nervenaufreibender war: vor einem voll besetzten Theater zu spielen oder vor einer einzigen Zuschauerin. Aber sie riss sich zusammen und bat die Frau mit einem freundlichen Lächeln herein, während hinter ihr gerade der Teekessel zu pfeifen begann. Liu Song fragte nicht lange, sondern goss zwei Tassen Tee ein und platzierte sie auf dem Wohnzimmertisch, den sie erst kürzlich neu erworben hatte, zusammen mit etwas Teegebäck aus schwarzen Bohnen, um Mrs Peterson sodann mit einer höflichen Geste zum Sofa hin aufzufordern, doch Platz zu nehmen. Dabei fiel ihr ein alter Theaterhandzettel ins Auge, der unter den Kissen hervorlugte, und sie stopfte ihn eilig zurück. Im selben Augenblick kam William ins Zimmer. Sein einer Schuh war nicht zugebunden, davon abgesehen aber sah er in seiner blauen Latzhose einfach nur allerliebst aus.

»Hi«, sagte er mit einem fröhlichen Winken und setzte sich dann auf den Boden zu der hübschen Spielzeugeisenbahn, die Liu Song auf dem Heimweg von der Arbeit gekauft hatte, damit William etwas Neues zum Spielen hatte, während die Frau von der Fürsorge bei ihnen zu Besuch war.

Ob Mrs Peterson etwas für Kinder übrighatte, war schwer zu sagen. Sie musterte William mit demselben höflich distanzierten Blick, mit dem sie auch die Einrichtung begutachtete. Liu Song fiel auf, dass sie ihre weißen Handschuhe anbehielt und jedes Mal, wenn sie etwas berührt hatte, diskret ihre Fingerspitzen betrachtete, vermutlich auf der Suche nach Staub oder anderen Verunreinigungen.

»Sie haben eine reizende Wohnung«, stellte Mrs Peterson in nüchternem Tonfall fest, fast so, als müsste sie eine heimliche Enttäuschung überspielen. »Und Sie wohnen zu zweit hier? Nur Sie und Ihr Sohn?«

Liu Song nickte. Erklärend fügte sie hinzu, dass sie eine Freundin hatte, Mildred Chew, eine Schulkameradin von früher, die regelmäßig vorbeikam und William hütete, fast wie ein Kindermädchen eigentlich. Bei dieser Gelegenheit vergaß Liu Song nicht, ihren eigenen Highschool-Abschluss zu erwähnen, den sie sogar ein Jahr früher gemacht hatte als ihre ehemaligen Mitschüler.

Mrs Peterson klappte ihre Kladde auf, und Liu Song folgte ihr, als sie einen Rundgang durch die kleine Wohnung unternahm, um alles in Ruhe zu inspizieren, das Badezimmer, das kleine Schlafzimmer, das Liu Song sich mit William teilte, die Zeitschriften – *Life, Vogue, Collier's* –, die ordentlich auf einem Beistelltisch aufgestapelt waren. Mit besonderem Interesse betrachtete sie die chinesischen Kuriositäten und Ziergegenstände, die auf einem Regal aufgereiht waren, den kleinen Familienaltar, vor dem Liu Song regelmäßig Kerzen entzündete, Räucherstäbchen abbrannte und kleine Stickereien opferte, um ihre Eltern zu ehren, und die Maske, die Liu Songs Mutter einst auf der Bühne getragen hatte. Die Frau berührte sie leicht und zuckte gleich wieder zurück, als hätte sie Angst, die Maske könnte sie beißen. Danach überprüfte sie die Fenster, die Heizung, den Eisschrank. Sogar den Backofen klappte sie kurz auf, schrieb aber kein einziges Wort in ihre Kladde.

»Sie können gern zum Abendessen bleiben«, bot Liu Song an.

»Sind Sie zurzeit verheiratet?«, fragte Mrs Peterson, ohne auf Liu Songs freundliches Angebot in irgendeiner Weise einzugehen. »Und sofern Sie von Ihrem Mann getrennt leben, sind Sie bereits rechtskräftig geschieden?«

William ließ seine Holz-Lok immer wieder gegen das Tischbein poltern, wobei er Zuggeräusche nachahmte und vergnügt kicherte. Liu Song hob ihn vom Boden auf und setzte ihn sich auf die Hüfte, während er an den Rädern der Lok herumspielte, die er in der Hand hielt.

»Nein«, sagte sie mit Nachdruck. »Natürlich nicht. Ich kann Ihnen, glaube ich, nicht ganz folgen …«

Mrs Peterson fixierte sie durchdringend. »Mir ist bekannt, dass Sie sich regelmäßig mit einem Mann treffen.«

»Ich habe einen Freund. Er heißt Colin Kwan. Ich weiß nicht ganz, wie ernst er es meint.«

»Dadda«, meldete William sich zu Wort und blickte mit großen Augen zwischen den Frauen hin und her.

Eine kurze, betretene Stille senkte sich herab. Liu Song lächelte nervös und wiegte ihren Sohn, war sich aber nur zu bewusst, dass Mrs Peterson sie missbilligend musterte.

»Also, wer ist denn nun der Vater?« Mrs Peterson warf einen Blick in ihre Kladde. »Auf der Geburtsurkunde steht, dass ein Mr Eng …«

»Es ist nicht so leicht zu erklären«, sagte Liu Song hastig. *Bitte fragen Sie mich nicht danach.*

»So ist das immer, meine Liebe.«

William ließ die Lok fallen und strampelte mit den Füßen, damit sie ihn wieder auf dem Boden absetzte.

»Er ist nicht direkt der Vater …«

»Ein bisschen schwanger sein, das geht nicht, junge Frau. Entweder dieser Leo Eng ist der Vater oder er ist es nicht. Ihrem Nachnamen nach scheinen Sie mit diesem Mann verheiratet zu sein, aber dieser Colin hat ja offenbar auch einen gewissen Platz in Ihrem Leben …«

»Wozu müssen Sie das wissen?«, fragte Liu Song. »Sie sehen

doch, dass es meinem Sohn gut geht, dass er gesund ist. Ich habe ein Zuhause, ich kümmere mich um ihn …«

»Es geht uns nicht nur um sein körperliches Wohlergehen. Wichtig ist uns vor allem, dass er in einer moralisch einwandfreien Umgebung heranwächst. Sie behaupten, Sie wären unverheiratet. Sie wollen keine Auskunft dazu geben, wer der Vater ist. Sie verdienen Ihr Geld mit Singen, Tanzen und Schauspielern. Da liegt die Vermutung nahe, dass Sie noch anderweitig gefährdet sind …«

»Das bin ich nicht.«

»Aber den Eindruck macht es schon. Sie können von Glück sagen, dass Sie Asiatin sind. Unter anderen Umständen würde einer Frau wie Ihnen sofort das Sorgerecht entzogen. Aber da ja wohl niemand ein gelbes Kleinkind adoptieren würde, nun ja …«

William ging zu Mrs Peterson hinüber und bot ihr seine Lok an. Er strahlte und sah sie mit leuchtenden Augen an.

Die Frau unterdrückte ein Seufzen, nahm das Spielzeug entgegen und dankte William. »Schauen Sie, Miss Eng, ich werde nicht um die Empfehlung herumkommen, Ihnen Ihren Sohn zu entziehen, bis wir wissen, wer der Vater ist. Als Vater hat er gewisse Rechte, die Sie nicht einfach so missachten dürfen.«

William drehte sich zu Liu Song um und winkte.

»Sollten Sie mir freiwillig verraten, wer dieser Mann ist, könnte es durchaus sein, dass der Richter bei seiner Entscheidung Milde walten lässt. Was können Sie mir sagen? Andererseits, ich könnte diesen Mr Eng auch ausfindig machen und ihn selbst befragen – so wird das in vielen Fällen gemacht. Natürlich könnten Sie die Kindeswohl-Doktrin geltend machen, dann dürften Sie sich weiter um Ihren Sohn kümmern, bis er alt genug ist, um seinem rechtmäßigen Vater übergeben zu werden. Das Problem ist nur: Sollten Sie sich weiterhin weigern, mir zu verraten, wer der Vater ist, könnten andere Stellen den Verdacht schöpfen, dass Sie noch mehr zu verbergen haben. Dass Sie zum Beispiel nicht die sind, die Sie zu sein vorgeben, was dann zu Komplikationen führen könnte, Ihre Staatsbürgerschaft betreffend und auch die Ihres Sohnes.«

Liu Song sah zu William hinüber und schluckte mühsam. »Als

mein Vater starb, hat meine Mutter einen anderen Mann geheiratet. Nicht aus Liebe, aus purer Not, aus Verzweiflung. Später aber ist sie auch krank geworden und schließlich gestorben. Und dieser Kerl, dieser Mann, den meine Mutter geheiratet hat, hat mich eine Weile als Dienerin gehalten …« Liu Song blickte auf ihre leeren Hände hinab, auf ihre runzligen Finger, die so sonderbar alt wirkten. »Es war mein Stiefvater. Sein Nachname ist Eng.«

Die Spitze von Mrs Petersons Bleistift brach mit einem hörbaren Knacken ab, und sie starrte kurz die abgebrochene Mine und den Fleck auf dem Papier in ihrer Kladde an. Sie rückte ihre Brille zurecht und rümpfte die Nase. »Und Ihres Wissens weiß also dieser Eng noch nicht einmal, dass er der Erzeuger dieses …«

»Er heißt William«, sagte Liu Song. Während sie Mrs Peterson abwartend ansah, entging ihr nicht, dass die Hände der Frau jetzt ein wenig zitterten. »Und nein, ich glaube nicht, dass er es weiß. Und ich glaube auch nicht, dass es ihn kümmert.«

Mrs Peterson schlug ihre Kladde zu und atmete tief durch. Sie griff nach ihrer Teetasse und trank einen großen Schluck. Dann nahm sie ihre Brille ab, klappte sie sorgfältig zusammen und verstaute sie in einem glänzenden Blechetui. »Nun, nach dem Ableben Ihrer Mutter war er technisch gesehen nicht mehr Ihr Stiefvater, und Sie waren nicht länger seine Stieftochter. Von Rechts wegen bin ich dazu verpflichtet, ihn zu benachrichtigen. Er ist immer noch der Vater, und er könnte immer noch Anspruch auf das Kind erheben.«

Die Frau musterte William mit finsterem Blick, als wäre er ein Fleck auf dem Teppich, eine Art Schmutz, den sie nun beseitigen musste. Liu Song kaute auf der Unterlippe und sah zu, wie die Sozialarbeiterin ihre Handschuhe abstreifte und William eine Hand auf den Kopf legte, ihm das dunkle Haar aus der Stirn strich. Die sonst so strenge Frau legte den Kopf schräg und beobachtete ihn eine Weile beim Spielen. Dann richtete sie sich wieder auf und wischte sich diskret die Hand am Knie ab. »Er ist Ihnen ja wie aus dem Gesicht geschnitten.«

Liu Song wusste nicht recht, ob sie das als Kompliment auffassen sollte oder als Beleidigung. Sie warf einen Blick in den Spiegel und sah, wie blass sie war. Außerdem hatte sie ganz kalte, klamme Hände und musste mit aller Gewalt die Tränen zurückhalten; denn weinen wollte sie vor dieser Frau auf gar keinen Fall. Sie wollte nicht bemitleidet werden, und sie wollte auch nicht betteln.

»Ich glaube, das war's dann. Ich habe so weit alles, was ich brauche«, verkündete Mrs Peterson, während sie ihre Handschuhe wieder anzog, und erhob sich dann. »Toi, toi, toi, ich wünsche Ihnen alles Gute. Ich gebe Ihnen Bescheid, sobald mir eine Antwort von Mr Eng vorliegt. Unter den gegebenen Umständen aber glaube ich kaum, dass er Anspruch auf das Kind erheben wird. Das tun die wenigsten Männer – jedenfalls, solange die Kleinen noch im Windelalter sind.«

Aber Onkel Leo war anders als die meisten Männer. Liu Song dankte ihr und hob William hoch, der ihr zum Abschied zuwinkte. »Aber was, wenn er es doch tut?«

»Dann würde ich Ihnen einen Ratschlag geben, Miss Eng. Denselben, den ich allen Mädchen in Ihrer Lage gebe, wenn auch normalerweise gleich zu Anfang, wenn das Kind geboren ist.« Mrs Peterson blieb an der Tür noch einmal stehen. Sie senkte kurz den Blick auf ihre Kladde, ehe sie sich wieder Liu Song zuwandte. »Die Welt ist ungerecht, voll gewissenloser Männer und übertölpelter, unglücklicher Frauen, aber darauf kann ich in dieser Situation keine Rücksicht nehmen. Für mich steht das Kindeswohl an erster Stelle, und in Ihrem Fall ist Ihr Sohn ja noch recht klein.«

»Was soll das heißen?«

»Das soll heißen, dass ein Kind nicht immer zu wissen braucht, wer seine Mutter ist – aber ein Junge braucht seinen Vater«, stellte Mrs Peterson ungerührt fest. »Sie haben sich die Suppe selbst eingebrockt, nun werden Sie sie wohl auch auslöffeln müssen. Aber das heißt ja noch lange nicht, dass William mitlöffeln muss. Ich wünsche noch einen guten Tag.«

DIE AUGEN DES TOTEMS

(1924)

In Chinatown hatte Liu Song sich immer sicher gefühlt, trotz der Umwege, die sie einschlagen musste, um einen Bogen um Onkel Leos Wäscherei und die Spielhallen zu machen, in denen sie seinen Schatten fürchtete. Jetzt aber hatte sich diese diffuse Furcht zu einer Art Verhängnis verdichtet, vor dem es kein Entrinnen gab: Er würde von William erfahren. Liu Song fröstelte bei der Vorstellung. *Er wird nichts mit uns zu tun haben wollen*, hatte sie sich selbst beruhigt. Er war ein abergläubischer Dummkopf, und der Geist ihrer Mutter hatte ihn in die Flucht geschlagen. Bei Tag aber geriet ihre Zuversicht ins Wanken. Sie hatte sich bemüht, nicht in Panik zu geraten. Stattdessen beherzigte sie Colins Ermunterung und begleitete ihn zu jedem Casting, jedem Vorsprechen, jeder nur denkbaren Gelegenheit, von Agitpropfilmen der kommunistischen American Workers' Theatre League bis hin zu staatlich geförderten Kurzfilmen wie *Fit to Fight*, der Soldaten vor den Gefahren von Geschlechtskrankheiten warnen sollte. Sie lungerte mit Colin vor hiesigen Filmstudios herum, in der Hoffnung, gesehen zu werden, und ertrug klaglos stundenlanges Warten, zusammen mit vielen anderen, die darauf hofften, als Komparsen ein paar Dollar am Tag zu verdienen. Sie hoffte, eine Arbeit zu finden, die ihr ermöglichen würde, mit William zusammen die Stadt zu verlassen. Und sie zog zunehmend die Möglichkeit in Betracht, ihren Namen zu ändern. Wobei es ihr nicht um einen Künstlernamen ging. Der Name, von dem sie voller Sehnsucht träumte, lautete Liu Song *Kwan*. In ihren Ohren hatte er einen geradezu magischen Klang, und im Fall einer Heirat konnte Colin William adoptieren. Ungeachtet der Gefühle, die sie füreinander hegten, war ihr allerdings klar, dass eine Ehe andere Probleme aufwerfen könnte. Wie lange könnte er sich unter dem Vorwand, Kaufmann zu sein, noch im Land aufhalten? Und wenn er zur Ausreise gezwungen wäre, müssten sie und William ihn begleiten. Aber selbst das würde sie eher in Kauf nehmen, als ihren Sohn zu verlieren.

Sie versuchte, nicht länger darüber nachzudenken, und sah zu William hinab, der an ihrer Hand neben ihr herlief und ab und zu über Risse im Pflaster stolperte. Inzwischen war sie so weit, dass ihr jeden Morgen vor dem Weg zur Arbeit graute. Gewiss, Butterfield's verschaffte ihr ein regelmäßiges Einkommen und war sicherer, als im Wah Mee Club zu tanzen; doch sie befürchtete jeden Tag, dass Onkel Leo dort auftauchen könnte, der schließlich wusste, dass sie tagsüber in dem Musikgeschäft anzutreffen war.

Zu ihrer Erleichterung jedoch erwartete sie jemand ganz anderes bei Butterfield's, Colin nämlich. Ausdrücklich eingeladen, sie doch einmal bei der Arbeit zu besuchen, hatte sie ihn bisher nicht, weil seine Gegenwart sie beim Singen furchtbar nervös machte – nervöser als ein ganzer Bus voll Touristen. Doch dort stand er nun, in einem Leinenanzug und mit dem Hut in der Hand, und plauderte angeregt mit ihrem Arbeitgeber, wie sie überrascht und ein wenig verlegen feststellte. In der Armbeuge hielt Colin einen weiteren Strauß leuchtend blauer Blumen. *So sieht ein Wunsch aus, der in Erfüllung gegangen ist*, dachte Liu Song, als sie in den Laden trat und guten Morgen sagte; die beiden wandten sich ihr erfreut zu und wechselten dann ein verschwörerisches Lächeln.

»Guten Morgen, *Willow*«, sagte Mr Butterfield. »Master Colin hat mir gerade von deinem Künstlernamen erzählt. Ich finde ihn wundervoll – ganz zauberhaft. Den sollten wir hier auch für dich verwenden, findest du nicht? Wäre für dein Publikum viel leichter zu verstehen.«

Colin nickte zustimmend. »Da muss ich Mr Butterfield recht geben.«

Sie setzte William auf dem Boden ab, und er stapfte davon, um auf einem Miniaturklavier herumzuklimpern. »Mir war nicht klar, dass ich einen Künstlernamen brauche.«

»Ab jetzt schon.« Colin zwinkerte ihr zu. »Ich habe es endlich geschafft. Ich habe dir eine Rolle in einem Film besorgt. Nur eine kleine Rolle zwar, aber die Produktion selbst ist riesengroß, der Titel lautet *Die Augen des Totems*. Wanda Hawley spielt die Hauptrolle, sie ist ein ebensolcher Star wie Gloria Swanson. Und das Schönste ist, du und ich, wir werden gemeinsam auf der Leinwand auftauchen. Ich war gerade dabei, die Einzelheiten abzuklären –«

»Dein Verehrer hier …«, fiel ihm Mr Butterfield gut gelaunt ins Wort und lief sogar ein wenig rot an.

Verehrer. Liu Song war wie elektrisiert von dem Wort. Es klang so offiziell, so verbindlich. Vermittelte ein Gefühl von Zugehörigkeit, von Verbundenheit. Ja, der Klang dieses Wortes gefiel ihr.

Mr Butterfield fuchtelte mit den Händen, während er weiterredete. »Master Colin wollte sicherstellen, dass du an den Tagen verfügbar bist, wenn du am Set gebraucht wirst. Ich finde diese Idee einfach fabelhaft. Das ist großartige Werbung für den Laden. Und wer weiß, Liebes, vielleicht ist das bloß der Anfang – der Anfang von etwas ganz *Großem*.«

Die beiden Männer wechselten einen vielsagenden Blick. Woraus Liu Song den Schluss zog, dass es zwischen ihrem *Verehrer* und ihrem Chef eine Art Einverständnis gab.

»Nun, jetzt will ich euch beide aber mal allein lassen.« Mr Butterfield drückte seinen Zigarillo aus und verschwand, vergnügt vor sich hin summend, im Hinterzimmer.

Colin reichte ihr die Blumen. »Und, wie ist es gelaufen? Mit Mrs Peterson, meine ich.«

»Prima.« Sie log nur ungern, aber Colin die Wahrheit über Onkel Leo zu erzählen, das brachte sie nicht fertig. Sie wollte ihn nicht in die Flucht schlagen. Ihm nicht die Last ihrer Schande aufbürden oder ihm mehr abverlangen, als er zu geben imstande war. Die Hoffnung jedoch gab sie trotzdem nicht auf.

»Entschuldige. Wie war das jetzt, was ist das für ein Film?«, wechselte sie eilig das Thema. »Und wie hast du Mr Butterfield dazu überreden können …«

Colin bestätigte ihr, was sie bereits wusste – dass ihr Chef mit ihrer Hilfe viel Geld verdient hatte. Sie war seine Nachtigall, die zuverlässig goldene Eier legte. Sosehr ihr davor bangte, ihren Job zu verlieren – viel größer war Mr Butterfields Sorge, dass sie *ihn* verlassen könnte, zumal jetzt, wo immer mehr Radios verkauft wurden und der Absatz von Musiknoten und Instrumenten umgekehrt zurückging. Es war fraglich, ob ihr Chef ohne den Clou eines Auftritts von ihr als Dreingabe heutzutage überhaupt noch Käufer für seine mechanischen Klaviere finden könnte. Dass er sie beschäftigte, hatte handfeste Gründe – sie sorgte mit dafür, dass der Laden weiter lief. Im Grunde war er auf sie angewiesen. Sie hatte viel mehr Macht, als ihr bewusst war – und damit auch mehr Freiheit und größeren Spielraum. Warum sollte sie das nicht ausnutzen? Warum nicht mal neue Auftrittsorte ausprobieren? Zum Versteckspielen bestand schließlich kein Grund mehr, denn Leo würde ja nun ohnehin bald von der Fürsorge über sie in Kenntnis gesetzt.

»Der Film wird komplett in Tacoma produziert«, erklärte Colin. »In den dortigen H. C. Weaver Studios, wo auch schon die meisten Szenen abgedreht worden sind. Fünfzigtausend Dollar hat man in den Bau dieses Filmstudios gesteckt, du würdest staunen: Es gibt fünfzehn Star-Garderoben dort, separate Aufenthaltsräume für Komparsen, einen Vorführraum; wirklich beeindruckend. Ich war Anfang des Jahres bei der großen Einweihung dabei. Das Beste aber ist, ein Teil des Films spielt in einem chinesischen Cabaret. Ich habe meine Verbindungen zum China Garden Theatre spielen lassen und dem Studio Seidengewänder und andere Requisiten aus deren Fundus angeboten, im Austausch für eine kleinere Rolle. Und hier kommen nun wir ins Spiel. Ich bin fast die gesamte Szene über zu sehen, aber auch für dich bietet sich eine tolle Gelegenheit. Diesmal nicht nur als Double. Wir haben eine Szene zusammen. Es ist eine kleine Rolle, aber vielleicht ja der Anfang von etwas Größerem.« Er lächelte. »Und da Mr Butterfield dein Arbeitgeber und zweitgrößter Fan ist, hielt ich es nur für angebracht, seine Bekanntschaft zu machen und ihn um seinen Segen zu bitten.«

»Seinen Segen?«

»Entschuldige«, sagte Colin. »Vielleicht liegt es an meinem Englisch. Ich wollte ihn um seine Erlaubnis bitten. Sagt man so?«

Liu Song runzelte lächelnd die Stirn.

»Ich habe eine wichtige Bitte an dich«, fuhr Colin auf Chinesisch fort.

Liu Song erschrak insgeheim und fühlte sich völlig überrumpelt. Colin war ein moderner junger Mann, sicher, Tradition und Sitte jedoch verlangten schon nach einer gewissen Form – wollte er ihr etwa einen Heiratsantrag machen? Sie ermahnte sich, sich nicht zu viel zu erhoffen, aber ihre Fantasie ging bereits mit ihr durch.

Sie malte sich aus, in der Finsternis hinter einem Samtvorhang zu stehen und zu hören, wie im voll besetzten Zuschauerraum auf einmal Stille einkehrt, als das Orchester eine mitreißende Ouvertüre zu spielen beginnt. Beinahe meint sie den Luftzug an ihren bloßen Schultern zu spüren, als sie sich vorstellt, wie der Vorhang auseinanderrauscht.

Liu Song wagte kaum zu atmen, während Colin, seltsam nervös und verlegen, in seiner Jackentasche kramte.

Von der Bühne aus sieht sie nur das Rampenlicht, während sich ihre Augen an das dämmrige Halbdunkel gewöhnen.

Colin hielt inne und atmete tief durch.

Sie spürt die Wärme des Scheinwerfers, der heller strahlt als die Sonne zur Mittagszeit.

Colin hielt ein Telegramm von der Western Union in die Höhe. »Mein Vater kommt nächste Woche zu Besuch.«

Auf einmal gehen die Lichter im Theater an, und Liu Song stellt fest, dass sie ganz allein auf der Bühne steht. Sie hört ein feierliches Klatschen, doch es ist nur der Hausmeister, der mit seinem Besen im Arm dasteht.

Liu Song war bemüht, sich ihre Enttäuschung nicht anmerken zu lassen, während sie das Telegramm betrachtete. Der Schicklichkeit gehorchend, hatte sie an der Peripherie seiner Zuneigung, seiner Aufmerksamkeit, ihrer gemeinsamen Leidenschaften ausgeharrt und darauf gewartet, dass Colin ihr seine Absichten erklärte, die ihr nur zu deutlich und offensichtlich erschienen. Doch dazu war es bisher noch nicht gekommen.

»Auf diese Gelegenheit warte ich schon lange«, sagte Colin und umfasste ihre Hände, ganz sanft und behutsam. »Auf eine Gelegenheit, mit meinem Vater zu sprechen. Dass er sieht, was aus mir geworden ist und welche Möglichkeiten mir offenstehen. Und auch dich möchte ich ihm vorstellen. Das ist der Anfang von etwas Großem für uns beide, in jeder nur denkbaren Hinsicht.«

»Aber was ist mit deinen ... Pflichten ...«

Liu Song behielt ihn aufmerksam im Auge. Suchte Rückschlüsse aus seinen Worten zu ziehen, aus jedem noch so kurzen Zögern, um Antwort auf die Fragen zu erhalten, die zu stellen ihr Stolz ihr verbot.

Colin hielt inne, als hätte er an seine Pflichten als Sohn lange keinen Gedanken verschwendet. Als hätte er, einzig nur auf seine Karriere konzentriert, die Möglichkeit eines Scheiterns, eines Misserfolgs nie auch nur in Betracht gezogen. »Sicher wird mein Vater mit Kritik nicht hinterm Berg halten. Doch wenn er mich erst am Set sieht, zusammen mit dir – wird er seine Meinung schon ändern, das weiß ich. Es war immer sein Wunsch, dass ich das Geschäft der Familie weiterführe, dass ich heirate und ihm Enkelkinder schenke. Mehr kann ich ihm nicht entgegenkommen. Bitte sag mir, dass du dort sein wirst.«

Liu Song zögerte. Die Stadt war voller einsamer Männer – auf eine junge Frau wie sie mochten zehn, zwanzig, hundert Junggesellen kommen. Selbst als alleinstehende Mutter könnte sie vermutlich mühelos einen Verehrer finden, wenn sie es darauf anlegte. Doch sie wusste auch, dass es sie nach keinem dieser Männer verlangte. Sie wollte nicht die Frau eines Taxifahrers sein, die Mutter eines Sohnes, der sich als Laufbursche in der Wäscherei nützlich machen musste, die Stiefmutter halbwüchsiger Kinder, die sie als Dienerin und Köchin ansehen würden. Sie hatte Williams bedingungslose Liebe – und auch, wenn sie mehr als das wollte, war sie nicht bereit, sich mit der Wärme im Bett eines anderen, wildfremden Mannes zufriedenzugeben. Eine unterwürfige Ehefrau zu sein, eine stumme Gefangene, das war das Letzte, was sie sich wünschte. Wenn das Schicksal ihrer Mutter sie eines gelehrt hatte, dann die schmerzliche Einsicht, dass Käfige in vielerlei Gestalt daherkommen – manche haben sogar vier Wände, eine Haustür und einen weiß gestrichenen Gartenzaun ringsherum. Liu Song liebte es, aufzutreten – das war ihre wahre Berufung. Das einsame Mädchen, das mit Fremden tanzte, war die Schauspielerin. Tief in ihrem misshandelten, verletzten Herzen wusste sie, dass sie dieselben Wünsche und Träume hegte wie ihre Mutter und ihr Vater, die beide große Opfer für sie gebracht hatten. Sie wollte auftreten, nicht nur auf der Bühne, sondern in den Armen eines Mannes, der sie wahrhaftig liebte. Was sie dafür erdulden müsste, war ihr einerlei. Ihr kam es einzig nur darauf an, mit wem sie das Rampenlicht teilen würde.

»Bitte sag mir, dass du dir das ebenso sehr wünschst wie ich«, bat er.

Sie sah Colin an. Es war, als hätten sich all ihre Vorbehalte in Luft aufgelöst. »Ja, das tue ich.«

Falls Colin die Aussicht nervös machte, seinen Vater zum ersten Mal seit fast fünf Jahren wiederzusehen, ließ er sich davon jedenfalls nichts anmerken. Liu Song wusste nicht zu sagen, ob der Optimismus, den er zur Schau trug, ein Beweis seiner überragenden Schauspielkünste war oder eher Ausdruck einer gewissen tollkühnen Unerschrockenheit – die Art, die sie wohl ebenfalls brauchen würde, um sich in dieser Branche zu behaupten. Auch ihre Mutter hatte diese besondere Form von Mut besessen, ehe die Krankheit sie ihrer Entschlossenheit beraubte, zusammen mit ihrem Mann, ihrer Würde und ihren Träumen. Oder hatte sie diesen Mut bloß vorgespielt? Liu Song geriet unversehens ins Grübeln darüber, wie biegsam die Wahrheit für Schauspieler sein musste, die immer vorgaben, jemand anderes zu sein.

Colin hatte den Arm um sie gelegt, als er am Schalter der Puget Sound Electric Railway zwei Karten für die Straßenbahnfahrt nach Tacoma erstand. Sie schmiegte sich an ihn und fühlte sich wunderbar warm und geborgen. Dann hob sie die Hand und rückte seine Krawatte gerade, während sie sich im Stillen fragte, wann er sie wohl endlich einmal küssen würde. Dass Colin sie seinem Vater vorstellen wollte, war sicher eine Art Prüfung. Doch sie vermutete auch, dass sie in gewisser Weise als Puffer zwischen den beiden Männern dienen sollte. Sie würden sich in aller Öffentlichkeit treffen, am Drehort, wo die zürnenden Augen eines enttäuschten Vaters vielleicht durch das bombastische Spektakel von Filmdreharbeiten abgelenkt würden, wo er seinen barschen Tonfall vielleicht etwas abmildern würde, besänftigt durch Liu Songs höfliches Lächeln. *Wenn alles gut geht,* dachte sie bei sich, *wird nichts mehr zwischen Colin und mir stehen. Und mein süßer William bekommt den Vater, den er verdient hat.*

Mit jeder Meile, die sie mit der Überlandstraßenbahn in Richtung Süden zurücklegten, nach Tacoma, nahm Liu Songs Nervosität zu. Um sich zu beruhigen, achtete sie darauf, bewusst tief und langsam zu atmen, entspannte ihre Schultern und versuchte, an gar nichts zu denken – ganz so, wie ihr Vater es ihr einmal hinter der Bühne vorgemacht hatte, vor einem seiner Auftritte. Bei aller Aufregung, gleich zum Drehort einer großen Filmproduktion zu kommen, war ihr bei dem Gedanken an Colins Vater mehr als mulmig zumute. Sie wusste kaum etwas über den Mann, aber sie rechnete damit, dass er ein traditioneller chinesischer Vater war, noch tiefer in den Sitten und Gebräuchen der Heimat verhaftet als Onkel Leo. Mr Kwan, überlegte sie, war vermutlich in jeder Hinsicht das genaue Gegenteil ihres Vaters – was Colins sorglose, unbekümmerte Stimmung umso rätselhafter erscheinen ließ. *Aber andererseits,* dachte sie, *vielleicht hofft Colin ja gar nicht auf eine Versöhnung – darauf, Verständnis zu finden.* Vielleicht wollte er dieses Treffen ja dazu nutzen, seinem Vater endgültig Lebewohl zu sagen und alle Brücken zu ihm abzubrechen, indem er sich zu den beiden großen Lieben seines Lebens bekannte. Oder auch drei, wenn er William mitzählte. Sie hoffte es im Stillen. Träumte ungeniert vor sich hin. Malte es sich in den schönsten Farben aus.

Als sie am Bahnhof in Tacoma ausstiegen, war sie noch immer ganz in Gedanken versunken. Colin geleitete sie über die belebte Straße und um die Ecke, vorbei an der Gasse neben dem glitzernden Pantages Theatre, in der zwielichtige Gestalten Eintrittskarten zu überhöhten Preisen loszuwerden versuchten. Zwei Blocks die steil ansteigende Straße hoch sah sie eine Schlange von Leuten, die vor dem Rialto auf den Beginn der Abendvorstellung warteten. Eine noch größere Menschenmenge aber hatte sich an der Straße weiter nördlich versammelt.

»Der Löwenanteil der Dreharbeiten findet in Weavers großem Studio in der Nähe des Titlow Beach statt«, erklärte Colin. »Heute Abend aber wird hier vor Ort gedreht, im Grand Winthrop Hotel.«

Gemeinsam bahnten sie sich einen Weg durch die Menschenmenge, hunderte Schaulustige, die sich eingefunden hatten, um einen Blick auf Wanda Hawley zu erhaschen. Liu Song erkannte das Starlet im Nu. Sie stand gut sichtbar auf der Eingangstreppe des Hotels, gehüllt in einen gigantischen Pelz und flankiert von zwei stämmigen Polizisten, die ihr die Autogrammjäger halbwegs vom Leib hielten. Die beiden Beamten mussten förmlich brüllen, um sich über das Getöse eines Generators hinweg verständlich zu machen, der in einer Seitenstraße stand, auf der Ladefläche eines LKWs. Von dort aus führten Stromkabel in die Höhe zu zwei offen stehenden Fenstern im ersten Stock. Riesige Filmscheinwerfer standen wie Schildwachen aufgereiht und tauchten die Hotelhalle in gleißende Helligkeit. Liu Song bestaunte die kunstvoll gestaltete Kulisse, die das herrschaftliche Hotel in den »Goldenen Drachen« verwandelt hatte – eine Lasterhöhle, einen Palast der Sinne, in dem sie zusammen mit Dutzenden anderen Schauspielern und chinesischen Komparsen auftreten würden. Die Wirkung war geradezu einschüchternd.

»Jetzt verstehe ich, warum du dich mit deinem Vater hier treffen wolltest«, sagte Liu Song, als sie einem Produktionsassistenten ihre Ausweise zeigten, der auf einer Schiefertafel über die Schauspieler und Szenen Buch führte. Der Mann brachte sie in einen abgetrennten Teil des Hotels, in dem Mitglieder der Filmcrew und Maskenbildner herumwuselten und Requisiten aller Art gelagert wurden.

»Mein Vater ist ein reicher Mann«, erwiderte Colin. »Und dennoch, wie könnte er sich der Wirkung dieser imposanten Kulisse entziehen? Man hat dafür die Bühnenmaler engagiert, die das letzte Mal bei der Weltausstellung gearbeitet haben.« Colin verstummte kurz, als sie am eigentlichen Schauplatz der Dreharbeiten vorbeikamen, dem Ballsaal des Hotels, der in einen magisch glitzernden asiatischen Nachtclub mit allem Drum und Dran verwandelt worden war, mit feiner Tischwäsche aus Leinen und Bambusstauden, von der Decke baumelnden Lampions und Kellnern im schwarzen Frack. »Weaver's ist das drittgrößte Filmstudio der Vereinigten Staaten. Die beiden anderen sind in Hollywood. Diese Branche hat Zukunft, definitiv, das ist mehr als eine vorübergehende Mode. Ich bin kein armer Opernsänger, der von Stadt zu Stadt tingelt und darauf hofft, dass ihm jemand eine Mahlzeit spendiert.« Er sah Liu Song an und lächelte. »Und wie könnte er sich erst deiner Wirkung entziehen?«

Liu Song war bemüht, seine Worte nicht als herabsetzend ihrem Vater gegenüber aufzufassen. Colin war bloß aufgeregt, beruhigte sie sich, er hatte es nicht so gemeint. Seine Zuversicht jedenfalls hätte sie gern geteilt. Und als eine Schneiderin sie in die Damengarderobe im Untergeschoss führte und ihr dort ein prächtiges Ballkleid angepasst wurde, schöpfte sie tatsächlich frischen Mut: durch das Kleid, durch die Rolle, durch die Erinnerung an ihre Eltern. Sie dachte an Mildred und William, die nun zu Hause saßen, und fand es schade, dass die beiden sie jetzt nicht sehen konnten. Aber, fiel ihr ein, das könnten sie ja beizeiten nachholen. Eines Tages würde sie die beiden ins Kino einladen und sie dort mächtig überraschen.

Liu Song studierte ihre Rolle, während sie von einer Maskenbildnerin geschminkt wurde. Die Frau fand anerkennende Worte für ihre glatte, makellose Haut, während sie ihr das Gesicht mit Puder einstäubte, und umrandete ihr zum Schluss die Augen dick mit schwarzem Kajal. Colin hatte ihr die Szene bereits unterwegs in der Straßenbahn geschildert. Er war der gutaussehende junge Inhaber des Nachtclubs, und sie war seine Gattin. Sie würde nur kurz durch die Szene huschen, mit Colin und anderen Gästen plaudern, um dann zu ihrem eigenen Schutz hinausgeschickt zu werden, ehe die Stars des Films ihren großen Auftritt hatten und Colin gleich im Anschluss daran verhaftet wurde. Ihre Rolle war klein, aber das störte Liu Song nicht, im Gegenteil. Es war ihr ganz lieb, bei ihrem Leinwanddebüt sozusagen zunächst nur den Zeh ins seichte Wasser zu stecken, statt sich gleich kopfüber in die Fluten zu stürzen.

Dann begann das Warten.

»Tja, das gehört leider dazu.« Colin warf einen Blick auf seine Armbanduhr und sah zur Tür hinüber. »Wir warten und warten und warten …«

Liu Song nickte. Und Colin, das wusste sie inzwischen, war ein sehr geduldiger Mensch. Dreimal wurde er zum Set gerufen, und jedes Mal spielte er seine Szene beneidenswert locker herunter. Es faszinierte sie, zu sehen, mit welcher Selbstverständlichkeit er im Licht der Scheinwerfer vor der Kamera agierte, auch zusammen mit namhaften Stars wie Tom Santschi und Violet Palmer, die mit ihrer Professionalität allen anderen weit überlegen schienen. *Er gehört hierher. Er passt in diese Welt. Er ist wie geboren dafür. Er hat einfach Talent, das wird auch sein Vater anerkennen müssen, mit Sicherheit.*

Dann wurde sie aufgerufen. Es dauerte kurz, bis sie ihren Namen erkannte.

»Willa Eng«, sagte ein Mann. »Ist hier eine Willa Eng anwesend?«

»Willow heiße ich«, rief Liu Song, während sie beim Klang ihres Nachnamens spontan das Gesicht verzog. Sie schlüpfte in ihre Pumps und stellte sich an ihren Platz unter den Scheinwerfern. Das letzte Mal, als sie und Colin zusammen agiert hatten, als Doubles, war das Ganze mehr ein Jux gewesen, harmloses Herumgealber, eine Art Scharade. Diesmal aber würde es ernst, diesmal lief die Kamera.

»Bist du so weit?«, fragte sie Colin im Scherz, während er sich das Haar zurückstrich und das Sakko zuknöpfte. Zum ersten Mal kam er ihr nervös vor, als er wieder einen Blick auf die Uhr warf.

»Er wird schon kommen«, sagte Liu Song. »Vermutlich ist er sogar schon da, draußen in der Menschenmenge …«

»Du kennst meinen Vater nicht«, sagte Colin. »Er würde sogar zu seiner eigenen Beerdigung zu früh erscheinen.«

Liu Song sah ihm in die Augen und berührte ihn sanft am Arm. Dann blickte sie zur Kamera und stutzte kurz beim Anblick der merkwürdigen Gestalt, die sich kopfüber in der Linse widerspiegelte. Da fiel ihr auf, dass alle am Set, der Regisseur, der Kameramann, die Crew, mit großen Augen zum Saaleingang starrten. Liu Song sah Colin an, der sichtlich blass wurde. Sie drehte sich um. An der Tür stand eine junge Chinesin, nicht viel älter als sie, bildhübsch und mit einem eng anliegenden Cheongsam aus rot schimmernder Seide bekleidet. Sie wirkte nervös und seltsam fehl am Platz. Vermutlich eine Komparsin, überlegte Liu Song, die in der Verwirrung den Überblick verloren hatte. Bis sie sah, wie das Mädchen Colin anblickte. Eindringlich, mit einem Ausdruck in den Augen, den Liu Song nur zu gut kannte – voller Sehnsucht nämlich.

»Hier wird gedreht, das Set ist geschlossen«, blaffte ein Regieassistent. »Miss, Sie haben hier jetzt nichts zu suchen. Kann die bitte jemand fortschaffen. Wenn wir weitere chinesische Komparsen brauchen, melde ich mich bei Ihnen, Süße.«

»Colin.« Liu Song sah zu ihm hoch, wagte nicht zu fragen, was das zu bedeuten hatte.

»Ich fasse es nicht, dass sie hier ist«, flüsterte er. »Ich fasse es nicht, dass er sie hergeschickt hat.«

Liu Song war zumute, als würde sich eine tonnenschwere Last auf ihr Herz herabsenken. In dem Augenblick rief der Regisseur: »Alle an ihre Plätze!«

Sie stand vor Colin, während um sie herum das Lärmen und Rumoren der Filmcrew zu hören war.

»Es war … eine arrangierte … Ehe«, murmelte er, seltsam abwesend. Mehr zu sich selbst, wie es schien, als würde er sein Gewissen an längst vergessene Pflichten erinnern.

Liu Song spürte, wie ihr Herz sich auf dem Amboss seiner Worte wand. Und die Hammerschläge hörten nicht auf.

»Arrangiert … von meinem Vater. Das letzte Mal, als ich sie gesehen habe, war sie vielleicht vierzehn … es ist ewig lange her. Ich dachte, sie wäre inzwischen längst mit jemand anderem verheiratet – dass mein Vater mich von dieser Pflicht entbunden hätte. Dass alle mit ihrem Leben normal weitergemacht hätten, ohne mich.«

Pflicht. Liu Song meinte zu wissen, was dieses Wort bedeutete. Sie schlug die Augen nieder, um das Mädchen nicht länger ansehen zu müssen. Und auch, weil sie die Reue nicht länger ertragen konnte, die aus Colins Blick sprach, das Schuldbewusstsein.

»Sie ist … meine Verlobte«, hörte sie ihn flüstern. Die Worte waren wie Eis.

Liu Song spürte seine Hände auf ihren Schultern. Er sprach mit ihr, aber sie hörte nicht, was er sagte, sah nur, wie sich seine Lippen bewegten wie in einem Stummfilm. Dann ließ er sie los, und sie sah ihm nach, wie in einer Szene, die von innen her vor ihr abrollte, während er auf die hübsche Besucherin zuging, ohne sich um die Crewmitglieder zu kümmern, die vor Ärger die Hände in die Luft warfen. Liu Song beobachtete blinzelnd, wie er die Hand seiner Verlobten berührte und einige Worte mit ihr wechselte. Dann wandte sich das Mädchen um und ging hinaus. Als Colin zu ihr zurückkehrte, ahnte Liu Song sofort, dass irgendetwas Schreckliches passiert war, und zwar nicht nur ihr.

Colin wirkte bestürzt, ängstlich – genauso, wie auch Liu Song sich fühlte. »Mein Vater liegt im Sterben«, sagte er. »Und mein Bruder trinkt inzwischen und ist dem Glücksspiel verfallen. Meine Mutter hat meine Verlobte hergeschickt, damit sie mich heimholt. Es tut mir unendlich leid, Liu Song, aber ich muss nach Hause. Gleich morgen muss ich abreisen. Ich komme zurück, falls ich kann. Das verspreche ich dir. So habe ich das ganz und gar nicht geplant …«

»Ruhe, wenn ich bitten dürfte!«, polterte der Regisseur. »Wir wollen hier einen Film drehen.«

Gleich darauf lief die Kamera. Liu Song blickte Colin benommen an, der ihr im Scheinwerferlicht wie ein Fremder vorkam.

Und da geschah es, auf einmal trat Willow an ihre Stelle. Sie hörte ein lautes Klingeln in den Ohren, das alles übertönte, was er sagte, nur seine ausdrucksstarken Gebärden nahm sie wahr, mit denen er seine Worte begleitete. Willow starrte mit bebender Unterlippe zu ihm hoch und versuchte verzweifelt, die Risse in dem emotionalen Damm zu kitten, der jederzeit zu bersten drohte, während Colin vor ihr gestikulierte und lautlos auf sie einredete, aber es half nichts, sie spürte, wie ihr die Tränen heiß in die Augen schossen. Immer wieder ging ihr der Gedanke durch den Kopf, wie sie es William bloß beibringen sollte. Er war noch klein, er würde sich an die veränderte Situation schon gewöhnen, aber Colin würde ihm fehlen, so viel stand fest. Möglich, dass sein Verschwinden bei ihm noch tiefere, noch schlimmere Wunden riss als bei ihr. Sie spürte eine entsetzliche Leere in ihrem Herzen, während sie zum ersten Mal seit Jahren wieder hilflos weinte.

Colin neigte sich hinab und küsste ihr die Tränen von den Wangen. Er berührte seine Lippen und betrachtete kurz das schimmernde Nass an seinen Fingerspitzen, als wäre es Blut, das aus einer Wunde gequollen war. Dann neigte er sich abermals hinab und küsste sie auf den Mund, ganz sanft, ehe er sich mit einem tiefen, verhaltenen Seufzen wieder aufrichtete, von ihr abwandte und die Szene verließ. Liu Song hörte den Regisseur murmeln, dass die Kamera noch weiterlaufen sollte – dass dieser Moment pures Gold wert sei. Sie hörte das Rattern der Blende, das Summen der Scheinwerfer und das Geräusch von Colins Schritten, die die Stille durchbrachen und sich entfernten, bis sie nicht mehr zu hören waren.

DAS WIEGENLIED
(1924)

Liu Song besorgte sich eine Fahrkarte für sechzig Cent und setzte sich allein ganz hinten in die Straßenbahn zurück nach Seattle, mit kurzen Zwischenstopps in Kent und Auburn. Sie wartete nicht auf Colin und machte sich auch nicht die Mühe, ihn zu suchen. Ob er noch eine weitere Szene zu drehen hatte oder einen weiteren außerplanmäßigen Dialog mit seiner lange verschollenen Verlobten führte, wusste sie nicht und wollte sie auch gar nicht herausfinden. Sie wollte jetzt nur noch eins, zurück zu ihrem Sohn, zurück nach Hause.

Sie saß in der nahezu menschenleeren Straßenbahn und starrte aus dem Fenster, an dem graugrün verwischt eine andere Bahn vorbeisauste, die in die entgegensetzte Richtung unterwegs war. Sosehr sie sich auch bemühte, nur an William zu denken, kam ihr doch immer wieder Colin in den Sinn. Sie konnte sein bekümmertes Gesicht nicht vergessen und auch die Tränen nicht, die sie in der Szene mit ihm vergossen hatte. Noch stundenlang hätte sie so weiterweinen können, weil all ihr Kummer, all ihre Kämpfe und ihre Einsamkeit in diesem Moment über sie hereingebrochen waren, ähnlich wie bei Colin, der unvermutet von seiner Vergangenheit eingeholt worden war. In Gestalt seiner Verlobten, die an seinem großen Abend plötzlich vor ihm stand. Liu Song sann über all die Dinge nach, die er ihr verheimlicht hatte, die wachsende Liste von Verpflichtungen, vor denen er davongelaufen war – sein Vater, das Familienunternehmen, die Pflichten eines erstgeborenen Sohnes und eine Verlobung. Der letzte Punkt wog besonders schwer. Das Mädchen in dem roten Cheongsam aber, seine Verlobte – sie konnte nichts dafür, auch sie war von ihm unfair behandelt worden und sozusagen unschuldig zwischen die Fronten geraten. Jetzt aber beugte sich Colin widerstandslos seiner Pflicht, reiste mit ihr nach Hause zurück und würde sie wohl auch heiraten. *Und was wird aus mir?*, fragte sich Liu Song beklommen. *Ich bleibe allein zurück, ganz unten in einem Brunnen des Zweifels.* Und in der finsteren Tiefe dieses kalten Brunnens wurde Liu Song klar, dass nicht nur Colin sie getäuscht hatte – auch sie selbst hatte sich etwas vorgemacht. Weil sie nur ihrem Herzen gefolgt war, ihren Hoffnungen, ohne ihn je in Frage zu stellen. Jetzt waren diese Hoffnungen heillos verwirrt. Ähnlich wie der Gordische Knoten, von dem sie seinerzeit an der Franklin Highschool gehört hatte, als sie griechische Geschichte durchnahmen. Das war ihr Herz, ein Dickicht von Sehnsüchten und Zweifeln, Kränkung und Fassungslosigkeit über Colins jähen Sinneswandel, das beim besten Willen nicht zu entflechten war. Die einzige Lösung war wohl, dem Beispiel Alexanders des Großen zu folgen, das Durcheinander mit einem beherzten Hieb zu durchtrennen und damit alle Bindungen zu lösen – bis auf die Bindung zu William natürlich.

Er hat gesagt, er würde zurückkommen. Immer wieder gingen Liu Song seine Worte durch den Kopf. *Er hat gesagt, er würde zurückkommen,* falls *er kann. Nicht wenn.* Wenn man die Wirklichkeit ganz nüchtern betrachtete, ohne den Panzer des Optimismus, blieb nur die nackte Wahrheit übrig – blass und schwächlich.

Liu Song verwünschte sich für ihre Schwäche, dafür, dass sie jemanden brauchte. Sie machte sich Vorwürfe, dass sie William einem Mann vorgestellt hatte, der vor seiner Familie davongelaufen war. Ihre Hoffnungen hatten sich als Fehler erwiesen, für den sie nun bitter büßen musste. Noch einmal könnte sie sich einen solchen Irrtum nicht erlauben.

Sie blickte niedergeschlagen aus dem Fenster, hinaus auf den Duwamish River, der silbrig im Mondlicht funkelte, und merkte, wie die Straßenbahn ihr Tempo spürbar drosselte, weil sie sich jetzt wieder in der Stadt befanden. An jeder Kreuzung ließ der Fahrer seine Glocke bimmeln, um Fußgänger und Autofahrer zu warnen. Liu Song starrte hinaus auf die blinkenden Funktürme, die überall aus dem Boden zu schießen schienen, auf die leuchtenden Anzeigetafeln der Theater. Die Stadt hatte sich zu ihren Lebzeiten völlig verändert, seit es überall Straßenbeleuchtung gab und die Elektrifizierung jeden Block in ein buntes Neonspektakel verwandelt hatte. Männer mit lackierten Spazierstöcken und glänzend polierten Schuhen eilten zielstrebig ihrer Wege, und Frauen in Paillettenkleidern überquerten die Straßen, mit modischen Bubiköpfen, die im Licht der Autoscheinwerfer und Gaslaternen in den ausgefallensten Farben leuchteten, rosa, lila und hellblau. Die Stadt war um sie herum erwachsen geworden. Und obwohl sie inzwischen Mutter war, fühlte sie sich noch immer wie ein kleines Mädchen, das sich verlaufen hatte.

Ihre Absätze klickten auf dem polierten Marmorboden, als sie durch den Bahnhof ging. Beim Anblick einer Frau, die ihrem Mann freudestrahlend um den Hals fiel, wurde sie sich fast schmerzhaft ihrer Einsamkeit bewusst. Ein Gedanke aber tröstete sie: Zu Hause wartete ihr kleiner Junge auf sie, der sich immer freute, sie zu sehen, und sie immer mit ausgestreckten Armen willkommen hieß. Bei ihm musste sie nicht befürchten, dass er sie jemals enttäuschen würde. Als sie dem Geschäftsführer zuwinkte, der an der Rezeption des Bush Hotels saß, kam es ihr vor, als würde er sie merkwürdig ansehen. Überrascht oder eher mitfühlend? Sie betastete ihre Wangen. Ihre Tränen waren natürlich längst getrocknet, aber ihre Wimperntusche, die vermutlich völlig verlaufen war, verriet wohl nur zu deutlich, dass sie unter frischem Liebeskummer litt.

An ihrer Wohnungstür kramte sie in ihrer Handtasche eine Weile nach dem Schlüssel, bis sie hörte, wie Mildred die Tür von innen entriegelte.

Ihre Freundin öffnete zaghaft die Tür und zuckte ein wenig erschrocken zurück. »Ach, du bist's«, rief sie auf Chinesisch. »Du bist aber früh wieder da. Ich hätte erst in ein paar Stunden mit dir gerechnet …«

»Wie oft soll ich es dir noch sagen«, fuhr Liu Song sie ungehalten an, als sie Mildreds schuldbewusste Miene sah. »Ich möchte nicht, dass du irgendwelche Typen vorbeikommen lässt, wenn ich nicht da bin. Nicht nur wegen William. Der Mann unten am Empfang wirft mir ohnehin schon immer schiefe Blicke zu – da darf ich nicht das kleinste Risiko …«

»Außer mir ist niemand hier.«

»Außer dir und William«, berichtigte Liu Song sie mit gereiztem Unterton. *Ich möchte mich einfach nur mit meinem Kleinen zusammenkuscheln und eine Million Jahre schlafen*, dachte sie. »Zum Streiten bin ich jetzt wirklich zu müde …« Sie warf einen Blick in den Spiegel, der neben der Tür hing. So übel sah ihre Wimperntusche gar nicht aus.

»Nein«, sagte Mildred, während sie nervös an ihrer zierlichen Armbanduhr herumnestelte. »Ich bin wirklich allein. William ist nicht da. Dein Onkel ist vorhin vorbeigekommen – er wollte mit William ein Eis essen gehen, hat er gesagt. Er war ordentlich angezogen und machte einen so liebenswürdigen Eindruck …«

Liu Song ließ ihre Handtasche fallen und stürzte in das Zimmer, das sie sich mit William teilte. Sein Bettchen war leer. Sein Kinderwagen war fort. Ihr wurde so schwindelig, dass sie sich kurz am Türrahmen festhalten musste. Sie hatte Mildred nie verraten, wer Williams Vater war – bloß, dass er verheiratet und damit für sie unerreichbar war. Und sie hatte ihr auch nie erzählt, wie sie es genau fertiggebracht hatte, ihre Stiefeltern in die Flucht zu schlagen.

»Tut mir furchtbar leid, Liu Song.« Mildred wiederholte ihre Beteuerungen auf Englisch und Chinesisch, wie um damit ihre Aufrichtigkeit zu unterstreichen, während sie sich aufgeregt zu rechtfertigen versuchte. Sie war kreidebleich. »Ich dachte mir, warum nicht, was spricht dagegen. Er wolle nur rasch mit ihm rüber zum Owl Drugstore, hat er gesagt. Aber …«

Liu Song fiel das zusammengeknüllte Taschentuch ins Auge, das Mildred in der Hand hielt; als sei sie schon länger unruhig und in Sorge. »Wann war er hier, wie lange ist er schon mit ihm weg?«, schrie Liu Song, völlig außer sich. Sie stand am Abgrund einer Panik und wagte nicht, in die Tiefe zu schauen.

Mildred schossen die Tränen in die Augen, ihre Lippen begannen heftig zu beben, aber sie bekam kein Wort heraus. Liu Song nahm behutsam die kalten, zitternden Hände ihrer Freundin und wiederholte ihre Frage, so ruhig es nur ging. »Mildred. Dieser Mann … wann hat er mit meinem Sohn das Haus verlassen? Wie lange ist das her?«

»Es tut mir so leid.« Mildred schüttelte den Kopf. »Vor vier Stunden. Bitte entschuldige, Liu Song, es tut mir leid. Ich habe mir nichts Böses dabei gedacht. Er würde gleich zurück sein, hat er gesagt. Nachdem ich eine ganze Weile gewartet hatte, bin ich runter auf die Straße und habe dort nach ihnen gesucht. Sogar im Drugstore war ich und habe nach ihnen gefragt, aber da hatte man sie nicht gesehen. Ich habe keine Ahnung, wo er hin ist, warum er deinen Jungen einfach mitgenommen hat. Ihr seid doch Verwandte ...«

Vermutlich hatte Liu Songs Entfremdung von Onkel Leo Mildred von Stunde zu Stunde schwerer auf der Seele gelastet. Als Liu Song heimkehrte, gellte ihr der Missklang familiärer Zwietracht, deren Ursache sie nicht kannte, wohl inzwischen mit der Lautstärke einer Polizeisirene durch den Kopf. Weil Stiefeltern in Märchen oft nichts Gutes im Schilde führten. Es war ein Fehler gewesen, das erkannte Liu Song jetzt, das Thema Onkel Leo und Tante Eng Mildred gegenüber so gut wie totzuschweigen – sie hätte ihre Freundin vor den beiden warnen sollen.

»Bitte, erzähle meiner Mutter nichts davon«, flehte Mildred. »Bitte ...«

»Geh«, sagte Liu Song. »Geh und such sie überall. Wenn du sie findest, ruf die Polizei und sorge dafür, dass sie ihn festhalten, bis ich selbst hinkommen kann. Hast du verstanden? Such sie, solange es nur geht.« Mildred, die inzwischen in Tränen aufgelöst war, nickte und verließ eilig die Wohnung. Da fiel Liu Songs Blick auf die Maske ihrer Mutter, die an der Wand hing: Das bemalte Erbstück hing ein wenig schief, als hätte es jemand bewegt.

In der Hotellobby bettelte Liu Song darum, das Telefon benutzen zu dürfen. Sie rief bei der Vermittlung an und bat darum, mit Leo Eng verbunden zu werden, aber ohne Erfolg, dort hob niemand ab. Also lief sie auf die dunkle Straße hinaus und machte sich im Laufschritt auf den Weg zur Jefferson-Wäscherei an der South Jackson Street, einem Ort, um den sie jetzt seit zwei Jahren einen Bogen gemacht hatte. Den Originalbetrieb hatte Onkel

Leos Vater zwanzig Jahre zuvor dichtmachen müssen, infolge des Boykotts, den die weißen Gewerkschaften damals gegen die chinesischen Wäschereien der Stadt durchführten. Und wem diese Maßnahme noch nicht den Rest gegeben hatte, der wurde von den Knights of Labor aus Seattle vertrieben. Beharrlich wie eine Küchenschabe aber war Leo zehn Jahre später mit fünfzig Cent in der Tasche zurückgekehrt und hatte zweitausend Dollar in der Lotterie gewonnen – genug Geld, um die Wäscherei wiederzueröffnen, die er diesmal, sicher ist sicher, nach einem amerikanischen Präsidenten benannte. Heute verdiente er gutes Geld damit, die Bettwäsche und Handtücher der hiesigen Arbeiterpensionen zu waschen, des Northern, Panama, Milwaukee und Ace Hotels. Liu Song wusste, dass die Wäscherei bis mindestens Mitternacht geöffnet hätte – dort würde sie anfangen und danach eine Spielhalle nach der anderen abklappern, bis sie ihren Stiefvater gefunden hatte. Nicht, weil sie damit rechnete, dass er William dabeihatte, sondern um ihn zur Rede zu stellen und herauszufinden, wo er wohnte. Danach würde sie sich Tante Eng vorknöpfen, wenn es nicht anders ging. Liu Song malte sich aus, wie Blut auf das Pflaster der Gasse tropfte, wobei aber diesmal keine Federn im Spiel sein würden.

Liu Song traf ihren Onkel vor der Wäscherei an, wo er rauchend mit einigen Arbeitern zusammenstand und schwatzte. Er schien kein bisschen überrascht, sie zu sehen. Grinste sogar verstohlen, als er seine Zigarette ausdrückte und sich ausgiebig räusperte, um dann gegen eine Backsteinmauer in der Gasse zu spucken. Sie fröstelte vor Ekel, als sie sah, wie sein Auswurf langsam an dem Mauerwerk hinunterrann. Er scheuchte seine Angestellten fort, nahm die weiße Mütze ab, die er bei der Arbeit trug, und warf sie in eine Tonne.

»Wo ist mein Sohn! Wo ist William! Du hast kein Recht dazu, ihn einfach so …«

»Hier ist er nicht«, sagte Onkel Leo in ruhigem, gelassenem Tonfall. Als ob er gerade Poker spielen würde und ein Gewinnerblatt auf der Hand hätte. »Aber ich habe jedes Recht dazu, meinen

Sohn zu mir zu nehmen. Als ich den Brief von dieser Peterson bekommen habe, musste ich mir unbedingt selbst ein Bild machen. Ich habe dich schon vor Monaten mit diesem Kinderwagen auf der Straße gesehen – woher sollte ich ahnen, was für eine Überraschung für mich du da spazieren fährst. Zuerst wollte ich es nicht glauben. Bis ich ihn dann selbst gesehen habe, den hübschen, kräftigen kleinen Kerl – er kommt ganz auf deine Mutter und mich. Ich war sogar beim Bezirksamt, um auf Nummer sicher zu gehen. Als ich meinen Namen auf der Geburtsurkunde gesehen habe …«

»Was willst du?«, fiel Liu Song ihm ins Wort. »Du kannst alles haben, was ich besitze – alles außer ihm. Er ist mein Sohn, *ich* habe ihn zur Welt gebracht und aufgezogen. Er wird nie erfahren, wer du bist – er wird nie etwas mit dir zu tun haben –, das schwöre ich …«

»Außer dem Jungen hast du doch nichts, na ja, so gut wie nichts«, sagte er. »Du kannst meinen Sohn gerne noch ein paar Monate stillen und umsorgen. Und danach finden wir sicher eine Lösung, mit der wir beide leben können. Aber eins lass dir gesagt sein – ich kann ihn jederzeit zu mir nehmen. Ein Sohn gehört zu seinem Vater, so ist es auch gesetzlich festgelegt. Wenn du deine Sache gut machst, habe ich nichts dagegen, wenn du dich weiter um ihn kümmerst. Vielleicht erlaube ich sogar, dass er weiter bei dir wohnt.«

»Ich bin seine Mutter, er ist erst zwei Jahre alt …«

»Nein, du bist nur sein Kindermädchen. Und ich warne dich, wage es nicht, die Stadt zu verlassen, sonst spüre ich dich auf und nehme ihn dir weg, und dann wirst du ihn *nie* wiedersehen, das verspreche ich dir.«

Liu Song schwankte zwischen Grauen und Erleichterung. *Ich kann ihn vorläufig behalten.* Ihr Stiefvater steckte sich eine weitere Zigarette an und pustete den Rauch aus.

»Deine Tante Eng bringt ihn gerade ins Bush Hotel zurück. Also, was stehst du hier noch herum. Er wird frische Windeln brauchen.« Beim Reden schob er unbewusst die Hand in den Hosenbund und kratzte sich.

Liu Song wandte sich ab und ging eilig davon. Ihr war kalt, und sie rieb sich über die Arme, um sich zu wärmen. Am liebsten hätte sie mit William schnellstmöglich die Stadt verlassen, trotz Onkel Leos Warnung. Aber sie wusste nicht, wo sie hinsollte.

Eine gespenstische Stille empfing sie, als sie zu ihrem Apartment zurückkam. Tante Eng war nirgendwo zu sehen, nur eine ausgetretene Zigarette auf dem Boden vor ihrer Tür und der entsprechende Geruch ließen darauf schließen, dass sie hier gewesen war.

Liu Song fiel ein Stein vom Herzen, als sie durch die Tür trat und den Kinderwagen mitten in ihrem Apartment stehen sah, mit William darin, der friedlich schlummerte. Er lag so reglos da, dass sie spontan Angst bekam und ihn aus dem Wagen nahm, um ihn sich an die Brust zu drücken und seine Wärme zu spüren, seine Atemzüge. Gleich darauf wachte er auf, lächelte zufrieden und streckte sein Händchen aus, um sie am Gesicht zu berühren. Da merkte sie, dass sein Haar und seine Kleidung nach Rauch rochen. Eilig kleidete sie ihn aus und ließ ein Bad ein, um ihn gründlich zu säubern. Um jeden Fingerabdruck, jede Geruchsspur, jede Verunreinigung abzuschrubben, die Onkel Leo und Tante Eng auf ihrem geliebten Kind hinterlassen hatten.

Als sie ihn abtrocknete, sah William zu ihr hoch und lächelte. Ihr Herz war voller Schmerz und Zorn, Enttäuschung und Furcht. Am liebsten hätte sie jetzt auf der Stelle ihre Sachen gepackt, um mit ihm zu verschwinden. Stattdessen aber lächelte sie unter Tränen und sang ihm ein Wiegenlied. Sie kitzelte ihn am Bauchnabel und tat ihm zuliebe so, als würde schon alles gut werden.

ABSCHIED
(1924)

Am Morgen darauf war Liu Song schon früh auf den Beinen. Sie entzündete eine alte Kerze für ihre Eltern und brachte vor ihrem Familienschrein feierlich ein Tee-Opfer dar, das sie neben die Statuette der He Xiangu legte, die einzige Frau unter den acht Unsterblichen der chinesischen Mythologie. Diese Art von Isolation, diese Einsamkeit war Liu Song nur zu vertraut. Sie hatte eine unruhige, schlaflose Nacht hinter sich, und es kostete sie bereits große Mühe, sich William zuliebe zusammenzureißen, als er schließlich aufwachte. Nach Singen, Auftreten oder auch nur Lächeln war ihr heute schon gar nicht zumute. Von einem Münztelefon aus hatte sie Mr Butterfield angerufen und ihm gesagt, sie wäre krank und könne heute keine zwei Noten singen, was im Grunde genommen die reine Wahrheit war. Während sie William zusah, der in seinem Hochstuhl saß und einen Brei aus Möhren und Taro löffelte, grübelte sie darüber nach, was für ein Leben sie ihm jetzt noch bieten könnte, ohne Colins materielle und emotionale Unterstützung. Wie aufs Stichwort hin klopfte es an ihrer Wohnungstür.

Es war Colin, das wusste sie.

Bei ihrer überstürzten Flucht von den Dreharbeiten hatte sie einerseits gehofft, er würde abreisen, ohne sich von ihr zu verabschieden. Und sich doch weiter an den Traum geklammert, er würde zurückkommen und sie nie wieder verlassen.

Sein Erscheinungsbild sprach Bände, noch ehe er ein Wort gesagt hatte. Er trug noch dieselbe Kleidung wie am Vorabend und sah völlig übernächtigt aus, als hätte er kein Auge zugetan. Blumen hatte er diesmal nicht dabei. Nur seinen Hut hielt er in den Händen.

»Cowin«, sagte William, den Mund voller Möhrenbrei, und strahlte fröhlich.

Liu Song lud Colin ein, hereinzukommen, aber er zögerte, während er ihrem Sohn zerstreut zuwinkte.

»Es tut mir leid, Liu Song.« Er räusperte sich. »Ich bin gestern Abend selbst aus allen Wolken gefallen. Dass mein Vater krank ist, wusste ich. Aus einem Telegramm, das meine Mutter mir vor Monaten geschickt hat, aber sie übertreibt gerne mal, ich kenne sie. Und sie versuchen schon länger, mich mit allen Mitteln zur Heimkehr zu bewegen. Mich dazu zu bringen, meine Träume aufzugeben. Ich habe sie lange Zeit ignoriert – zu lange vermutlich. Dass mein Vater so todkrank ist, wusste ich nicht – es steht schlecht um ihn, womöglich lebt er nicht mal mehr lang genug, um mich noch ein letztes Mal zu sehen. Aber ich muss nach Hause.«

Liu Song wandte den Blick ab, sah auf die Uhr an der Wand. Er schien ihre Gedanken zu erraten.

»Unser Schiff legt heute ab, in ein paar Stunden.«

Liu Song hörte, wie William »Hallo« sagte und mit seiner Kleinkinderstimme lachte. Sie wich zurück, als Colin einen Schritt auf sie zukam. So stand sie zwischen ihm und ihrem Sohn.

»Wenn du mich darum bitten würdest …«, fing Colin zögerlich an. »Würde ich hierbleiben …«

»Darum würde ich dich niemals bitten«, sagte Liu Song, obwohl ihr Herz gleichzeitig schrie: *Bitte ihn darum!* »Die Familie geht immer vor. Ich würde mir niemals anmaßen …«

Sie konnte sehen, wie seine Anspannung sichtlich nachließ. Er schien erleichtert, als wäre ihm eine Last von den Schultern genommen worden. *Aber was genau freut ihn mehr: dass ich ihn nicht gebeten habe, zu bleiben, oder dass ich Verständnis dafür habe, warum er abreisen muss?*

»Dann musst du auf mich warten.«

Liu Song starrte ihn an. *Als hätte ich da eine Wahl.*

»Aber was ist mit deiner … Verlobten?« Es widerstrebte ihr, dieses Wort aussprechen zu müssen. »Ich weiß, ich bin eine alleinstehende junge Mutter ohne richtige Familie – als Heiratskandidatin nicht gerade erste Wahl. Aber ich dachte, uns würde etwas Besonderes verbinden. Dass ich dir mehr bedeute. Dass wir nicht nur Seelenverwandte auf der Bühne sind, vor den Kameras …«

Colin kaute kurz verlegen auf der Unterlippe. »Tut mir leid,

Liu Song. Ich habe sie nie erwähnt, weil ich das für unnötig hielt. Ich dachte, sie würde einen anderen Mann finden und mich von dieser Verpflichtung befreien. Sie war doch so weit weg ... eine verblasste Erinnerung, mehr nicht. Du weißt, dass ich lieber hierbleiben würde – bei dir, bei William. Das ist mein Ernst. Ich will *dich*. Im Stillen aber wusste ich wohl, dass ich nicht für immer davonlaufen konnte. Dass ich mich meinen Pflichten zu Hause irgendwann würde stellen müssen. Ich habe es nicht gewagt, mich dir zu erklären, weil ich geahnt habe, dass mich die Vergangenheit am Ende einholen würde. Ich hatte auf Besseres gehofft ...«

Liu Song traute ihren Ohren nicht. Ihr schwoll das Herz vor Rührung über seine schnörkellose Liebeserklärung – seine Worte bestätigten ihr, was sie immer gefühlt hatte, obwohl sie es selbst nie zu glauben wagte. Und dennoch, jetzt verließ er sie. Mit einer anderen, einer jungen Frau etwa in ihrem Alter. Und sie wussten beide nicht, wann oder ob er je zurückkommen würde.

»Das bekomme ich schon hin, Liu Song. Es gibt so viele Möglichkeiten hier in Amerika, so vieles, was wir erreichen können. Du weißt, was du willst, und auch, wie du es erreichen kannst. Du bist die Tochter deiner Mutter, in jeder Hinsicht. Mach ohne mich weiter, hör nicht auf, zu singen, zu schauspielern und dich um Rollen zu bemühen. Hör nicht auf, an dich zu glauben – dein Talent ist groß genug für die Filmleinwand. Ich komme zurück, sobald ich kann. Du musst auf mich warten.« Er klappte seine Brieftasche auf und reichte ihr ein Bündel Zwanzig-Dollar-Scheine. Als sie abwehrend abwinkte, legte er die Scheine auf den Tisch. Es war mehr Geld, als sie jemals im Leben besessen hatte.

»Mehr habe ich nicht«, sagte er. »Kauf dir was Schönes davon. Ein Andenken an mich. Etwas für William. Oder hebe es auf, für schlechte Zeiten.«

Liu Song lächelte traurig. Nie hätte sie gedacht, dass ein schlechtes Gewissen einen so hohen Preis haben könnte. Aber letzten Endes, begriff sie, gab es für sie niemanden sonst auf der Welt. Außer William. Sie würde auf Colin warten, solange es nur ging. Sonst gab es niemanden, der es wert gewesen wäre. Und mit weniger mochte sie sich nicht zufriedengeben. Sie nickte stumm, und Colin umarmte sie und drückte sie an sich, so fest wie noch nie zuvor. Sie legte ihm die Hände auf die Schultern, wich aber dann zurück, als ihr das Parfüm einer anderen Frau in die Nase stieg. Sie vermochte seine Worte nicht mit seinen Pflichten in Übereinstimmung zu bringen, noch nicht. Er wollte sie küssen, aber sie entzog sich ihm, wandte das Gesicht zur Seite und sah zu William, der erst lächelte und dann lachte. Ihr war zum Weinen zumute, aber sie lachte zurück. Dass er gleich darauf seine Breischale zu Boden warf, schien wie ein Sinnbild für die Absurdität ihres Lebens. Wie durch ein Wunder blieb die Keramikschale heil, wippte bloß ein paarmal hin und her, bis sie zum Stillstand kam.

»Du musst weitersingen, weiterschauspielern«, beschwor Colin sie. »Hör ja nicht damit auf, hörst du. Denn so werde ich dich finden, wenn du erst berühmt geworden bist.«

Liu Song mochte sich nicht von ihm einwickeln lassen und fühlte sich doch unendlich geschmeichelt. »Mache ich.«

»Tritt weiter auf.«

Mein ganzes Leben ist ein Auftritt, eine einzige Illusion, dachte Liu Song. »Immer.«

»Ich schicke dir ein Telegramm, sobald ich kann. Ich schreibe dir, versprochen. Ich regle zu Hause alles, und dann komme ich zurück, und es wird sein, als wäre ich nie fortgewesen.«

Liu Song sah erst ihren Sohn an, ehe sie sich wieder Colin zuwandte. Sie schluckte ihre Tränen herunter und riss sich mit aller Macht zusammen, um die beste Vorstellung ihres Lebens abzuliefern. Sie nahm Colins Hand und berührte sein Gesicht; seine Wange fühlte sich warm an, seine Haut glatt und weich. Sie lächelte tapfer und wünschte ihm eine gute Reise, alles Gute und viel Glück. All das, was ihr nun auf immer versagt bleiben würde.

NEUE ZEITEN

(1925)

Als der Winter halb herum war, fand Liu Song sich damit ab, dass sie womöglich für immer warten müsste. Anfangs hatte sie noch die Tage gezählt, die Colins Schiffsreise nach Hongkong und dann die Weiterreise nach Kanton dauern würde, um abzuschätzen, ab wann sie mit einem Telegramm rechnen konnte, mit der Nachricht, dass er wohlbehalten zu Hause angekommen war, und auch, wann er wieder zurückkommen würde. Abend für Abend lauerte sie darauf, dass ein Telegrammbote von Western Union an ihre Tür klopfte, aber jedes Mal vergebens. Gewiss, Telegramme waren nicht billig, zumal aus Übersee, sie versprach sich also nicht allzu viel, bestenfalls ein paar Worte, auf völlige Funkstille aber war sie eigentlich nicht gefasst. Als sie nach monatelangem Warten noch immer keine Nachricht von Colin hatte, kam sie schweren Herzens zu der Einsicht, dass sein Schweigen eine andere Art von Botschaft war. Eine Botschaft, die an Deutlichkeit nichts zu wünschen übrig ließ.

Sie versuchte Colin zu vergessen, indem sie sich auf ihre Arbeit bei Butterfield's konzentrierte. Dort allerdings zogen ebenfalls dunkle Wolken auf, denn der Absatz von mechanischen Klavieren kam völlig zum Erliegen. Monatelang verkauften sie kein einziges dieser Instrumente mehr, nicht mal zur Adventszeit, als sie ausschließlich Lieder wie »Greensleeves«, »Twelve Days Of Christmas« und »Silent Night« sang.

William liebte diese Weihnachtslieder. Er spielte im Laden, wo es behaglich warm war, spähte durchs Fenster und winkte Liu Song zu, die draußen stand, wo es in einem fort regnete. Sie lächelte und warf ihm durch die kalte Glasscheibe ein Kusshändchen zu.

Trotz ihrer Darbietungen auf der Straße, die nach wie vor viel Publikum anzogen, verkaufte Mr Butterfield nur noch ein Viertel der Musiknoten, die er beim Großhändler geordert hatte. Alles an

Butterfield's wirkte auf einmal veraltet, überholt, nicht mehr gefragt. Verstaubt geradezu. Auch aufwendig handgemalte Werbetafeln und Preisrabatte brachten keine Abhilfe.

William klatschte in die Hände und sagte: »*Sheng dan kuai le.*« Liu Song sah ihn mit kritisch hochgezogenen Augenbrauen an, bis er ins Englische wechselte. »F'öhliche Weihnachten«, sagte er, als sie in den Laden kam, um Pause zu machen. Sie war stolz auf Williams Englisch, doch es stimmte sie traurig, dass sie diese festliche Jahreszeit mit ihm allein verbringen musste. Sie ließ sich auf einem Stuhl nieder, gegenüber von ihrem Arbeitgeber, der über seinem Hauptbuch brütete.

»Ich fürchte, wir können dichtmachen, meine Liebe«, stellte Mr Butterfield fest, schraubte seine Taschenflasche auf und kippte den Inhalt in ein Glas mit einem Sprung im Boden.

Liu Song verstand nicht ganz, was er meinte. Sie sah auf die Wanduhr. Es war gerade ein Uhr mittags, zu früh, um den Laden schon abzusperren, überlegte sie, obwohl die Busse mit Touristen um diese Jahreszeit nicht mehr unterwegs waren. In den letzten Tagen war im Laden wenig los gewesen, aber das Regenwetter wirkte sich immer nachteilig aufs Geschäft aus. Zumal sie erkältet war und sich den Vormittag über immer wieder die Nase hatte putzen müssen. Ihrer Stimme zuliebe und um ihren Hals zu wärmen, trank sie eine Tasse heißen Jasmintee.

»Tja, das war's dann wohl mit uns.« Mr Butterfield klappte fluchend das Hauptbuch zu, ließ es in den Papierkorb wandern und winkte den buchhalterischen Aufzeichnungen seines Ladens noch einmal zu, als würde er sich von einem alten Freund verabschieden. Dann zog er ein Taschentuch heraus, tupfte sich damit an den Augen herum und schnäuzte sich, während er aus dem Fenster nach draußen sah.

Liu Song folgte seinem Blick zu dem neuen Elektroladen auf der anderen Straßenseite, der genau rechtzeitig zur Weihnachtszeit aufgemacht hatte. Dorthin waren ihre Kunden abgewandert. Radios waren jetzt der letzte Schrei, allein in der Nachbarschaft von Butterfield's hatten in letzter Zeit drei Läden neu aufgemacht, in denen diese Geräte verkauft wurden. Und es gab auch immer mehr neue Radiosender, die immer mehr Livemusik ausstrahlten. Mechanische Klaviere wollte niemand mehr haben, schon gar nicht die teuren Modelle von Welte – große, sperrige Ungetüme, die regelmäßig gestimmt und geölt werden mussten. Nicht zu vergessen die Musikrollen, die man für teures Geld dazukaufen musste, während die Musik, die an sieben Tagen die Woche in den Abendstunden im Radio lief, keinen Cent kostete. Liu Song hatte das Ganze zunächst für eine kurzlebige Mode gehalten, aber preisgünstige Röhrenradios von RCA und Crosley fanden inzwischen massenhaft Abnehmer, wesentlich mehr als die teuren Modelle von Zenith, die Mr Butterfield anfangs das größte Kopfzerbrechen bereitet hatten.

»Und was jetzt?«, fragte Liu Song.

Mr Butterfield saß kurz reglos da und lockerte dann seine Krawatte. »Tut mir leid, Liebes. Es war eine Freude, mit dir zusammenzuarbeiten, aber wenn wir nichts verkaufen, kann ich dir leider auch keine Kommission zahlen. Du hast eine umwerfende Stimme, du kannst schauspielern, und viele Frauen in der Stadt würden sonst was darum geben, solche Wangenknochen zu haben wie du. Aber auch dein gutes Aussehen kann den Laden nun mal nicht über Wasser halten. Wir haben uns beide wacker bemüht, aber ab morgen werde ich alles zum halben Preis verkaufen, bis Silvester. Und ab Neujahr werde ich Schilder aushängen, Ausverkauf wegen Geschäftsaufgabe. Dürfte wohl den ganzen Januar dauern, bis ich alles losgeworden bin und mich mit der Bank geeinigt habe. Und danach mache ich den Laden dicht. Falls du ein Zeugnis brauchst, ein Empfehlungsschreiben, ich stelle dir gern eins aus.«

Liu Song fühlte sich wie vor den Kopf geschlagen. Das Geschäft war immer mal so, mal so gelaufen, die Stadt um sie herum jedoch schien zu boomen, täglich sah man neue teure Automobile von Plymouth und Pierce Arrow durch die Straßen rollen, und auch die Pelzhändler konnten sich über mangelnde Nachfrage nicht beklagen. Irgendwie hatte sie immer gedacht, Mr Butterfield würde es schon gelingen, sich an die veränderten Zeiten anzupassen. Hatte sich an die Hoffnung geklammert, dass sie derzeit nur eine Flaute durchmachten, ehe das Weihnachtsgeschäft einsetzte, eine Ruhe vor dem Sturm sozusagen. Doch diese Ruhe war der letzte Atemzug gewesen, ein Todesröcheln, ehe sie ihren Job verlor.

Mr Butterfield wischte sich verstohlen eine Träne ab und brachte es nicht fertig, sie anzusehen, während er ihr zwei Dollar in Kleingeld aushändigte. Mehr hatte sie in der zurückliegenden Woche nicht verdient. Danach reichte er ihr zusätzlich noch einen Fünf-Dollar-Schein. »Du wirst mir fehlen, Liu Song. Du wirst immer meine Willow bleiben. Und William wird mir auch fehlen.« Ehe sie ihm danken konnte, hatte er sich bereits abgewandt. »Sei so gut und sperre die Tür ab, wenn du gehst«, brummte er im Davongehen. »Ich brauche jetzt erst mal einen tüchtigen Schluck.« Er ließ seine Hosenträger schnappen und verschwand ins Hinterzimmer, ehe sie sich von ihm verabschieden konnte. Kurz stand sie reglos da, in der beklemmenden, endgültig anmutenden Stille, die in dem Verkaufsraum herrschte. Dann rief sie nach William, der in der leeren Werkstatt saß, in der Mr Butterfield früher immer Klaviere repariert hatte, und mit einer Aufziehfigur spielte, einem Stepptänzer. Sie lächelte, als er ihr das abgenutzte Spielzeug entgegenreckte. Die Blechfigur bewegte sich kaum noch, weil die Feder im Inneren wegen Überbeanspruchung längst defekt war, aber William ließ den kleinen Mann vergnügt neben ihnen herspringen.

Auf dem Weg nach Hause hielt Liu Song in sämtlichen Schaufenstern Ausschau nach Schildern mit der Aufschrift »Aushilfe gesucht«, wobei ihr allerdings klar war, dass Jobs für Frauen Mangelware waren. Der einzige Betrieb, der Arbeitskräfte suchte, war die Jefferson-Wäscherei. Im Vorbeigehen stellte sie sich zähneknirschend vor, wie es wohl wäre, als Wäschesortiererin zu arbeiten, tagein, tagaus in schmutziger, übelriechender Wäsche aller Art, Bettlaken, Handtücher und so weiter, wühlen zu müssen. Sie machte sich längst nicht mehr die Mühe, einen Umweg einzuschlagen, um einen Bogen um die Wäscherei zu machen. Das war nicht mehr nötig, seitdem Onkel Leo dazu übergegangen war, sich bei ihr regelmäßig in Erinnerung zu bringen.

Bei ihrer Ankunft im Bush Hotel fand sie vor ihrer Tür ein Bündel frischer, akkurat gefalteter Wäsche aller Art vor, von der Jefferson-Wäscherei. Diese Wäsche, die jede Woche bei ihr angeliefert wurde, übermittelte eine wortlose Botschaft: *Ich behalte dich im Auge. Ich warte.*

APPETIT
(1926)

»Ich habe Hunger«, jammerte William und zeigte auf seinen vorstehenden Bauchnabel unter dem verwaschenen blauen Hemd, das ihm eigentlich schon zu klein war. »Ich habe Hunger, Ah-Ma.«

Wir frühstücken ja auch nie, dachte Liu Song, sprach es aber nicht laut aus. Sie war jetzt seit Monaten arbeitslos und hatte gehofft, dass er sich mittlerweile daran gewöhnt hätte. All ihre Ersparnisse, das Geld eingeschlossen, das sie von Colin und Mr Butterfield erhalten hatte, waren so gut wie aufgebraucht, aber wie sollte er das begreifen. Während sie den Reis vom Vortag aufwärmte, dem sie ein Ei und ein paar bereits keimende Zwiebeln hinzufügte, dachte sie darüber nach, wie ihre Mutter damals langsam dahingesiecht war. *Steht uns etwa dasselbe bevor?* Sie verzichtete wieder einmal auf ihre Portion und merkte, wie ihr vor Hunger der Magen schmerzte, während sie William beim Essen zusah. Nachdem sie ihren Sohn zu Bett gebracht hatte, verspeiste sie die kümmerlichen Reste, die er übrig gelassen hatte, und zählte die Münzen, die sich noch in ihrem Portemonnaie befanden. Für etwas gebrauchte Kleidung vom Trödler würde es vielleicht noch reichen, aber die Miete konnte sie von dem bisschen Geld, das sie noch hatte, nicht bezahlen. Es reichte ja schon kaum fürs Essen. Mildred hatte die Stadt verlassen – mit diesem Andy Soundso. Sie wollte sich mit ihm irgendwo in Kalifornien niederlassen und unterwegs Geld verdienen, indem sie zusammen an Marathontänzen teilnahmen. Liu Song malte sich aus, wie sich ihre Freundin und ihr Liebster durch eine vierzigtägige Tortur auf der Tanzfläche quälten, auf dem Rücken ein Werbeschild mit der Botschaft TRINKT OVOMALTINE. Alles für den Ruhm – und das Preisgeld von eintausend Dollar. *Schön für dich*, dachte Liu Song, *aber schlecht für mich*. Ohne Mildred wusste Liu Song kaum, wem sie William zur Aufsicht anvertrauen sollte, um im Wah Mee Club arbeiten zu können. Sie hatte sich um eine Reihe kleiner Theaterrollen bemüht, aber jedes Mal vergebens: Ohne Colin und seine Beziehungen bekam sie einfach kein Bein auf die Erde. Und die wenigen Arbeitsstellen, die es für Frauen gab, schienen für sie unerreichbar. Für die Weißen war sie zu asiatisch und für die Chinesen zu modern, zu westlich. Obendrein war sie mit dem Makel eines unehelichen Kindes behaftet und hatte keine Angehörigen mehr, die für sie hätten bürgen können. Und als sie das Musikgeschäft aufsuchte, um Mr Butterfield um das Empfehlungsschreiben zu bitten, das er ihr versprochen hatte, fand sie dort nur noch das leer stehende Ladenlokal vor. Ihr ehemaliger Chef hatte längst die Stadt verlassen.

Sie saß in Williams Zimmer auf dem Boden und lauschte seinem leisen Schnarchen, während sie die neueste Ausgabe des *Screenland* studierte. In der Zeitschrift waren zum einen Filme aufgelistet, die neu im Kino anliefen, und zum anderen wurde über neue Produktionen berichtet, neue Filme, die demnächst gedreht würden. Für eine chinesische Darstellerin aber war nichts dabei. Der Verzweiflung nahe, weckte sie William, mummelte ihn in seine wärmste Kleidung ein und verließ mit ihm das Haus. Sie nahm ihn an die Hand, und er stapfte schlaftrunken neben ihr her, während sie mit ihm durch die Straßen eilte. Ihr Ziel war das Stacy Mansion.

»Warum sind wir hier?«, fragte William.

Liu Song wischte ihm die laufende Nase mit ihrem Ärmel ab und rieb ihm die Hände, die Wangen und die Ohren, damit ihm warm würde. »Ah-Ma ist hier, um nach einem Job zu fragen, verstehst du?«

William zuckte die Achseln und betrachtete staunend die vornehme große Villa, die vor ihnen aufragte; oben am Himmel zog quakend ein Schwarm Schneegänse vorüber. Die Vögel flogen mit weiten Flügelschlägen in Richtung Tacoma, nach Süden also, um in wärmeren Gefilden zu überwintern.

Liu Song atmete tief durch. Dass sie William mit hergebracht hatte, bereitete ihr Gewissensbisse, aber sie hatte ihn nicht allein zu Hause zurücklassen wollen. Ihre Lage war zwar verzweifelt, gar so bedürftig aber wollte sie nun doch nicht erscheinen – für ihren Sohn jedoch war sie bereit, auch das in Kauf zu nehmen. Nach ihrem Auftritt damals hatte Mrs Stacy gesagt, Liu Song sei jederzeit willkommen, um hier noch einmal für die Gäste zu singen. Jetzt aber machte der exklusive Club einen unfreundlichen, abweisenden Eindruck, zumal mit dem verdorrten Rasen davor und den winterlich kahlen Bäumen, die ihn einrahmten. Nur die Nadelbäume waren noch grün, links und rechts von dem schmiedeeisernen Tor, das offen stand, damit schimmernde Nobelkarossen hinein- und herausfahren konnten. Die Chauffeure wirkten gelangweilt, während ihre eleganten Herrschaften aufgekratzt und bester Laune schienen, als wären sie leicht angetrunken. Beim Anblick der feinen Damen mit den weißen Abendhandschuhen und Nerzstolen, begleitet von Herren in Automänteln mit Samthüten auf dem Kopf, kam Liu Song zu dem Schluss, dass sie es ebenso gut jetzt hinter sich bringen konnte.

Sie fühlte sich wie unsichtbar, als sie auf den Eingang der Villa zuging, bis der Türsteher barsch das Wort an sie richtete: »Hey, der Dienstboteneingang befindet sich auf der Ostseite des Gebäudes. Also husch, wieder zum Tor hinaus und einmal ums Haus herum …«

»Ich arbeite hier nicht«, sagte Liu Song.

»Tja, aber Mitglied bist du garantiert auch nicht.«

»Ich wollte eigentlich mit Mr oder Mrs Stacy sprechen, falls sie da sind. Mein Name ist …« Sie hielt Williams kalte Hand fest, während er sich zu der offenen Tür vorneigte, der einladenden Wärme und dem verlockenden Duft von Knoblauch, Zwiebeln und Roastbeef entgegen. »Richten Sie ihnen aus, Willow ist hier, Willow Frost. Ich habe hier mal für die Mitglieder gesungen.«

Der Türsteher musterte sie einmal von oben bis unten, ehe er sie aufforderte, zu warten, während er nachsah. Kurz darauf kehrte er zurück, zusammen mit Mrs Stacy, die bei ihrem Anblick ein wenig verwirrt die Stirn runzelte.

»Entschuldigung, kenne ich Sie?«, fragte sie, während sie eine lange Zigarettenspitze an die Lippen hob. Der Türsteher ließ ein

Feuerzeug aufflammen, Mrs Stacy nahm einen tiefen Zug und blies dann eine lang gezogene Rauchwolke aus, die sich in der kalten Luft kräuselte. Dabei nestelte sie geistesabwesend an ihrer Perlenkette.

Liu Song, die ein verwaschenes Kleid und abgetretene Schuhe trug, von deren einstiger Eleganz nichts mehr übrig war, hätte vor Scham über ihren ärmlichen Aufzug im Boden versinken mögen. »Ich bin ... Willow. Willow Frost. Ich habe mal hier gesungen ...«

Die Frau verengte leicht die Augen, als ihr Blick auf William fiel. Ihr freundliches Lächeln erlosch unvermittelt. »Sie waren mit diesem Colin hier, richtig? Er ist letztes Jahr ganz überstürzt nach Asien abgereist. Zufällig weiß ich, dass einige der Mitglieder hier noch offene Geschäfte mit ihm hatten. Wie es aussieht, hat er Sie also auch in der Tinte sitzen gelassen. Bedaure, falls Sie eine Freundin von ihm sind, können wir leider nichts für Sie tun ...« Die Frau schüttelte den Kopf und warf dem Türsteher einen Blick zu, der Willow daraufhin am Arm fasste.

»Aber Sie haben gesagt, ich könnte jederzeit wieder hier auftreten«, sagte Willow, während sie mit William zusammen unsanft davonkomplimentiert wurde. »Ich brauche Arbeit. Ich flehe Sie an. Sie haben doch gesagt ...«

»Ich sage viel, wenn der Tag lang ist. Und jetzt sage ich auf Wiedersehen.«

An jenem Abend rollte sich Liu Song frierend und hungrig im Bett zusammen. Alles tat ihr weh, und ihre Bettlaken waren alt und abgewetzt und nicht mehr ganz sauber. Sie konnte es nicht ertragen, ihr Bett mit der frischen Wäsche aus der Jefferson-Wäscherei zu beziehen, und zwar nicht nur aus Stolz. Als sie die Laken einmal ausprobierte, hatte sie prompt schreckliche Albträume – anders als William, der in jener Nacht friedlich wie immer schlief, mit dem Kopf an ihrer Schulter. Auch jetzt lag er wieder so neben ihr, den Arm über ihren Bauch gelegt, und bewegte im Schlaf leicht die kleinen Finger, als würde er im Traum gerade nach Schmetterlingen oder Kaulquappen haschen. Sie betrachtete ihren leise schnarchenden Sohn – sein süßes Gesicht, das so ruhig und zufrieden aussah, so sorglos und unbekümmert, so ganz und gar vollkommen.

Am Morgen badete sie William und kochte ihm den letzten Reis zum Frühstück, den sie noch im Haus hatten, ursprünglich war dieser Reis als Opfer für ihren Familienschrein gedacht gewesen. Sie fühlte sich noch immer krank und schlapp, vermutlich, weil sie kaum etwas aß, nachts schlecht schlief und ihr Leben eigentlich nur noch aus Gram und Sorge bestand, vielleicht aber auch nur, weil sie so einsam war und an einem gebrochenen Herzen litt. Woran sie auch leiden mochte, eins jedenfalls stand fest: Sie konnte William nicht länger ernähren. Also starrte sie in den Spiegel und weinte. Seit Jahren hatte sie nicht mehr weinen können, und jetzt schien es, als könnte sie gar nicht mehr aufhören. Sie schluchzte, bis ihr die Bauchmuskeln schmerzten, bis ihre Nase ganz rot und ihre Wangen nass von Tränen waren, die ihr bis in den Kragen rannen. Sie weinte bis zur völligen Erschöpfung. Dann setzte sie sich auf ihr altes Sofa und atmete bewusst langsam ein und wieder aus, ein und wieder aus, während sie sich bemühte, an nichts zu denken und nichts mehr zu fühlen. Doch als William hinübersah und ihr zulächelte, war es um ihre Beherrschung ein weiteres Mal geschehen. Er kam mit ausgestreckten Armen auf sie zu, und sie kauerte sich auf ein Knie nieder und schloss ihn in die Arme. Als sie ihn wieder losließ, betrachtete er verwundert ihr tränenüberströmtes Gesicht und fragte: »Aua, Ah-Ma?« Er berührte ihre Tränen. »Aua?«

Als ihre Augen vom Weinen endlich nicht mehr ganz so verquollen waren, ließ sie William spielen, während sie sich ankleidete, sehr bedächtig und gewissenhaft, als würde sie sich für ihre eigene Beerdigung zurechtmachen. Sie sah sich noch einmal in ihrer kleinen Wohnung um und betrachtete ihren Sohn. Dann nahm sie William an die Hand und ging mit ihm langsam die Treppe hinunter ins Erdgeschoss. Draußen auf der kalten Straße legte sie schützend den Arm um ihn – sie brauchten dringend Winterkleidung, sie beide. Sie brauchten so vieles.

»Wo gehen wir hin?«, fragte William. Sein Atem bildete Wölkchen in der Luft.

Liu Song gab keine Antwort, während sie mit ihrem Sohn quer über die Straße ging.

»Ah-Ma?«, fragte William noch einmal. »Bäcker?« Er zeigte auf die Mon-Hei-Bäckerei.

Liu Song sog tief den herrlichen Duft von frischen Teigtaschen mit Schweinefleischfüllung ein, der aus der Bäckerei ins Freie drang. Es war Monate her, seit sie etwas so Köstliches das letzte Mal zu sich genommen hatte. Sie führte William schweigend die Straße hinab. Weil sie nicht zu sprechen wagte, aus Angst, sonst wieder in Tränen auszubrechen. Es kostete sie auch so schon genug Kraft, sich zusammenzunehmen. An einem Blumenwagen blieb sie stehen, händigte dem Verkäufer mit zitternder Hand ihr letztes Geld aus und deutete auf einen Strauß weißer Pfingstrosen.

»Mein Beileid – der Tod ist etwas Furchtbares«, sagte der Mann, als er ihr die Blumen reichte. Liu Song dankte ihm mit leiser, tonloser Stimme und ging mit William weiter. Ein Stück die Straße hinunter kamen sie an einem Musikgeschäft vorbei, aus dem ein schwermütiges Lied ins Freie drang, das sie nicht kannte. Von dort aus nahmen sie eine Abkürzung durch eine Gasse, die sie direkt zur Wäscherei ihres Stiefvaters führte.

»Riecht nicht gut.« William rümpfte die Nase. »Will nach Hause.«

Sie gingen hinein, und Liu Song betätigte eilig die Serviceklingel auf dem Tresen, wie um es hinter sich zu bringen – so ähnlich wie bei Lebertran, den man ja auch so schnell wie möglich herunterschlucken soll. Sie zuckte ein wenig zurück, als die hölzernen Schwingtüren aufgestoßen wurden und Tante Eng hindurchtrat, wohlgenährt wie eh und je, intensiv nach Waschmittel und altem Schweiß riechend. Sie schnaubte und lächelte künstlich, wobei ein gräulicher, offenbar an der Wurzel abgestorbener Zahn zum Vorschein kam. Dann nahm sie wortlos die Blumen in Empfang und blaffte mit lauter Stimme etwas auf Chinesisch, aber in so ausgeprägtem Provinzkauderwelsch, dass Liu Song leider kein Wort verstehen konnte.

Tante Eng wandte sich ab und huschte in den hinteren Teil der Wäscherei zurück. Liu Song hörte, wie sich dort eine Unterredung entspann, die sich in Windeseile zu einem heftigen Wortgefecht steigerte.

Sie sah zu William hinab, der an ihrer Hand unruhig herumzappelte und sich immer wieder zu der Ladentür umsah, vielleicht, weil sich auf der Straßenseite gegenüber ein Restaurant befand. Während sie wartete, hoffte sie, dass die Verzweiflung und Kapitulation in ihren Augen nicht ebenso ansteckend war wie ihre Erkältung. Sie zog leicht an Williams Hand. »Ich bin deine Ah-Ma. Ich werde immer deine Ah-Ma sein. Glaubst du mir?«

William nickte, schien aber verwirrt. Vermutlich hätte er zu allem folgsam genickt, solange sie nur auf dem Heimweg bei der Bäckerei haltmachten.

Als Liu Song wieder aufblickte, stand auf einmal Tante Eng vor ihr. Sie war hinter dem Tresen hervorgekommen und band sich gerade ihre Schürze los, die sie sodann mit einer Schimpfkanonade auf Kantonesisch wütend zu Boden pfefferte. Nachdem sie kurz dagestanden und Liu Song angestarrt hatte, beugte sie sich vor und spie ihr mitten ins Gesicht. Liu Song wich zurück und schloss die Augen, während sie spürte, wie der warme, übelriechende Speichel ihr an Wangen und Nase hinabrann. Sie hörte, wie Tante Eng aus dem Laden stürmte, und gleichzeitig drückte ihr jemand ein weiches Frotteetuch in die Hand. Sie wischte sich das Gesicht ab und musste bei dem widerlichen Geruch, der auf ihrer Haut zurückblieb, ein Würgen unterdrücken.

Als sie die Augen aufschlug, stand Onkel Leo vor ihr. Er strich sich das schüttere Haar aus dem Gesicht, das von Schweiß und Wasserdampf überperlt war. Er nahm ihr das Frotteetuch ab und schnupperte kurz daran, ehe er sich damit Stirn und Wangen abwischte. Dann faltete er das benutzte Handtuch wieder säuberlich zusammen und legte es auf einen Stapel frischer Wäsche. Er sagte kein Wort. Sah Liu Song einfach nur an, mit einem Lächeln, das auszudrücken schien: *Ich wusste, dass du herkommen würdest.*

SING-SONG-GIRL

(1926)

Eine Woche darauf stand Liu Song auf dem rissigen, mit Moos überwucherten Gehweg vor dem Bush Hotel und ermahnte William, sich von den matschigen Pfützen fernzuhalten und auch von dem Rinnstein, der völlig überflutet war. Der heftige Regen hatte zwar vor einer Stunde aufgehört, jetzt schien die Nachmittagssonne, aber das Wasser strömte noch immer gurgelnd vom Washington Boulevard her bergab bis hinunter zum Pioneer Square und führte dabei eine unappetitliche Mischung aus Abfall, Zigarettenkippen und Ungeziefer mit sich.

William warf lachend einen Kiefernzapfen in die trübe Brühe und sah ihm nach, bis ein smaragdgrünes Automobil auftauchte und den Zapfen plattfuhr.

Liu Song hatte das Gefühl, ein Gespenst zu sehen, als sich der betagte, laubgrüne Landaulet dem Bordstein näherte. »So, jetzt geht's los«, sagte sie zu William, während sie einen letzten prüfenden Blick in den Spiegel ihrer Puderdose warf. Sie sah aus wie ihre Mutter, die junge Frau, die sie einmal auf einer alten, sepiabraunen Fotografie gesehen hatte. Der traurige Blick ihrer Augen aber schien wie ein Nachhall der Leiden, die ihre Mutter in den Jahren vor ihrem Tod hatte ausstehen müssen.

Das ist bloß eine weitere Rolle. Eine Rolle, die ich spiele, ermunterte Liu Song sich im Stillen und setzte ein tapferes Lächeln auf, während William vor Aufregung kaum stillstehen konnte.

»Pferde?«, fragte er. »Gehen wir reiten?«

Liu Song schüttelte den Kopf. »Nein, wir schauen ihnen bloß zu. Es wird sehr spaßig, das verspreche ich dir.« Sie musterte zufrieden den neuen Anzug, den William trug. Neue Schuhe hatte er auch. Endlich brauchte er seine Füße nicht mehr in seine alten Schuhe zu zwängen, die ihm inzwischen nicht nur viel zu klein waren, sondern obendrein auch noch Löcher in den Sohlen hatten.

William blickte kurz finster drein und zerrte an der Schleife herum, die seinen steifen, gestärkten Hemdkragen zierte.

Der Fahrer machte vor ihnen halt und hupte. Liu Song öffnete eilig die Beifahrertür, nickte Onkel Leo kurz zu und war William beim Einsteigen behilflich. Als er sicher auf dem Rücksitz untergebracht war, nahm sie selbst im Wagen Platz, vorne neben ihrem einstigen Stiefvater. Er spuckte aus dem Fenster und brummte: »Wir sind spät dran.« Er tätschelte ihr übers Bein, dann gab er Gas und fuhr los, noch ehe sie die Tür geschlossen hatte.

Liu Song hatte das Gefühl, in der Falle zu sitzen, als es in rasanter Fahrt von Chinatown nach Georgetown ging, vorbei an der Rainier Brewery, die seit der Prohibition in ernsthaften Schwierigkeiten war, weil dort nur noch Limonade und Malzbier abgefüllt wurden. Und als sie das King County Armenhaus und Spital passierten, zu dem hundert Morgen Ackerland gehörten, wurde sie sich ihrer Einsamkeit so stark bewusst, dass ihr kurz der Atem stockte. Ihre Familie, daran erinnerte Liu Song sich gut, war damals auf der Treppe dieses imposanten Backsteinbaus abgewiesen worden. Zu jener Zeit aber war das Grundstück rings um das Gebäude voller Zelte. Noch jetzt legte sie sich die Hand an die Nase, als ihr der Geruch von nasser Zeltleinwand und Fäkalien in den Sinn kam, der über der gesamten Grünanlage hing, während in den Zelten Menschen lagen, die an der Grippe zugrunde gingen. Sie hatte Sehnsucht nach ihrer Familie. Warum hatte sie nicht auch sterben können, zu Hause, wie ihr Vater und ihre Brüder? Und in gewisser Weise war ja ein Teil von ihr gestorben, damals. Mit jeder Meile bereute sie es mehr, hier neben diesem Mann zu sitzen. Doch ihre Lage war so elend, so verzweifelt, dass sie, wie ihre Mutter seinerzeit, keine andere Wahl hatte. Sie hatte sich nur William zuliebe zu diesem Schritt durchgerungen, der hinten auf dem Rücksitz saß und immer wieder vor Vergnügen quietschte und lachte, als wäre es der schönste Tag, den er seit langer, langer Zeit erlebte. Was leider vermutlich zutraf. Die ganze Fahrt zum Meadows Racetrack über strahlte er vor sich hin.

»Ich werde dich als Liu Song vorstellen – ohne Nachnamen«, klärte Onkel Leo sie auf.

Das freut mich. Da bin ich deinen Nachnamen endlich los – obwohl ich dir jetzt wieder gehöre.

»Wir werden einige Leute treffen – Kollegen von der Chong Wa Association, einen Hotelbesitzer, einen Vorarbeiter der Alaskeros, lauter sehr wichtige Männer.«

Liu Song nickte.

»Du kommst und gehst mit meiner Erlaubnis«, fuhr Onkel Leo fort. »Hin und wieder wirst du ihnen mal was vorsingen, aber letzten Endes singst du für mich, nur für mich.«

Das war ihr Arrangement, in das sogar Tante Eng eingewilligt hatte. Liu Song hatte sich bereit erklärt, Onkel Leos *xi sang* zu sein. Sie würde ihn zu gesellschaftlichen Anlässen begleiten, den Raum verschönern, wenn er geschäftliche Treffen hatte, und seine Geschäftsfreunde unterhalten, wann immer er es von ihr verlangte. Aber das war noch nicht alles, was von ihr erwartet wurde, das wusste sie. Sie gehörte ihm, war seine Konkubine, sein Sing-Song-Girl, in jeder Beziehung.

Im Rückspiegel behielt sie William im Auge, der auf dem Rücksitz eingedöst war. Sie atmete tief durch, um nicht in Tränen auszubrechen. Sie hatte sich Onkel Leo ausgeliefert, um William weiter ernähren, kleiden und versorgen zu können – dieses Opfer musste sie bringen, um ihn bei sich behalten zu dürfen. Sie war wie Margarita Fischer in *The Sacrifice*: Sie nahm eine schwere Bürde auf sich, um ein Mitglied ihrer Familie zu schützen.

Liu Song war in ihrem Leben erst einmal auf der Rennbahn gewesen, als kleines Mädchen. Sie erinnerte sich an Zugladungen voller Leute im feinen Sonntagsstaat, die in offenen Viehwaggons herangekarrt wurden. Auch an den Geruch von Gras und Heu erinnerte sie sich und an den Anblick der lehmigen Rennbahn, die eine Meile lang war und um einen idyllischen Teich herum verlief, an dessen Ufer sich Rohrkolben im Wind wiegten. An die zehntausend Leute hatten wohl an jenem Tag auf der großen Tribüne gesessen, eine schreiende, jubelnde Menschenmenge. Von der Aufregung und Vorfreude, die auf der Fahrt zur Rennbahn im Zug geherrscht hatte, fehlte auf der Rückfahrt jede Spur. Viele Leute wirkten angetrunken und brüteten verdrossen vor sich hin.

Sie wollte William in Richtung Tribüne dirigieren, aber Leo, der darauf bestanden hatte, dass sie sich bei ihm einhakte, hinderte sie daran. »Hier entlang!«, blaffte er und deutete auf das elegante Clubhaus. Dann schnäuzte er sich in die Finger, wischte sich die Hand an der Hose ab und rückte seine Krawatte gerade. Er wirkte völlig fehl am Platz, als er sich mit ihr an einem der Korbtische auf der unteren Veranda niederließ, wo Kellner im Frack ihnen Kelche voll Eiswasser, geschälte Apfelsinen und Zitronenscheiben mit Honig servierten. Wenig später gesellten sich zwei weiße Männer und ein Filipino zu ihnen, die sich angeregt mit Leo unterhielten, über seine Wäscherei, über Gewerkschaften und Verträge und Versprechen, und ihm Komplimente zu seiner bezaubernd schönen Begleiterin machten. Liu Song lächelte höflich und behielt William im Auge, der an einem Absperrgitter unweit der Rennbahn stand und sich die Pferde ansah, die zur Startmaschine geführt wurden.

Während sie der Unterhaltung mit halbem Ohr folgte, musterte Liu Song die wohlhabenderen Besucher, die auf dem Weg zur oberen Terrasse an Leos Tisch vorbeikamen. Es waren elegant gekleidete Herren und mit Schmuck behängte Damen in teuren Pelzen, die sich lächelnd und gut gelaunt ihren Weg bahnten – nicht direkt hochmütig, bloß ganz in ihrer eigenen Welt, in der ärmere Leute nicht vorkamen. Obwohl einige Männer auch stehen blieben, Liu Song anlächelten und ihr die Hand küssten, um danach einige Worte mit Leo zu wechseln, der freundlich nickte und zurücklächelte. Da begriff sie den eigentlichen Wert einer *xi sang*. Leo war zu sehr auf Kontrolle bedacht, um sie anderen Männern zur Verfügung zu stellen (hoffte sie zumindest), hatte aber nichts dagegen, sie gezielt einzusetzen, um sich bei ihnen anzubiedern. Leo grinste und wollte gerade etwas sagen, als aller Augen sich dem Eingang zuwandten, wo soeben ein gutaussehendes Pärchen seinen viel beachteten Auftritt hatte. Selbst Liu Song erkannte die beiden, als sie in das Clubhaus gerauscht kamen und auf der Treppe nach oben immer wieder stehen blieben, um Autogramme zu geben und für Fotos zu posieren.

Onkel Leo runzelte befremdet die Stirn.

»Das sind Molly O'Day und Richard Barthelmess«, erklärte Liu Song aufgeregt. »Die beiden drehen gerade *Die Welt in Flammen*, habe ich gelesen, in Camp Lewis, südlich von Tacoma.« Die anderen Männer am Tisch lächelten und sahen fast ehrfürchtig zu den Stars hinüber. Sie schienen recht beeindruckt von ihren Kenntnissen, während Onkel Leo eher missmutig das Gesicht verzog.

Als sich die Aufregung wieder gelegt hatte, spielte ein Trompeter eine kurze Fanfare, den sogenannten Call to the Post. Alle überprüften eilig ihre Wettscheine und warteten dann auf die Glocke, auf deren Signal hin die Pferde aus der Startmaschine losgaloppieren würden. Alle bis auf Liu Song, die kurz noch einen Blick auf William warf und sich dann zu Richard Barthelmess umwandte, der das Rennen von der Treppe aus verfolgte. Sie hatte ihn in *Gebrochene Blüten* gesehen, sein durchdringender Blick und sein Kinn mit der markanten Kerbe hatten sich ihr tief eingeprägt. Er hatte Cheng Huan gespielt, einen Buddhisten aus China, der sich liebevoll um Lilian Gish kümmert, seine gebrochene Blüte – die ungeliebte, misshandelte Tochter eines Preisboxers. Liu Song hatte von einem Reporter gelesen, dem die drastischen Szenen häuslicher Gewalt so sehr an die Nieren gingen, dass er den Drehort verlassen musste, um sich zu übergeben. Der Film endete ungeheuer tragisch, indem Lilian von ihrem Vater totgeschlagen wird. Cheng Huan errichtet noch einen Schrein zu ihren Ehren, ehe er sich selbst das Leben nimmt.

Eine Woge des Jubels ging durch das Clubhaus, woraufhin Liu Song ihre Aufmerksamkeit wieder der Rennbahn zuwandte. Zuschauer erhoben sich von ihren Plätzen, um den Zieleinlauf besser verfolgen zu können. Alle, die auf das richtige Pferd gesetzt hatten, stießen Freudenschreie aus; andere fluchten und rissen ihre Wettscheine wütend in kleine Schnipsel, die sie wie Konfetti in die Luft warfen. Sie beobachtete, wie William mit ausgestreckten Händen dastand und sich bemühte, die Papierschnipsel einzufangen, die um ihn herum zu Boden segelten. Nachdem er eine Handvoll Schnipsel erhascht hatte, lächelte er ihr zu. Sie klatschte ihm begeistert Beifall und warf ihm Kusshändchen zu.

Dann fiel ihr hinter William der siegreiche Jockey ins Auge, der auf seinem Vollblüter unterwegs zur Siegerehrung war. Der kleine, in eine Montur aus Leder und Seide gekleidete Mann hielt eine Peitsche in der Hand. Liu Song verzog unwillkürlich das Gesicht, als sie die Striemen bemerkte, die er dem Pferd damit beigebracht hatte, hinten an der Kruppe und am Vorderlauf. Das erschöpfte Tier, dessen Muskeln heftig zitterten, während es langsam dahinschritt, tat ihr von Herzen leid, und sie meinte nicht nur seinen Schweiß zu riechen, sondern auch seine Angst. Da spürte sie Leos Hand an ihrem Gesäß. Auf einmal beneidete sie das Pferd um seine Scheuklappen. Hätte sie doch nur etwas Ähnliches gehabt, um die Außenwelt nicht mehr wahrnehmen zu müssen.

DIE TOCHTER IHRER MUTTER

(1934)

William ging neben seiner Mutter her, die nicht länger im Bush Hotel bleiben wollte, der alten Erinnerungen wegen. Er folgte ihr quer über die Straße. An der Ecke Jackson Street stand ein Mann, der Flugblätter verteilte und immer wieder brüllte, »Die Russen waren's! Die Russen!«, während auf der Straße gegenüber ein Künstler an einer großen Wandmalerei arbeitete, die unter anderem George Washington darstellte. Sie wichen Familien aus, die sich wärmesuchend um zischende Dampfventile herum drängten, und machten einen Bogen um Polizisten, die bei der Aussicht auf eine weitere Nacht, in der sie Landstreicher und andere Obdachlose aus der Innenstadt vertreiben müssten, alles andere als begeistert schienen.

»Aber was ist aus Colin geworden?«, fragte William, während er neben seiner Mutter lief. Er wusste nicht recht, ob er wirklich noch mehr von seinem leiblichen Vater erfahren wollte – Onkel Leo. Woran er sich gut erinnerte, war die unausgesprochene Traurigkeit, die seine gesamte Kindheit überschattet hatte. Er hatte immer vermutet – oder vielmehr gehofft –, dass der Mann, den er hin und wieder gesehen hatte, Colin war. Jetzt schwante ihm, dass dieser Mann jemand anderes gewesen sein musste. »Ist er je zu uns zurückgekommen?« *Ist er zu dir zurückgekommen?*

Willow nickte. »An dem Morgen, nachdem seine Verlobte aufgetaucht war, packte er seine Sachen und kam dann bei mir vorbei. Er war furchtbar kleinlaut, hat mich um Verzeihung gebeten und auf seine alten Pflichten verwiesen. Es tat mir im Herzen weh, ihn zu sehen. Er war gekommen, um sich zu verabschieden. Er hat mir endlich seine Liebe gestanden, aber seine Taten standen nicht im Einklang mit seinen Worten. Er ist am nächsten Morgen abgereist. Es ging nicht anders, er musste fort, dafür hatte sogar ich Verständnis. Zu Hause wartete eine Mutter, um die er sich kümmern musste, dazu die Firma der Familie, die er retten sollte, nicht zu vergessen die wunderschöne Verlobte, mit der er sein Leben teilen würde – seine Ambitionen hier, seine hochfliegenden Pläne, das war seine Flucht vor all dem. Aber da erlosch das Rampenlicht auf einmal, und der Vorhang fiel – und damit waren auch meine Träume von einem Leben mit ihm dahin, von einem besseren Leben für uns beide. Ich aber habe die Schauspielerei nicht aufgegeben.«

William hörte seiner Mutter zu, die wie ein Schatten der Frau wirkte, die sie auf der Leinwand verkörperte. Sie rieb sich über die dünnen Arme, als würde sie in der kalten Abendluft frösteln.

»Ich habe mich so verletzt gefühlt, war so wütend auf ihn. Aber gleichzeitig hatte ich entsetzliche Angst davor, dich zu verlieren.« Willow schüttelte den Kopf. »Colin hat mir das Herz gebrochen. Aber er versprach mir, zurückzukommen. Er hat mir Geld dagelassen, etwas Geld zumindest. Er hat mir versichert, dass er alles regeln würde. Für die Firma seines Vaters, hat er gesagt, würde er einen Kompagnon engagieren, als Geschäftsführer, oder seinen Bruder dazu zwingen, seine Rolle zu übernehmen. Die Frau, die plötzlich hier aufgetaucht war, sei ein Problem, das er irgendwie lösen würde. Und ich sollte versuchen, hier so gut wie möglich weiterzumachen. Er hat mich beschworen, Geduld zu haben. Dass wir dieses Durcheinander schon in Ordnung bringen würden, um dann ganz von vorne anzufangen. In einem Brief hat er geschrieben, er sei ein Drache und ich sei sein Phönix. Und dass wir eines Tages wieder zusammen sein würden. Dass mein Leben sich dann ändern würde, dass ich mich verwandeln würde.«

»Wann ist er zurückgekommen?«

William behielt seine Mutter aufmerksam im Auge. Nach längerem Schweigen schüttelte sie schließlich den Kopf. »Er hat ein ganzes Jahr gebraucht, ehe er mir das geschrieben hat, und zu dem Zeitpunkt hatte ich schon alle Hoffnung aufgegeben. Ab da habe ich ziemlich oft Briefe von ihm erhalten. Und in diesen Briefen versprach er zurückzukommen, sobald er es einrichten könnte – in einem halben Jahr vielleicht – spätestens in einem Jahr.« Sie atmete tief durch und stieß langsam die Luft wieder aus. »Aber aus diesen paar Monaten wurden am Ende fünf lange Jahre.«

Genauso lange, wie ich im Sacred Heart gewesen bin. William sah durchaus die ironische Parallele. *Nachdem du mir gesagt hattest, du wärst bald wieder da.*

»Als das Musikgeschäft dichtmachen musste, stand ich ohne Arbeit da. Ich war eine ledige Mutter, eine Tänzerin, und kein vernünftiger Mann hätte sich mit mir abgeben wollen. Außerdem hätte ich bei der Heirat mit einem Chinesen meine Staatsangehörigkeit verloren und vielleicht nach China gemusst – ein Land, in dem ich noch nie gewesen war. Und welche Folgen das für dich haben würde, wusste ich nicht. Aber einen Weißen konnte ich auch nicht heiraten. Nicht, dass irgendeiner von denen mich für mehr gewollt hätte als für …« Sie beendete den Satz nicht. »Mein Ruf war vollkommen ruiniert. Ich lebte dauernd mit der Angst, dich zu verlieren – im glimpflichsten Fall an den Staat und schlimmstenfalls an Onkel Leo. Monatelang ging ich abends müde, hungrig und krank zu Bett, immer in der Sorge, es könnte plötzlich an meiner Tür klopfen. Jeden Morgen bin ich als Erstes an dein Bett gelaufen, um mich zu vergewissern, dass du noch da warst. In die Zeit fiel dein dritter Geburtstag. Ich habe ihn nicht mal mit dir gefeiert.«

William konnte seine Mutter eben noch rechtzeitig am Arm festhalten: Sie war so in ihre Geschichte versunken, dass sie um ein Haar auf die dicht befahrene Straße getreten wäre. Als die Ampel auf Grün sprang, geleitete er sie fürsorglich hinüber. Sie kamen an einer altvertrauten Gasse vorbei, die Gasse, in der sich der Wah Mee Club befand. William hörte Musik herüberdringen, zusammen mit dem Lärmen der Gäste – Spieler, die eine Glückssträhne bejubelten, aber auch das kollektive Aufstöhnen, wenn jemand eine Zahl wie die Sieben würfelte, die Unglück verhieß.

»Ich habe jeden Job angenommen, den ich kriegen konnte, zwei, manchmal sogar drei auf einmal – alles immer nur vorübergehend. Habe gesungen, getanzt und ein bisschen geschauspielert, wenn ich etwas gefunden habe, was nicht sehr oft vorkam«, fuhr seine Ah-Ma fort. »Aber wie meine Mutter schon Jahre zuvor feststellen musste, verdient man als Frau mit solchen Jobs nicht besonders viel, kaum genug, um davon leben zu können. Sogar beim Stacy Mansion war ich noch mal, in der Hoffnung, dort als Sängerin auftreten zu können. Aber mein Neuigkeitswert hatte sich abgenutzt, ich war Schnee von gestern. Man erinnerte sich kaum noch an mich, und helfen wollte mir auch niemand. Als letzten Ausweg habe ich mich an Mrs Peterson gewandt, um eine Mutterrente zu beantragen. Um die Anforderungen zu erfüllen, war ich sogar bei einem Priester, um dir etwas Wasser auf den Kopf sprenkeln zu lassen. Ich habe mir größte Mühe gegeben, mein Englisch zu verbessern, damit du wie ein richtiger Amerikaner reden lernst. Aber sie hat meinen Antrag abgelehnt. Ich sei nicht alt genug, um schon Rente zu beziehen, hat sie gesagt, und wenn ich dich liebte, sollte ich dich eben abgeben. Ich bin aufgestanden und gegangen und habe sie nie wieder in ihrem Büro behelligt. Aber ich hatte ja noch ein wenig Geld beiseitegelegt. Damit konnten wir uns eine Zeit lang über Wasser halten. Ich habe es so sparsam eingeteilt, wie ich nur konnte.«

William rätselte im Stillen, wo sie eigentlich hingingen. In der Dunkelheit schien es ihm, als wäre seine Ah-Ma mehr Geist als Mensch, mehr flüchtiger Schatten als greifbare Substanz, mehr eine Erinnerung als eine reale Mutter. Er sah, wie sie ein altes Filmplakat berührte, das an eine Backsteinmauer geleimt worden war; das Papier war rissig und brüchig, löste sich zum Teil schon ab. Während sie dahinliefen, schien die Luft auf einmal frischer, die Geräusche der Autos und die Musik, die aus den Clubs drang, kamen ihm seltsam vertraut vor. Er war mit seiner Ah-Ma schon früher über die King Street gelaufen, es war Jahre her. Sie waren oft hier unterwegs gewesen.

»Ich war nur ein Mädchen«, sagte sie, während ihr die Tränen über die Wangen rannen. »Aber wie Colin ja immer betont hatte, war ich die Tochter meiner Mutter, ich konnte also immer noch schauspielern – eine Figur darstellen. Also nahm ich eine neue Rolle an, als *xi sang*. Leo hatte sich immer schon ein Sing-Song-

Girl gewünscht – ein hübsches Mädchen, das ihn in der Öffentlichkeit begleitete, mit dem er sich schmücken konnte. Und ich wollte dich um keinen Preis verlieren. Also habe ich meine Würde verpfändet oder das, was davon noch übrig war.« Sie legte eine Pause ein, als erwartete sie irgendeine Reaktion von William. Doch er wusste nicht recht, was er hätte sagen sollen, und ging einfach weiter schweigend neben ihr her.

»Ich begleitete ihn zu Treffen und gesellschaftlichen Anlässen. Sang für Leo und seine Kunden, schlüpfte für sie in verschiedene Opernrollen. Ich war seine … *Gefährtin*. Und er hat meine Miete bezahlt und erlaubt, dass ich dich bei mir behalte. Bei manchen unserer Ausflüge durftest du sogar mitkommen«, sagte sie, während sie abwesend ins Dunkel starrte. »Ich … habe mich in das Unvermeidliche gefügt. Habe mich nicht unterkriegen lassen. Drei lange Jahre habe ich meine Rolle gespielt, immer mit dem Gedanken an Flucht im Hinterkopf – dass ich dich einfach nehmen und mit dir aus der Stadt verschwinden würde. Aber es gelang mir nie, wirklich genug Geld zusammenzusparen. Und ich hatte Angst, dich für immer zu verlieren, falls unser Fluchtversuch fehlschlagen sollte. Dann passierte die Katastrophe.«

»Der Börsenkrach?«, fragte William. Auch hier in der Straße waren Häuser mit Brettern vernagelt, und auf einer Parkbank sah er einen Mann liegen, der im Schlaf eine halb leere Weinflasche an sich drückte, fast so wie eine Mutter, die ihr kleines Kind im Arm hielt. Die Stromer waren überall, Männer, die im Sommer Beschäftigung als Saisonarbeiter fanden und dann den Winter hindurch tranken, während sie sich von einem Missionsheim zum nächsten durchschlugen.

Seine Ah-Ma blieb kurz stehen, ehe sie weiterging. »Ja, der auch.«

IM GOLDENEN KÄFIG

(1929)

Liu Song stand im Badezimmer und schlug ihre edle Seidenrobe auseinander, ein Geschenk von Onkel Leo, und betrachtete sich von der Seite im Spiegel. Sie fuhr mit den Händen über ihren Bauch, der sich so hart und prall anfühlte wie eine grüne Wintermelone. Noch zwei Monate zuvor war er flach und glatt gewesen, und weich obendrein. Jetzt wölbte ihr Bauch sich vor, als hätte sie ein opulentes Acht-Gänge-Menü sowie eine Extraportion Nachtisch verspeist. Sie hatte jahrelang aufgepasst und alle nur denkbaren Vorsichtsmaßnahmen getroffen. Hatte einige Male das Schlimmste noch einmal abwenden können, indem sie den Tee aus bitteren Wurzeln trank, den der weißbärtige alte Mann im Hen-Sen-Kräuterladen für solche Fälle bereithielt. Nun aber war das eingetreten, wovor ihr am meisten gegraut hatte. Auch wenn ihr äußerlich noch nichts anzusehen war, schwanger fühlte sich Liu Song auf jeden Fall. Die Morgenübelkeit machte ihr diesmal nicht ganz so schlimm zu schaffen wie seinerzeit bei William. Sie trank Ginger Ale und rauchte Nelkenzigaretten, das half gegen den Brechreiz, sodass sie zumindest ihr Essen bei sich behielt. Gegen die Gliederschmerzen aber, die ihr permanent zusetzten, schien kein Kraut gewachsen. Auch nervlich war sie angeschlagen und noch empfindlicher als sonst. Schon beim nichtigsten Anlass brach sie in Tränen aus und konnte stundenlang nicht aufhören zu weinen. Mitunter weinte sie auch einfach nur so, ohne Grund, wobei es in ihrem Leben natürlich so einiges gab, was zum Heulen war, und der Gedanke daran, wer der Vater war, rangierte da eher unter »ferner liefen«. Liu Song fröstelte und rieb sich über die Gänsehaut an ihren Armen.

Ein kleiner Trost war, dass sie Onkel Leo seit Wochen nicht mehr gesehen hatte. Nach dem Schwarzen Freitag war das Leben in Seattle noch monatelang weitergegangen wie bisher, doch als die Auswirkungen des Börsenkrachs die Stadt schließlich erreichten, blieb davon niemand verschont, auch ihr Stiefvater nicht. Nachdem etliche Stammkunden ihre Aufträge an die Wäscherei storniert hatten, hatte er seine langjährige Belegschaft komplett gefeuert und durch billigere Arbeitskräfte ersetzt, was in Chinatown schon einiges heißen wollte. Und angesichts der Tatsache, dass viele dieser entlassenen Arbeiter, die bisher im Bush Hotel gewohnt hatten, oder im American oder im Northern Hotel, gezwungen waren, in schäbige Absteigen umzuziehen, drängte sich ihr die Frage auf, wie lange es dauern mochte, bis sie ebenfalls auf der Straße landete. *Zwingt er uns vielleicht, zu ihm zu ziehen?*, fragte sie sich. *Oder muss ich künftig in der Wäscherei arbeiten und Bettwäsche falten, statt ihn auf die Rennbahn und samstags in den Wah Mee Club zu begleiten?* Schön wär's, das hätte sie noch als Glück empfunden. Ein Ende der Prohibition war nicht abzusehen, doch auch sonst hätte es wohl nicht genug Gin und Whiskey auf der Welt gegeben, um den Preis zu vergessen, den sie für das elende Leben zu zahlen hatte, das sie gezwungenermaßen führte.

Liu Song versuchte, regelmäßig Zeitung zu lesen, um sich auf dem Laufenden zu halten. Sie verstand eigentlich nichts vom Börsenhandel, von Spekulationen, von Aktienkäufen auf Kredit, und wie die komplizierten Begriffe sonst noch lauten mochten, die dieser Tage die Schlagzeilen des *Seattle Star* beherrschten. Doch wie ein langsamer, qualvoller Todeskampf aussah, das wusste sie. Mit jeder Bank, die ihre Pforten für immer schloss, ging ein Stadtviertel nach dem anderen vor die Hunde, ganz schleichend. Der Ansturm verunsicherter Sparer auf die Banken nahm solche Ausmaße an, dass sich die Peoples Bank gezwungen sah, die Fassade ihrer Filiale im Norden Seattles mit Tränengasdüsen auszurüsten. Und als die großen Sägewerke anfingen, ihre Belegschaft gleich zu tausenden zu entlassen, brach die Welt für zig Arbeiter mit ähnlicher Wucht zusammen wie ein gefällter Baumriese, der im Wald zu Boden krachte. Liu Song bemühte sich, dankbar für ihren vergleichsweise goldenen Käfig zu sein – ein Entrinnen gab es dennoch nicht.

»Ich gehe jetzt zur Schule«, ließ William sich von der Küche her vernehmen. Er war inzwischen so viel älter, ein ganzes Stück größer, abenteuerlustiger. Bereit für die Schule.

Liu Song band ihre Robe eilig mit dem Gürtel zusammen und verließ das Bad, um zu ihrem Sohn hinüberzugehen, der schon an der Wohnungstür stand, bereit für eine weitere Woche als Erstklässler an der Pacific School Ecke Twelfth und Jefferson. »Vergiss nicht, dass du heute Nachmittag chinesische Schule hast.« Sie reichte ihm eine Schreibtafel aus Holz mit kantonesischen Schriftzeichen, die in den Rahmen gekerbt waren.

Er zog ein finsteres Gesicht, aber das ließ sie ihm nicht durchgehen. »Doch, es muss sein. Ich weiß, das bedeutet, dass du auf zwei Schulen gehst und doppelt so viel arbeiten musst – aber das heißt nur, dass du später mal doppelt so reich wirst. Verspäte dich nicht – das gilt für beide Schulen.« William lernte seit einiger Zeit Kantonesisch im neuen Chong-Wa-Gebäude, aber er mochte Englisch lieber als Chinesisch. Mit seinen sieben Jahren sprach er schon beinahe so gut Englisch wie sie.

»Hast du dieses Wochenende wieder eine Verabredung?«, fragte William.

»Ich glaube nicht«, log Liu Song. Sie war nach Kräften bemüht, ihre Verpflichtungen bei Onkel Leo vor William geheim zu halten, so auch den Termin dieses Wochenende. Doch wie lange sich diese Scharade noch aufrechterhalten ließ, stand in den Sternen. Hin und wieder hatte sie William bei solchen Anlässen mitgenommen, ins Jun-bo Fischrestaurant etwa, in die Versunkenen Gärten in Lakewood und zum jährlich stattfindenden Picknick der Bergarbeiter, aber jetzt, wo er älter war, bemühten sie sich um mehr Diskretion. Hier in ihrem Apartment ließ Onkel Leo sich überhaupt nicht mehr blicken, sein letzter Besuch lag Jahre zurück; und schon damals hatte sie ihm heftige Vorhaltungen gemacht, weil er einfach so unangemeldet vorbeigekommen war. Trotzdem war absehbar, dass sie ihre Schande, ihr Opfer, nicht für immer verheimlichen könnte. Und vielleicht würde das Versteckspiel für sie bald ein Ende haben.

Nach einem Blick auf die Uhr eilte Liu Song ins Schlafzimmer, aufgeregt wie ein Kind vor den Festlichkeiten, die das Neue Jahr einläuteten. Sie kniete sich vor ihr Bett und zog den Koffer ihrer Mutter hervor, den sie darunter aufbewahrte: eine Schatztruhe, in der sich alles befand, was noch von der Person übrig war, die sie einmal war – und immer noch wieder sein könnte.

Sie klappte den Koffer auf und betrachtete kurz das gelbe Blatt Papier, das auf ihren Andenken lag. Dann berührte sie das Telegramm, das in der Vorwoche eingetroffen war – es war kein bloßer Traum, wie sie mit einem Aufatmen feststellte, sondern höchst real. Die per Western Union geschickte Botschaft hatte sich nicht über Nacht in Luft aufgelöst, zusammen mit all ihren Hoffnungen. Sie las das Fernschreiben noch einmal durch, es war unglaublich lang. Bei einem Preis von fünfundzwanzig Cent pro Wort hatte es vermutlich ein kleines Vermögen gekostet, und sie genoss jeden einzelnen Buchstaben, jedes Satzzeichen. Der Absender war jemand, der schon früher nie knausrig gewesen war. Sogar in Zeiten, wenn er knapp bei Kasse war. Er schüttete ihr ausführlich sein Herz aus und bat inständig um Verzeihung dafür, dass er so lange fortgeblieben war.

Liu Song drückte sich das Telegramm ans Herz und ließ sich zu Boden sinken. Heute war der Tag der Tage. Heute würde Colin zu ihr zurückkommen.

ZWEITE WAHL

(1929)

Liu Song stand etwas abseits der Menschenmenge, die an der Anlegestelle 36 wartete. Sie hörte das Kreischen von Seemöwen und rümpfte die Nase, während schlickgrünes Meerwasser gegen die mit Seepocken, Röhrenwürmern und sogar dem einen oder anderen fetten, purpurroten Seestern überkrusteten Holzpfähle der Mole schwappte. Bei Flut roch es im Hafen eigentlich immer am erträglichsten – trotz der Dieselabgase der Schiffe und Kutter, die hier die Luft verpesteten und dem strengen Geruch alter Fischernetze voller Dungeness-Krabben. Beim Blick nach Süden aber, in Richtung der Schiffswerft von Skinner & Eddy, die in gespenstischer Stille dalag, erspähte Liu Song eine Ansammlung von Zelten und Baracken aus Teerpappe, deren Bewohner gerade dabei waren, eimerweise Fäkalien in den Puget Sound zu kippen. Ihr drehte sich vor Ekel der Magen herum, während sie beobachtete, wie in der Luft kreisende Möwen immer wieder ins matschige Watt hinabstießen, bis sie vom Tuten einer Schiffssirene verscheucht wurden – allerdings nur für kurze Zeit.

Sie verfolgte, wie der Dampfer *Tantalus* mithilfe eines Schleppers gemächlich längsseits an der Mole anlegte. Weißer Dampf quoll aus den hoch aufragenden blauen Schornsteinen des Schiffes, der in Wolken umherwirbelte, ehe er sich oben am dicht bezogenen Himmel verlor. Ihre Eltern, entsann sie sich, waren ebenfalls mit einem Schiff der Blue Funnel Line nach Amerika gekommen und hatten stets voller Zuneigung von der China Mutual Steamship Company gesprochen. Und sie teilte diese Empfindung, während sie dabei zusah, wie die Passagiere die Gangway hinunterkamen, nachdem ein Steward ihre Tickets abgeknipst hatte.

Colin lächelte und winkte ihr zu, aber es dauerte kurz, bis Liu Song ihn wiedererkannte. Er war korpulenter als früher, regelrecht beleibt, und in seinem dunklen Anzug wirkte er viel gesetzter, als sie ihn in Erinnerung hatte. Anders als im Stillen erhofft, folgte er nicht dem Beispiel der weißen Passagiere um sie herum: Er fiel ihr nicht um den Hals, umarmte sie nicht und küsste sie auch nicht zur Begrüßung, sondern reichte ihr etwas förmlich die Hand. Wobei es allerdings schien, als wollte er ihre Hand gar nicht mehr loslassen.

»Du hast dich kein bisschen verändert.« Er sprach Chinesisch, mit einem ausgeprägteren Akzent als zuvor. Sein Englisch war nach seiner langen Abwesenheit eingerostet.

»Du siehst … besser aus«, entgegnete Liu Song mit einem Lächeln.

Sie aßen im eleganten King Fur Café zu Mittag, obwohl Liu Song vor Aufregung kaum etwas herunterbekam. Colin wiederum hatte einiges auszusetzen, an den Speisen ebenso wie an der Bedienung. »Kein Vergleich mit den Kellnern in Hongkong – die sind nicht nur besser gekleidet, sondern auch sehr viel gewandter. Für sie ist es kein Problem, einem Gast Feuer zu geben, während sie ihm gleichzeitig die Suppe servieren.«

Liu Song dankte ihm, als er die Rechnung übernahm. »Du musst doch müde sein«, sagte sie. »Ich wohne noch in meinem alten Apartment. Komm mit und ruhe dich etwas aus. Bei mir kannst du die Schuhe ausziehen –« Sie verstummte abrupt. Auf keinen Fall wollte sie zu dreist wirken, zu verzweifelt.

Unterwegs zum Bush Hotel ließ die Anspannung zwischen ihnen spürbar nach. Während sie Arm in Arm dahinspazierten, merkte Liu Song, wie ihre alten Gefühle für Colin mit derselben Intensität neu zum Leben erwachten, ungeachtet der Tatsache, dass er sein Gepäck ins Sorrento bringen ließ, ein Nobelhotel, das sie nur von außen kannte. Es spielte keine Rolle; Chinatown war ihr Viertel, hier gehörten sie beide hin. Obwohl es sie mit Wehmut erfüllte, dass inzwischen so viel Zeit vergangen war.

Er machte es sich auf ihrem neuen Sofa bequem, während sie Oolongtee zubereitete und ein Schälchen mit frischen Mandelkeksen auf den Tisch stellte. »Es scheint dir ja nicht schlecht zu gehen, trotz der schwierigen Lage zurzeit«, sagte Colin mit leicht fragendem Unterton. »Du hast viele schöne Sachen. Eine neue Couch. Auch neue Teppiche, wie ich sehe.«

Liu Song erzählte ihm, dass das Musikgeschäft Pleite gemacht hatte und dass sie sich seither mit allerlei Jobs über Wasser hielt, die genügend abwarfen. Sie knabberte an einem angebrannten Keks und musste gegen eine plötzliche Übelkeit ankämpfen, während sie ängstlich darauf achtete, so dazusitzen, dass er ihren Bauch nicht sehen konnte. In seinen letzten Briefen hatte Colin erwähnt, dass auch die Bank seines Vaters nicht von den Turbulenzen verschont geblieben war, die derzeit die gesamte Welt heimsuchten, aber er sei zuversichtlich, dass sie das Gröbste so weit überstanden hätten. Er hatte neue Investoren gefunden, die hier vor Ort Maschinen für Sägewerke aufkauften, um sie anschließend in China weiterzuverkaufen. Er war hergekommen, um das Geschäft unter Dach und Fach zu bringen, vor allem aber wollte er sie wiedersehen.

Liu Song zögerte zunächst. Aber dann gab sie sich einen Ruck und stellte die Frage, die zwischen ihnen hing wie ein Geist. »Und wie geht es deiner … Frau?« In ihren wenigen Briefen an ihn hatte sie das Thema seiner Verlobten kein einziges Mal angeschnitten, und auch er hatte dazu keine Silbe verlauten lassen. Woraus sie schloss, dass die Sache erledigt und somit nicht der Rede wert war.

Colin lockerte sich verstohlen die Krawatte. Er sah Liu Song merkwürdig an, halb lächelnd, halb stirnrunzelnd. »Sie ist eine gute chinesische Ehefrau, hat mich schön kugelrund gefüttert.« Er klopfte sich auf den Bauch. »Und sie hat mir zwei Kinder geschenkt, einen Jungen und ein Mädchen, beide kräftig und gesund. Meine Tochter habe ich nach dir benannt. Sie heißt Willow.«

Liu Song war kurz wie betäubt. Sie schwankte zwischen heftiger Enttauschung und dem Reflex, das Gehörte nicht wahrhaben zu wollen. Aber es gelang ihr trotzdem irgendwie, zu lächeln und zu lachen, obwohl sie ihm die Sache mit dem Namen nicht ganz abkaufte. »Weiß sie von mir?« *Bedeute ich dir noch etwas? Hat sie Grund zur Sorge – oder muss* ich *mir Sorgen machen?* »Weiß sie, dass du jetzt hier bei mir bist?« In Anbetracht ihres Arrangements mit Onkel Leo kam es ihr fast heuchlerisch vor, Colin so ins Verhör zu nehmen – aber sie musste die Wahrheit wissen.

»Ich habe ihr alles erzählt.« Er schwieg kurz und rückte verlegen auf dem Sofa herum, ehe er sie direkt ansah. »Ich habe ihr sogar gesagt, dass ich dich heiraten möchte.«

Liu Song wäre um ein Haar die Teetasse aus der Hand gefallen.

»Ich bin geschäftlich hier«, fuhr Colin fort, »aber meine Reise hat noch einen anderen Grund. Ich wollte dir einen Heiratsantrag machen, Liu Song. Und zwar persönlich, weil ich finde, dass man so etwas nicht per Brief oder Telegramm erledigt. Ich kenne nicht mal deine näheren Lebensumstände, vielleicht habe ich gar kein Recht, dich um so etwas zu bitten. Aber ich musste dich einfach sehen, musste sehen, wie es dir geht, ob du weiter an dem Traum festhältst, den ich aufgeben musste. Und ich musste dich fragen, ob du mich heiraten willst.«

Liu Songs Herz tat einen Sprung, während sich ihr gleichzeitig der Magen umdrehte.

»Ich … ich weiß nicht, was ich sagen soll«, stammelte sie. »All die Jahre habe ich kaum je gewagt, von so etwas auch nur zu träumen.« Ihr war schwindelig. »Aber was ist mit deiner Frau – du würdest sie zurücklassen? Du würdest deine Kinder verlassen? Für mich?« Schon der Gedanke war für Liu Song unvorstellbar. William zuliebe hatte sie die größten Opfer gebracht. Ihn aufzugeben, das wäre für sie nie und nimmer in Frage gekommen. Egal, was Colin ihr bieten mochte, damit sie mit ihm nach China zurückkehrte – ohne ihren Sohn käme dieser Schritt für sie nicht in Betracht. Niemals.

Colin lehnte sich zurück und massierte sich die Stirn. »Ich glaube, du verstehst nicht ganz …«

»Kann schon sein.« Liu Song war verwirrt, sosehr ihr sein Antrag auch schmeichelte. »Was gibt es denn noch zu verstehen? Was verschweigst du mir?« *Dass du mich liebst?*

»Ich liebe *uns*.« Colin berührte sanft ihre Hand. »Ich habe die Firma meines Vaters gerettet. Ich bin ein wohlhabender Mann. Ich würde meine Zeit zwischen Kanton und Seattle aufteilen. Ich kann für beide Familien aufkommen. Meine Träume habe ich aufgeben müssen, aber das heißt ja nicht, dass ich auch dich aufgeben muss.«

Liu Song schloss die Augen und musste die Tränen zurückhalten. Nicht auf diese Weise. Nicht schon wieder. Sie sann kurz über Colins Worte nach. Dann öffnete sie die Augen wieder. Er blickte sie an, offen und aufrichtig, ein wenig gequält. Da endlich begriff sie. »Du würdest mich als Zweitfrau nehmen?«

Er schien vor ihr zusammenzuschrumpfen. Schien gekränkt über ihre Feststellung, die gleichwohl den Kern der Sache traf. »Ich … habe bereits eine Zweitfrau – so habe ich sie von Anfang an gesehen, Liu Song. Sie ist eine Pflicht, ein Versprechen, das ich einhalten musste. Natürlich behandle ich sie anständig. Aber ich möchte *dich* als meine Hauptfrau. Deswegen habe ich die weite Reise auf mich genommen. Um dich persönlich zu fragen, ob du mich heiraten willst.«

Liu Song starrte ihn an, enttäuscht, fassungslos. Sie liebte ihn noch immer und wollte gern mit ihm zusammen sein, nicht bloß William zuliebe, sondern auch, um endlich all ihre eigenen unerfüllten Sehnsüchte zu stillen. Aber er war nicht mehr derselbe Mann wie damals bei seiner Abreise. Er war kein Schauspieler mehr, sondern ein Stepptänzer, der sich geschickt aus der Affäre zu ziehen versuchte. Er war Daddy Rice mit Metallplättchen an den Schuhen. Er war Al Jolson in *The Jazz Singer*.

Colin setzte seinen Tanz fort. »Viele Geschäftsleute machen das so, Liu Song. Weil es vernünftig ist. Ich könnte für deinen Lebensunterhalt aufkommen – und du könntest dich ganz aufs Singen und Schauspielern konzentrieren, tun und lassen, was dein Herz begehrt. Für William sorge ich natürlich auch.«

Verglichen mit dem elenden Leben, das sie jetzt führte, war sein Vorschlag mehr als akzeptabel. Und da ihre Ehe hier gesetzlich nicht anerkannt würde, müsste sie auch nicht mit ihm das Land verlassen. Mildred hätte vermutlich nicht lange gezögert, diese Gelegenheit beim Schopf zu packen. Liu Song aber kam es vor, als würde sie damit lediglich vom Regen in die Traufe kommen, ein schäbiges Arrangement mit einem Mann gegen ein anderes eintauschen, das nicht minder schäbig war. *Du bist die Tochter deiner Mutter.* Wie zum Hohn hallten ihr die Worte durch den Kopf.

Erneut überkam Liu Song heftiges Unwohlsein, als würde sich alles in ihr zusammenkrampfen. Sie hielt den Atem an und zählte im Stillen, bis der Schmerz in ihrem Bauch wieder abgeebbt war. Das Wirrwarr in ihrem Kopf aber ging weiter. Da hörte sie das Geräusch kleiner Füße, die sich draußen im Hausflur näherten, und sah, wie die Tür aufging. Sie hatte ganz vergessen, wie spät es war. William kam herein, er lächelte.

»Hallo«, sagte er, nahm seinen Schulranzen ab und fragte seine Mutter dann, ob er einen Keks haben dürfte. Sie reichte ihm ihren.

»Ah, wenn das nicht William ist«, rief Colin. »Nun sieh mal einer an – wie groß du geworden bist!«

»William«, sagte Liu Song. »Sage Mr Kwan guten Tag.«

»Du weißt doch noch, wer ich bin, oder?«, fragte Colin.

William nickte und lächelte höflich, aber sein Blick verriet, wie groß seine Verwirrung war. Colin schien es nicht weiter zu bemerken, er überschüttete William weiter mit Lob und Anerkennung.

Liu Song entschuldigte sich und zog sich ins Bad zurück. Sie hatte Bauchschmerzen und wusste nicht recht, ob sie sich übergeben müsste. Beim Blick in den Spiegel erschrak sie ein wenig, denn sie war kreidebleich, und kalter Schweiß stand ihr auf der Stirn. Sie spritzte sich Wasser ins Gesicht und bemühte sich, bewusst ruhig und regelmäßig zu atmen, bis es ihr wieder besser ging.

Bei ihrer Rückkehr ins Zimmer forderte sie ihren Sohn auf, jetzt seine Hausaufgaben zu erledigen. Danach verließ sie mit Colin das Apartment. Im Treppenhaus plauderten sie über William, bis sie unten auf der Straße angekommen waren. Sie hatte das Bedürfnis, sich ein ungeschöntes Bild von ihrem Stadtviertel zu machen, in dem mittlerweile Armut, Elend und Hoffnungslosigkeit herrschten. Einwanderer, frühere Kleinbauern, die vor Jahren ihr von Dürre verheertes Land verlassen hatten, um hier in den Konservenfabriken zu arbeiten, saßen jetzt halb verhungert auf dem Gehweg und schlugen mit Essstäbchen gegen ihre leeren Reisschalen. Und in der Ferne, ungefähr da, wo sich Hooverville befand, die

Elendssiedlung unten am Puget Sound, quoll schwarzer Rauch in dichten Wolken zum Himmel empor. Liu Song fragte sich, ob man wieder mal das Militär hatte anrücken lassen, um dort alles niederzubrennen. Bei aller Dankbarkeit, hier zu wohnen, wo sie geboren war, musste sie dennoch ganz nüchtern abwägen, ob es nicht besser wäre, Colins Angebot anzunehmen, statt ihr Leben weiter so kümmerlich zu fristen wie bisher. Fünf Jahre hatte sie auf ihn gewartet, ohne je ernsthaft mit seiner Rückkehr zu rechnen – es schien ihr besser so. Lieber einer unerfüllten Sehnsucht nachhängen, als für alle Zeit enttäuscht zu werden.

»Darf ich dich zum Abendessen einladen? Dich und …«

»William.« *Hast du seinen Namen schon vergessen?*

»Nein, nein. Dich und den Vorsitzenden von Blanchard Lumber und vielleicht noch ein paar andere.«

Liu Song stutzte. »Du möchtest, dass ich dich zu einem Geschäftsessen begleite?«

»Oh, keine Bange, es ist doch keine Hinrichtung im Morgengrauen. So schlimm wird es schon nicht, das verspreche ich dir. Und hinterher können wir uns davonstehlen und über unsere Zukunft reden.«

Ich will mehr sein als ein Sing-Song-Girl. »Ich … glaube nicht, dass wir eine Zukunft haben.« Liu Song konnte selbst kaum fassen, was sie da gerade gesagt hatte.

Colin schien völlig entgeistert. Als hätte er nie auch nur in Betracht gezogen, dass sie sein Angebot ablehnen könnte. Er öffnete den Mund, wie um etwas zu sagen, und schloss ihn dann wieder.

Liu Song sah Colin an. Zum ersten Mal, seit sie ihn kannte, hatte sie Mitleid mit ihm. Ihre Gefühle für ihn blieben davon unberührt, ihr Verstand aber hielt dagegen. Er war ein willensstarker Mensch, der seine Ziele konsequent und mit großer Tatkraft verfolgte, egal, ob es um seine Karriere als Schauspieler ging, um die Bank seines Vaters oder um alles andere, was er sich vornahm. Er war freundlich und liebenswürdig, der Spross einer begüterten Familie, und er sah noch immer blendend aus. Aber er war bereits mit einer anderen Frau verheiratet und zweifacher Vater obendrein. Liu Song hatte für William alles geopfert – *alles*. Und was würde Colin für sie opfern? Nichts.

Sie behielt ihn aufmerksam im Auge, während er sichtlich um Fassung rang. Er zeigte auf einen Greis, der nur einen Arm hatte und auf der Straße Äpfel mit braunen Flecken feilbot. »Sieh dich um. Du hast nichts. Ich kann dir alles geben, und du kannst deine Träume in die Tat umsetzen. Warum willst du auf das verzichten, was du verdient hast?«

Was habe ich denn verdient? Liu Song sann eingehend darüber nach. Sie musterte das Elend ringsumher, dachte voller Ekel an Onkel Leo, dessen Wäscherei ganz in der Nähe war. Dann blickte sie hoch und sah Colin an. Ausnahmsweise hatte sie nicht das Gefühl, eine Rolle zu spielen, sondern war ganz sie selbst. Diese Person, die Tochter ihrer Mutter, war lange fort gewesen. Sie hieß sie mit offenen Armen willkommen.

»Mir ist gerade klar geworden, dass ich für dich die perfekte Frau bin.« Colin wandte ihr das Gesicht zu und lächelte erleichtert. »Nur leider bist du für mich nicht der perfekte Mann.«

Sie erklärte William nicht, wo Colin geblieben war, und er fragte zum Glück auch nicht. Er hörte sich *Let's Pretend* im Radio an, während sie am Herd stand und eine Büchse Tofu warm machte, verfeinert mit Piment und Lauchzwiebeln. Als sie wenig später beim Essen saßen, rechnete sie im Kopf zusammen, wie viel Geld sie inzwischen gespart hatte, und überlegte, ob es wohl reichen würde, um sich woanders niederzulassen, weit weg von Onkel Leo.

»Wie fändest du es, wenn wir nach Kalifornien ziehen?«, fragte sie ihren Sohn. »Um dort zu leben, meine ich.«

»Wieso?«, fragte er mit vollem Mund zurück. »Was stört dich hier?«

»Es ist mein Ernst. In Kalifornien scheint immer die Sonne, hört man doch oft. Und es gibt überall tolle Sandstrände. Die Chinatown in Los Angeles ist doppelt so groß wie unser Viertel hier. Es gibt mehr Arbeit für Schauspieler. Und überhaupt hat man da mehr Möglichkeiten.«

Liu Song behielt ihren Sohn im Auge, während er weiter aß und versonnen an seinen Essstäbchen lutschte, als wüsste er nicht recht, ob sie das wirklich ernst meinte. Wie schwer würde es ihm wohl fallen, seine Schule zu verlassen, seine Freunde, alles, was er je gekannt hatte?

»Gut«, sagte er schließlich.

»Was, gut?«

William zuckte die Achseln und aß weiter. »Ich habe nichts dagegen, umzuziehen …«

»Deine Freunde würden dir nicht fehlen, dein Zuhause?«

William sah sie an und schüttelte lächelnd den Kopf, als hätte sie eine völlig blödsinnige Frage gestellt. »Die Schule ist ja nicht mein Zuhause. Zu Hause, das ist überall, wo du bist.«

Liu Song lächelte und schob William ihre Portion über den Tisch zu. Sie hatte noch immer Bauchschmerzen und bekam keinen Bissen herunter. Ihr Herz aber fühlte sich frei und leicht an. Ihr war klar geworden, dass sie hier nur auf Colin gewartet hatte – und dass es nach dem Wiedersehen mit ihm keinen Grund mehr gab, noch länger in der Stadt zu bleiben. So traurig ihr Treffen auch verlaufen sein mochte, nun war sie frei. Frei und bereit, die Flucht aus Seattle zu wagen, ungeachtet der Schwierigkeiten, die sie sich damit womöglich einbrockte.

Zunächst aber musste sie irgendwie die Nacht überstehen, denn der stechende Schmerz in ihrem Bauch wollte und wollte nicht aufhören. Nachdem sie William zu Bett gebracht hatte, ließ sie sich ein heißes Bad ein. Sie berührte ihren Bauch und rätselte, was die Ursache dieser Beschwerden sein mochte. War Colin der Auslöser? Oder war ihr Körper von selbst zu dem Entschluss gelangt, alles abzustoßen, was irgendwie mit Onkel Leo und dem Hundeleben zusammenhing, das sie zu führen gezwungen war? Hatte er ihre Entscheidung zur Flucht sozusagen vorweggenommen?

Auch ihre Mutter, fiel ihr nun ein, hatte einst eine Fehlgeburt erlitten, sie hatte ihr davon erzählt. Sie bemühte sich, ruhig zu bleiben, während sie ihre Kleidung ablegte und sich das Haar mit einem alten, abgebrochenen Essstäbchen oben auf dem Kopf feststeckte. Dann stieg sie in die Wanne und streckte sich in dem wohltuend warmen Wasser aus, das die in Wellen auftretenden Schmerzen, die wie ein zweiter, asynchroner Herzschlag in ihrem Bauch pochten, erheblich linderte. Während sie zusah, wie sich das Wasser nach und nach rosa färbte, schwankte sie immerzu zwischen extremen Hitzeschüben mit Schwindelgefühlen und heftigem Schüttelfrost mit Zähneklappern. Ein Strom von Tränen lief ihr heiß über die kalten Wangen bis zum Kinn hinunter, wo sie ins Badewasser tropften, eine nach der anderen.

Sie schloss die Augen und sah ihre Eltern vor sich. Auch ihre Zukunft sah sie, weit weg von hier, im Rampenlicht, mit Kameras und begeisterten Fans, die ihr zujubelten. Sie hörte die Musik von Liedern, die sie nie den Mut gehabt hatte zu singen. Sie wollte die Augen öffnen, aber eine bleierne Müdigkeit hatte von ihr Besitz ergriffen. Als es ihr endlich unter Mühen gelang, die Lider aufzuschlagen, konnte sie kaum etwas sehen, alles war merkwürdig dunkel und verschwommen, als würde sie durch einen Tunnel blicken, eine Pforte, die dabei war, sich zu schließen. Sie wollte um Hilfe rufen, William irgendwie auf sich aufmerksam machen, ihre Müdigkeit jedoch war stärker. Wie von selbst fielen ihr wieder die Augen zu. Schließlich spürte sie keinen Schmerz mehr, nur noch die Wärme, die sie wohlig einhüllte, und sie überließ sich bereitwillig dem Dunkel, das sie gleich darauf mit Haut und Haar verschluckte.

SANATORIUM

(1929)

Das Erste, was Liu Song wahrnahm, als sie wieder zu sich kam, war das Geräusch von Lederschuhen auf einem Holzboden. Sie schlug die Augen auf. Alles um sie herum war weiß – eine weiße Zimmerdecke, weiße Wände, weiße Bettwäsche und weiße Haut. Ihre Augen schmerzten, und als sie sich mit der Zunge über die Lippen fuhr, merkte sie, dass sie ganz trocken und rissig waren. Sie hatte offenbar Fieber.

Gleich darauf steckte ihr eine grimmig blickende Krankenschwester etwas Kaltes, Metallisches in den Mund. Die Schwester hob den Kopf und sah auf die Uhr, die an der Wand hing. Liu Song folgte ihrem Blick, vermochte aber nicht zu erkennen, wie spät es war, weil ihr noch immer alles vor den Augen verschwamm. Als genug Zeit vergangen war, hielt die Schwester das Fieberthermometer in die Höhe, las kurz den Wert ab, schüttelte es und ging weiter zum nächsten Bett, wo sie es der nächsten Patientin in den Mund schob.

Liu Song wandte langsam den Kopf zur Seite und versuchte die Betten zu zählen. Anscheinend teilte sie sich das Zimmer mit sechs weiteren Frauen: einer Schwarzen, einer Indianerin und vier Weißen, darunter eine Geistesschwache – lauter junge Frauen, die alle weit besser aussahen, als sie sich fühlte.

Die Schwarze lächelte und winkte ihr zu. Liu Song wollte zurückwinken, aber es ging nicht; sie war, wie sie erst jetzt mit Schrecken feststellte, an Armen und Beinen mit breiten Lederriemen ans Bett gefesselt. Panik stieg in ihr auf, Beklemmung, sie hatte das Gefühl, keine Luft mehr zu bekommen, während ihr ein Kribbeln und Prickeln durch den gesamten Körper lief. Um dem Grauen irgendwie zu entkommen, flüchtete sie sich in Gedanken in den dunkelsten, sichersten Winkel ihres Geistes. An den einen Ort, den Onkel Leo nie zu erreichen vermochte.

»Verstehen Sie Englisch?«, riss die Stimme der Schwester sie jäh in die Gegenwart zurück.

Liu Song merkte, dass sie gemeint war, und nickte. »Ja.«

»Dann lassen Sie sich gesagt sein, dass das nur in Ihrem eigenen Interesse geschieht, Liebes.« Die Schwester, die mit ihrem Thermometer inzwischen zwei Betten weiter weg stand, deutete auf Liu Songs Fesseln. »Damit Sie ruhig daliegen und sich nicht im Schlaf die Fäden herausziehen.«

Liu Song versuchte sich zu bewegen, aber es gelang ihr nicht; sie war so schlapp und benommen, dass ihr Körper ihr nicht gehorchen wollte. Sie sah an sich hinab und entdeckte Flecken auf ihrem Hemd, als hätte sie sich erbrochen. Jemand hatte sie zwar gesäubert, doch die Verfärbungen rochen noch immer widerlich säuerlich, nach Magensäure und auch ein wenig nach Zwiebeln. Ihren Bauch konnte sie nicht sehen, da sie mit einer Bettdecke zugedeckt war. Jedes Mal jedoch, wenn sie ihr Gewicht verlagerte oder die Hüften bewegte, spürte sie stechende Schmerzen in der Umgebung ihres Bauchnabels.

Da richtete die Krankenschwester wieder das Wort an sie. »Immer mit der Ruhe da drüben, Sie sind operiert worden.«

Liu Song blinzelte verwirrt. »Operiert?« Sie sah sich erschrocken um und begriff nach und nach, dass sie sich in einem Aufwachraum befand, in einem Krankenhaus anscheinend.

»Ja. Sie sind sterilisiert worden.«

Liu Song kannte das Wort nicht. »Wo ist mein Sohn?«

»Sie haben das Baby verloren, Süße«, erwiderte die Schwester, ohne den Blick zu heben. Sie war gerade damit beschäftigt, Einträge auf einem Klemmbrett vorzunehmen, das sie anschließend an die Wand hängte. »Vielleicht war das ja ein Fingerzeig Gottes, dass Sie als Mutter einfach nicht geeignet sind«, fuhr sie ungerührt fort. »Haben Sie noch Schmerzen?«

Liu Song dachte an William und schüttelte den Kopf, konnte aber nichts gegen die Tränen unternehmen, die ihr heiß in die Augen schossen und über die Wangen rollten. Sie biss sich auf die Zunge, um ihre Gefühle zu beherrschen.

Die Schwester verschwand kurz und kehrte dann mit einer Flasche an ihr Bett zurück. Liu Song schüttelte hilflos den Kopf, als die Schwester etwas von der betäubend riechenden Flüssigkeit auf ein Schwämmchen träufelte, das sie sodann in eine Maske steckte, die sie ihr anschließend überstülpte. Liu Song wollte auf keinen Fall einatmen. Hatte mit einem Mal panische Angst, dass man sie umbringen wollte, vergiften, dass sie nie wieder aufwachen würde. Sie sah sich hektisch im Zimmer um. Ihr Blick landete auf der Schwarzen, die ihr Krankenhaushemd hochgezogen hatte und vorsichtig die Narbe über ihrem Nabel betastete.

Liu Song schloss die Augen. Ihre letzten bewussten Gedanken kreisten um William, dann schwanden ihr die Sinne.

Als Liu Song wieder zu sich kam, merkte sie, dass sie kein Fieber mehr hatte. Dafür spürte sie die Wärme der Morgensonne, die hell durch das vergitterte Fenster schien. Ein heftiges Magenknurren rief ihr in Erinnerung, dass sie lange nichts gegessen hatte. Das Einzige jedoch, was sie auf dem Nachttisch neben sich vorfand, war eine Schale klare Brühe, die mit einer dünnen Suppenhaut überzogen war. Unwillkürlich kam ihr ihre Mutter in den Sinn. Wäre sie jetzt hier gewesen, hätte sie ihr sicherlich eine *gai jow* gekocht, mit getrockneten Judasohren und Tigerlilienknospen. Auf die Heilkraft dieser Hühnersuppe mit Reiswein hatte ihre Mutter es damals zurückgeführt, dass Liu Song die Grippe unversehrt überstand. Ihren Vater und ihre Brüder aber hatte die Suppe leider nicht retten können.

Zwei der anderen Patientinnen, stellte sie fest, waren bereits auf den Beinen. Sie verließen, gestützt von einer Krankenschwester, gerade das Zimmer, woraus sie die Hoffnung schöpfte, dass auch für sie diese Tortur bald überstanden sein würde. Da aber kam eine Frau ins Zimmer, die sie nur zu gut kannte. Sie starrte Liu Song an, mit gespitzten Lippen und einem Stirnrunzeln, als ob sie ein Rätsel wäre, das es zu lösen galt. Eine soziale Gleichung, auf die es eine empirische Antwort gab.

»Mrs Peterson«, sagte Liu Song. Beim Anblick der Sozialarbeiterin schwante ihr nichts Gutes.

»Sie erkennen mich also? Prima, umso besser. Da wissen Sie ja, dass Sie mir und dem, was ich Ihnen mitzuteilen habe, vertrauen können.«

Liu Song spürte, wie sich ihr Magen jäh zusammenkrampfte – ob vor Hunger, vor Nervosität oder wegen der Operation wusste sie nicht. Sie streckte die Hand zum Nachttisch aus, auf dem ein Glas Wasser stand, und leerte es in zwei großen, gierigen Schlucken.

»Wann kann ich nach Hause? Wo ist mein Sohn?«

Mrs Peterson, die mittlerweile auf einem Stuhl Platz genommen hatte, blätterte in einem Ordner, den sie auf den Knien liegen hatte. »Sie können wieder nach Hause, wenn wir entschieden haben, was aus Ihrem Sohn wird.«

Liu Song bemühte sich, nicht in Panik zu geraten oder in Schwarzmalerei zu verfallen. Sie musste jetzt ruhig bleiben, kühlen Kopf bewahren. Eine gute Mutter sein.

»Der vorläufige Plan sieht vor, dass wir den Vater kontaktieren, damit er William dauerhaft zu sich nimmt. Sie haben nie geheiratet. Sie haben sich schwängern lassen, schon wieder. Man hat Sie in Ihrer Badewanne vorgefunden, in sehr übler Verfassung, nachdem Sie da offenbar selbst Abhilfe schaffen wollten …«

Die Frau sprach so schnell, dass Liu Song ihr kaum zu folgen vermochte.

»Mir tut es bloß leid, dass man Ihnen Ihren Sohn nicht gleich nach der Geburt abgenommen hat. Wer weiß, wie schwer Sie ihn jetzt schon geschädigt haben. Bei seinem Vater ist er besser aufgehoben. Noch ist es nicht zu spät …«

»Sein Vater will ihn gar nicht haben. Bitte …« Liu Song wusste, dass das nicht der Wahrheit entsprach. Leo mochte sich nicht darum reißen, einen Sohn großziehen zu müssen, doch es war durchaus üblich, dass kinderlose Ehepaare ein Kind adoptierten oder sogar kauften. Liebe oder andere Gefühle spielten dabei keine Rolle, hier ging es um rein praktische Erwägungen. Wurde ein Kind in eine chinesische Familie adoptiert, die ihm zu einem guten Namen verhalf, war mit diesem Namen automatisch die Verantwortung verbunden, die Eltern im Alter zu versorgen – eine soziale Schuld also, die es abzutragen galt. Weil ein Kind seinen Eltern im Leben schließlich alles zu verdanken hatte. In der Zwischenzeit würde Leo für William vermutlich durchaus Verwendung finden, als unbezahlte Arbeitskraft in der Wäscherei. Oder Tante Eng ließ ihn als Diener im Haushalt schuften. Liu Song schüttelte den Kopf.

Mrs Peterson musterte die anderen Patientinnen in dem Aufwachraum. »Nun ja, in Anbetracht Ihrer Entfremdung von Mr Eng könnten wir wohl eine Ausnahme machen, nehme ich an. Sehen Sie es als Akt der Barmherzigkeit – als Akt der Gnade, wenn man so will. Die Nonnen im Sacred-Heart-Waisenhaus könnten sich Ihres Sohnes annehmen, aber das wäre dann für immer, darüber müssen Sie sich im Klaren sein. Sie würden ihn zur Adoption freigeben, und so, wie die Dinge liegen, wird ihn vermutlich *nie* jemand adoptieren. Aber dort erhält er zumindest eine moralisch einwandfreie Erziehung und wächst unter anderen Kindern seines Alters auf. Vielleicht findet er ja sogar Freunde dort.«

Liu Song verspürte nur einen Wunsch – William zu sehen, ihn an sich zu drücken, mit ihm zu fliehen. »Sind das meine einzigen Möglichkeiten?«, fragte sie, während sie mit aller Macht die Tränen zurückhielt.

»Ja. Entweder Sie überlassen ihn Mr Eng«, sagte Mrs Peterson, »oder Sie versuchen eben Ihr Glück mit einem Waisenhaus. Das liegt ganz bei Ihnen.«

Liu Song blickte auf ihre leeren Hände hinab, eine halbe Ewigkeit lang, so kam es ihr vor. Ängstlich und allein, wie schon so oft in ihrem Leben, spürte sie, wie ihr das Herz in der Brust raste. Als lägen all ihre Hoffnungen und Träume auf einem Amboss, dem Hammer preisgegeben, der unvermeidlich auf sie niedersausen würde. *Ich kann ihm gar nichts geben, nicht mal meinen Namen,* dachte Liu Song. *Aber an Leo werde ich ihn nicht ausliefern, niemals.* Sie blickte auf und sah Mrs Peterson an. »Das Waisenhaus«, flüsterte sie. »Wo muss ich unterschreiben?«

Nachdem Mrs Peterson ihr die Dokumente vorgelesen und sie alles unterschrieben hatte, fassungslos, wie in Trance, instruierte Liu Song sie als gute Mutter eine Stunde lang über alles, was William betraf – erklärte ihr haarklein, was er am liebsten aß, was sein Lieblingsspielzeug war, welche Gutenachtgeschichten er am liebsten hörte. Ob er ein Foto von ihr mitnehmen dürfte, ob man ihm sagen würde, wer seine Familie war, danach wagte sie nicht zu fragen, weil sie zu große Angst vor den Antworten hatte. Sie weinte und schluchzte so sehr, dass sie kaum Luft bekam.

Schließlich machte Mrs Peterson Anstalten zu gehen. An der Tür wandte sie sich noch einmal um. »Sie könnten sich wenigstens bedanken. Immerhin habe ich Ihnen und Ihrem Sohn einen großen Gefallen getan.«

Nur das Ticken der Wanduhr war zu hören, während eine ganze quälend lange Minute verstrich. Die Frau stand in der Tür und tippte mit einem Schuh ungeduldig auf dem Holzboden herum.

»Danke«, flüsterte Liu Song mit tränenerstickter Stimme.

Dann lauschte sie den Schritten der Frau, die sich den langen Flur hinunter entfernten. Hörte, wie die Tür am Ende des Flurs geöffnet wurde und wieder ins Schloss fiel. Saß im Bett und sah reglos zu, wie ein Pfleger mit einem Rollstuhl ins Zimmer kam und anfing, die anderen Patientinnen damit hinauszubefördern, eine nach der anderen. Als er mit der letzten Frau, der Schwarzen, das Zimmer verlassen hatte, atmete Liu Song tief durch und schrie los. Schrie wie von Sinnen, bis aus ihrer frisch vernähten Operationswunde Blut quoll und die Laken, mit denen sie zugedeckt war, rot sprenkelte. Sie schrie, strampelte wild mit den Beinen und raufte sich das Haar aus, bis Schwestern und Pfleger ins Zimmer gestürmt kamen, sie mit vereinten Kräften überwältigten und auf dem Bett gewaltsam auf die Seite drehten. Eine fleischige Pranke drückte ihr Gesicht ins Kissen, während sie weiterschrie und -heulte, bis sie ein Piksen im Oberschenkel spürte und sich nicht mehr rühren konnte. Nur die Tränen liefen ihr weiter aus den Augen.

Auch wenn er die Notlage seiner Ah-Ma nicht restlos verstand, eines begriff William nun: Was immer sie getan hatte, sie hatte es für ihn getan. Aus Liebe und nichts als Liebe, wie ihm mit schlechtem Gewissen klar wurde. An Colin und Onkel Leo erinnerte er sich nur undeutlich, wenn er an seine Kindheit zurückdachte, die Traurigkeit seiner Mutter aber war eine Art Konstante, die ihm bis heute präsent war. Wirklich fröhlich war sie eigentlich immer nur bei den Festlichkeiten zum chinesischen Neujahr, wenn sie beide, zur Feier des Tages in Rot gekleidet, sich den Umzug auf der Seventh Avenue ansahen und auf die Liu-Bei-Löwen warteten. Begleitet vom Klang der Trommeln, Gongs und Becken führten die Schauspieler im Kostüm des schwarzgoldenen Löwen ihren Tanz auf, hüpften und stolzierten, wirbelten im Kreis herum und schnellten plötzlich vorwärts. Manche entzündeten sogar Feuerwerkskörper, die funkensprühend und mit lautem Knall zwischen den Backsteingebäuden explodierten und die Luft mit Rauch erfüllten. Seine Ah-Ma reichte ihm dann einen roten, in ein Salatblatt eingewickelten Umschlag als Futter für den Löwen. Diese Gabe diente dem Zweck, die Bestie zu besänftigen, damit sie ihn ein weiteres Jahr in Ruhe ließ.

Danach kehrten sie nach Hause zurück und hielten Hausputz. Seine Ah-Ma rastete und ruhte nicht, bis sie jede Ecke, jeden Winkel des Apartments gewienert und gewischt hatte, bis alles vor Sauberkeit strahlte und blinkte. Es war, als wollte sie mit dem Staub und den Spinnweben auch all das beseitigen, was sie belastete, den toten Ballast der Vergangenheit, den sie mit sich herumschleppte.

Während sie mit ihm die Second Avenue entlangging, in Richtung Innenstadt, blickte William am Smith Tower empor, der um diese Uhrzeit geschlossen war. Nur die Pyramide oben auf der Spitze war beleuchtet, ein einsames Leuchtfeuer hoch über den verwahrlosten, mit Unrat übersäten Straßen.

»Willst du mich zum Wunschsessel bringen?«

Seine Mutter lächelte nicht. Sie schüttelte bloß den Kopf. »Ich möchte dir etwas zeigen. Damit du siehst, wer ich bin.« Sie deutete auf das kleine Gebäude gleich nebenan, das Florence Theatre mit seiner blinkenden neuen Leuchtanzeige, auf der diverse Tonfilme angekündigt wurden. William war noch nie in diesem zweitklassigen Kino gewesen, in dem *Daughter of the Dragon* gezeigt wurde.

Die Romane des Autors Sax Rohmer, die um den ruchlosen Dr. Fu Manchu kreisten und auch bereits verfilmt worden waren, kannte William nur vom Hörensagen. Schwester Briganti hatte diese Bücher immer als wertlosen Schund abgetan. Was jedoch seine Mitschüler nicht davon abhielt, sich dünne schwarze Schnurrbärte aufzumalen und die Augen lang zu ziehen, um mysteriös und gefährlich zu wirken.

Seine Ah-Ma kaufte zwei Eintrittskarten. Nachdem sie sich Plätze in der Mitte des Saals gesucht hatten, unterhielten sie sich leise im Flüsterton, während erst die Wochenschau und dann ein Zeichentrickfilm mit Flip, dem Frosch, über die Leinwand flimmerten.

»Hast du mich deshalb ins Waisenhaus gegeben?«, fragte William schließlich. »Um mich von Onkel Leo fernzuhalten? Falls ja, ist es nicht deine Schuld. Das verstehe ich.« Er beobachtete, wie sich das Flackern des Trickfilms in ihren Augen widerspiegelte.

»Rückblickend wäre es besser gewesen, wenn ich mit dir bei der erstbesten Gelegenheit die Stadt verlassen hätte, aber ich war schwach. Du verstehst das nicht, William. Ich wollte dich niemals fortgeben. Wie hätte ich das übers Herz bringen sollen? Nein, ich musste mich für das kleinere Übel entscheiden: Ich gab dich fort, um dich vor ihm zu schützen. Und damit habe ich auch mich selbst aufgegeben. Ich rechnete nicht damit, das Cabrini-Sanatorium je wieder zu verlassen. Ich wollte gar nicht mehr fort. Ich blieb und schrieb dir regelmäßig. Das sollte ich zwar eigentlich nicht, aber ich wusste ja, wo du warst. Ich hoffte, du würdest meine Briefe bekommen und mich verstehen.«

William dachte an die vielen Postkarten und Briefe, die Schwester Briganti ihm all die Jahre lang verschwiegen und vorenthalten hatte. Er schüttelte den Kopf, während die Kinoorgel eine fröhliche Melodie spielte. Ihm war speiübel. Nachdem die Melodie verklungen war, erlosch das Licht im Saal nach und nach, und der Hauptfilm fing an, untermalt von einer Musik, die eher unheilverkündend klang.

Als der Vorspann lief, erkannte William die Namen von Sessue Hayakawa, Anna May Wong und Warner Oland, der den bösen Dr. Fu Manchu spielte. Er durchforstete sein Gedächtnis und erinnerte sich an einen viel älteren Mann, der hin und wieder etwas mit ihm und seiner jungen Mutter unternommen hatte. »Onkel« hatte seine Ah-Ma zu ihm gesagt.

William rief sich das Bild seiner Mutter vor Augen, bewusstlos in der Badewanne.

»Mit einer Schwangeren hätte Onkel Leo nichts zu tun haben wollen. Aber das Baby – ich hatte Angst, wenn es ein Mädchen würde, dass er und Tante Eng mich zwingen würden, die Kleine zu verkaufen oder noch Schlimmeres. Und wenn es ein Junge wäre, dass sie ihn mir gleich nach der Geburt abnehmen und als ihr Kind beanspruchen würden. Oder dass sie mir euch beide wegnehmen und mich am Ende komplett ausbooten würden.«

William lauschte der Beichte seiner Mutter, die schmerzvoller war als jede Sündenlitanei, die er Pater Bartholomew je mit stockender Stimme anvertraut hatte. Er blickte zur Leinwand und hörte Sessue Hayakawa sagen: »Welch bittere Ironie des Schicksals – dass der einzige Mensch, den ich je wahrhaft geliebt habe, von einem Vater abstammt, den ich zutiefst verabscheue.«

Das trifft auch auf mich zu, dachte William.

»Sie wollten mich nicht aus dem Sanatorium herauslassen, bis ich dich aufgegeben hatte, so oder so. Ich habe immer wieder nach dir gefragt, darum gebettelt, dich sehen zu dürfen. Aber sie haben gesagt, du wärst in einem Heim, vorübergehend, dass du dort jetzt am besten aufgehoben wärst. Und das stimmte leider, das wusste ich. Ich konnte nicht für uns beide sorgen. Mir stand der Rauswurf aus meiner Wohnung bevor, wegen jener schlimmen Nacht, als man mich bewusstlos in der Badewanne gefunden hat. Also habe ich unterschrieben und dich aufgegeben – für immer. Es war die einzige Möglichkeit, dich dauerhaft Onkel Leos Zugriff zu entziehen. Ich hatte dich verloren, aber zumindest wusste ich, dass du nie in seine Hände geraten würdest.«

Da entdeckte William ein vertrautes Gesicht auf der Leinwand. Es war seine Ah-Ma, es war Willow. Sie spielte eine Dienerin Anna Mays, die wiederum die niederträchtige Tochter des Fu Manchu verkörperte. »Aber wie bist du *dort* gelandet?«, fragte William und zeigte zur Leinwand.

»Ja, wer hätte gedacht, dass *Die Augen des Totems* mir zu meinem großen Durchbruch verhelfen würde? Der Film kam erst zwei Jahre später in die Kinos, und zu dem Zeitpunkt waren Stummfilme schon passé, alle Welt wollte nur noch Tonfilme sehen. H. C. Weaver ging bankrott, und das Filmstudio ist zwei Jahre später abgebrannt. Aber Asa hat den Film gesehen, in einem kleinen, zweitklassigen Kino. Er war halb betrunken. Auch er hatte einige Zeit in einer Nervenheilanstalt gesessen. Ich glaube, er hat den Kummer wiedererkannt, als er meine Tränen sah, meinen Schmerz, der nicht gespielt war – um zu weinen, brauchte ich nie zu schauspielern, William. Ich habe mir nie Salz in die Augen reiben müssen oder Glyzerin, wie andere Schauspielerinnen. Ich brauchte nur an dich zu denken, und schon kamen mir die Tränen, ganz von selbst.«

William sah seine Mutter an, der auch jetzt die Tränen übers Gesicht liefen.

»Asa suchte einen der Produzenten auf, der mich ausfindig machte und für mich bürgte. Das Studio lud mich zu Probeaufnahmen ein. Alle waren auf der Suche nach der nächsten Nina Mae McKinney – mit ihr hatte man bereits eine dunkelhäutige Greta Garbo, und nun brauchte man noch eine asiatische Entsprechung. Am Ende nahmen sie mich unter Vertrag. Ich hörte auf, Liu Song zu sein, und wurde zu Willow Frost. Das Studio übernahm sogar die Kosten dafür, meinen Namen rechtsgültig ändern zu lassen. Ich erhielt ein monatliches Gehalt. Man ließ mir von einem Zahnarzt die Backenzähne ziehen, um mein Lächeln zu verbessern, und hat auch dafür gesorgt, dass meine Nase begradigt wurde. Dann bekam ich meine große Chance, in einer Rolle, die ursprünglich Anna May auf den Leib geschrieben war. Sie war allergisch gegen den Schnee aus Cornflakes, der bei den Dreharbeiten verwendet wurde, deshalb bekam ich die Rolle. Aber dich habe ich nie vergessen, William. Jedes Jahr an deinem Geburtstag hat Mr Butterfield für mich im Waisenhaus angerufen, um zu hören, wie es dir geht, und ich habe ihn auch Erkundigungen über Onkel Leo einziehen lassen – weil ich hoffte und betete, falls ihm etwas zugestoßen wäre, falls er nicht mehr lebte, irgendwie als deine Ah-Ma zu dir zurückkehren zu können. Das war meine törichte Hoffnung. Eine Hoffnung, die langsam dahinschwand, als mir klar wurde, dass das Studio absolut kein Interesse daran hatte, dass mein skandalöses Vorleben bekannt würde, besonders, da ich für sie drei Filme im Jahr zu drehen hatte. Außerdem, was Mrs Peterson und den Staat betraf, war ich nicht länger deine Mutter, weil ich ja diese Dokumente unterschrieben hatte.«

Seine Ah-Ma hielt kurz inne und atmete tief durch, ehe sie weiterredete.

»Und später, als das Studio feststellte, dass ich singen konnte, schickten sie mich auf Tournee. Was mir sehr recht war. Ich trete viel lieber auf einer Bühne auf, als den ganzen Tag vor der Kamera zu stehen und Filme zu drehen.«

»Wieso?«, fragte William, während er seine Ah-Ma auf der Leinwand im Auge behielt. Sie sah ungeheuer glamourös aus, in einem edelsteinfunkelnden Abendkleid und mit einem glitzernden Kopfputz, der aussah wie ein Requisit von der Ziegfeld-Revue.

»Weil ich nach jedem Film, den ich gedreht habe, ein Telegramm von Onkel Leo bekommen habe, jedes Mal, zusammen mit der übrigen Fanpost.«

William erstarrte vor Schreck, als der Held des Films, gespielt von Sessue, sie auf der Leinwand erschoss.

»Und weil ich in all meinen Filmen am Ende sterbe, William – jedes Mal, ohne Ausnahme.«

William beobachtete gebannt, wie seine Mutter auf der Kinoleinwand zusammenbrach. Ihre Filmstarstimme war tiefer und heiserer als im wirklichen Leben, dramatischer, eine perfekte Illusion. Während sich die Filmmusik zu einem tragischen Crescendo steigerte, schloss sie ihre tränenglänzenden Augen. Dann sackten ihre Schultern nach unten, und sie blieb still und leblos am Boden liegen.

Als er sich zur Seite wandte, saß seine Ah-Ma nicht mehr neben ihm. Ihr Sessel war leer wie eine achtlos dahingesagte Bitte um Entschuldigung.

DIE ALTE WÄSCHEREI

(1934)

William ahnte, dass seine Mutter nicht zurückkommen würde. Er rechnete nicht damit, dass sie mit einer Tüte Popcorn oder einer Handvoll Karamellbonbons wieder auftauchen würde oder gar mit den Leckereien, die sie früher immer zusammen geknabbert hatten, als er noch klein war, geröstete Melonenkerne und gedörrten Tintenfisch. Sie war mit ihm hierhergekommen, um ihre Beichte abzulegen, zum Abschied sozusagen, und er wusste, dass sie sich auf ihre eigene, verschrobene Art Vergebung von ihm erhoffte. Doch offenbar zog sie es vor, nicht darauf zu warten. Was William betraf, wollte sie einer möglichen Zurückweisung anscheinend lieber aus dem Weg gehen, als sich ihr zu stellen.

Er lehnte sich im Sessel zurück und blickte nach vorne zur Bühne, ein Relikt von früher, als in dem winzigen Theater noch Komiker und Varietékünstler aufgetreten waren. Draußen in der Lobby hingen alte Plakate, signiert von Künstlern wie Fay Tincher, Buster Keaton und Charlie Chaplin, aus den Zeiten, als sie noch als Bühnenkünstler durch die Lande tingelten. William hatte nun jede Menge Antworten, doch innerlich empfand er dieselbe Leere wie zuvor: Er fühlte sich seltsam betrogen. Es stimmte ihn traurig, dass er seine Großeltern nicht kennengelernt oder gar auf der Bühne erlebt hatte, in jenen Tagen, ehe der Stummfilm seinen Siegeszug antrat, dem heute wiederum der Tonfilm den Rang abgelaufen hatte.

Warum er noch sitzen blieb, bis der Film zu Ende war, wusste er selber nicht. Seine Mutter war auf der Leinwand schließlich bereits gestorben, einen weiteren Blick auf die einzige wirkliche Angehörige, die er je gehabt hatte, würde er also nicht erhaschen. Vielleicht lag es ja daran, dass er außer einer Fahrkarte für die Straßenbahn nichts in der Tasche hatte und nicht wusste, wo er sonst hinsollte. Also blieb er auf seinem Platz sitzen, während das Publikum beim Abspann höflich applaudierte, und auch dann noch, als der Organist einen munteren Walzer spielte und die Zuschauer sich auf den Weg zu den Ausgängen machten. Erst als ein Platzanweiser schon anfing, zwischen den Sitzreihen aufzukehren, verließ William als Letzter den leeren Saal.

Draußen hatte es sich empfindlich abgekühlt. Er schlug zum notdürftigen Schutz gegen die Kälte seinen Kragen hoch und überlegte, wo er um diese späte Uhrzeit hinkönnte. Der Bahnhof fiel ihm ein, dort wäre es obendrein warm. Also machte er sich auf den Weg dorthin. Schon von Weitem aber, er war noch einen ganzen Block entfernt, erspähte er Polizisten, die gerade dabei waren, Landstreicher und andere Obdachlose mitsamt ihrer kümmerlichen Habe aus der Bahnhofshalle zu entfernen und hinaus in die unwirtliche Kälte zu jagen. Die Beamten brüllten auf die Männer ein und deuteten mit ausgestrecktem Arm in Richtung Hooverville. William erwog kurz, ob er sich zusammen mit diesen Elendsgestalten nach Süden treiben lassen sollte, aber da fiel ihm etwas anderes ins Auge, das spontan seine Neugier weckte: das Ladenschild der Jefferson-Wäscherei, nur einen Block die Straße hoch.

William starrte kurz hinüber und gab sich dann einen Ruck. Wie in Trance setzte er sich in Bewegung, vorbei an Straßenmusikern und Obsthändlern, die gerade ihre Stände abbauten, bis er bei der Wäscherei angelangt war, in deren Schaufenster ein goldgerahmtes, ausgeblichenes Bild von Zhong Kui hing, dem sagenumwobenen Bezwinger der Teufel. William kannte die Gestalt aus Geschichten, die seine Ah-Ma ihm erzählt hatte, als er noch klein war – für ihn bloß Märchen, für Onkel Leo aber, seinen Vater, ein Aberglaube, dem er ehrfürchtig Tribut zollte. William spähte durchs Fenster und sah eine wohlgenährte ältere Frau hinter dem Tresen, die bündelweise Wäsche entgegennahm und dafür Abholzettel aushändigte. *Tante Eng*, dachte er. Nicht seine richtige Tante. Eigentlich verband sie gar nichts. *Sogar Sunny steht mir näher als diese alte Frau da.*

Dann kam aus dem Hinterzimmer jemand zum Vorschein, den William auf Anhieb wiedererkannte. Der streng wirkende Mann hatte weniger Haare als beim letzten Mal, als er ihn gesehen hatte, aber er trug noch die gleiche Kleidung wie früher, die inzwischen bloß älter und längst aus der Mode war. Er hatte auch zugenommen, verwunderlich eigentlich, wo in der Stadt inzwischen so viele Menschen Hunger litten. Seinem Aussehen nach mochte der Mann zwanzig, wenn nicht sogar dreißig Jahre älter sein als Willow – ein Gedanke, bei dem William im Stillen mit den Zähnen knirschte.

Was du getan hast, Ah-Ma, hast du für mich getan. Auf einmal begriff William, warum Willow die Stadt seit Jahren gemieden hatte: der schlechten Erinnerungen wegen, die hier vermutlich unentwegt auf sie einstürmten. Er überlegte, wann Onkel Leo seine Ah-Ma nach ihrem Verschwinden wohl das erste Mal wiedergesehen hatte, in der Zeitung oder in einem Film. Oder war es ihre vertraute Stimme gewesen, die ihm auf einmal aus dem Radio entgegenschallte? Hatte er sie sofort erkannt? Und wem galt sein Interesse jetzt eher, dem Filmstar Willow oder noch immer Liu Song? Durfte er ihr gegenüber irgendwelche Ansprüche erheben? *Und falls ja,* wurde William blitzartig klar, *könnte er diese Schuld nur über mich einfordern.*

Da hob der Mann den Kopf und blickte William direkt an. Er sah auf die Uhr und kam hinter dem Tresen hervor. Band sich die Schürze los, warf sie im Vorbeigehen in einen Behälter mit Schmutzwäsche und öffnete dann die Tür. William schlug ein erstickender Geruch nach Waschmittel entgegen, zusammen mit einem Schwall feuchtwarmer Luft, die dampfend ins Freie quoll.

»Ich habe keinen Job für dich. Versuch's nächste Woche noch mal«, sagte Leo auf Kantonesisch.

William sagte nichts, sah ihn bloß an.

»Kenne ich dich?«, fragte Leo.

William starrte ihn weiter wortlos an, musterte sein Gesicht, seine Nase, sein schütteres Haar. Dann schüttelte er langsam den Kopf. *Nein, du kennst mich nicht. Und das wird auch so bleiben.*

DER VERLORENE SOHN

(1934)

So gerne er auch davon träumte, William war keine Figur aus einem Roman von Horatio Alger. Er war weder Ragged Dick, der Schuhputzer, noch Ben, der Gepäckjunge, denen ein Wohltäter am Ende zu einem besseren Leben verhalf. Und er gab sich auch nicht der Illusion hin, ein Daddy Warbucks würde ihn von der Straße auflesen und in seine Luxusvilla verfrachten, wo er glücklich und zufrieden den Rest seiner Kindheit verleben könnte, umsorgt von Dienstboten und mit einem struppigen Hund als Spielgefährten.

Menschenskind, dachte er niedergeschlagen. Sagte all diesen Träumen Lebewohl und fand sich mit der Wirklichkeit ab, die in Form einer Fahrkarte in seiner Jackentasche steckte. Er sammelte die Scherben und Bruchstücke seiner Kindheit ein, verschloss sie in seinem Herzen und stieg in die Straßenbahn, die ihn zurückbrachte. Zurück ins Sacred Heart.

Dort angelangt, marschierte er schnurstracks ins Schulgebäude und zu Schwester Brigantis Büro. Sie saß an ihrem Schreibtisch, rauchend und mit einer Tasse schwarzem Kaffee neben sich, vertieft in irgendein Hauptbuch.

»Ich bin wieder da«, erklärte er ohne Umschweife.

»Willkommen daheim, William«, erwiderte die Nonne nach einem flüchtigen Blick in seine Richtung. Sie sagte nicht: *Siehst du, ich hab's dir ja gesagt*. Sie sagte gar nichts. Blätterte bloß um, schlug eine neue Seite auf. Und William folgte ihrem Beispiel.

Im Schlafsaal empfingen ihn die anderen Jungen mit stürmischem Jubel – fast so, als würde er, wie Pinocchio, nach längerer Wanderschaft und einem Abstecher ins Spielland heimkehren, verwandelt in einen richtigen Jungen aus Fleisch und Blut. Dabei konnte er keine spürbare Veränderung an sich wahrnehmen, er fühlte sich nach wie vor wie ein Waisenjunge. Nur mit dem Unterschied, dass er sich nicht länger um das grämte, was er verloren hatte, sondern um all das, was er niemals haben würde.

»Eigentlich wollte ich dich hier nie wiedersehen«, sagte Sunny. »Aber freut mich echt, dass du wieder da bist.«

William verstand, was er meinte. Waisenkinder konnten einander nicht die Familie ersetzen, das nicht, aber es half schon sehr, dass sie ihren Kummer miteinander teilen konnten, ihre Einsamkeit. Und geteiltes Leid war tatsächlich halbes Leid.

»Ich habe etwas für dich aufgehoben«, sagte Sunny. »Nur für alle Fälle.« Er griff unter seine Matratze und zog eine Zeitung hervor. Nachdem er sie auseinandergefaltet hatte, reichte er sie William, mit der Rückseite voran.

»Wieso gibst du mir die Gesellschaftsseite?«

»Sieh doch mal genau hin«, sagte Sunny mit einer Kinnbewegung.

Die Seite war mit Dutzenden Porträtfotos bedeckt, auf denen Damen der feinen Gesellschaft von Seattle zu bewundern waren, sportlich im weißen Tennisdress oder in aufwendiger Abendgarderobe. Es wirkte protzig, wie sie ihren Reichtum zur Schau stellten, zumal bei der überall grassierenden Armut. In der Ecke rechts unten entdeckte er es dann, ein kleines Bild, kaum größer als seine Handfläche, auf dem seine Ah-Ma zu sehen war, versehen mit der Bildunterschrift: »Weepin' Willow Frost kehrt nach Seattle zurück. Ist sie der jüngste Neuzugang der besten Kreise von Hollywood?«

»Eine Chinesin auf der Gesellschaftsseite«, sagte Sunny aufgeregt. »Ist das zu glauben?«

Ich weiß nicht, was ich noch glauben soll. Ich weiß nur, dass ich noch einige Jahre hierbleiben muss und dann vermutlich als Penner auf der Straße lande.

»Danke«, sagte William.

Zum Abendessen gab es Steckrüben und nicht mehr ganz frisches Brot, aus dem hie und da schimmelige Stellen herausgeschnitten waren, die übliche bescheidene Kost also. Fade zwar, aber immerhin vertraut und damit irgendwie tröstlich. Die Stimmen ringsumher, die Witze, die beim Essen gerissen wurden, alles war wie immer, bis auf einen gewichtigen Unterschied: Charlotte war nicht mehr da, und damit fehlte auch die Wärme, die sie immer in sein Leben gebracht hatte. Jetzt klaffte in ihm eine schmerzliche, traurige Leere, ohne sie, ohne Willow – ohne seine Ah-Ma. William versuchte, nicht daran zu denken. Verscheuchte die finsteren Gedanken mit aller Macht.

Nach dem Essen – die anderen Jungen erledigten entweder ihre Schulaufgaben oder vertrieben sich die Zeit mit Spielen wie Schiffe-Versenken, während die Mädchen strickten oder draußen noch Rollschuh liefen – suchte William das alte Foto seiner Mutter heraus, auf dem gelben, knittrigen Handzettel, das er schon so lange wie eine heilige Reliquie mit sich herumtrug. Mit diesem Foto und der Zeitung, die Sunny für ihn aufbewahrt hatte, machte er sich in der Dunkelheit auf den Weg zum Friedhof, wo Charlotte begraben lag. Beschienen vom Neumond, der oben am Himmel stand, fegte er zunächst ein paar Kiefernnadeln von der Holztafel herunter, die ihr Grab markierte, und grub dann mit bloßen Händen ein kleines Loch in die Erde gleich neben ihrer letzten Ruhestätte. Die Erde war kalt und feucht und roch nach fauligem Laub. Als das Loch groß und tief genug war, legte William behutsam die Bilder seiner Mutter hinein. Nach einem letzten, andächtigen Blick auf ihr Hollywoodlächeln fing er an, händeweise Erde auf ihr glamouröses, knittriges, sehnsuchtsvolles Gesicht zu schaufeln, bis das Loch wieder aufgefüllt war. Ein Jammer, dass das Loch in seiner Brust nicht ebenso leicht zu füllen war. Zum Schluss strich und klopfte er die Erde auf dem behelfsmäßigen Grab seiner Mutter glatt und sagte: »Ich verzeihe dir.« Dann verließ er den Friedhof und kehrte zum Waisenhaus zurück. Oben im Schlafsaal verkroch er sich, vollständig bekleidet, wie er war, und mit schmutzigen, nach Erde riechenden Händen in sein Bett und zog sich das Kissen über den Kopf.

DIE SCHAUSPIELERIN

(1934)

Willow reiste nur ungern per Flugzeug. Sie litt nicht unter Flugangst, und auch das Dröhnen der Motoren störte sie nicht. Was sie wirklich unerträglich fand, war die Langeweile. Ihr letzter Flug von Los Angeles nach New York City hatte sechsundfünfzig Stunden gedauert, einen längeren Zwischenstopp in Kansas City nicht mitgerechnet. Zugreisen allerdings fand sie noch schlimmer. Weil auch der schnellste Personenzug nicht nur mit Gepäck und Frachtgütern beladen war, sondern vor allem mit einem Ballast von Erinnerungen. Sie war in der Nähe eines Bahnhofs aufgewachsen, deshalb erinnerten Züge und Bahnhöfe sie unweigerlich an die Vergangenheit, die sie hinter sich gelassen hatte.

In den letzten vier Monaten war sie in jeder neuen Stadt von scharenweise Reportern, Film- und Theaterkritikern, Fotografen, Kameraleuten und sogar Fans, die ihr Autogramm haben wollten, in Empfang genommen worden – *sie hatte tatsächlich Fans*, das verblüffte sie jedes Mal. Die meisten waren männlich und weiß, älter als sie – erheblich älter. Sie überreichten ihr Blumen und teure, aufwendige Geschenke, die sie im Stillen beschämten. Chinesische Landsleute ließen sich dagegen nie blicken, das wunderte sie nicht. In dieser Hinsicht hatte sich nichts geändert, sie war eben nach wie vor eine Schauspielerin und unverheiratet. Dass sie in Filmen mitwirkte, vertiefte diese Schande eher noch, weil ihre vermeintlich flitterhafte Karriere dadurch erst recht ins Rampenlicht gerückt würde. Das weiße Filmpublikum sah in ihr überwiegend eine betörend schöne, glamouröse Asiatin. Für ihre ehemaligen Nachbarn aus Chinatown dagegen war sie ein verdorbenes, schamloses Weib, das ihre geheiligten Traditionen für Geld zu Markte trug – für schnöden Mammon. Beide Sichtweisen hatten etwas für sich, fand Willow. Die Fans aber strömten nach wie vor herbei, um ihr zuzujubeln und sie anzuhimmeln. Ein wohlmeinender Verehrer wollte ihr einmal sogar einen Korb mit Granatäpfeln überreichen und schien gekränkt, als sie die Gabe höflich ausschlug. Wie hätte sie ihm erklären sollen, dass Granatäpfel ein Sinnbild für reichen Kindersegen waren? Für Willow würde diese süßsaure Frucht immer einen bitteren Beigeschmack haben.

Die Abreise vom Bahnhof aber fand Willow jedes Mal am bedrückendsten. Die Ankunft in einer neuen Stadt war stets ein aufregendes, umjubeltes Ereignis. Die Abreise aber hatte immer etwas Ernüchterndes – niemand interessierte sich dafür, man war auf einmal Schnee von gestern. *Wird so auch unser Abgang aussehen, eines Tages, wenn wir in diesem Geschäft nicht mehr gefragt sind?*, grübelte sie. Die Antwort darauf behagte ihr nicht. Stepin und Asa empfanden diesen Zwiespalt wohl ebenfalls – die Leere, von einer Flutwelle emporgespült zu werden, die so gewaltig ist, dass alles, was irgendwie wertvoll ist, mitgerissen wird, sobald sie zurückebbt. Von der verzückten Aufmerksamkeit tausender zu den verwirrten Blicken einiger weniger.

Willow suchte auf dem Bahnsteig die Nähe der anderen Künstler, die wie sie mit dem Empire Builder nach Spokane weiterreisen würden, und von dort weiter nach Minneapolis und Chicago – eine weitere Stadt, ein weiteres Theater, ein weiteres Puppenspiel, bei dem die Strippen, an denen sie tanzte, etwas von goldenen Fesseln hatten.

»Das war dein Junge, stimmt's?«, fragte Stepin. Er war der Einzige, der Bescheid wusste. Asa hatte möglicherweise eine Vermutung, doch er war die meiste Zeit über wieder so betrunken gewesen, dass er kaum wusste, welchen Tag sie hatten. Er hatte auf ihrer Tournee bereits zweimal den Zug verpasst.

Stepin legte ihr den Arm um die Schulter. »Was tun wir nicht alles, das uns hinterher leidtut und furchtbar traurig macht.« Er summte eine wehmütige Melodie.

Willow schaffte es nicht, über den Jungen zu reden, den sie zurückgelassen hatte, schon wieder. Also nickte sie bloß und wandte den Blick ab, während sie krampfhaft die Tränen zurückhielt. Ihre Fähigkeit, sozusagen auf Kommando weinen zu können, hatte ihr schon viel Spott eingetragen. Manche unterstellten ihr, dass sie, ganz Frau, bewusst auf die Tränendrüse drückte, der Dramatik zuliebe – ihr einziger und wirksamster Trick, den sie immer wieder einsetzte, um das Herz starrsinniger Männer zu erweichen. In Wirklichkeit aber weinte Willow, weil es ihr ein Bedürfnis war. Um sich Luft zu machen, ehe etwas in ihr zerbarst.

Willow suchte ihre Fahrkarte heraus, als der Zug in den Bahnhof einfuhr. Sie trat zurück, während Schaffner und Kofferträger ihr Gepäck und das der anderen einluden. Dann entfernte sie sich von Stepin und Asa und setzte sich auf eine Bank, mit dem alten Koffer ihrer Mutter, den sie vor sich auf ihre Knie legte. Sie starrte ihre leeren Hände an. Die Linien auf ihren Handflächen waren für sie immer eine Art Landkarte gewesen, die sie in ferne Gefilde führte, erst nur in der Fantasie und am Ende auch in der Realität. Sie war diesem einsamen Pfad gefolgt, weil sie ihre Familie verloren hatte, alle Menschen, die ihr auf Erden lieb und teuer waren, und nirgendwo sonst hinkonnte. Jetzt hatte der Weg sie wieder an ihren Ausgangspunkt zurückgeführt. Weil sie noch jemanden hatte. Immer schon.

»Das ist unser Zug, Frosty«, sagte Stepin, während er sich den Hut zurechtrückte. Er gab dem Chefsteward des Zugs ein Autogramm und schüttelte anderen Fahrgästen die Hand, die ebenfalls darauf warteten, einsteigen zu können.

Willow antwortete nicht.

»Nimmst du dann den nächsten, oder was?« Er insistierte nicht weiter. Es gäbe noch andere Züge, in denen Crew und Künstler reisen würden, zusammen mit den Garderobekarren, den Musikinstrumenten und dem ganzen Rest der reisenden Revue, die mittlerweile ihr Leben war. Die Arbeit beim Film war angenehm und nicht besonders anstrengend. Das Leben auf Tournee aber, die Auftritte, die Höhen und Tiefen, all das hatte sie ausgelaugt.

Willow sah zu, wie Stepin und Asa und die Mädchen des Damenorchesters nacheinander den Zug bestiegen. Der Chefsteward knipste ihre Fahrkarten ab und händigte sie ihnen wieder aus, während Schaffner den Mädchen mit ihren Instrumentenkoffern behilflich waren. Kaum jemand von der Truppe sah in ihre Richtung. Stepin aber wusste, was los war. Er tippte sich an den Hut und winkte ihr zum Abschied zu. Sie fragte sich, ob sie ihn wohl je wiedersehen würde. In irgendeinem Kino vielleicht, auf der Leinwand.

Ein letztes Bimmeln der Glocke erklang, dann setzte sich der Zug in Bewegung, während sie nach wie vor auf der Bank saß. Noch nie hatte sie sich so allein gefühlt, trotz der vielen Leute, die an ihr vorbeiströmten. Niemand erkannte sie, und diese Anonymität hieß sie willkommen wie ein Geschenk. Wie etwas Besonderes kam sie sich jedenfalls nicht vor, sie fühlte sich alles andere als außergewöhnlich. Sie saß da und dachte über ihre Eltern nach, die mit denselben Zügen gefahren waren. Dachte über die Jahre nach, in denen sie am liebsten mit William zusammen aus der Stadt geflüchtet wäre, ohne es je zu wagen. Damals aber war sie noch jung und verängstigt. Heute war sie zwar älter, aber zu einer Person geworden, die ihr selbst Angst einjagte. Sie war nun ganz die Tochter ihrer Mutter: die kompromittierte, innerlich tieftraurige Frau und die mutige Sängerin und Schauspielerin – beides. Von jetzt an aber würde sie versuchen, jemand anderes zu werden. Die Mutter eines Sohnes.

Während sie den Bahnhof verließ, dachte sie über die möglichen Folgen nach, wenn sie William wieder zu sich nahm. Sie würde alles aufgeben, um ihr Leben mit ihm zu teilen. Ob ihr das nun gute oder schlechte Publicity einbrachte, völlig einerlei, sie würde es bereitwillig in Kauf nehmen. Und es bestand noch immer die Gefahr, dass Leo wie ein Geier herabstieß, um ihn ihr wegzunehmen. *Soll er es nur versuchen*, dachte sie finster. Sie würde ihm *kai ching* vor die Füße werfen, ihn mit Teufelsgeld ablenken. So leicht würde sie diesmal nicht aufgeben. Sie würde sich nichts vormachen. Notfalls würde sie kämpfen. Auf Kompromisse würde sie sich nicht einlassen. Dazu war sie nicht länger bereit.

Fünf Jahre zuvor hatte Liu Song ihren Sohn aufgegeben, ihren wunderhübschen Jungen.

Jetzt, als sie nach längerer Straßenbahnfahrt durch die kalten Eisentore schritt, die das Sacred-Heart-Waisenhaus im abgelegenen Laurelhurst von der Außenwelt abschirmten, wusste sie nicht einmal, ob Willow Frost überhaupt ein Kind adoptieren konnte. Aber sie würde es herausfinden, koste es, was es wolle.

Während sie suchend einen Flur im Verwaltungstrakt durchstreifte, begegneten ihr Lehrerinnen, Köche, Aufseher und Nonnen – die Personen, in deren Obhut sie ihren Sohn gegeben hatte. Wie schlechte Menschen kamen sie ihr alle nicht vor, sonderlich herzlich allerdings auch nicht. Die Kinder dagegen wirkten wie eine Familie. Willow war sich darüber im Klaren, wie sehr sie im Sacred Heart auffallen musste – nicht, weil sie ein chinesischer Filmstar war, sondern als leibhaftige Mutter, die nach ihrem Kind suchte. Die Waisen musterten sie staunend, als wäre sie eine Erscheinung aus einem schönen Traum. Sie tuschelten miteinander und sahen sich um, als würden sie jemanden suchen.

Schließlich machte Willow wieder kehrt und folgte dem Geruch von gekochtem Kohl und Instantmilch, der sie in den voll besetzten Speisesaal führte. Dort entdeckte sie endlich eine Frau, die offenbar eine leitende Funktion bekleidete. Dass die Nonne eine Respektsperson war, erkannte Willow am ehrerbietigen Benehmen der anderen Lehrkräfte ihr gegenüber und auch daran, wie die Waisen ihr eilig Platz machten, während sie mit einem Lineal in der Hand ihre Runde durch den Raum drehte. Als sie Willow bemerkte, die an der Tür stand, riss die Nonne kurz erschrocken die Augen auf. Dann nickte sie und deutete durchs Fenster, hinaus in den Hof, wo Willow Dutzende Kinder sah, die aufgeregt ein großes Fahrzeug umringten. Eine Art Bus, der an einer Seite offen war und Regale voller Bücher enthielt.

Draußen roch es intensiv nach Dieselabgasen. Willow hörte das Geplapper fröhlicher Kinder, die sich eilig entfernten, sobald sie ein Buch in der Hand hielten. Den Jungen aber, nach dem sie suchte, konnte sie nirgends entdecken. Einige der größeren Kinder aber wurden auf sie aufmerksam.

»Sie müssen Willow sein«, sagte ein Junge, ohne eine Miene zu verziehen.

»Und wer bist du?«, fragte sie.

»Ein Freund von William. Ich heiße Sunny.« Er deutete zu einem Kieferngehölz, ein Stück die Anhöhe hinauf. »Falls Sie ihn suchen, da oben dürften Sie ihn finden.«

Sie dankte ihm und winkte den Kindern zu, die sie nun alle mit ihren traurigen Augen neugierig ansahen. Dann wandte sie sich ab und stapfte hinauf zu dem Wäldchen, wo sie auf eine Lichtung voll alter Steinpfeiler stieß – Grabsteine. Sie überflog der Reihe nach die Daten, die teils in den Stein gemeißelt, teils mit Farbe darauf gepinselt waren, und berechnete im Kopf das Alter der Toten, die dort begraben lagen. Es gab einige Jugendliche, ebenso viele aber waren schon mit drei oder vier Jahren gestorben. Die meisten waren nicht mal zehn Jahre alt geworden.

Sie sah sich suchend um und atmete erleichtert auf, als sie William entdeckte. Er saß neben einer Holztafel im Gras, vor der er eine Tasse Tee, eine Orange und einen Apfel angerichtet hatte. Dazu brannten zwei Räucherstäbchen, von denen in dünnen Fäden süßer Agarholzrauch über seinem improvisierten Grabopfer aufstieg. Er kehrte ihr den Rücken zu und las aus einem Buch namens *Cast Upon the Breakers* vor, wobei er zwischendurch immer wieder kurz pausierte, um Zwiesprache mit einem Mädchen namens Charlotte zu halten. Willow sah, wie er auf einmal innehielt, als würde er spüren, dass er nicht allein war. Vielleicht hatte er ja auch ihr Parfüm gerochen. Er klappte das Buch zu, stand auf und wandte sich zu ihr um.

»William …« Liu Song brachte kaum seinen Namen über die Lippen.

Er starrte sie ungläubig an. »Ah-Ma?«

Sie nickte, atmete tief durch. »Jemand, der dich kennt, hat mir verraten, wo du zu finden bist.«

William warf einen Blick auf seine Opfergaben. Rauch stieg ihm in die Augen, er musste blinzeln. Dann wandte er sich wieder Willow zu. »Wer? Redest du von Charlotte?«

Sie schüttelte den Kopf. »Der Junge unten auf dem Hof. Dein Freund …«

»Ach, du meinst Sunny.«

Willow nickte.

William ging auf seine Ah-Ma zu und blieb kurz stehen. Sah sie an, ein wenig zögerlich, als könnte er es noch immer nicht ganz glauben, dass sie tatsächlich vor ihm stand, und warf sich dann in ihre offenen, ausgebreiteten Arme. Er sah kurz hinunter zum Waisenhaus und blickte dann zum Horizont. »Er heißt Sunny.« William lächelte. »Sunny Träume-Werden-Wahr.«

Willow hielt ihren Sohn ganz fest umarmt. Sie berührte seine kalte Wange, fuhr ihm mit den Fingern durchs Haar und spürte, wie ihr vor Freude die Tränen kamen, während sie leise flüsterte: *»In your dreams whatever they be, dream a little dream of me.«*

ANMERKUNGEN DES VERFASSERS

Meine Schriftstellerlaufbahn fing an, als ich die Grabreden für meine Eltern verfasste. Als aufstrebender Autor mühte ich mich schon seit Jahren mit dieser Kunstform namens *Erzählliteratur* ab, hatte aber zu oft kein wirklich wichtiges Thema, über das ich schreiben konnte. Erst nachdem ich selbst genug Narben gesammelt hatte, stand mir die geeignete Leinwand zur Verfügung, auf die ich meine Erzählungen malen konnte. Wie die Geschichte von Willow Frost.

Willow ist keine reine Erfindung, sondern eher ein Amalgam: ein schöner Golem, dem von dem Schmerz, den Leiden und Opfern anderer Leben eingehaucht wurde – von meiner eigenen Mutter, die ein turbulentes Leben geführt hat, in dem sich Freude und Verzicht die Waage hielten; meiner chinesischen Großmutter, die zu einer Zeit ein Alphaweibchen war, als noch die wenigsten Frauen bereit waren, den Preis für diese Art von Unabhängigkeit zu zahlen; und auch von Anna May Wong, der berühmten Schauspielerin, die zwar in Hollywood Erfolg hatte, aber niemals die wahre Liebe fand.

Williams Geschichte dagegen ist nicht so einzigartig. Sie begann als eine Fallstudie über Familienbeziehungen zu Zeiten der Großen Depression, als tausende Kinder von ihren völlig verarmten Eltern in die Obhut von Einrichtungen wie dem Sacred-Heart-Waisenhaus in Seattle gegeben wurden. Die Eltern versprachen diesen »Waisen« (darunter etwa der Autor Wallace Stegner), dass sie zurückkommen würden. Manchmal hielten sie Wort. Manche Versprechen aber sind schwieriger einzulösen als andere.

Inmitten dieser baufälligen, armseligen, abgewetzten Teerpappenlandschaft jedoch gab es im wahrsten Sinne des Wortes ein Licht im Dunkel – die junge Filmindustrie, die noch nicht ausschließlich in Hollywood konzentriert war.

Der Eskapismus jener Zeit brachte praktisch monatlich neue Moden hervor. Ähnlich wie normale Klaviere, die absatzmäßig durch selbstspielende Klaviere überflügelt wurden, ehe das Radio beide Instrumente verdrängte, entwickelten sich Stummfilme mit der Zeit zu den ungeliebten Waisen des Tonfilms. Und Filmstudios schossen damals überall aus dem Boden, in Minnesota, Idaho und sogar Tacoma im Staate Washington, wo der längst vergessene H. C. Weaver die drittgrößte Filmbühne der Vereinigten Staaten errichten ließ und drei Filme produzierte, die mittlerweile verschollen sind.

Die Geschichte von William und Willow spiegelt auch die Verhältnisse jener Zeit in Chinatown wider, als werdende Mütter, die ethnischen Minderheiten angehörten, in »weißen« Krankenhäusern keinen Zutritt hatten. Ruby Chow, die bekannte, mittlerweile verstorbene Aktivistin und Restaurantbetreiberin (auch Bruce Lee, frisch vom College, zählte einst zu ihren Angestellten), erblickte das Licht der Welt im Hafen von Seattle, mithilfe einer Hebamme.

Das sind die Dinge, an die wir uns nicht erinnern. Doch es gibt auch Dinge, die wir liebend gern vergessen würden, wie etwa den Wah Mee Club in Seattle, wo 1983 bei einem Raubüberfall vierzehn Menschen kaltblütig niedergeschossen wurden, von denen nur einer schwer verletzt überlebte. Das Wah-Mee-Massaker richtete Familien zugrunde und hatte verheerende wirtschaftliche Folgen für ganz Chinatown. Und dennoch war der Schauplatz dieser Tragödie einst eine feste Institution im Viertel, in der ein schmucker junger Mann, Croupier am Blackjack-Tisch, eines verregneten Abends ein Garderobenfräulein mit einem perfekten Lächeln kennenlernte. Die beiden gaben sich später das Jawort und konnten am Ende ihren sechzigsten Hochzeitstag feiern. Ich muss es wissen – ich bin ihr Enkelsohn.

Die Handlung dieses Romans aber, diese Tatsache bleibt bestehen, ist rein fiktiv. Mitunter habe ich mir erlaubt, ob versehentlich oder ganz bewusst, Gott zu spielen, was Daten, Orte und Figuren anbelangt, doch letzten Endes bleibt es eine Geschichte, in die

Generationen realer Hoffnungen und Kümmernisse eingeflossen sind. William, Willow und Charlotte sind frei erfundene Figuren, mit denen ich allerdings, wie der Leser hoffentlich feststellen wird, die besten Absichten verfolge.

DANK

Ich fühle mich karmisch beschenkt durch die Unterstützung und den Zuspruch folgender Menschen, die mir auf sichtbare und unsichtbare Weise geholfen haben, diese Geschichte zu erzählen:

Kusshändchen und Dank gebühren Julie Ziegler, Kari Dasher, Andrew Wahl sowie ihren Mitarbeitern und ehrenamtlichen Helfern bei Humanities Washington für ihre Einladung, einen neuen Text im Rahmen der Bedtime Stories beizusteuern, ihrer jährlichen Benefizveranstaltung. Wer hätte damals ahnen können, dass die zwölf hastig zu Papier gebrachten Seiten, die ich an jenem Abend vorlas, die Grundlage für das Buch bilden würden, das Sie nun in den Händen halten.

Den Mitarbeitern des Wing Luke Museum in Seattle bringe ich eine stehende Ovation für ihr Entgegenkommen und ihre freundliche Beratung dar und auch für die Erlaubnis, diese coolen weißen Handschuhe überzustreifen und das Archiv unten im Keller zu durchforsten. Ich habe mich gefühlt wie Howard Carter, der mit einer Kerze in der einen und einem Meißel in der anderen Hand dabei ist, die letzte Tür zu König Tutanchamuns Grabkammer zu öffnen. Statt goldener Statuen aber erwarteten mich Dutzende silberglänzender Kisten und Truhen, gefüllt mit Kostümen und Textbüchern aus dem Nachlass von Ping Chow, dem Star der kantonesischen Oper.

Ein ehrfürchtiges Winken gebührt dem Museum of History & Industry (MOHAI), vor dem ich stehe und mir stets staunend die Nase platt drücke. Ich bin der kleine Junge. Dies ist der Süßwarenladen.

Ein großes Dankeschön an die Tacoma Public Library, wo mit den Fotografien des künstlerischen Leiters Lance Gaston die einzigen noch existierenden dokumentarischen Belege der Filme *Hearts & Fists, The Eyes of the Totem* und *Heart of the Yukon* aufbewahrt werden. Diese Stummfilme sind heute verschollen, zusammen mit den Träumen und Hoffnungen der längst vergessenen H. C. Weaver Studios.

Ein Aperitif auf den leider nicht mehr unter uns weilenden Bill Cumming, einer der besten Maler des Nordwestens und ein hinreißender Geschichtenerzähler – und zufällig auch einer meiner Lieblingslehrer, damals vor langer Zeit, als ich ein junger, unbeleckter Kunststudent war. Bills Autobiografie, *Sketchbook*, war für mich annähernd so nützlich wie eine Zeitmaschine.

Ein besonderer Gruß an die von Professor James Gregory geleitete Projektgruppe »Pacific Northwest Labor and Civil Rights« an der University of Washington. (Huskies vor!)

Und eine Platzreservierung in der ersten Reihe für den geheimnisvollen J. Willis Sayre, der sich bis zu seinem Tode im Jahr 1963 geradezu obsessiv der historischen Archivierung des Theaterlebens in Seattle verschrieben hatte. Seine umfangreiche Sammlung von Fotografien, Theaterprogrammen und ähnlichen Dokumenten ist einfach nur verblüffend.

Sowie ein Ehrenpreis für ihre Lebensleistung für die unsterblichen Anna May Wong, Sessue Hayakawa und Lincoln Perry: mutige Pioniere, die der nächsten Generation nichtweißer Schauspieler den Weg gebahnt haben, nur um später an den Rand gedrängt und zum Dank für ihre Mühen belächelt und mitunter sogar verspottet zu werden.

Dann waren da noch die Bücher, die mir beim Schreiben nützliche Dienste geleistet haben und die ich nun bald mal in die Bücherei zurückbringen muss: Stephen O'Connors *Orphan Trains*, Eric L. Floms *Silent Film Stars on the Stages of Seattle*, Hye Seung Chungs *Hollywood Asian*, Nell Shipmans *The Silent Screen & My Talking Heart*, Mel Watkins' *Stepin Fetchit: The Life and Times of Lincoln Perry*, Graham Russell Gao Hodges' *Anna May Wong: From Laundryman's Daughter to Hollywood Legend* und Gypsy Rose Lees *The G-String Murders* (ja, das Buch heißt wirklich so!).

Auch Kristin Nelson, meiner fantastischen Agentin, gebührt selbstverständlich ein Moment im Rampenlicht. Mir wurde mal erklärt, dass man als netter Zeitgenosse im Literaturbetrieb eine biestige Agentin braucht und umgekehrt als Stinkstiefel eine möglichst nette, die für einen immer alles ausbügelt. Kristin ist die Ausnahme von dieser Regel. Oder aber ich bin ein Stinkstiefel und habe es bisher bloß noch nicht bemerkt …

Ein herzliches Dankeschön auch an mein Team bei Ballantine: Libby McGuire, Kim Hovey, Jennifer Hershey, Theresa Zoro, Kristin Fassler, Quinne Rogers, Susan Corcoran, Scott Shannon, Matt Schwartz, Toby Ernst, Jayme (schicker Name) Boucher, Kelle Ruden und nicht zuletzt Lisa Barnes, meine tolle Presseagentin, die es fertigbringt, mich viel klüger, größer, attraktiver und charmanter erscheinen zu lassen, als ich in Wirklichkeit bin. Eines Tages komme ich mal im Verlag vorbei und singe euch allen ein Ständchen, eine Karaoke-Version von »Wind Beneath My Wings«. Ich bringe auch Ohrstöpsel und Bier mit, von Asahi. Ihr werdet es lieben … wenn ich endlich zu singen aufhöre.

Und ein ganz besonderes Dankeschön an Jane von Mehren, meine geheiligte Lektorin, die an Willow und William von Anfang an geglaubt und zeitweilig wie eine Löwin gekämpft hat, um mich vor mir selbst zu retten. Jane, wir haben's geschafft.

Der Mensch aber, dem ich wie immer am meisten zu Dank verpflichtet bin, ist meine Frau Leesha, meine Partnerin in diesem nicht enden wollenden Pas de deux, weil sie es mir ermöglicht, tagsüber stundenlang an einen Ort abzutauchen, den wir mittlerweile liebevoll »Storyland« getauft haben. Und auch meinen unerschütterlichen Teenies muss ich in diesem Zusammenhang Dank und Anerkennung zollen, weil sie Verständnis dafür haben, dass sie, wenn Dad in Storyland ist, jemand anderes bitten müssen, sie zur Mall zu fahren, zum Volleyballtraining, zum Schlagzeugunterricht oder auch in die Notaufnahme … (39,4 °C ist doch noch kein Fieber, habe ich recht?)